Steven Erikson

Die Knochenjäger

Das Spiel der Götter 11

Roman

Aus dem Englischen
von Tim Straetmann

blanvalet

Die englische Originalausgabe erschien 2006
unter dem Titel »Malazan Vol. 6: Bonehunters, part 2«
bei Bantam/Transworld

FSC
Mix
Produktgruppe aus vorbildlich
bewirtschafteten Wäldern und
anderen kontrollierten Herkünften

Zert.-Nr. SGS-COC-1940
www.fsc.org
© 1996 Forest Stewardship Council

Verlagsgruppe Random House FSC-DEU-0100
Das für dieses Buch verwendete FSC-zertifizierte Papier
Super Snowbright liefert Hellefoss AS, Hokksund, Norwegen.

1. Auflage
Deutsche Erstausgabe November 2008 bei Blanvalet,
einem Unternehmen der Verlagsgruppe
Random House GmbH, München.

Umschlaggestaltung: HildenDesign München
Umschlagfoto: © Raymond Swanland, Berkeley
Redaktion: Sigrun Zühlke & Peter Thannisch
HK · Herstellung: Heidrun Nawrot
Satz: deutsch-türkischer fotosatz, Berlin
Druck und Einband: GGP Media GmbH, Pößneck
Printed in Germany
ISBN: 978-3-442-24499-7

www.blanvalet.de

Wer kann schon sagen, worin sich die Wahrheit und die unzähligen Wünsche voneinander unterscheiden, die gemeinsam den Erinnerungen Gestalt verleihen? Legenden sind voller tiefer Windungen, so dass das von außen sichtbare Muster eine falsche Einheit von Form und Bedeutung vorspiegelt. Wir verzerren die Tatsachen absichtlich, begrenzen unermessliche Bedeutung durch die Enge vermuteter Unvermeidlichkeit. Hierin liegen sowohl Verfehlung wie auch Gabe, denn durch den Verzicht auf Wahrheit erschaffen wir, zu Recht oder Unrecht, universelle Bedeutung. Das Besondere weicht dem Allgemeinen, die Einzelheit der großartigen Form, und im Erzählen erheben wir uns über unser weltliches Selbst. In der Tat sind wir durch das Geflecht von Worten in eine größere Menschlichkeit eingebunden …

Einführung zu *Bei den Anvertrauten*
Heboric

DAS REICH DER SIEBEN STÄDTE

Das malazanische Imperium *etwa im Jahr 1160 von Brands Schlaf*

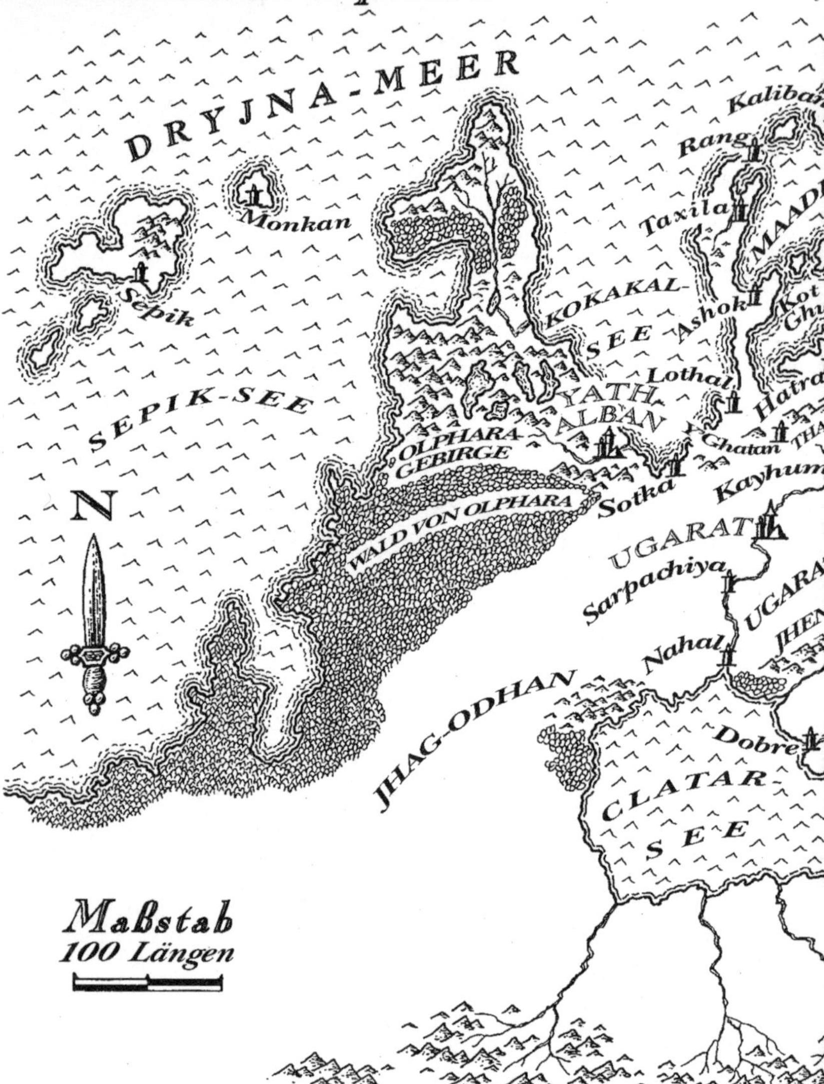

MEER von
KALTEPE-
KADESH
nhasan
Belbasi
Karokitch
EE
WÜSTE
BANDIKO
BANDIKO-
SEE
TALGAI
SEE
KARAKARANG
Galladi
SEE
von
GALLADA
Rutu Jelba
OLEN BRAE
SKARA
BRAE
OLONEIZ
BRAE
OTATARAL
SEE
OTATARAL-
WÜSTE
Nevasa
Noh
Pur
Kansu
Atrii
Langshan
Enjo
Estarb
EHRLITAN
SEE
WALD von ARAITHI
EHRLITAN
Ahol Tapur
RARAKU
Lato Revae
Pan'potsun
PATH'APUR-
BERGE
KARASHIMESH
Mersin
HAN
SIALK-
ODHAN
Dosin Pali
Hissar
Sialk
Omari
UBARYD-
ODHAN
Halaf
Caron Tepasi
Guran
RGE
SAHUL
SEE
Asmar
CARONGEBIRGE
WALD VON VATHAR
Teppes
UBARYD
Bylan
Bakun
Jamdat
Geleen
DOJAL
HADING-
SEE
SUCHERS
TIEFE
Tarxian
Dhebel
Sarsa
AREN
Nach Quon Tali
Zu den Falar Inseln

Fauststraße
N
Ackerland und Weiden
Mocks Klippe
Weinberge
Alte Oberstadt
Rabenhügelpark
Moosturmpark
Gratwall
Die Grate
Rothöhlenfluss

Stadt Malaz
circa 1150 v.B.S.

Buch Eins

Die Schatten des Königs

Kapitel Eins

»Er sprach von denjenigen, die fallen würden, und in seinen kalten Augen stand die nackte Wahrheit, dass wir es waren, von denen er sprach. Worte wie gebrochenes Schilfgras und Verheißungen der Verzweiflung, von Kapitulation, die als Geschenk gegeben wird, und Gemetzel im Namen der Erlösung. Er sprach vom sich ausbreitenden Krieg, und er sagte uns, dass wir in unbekannte Länder fliehen sollten, damit uns die Vergeudung unseres Lebens vielleicht erspart bliebe …«

Worte des Eisernen Propheten Elis Terr
Die Anibar (das Weidenvolk)

Einen Augenblick zuvor waren die Schatten zwischen den Bäumen noch leer gewesen – doch als Samar Dev das nächste Mal wieder aufblickte, stockte ihr der Atem, denn sie sah Gestalten. Auf allen Seiten, wo ein Dickicht aus Schwarzfichten, Farnen und Efeu auf die sonnenüberflutete Lichtung hinausdrängte, standen Wilde … »Karsa Orlong«, flüsterte sie, »wir haben Besuch …«

Der Teblor, dessen Hände blutig rot waren, schnitt erst noch einen weiteren Fleischstreifen aus der Flanke der toten Bhederinkuh, ehe er aufschaute. Einen Augenblick später grunzte er kurz und fuhr dann mit seiner Arbeit fort.

Sie schoben sich vorwärts, tauchten aus dem Dämmerlicht auf – klein, drahtig, und in gegerbte Felle gekleidet; sie hatten sich Pelzstreifen um die Oberarme gebunden, und ihre Haut, die die Farbe von Sumpfwasser hatte, war auf den entblößten Schultern und der Brust mit rituellen Narben übersät. Was zunächst wie Bärte ausgesehen hatte, erwies sich als graue Farbe oder Holzasche, mit der sie sich am Kinn und oberhalb der Lippen die Gesichter bemalt hatten. Längliche Kreise aus Eisblau und Grau umgaben ihre dunklen Augen. Sie trugen Speere, und an ihren Ledergürteln hingen Äxte und verschiedene Messer, verziert mit Ornamenten aus kalt gehämmertem Kupfer, die anscheinend den Mondphasen nachempfunden waren; ein Mann trug ein Halsband aus den Rückenwirbeln eines großen Fischs, an dem eine in Gold gefasste, schwarze Kupferscheibe hing, die, wie Samar Dev annahm, das Symbol für eine totale Sonnenfinsternis darstellte. Dieser Mann, ganz offensichtlich irgendeine Art Anführer, trat vor. Drei Schritte, die Augen auf einen unachtsamen Karsa Orlong gerichtet, hinaus ins Sonnenlicht, wo er langsam auf die Knie sank.

Jetzt sah Samar, dass er etwas in den Händen hielt. »Karsa, pass auf. Was du jetzt tust, wird darüber entscheiden, ob wir ihr Land friedlich durchqueren werden oder uns vor Speeren ducken müssen, die aus den Schatten auf uns geschleudert werden.«

Karsa drehte das riesige Häutemesser um, mit dem er gearbeitet hatte, und rammte es tief in den Kadaver des Bhederin. Dann stand er auf und blickte den knienden Wilden an.

»Steh auf«, sagte er.

Der Mann zuckte zusammen, senkte den Kopf.

»Karsa, er bietet dir ein Geschenk an.«

»Dann sollte er das im Stehen tun. Seine Leute verstecken sich hier in der Wildnis, weil er es nicht genug getan hat. Sag ihm, dass er aufstehen soll.«

Sie hatten in der Handelssprache gesprochen, und etwas an den Reaktionen des knienden Kriegers ließ in Samar den Verdacht aufsteigen, dass er den Wortwechsel verstanden hatte … und die Aufforderung, denn er erhob sich langsam. »Mann der Großen Bäume«, sagte er nun. Sein Akzent klang in Samars Ohren rau und kehlig. »Überbringer der Vernichtung, die Anibar bieten dir dieses Geschenk und bitten darum, dass du ihnen im Gegenzug ein Geschenk gibst –«

»Dann sind es keine Geschenke«, entgegnete Karsa. »In Wirklichkeit wollt ihr einen Tauschhandel.«

Furcht flackerte in den Augen des Kriegers auf. Die anderen

Mitglieder seines Stammes – der Anibar – verharrten stumm und reglos unter den Bäumen, doch Samar spürte, wie sich eine fast greifbare Bestürzung unter ihnen ausbreitete. Ihr Anführer versuchte es noch einmal: »Dies ist die Sprache des Tauschhandels, Erretter, das stimmt. Gift, das wir schlucken müssen. Es passt nicht zu dem, was wir suchen.«

Stirnrunzelnd drehte Karsa sich zu Samar Dev um. »Zu viele Worte, die nirgendwo hinführen, Hexe. Erkläre es mir.«

»Dieser Stamm folgt einem alten Brauch, der bei den meisten Völkern im Reich der Sieben Städte verlorengegangen ist«, sagte sie. »Dem Brauch des Schenkens. Das Geschenk selbst besteht aus einer gewissen Anzahl von Dingen, deren Wert auf subtile und häufig verwirrende Arten festgelegt wird. Diese Anibar haben das Handeln aus der Not heraus gelernt, doch sie messen den Dingen nicht auf die gleiche Weise Wert bei, wie wir es tun, und daher verlieren sie normalerweise beim Tausch. Ich vermute, dass sie besonders schlecht abschneiden, wenn sie es mit gerissenen, skrupellosen Händlern aus den zivilisierten Ländern zu tun haben. Es gibt –«

»Das reicht«, unterbrach Karsa sie. Er deutete auf den Anführer – der erneut zusammenzuckte – und sagte: »Zeig mir das Geschenk. Aber vorher will ich deinen Namen wissen.«

»In der Giftsprache werde ich Bootfinder genannt.« Er hielt den Gegenstand hoch. »Das Zeichen des Muts eines großen Vaters unter den Bhederin«, sagte er.

Samar Dev zog die Brauen hoch, während sie Karsa anblickte. »Das muss ein Penisknochen sein, Teblor.«

»Ich weiß, was das ist«, antwortete er knurrend. »Bootfinder, was willst du im Gegenzug von mir?«

»Wiedergänger kommen in den Wald und bedrängen die Clans der Anibar nördlich von hier. Sie schlachten alle ab, denen sie begegnen, ohne Grund. Sie sterben nicht, denn sie beherrschen die Luft und können so jeden Speer ablenken, der auf sie geschleudert wird. Das haben wir gehört. Wir verlieren viele Namen.«

»Namen?«, fragte Samar.

Sein Blick flackerte zu ihr, und er nickte. »Verwandte. Achthundertsiebenundvierzig Namen, die mit dem meinen verwoben sind, von den nördlichen Clans.« Er deutete auf die schweigenden Krieger hinter ihm. »Genau so viele Namen haben die hier zu verlieren, jeder von ihnen. Wir betrauern den Verlust für uns, aber mehr noch für unsere Kinder. Wir können die Namen nicht zurückholen – sie gehen und kommen niemals wieder, und so werden wir immer weniger.«

»Ihr wollt, dass ich die Wiedergänger töte«, sagte Karsa und deutete auf das Geschenk, »im Austausch für das da.«

»Ja.«

»Wie viele von diesen Wiedergängern sind da?«

»Sie kommen in großen Schiffen mit grauen Schwingen und brechen in Jagdtrupps in den Wald auf. Jeder Jagdtrupp besteht aus zwölf Mann. Wut treibt sie an, doch nichts, was wir tun, vermag diese Wut zu besänftigen. Wir wissen nicht, was es ist, womit wir sie so beleidigt haben.«

Vermutlich habt ihr ihnen einen verdammten Livitan angeboten. Doch diesen Gedanken behielt Samar Dev für sich.

»Wie viele Jagdtrupps?«

»Zwanzig bis jetzt, aber ihre Boote fahren nicht ab.«

Karsas ganzes Gesicht hatte sich verdunkelt. Samar Dev hatte noch nie zuvor eine so rohe Wut an ihm gesehen. Sie fürchtete plötzlich, dass er den kleinen, sich duckenden Mann in Stücke reißen könnte. Doch stattdessen sagte er: »Legt eure Scham ab, ihr alle. Legt sie ab! Schlächter brauchen keinen Grund, um andere abzuschlachten. Es ist das, was sie tun. Für solche Kreaturen ist es schon Beleidigung genug, dass es euch gibt.« Er trat vor und riss Bootfinder den Knochen aus der Hand. »Ich werde sie alle töten. Ich werde ihre verdammten Schiffe versenken. Das schw –«

»Karsa!«, unterbrach ihn Samar.

Er wirbelte zu ihr herum, und in seinen Augen loderte ein wildes Feuer.

»Bevor du etwas so … Außerordentliches schwörst, wäre es vielleicht gut, etwas in Betracht zu ziehen, das leichter zu erreichen ist.« Sie sah seinen Gesichtsausdruck und fuhr hastig fort: »Du könntest dich beispielsweise damit zufriedengeben, sie aus diesem Land zu vertreiben und zurück auf ihre Schiffe zu jagen. Mach ihnen den Wald … unschmackhaft.«

Nach einem langen, angespannten Augenblick seufzte der Teblor. »Ja. Das würde genügen. Obwohl ich versucht bin, hinter ihnen her zu schwimmen.«

Bootfinder starrte Karsa aus weit aufgerissenen Augen voller Staunen und Ehrfurcht an.

Einen Augenblick lang dachte Samar, dass der Teblor sich tatsächlich an einem Witz versucht haben könnte, was völlig untypisch für ihn gewesen wäre. Aber nein, der riesige Krieger hatte seine Worte ernst gemeint. Und zu ihrer Bestürzung glaubte sie ihm und konnte daher nichts Amüsantes oder Absurdes an seiner Aussage finden. »Diese Entscheidung hat noch Zeit, oder?«

»Ja.« Karsa starrte Bootfinder erneut düster an. »Beschreibe mir diese Wiedergänger.«

»Sie sind groß, aber nicht so groß wie du. Ihr Fleisch hat die Farbe des Todes. Ihre Augen sind kalt wie Eis. Sie tragen eiserne Waffen, und unter ihnen sind Schamanen, deren Atem Krankheit ist – schreckliche Wolken aus giftigem Dunst – alle, die von ihm berührt werden, sterben unter großen Schmerzen.«

»Ich glaube, dass sie den Begriff ›Wiedergänger‹ für jemanden oder etwas benutzen, der oder das nicht von ihrer Welt ist«, sagte Samar Dev zu Karsa. »Aber die Feinde, von denen sie sprechen, kommen mit Schiffen. Was wohl kaum der Fall sein würde, wenn sie tatsächlich untot wären. Der Atem der Schamanen klingt wie Zauberei.«

»Bootfinder«, sagte Karsa, »wenn ich hier fertig bin, wirst du mich zu diesen Wiedergängern führen.«

Jegliche Farbe wich aus dem Gesicht des Mannes. »Die Reise dorthin dauert viele, viele Tage, Erretter. Ich denke, ich werde eine Botschaft zu den Clans im Norden schicken, dass du kommst –«

»Nein. Du wirst uns begleiten.«

»Aber – warum?«

Karsa machte einen Schritt vorwärts. Seine Hand schoss vor, und er packte Bootfinder am Hals, zog den Mann dicht zu sich heran. »Du wirst Zeuge sein, und dadurch, dass du Zeuge bist, wirst du mehr werden, als du jetzt bist. Du sollst vorbereitet sein – auf alles, was über dich und dein armseliges Volk kommen wird.« Er ließ den Mann los, der keuchend rückwärtsstolperte. »Meine eigenen Leute haben einst geglaubt, sie könnten sich verstecken«, sagte der Teblor und bleckte die Zähne. »Sie hatten sich geirrt. Das habe ich begriffen, und das wirst du jetzt begreifen. Du glaubst, dass die Wiedergänger alles sind, was euch heimsuchen wird? Du Narr. Sie sind nur der Anfang.«

Samar sah zu, wie der riesige Krieger zurück zu der Bhederinkuh ging, die er erlegt hatte.

Bootfinder schaute ihm mit glänzenden Augen hinterher, in denen sich Entsetzen spiegelte. Dann wirbelte er herum, zischte etwas in seiner eigenen Sprache. Sechs Krieger eilten vorwärts, an ihrem Anführer vorbei; sie zogen Messer, als sie sich Karsa näherten.

»Teblor«, sagte Samar warnend.

Bootfinder hob die Arme. »Nein! Niemand trachtet danach, dir etwas zu tun, Erretter. Sie wollen dir dabei helfen, das Tier zu zerteilen, das ist alles. Die Beute wird für dich versorgt werden, so dass wir keine Zeit vergeuden müssen –«

»Ich will, dass das Fell getrocknet wird«, sagte Karsa.

»Ja.«

»Und Läufer, die uns das Fell und das geräucherte Fleisch dieses Tiers bringen.«

»Ja.«

»Dann können wir gleich aufbrechen.«

Bootfinder nickte stumm, als könnte er seiner eigenen Stimme nicht trauen, auf diese letzte Forderung zu antworten.

Grinsend zog Karsa sein Messer und ging zu einer nahe gelegenen Pfütze mit brackigem Wasser, wo er sich daranmachte, zunächst die Klinge und dann seine Hände und Unterarme von dem Blut zu säubern.

Während das halbe Dutzend Anibar-Krieger anfing, die Bhederinkuh zu zerlegen, trat Samar Dev dicht an Bootfinder heran. »Bootfinder.«

Er starrte sie aus ängstlichen Augen an. »Du bist eine Hexe – so nennt dich der Erretter.«

»Ja, das bin ich. Wo sind eure Frauen? Eure Kinder?«

»Auf der anderen Seite des Sumpfs, im Westen und im Norden«, antwortete er. »Das Land steigt an, und es gibt Seen und Flüsse, wo wir das schwarze Korn finden, und Beeren zwischen den flachen Felsen. Die große Jagd im offenen Land ist vorüber, und jetzt kehren sie mit dem Fleisch für den Winter zu unseren vielen Lagern zurück. Doch wir«, er deutete auf seine Krieger, »folgen euch. Wir sehen, wie der Erretter die Bhederin tötet. Er reitet ein Knochenpferd – wir sehen nie ein gerittenes Knochenpferd. Er trägt ein Schwert aus Ursprungsstein. Der Eiserne Prophet erzählt unserem Volk von solchen Kriegern – jenen, die den Ursprungsstein schwingen. Er sagt, sie kommen.«

»Von diesem Eisernen Propheten habe ich noch nie gehört«, sagte Samar Dev stirnrunzelnd.

Bootfinder machte eine Handbewegung und blickte gen Süden. »Davon kann man nur in der gefrorenen Zeit sprechen.« Er schloss die Augen, und schlagartig veränderte sich sein Tonfall. »In der Zeit des Großen Gemetzels, das die gefrorene Zeit der Vergangenheit ist, lebten die Anibar auf der Ebene und reisten fast bis zum Ostfluss, wo die großen, ummauerten Lager der Ugari sich aus dem Land erhoben, und die Anibar pflegten mit den Ugari Tauschhandel zu betreiben – Fleisch und Felle gegen eiserne Werkzeuge und Waffen. Dann kam das Große Gemetzel über die Ugari, und viele flohen und suchten Zuflucht bei den Anibar. Doch die Mörder folgten ihnen – Mezla wurden sie von den Ugari genannt –, und eine schreckliche Schlacht wurde geschlagen, und all jene, die bei den Anibar Schutz gesucht hatten, wurden von den Mezla niedergemacht.

Die Anibar befürchteten, dafür bestraft zu werden, dass sie den Ugari geholfen hatten, und bereiteten sich darauf vor zu fliehen – tiefer in die Odhan zu fliehen –, doch der Anführer der Mezla fand sie vorher. Er kam mit hundert dunklen Kriegern, doch er sorgte dafür, dass sie ihre eisernen Waffen stillhielten. Die Anibar waren nicht seine Feinde, sagte er ihnen, und dann sprach er eine Warnung aus – andere würden kommen, und sie würden kein Erbarmen kennen. Sie würden die Anibar vernichten. Dieser Anführer war der Eiserne Prophet, König Elis Terr, und die Anibar achteten auf seine Worte und flohen, nach Westen und Norden, bis diese Lande hier und die Wälder und Seen dahinter ihre Heimat wurden.« Er blickte zu Karsa hinüber, der seine Vorräte zusammengepackt hatte und auf dem Rücken seines Jhag-Pferdes saß, und sein Tonfall änderte sich erneut. »Der Eiserne Prophet sagt uns, dass in der größten Gefahr Krieger kommen, die Schwerter aus Ursprungsstein schwingen und uns verteidigen. Und als wir nun sehen, wer durch unser Land reist, und was für ein Schwert er in den Händen hält … diese Zeit wird bald zu einer gefrorenen Zeit werden.«

Samar Dev musterte Bootfinder mehrere Herzschläge lang und richtete dann den Blick auf Karsa. »Ich glaube nicht, dass du in der Lage sein wirst, Havok zu reiten«, sagte sie. »Wir werden in unwegsames Gelände kommen.«

»Bis dahin werde ich reiten«, sagte der Teblor. »Es steht dir frei, dein eigenes Pferd am Zügel zu führen. Ja, du kannst es sogar überall tragen, wo du das Gelände für schwierig hältst.«

Verärgert begab sie sich zu ihrem Pferd. »Schön. Für den Anfang werde ich hinter dir reiten, Karsa Orlong. Zumindest muss ich mir keine Gedanken über zurückschnellende Äste machen, denn du wirst alle Bäume auf deinem Pfad fällen.«

Bootfinder wartete, bis sie beide fertig waren, dann ging er am nördlichen Rand der sumpfigen Lichtung entlang, bis er das Ende erreichte, wo er sich plötzlich umwandte und im Wald verschwand.

Karsa zügelte Havok und starrte düster auf das dichte, verfilzte Unterholz und die dicht stehenden Schwarzfichten.

Samar Dev lachte, was ihr einen wilden Blick von dem Teblor einbrachte.

Dann glitt er vom Rücken seines Hengstes.

Sie stellten fest, dass Bootfinder auf sie wartete, einen entschuldigenden Ausdruck in seinem grau bemalten Gesicht. »Wildwechsel, Erretter. In diesen Wäldern gibt es Hirsche, Bären, Wölfe und Wapitis – selbst die Bhederin stöbern nicht weit jenseits der Lichtungen herum. Elche und Karibus gibt es weiter im Norden. Wie du siehst, sind diese Wildwechsel niedrig. Selbst die Anibar bücken sich, wenn sie hier rasch gehen. In der ungefundenen Zeit vor uns, über die nur wenig gesagt werden kann, finden wir mehr flache Felsen, und der Weg ist leichter.«

Die endlose, eintönige Reise war eine frustrierende Angelegenheit, denn es hatte fast den Anschein, als würde der Wald – niedrig, eng verwachsenes und wild wucherndes Gestrüpp – nur existieren, um ihnen die Durchreise zu verweigern. Das Grundgestein lag dicht unter der Oberfläche, ein zerschlagener purpurner und schwarzer Fels, an einigen Stellen von langen Quarzadern durchzogen. Aber die Oberfläche war uneben, geneigt und gefurcht, bildete Senken mit hohen Wänden, Dolinen und Schluchten voller abgeblätterter, flacher Gesteinsbrocken, die mit glitschigem, smaragdgrünem Moos bewachsen waren. In diesen Senken lagen unzählige umgestürzte Bäume, und die Rinde der Schwarzfichten war so rau wie Haihaut, die nadellosen, dicht wie Netze wachsenden Zweige grimmig wie Klauen und unnachgiebig.

Speere aus Sonnenlicht drangen hier und da bis zum Erdboden und warfen Splitter aus leuchtenden Farben in eine ansonsten düstere, höhlenartige Welt.

Als die Abenddämmerung näher rückte, führte Bootfinder sie zu einem trügerischen, mit Geröll übersäten Abhang, den er hochkletterte. Karsa und Samar Dev, die ihre Pferde am Zügel führten, fanden schnell heraus, dass der Aufstieg gefährlich, der Untergrund bei jedem Schritt unsicherer als beim vorhergehenden war – Moos rutschte weg wie verfaulte Haut, und scharfkantiges, eckiges Felsgestein und tiefe Löcher wurden sichtbar, an dem oder in denen sich ein Pferd leicht das Bein brechen konnte.

Schmutzig und schweißüberströmt, zerschrammt und zerkratzt,

erreichte Samar Dev schließlich die Hügelkuppe, wo sie sich umdrehte, um ihrem Pferd die letzten paar Schritte nach oben zu helfen. Vor ihnen erstreckte sich mehr oder weniger flaches Grundgestein, das mit grauen Flechten bewachsen war. Aus bescheidenen Senken hier und da erhoben sich Seidenkiefern und Bankskiefern sowie einzelne zottelige Eichen, umsäumt von Wacholder und Flächen voller Heidelbeeren und immergrüner Büsche. Spatzengroße Libellen schossen im verblassenden Sonnenlicht durch wirbelnde Wolken kleinerer Insekten.

Bootfinder deutete nach Norden. »Dieser Pfad führt zu einem See. Dort lagern wir.«

Sie setzten sich in Bewegung.

Gleichgültig, in welche Richtung man blickte – nirgendwo waren irgendwelche Erhebungen auszumachen, und während der längliche Basolith sich in diese und jene Richtung wand, hier und da von etwas niedrigeren Terrassen und Stümpfen flankiert, wurde Samar Dev rasch klar, wie leicht man sich in diesem wilden Land verirren konnte. Ein Stück voraus gabelte sich der Pfad, und als sie sich der Gabelung näherten, schritt Bootfinder am östlichen Rand entlang und blickte einige Zeit nach unten, entschied sich dann für den Grat zur Rechten.

Samar Dev tat es ihm nach und blickte ebenfalls über den Rand, und sie sah, wonach er Ausschau gehalten hatte – eine gewundene Linie ziemlich kleiner Felsbrocken, die auf einem Sockel aus Grundgestein knapp unter ihnen lagen. Ihre Anordnung erinnerte vage an eine Schlange, der Kopf bestand aus einem keilförmigen, abgeflachten Felsbrocken, während der letzte Stein des Schwanzes am anderen Ende nicht größer als ihr Daumennagel war. Flechten überzogen die Steine; sie umhüllten jeden einzelnen, was darauf hindeutete, dass das Wegzeichen sehr alt war. An dem versteinerten Gebilde war nichts zu erkennen, was eindeutig auf den richtigen Weg hingewiesen hätte, obwohl der Kopf der Schlange in die Richtung wies, die sie eingeschlagen hatten.

»Bootfinder«, rief sie, »wie liest du diese Schlange aus Felsstücken?«

Er blickte zu ihr zurück. »Eine Schlange ist vom Herzen entfernt. Eine Schildkröte ist der Pfad des Herzens.«

»In Ordnung. Aber warum sind diese Zeichen dann nicht hier oben, so dass du nicht nach ihnen suchen musst?«

»Wenn das schwarze Korn nach Süden getragen wird, sind wir beladen – weder Schildkröte noch Schlange darf die Form oder die Anordnung verlieren. Wir laufen auf diesen steinernen Straßen. Beladen.«

»Wo bringt ihr die Ernte hin?«

»Zu unseren Sammellagern in der Ebene. Jede Gruppe tut das. Wir sammeln die Ernte. An einer Stelle. Und dann teilen wir sie, so dass jede Gruppe genügend Korn hat. Seen und Flüssen und ihren Ufern darf man nicht trauen. Manche Ernte erweist sich als gut. Andere Ernte erweist sich als schlecht. Wie das Wasser ansteigt und fällt. Es ist nicht das Gleiche. Der flache Fels versucht eben zu sein, überall auf der Welt, aber er kann es nicht, und so steigt das Wasser und fällt. Wir knien nicht vor der Ungerechtigkeit, denn dann geben wir die Gerechtigkeit auf, und ein Messer findet das andere.«

»Alte Regeln, um mit dem Mangel umzugehen«, sagte Samar Dev nickend.

Karsa Orlong blickte Samar Dev an. »Was ist das – diese gefrorene Zeit, Hexe?«

»Die Vergangenheit, Teblor.«

Sie sah, wie seine Augen sich nachdenklich verengten, dann gab er ein schwer zu deutendes Geräusch von sich und sagte: »Und die ungefundene Zeit ist die Zukunft, was bedeutet, dass jetzt die fließende Zeit ist –«

»Ja!«, rief Bootfinder. »Du sprichst vom großen Geheimnis des Lebens!«

Samar Dev zog sich in den Sattel; auf diesem Grat konnten sie reiten – wenn sie vorsichtig waren. Sie sah, wie Karsa Orlong es ihr nachtat, während eine merkwürdige Stille sich in ihrem Innern ausbreitete. Die, wie ihr klar wurde, auf Bootfinders Worte zurückzuführen war. *»Das große Geheimnis des Lebens.« Diese fließende*

Zeit, die noch nicht gefroren ist und gerade jetzt erst in der ungefundenen Zeit gefunden wird. »Bootfinder, der Eiserne Prophet ist vor langer Zeit zu euch gekommen – in der gefrorenen Zeit –, doch er hat zu euch von der ungefundenen Zeit gesprochen.«

»Ja, du verstehst es, Hexe. Elis Terr spricht nur eine einzige Sprache, doch in ihr ist jedes und alles. Er ist der Eiserne Prophet. Der König.«

»Euer König, Bootfinder?«

»Nein. Wir sind seine Schatten.«

»Weil ihr nur in der fließenden Zeit existiert.«

Der Mann drehte sich um und machte eine ehrerbietige Verbeugung, die etwas in Samar Dev aufwühlte. »Deine Weisheit ehrt uns, Hexe.«

»Und wo«, fragte sie, »ist Elis Terrs Königreich?«

Plötzlich hatte der Mann Tränen in den Augen. »Wir sehnen uns danach, eine Antwort darauf zu finden. Es ist verloren –«

»In der ungefundenen Zeit.«

»Ja.«

»Elis Terr war ein Mezla.«

»Ja.«

Samar Dev öffnete den Mund, um noch eine weitere Frage zu stellen, doch dann wurde ihr klar, dass das nicht notwendig war. Sie kannte die Antwort. Stattdessen sagte sie: »Bootfinder, sag mir – gibt es eine Brücke von der gefrorenen Zeit zur fließenden Zeit?«

Sein Lächeln war wehmütig, voller Sehnsucht. »Ja.«

»Aber ihr könnt sie nicht überqueren.«

»Nein.«

»Weil sie brennt.«

»Ja, Hexe, die Brücke brennt.«

König Elis Terr und das ungefundene Königreich …

Felsplatten fielen in gewaltigen, groben Stufen ab, bis sie ganz unten in Schaum und Gischt verschwanden. Ein heftiger Wind wühlte die dunklen Wogen des nördlichen Meeres bis zum Horizont auf, wo Gewitterwolken von der Farbe geschwärzter Rüstungen den Himmel beherrschten. Hinter ihnen zog sich ein Wald an der Küstenlinie entlang weiter nach Westen, ein Wald aus landeinwärts gebogenen Kiefern, Fichten und Zedern, deren Äste und Zweige von den immer wieder über sie hereinbrechenden Böen zerfranst und zerrissen waren.

Zitternd zog Taralack seine Felle enger um sich und wandte der tobenden See den Rücken zu. »Wir reisen jetzt westwärts«, sagte er so laut, dass er trotz der frischen Brise zu verstehen war. »Folgen dieser Küste, bis sie sich nach Norden wendet. Dann geht's ins Landesinnere, genau nach Westen, ins Land der Steine und Seen. Es ist schwierig, denn dort lässt sich kaum Wild finden, allerdings werden wir fischen können. Schlimmer ist, dass es blutrünstige Wilde gibt, die zu feige sind, um tagsüber anzugreifen. Immer nur nachts. Wir müssen auf sie vorbereitet sein. Wir müssen sie niedermachen.«

Icarium sagte nichts; sein unmenschlicher Blick war immer noch starr auf den heraufziehenden Sturm gerichtet.

Stirnrunzelnd zog Taralack sich zu der von Felswänden umgebenen Stelle zurück, an der sie ihr Lager aufgeschlagen hatten, kauerte sich in den gesegneten Windschatten und hielt seine roten, von der Kälte rissigen Hände über das Lagerfeuer aus Treibholz. Von dem legendären, beinahe schon mythischen Gleichmut des Jhag war kaum noch etwas zu merken. Nein, er war jetzt düster und mürrisch. Eine Umgestaltung Icariums durch Taralack Veeds eigene Hände, auch wenn er nur den Anweisungen folgte, die die Namenlosen ihm gegeben hatten. *Die Klinge ist stumpf geworden. Du wirst der Wetzstein sein, Gral.*

Aber Wetzsteine waren gefühllos, ihnen war die Klinge und die Hand, die sie führte, gleichgültig. Doch für einen Krieger, der von Leidenschaft angetrieben wurde, war solch eine Unempfänglichkeit schwer zu erreichen und erst recht kaum durchzuhalten. Er konnte die Last jetzt spüren, die sich immer weiter aufbaute, und er wusste, dass er eines Tages Mappo Runt um den barmherzigen Tod, den er erlitten hatte, beneiden würde.

Sie waren bisher rasch vorangekommen. Icarium war unermüdlich, sobald man ihm eine Richtung gewiesen hatte. Und Taralack war trotz all seiner Tüchtigkeit und Ausdauer erschöpft. *Ich bin kein Trell, und wir wandern auch nicht einfach nur so herum. Nicht mehr – und für Icarium wird das niemals mehr so sein.*

Und wie es schien, auch nicht für Taralack Veed.

Er blickte auf, als er kratzende Geräusche hörte, und sah Icarium herabsteigen.

»Diese Wilden, von denen du gesprochen hast«, sagte der Jhag ohne irgendeine Einleitung, »warum sollten sie versuchen, uns herauszufordern?«

»Ihr verlassener Wald ist voller heiliger Stätten, Icarium.«

»Dann müssen wir es nur vermeiden, sie widerrechtlich zu betreten.«

»Solche Stätten sind nicht leicht zu erkennen. Die eine könnte eine Reihe von Felsbrocken auf dem Grundgestein sein, größtenteils unter Flechten und Moos vergraben. Oder die Überreste eines Geweihs in der Gabelung eines Baums, so überwuchert, dass es praktisch nicht mehr zu sehen ist. Oder eine Quarzit-Ader mit ein paar glänzenden Einsprengseln aus Gold. Oder der grüne Werkzeugstein – die Steinbrüche sind nichts weiter als fahle Dellen im senkrechten Fels, denen der grüne Stein mit Hilfe von Feuer und kaltem Wasser geraubt wurde. Vielleicht auch kaum mehr als eine Bärenspur auf dem Grundgestein, die seit zahllosen Generationen von den elenden Biestern ausgetreten wurde. Alles heilig. Die Gedanken solcher Wilden lassen sich nicht ergründen.«

»Es scheint, als ob du viel über sie wüsstest, aber du hast mir erzählt, dass du ihr Land noch nie zuvor bereist hast.«

»Ich habe vieles über sie gehört, Icarium.«

Plötzlich lag eine gewisse Schärfe im Blick des Jhag. »Und *wer* hat dich so genau unterrichtet, Taralack Veed von den Gral?«

»Ich bin weit herumgekommen, mein Freund. Ich habe tausend Geschichten gehört –«

»Du bist vorbereitet worden. Auf mich.«

Ein schwaches Lächeln – das war es, was in diesem Augenblick am besten passte, und Taralack brachte es leicht zustande. »Den größten Teil der Zeit, in der ich weit herumgekommen bin, habe ich in deiner Gesellschaft verbracht, Icarium. Ich wollte, ich könnte dir meine Erinnerungen an die Zeit schenken, die wir miteinander verbracht haben.«

»Ich wollte, das könntest du«, stimmte Icarium ihm zu. Er starrte jetzt ins Feuer.

»Natürlich«, fügte Taralack hinzu, »würde dieses Geschenk auch viel Dunkelheit, viele grimmige, unangenehme Taten beinhalten. Die Leere in deinem Innern, Icarium, ist sowohl ein Segen als auch ein Fluch – das verstehst du doch, oder?«

»Die Leere ist kein Segen«, sagte der Jhag und schüttelte den Kopf. »All das, was ich getan habe – es kann den gerechten Preis nicht einfordern. Kann meine Seele nicht zeichnen. Und so verändere ich mich nicht, sondern bleibe, wie ich bin ... für immer einfältig –«

»Unschuldig –«

»Nein, nicht unschuldig. In der Unwissenheit liegt nichts Entlastendes, Taralack Veed.«

Du nennst mich jetzt beim Namen, nennst mich nicht mehr »Freund«. Hat das Misstrauen schon begonnen, dich zu vergiften?

»Und daher ist es meine Aufgabe, dich jedes Mal zu all dem zurückzuführen, was du verloren hast. Es ist mühsam und es zermürbt mich – leider. Mein Wunsch, dir die grässlichsten Erinnerungen zu ersparen, ist meine größte Schwäche. In meinem Herzen ist zu viel Mitleid, und ich merke inzwischen, dass ich dich durch den Versuch, dich zu verschonen, nur noch mehr verwunde.« Er spuckte in die Hände und strich sich die Haare zurück, hielt die Hände dann erneut dicht an die Flammen. »Also gut, mein Freund. Einst, vor langer Zeit, wurden wir von dem Bedürfnis getrieben, deinen Vater zu befreien, der von einem Azath-Haus gefangen genommen worden war. Angesichts eines schrecklichen Fehlschlags wurde eine tiefere, tödlichere Macht geboren – deine Wut. Du hast ein verwundetes Gewirr zerschmettert und ein Azath-Haus zerstört, hast einen Haufen dämonischer Wesen auf die Welt losgelassen, die alle nach nichts anderem als Herrschaft und Tyrannei strebten. Ein paar von ihnen hast du getötet, aber viele sind deinem Zorn entkommen und leben weiter bis zum heutigen Tag, überall auf der Welt verstreut wie so viel üble Saat.

Doch die bitterste Ironie dieser Geschichte liegt darin, dass dein Vater gar nicht befreit werden wollte. Er hatte aus freiem Willen beschlossen, der Wächter eines Azath-Hauses zu werden, und es könnte sein, dass er es bis zum heutigen Tag ist.

Als Folge der Zerstörung, die du angerichtet hast, Icarium, hat ein Kult, der sich seit Anbeginn der Zeit den Azath-Häusern verschrieben hatte, es für nötig erachtet, eigene Wächter zu erschaffen. Ausgewählte Krieger, die dich begleiten würden, ganz egal, wo du auch hingehen würdest – denn deine Wut und die Vernichtung des Gewirrs hatte dir sämtliche Erinnerungen an deine Vergangenheit entrissen – und so warst du nun für alle Zeit verflucht, wie es schien, die Wahrheit über all das herauszufinden, was du getan hast. Und wieder und wieder in einen Wutanfall zu stolpern und erneut alles zu vernichten.

Dieser Kult – der Kult der Namenlosen – ist daher auf die Idee gekommen, dich mit einem Gefährten zu verbinden. Einem wie mir. Ja, mein Freund, es hat andere gegeben, lange bevor ich geboren wurde, und jeder von ihnen war von Zauberei durchdrungen, die die Unbilden des Alterns verlangsamt und gegen alle Arten von Krankheiten und Giften schützt, so lange der Gefährte seinen Dienst erfüllt. Unsere Aufgabe ist es, dich in deiner Wut zu lenken, moralische Einstellungen geltend zu machen und vor allem, dein Freund zu sein, und die letzte Aufgabe hat sich wieder und wieder als die einfachste und ja, auch die verführerischste erwiesen, denn es ist leicht für unsereinen, in uns eine tiefe und beständige Liebe zu dir zu entdecken. Aufgrund deiner Ernsthaftigkeit, deiner Loyalität und der unbefleckten Ehre in dir.

Ich gebe zu, dass dein Sinn für Gerechtigkeit hart ist, Icarium. Doch letzten Endes auch groß in seiner Vornehmheit. Und jetzt gibt es einen Feind, der auf dich wartet. Einen Feind, dem nur du dich entgegenstellen kannst, mein Freund, weil nur du stark genug bist. Und darum sind wir nun unterwegs, und alle, die aus welchen Gründen auch immer versuchen, sich uns entgegenzustellen, müssen beiseitegefegt werden. Für die größere Sache.« Er gestattete sich, erneut zu lächeln, doch dieses Mal verbunden mit einem Hauch gewaltiger, tapfer gebändigter Qual. »Du wirst dich nun fragen, ob die Namenlosen einer solchen Verantwortung würdig sind? Ob ihre moralische Rechtschaffenheit und ihr Sinn für Ehre deinem gleichkommen? Die Antwort liegt in der Notwendigkeit und darüber hinaus in dem Beispiel, das du gibst. Du führst die Namenlosen, mein Freund, durch alles, was du tust. Wenn sie versagen, dann deswegen, weil du versagt hast.«

Zufrieden damit, dass er sich so genau an die Worte erinnerte, die man ihm gesagt hatte, musterte Taralack Veed den großen Krieger, der vor ihm stand, vom Feuer angestrahlt, das Gesicht hinter den Händen verborgen. Wie ein Kind, für das etwas nicht zu sehen bedeutete, dass dieses Etwas nicht existierte.

Icarium weinte, wie er schließlich bemerkte.

Gut. Sogar er. Sogar er wird sich von seiner eigenen Qual nähren und aus ihr einen suchterzeugenden Nektar machen, ein süßes Rauschmittel aus Selbstbeschuldigung und Schmerz.

Und so wird jeder Zweifel und jegliches Misstrauen verschwinden.

Denn solchen Dingen kann keine süße Glückseligkeit entrungen werden.

Plötzlich prasselte ein kalter Regenschauer auf sie herab, und ein tiefes Donnergrollen war zu hören. Der Sturm würde bald über ihnen sein. »Ich bin genügend ausgeruht«, sagte Taralack und stand auf. »Vor uns liegt ein langer Marsch –«

»Dazu besteht keine Veranlassung«, sagte Icarium hinter seinen Händen.

»Wie meinst du das?«

»Das Meer. Es ist voller Schiffe.«

Der einsame Reiter kam von den Hügeln herunter, kurz nach dem Überfall. Barathol Mekhar, dessen gewaltige, vernarbte und von unzähligen kleinen Brandwunden übersäte Unterarme voller Blutspritzer waren, hatte den toten Dämon lange schweigend gemustert und stand nun auf. Er trug seine Rüstung und seinen Helm, und jetzt zog er seine Axt aus der Gürtelschlaufe.

Monate waren vergangen, seit die T'lan Imass zum ersten Mal aufgetaucht waren – er hatte gedacht, dass sie lange verschwunden wären, dass sie schon verschwunden gewesen wären, noch ehe der alte Kulat in seinem neuentdeckten Wahnsinn davongewandert war. Ihm war nicht klar gewesen – keinem von ihnen war klar gewesen –, dass die schrecklichen, untoten Kreaturen niemals fort gewesen waren.

Die Reisenden waren niedergemetzelt worden, der Überfall so rasch ausgeführt worden, dass Barathol nichts davon mitbekommen hatte – bis es viel zu spät gewesen war. Jhelim und Filiad waren plötzlich in die Schmiede gestürmt und hatten etwas von Mord und Totschlag gleich außerhalb des Weilers geschrien. Er hatte nach seiner Waffe gegriffen und war mit ihnen zur Weststraße gelaufen – um dort festzustellen, dass der Feind schon wieder verschwunden war, seine Aufgabe erledigt hatte und überall auf der alten Straße sterbende Pferde und reglose Körper wie vom Himmel gefallen herumlagen.

Er hatte Filiad losgeschickt, nach der alten Nulliss zu suchen, die über bescheidene Fähigkeiten als Heilerin verfügte, und war zur Schmiede zurückgegangen, ohne weiter auf Jhelim zu achten, der wie ein verlorenes Hündchen hinter ihm her getrottet war. Er hatte seine Rüstung angelegt, hatte sich dabei Zeit gelassen. Vermutlich waren die T'lan Imass überaus gründlich gewesen. Sie hatten mehr als genug Zeit gehabt sicherzustellen, dass sie keinen Fehler begangen hatten. Nulliss würde feststellen, dass für die armen Opfer nichts mehr getan werden konnte.

Als er allerdings zur Weststraße zurückkehrte, musste er zu seinem Erstaunen feststellen, dass die alte Semk neben einer Gestalt kniete und Filiad Anweisungen zurief. Barathol beschleunigte seine Schritte, starrte zu Nulliss hin – er hatte den Eindruck, als hätte sie ihre Hände in den Körper des Mannes gestoßen und bewegte die Arme, als würde sie Brotteig kneten. Während sie dies tat, war ihr Blick auf die Frau gerichtet, die ganz in der Nähe lag und zu stöhnen begonnen hatte, dabei wieder und wieder um sich trat und mit den Fersen Furchen in den Dreck zog. Sie lag in einer Blutlache, die sich immer noch verbreiterte.

Nulliss entdeckte ihn und rief ihn zu sich.

Barathol sah, dass der Mann, neben dem sie kniete, ausgeweidet worden war. Nulliss schob seine Gedärme wieder zurück in den Bauch. »Um des Vermummten willen, Frau«, knurrte der Schmied, »lass ihn in Ruhe. Er ist erledigt. Du hast seine Bauchhöhle mit Dreck gefüllt –«

»Kochendes Wasser ist unterwegs«, fuhr sie ihn an. »Ich habe vor, den Bauchraum auszuwaschen.« Sie wies mit einem Nicken auf die zuckende Frau. »Der da wurde die Schulter durchbohrt, und jetzt kommt sie nieder.«

»Sie kommt nieder? Bei den Göttern hienieden. Hör zu, Nulliss: Kochendes Wasser wird nicht ausreichen, es sei denn, du willst seine Leber fürs Abendessen kochen –«

»Geh zurück zu deinem verdammten Amboss, du hirnloser Affe! Es war ein sauberer Schnitt – ich habe gesehen, was Eber mit ihren Hauern anrichten können, und das war viel schlimmer.«

»Der Schnitt mag anfangs sauber gewesen sein –«

»Ich habe gesagt, dass ich vorhabe, ihn sauber zu machen! Aber wir können ihn nicht zum Dorf tragen, so lange seine Eingeweide hinter ihm herschleifen, oder?«

Ratlos blickte Barathol sich um. Er wollte irgendetwas umbringen. Ein schlichter Wunsch, aber er wusste bereits jetzt, dass er sich nicht in die Tat umsetzen lassen würde, und das verdüsterte seine Stimmung noch mehr. Er ging zu dem dritten Körper. Ein alter Mann, über und über tätowiert und ohne Hände – die T'lan Imass hatten ihn in Stücke gehauen. *Sieh an. Er war ihr Ziel. Die anderen waren einfach nur im Weg. Und darum war es ihnen egal, ob sie überleben oder sterben würden.* Wohingegen dieser arme Kerl kaum toter sein konnte.

Nach einem kurzen Augenblick machte Barathol sich zu dem letzten Opfer auf, das er sehen konnte. Vom Weiler her näherten sich noch mehr Leute, zwei von ihnen trugen Decken und Lumpen. Storuk, Fenar, Hayrith, Stuk – sie alle wirkten irgendwie klein, geschrumpft und bleich vor Angst. Nulliss rief schon wieder Anweisungen.

Vor ihm lag eine Art Dämon, dem auf der einen Seite seines Körpers beide Gliedmaßen abgetrennt worden waren. Viel Blut war nicht geflossen, wie er bemerkte, aber im Augenblick ihres Todes schien etwas Seltsames die Kreatur befallen zu haben. Sie sah … entleert aus, als hätte das Fleisch unter der Haut begonnen sich aufzulösen, zu nichts zu verschwinden. Die merkwürdigen Augen waren bereits ausgetrocknet und zersprungen.

»Schmied! Hilf mir, den hier hochzuheben!«

Barathol ging zurück.

»Auf die Decke. Storuk, du und dein Bruder, ihr geht an das Ende. Jeder nimmt eine Ecke. Fenar, du kommst mit mir an das andere Ende –«

Hayrith, die beinahe so alt wie Nulliss war, hatte die Arme voller Lumpen. »Und was ist mit mir?«, fragte sie.

»Setz dich zu der Frau. Stopf ein Stück Stoff in die Wunde – wir werden sie später nähen, es sei denn, die Geburt macht Probleme –«

»Wenn ich mir ansehe, wie viel Blut sie verloren hat«, sagte Hayrith und kniff die Augen zusammen, »wird sie die Geburt wahrscheinlich nicht überleben.«

»Vielleicht. Setz dich erst mal einfach nur zu ihr. Halte ihre verdammte Hand und rede mit ihr, und –«

»Ja, ja, Hexe, du bist nicht die Einzige hier, die über all diese Dinge Bescheid weiß.«

»Gut. Dann mach.«

»Du hast doch nur auf so etwas gewartet, was?«

»Sei still, du euterlose Kuh.«

»Königin Nulliss, die Hohepriesterin der Gemeinheit.«

»Schmied«, knurrte Nulliss, »verpass ihr eins mit deiner Axt, ja?«

Vor sich hin zischelnd schlurfte Hayrith davon.

»Hilf mir«, sagte Nulliss zu ihm. »Wir müssen ihn jetzt hochheben.«

Es schien eine sinnlose Aufgabe, aber er tat, wie ihm geheißen, und war überrascht, als sie sagte, dass der junge Mann immer noch lebte, nachdem sie ihn auf die Decke gelegt hatten.

Während Nulliss und die anderen ihn wegtrugen, ging Barathol zurück zu dem in Stücke gehauenen Leichnam des alten, tätowierten Mannes und hockte sich neben ihn. Was er vorhatte, war unangenehm, aber möglicherweise konnte er anhand der Besitztümer des Toten etwas über den alten Mann erfahren. Er drehte den Leichnam auf den Rücken, dann hielt er inne und starrte in die leblosen Augen hinunter. Katzenaugen. Mit neu erwachtem Interesse musterte er die Tätowierungen genauer und lehnte sich dann langsam auf die Fersen zurück.

Erst jetzt bemerkte er all die toten Fliegen. Sie bedeckten auf allen Seiten den Boden, mehr Fliegen als er jemals zuvor gesehen hatte. Barathol stand wieder auf, ging zurück zu dem toten Dämon.

Und starrte nachdenklich auf ihn hinunter, bis eine Bewegung in der Ferne und Hufgetrappel seine Aufmerksamkeit erregten. Hinter ihm waren die Dorfbewohner zurückgekehrt, um die schwangere Frau zu holen.

Und jetzt beobachtete er den Reiter, der genau auf ihn zugeritten kam.

Auf einem schäumenden Pferd, das die Farbe von der Sonne ausgebleichter Knochen hatte. Er trug eine staubige, weiß lackierte Rüstung. Das Gesicht des Mannes unter dem Helm war bleich, von Kummer gezeichnet. Er zügelte das Pferd, glitt aus dem Sattel und stolperte ohne weiter auf Barathol zu achten zu dem Dämon, fiel auf die Knie.

»Wer – wer hat das getan?«, fragte er.

»T'lan Imass. Sie waren zu fünft. Ein ziemlich kaputter Haufen, selbst für T'lan Imass. Sie haben einen Hinterhalt gelegt.« Barathol deutete auf den Leichnam des tätowierten Mannes. »Ich glaube, sie waren hinter dem da drüben her. Ein Priester, von einem Kult, der sich dem Ersten Helden Treach verschrieben hat.«

»Treach ist jetzt ein Gott.«

Barathols Antwort bestand in einem undeutlichen Geräusch. Er blickte zurück zu den baufälligen Hütten des Weilers, den er mittlerweile als seine Heimat betrachtete. »Es gibt noch zwei andere. Beide sind noch am Leben, obwohl der eine es nicht mehr lange machen wird. Die andere ist schwanger und kommt in ebendiesem Augenblick nieder –«

Der Mann blickte zu ihm auf. »Zwei? Nein, es müssten drei gewesen sein. Ein Mädchen …«

Barathol runzelte die Stirn. »Ich dachte, der Priester wäre ihr Ziel gewesen – sie waren sehr gründlich, was ihn betrifft – aber jetzt wird mir klar, dass sie ihn niedergemacht haben, weil er die größte Gefahr dargestellt hat. Sie müssen wegen des Mädchens gekommen sein – denn die ist nicht hier.«

Der Mann erhob sich. Er war so groß wie Barathol, wenn auch nicht so breit. »Vielleicht ist sie geflohen … zu den Hügeln.«

»Das ist möglich. Obwohl«, fügte Barathol nach einer kurzen Pause hinzu, »ich mich schon über das zusätzliche Pferd gewundert hatte, das genau wie die anderen gesattelt ist.« Er deutete auf einen weiteren Pferdekadaver unweit ihres Standpunkts. »Es wurde auf dem Pfad niedergehauen.«

»Oh. Ja, ich verstehe …«

»Wer seid Ihr?«, fragte Barathol. »Und was hat Euch das verschwundene Mädchen bedeutet?«

Das Gesicht des Mannes war noch immer vom Schock gezeichnet, und er blinzelte mehrmals, als er die Frage hörte. Dann nickte er. »Ich heiße L'oric. Das Kind war … es war für die Königin der Träume bestimmt. Ich bin gekommen, um sie zu holen – sie und meinen Hausdämon.« Er blickte erneut auf den Dämon hinunter, und der Schmerz ließ ein paar Muskeln in seinem Gesicht zucken.

»Dann hat das Glück Euch verlassen«, sagte Barathol. Plötzlich kam ihm ein Gedanke. »L'oric, verfügt Ihr über irgendwelche Heilkünste?«

»Was?«

»Nun, schließlich seid Ihr einer von Sha'iks Hohemagiern –«

L'oric sah weg, als wäre er getroffen. »Sha'ik ist tot. Die Rebellion ist zerschmettert.«

Barathol zuckte die Schultern.

»Ja«, sagte L'oric, »ich kann auf Denul zurückgreifen, wenn es nötig ist.«

»Ist das Leben dieses Mädchens alles, was Euch kümmert?« Barathol deutete auf den Dämon hinunter. »Für Euren Hausdämon könnt Ihr nichts mehr tun – aber was ist mit denjenigen, die ihn und das Mädchen begleitet haben? Der junge Mann wird sterben – wenn er nicht längst schon tot ist. Wollt Ihr weiter hier stehen bleiben und nur bei dem verweilen, was Ihr verloren habt?«

Über das blasse Gesicht flackerte ein verärgerter Ausdruck. »Ich rate zur Vorsicht«, sagte L'oric leise. »Du warst einst Soldat – das ist offensichtlich –, aber du hast dich hier verborgen wie ein Feigling, während das ganze Reich der Sieben Städte sich erhoben hat ... von der Freiheit geträumt hat. Von jemandem wie dir lasse ich mich nicht tadeln.«

Barathol musterte L'oric noch einen Moment mit seinen dunklen Augen, dann drehte er sich um und machte sich auf den Weg zu den Gebäuden. »Es wird jemand kommen«, sagte er, »um die Toten für das Begräbnis herzurichten.«

Nulliss hatte sich entschieden, ihre Schutzbefohlenen in das alte Wirtshaus bringen zu lassen. Für die Frau war ein Feldbett aus einem der Zimmer herbeigeschafft worden, während der ausgeweidete Junge auf den gemeinschaftlichen Esstisch gelegt worden war. Ein Kochtopf voller Wasser dampfte auf dem Herd, und Filiad benutzte einen Stock, um nasse Stoffstreifen aus dem Topf zu holen und zu der alten Semk zu tragen.

Sie hatte die Eingeweide wieder aus der Bauchhöhle gezogen, schien das pulsierende Durcheinander aber für den Augenblick nicht weiter zu beachten. Statt dessen hatte sie wieder beide Hände tief in der Bauchhöhle des Verletzten vergraben. »Fliegen!«, zischte sie, als Barathol den Raum betrat. »Sein ganzer verdammter Bauch ist voller toter Fliegen!«

»Du wirst ihn nicht retten«, sagte Barathol und ging zum Tresen, wo er seine Axt auf die zerschrammte, staubige Oberfläche legte. Es gab ein schweres, dumpfes Geräusch. Er machte sich daran, seine Handschuhe auszuziehen, und blickte dabei Hayrith an. »Hat sie geboren?« fragte er.

»Ja. Ein Mädchen.« Hayrith wusch sich die Hände in einer Schüssel, aber sie wies mit einem Nicken auf ein kleines Bündel, das auf der Brust der Frau lag. »Sie saugt schon. Ich hab' zuerst gedacht, alles wäre schiefgelaufen, Schmied. Richtig schief. Das Kind war ganz blau, als es rausgekommen ist. Aber die Nabelschnur hatte sich gar nicht um seinen Hals verknotet.«

»Und warum war es dann blau?«

»Was heißt war? Es ist immer noch blau. Der Vater war ein Napanese, würde ich sagen.«

»Und was ist mit der Mutter?«

»Sie wird's überleben. Ich habe Nulliss gar nicht gebraucht. Ich weiß, wie man eine Wunde saubermacht und näht. Natürlich weiß ich das, schließlich bin ich einst der Heiligen Armee des Falah'd von Hissar gefolgt und habe schon viele Schlachtfelder gesehen. Und auch viele Wunden saubergemacht.« Sie schüttelte die Hände und trocknete sie dann an ihrem schmuddeligen Kasack ab. »Sie wird natürlich Fieber bekommen, aber wenn sie das überlebt, wird sie in Ordnung sein.«

»Hayrith!«, rief Nulliss. »Komm her und wring die Lumpen aus! Und dann wirf sie wieder ins kochende Wasser – bei den Göttern hienieden, ich verliere ihn – sein Herzschlag wird schwächer.«

Die Tür schwang auf. Köpfe drehten sich, und alle Augen richteten sich auf L'oric, der langsam ins Innere des Gasthauses trat.

»Wer ist denn das, im Namen des Vermummten?«, fragte Hayrith.

Barathol, der gerade die Riemen seines Helms löste, sagte: »Das ist Hohemagier L'oric, ein Flüchtling der Apokalypse.«

Hayrith kicherte. »Na, da hat er ja genau den richtigen Ort gefunden! Willkommen, L'oric! Nehmt Euch einen Krug voller Staub und einen Teller voller Asche und gesellt Euch zu uns!

Fenar, hör auf, in der Gegend rumzuglotzen, und geh und such Chaur und Urdan – da draußen liegt Pferdefleisch rum, um das man sich kümmern muss – wir wollen doch nicht, dass die Wölfe aus den Hügeln hier runterkommen und sich zuerst drüber hermachen.«

Barathol schaute zu, wie L'oric zu Nulliss hinüberging, die über dem Jungen auf dem Tisch kniete. Sie schob Lumpen in die Bauchhöhle und zog sie wieder heraus – da war viel zu viel Blut – kein Wunder, dass sein Herzschlag schwächer wurde.

»Geh zur Seite«, sagte L'oric zu ihr. »Ich beherrsche zwar kein Hoch-Denul, aber zumindest kann ich die Wunde säubern und verschließen und dafür sorgen, dass es nicht zu einer Entzündung kommt.«

»Er hat zu viel Blut verloren«, zischte Nulliss.

»Vielleicht«, stimmte L'oric ihr zu, »aber lass uns zumindest seinem Herzen eine Möglichkeit geben, sich wieder zu erholen.«

Nulliss wich zurück. »Wie Ihr wollt«, schnappte sie. »Ich kann nichts mehr für ihn tun.«

Barathol ging hinter den Tresen, kauerte sich vor ein Stück Holztäfelung, dem er einen kräftigen Schlag versetzte. Das Holzstück fiel zu Boden, gab den Blick auf drei staubige Krüge frei. Er nahm einen, stand auf und stellte ihn auf den Tresen. Dann suchte er sich einen Bierkrug, wischte ihn sauber und füllte ihn.

Erst danach stellte er fest, dass er die Blicke aller Anwesenden auf sich gezogen hatte – mit Ausnahme von L'oric, der neben dem Jungen stand und ihm die Hände auf die Brust gelegt hatte. Hayrith fragte in ehrfürchtigem Tonfall: »Wo hast du den denn her, Schmied?«

»Aus dem Versteck vom alten Kulat«, antwortete Barathol. »Ich glaube nicht, dass er zurückkommen wird, um ihn sich zu holen.«

»Und was rieche ich da?«

»Falarischen Rum.«

»Gesegnet seien die Götter droben und hienieden!«

Schlagartig versammelten sich die Einheimischen im Raum um

den Tresen. Knurrend schob Nulliss Filiad zurück. »Du nicht – du bist zu jung –«

»Zu jung? Frau, ich bin sechsundzwanzig!«

»Du hast gehört, was ich gesagt habe! Sechsundzwanzig? Das reicht nicht, um falarischen Rum genießen zu können, du dürrer Welpe.«

Barathol seufzte. »Sei nicht so gierig, Nulliss. Außerdem sind da unten noch zwei Krüge.« Er nahm seinen Bierkrug und trollte sich, während Filiad und Jhelim miteinander rangelten und dabei gleichzeitig versuchten, hinter den Tresen zu krabbeln.

Von ein paar getrockneten Blutspritzern abgesehen, war eine fahle Narbe alles, was von dem Schwerthieb quer über den Bauch des Jungen geblieben war. L'oric stand noch immer neben ihm, die Hände reglos auf seiner Brust. Nach ein paar Herzschlägen öffnete er die Augen und trat zurück. »Er hat ein starkes Herz … wir werden sehen. Wo ist die andere?«

»Da drüben. Sie hat eine Schulterwunde. Sie ist ausgebrannt worden, aber ich kann garantieren, dass eine Entzündung entstehen und sie am Ende wahrscheinlich töten wird, wenn Ihr nicht irgendetwas tut.«

L'oric nickte. »Sie heißt Scillara. Den jungen Mann hier kenne ich nicht.« Er runzelte die Stirn. »Heboric Geisterhand« – er rieb sich das Gesicht –, »ich hätte nicht gedacht …« Er warf Barathol einen Blick zu. »Als Treach ihn zu seinem Destriant erwählt hat … nun, da war so viel … Macht. T'lan Imass? Fünf zerbrochene T'lan Imass?«

Barathol zuckte die Schultern. »Ich selbst habe den Überfall nicht gesehen. Die Imass sind vor einigen Monaten schon einmal hier aufgetaucht, aber dann sah es aus, als wären sie wieder verschwunden. Schließlich gibt es hier nichts, was sie wollen würden. Noch nicht einmal mich.«

»Diener des Verkrüppelten Gottes«, sagte L'oric. »Die Ungebundenen, vom Hohen Haus der Ketten.« Er ging zu der Frau, die er Scillara genannt hatte. »Die Götter führen in der Tat Krieg gegeneinander …«

Barathol starrte ihm nach. Er trank die Hälfte des Rums in seinem Bierkrug und gesellte sich dann wieder zu dem Hohemagier. »Die Götter, sagt Ihr.«

»In ihr flüstert schon das Fieber – das wird nicht ausreichen.« Er schloss die Augen und begann, leise vor sich hin zu murmeln. Nach ein paar Herzschlägen trat er zurück, blickte Barathol in die Augen. »Dies ist genau das, was geschehen wird. Das Blut von Sterblichen wird vergossen werden. Unschuldige Leben ... vernichtet. Sogar hier, in diesem verfaulten Loch von einem Dorf, könnt ihr euch nicht vor der Plage verstecken – sie wird euch finden. Sie wird uns alle finden.«

Barathol trank den Rum aus. »Werdet Ihr Euch jetzt auf die Suche nach dem Mädchen machen?«

»Und sie ganz allein den Ungebundenen entreißen? Nein. Selbst wenn ich wüsste, wo ich suchen müsste – es ist unmöglich. Der Zug der Königin der Träume ist fehlgeschlagen – wahrscheinlich weiß sie es schon.« Er holte tief und zittrig Luft; erst jetzt bemerkte Barathol, wie erschöpft der Mann eigentlich war. »Nein«, sagte er noch einmal; sein Gesichtsausdruck veränderte sich, war aber schwer zu deuten – doch ein, zwei Herzschläge später sah er auf einmal ziemlich unglücklich aus. »Ich habe meinen Hausdämon verloren ... aber ...«, er schüttelte den Kopf, »aber ich spüre keinen Schmerz – die Trennung sollte Schmerzen hervorrufen – ich verstehe es nicht ...«

»Hohemagier, es gibt hier freie Räume«, sagte Barathol. »Ruht Euch aus. Ich werde Hayrith beauftragen, Euch etwas zu essen zu besorgen, und Filiad kann sich um Euer Pferd kümmern. Wartet hier, bis ich zurückkomme.«

Der Schmied sprach kurz mit Hayrith, dann verließ er das Wirtshaus und machte sich einmal mehr zur Weststraße auf. Er sah, dass Chaur, Fenar und Urdan den toten Pferden die Sättel und das Zaumzeug abnahmen. »Chaur!«, rief er, »geh von dem da weg – nein, in diese Richtung, dahin, bleib einfach stehen, verdammt. Da. Rühr dich nicht von der Stelle.« Das Pferd des Mädchens. Als er es erreicht hatte, ging er vorsichtig darum herum, suchte nach Spuren.

Chaur zappelte herum – ein großer Mann, aber mit dem Verstand eines Kindes, auch wenn der Anblick von Blut ihn sonst nie beunruhigt hatte.

Barathol achtete nicht weiter auf ihn, sondern musterte eingehend die Kratzer, Furchen und verrutschten Steine und fand schließlich einen kleinen Fußabdruck – nur einen einzigen, und merkwürdig verdreht, wo der Fußballen auf dem Boden aufgekommen war. Auf beiden Seiten davon waren größere Abdrücke, von skelettartigen Füßen, die hier und dort mit Lederriemen oder Fellstücken zusammengebunden waren.

So. Sie war von dem tödlich verwundeten Pferd heruntergesprungen, doch genau in dem Augenblick, als sie mit einem Fuß den Boden berührt hatte, hatten die T'lan Imass sie gepackt und sie hochgehoben – sie hatte sich zweifellos gewehrt, doch gegen solch eine unmenschliche, unerbittliche Kraft war sie hilflos gewesen.

Und dann waren die T'lan Imass verschwunden. Zu Staub zerfallen. Und hatten sie irgendwie mitgenommen. Er hätte nicht gedacht, dass das möglich war. Doch … es führten keine Spuren von der Stelle weg.

Enttäuscht und gereizt machte Barathol sich auf den Weg zurück zum Wirtshaus.

Als er hinter sich ein wimmerndes Geräusch hörte, drehte er sich um. »Es ist in Ordnung, Chaur. Du kannst mit dem weitermachen, was du angefangen hattest.«

Ein breites Lächeln antwortete ihm.

Barathol spürte sofort, als er den Raum betrat, dass sich etwas verändert hatte. Die Einheimischen hatten sich an die Wand hinter dem Tresen zurückgezogen. L'oric stand mitten in der Schankstube und sah den Schmied an, der gleich hinter dem Eingang stehengeblieben war. Der Hohemagier hatte sein Schwert gezogen, eine schimmernde weiße Klinge.

L'oric starrte Barathol unverwandt an. »Ich habe gerade erst deinen Namen gehört.«

Der Schmied zuckte die Schultern.

Ein höhnisches Grinsen verzerrte L'orics bleiches Gesicht. »Ich nehme an, dass der Rum ihnen die Zunge gelockert hat, oder sie haben deinen Befehl, es zu verschweigen, schlicht und einfach vergessen.«

»Ich habe keine Befehle erteilt«, erwiderte Barathol. »Diese Leute hier wissen nichts von der Welt da draußen – und sie kümmert sie noch viel weniger. Was den Rum angeht …« Er ließ seinen Blick zu den Dorfbewohnern hinter dem Tresen schweifen. »Nulliss, ist noch was übrig?«

Sie nickte stumm.

»Dann stell ihn bitte auf den Tresen«, sagte Barathol. »Am besten neben meine Axt.«

»Ich wäre ein Narr, wenn ich dich in die Nähe deiner Waffe lassen würde«, sagte L'oric und hob sein Schwert.

»Das hängt davon ab, ob Ihr vorhabt, gegen mich zu kämpfen, oder?«, erwiderte Barathol.

»Mir fallen die Namen von hundert Männern ein, die – wenn sie jetzt an meiner Stelle wären – keinen Augenblick zögern würden.«

Barathol zog die Brauen hoch. »Die Namen von hundert Männern, sagt Ihr. Und wie viele von diesen Männern sind noch am Leben?«

L'orics Mund wurde zu einem schmalen Strich.

»Glaubt Ihr etwa«, fuhr Barathol fort, »dass ich damals, vor all diesen Jahren, einfach aus Aren weggegangen bin? Ich war nicht der einzige Überlebende, Hohemagier. Sie sind mir gefolgt. Man könnte fast schon sagen, dass es ein einziges verdammtes Rückzugsgefecht war – die ganze Strecke vom Arenweg bis Karashimesh. Bis ich den Letzten in einem Graben liegengelassen habe, wo er dann verblutet ist. Es mag sein, dass Ihr meinen Namen kennt, und es mag sein, dass Ihr glaubt, mein Verbrechen zu kennen … aber Ihr wart nicht dort. Diejenigen, die dort waren, sind alle tot. Nun – seid Ihr wirklich daran interessiert, diesen Fehdehandschuh aufzunehmen?«

»Sie sagen, du hättest die Tore geöffnet –«

Barathol schnaubte, ging quer durch den Raum zu dem Krug mit Rum, den Nulliss auf den Tresen gestellt hatte. »Lächerlich. T'lan Imass brauchen keine Tore.« Die Hexe vom Volk der Semk fand einen leeren Bierkrug und knallte ihn auf den Tresen. »Oh, es stimmt, ich habe eins aufgemacht – als ich auf dem Weg nach draußen war, auf dem schnellsten Pferd, das ich finden konnte. Zu diesem Zeitpunkt hatte das Gemetzel bereits angefangen.«

»Aber du bist nicht dort geblieben, oder? Du hast nicht gekämpft, Barathol Mekhar! Der Vermummte soll dich holen, Mann – *sie haben in deinem Namen rebelliert*!«

»Zu dumm, dass sie vorher nicht daran gedacht haben, mich zu fragen«, erwiderte er grollend und füllte den Bierkrug. »Und jetzt legt das verdammte Schwert weg, Hohemagier.«

L'oric zögerte, dann sackte er dort, wo er stand, ein wenig in sich zusammen und schob die Waffe langsam wieder in die Scheide. »Du hast recht. Ich bin zu müde für so etwas. Zu alt.« Er runzelte die Stirn, dann richtete er sich wieder gerade auf. »Du hast gedacht, die T'lan Imass wären deinetwegen gekommen, stimmt's?«

Barathol musterte den Mann über den zerschlagenen Rand seines Bierkrugs hinweg, sagte jedoch nichts.

L'oric strich sich mit einer Hand durchs Haar und blickte sich um, als hätte er vergessen, wo er sich befand.

»Bei den Knochen des Vermummten«, sagte Barathol seufzend, »Nulliss, besorg dem armen Kerl einen Stuhl, ja?«

Der graue Nebelschleier und die blendenden silbrigen Flecken lösten sich langsam auf, und schlagartig konnte Felisin die Jüngere ihren Körper wieder spüren – und scharfe Steine, die sich in ihre Knie gruben, und den Geruch von Staub, Schweiß und Angst, der die Luft sättigte. Bilder von Chaos und Gemetzel erfüllten ihre Gedanken. Sie fühlte sich betäubt und konnte nichts anderes tun, als zuzusehen, wie die Dinge um sie herum allmählich wieder Gestalt annahmen. Vor ihr warf das Sonnenlicht scharfe Strahlen gegen eine von Spalten und Rissen durchzogene Felswand. Sandverwehungen säumten breite, flache Steinstufen, die in die Felswand selbst hinaufzuführen schienen. Weitaus näher waren die großen Knöchel der Hand – blass unter verwitterter Haut –, die ihren rechten Arm über dem Ellenbogen umklammerte; die sichtbaren Bänder des Handgelenks waren angespannt, und sie gaben schwache Geräusche von sich, wie Leder, das verdreht wird. Sie konnte den Griff nicht lösen – sie hatte es versucht, bis zur vollkommenen Erschöpfung. Nah war auch der überwältigende Gestank von uraltem Verfall, und dann und wann geriet eine blutverschmierte, geriffelte Klinge in ihr Blickfeld, breit nahe der gekrümmten Spitze, schmaler werdend zum lederumwickelten Heft hin. Schwarzer, glasiger Stein, entlang der Schneide so dünn, dass er halb durchsichtig war.

Andere standen um sie herum, mehr grässliche T'lan Imass. Sie waren blutbespritzt, und einigen fehlten Gliedmaßen – oder die, die da waren, waren verzerrt und verdreht; dem einen fehlte das halbe Gesicht, aber diese Beschädigung musste schon alt sein, erkannte sie. Ihr letzter Kampf – kaum mehr als ein Scharmützel – hatte sie nichts gekostet.

Der Wind strich traurig seufzend an der Felswand entlang. Felisin mühte sich auf die Beine, wischte sich die Steinchen von den Knien. *Sie sind tot. Sie sind alle tot.* Sie sagte es sich wieder und wieder, als hätte sie die Worte gerade erst entdeckt – Worte, die ihr noch nichts bedeuteten, eine Sprache, die sie noch nicht verstehen konnte. *Meine Freunde sind alle tot.* Was hatte es für einen Sinn, diese Worte zu sagen? Doch sie kehrten immer wieder zurück, als würden sie verzweifelt um Antwort heischen – irgendeine Antwort.

Ein neues Geräusch drang an ihr Ohr. Ein Scharren, das von der Felswand vor ihnen zu kommen schien. Als sie sich den brennenden Schweiß aus den Augen geblinzelt hatte, sah sie, dass eine der Spalten so aussah, als wäre sie erweitert worden, die Ränder wie mit einem Pickel weggeschlagen, und aus dieser Spalte tauchte eine gebeugte Gestalt auf. Ein alter Mann, der kaum mehr als Lumpen am Leibe trug und mit Staub bedeckt war. Irgendeine Flüssigkeit rann aus eiternden Wunden auf seinen Unterarmen und den Handrücken.

Als er sie sah, fiel er auf die Knie. »Du bist gekommen! Sie haben es versprochen – aber warum hätten sie auch lügen sollen?« Er machte merkwürdige, klickende Geräusche beim Sprechen. »Ich werde dich jetzt mitnehmen – du wirst sehen. Es ist alles gut. Du bist sicher, Kind, denn du bist erwählt worden.«

»Wovon redest du?«, wollte Felisin wissen, während sie einmal mehr versuchte, sich loszureißen – und dieses Mal hatte sie Erfolg, als die tödliche Hand sich öffnete. Sie geriet ins Stolpern.

Der alte Mann sprang auf und stützte sie. »Du bist erschöpft – das ist keine Überraschung. So viele Regeln wurden gebrochen, um dich hierherzubringen –«

Sie machte einen Schritt von ihm weg und stützte sich mit einer Hand gegen die sonnenwarme Felswand. »Wo ist hier?«

»Eine alte Stadt, Erwählte. Einst begraben, doch schon bald wird sie wieder lebendig sein. Ich bin nur der Erste, der herbeigerufen wurde, um dir zu dienen. Es werden noch andere kommen – sie kommen eben jetzt, denn auch sie haben das Flüstern gehört. Es sind die Schwachen, die es hören, verstehst du, und oh, es gibt viele, so viele Schwache.« Noch mehr klickende Geräusche – er hatte Kieselsteine im Mund.

Felisin drehte sich um, so dass sie die Felswand im Rücken hatte, und musterte den Streifen zerklüfteten, öden Landes, der vor ihr lag. Spuren einer alten Straße, Spuren von Ackerbau ... »Wir sind hier entlanggekommen – vor Wochen!« Sie starrte den alten Mann düster an. »Ihr habt mich zurückgebracht.«

Er lächelte, entblößte dabei abgenutzte, abgebrochene Zähne. »Diese Stadt gehört jetzt dir, Erwählte –«

»Hör auf, mich so zu nennen!«

»Bitte – du bist hierhergebracht worden, und dabei ist Blut vergossen worden – es liegt an dir, diesem Opfer eine Bedeutung zu verleihen –«

»Welchem Opfer? Das war Mord! Sie *haben meine Freunde umgebracht*!«

»Ich werde dir helfen zu trauern, denn das ist meine Schwäche, verstehst du? Ich trauere immer – um mich –, weil ich trinke, und um den Durst, der immer in mir ist. Schwäche. Knie vor ihr nieder, Kind. Mach aus ihr etwas, das du verehren kannst. Es ist sinnlos zu kämpfen – die Traurigkeit der Welt ist weit mächtiger als du es jemals sein wirst, und das musst du verstehen.«

»Ich will hier weg.«

»Unmöglich. Die Ungebundenen haben dich hierhergebracht. Wo könntest du hingehen, selbst wenn du gehen würdest? Wir sind Meilen um Meilen von allem entfernt.« Er saugte an den Kieselsteinen, schluckte Spucke, und fuhr dann fort: »Du hättest nichts zu essen. Kein Wasser. Bitte, Erwählte, in dieser begrabenen Stadt wartet ein Tempel auf dich – ich habe so lange, so hart gearbeitet, um ihn für dich vorzubereiten. Dort gibt es etwas zu essen. Und Wasser. Und schon bald werden mehr Diener da sein, alle verzweifelt darum bemüht, dir jeden Wunsch zu erfüllen – sobald du akzeptiert hast, was du geworden bist.« Er machte eine Pause und lächelte erneut, und sie sah die Steine – schwarz, glatt und glänzend, mindestens drei, und jeder so groß wie ein Fingerknochen. »Schon bald wird dir klar werden, was du nun bist – das Oberhaupt des größten Kults im Reich der Sieben Städte, und er wird sich noch weiter ausbreiten, über alle Meere und Ozeane – er wird Anspruch auf die ganze Welt erheben –«

»Du bist verrückt«, sagte Felisin.

»Das Flüstern lügt nicht.« Er griff nach ihr, und sie wich vor der glänzenden, von eiternden Wunden übersäten Hand zurück. »Oh, die Pest war hier, verstehst du? Poliel, die Göttin selbst, hat ihr Haupt vor dem Angeketteten gebeugt – so, wie wir es alle müssen, selbst du – nur dann wirst du deine rechtmäßige Macht erlangen. Die Pest – sie hat sich viele genommen, hat ganze Städte voller schwärzlicher Leichname zurückgelassen – aber andere haben überlebt, weil sie das Flüstern gehört haben, und sie wurden gezeichnet – durch eiternde Wunden und verdrehte Gliedmaßen, durch Blindheit. Bei manchen war es auch die Zunge. Sie ist ihnen verfault und abgefallen, so dass sie nun stumm sind. Bei anderen haben die Ohren geblutet, und alle Geräusche sind aus ihrer Welt verschwunden. Verstehst du? Sie hatten eine Schwäche, und der

Angekettete – er hat gezeigt, wie Schwäche sich in Stärke verwandeln kann. Ich kann sie spüren, denn ich bin der Erste. Dein Seneschall. Ich spüre sie. *Sie kommen.*«

Sie starrte noch immer auf seine kranke Hand hinunter, und nach einem kurzen Augenblick zog er sie zurück.

Und klickte wieder. »Bitte, folge mir. Lass mich dir all das zeigen, was ich getan habe.«

Felisin hob die Hände zum Gesicht. Sie verstand das alles nicht. Nichts davon ergab irgendeinen Sinn. »Wie heißt du?«, fragte sie.

»Kulat.«

»Und wie«, fügte sie flüsternd hinzu, »heiße ich?«

Er verbeugte sich. »Sie haben es nicht verstanden – niemand hat es verstanden. Die Apokalypse – das ist nicht einfach nur Krieg, nicht einfach nur Rebellion. Es ist *Verwüstung*. Und nicht einfach nur die Verwüstung des Landes – das ist nur das, was später kommt – verstehst du? Die Apokalypse ... ist eine des Geistes. Zermalmt, zerbrochen, ein Sklave seiner eigenen Schwächen. Nur solch eine gequälte Seele kann dem Land und allen, die in ihm leben, den Untergang bringen. Wir müssen innerlich sterben, um all das zu töten, was draußen liegt. Nur dann, wenn der Tod uns alle holt, nur dann werden wir Erlösung finden.« Er verbeugte sich noch tiefer. »Du bist die Wiedergeborene Sha'ik, die Erwählte, die Hand der Apokalypse.«

»Eine Änderung der Pläne«, murmelte Iskaral Pustl, während er scheinbar ziellos und zufällig hin und her trippelte, sich in den Lichtschein des Lagerfeuers bewegte und ihn wieder verließ. »Sieh!«, zischte er. »Sie ist weg, die eklige Kuh! Ein paar unförmige Schatten in der Nacht – und puff! Nichts als Spinnen, die sich in jeder Spalte und Ritze verstecken. Bah! Wehleidiger Feigling. Ich habe geglaubt, wir sollten weglaufen, Trell. Ja, weglaufen. Du gehst in diese Richtung, und ich werde in jene gehen – ich meine, ich werde natürlich direkt hinter dir sein, warum sollte ich dich jetzt im Stich lassen? Selbst wenn man bedenkt, dass diese Dinge unterwegs sind ...« Er verstummte, raufte sich die Haare, und nahm dann sein hektisches Hinundherwandern wieder auf. »Aber warum sollte ich mir Sorgen machen? Bin ich nicht immer loyal gewesen? Wirkungsvoll? Hervorragend wie immer? Also, warum sind sie dann *hier*?«

Mappo zog einen Streitkolben aus seinem Packsack. »Ich sehe nichts«, sagte er, »und hören kann ich nur dich, Hohepriester. Wer ist gekommen?«

»Habe ich gesagt, dass irgendetwas kommt?«

»Ja, das hast du.«

»Kann ich etwas dafür, dass du den Verstand verloren hast? Aber warum, das würde ich wirklich gerne wissen – ja, warum. Wir brauchen keine Gesellschaft. Außerdem sollte man annehmen, dass dies hier der letzte Ort wäre, den sie sehen wollen würden, wenn das, was ich rieche, das ist, was ich rieche, und ich würde das, was ich rieche, nicht riechen, wenn da nicht etwas gewesen wäre, das gerochen hat, richtig?« Er machte eine Pause, legte den Kopf schief. »Was ist das für ein Geruch? Ach, ist nicht wichtig – wo war ich? Ja, ich habe versucht, mir das Unvorstellbare vorzustellen, wobei das Unvorstellbare die Vorstellung ist, dass Schattenthron tatsächlich geistig gesund ist. Absurd, ich weiß. Wie auch immer, wenn dies, dann jenes, wobei dies bedeutet, dass er weiß, was er tut. Er hat Gründe – wirkliche Gründe.«

»Iskaral Pustl«, sagte Mappo und stand von seinem Platz beim Feuer auf, »sind wir in Gefahr?«

»Hat der Vermummte schon bessere Tage gesehen? Natürlich sind wir in Gefahr, du blöder Dummkopf – oh, ich muss solche Ansichten für mich behalten. Wie wäre es damit? Gefahr? Haha, mein Freund, natürlich nicht. Haha. Ha. Oh, da sind sie …«

Gewaltige Umrisse tauchten aus der Dunkelheit auf. Rot glühende Augen auf der einen Seite, fahlgrüne auf der anderen. Und dann noch mehr Augenpaare, golden und kupferfarben.

Die Schattenhunde.

Irgendwo weit draußen in der Wüste heulte ein Wolf oder ein Kojote, als hätte er einen Hauch vom Abgrund selbst erhascht. In der näheren Umgebung waren sogar die Grillen verstummt.

Die Haare im Nacken des Trell richteten sich auf. Auch er konnte jetzt die tödlichen Tiere riechen. Scharf, stechend. Und mit dem Geruch kamen schmerzhafte Erinnerungen. »Was wollen sie von uns, Hohepriester?«

»Sei still – ich muss nachdenken.«

»Kein Grund zur Sorge«, erklang eine neue Stimme aus der Dunkelheit, und als Mappo sich umdrehte, sah er einen Mann in den Lichtschein des Feuers treten. In einen grauen Umhang gehüllt, ziemlich groß, ansonsten jedoch unauffällig. »Sie … ziehen nur vorbei.«

Iskarals Gesicht hellte sich in falscher Begeisterung auf, während er zusammenzuckte. »Oh, Cotillion – könnt Ihr es nicht sehen? Ich habe alles erreicht, was Schattenthron von mir verlangt hat –«

»Bei dem Zusammenstoß, den du mit Dejim Nebrahl hattest«, sagte Cotillion, »hast du in der Tat sämtliche Erwartungen übertroffen – ich muss zugeben, dass ich keine Ahnung hatte, dass du über solche Kräfte verfügst, Iskaral Pustl. Schattenthron hat seinen Magi gut gewählt.«

»Ja, er ist voller Überraschungen, nicht wahr?« Der Hohepriester ging seitwärts zum Feuer, wo er sich hinsetzte und den Kopf schieflegte. »Nun, was will *er*? Mich beruhigen? Er beruhigt mich nie. Die Hunde auf die Spur irgendeines armen Narren führen? Nicht für lange, hoffe ich. Um des besagten Narren willen. Nein, nichts von all diesen Dingen. Er ist hier, um mich zu verwirren, aber ich bin schließlich ein Hohepriester des Schattens und kann daher nicht verwirrt werden. Warum? Weil ich dem verwirrendsten Gott diene, den es gibt, darum. Muss ich mir dann also Sorgen machen? Natürlich, aber das wird er niemals wissen, oder? Nein, ich muss diesen mörderischen Gott nur anlächeln und sagen: Wollt Ihr etwas Kaktustee, Cotillion?«

»Danke«, sagte Cotillion. »Ja, gerne.«

Mappo legte seinen Streitkolben auf den Boden und setzte sich wieder hin, als Iskaral Pustl den Tee eingoss. Der Trell kämpfte gegen die Verzweiflung an, die in ihm aufstieg. Irgendwo im Norden saß Icarium vor einem Feuer, das sich wahrscheinlich kaum von diesem hier unterschied, heimgesucht von Dingen, an die er sich nicht erinnern konnte. Doch er war nicht allein. *Nein, ein anderer hat meinen Platz eingenommen.* Das hätte ein Grund zur Erleichterung sein sollen, doch das einzige Gefühl, das Mappo spürte, war Furcht. *Ich darf den Namenlosen nicht trauen – das habe ich schon vor langer Zeit gelernt.* Nein, Icarium wurde jetzt von jemandem geführt, dem der Jhag gleichgültig war.

»Es freut mich, dass es dir gut geht, Mappo Runt«, sagte Cotillion.

»Die Schattenhunde haben einst an unserer Seite gekämpft«, sagte Mappo. »Auf dem Pfad der Hände.«

Cotillion nickte und nippte an seinem Tee. »Ja, du und Icarium, ihr wart damals sehr dicht dran.«

»Dicht dran? Was meint Ihr?«

Es dauerte etliche Herzschläge, ehe der Schutzpatron der Assassinen antwortete. Um sie herum, gleich außerhalb des Lagers, schienen die Hunde sich für die Nacht hingelegt zu haben. »Es ist weniger ein Fluch«, sagte er schließlich, »als vielmehr ein ... Rückstand. Der Tod eines Azath-Hauses setzt alle Arten von Kräften, von Energien frei – nicht nur diejenigen der Bewohner in ihren Gräbern in der Erde. In Icariums Seele ist etwas eingebrannt, eine Art Infektion, oder vielleicht ein Parasit. Der Natur nach ist es Chaos, die Auswirkung heißt Zusammenhanglosigkeit. Es trotzt der Weiterentwicklung des Denkens, des Geistes, des Lebens an sich. Mappo, diese Infektion muss ausgelöscht werden, wenn du Icarium retten willst.«

Der Trell konnte kaum atmen. In all den Jahrhunderten an der Seite des Jhag, in all den Worten, die die Namenlosen ihm mitgegeben hatten, die Gelehrte und Weise auf der halben Welt zu ihm gesagt hatten, hatte er niemals so etwas gehört. »Seid Ihr ... seid Ihr sicher?«

Ein langsames Nicken. »So sicher, wie man sein kann. Schattenthron und ich«, er blickte auf, zuckte dann andeutungsweise die Schultern, »unser Pfad zum Aufsteigen hat uns durch die Azath-Häuser geführt. Es hat Jahre gegeben – etliche Jahre –, in denen weder ich noch der Mann, der damals als Imperator Kellanved bekannt war, irgendwo im malazanischen Imperium gefunden werden konnten. Denn wir hatten eine andere Suche, ein kühneres Spiel, begonnen.« Der Feuerschein brachte seine dunklen Augen zum Glänzen. »Wir haben uns daran gemacht, die Azath-Häuser kartographisch zu erfassen. Sämtliche Häuser in dieser ganzen Sphäre. Wir haben vor, ihrer Macht Herr zu werden –«

»Aber das ist nicht möglich«, sagte Mappo. »Ihr seid gescheitert – es kann gar nicht anders sein, denn sonst wärt ihr beide mittlerweile mehr als Götter –«

»Das ist wohl wahr, was das betrifft.« Er musterte den Tee in der Tontasse, die er in den Händen hielt. »Allerdings sind wir zu gewissen Erkenntnissen gekommen – haben sie uns durch harte Erfahrungen und ziemlich unerbittlichen Fleiß verdient. Die erste war folgende: Unsere Suche würde wesentlich mehr Zeit erfordern als die Lebensspanne eines einzelnen Sterblichen. Die anderen Erkenntnisse – nun, die sollte ich vielleicht in einer anderen Nacht, zu einem anderen Zeitpunkt erzählen. Wie auch immer, wir haben damals verstanden, dass ein solches Spiel Ansprüche an uns stellen würde, denen wir nicht gewachsen sein würden – nicht als Imperator und Meisterassassine heißt das –, und daher hat es sich als notwendig erwiesen, von dem Gebrauch zu machen, was wir bis zu jenem Zeitpunkt gelernt hatten.«

»Euch selbst zu Göttern zu machen.«

»Ja. Und indem wir das getan haben, haben wir gelernt, dass die Azath weit mehr sind als einfach nur Häuser, die als Gefängnisse für mächtige Wesen geschaffen wurden. Sie sind auch Portale. Und sie sind ganz gewiss noch etwas – sie sind die Orte, an denen Verlorene Elementare verwahrt werden.«

Mappo runzelte die Stirn. »Diesen Begriff habe ich noch nie zuvor gehört. Die Verlorenen Elementare?«

»Gelehrte neigen im Allgemeinen dazu, nur vier anzuerkennen: Wasser, Feuer, Erde und Luft; aber es existieren noch andere. Und von diesen anderen rührt die enorme Macht der Azath-Häuser her. Mappo, man ist sofort im Hintertreffen, wenn man versucht, ein Muster zu erkennen, aber nur vier Bezugspunkte hat und es eine unbekannte Anzahl weiterer Punkte gibt, die bis jetzt noch unsichtbar ... im Schema noch unerklärt geblieben sind.«

»Cotillion, diese Verlorenen Elementare – stehen sie vielleicht in irgendeiner Beziehung zu den Aspekten der Zauberei? Zu den Gewirren und den Drachenkarten? Oder, was noch wahrscheinlicher ist, zu den alten Festen?«

»Leben, Tod, Dunkel, Licht, Schatten ... möglicherweise, doch auch das scheint eine zurechtgestutzte Auswahl. Was ist zum Beispiel mit der Zeit? Der Vergangenheit, Gegenwart, Zukunft? Was ist mit Verlangen – und Tat? Mit Klang, Stille? Oder sind die beiden letzten nur unbedeutende Aspekte der Luft? Gehört die Zeit zum Licht? Oder ist sie nichts weiter als ein Punkt irgendwo zwischen Licht und Dunkel, doch ein eigener Punkt, getrennt vom Schatten? Was ist mit Glaube und Leugnung? Kannst du nun die mögliche Komplexität dieser Beziehungen verstehen, Mappo?«

»Vorausgesetzt, dass sie mehr sind als bloße Konzepte – dass sie tatsächlich existieren.«

»Zugegeben. Dennoch – vielleicht sind Konzepte alles, was nötig ist, wenn der Zweck der Elemente darin besteht, all dem, was uns äußerlich umgibt – und all dem, was uns von innen leitet –, Form und Bedeutung zu verleihen.«

Mappo lehnte sich zurück. »Und Ihr habt versucht, solch eine Macht zu beherrschen?« Er starrte Cotillion an und fragte sich, ob selbst ein Gott so viel Dünkel, so viel Ehrgeiz entwickeln konnte. *Und sie haben mit ihrer Suche angefangen, lange bevor sie zu Göttern geworden sind ...* »Ich muss gestehen, dass ich hoffe, dass Ihr – Ihr und Schattenthron – scheitert, denn das, was Ihr da gerade beschrieben habt, sollte niemals irgendjemandem in die Hände fallen – weder einem Gott noch einem Sterblichen. Nein, überlasst es den Azath –«

»Und das hätten wir auch getan, wenn wir nicht festgestellt hätten, dass die Kontrolle der Azath schwächer wurde. Ich vermute, dass die Namenlosen zu der gleichen Erkenntnis gekommen sind und allmählich immer verzweifelter werden. Wir glauben leider, dass ihre letzte Entscheidung – wenn sie denn überhaupt eine Auswirkung haben sollte – die Azath weiter dem Chaos und der Auflösung entgegentreiben wird.« Er nickte in Richtung von Iskaral Pustl, der unweit von ihnen hockte und vor sich hin murmelte. »Daher rührt unser Entschluss ... uns einzumischen. Unglücklicherweise zu spät, um Dejim Nebrahls Freilassung und den nachfolgenden Hinterhalt zu verhindern. Aber ... du bist am Leben, Trell.«

Und so stellst du nun fest, Cotillion, dass der Versuch, die Azath zu beherrschen, dazu geführt hat, dass du ihnen dienst. Verlangen gegen Tat ... »Icariums Fluch aufzuheben ...« Mappo schüttelte den Kopf. »Dies ist ein außergewöhnliches Angebot, Cotillion. Ich stelle fest, dass ich zwischen Zweifel und Hoffnung hin und her gerissen werde.« Ein gequältes Lächeln. »Oh, ich beginne zu verstehen, wie Konzepte an sich genügen können.«

»Icarium hat es verdient, dass seine Qualen ein Ende finden«, sagte der Gott. »Oder etwa nicht?«

»Was soll ich tun?«

»Im Augenblick das, was du sowieso tust – folge deinem Freund. Bleibe auf seiner Spur, Mappo. Eine Konvergenz naht – eine so gewaltige Konvergenz, dass sie sehr wahrscheinlich unser Begriffsvermögen übersteigen wird. Die Götter scheinen blind zu sein, scheinen den Rand der Klippe, dem sie sich alle nähern, nicht zu sehen ... und ja, dann und wann schließe ich mich ihnen diesbezüglich an.«

»Ihr macht nicht den Eindruck, als wärt Ihr blind.«

»Nun, dann ist *hilflos* vielleicht der treffendere Begriff. Auf jeden Fall werden wir beide uns noch einmal unterhalten. Für den Augenblick zweifle nicht daran, dass du gebraucht wirst. Von uns, von jedem Sterblichen – und vor allem von Icarium.« Er stellte die Tasse ab und stand auf.

Das schwache Geräusch der Hunde, die aufstanden und sich zum Aufbruch bereit machten, drang an Mappos Ohren.

»Ich weiß, dass ich das nicht sagen muss«, sagte der Gott, »aber ich werde es dennoch tun. Gib die Hoffnung nicht auf, Mappo.

Denn die Hoffnungslosigkeit ist dein größter Feind. Wenn die Zeit kommt, da du zwischen Icarium und all dem stehen wirst, was die Namenlosen anstreben … nun, ich glaube, dass du nicht versagen wirst.«

Mappo schaute Cotillion hinterher, der in die Dunkelheit davonschritt. Die Hunde folgten ihm dichtauf. Ein, zwei Herzschläge verstrichen, dann blickte der Trell zu Iskaral Pustl. Und stellte fest, dass scharfe, glitzernde Augen ihn anstarrten. »Hohepriester«, sagte Mappo, »hast du vor, mich auf meiner Reise zu begleiten?«

»Das kann ich leider nicht.« Der Dal Honese wandte den Blick ab. »Der Trell ist verrückt! Er wird versagen! Natürlich wird er versagen! Er ist so gut wie tot, oh, ich kann es nicht einmal mehr ertragen, ihn auch nur anzusehen. Die Heilung, die Mogara vollbracht hat – umsonst! Eine Verschwendung!« Iskaral Pustl rieb sich das Gesicht und sprang dann auf. »Zu viele gleichermaßen wichtige Aufgaben warten auf mich, Mappo Runt. Nein, du und ich, wir werden vorübergehend voneinander abweichende Pfade beschreiten, aber wir werden nichtsdestotrotz Seite an Seite dem Ruhm entgegenschreiten! Wie Cotillion gesagt hat, du wirst nicht versagen. Und ich auch nicht. Der Sieg wird unser sein!« Er hob eine knochige Faust und schüttelte sie gegen den Nachthimmel. Dann schlang er sich die Arme um den Oberkörper. »Bei den Göttern hienieden, wir sind dem Untergang geweiht!«

Ein Kichern von Mogara, die wieder aufgetaucht war, die Arme voller Feuerholz, das auf unerklärliche Weise klein gehackt war, als wäre ein erfahrener Waldbewohner am Werk gewesen. Sie ließ es neben dem Feuer zu Boden fallen. »Schüre die Glut, mein lieber, erbärmlicher Ehemann.«

»Du kannst mich nicht herumkommandieren, Hexe! Schür sie doch selbst! Ich habe jetzt lebenswichtigere Dinge zu erledigen!«

»Und die wären?«

»Nun, als Allererstes muss ich pinkeln.«

Kapitel Zwei

Und all diese Leute versammelten sich,
um den zu ehren, der gestorben war,
war es ein Mann, eine Frau, ein Krieger,
ein König, ein Narr, und wo waren
die Statuen, die Bilder, die auf
Gips und Stein gemalt waren?

Doch so standen oder saßen sie – und der Wein
schwappte um ihre Füße, tropfte rot
von ihren Händen – umgeben von Wespen,
die am Ende ihrer Lebenszeit nach Süßem dürstend
herumflogen, und trunkene Stimmen
schrien auf, wachgestochen.

Stimmen verschwammen ineinander in verwirrter
Überschwänglichkeit, die Frage, die wieder
und wieder gestellt wurde – warum? Aber hier findet
eine Wahrheit ihr eigenes Staunen,
denn die Frage war nicht, warum der hier
gestorben ist oder es zu rechtfertigen,

denn im Herzen ihres wogenden Getümmels
gab es niemanden, für den
diese Versammlung nichts weiter war
als ein Echo des früheren Selbsts.
Sie fragten, wieder und wieder,
warum sind wir hier?

Der Eine, der gestorben war, hatte keinen Namen,
sondern alle Namen, kein Gesicht, sondern alle
Gesichter derjenigen, die sich versammelt hatten,
und so waren wir es, die lernten
zwischen Wespen, die ihr Leben hinter sich hatten,
und doch einen letzten grellen Schmerz verbreiteten,

dass wir die Toten waren
und alle in einem ungesehenen Verstand –
denn da stand oder saß ein Mann oder eine Frau,
ein Krieger, eine Königin oder ein Narr, der
in trunkenem Müßiggang einen Augenblick lang an all das
dachte, an dem man im Leben vorbeiging.

Die Versammlung an der Quelle
Fisher Kel Tath

Selbst mit vier neuen Rädern war die Kutsche der Trygalle-Handelsgilde ein mitgenommenes, klappriges Wrack. Zwei Pferde waren bei der Rutschpartie den Abhang hinunter gestorben. Drei Anteilseigner waren zermalmt worden, und ein vierter hatte sich den Hals gebrochen. Karpolan Demesand saß auf einem Klapphocker, den Kopf mit einem blutigen Verband umwickelt, und trank Kräutertee, wobei er immer wieder zusammenzuckte.

Sie hatten Ganaths Gewirr – Omtose Phellack – verlassen, und nun umgab sie der vertraute Anblick der Wüste, des Buschwerks und der kahlen Hügel des Reichs der Sieben Städte, während die Sonne von einer Wolkendecke verborgen dem Zenith zustrebte. Der Geruch von Regen lag in der ungewöhnlich feuchten Luft. Insekten umwirbelten und umschwirrten ihre Köpfe.

»Das kommt von der Wiedergeburt des Binnenmeeres«, sagte Ganath.

Paran warf ihr einen kurzen Blick zu und machte sich dann wieder daran, den Sattelgurt seines Pferds festzuziehen – das Tier versuchte den Atem anzuhalten, sein Brustkorb war gebläht in dem Versuch, den Gurt nicht zu stramm werden zu lassen; wahrscheinlich hoffte es, Paran würde in einem absolut unpassenden Augenblick von seinem Rücken rutschen. Pferde waren bei so vielen menschlichen Eskapaden, Katastrophen und Schwächen widerwillige Gefährten, so dass Paran dem Tier seine wohlverdiente Streitsucht nicht übelnehmen konnte. »Ganath«, sagte er, »weißt du genau, wo wir sind?«

»Dieses Tal führt im Westen zur Raraku-See, jenseits der inneren Gebirgskette. Im Osten führt es durch einen selten benutzten Pass hinunter zur Stadt G'danisban.« Sie zögerte kurz und fügte dann hinzu: »Es ist lange her, seit ich das letzte Mal so weit im Osten war ... so nah bei euren Städten.«

»G'danisban. Nun, ich brauche Vorräte.«

Sie blickte ihn an. »Du hast deine Aufgabe erfüllt, Herr der Drachenkarten. Die Deragoth sind befreit, der Jäger – der Vielwandler, der als Dejim Nebrahl bekannt ist – ist nun der Gejagte. Kehrst du nun nach Darujhistan zurück?«

Er verzog das Gesicht. »Leider noch nicht.«

»Gibt es noch mehr Kräfte, die du auf diese Welt loslassen willst?«

Ein bestimmter Unterton in ihrer Stimme sorgte dafür, dass er sich umdrehte. »Nicht, wenn ich es verhindern kann, Ganath. Wohin gehst du nun?«

»Nach Westen.«

»Ah, ja, um den Schaden an deinem Ritual wieder in Ordnung zu bringen. Ich bin neugierig – was war darin gefangen?«

»Eine Himmelsfestung der K'Chain Che'Malle. Und ... andere Dinge.«

Eine Himmelsfestung? Bei den Göttern hienieden. »Wo ist sie hergekommen?«

»Aus einem Gewirr, nehme ich an«, sagte sie.

Paran vermutete, dass sie mehr als das wusste, aber er verfolgte die Angelegenheit nicht weiter. Stattdessen rückte er ein letztes Mal den Sattel zurecht und sagte: »Ich danke dir, Ganath, dass du uns begleitet hast – ohne dich hätten wir nicht überlebt.«

»Vielleicht kann ich dich eines Tages meinerseits um einen Gefallen bitten.«

»Einverstanden.« Er zog einen langen, in ein Stück Tuch eingewickelten Gegenstand hervor, der am Sattel festgeschnallt gewesen war, und trug ihn zu Karpolan Demesand hinüber.

»Hohemagier«, sagte er.

Der korpulente Mann blickte auf. »Oh, Eure Bezahlung.«

»Für geleistete Dienste«, sagte Paran. »Wollt Ihr, dass ich es auswickle?«

»Beim Vermummten, nein, Ganoes Paran – Zauberei ist das Einzige, was meinen Schädel im Augenblick zusammenhält. Und auch wenn das Schwert jetzt in seiner Scheide steckt und eingewickelt ist, kann ich doch die darin enthaltene, Magie aufhebende Macht spüren.«

»Ja, es ist eine unangenehme Waffe«, sagte Paran.

»Wie auch immer, eines muss noch getan werden.« Karpolan winkte, und eine der beiden Anteilseignerinnen aus dem Volk der Pardu kam zu ihnen und nahm das Otataral-Schwert entgegen, das einst Mandata Lorn gehört hatte. Sie trug es ein kleines Stück weg, legte es dann auf den Boden und trat zurück. Ein weiterer Anteilseigner kam hinzu, der einen riesigen, beidhändig zu schwingenden Streitkolben trug. Er stellte sich über die eingewickelte Waffe und schlug mit dem Streitkolben zu. Und noch einmal, und noch einmal. Jeder Schlag zerschmetterte die Otataral-Klinge mehr. Schwer atmend trat der Mann zurück und blickte zu Karpolan Demesand.

Der sich erneut Paran zuwandte. »Holt Euch Eure Scherbe, Herr der Drachenkarten.«

»Danke«, antwortete der Malazaner und ging zu dem Schwert. Er kauerte sich hin und schlug die mitgenommene, von zahllosen Schnitten übersäte Lederhülle zurück. Ein halbes Dutzend Herzschläge lang starrte er auf die rostfarbenen Metallsplitter hinunter, suchte sich dann eine Scherbe aus, die ungefähr so lang wie sein Zeigefinger und kaum breiter war. Vorsichtig wickelte er sie in ein Stück Leder und schob das Ganze dann in seine Gürteltasche. Er stand auf und ging wieder zu dem Hohemagier zurück.

Karpolan Demesand seufzte und erhob sich langsam von seinem Hocker. »Es ist Zeit für uns, nach Hause zu gehen.«

»Ich wünsche Euch eine sichere Reise, Hohemagier«, sagte Paran und verbeugte sich.

Der Mann versuchte zu lächeln, doch die Anstrengung ließ jegliche Farbe aus seinem Gesicht weichen. Er drehte sich um und machte sich auf einen seiner Anteilseigner gestützt auf den Weg zur Kutsche.

»Bete, dass er in den Gewirren keinen widrigen Umständen begegnet«, sagte Ganath, die an Parans Seite getreten war, leise.

Paran ging zu seinem Pferd. Dann, als er die Arme bereits auf dem Sattel liegen hatte, wandte er sich noch einmal zu Ganath um. »In diesen Krieg«, sagte er, »werden auch Ältere Mächte verwickelt werden. Sie sind bereits darin verwickelt. Die T'lan Imass mögen glauben, sie hätten die Jaghut ausgelöscht, aber das ist ganz eindeutig nicht der Fall. Hier stehst du vor mir, und es gibt noch andere, oder?«

Sie zuckte die Schultern.

Hinter ihnen ertönte das reißende Geräusch eines sich öffnenden Gewirrs. Zugriemen klatschten, dann rumpelten Räder.

»Ganath –«

»Jaghut haben kein Interesse am Krieg.«

Er musterte sie ein paar Herzschläge lang und nickte dann, setzte einen Fuß in den Steigbügel, zog sich in den Sattel und griff nach den Zügeln. »Genau wie du«, sagte er zu der Jaghut, »habe ich das Gefühl, sehr weit weg von zuhause zu sein. Leb wohl und gute Reise, Ganath.«

»Das wünsche ich dir auch, Herr der Drachenkarten.«

Paran ritt das Tal entlang in östlicher Richtung. Der Fluss, der sich einst in dieses Land gegraben hatte, war längst verschwunden, auch wenn sein mäanderndes Flussbett noch immer zu erkennen war. Gebüschgruppen und verwitterte Bäume kennzeichneten die Stellen, wo einst die letzten Wasserlöcher gewesen waren, und an den Biegungen breiteten sich Altwasser und angeschwemmter Sand fächerförmig aus. Nach drei Meilen öffnete sich das Tal in eine flache Senke mit schroffen Klippen im Norden und langen, sanft abfallenden Geröllhängen im Süden. Direkt voraus war ein Pfad zu erkennen, der zwischen vom Regenwasser tief eingeschnittenen Rinnen nach oben kletterte.

Als er den Fuß dieser Formation erreichte, stieg Paran ab und führte sein Pferd am Zügel nach oben. Die nachmittägliche Hitze nahm zu, und die unnatürliche Luftfeuchtigkeit machte sie nur noch widerlicher. Weit im Westen – höchstwahrscheinlich genau über der Raraku-See – begannen sich mächtige Wolken zu bilden. Als er den Gipfel erreichte, hatten besagte Wolken die Sonne verschluckt, und die Brise, die ihm über den Rücken strich, war süß vom Versprechen des Regens.

Paran stellte fest, dass er von dieser Stelle aus weit nach Osten blicken konnte und hinunter auf sanft gerundete Hügel, auf denen hier und da domestizierte Ziegen grasten; der Pfad führte zu einer etwas besseren Straße, die am Rand der Ebene entlang nach Norden und Süden verlief, wobei sie im Süden nach Osten abbog, auf einen fernen Fleck aus Rauch und Staub zu, der, wie Paran vermutete, G'danisban war.

Er schwang sich wieder in den Sattel und trieb das Pferd in einen leichten Galopp.

Bereits nach kurzer Zeit kam Paran zum ersten Schuppen eines Hirten, der verbrannt und ausgeraubt war, und um den sich nun, während das Tageslicht schwächer wurde, aus reiner Gewohnheit die Ziegen versammelten. Er sah nichts, das wie ein Grab – oder auch mehrere – aussah, und er hatte nicht vor, zwischen den Ruinen danach zu suchen. Die Pest, der lautlose, unsichtbare Atem der Grauen Göttin. Ihm wurde klar, dass es gut möglich war, dass sich die vor ihm liegende Stadt im Würgegriff dieses Schreckens befand.

Er spürte die ersten Regentropfen auf seinem Rücken, und einen Augenblick später rauschte der Regen bereits auf ihn herab. Der felsige Pfad wurde plötzlich tückisch, zwang Paran, sein Pferd zu zügeln, so dass es nur noch vorsichtig dahintrabte. Die Sichtweite war nach allen Seiten auf ein Dutzend Schritte begrenzt, die Welt hinter einer silbrigen Mauer verschwunden. Während bereits warmes Wasser unter seinen Kleidern an seinem Körper entlangrann, zog Paran die zerfetzte Kapuze des malazanischen Regenumhangs hoch, der seine Schultern bedeckte, und beugte sich vor, als der Regen noch härter auf ihn einprasselte.

Der Pfad wurde zu einem Bach; schlammiges Wasser gluckste zwischen Felsen und Kieselsteinen. Das Pferd ging jetzt nur noch im Schritt. Zwischen zwei niedrigen Hügeln verwandelte sich der Pfad in einen flachen See, und Paran sah sich plötzlich von zwei Soldaten flankiert.

Eine in einem schweren Handschuh steckende Hand griff ihm in die Zügel. »Du hast den falschen Weg genommen, Fremder«, knurrte der Mann auf Malazanisch.

Der andere hielt eine Armbrust in den Armen, aber sie war nicht geladen; sein Gesicht war im Schatten der Kapuze nicht zu sehen, seine Stimme hingegen gut zu verstehen: »Hast du den Regenumhang erbeutet? Ihn womöglich einem toten malazanischen Soldaten weggenommen, ja?«

»Nein«, erwiderte Paran. »Er hat zu meiner Ausrüstung gehört, Soldat, wie eure Regenumhänge zu eurer Ausrüstung gehören.« Als der Regen für einen kurzen Augenblick etwas schwächer wurde, konnte er ein Stück voraus gerade noch ein Lager ausmachen. Zwei, vielleicht auch drei Legionen, deren Zelte unter einer niedrig hängenden Decke aus dem Rauch ersterbender Kochfeuer eine Reihe niedriger Hügel überzogen. Hinter dem Lager und der Straße, die sich einen Hang hinunterwand, erhoben sich die Wälle von G'danisban. Er richtete seine Aufmerksamkeit wieder auf die Soldaten. »Wer befehligt diese Armee?«

Der Mann mit der Armbrust sagte: »Wie wäre es, wenn du als Erstes unsere Fragen beantworten würdest? Bist du ein Deserteur?«

Nun, genau genommen schon. Andererseits gelte ich als tot. »Ich möchte mit eurem kommandierenden Offizier sprechen.«

»Genau betrachtet hast du sowieso keine andere Wahl. Runter vom Pferd, Fremder. Wir nehmen dich unter dem Verdacht gefangen, ein Deserteur zu sein.«

Paran glitt von seinem Pferd. »Na schön. Und werdet ihr mir jetzt sagen, welche Armee das ist?«

»Dir hat der Junge einen Stoß versetzt. Du bist jetzt ein Gefangener von Einarms Heerhaufen.«

Es dauerte einige Zeit, bis es Paran allmählich dämmerte, worauf all die äußeren Anzeichen hinwiesen: dies hier war keine Belagerung. Kompanien hielten die Straßen besetzt, die nach G'danisban führten, und das Lager selbst bildete eine halbkreisförmige Einfassung der Nord- und der Westseite der Stadt, aber sämtliche Vorposten waren mindestens vierhundert Schritt von den unbemannten Wällen entfernt.

Einer der Soldaten brachte Parans Pferd zu den behelfsmäßigen Ställen, während der andere ihn durch die Gassen zwischen nassen Zelten führte. Überall liefen Gestalten herum, in Umhängen mit hochgeschlagenen Kapuzen, aber niemand trug volle Kampfausrüstung.

Sie betraten das Zelt eines Offiziers.

»Hauptmann«, sagte der Soldat und schlug seine Kapuze zurück, »wir sind auf diesen Mann gestoßen, als er versucht hat, auf der Rakustraße nach G'danisban zu reiten. Wie Ihr seht, trägt er einen malazanischen Regenumhang. Wir glauben, dass er ein Deserteur ist, vermutlich von der Vierzehnten, der Armee der Mandata.«

Die Frau, die er angesprochen hatte, lag rücklings auf einem Feldbett, das an der Rückwand des Zelts stand. Sie hatte helle Haut, und ihr kleines Gesicht war von einer Woge roter Haare umgeben. Sie drehte den Kopf, um ihren Soldaten und Paran einen Moment lang schweigend anzusehen, und starrte dann wieder zum tropfenden Zeltdach hoch. »Schaff ihn ins Gefängnis – wir haben doch eins, oder? Oh, und hol die Einzelheiten aus ihm heraus – welches Regiment, welche Legion, dieses ganze Zeug eben. Damit es aufgeschrieben werden kann, bevor er hingerichtet wird. Und jetzt raus mit euch, alle beide. Ihr macht hier alles nass.«

»Einen Augenblick, bitte, Hauptmann«, sagte Paran. »Ich möchte mit der Hohefaust sprechen.«

»Das ist nicht möglich, und ich kann mich nicht erinnern, dir die Erlaubis zu sprechen gegeben zu haben. Zieh ihm dafür die Fingernägel, Futhgar, ja? Zu gegebener Zeit, natürlich.«

Vor ein paar Jahren hätte Paran … nichts getan. Hätte die Regeln befolgt, die geschriebenen wie die ungeschriebenen. Er hätte einfach nur einen günstigen Augenblick abgewartet. Aber er war völlig durchnässt und brauchte dringend ein heißes Bad. Er war müde. Und er hatte so etwas Ähnliches schon einmal durchgemacht, vor langer Zeit auf einem fernen Kontinent. Damals war es natürlich ein Sergeant gewesen – der ebenfalls rothaarig gewesen war, aber einen Schnurrbart gehabt hatte –, doch auch so war die Ähnlichkeit da, traf ihn wie der Stoß eines Messers, das von einem Assassinen geschwungen wurde.

Der Soldat – Futhgar – stand links, einen halben Schritt hinter ihm. Paran ließ sich nichts anmerken, trat einfach nur nach rechts und rammte dem Soldaten den linken Ellenbogen ins Gesicht. Brach ihm die Nase. Der Mann fiel wie ein Sack Melonen zu Boden.

Der Hauptmann setzte sich auf, schwang die Beine herum und war gerade rechtzeitig auf den Beinen, damit Paran einen Schritt nach vorn machen und hart zuschlagen konnte. Seine Fingerknöchel krachten gegen das Kinn. Die Frau verdrehte die Augen und fiel rücklings auf das Feldbett, dessen hölzerne Beine unter dem Aufprall abbrachen.

Paran massierte sich die Hand und blickte sich um. Futhgar war bewusstlos, genau wie der Hauptmann. Das gleichmäßige Rauschen des Regens draußen hatte dafür gesorgt, dass außerhalb des Zelts ganz gewiss keine Geräusche von dem kurzen Kampf zu hören gewesen waren.

Er ging zur Reisetruhe des Hauptmanns. Sie war unverschlossen. Er klappte den Deckel auf und machte sich daran, in den Kleidungsstücken herumzusuchen, die auf einer Rüstung lagen. Es dauerte nicht lange, und er hatte genug Dinge gefunden, mit denen man zwei Soldaten fesseln und knebeln konnte. Er zerrte Futhgar vom Eingang weg, nahm ihm sein Essmesser, sein

Schlachtmesser und ein Kethramesser mit breiter Klinge ab, dann auch noch den Schwertgürtel. Er bereitete einen Stoffstreifen als Knebel vor, beugte sich dann über den Mann; er wollte feststellen, ob Futhgar durch seine gebrochene Nase genug Luft bekommen würde. *Nicht einmal annähernd.* Er ließ die Sache für den Augenblick auf sich beruhen und fesselte den Mann an den Handgelenken und den Knöcheln, benutzte dann einen Riemen von einem Harnisch, um die Fesseln hinter Futhgars Rücken miteinander zu verbinden. Dann zog er einen Streifen um Futhgars Kopf, straff über den geöffneten Mund, so dass Platz zum Atmen blieb, aber kein Platz für die Zunge, um Worte zu formen. Er würde in der Lage sein, ächzende Geräusche von sich zu geben, viel mehr aber auch nicht.

Paran fesselte den Hauptmann auf die gleiche Weise, fügte dann den Stoffknebel hinzu, der von einem Streifen an Ort und Stelle gehalten wurde, den er aus dem Hemd des Hauptmanns riss. Schließlich band er die beiden links und rechts an dem Feldbett fest, und das Feldbett selbst an den Mittelpfosten des Zelts, um sie daran zu hindern, ins Freie zu robben – was ihm, wie er hoffte, genügend Zeit verschaffte. Zufrieden blickte er sich ein letztes Mal um, zog seine Kapuze hoch und trat wieder nach draußen.

Er fand den Hauptgang und machte sich zu dem großen Kommandozelt in der Mitte des Lagers auf. Soldaten gingen an ihm vorbei, ohne ihm besondere Beachtung zu schenken. Dies hier war Einarms Heerhaufen, aber er hatte noch kein einziges vertrautes Gesicht gesehen, was allerdings auch nicht allzu überraschend war – er hatte die Brückenverbrenner befehligt, und die Brückenverbrenner gab es nicht mehr. Die meisten der Soldaten hier waren Neulinge, eingezogen von den Garnisonen in Fahl, Genabaris und Nathilog. Sie waren erst nach dem pannionischen Krieg angekommen. Nichtsdestoweniger erwartete er zumindest irgendjemandem aus der alten Streitmacht zu begegnen, die den ganzen Weg bis nach Korall marschiert war, jemanden, der an der vernichtenden Schlacht teilgenommen hatte.

Vier Soldaten hielten vor Dujeks Kommandozelt Wache. Ein

fünfter stand ganz in der Nähe, hielt die Zügel eines schlammbespritzten Pferdes.

Paran trat näher, den Blick auf den Mann mit dem Pferd gerichtet. Er schien ihm vertraut – er hatte gefunden, was er gesucht hatte. Ein Vorreiter – aber einer, der, wie er glaubte, zu Caladan Bruths Armee gehört hatte – *auch wenn ich mich in dieser Hinsicht täuschen könnte. Und wie war jetzt nochmal sein Name?*

Die blassbraunen Augen des Mannes richteten sich auf Paran, als der auf ihn zuschritt. Das im Schatten der Kapuze liegende Gesicht verriet, dass er ihn erkannt hatte – und dass ihn das verwirrte. Das hinderte den Vorreiter aber nicht daran, sich gerade hinzustellen und zu salutieren.

Paran schüttelte den Kopf, aber es war bereits zu spät. Auch die vier Wachen hatten Haltung angenommen. Paran beantwortete den Gruß mit einer vagen, nachlässigen Geste und trat dann dicht an den Vorreiter heran. »Soldat«, murmelte er, »erkennst du mich? Und antworte bitte leise.«

Ein Nicken. »Hauptmann Ganoes Paran. Ich vergesse keine Namen oder Gesichter, Hauptmann, aber wir haben gehört, dass Ihr –«

»Ja, und das soll auch so bleiben. Dein Name?«

»Hurlochel.«

»Jetzt erinnere ich mich. Du hast dich gelegentlich als Chronist betätigt, stimmt's?«

Ein Schulterzucken. »Ich schreibe mir die Dinge auf, ja, das stimmt, Hauptmann. Was macht Ihr hier?«

»Ich muss mit Dujek sprechen.«

Hurlochel warf einen Blick zu den Wachen hinüber und machte dann ein finsteres Gesicht. »Geht ein Stück mit mir, Hauptmann. Macht Euch keine Sorgen um die da, sie sind zu neu, um alle Offiziere zu kennen.«

Hurlochel zog das Pferd hinter sich her und führte Paran vom Zelteingang weg in eine seitlich gelegene Gasse, wo er stehen blieb.

»Hurlochel«, sagte Paran, »warum wird Dujeks Zelt von unerfahrenen Soldaten bewacht? Das ergibt überhaupt keinen Sinn. Was ist geschehen? Warum lagert ihr außerhalb von G'danisban?«

»Ja, Hauptmann, Ihr habt recht. Wir hatten eine harte Zeit. Es ist die Pest, versteht Ihr – die Heiler der Legion haben sie von uns ferngehalten, aber was sie dem Reich der Sieben Städte angetan hat ... bei den Göttern, Hauptmann, es gibt Zehntausende von Leichen. Vielleicht auch Hunderttausende. In jeder Stadt. Jedem Dorf. In den Karawanenlagern – überall, Hauptmann. Uns hat ein Goldener Moranth begleitet, versteht Ihr, er war wohl so etwas wie ein Renegat. Wie auch immer. Es gibt einen Tempel in G'danisban. Der Große Tempel von Poliel, und von dort kommt dieser faulige, widerliche Wind, und er wird stärker.« Hurlochel machte eine Pause und wischte sich den Regen aus den Augen.

»Dann hat Dujek sich also entschlossen, das Zentrum anzugreifen, stimmt's?«

»Ja, Hauptmann.«

»Mach weiter, Hurlochel.«

»Wir sind vor einem Monat hier angekommen, und Hohefaust Dujek hat zusammen mit dem Goldenen Moranth Kompanien aus seinen Veteranen zusammengestellt. Sie hatten vor, den verdammten Tempel anzugreifen. Sie haben damit gerechnet, dort auf eine Hohepriesterin oder jemanden in der Art zu stoßen, aber darauf waren sie vorbereitet. Womit jedoch niemand gerechnet hatte, war die Graue Göttin höchstpersönlich.«

Parans Augen weiteten sich. »Wer hat es zurück geschafft?«

»Die meisten von ihnen, Hauptmann, außer dem Goldenen Moranth. Aber ... sie sind alle krank, Hauptmann. Die Pest hat sie erwischt, und sie sind nur noch am Leben, weil die Heiler um sie kämpfen ... aber sie verlieren den Kampf. Und so sind wir hier. Wir sitzen fest, und niemand ist dreist genug, wirklich den Befehl zu übernehmen und ein paar echte Entscheidungen zu treffen.« Hurlochel zögerte kurz, ehe er fortfuhr: »Es sei denn, Ihr seid deswegen gekommen, Hauptmann. Ich hoffe es.«

Paran blickte weg. »Ich bin offiziell tot, Vorreiter. Dujek hat uns aus der Armee geworfen, mich und ein paar andere –«

»Brückenverbrenner.«

»Ja.«

»Nun, Hauptmann, wenn sich überhaupt jemand ein Leben in der Sonne verdient hat …«

Paran verzog das Gesicht. »Klar, ich bin mir sicher, dass diese Sonne irgendwo scheint. Wie auch immer – ich kann wohl kaum den Befehl übernehmen, schließlich bin ich nur ein Hauptmann –«

»Aber der bei weitem dienstälteste, Hauptmann. Dujek hatte seine Offiziere mitgenommen – sie waren schließlich Veteranen. Und so lagern hier beinahe zehntausend Soldaten, und diejenige, die am dichtesten dran ist, so etwas wie ein Befehlshaber zu sein, ist Hauptmann Liebkriek – eine falarische Prinzessin, ob Ihr's glaubt oder nicht.«

»Hat sie rote Haare?«

»Grellrote, ja, und ein hübsches Gesicht –«

»Mit einem geschwollenen Kinn. Wir sind uns begegnet.«

»Ein geschwollenes Kinn?«

»Es war keine erfreuliche Begegnung.« Paran zögerte immer noch, dann fluchte er und nickte. »In Ordnung. Ich werde den Rang eines Hauptmanns beibehalten … als Dienstältester. Aber ich brauche einen neuen Namen –«

»Hauptmann Gütig.«

»Hauptmann Gütig?«

»Über ihn gibt es jede Menge Soldatengeschwätz, Hauptmann, so wie Großmütter den Kleinen was über Ungeheuer erzählen, damit sie spuren. Niemand hier ist ihm je begegnet – zumindest niemand, der kein Fieber hat und halb außer sich ist.«

»Also gut – wo hat Gütig zuletzt gedient?«

»In der Vierzehnten, Hauptmann. Der Armee der Mandata im Westen der Raraku. Von woher seid Ihr gekommen?«

»Von Westen.«

»Ich glaube, das passt. Ich werde so tun, als ob ich Euch erkenne. Niemand weiß etwas über mich, außer, dass die Hohefaust mich eingesetzt hat, um Nachrichten zu überbringen.«

»Und warum würde ich dann zulassen, dass zwei Soldaten mich

gefangen nehmen, wenn ich doch eigentlich den Befehl übernehmen soll?«

»Habt Ihr das getan? Nun, vielleicht wolltet Ihr einfach nur sehen, wie die Dinge hier so laufen.«

»In Ordnung. Nur noch eine Frage, Hurlochel. Wieso bist du nicht bei Caladan Bruth in Genabackis?«

»Das Bündnis ist zerbrochen, Hauptmann, schon kurz nachdem die Tiste Andii sich in Schwarz-Korall niedergelassen hatten. Die Rhivi sind zurück auf ihre Ebene, die Barghast zu ihren Hügeln. Die Karmesin-Garde, die weiter oben im Norden war, ist einfach verschwunden – niemand weiß, wo sie hingegangen sind. Als Einarm sich eingeschifft hat ... nun, es hat so ausgesehen, als würden sie irgendwohin gehen, wo es interessant werden könnte.«

»Und – bedauerst du deine Entscheidung?«

»Mit jedem Herzschlag, Hauptmann.« Hurlochel runzelte die Stirn. »Ihr habt gesagt, dass Hauptmann Liebkriek ein geschwollenes Kinn abbekommen hat?«

»Ich habe ihr einen verpasst. Genauso wie einem Soldaten namens Futhgar. Sie liegen gefesselt und geknebelt im Zelt des Hauptmanns. Mittlerweile sind sie vielleicht schon wieder bei Bewusstsein.«

Der Vorreiter grinste, aber es war kein fröhliches Grinsen. »Hauptmann, Ihr habt eine falarische Prinzessin bewusstlos geschlagen – das ist ausgezeichnet. Es passt genau zu dem, was die Leute über Gütig gehört haben. Das ist großartig.«

Paran zuckte zusammen, rieb sich dann das Gesicht. *Bei den Göttern hienieden, was ist das nur mit mir und irgendwelchen Königshäusern?*

Sie hatte den verborgenen Tempel langsam verlassen und sah nun eine ziemlich weit auseinandergezogene Kolonne mitgenommener Gestalten weiter unten die Straße entlanggehen. Sie stapfte den staubigen, steinigen Hang hinunter und war kaum noch fünfzehn Schritte von den Marschierenden entfernt, als sie endlich von jemandem bemerkt wurde. Der Augenblick hatte etwas Seltsames, als die Überlebenden sich gegenüberstanden und in ihren Blicken sich sowohl Erkennen als auch Ungläubigkeit spiegelten. Und dann Hinnahme, das Gefühl, ein ähnliches Schicksal geteilt zu haben, und darunter ein unaussprechlicher Kummer. Es wurden nur wenige Worte gewechselt.

Als sie sich zu den marschierenden Soldaten gesellte, fand Lostara Yil sich an der Seite von Hauptmann Faradan Sort, die ihr etwas von den Nachwehen der Belagerung von Y'Ghatan erzählte. »Eure Faust, Tene Baralta, hat an der Schwelle des Todes geschwebt – wenn nicht des körperlichen Todes, dann des geistigen. Er hat einen Arm verloren – er war so verbrannt, dass er nicht mehr zu retten war –, und er hat noch mehr … Schaden genommen … im Gesicht. Ich glaube, er war ein eitler Mann.«

Lostara gab ein unbestimmtes Geräusch von sich. »Sein verdammter Bart – immer dick eingeölt.« Sie dachte einige Zeit lang über Tene Baralta nach. Sie hatte ihn nie sonderlich gemocht. Er war mehr als eitel. Vielleicht, um die Wahrheit zu sagen, sogar so etwas wie ein Feigling – all seiner Kampfeslust und seinem Auftreten zum Trotz. Sie erinnerte sich an die Ermordung der älteren Sha'ik und den darauf folgenden Rückzug. Damals war Baralta ihr Kommandant gewesen – und hatte begierig jeden Erfolg für sich beansprucht, während er vom Pfad der Katastrophe weggetänzelt war. Der Mann hatte eine sadistische Ader gehabt, und Lostara fürchtete, dass die nun aufblühen würde, denn Tene Baralta würde nach Möglichkeiten suchen, all das zu nähren, was in ihm verwundet war. »Warum hat die Armee euch alle zurückgelassen?«

Faradan Sort zuckte die Schultern. »Sie haben angenommen, dass niemand von denen, die in der Stadt in der Falle gesessen haben, den Feuersturm überlebt haben könnte.« Sie machte eine Pause und fügte dann hinzu: »Es war eine berechtigte Vermutung. Nur Sünd wusste, dass es nicht so war, und irgendetwas hat mir gesagt, dass ich dem Mädchen vertrauen sollte. Und deshalb haben wir weitergesucht.«

»Sie tragen alle nur noch Lumpen … und sie sind unbewaffnet.«

»Stimmt. Und deshalb müssen wir uns so schnell wie möglich wieder der Armee anschließen.«

»Kann Sünd auf magische Weise mit der Vierzehnten Kontakt aufnehmen? Oder der Schnelle Ben?«

»Ich habe sie noch nicht gefragt. Ich weiß nicht, inwieweit ihre Fähigkeit noch ungeformte Begabung ist – solche Kreaturen gibt es gelegentlich, und wenn sie nicht ausgebildet werden, wenn sie nie Lehrling waren, nie Disziplin gelernt haben, ist es gut möglich, dass sie zu Avataren des Chaos werden. Sie haben Macht, ja, aber sie ist ungerichtet … wild. Doch auch so war sie im Stande, die Flammenmauer zu bekämpfen und Faust Kenebs Kompanien zu retten … nun, zumindest ein paar von ihnen.«

Lostara warf erst Hauptmann Sort einen langen Blick zu, dann den Soldaten, die hinter ihnen her trotteten. »Ihr seid eine Korelri?«

»Ja.«

»Und habt am Wall gestanden?«

Ein ganz kurzes, knappes Lächeln, das sofort wieder verschwunden war. »Es ist niemandem gestattet, diesen Dienst zu verlassen.«

»Es heißt, dass die Sturmreiter bei ihren immerwährenden Angriffen gegen den Wall schreckliche Zauberei einsetzen.«

»Jede Art von Zauberei ist schrecklich – wahllos zu töten, oft noch aus großer Entfernung … es gibt nichts, was mehr Schäden bei einem Sterblichen anrichtet, der über eine solche Macht gebietet, sei er nun ein Mensch oder etwas anderes.«

»Ist es besser, dem Gegner ins Auge zu sehen, wenn man ihn tötet?«

»Zumindest«, erwiderte Faradan, »hat man ihm dann die Möglichkeit gegeben, sich zu verteidigen. Und am Ende entscheidet Oponn, in welchem Augenpaar das Licht erlischt.«

»Oponn … Ich dachte, es wären die Fähigkeiten.«

»Ihr seid immer noch sehr jung, Hauptmann Lostara Yil.«

»Bin ich das?«

Faradan Sort lächelte. »Jede Schlacht, in die ich gerate, lässt mein

Vertrauen in die Fähigkeiten geringer werden. Nein, es ist immer der Stoß des Lords oder der Zug der Lady … jedes Mal.«

Lostara sagte nichts. Sie konnte dieser Einschätzung nicht zustimmen, nicht einmal, wenn sie die Gereiztheit außer Acht ließ, die die herablassende Art der anderen Frau in ihr weckte. Ein kluger, fähiger Soldat überlebte, wo dämliche, ungeschickte Soldaten starben. Die eigenen Fähigkeiten waren eine Währung, mit der man sich Oponns Gunst erkaufen konnte – wie hätte es auch anders sein können?

»Ihr habt Y'Ghatan überlebt«, sagte Faradan Sort. »Wie viel davon war der Zug der Lady?«

Lostara dachte einen Augenblick lang nach, ehe sie antwortete. »Nichts.«

Einst, vor vielen Jahren, waren ein paar Dutzend Soldaten aus einem riesigen Sumpf gestolpert. Blutend und halb verrückt, und die Haut hatte ihnen von den Wochen, in denen sie durch Schlamm und schwarzes Wasser gewatet waren, nur noch in farblosen Fetzen vom Leib gehangen. Kalam Mekhar war einer von ihnen gewesen, genau wie die drei, neben denen er nun her schritt, und es schien, dass sich letztlich nur Kleinigkeiten geändert hatten.

Der Schwarzhundsumpf hatte eine brutale Auslese unter den Brückenverbrennern getroffen, ein langwieriger, alptraumhafter Krieg, der in Schwarzfichtenwäldchen, Lagunen und Sumpflöchern geführt worden war, in immerwährenden Zusammenstößen mit Motts Irregulären, der Ersten Armee der Nathii und der Karmesin-Garde. Die Überlebenden waren wie betäubt gewesen – aus dem Entsetzen herauszutreten hatte bedeutet, die Verzweiflung abzuschütteln, doch was auch immer an ihre Stelle getreten war, hatte lange gebraucht, um zu erwachen. So dass … sehr wenig zurückgeblieben war. *Schau uns an*, hatte Igel gesagt, *wir sind nichts weiter als ausgehöhlte Baumstämme. Wir sind erledigt, von innen her verfault, genau wie alle anderen verdammten Dinge in diesem verdammten Sumpf.* Nun, Igel war nie sonderlich optimistisch gewesen.

»Du siehst nachdenklich aus«, bemerkte der Schnelle Ben, der direkt neben ihm ging.

Kalam gab ein Brummen von sich und blickte ihn dann an. »Hab' nachgedacht, Ben. Wirst du deiner eigenen Erinnerungen eigentlich jemals müde?«

»Das ist keine gute Idee«, antwortete der Magier.

»Nein, ich nehme an, das ist es wirklich nicht. Ich werde nicht nur alt, ich fühle mich auch alt. Ich schaue mir all die anderen Soldaten an, die da hinter uns her trotten – bei den Göttern hienieden, sie sind jung. Bis auf ihre Augen. Ich nehme an, dass wir genauso waren. Früher. Nur ... von damals bis jetzt, was haben wir da getan, Ben? Verdammt wenig, was irgendetwas bedeutet hat.«

»Ich muss zugeben, dass ich mir selbst ein paar Gedanken über dich gemacht habe«, sagte der Schnelle Ben. »Diese Klaue, Perl, zum Beispiel.«

»Derjenige, der mich in den Rücken gestochen hat? Was ist mit ihm?«

»Warum hast du ihn eigentlich noch nicht getötet, Kalam? Ich meine, das ist nichts, worüber du normalerweise so leicht hinweggehst, oder? Es sei denn, du bist dir nicht sicher, ob du mit ihm fertig wirst.«

Hinter ihnen meldete sich Fiedler zu Wort: »War das Perl in jener Nacht in Malaz? Beim Atem des Vermummten, Kalam, der Scheißkerl stolziert seit der Raraku in der Vierzehnten rum. Kein Wunder, dass er jedes Mal, wenn er dich sieht, verschlagen grinst.«

»Perl kümmert mich einen Dreck, zumindest, wenn es darum geht, ihn umzubringen«, sagte Kalam leise. »Es gibt wichtigere Dinge, um die wir uns Sorgen machen sollten. Was hat die Mandata im Sinn? Was plant sie?«

»Wer sagt, dass sie überhaupt etwas plant?«, gab Fiedler zurück. Er trug eines der Kinder auf dem Arm, ein Mädchen, das fest schlief und dabei am Daumen lutschte. »Sie war hinter Leoman her, und jetzt flieht sie vor der Pest und versucht, die Transportflotte zu erreichen. Und dann? Ich vermute, dass wir auf dem Weg zurück nach Genabackis sind, oder vielleicht auch auf dem Weg zur

Halbinsel von Korel. Es ist einfach mehr vom Gleichen, denn das ist genau das, was Soldaten tun, wie Soldaten leben.«

»Ich glaube, du irrst dich«, sagte Kalam. »Es ist jetzt alles durcheinander geraten.«

»Was meinst du damit?«

»Perl ist der Schlüssel, Sappeur«, sagte der Assassine. »Warum hängt er immer noch hier rum? Was für einen Sinn hat es, die Mandata auszuspionieren? Was für einen Sinn hat es, der Vierzehnten an den Hacken zu kleben? Ich sage dir, Fied, was die Mandata als Nächstes tut, hängt von Imperatrix Laseen ab, von ihr und sonst niemandem.«

»Sie wird uns nicht alle gehen lassen«, sagte Fiedler. »Weder die Mandata noch die Vierzehnte. Wir sind ihre einzige bewegliche Armee, die noch diesen Namen verdient. Es gibt keine weiteren Befehlshaber mehr – nun gut, es gibt welche, aber der einzige Gruß, den ich denen gewähren würde, wäre der mit der Messerspitze voran. Blutig oder nicht, Tavore hat der Rebellion hier ein Ende gemacht, und das muss etwas bedeuten.«

»Fied«, sagte der Schnelle Ben, »der Krieg ist viel größer als du vielleicht denkst, und er fängt gerade erst an. Und es gibt keinen Hinweis darauf, auf welcher Seite die Imperatrix wirklich steht.«

»Wovon redest du da, im Namen des Vermummten?«

Jetzt mischte sich Apsalar ein. »Von einem Krieg zwischen den Göttern, Sergeant. Hauptmann Paran hat von so einem Krieg gesprochen ... ziemlich ausführlich –«

Bei diesen Worten drehten sich sowohl Kalam als auch der Schnelle Ben zu ihr um.

»Ganoes Paran?«, fragte der Assassine. »Ben sagt, er hat ihn in Darujhistan zurückgelassen. Was hat er mit alledem zu tun? Und wann hast du mit ihm gesprochen?«

Sie ging drei Schritte hinter Fiedler und führte ihr Pferd am Zügel; im Sattel saßen drei Kinder, die Augen trüb von der Hitze. Auf Kalams Frage antwortete sie zunächst mit einem Schulterzucken, dann sagte sie: »Er ist der Herr der Drachenkarten. In dieser Eigenschaft ist er hierhergekommen, ins Reich der Sieben Städte. Wir waren nördlich der Raraku, als sich unsere Wege getrennt haben. Kalam Mekhar, ich habe nicht den geringsten Zweifel daran, dass du und der Schnelle Ben, dass ihr schon wieder mitten in irgendwelchen neuen Machenschaften steckt. Was auch immer es bringen mag, seid auf alle Fälle vorsichtig. In diesem Spiel sind zu viele unbekannte Kräfte, und unter ihnen kann man Ältere Götter und … ja, auch Ältere Völker finden. Vielleicht glaubt ihr zu wissen, was in allerletzter Konsequenz auf dem Spiel steht, aber ich würde vorschlagen, dass ihr nicht –«

»Aber du?«, wollte der Schnelle Ben wissen.

»Nicht völlig, aber andererseits habe ich meine … Ziele … eingeschränkt, versuche nur das zu erreichen, was erreichbar ist.«

»Jetzt hast du mich aber neugierig gemacht«, sagte Fiedler. »Hier bist du, bist wieder mit uns unterwegs, Apsalar, während ich mir vorgestellt hatte, dass du dich in irgendeinem Küstendorf in Itko Kan niedergelassen hast und speckige Pullover für deinen Pa strickst. Möglicherweise hast du Crokus hinter dir gelassen, aber mir scheint, sonst hast du nichts hinter dir gelassen.«

»Wir reisen im Augenblick auf der gleichen Straße«, sagte sie. »Sergeant, du hast von mir nichts zu befürchten.«

»Und was ist mit uns anderen?«, fragte der Schnelle Ben.

Sie antwortete nicht.

Ein plötzliches Unbehagen strich flüsternd durch Kalam. Sein Blick kreuzte sich kurz mit dem des Schnellen Ben, dann schaute er wieder nach vorn. »Lasst uns als Erstes die verdammte Armee einholen.«

»Es wäre mir recht, wenn Perl erledigt würde«, sagte der Schnelle Ben.

Mehrere Herzschläge lang sagte niemand ein Wort. Es geschah nicht oft, dass der Magier einen seiner Wünsche so … schamlos äußerte, und Kalam wurde klar – und diese Erkenntnis jagte ihm einen kalten Schauer über den Rücken –, dass die Lage sich wirklich übel entwickelte. Vielleicht sogar verzweifelt. Aber so einfach war es nicht. *Wie damals, auf diesem Dach in Darujhistan – un-*

sichtbare Feinde auf allen Seiten – man schaut und schaut, aber man sieht nichts.

Perl, der einst Salk Elan war. Das Mockra-Gewirr … und eine Klinge, die sich wie Feuer in meinen Rücken bohrt. Alle glauben, dass Topper der Meister der Klaue ist, aber ich frage mich … kannst du es mit ihm aufnehmen, Kalam? Ben hat seine Zweifel – er hat mir gerade seine Hilfe angeboten. Bei den Göttern hienieden, vielleicht werde ich wirklich *alt.* »Du hast mir noch immer nicht geantwortet, mein Freund«, sagte der Assassine zum Schnellen Ben.

»Wie war nochmal die Frage?«

»Ob du jemals deiner eigenen Erinnerungen müde wirst?«

»Oh, *die* Frage.«

»Und?«

»Kalam, du hast ja keine Ahnung …«

Fiedler gefiel dieses Gespräch nicht. Genauer gesagt, hasste er es, und er war erleichtert, als alle wieder in Schweigen verfielen und einfach nur weiter den staubigen Pfad entlangtrotteten; mit jedem Schritt blieb die verdammte Ruine von einer Stadt ein bisschen weiter hinter ihnen zurück. Er wusste, er sollte hinten in der Kolonne sein, bei seinem Trupp, oder vielleicht auch ganz vorne und versuchen, Faradan Sort etwas aus der Nase zu ziehen – dieser Hauptmann steckte voller Überraschungen, das konnte man wirklich sagen. Sie hatte ihnen allen das Leben gerettet – daran gab es keinen Zweifel –, aber das bedeutete nicht, dass er ihr trauen musste. Noch nicht, ungeachtet der Tatsache, dass er ihr trauen *wollte*, aus irgendeinem geheimnisvollen Grund, den er selbst noch nicht begriffen hatte.

Das kleine Mädchen mit der laufenden Nase schniefte im Schlaf, und eine kleine Hand krallte sich in seine linke Schulter. Die andere Hand hatte sie an ihrem Mund, und sie machte leise, piepsige Geräusche beim Daumenlutschen. Sie wog so gut wie nichts.

Sein Trupp war heil durchgekommen. Nur Balsam und vielleicht noch Hellian konnten das Gleiche von sich sagen. Also drei Trupps von wie vielen, zehn? Elf? Dreißig? Moaks Soldaten waren bis zum letzten Mann ausgelöscht worden – der Elfte Trupp war dahin, und diese Zahl würde in der künftigen Geschichte der Vierzehnten nie wieder vergeben werden. Hauptmann Sort hatte die Sache geregelt, den Dreizehnten Trupp für Sergeant Urb hinzugefügt, und es hatte sich herausgestellt, dass Fiedlers Trupp – der Vierte – die niedrigste Nummer von allen hatte. Dieser Teil der Neunten Kompanie hatte eine Schlappe erlitten, und Fiedler hatte wenig Hoffnung, was den Rest anging – diejenigen, die es nicht zum Großen Tempel geschafft hatten. Und was noch schlimmer war – sie hatten zu viele Sergeanten verloren. Borduke, Mosel, Moak, Sobelone, Tugg.

Tja, ganz recht, wir sind schwer geprügelt worden – aber wir sind am Leben.

Er ließ sich ein paar Schritte zurückfallen und gesellte sich an die Seite von Corabb Bhilan Thenu'alas. Der letzte Überlebende von Leomans Rebellenarmee – abgesehen von Leoman selbst – hatte wenig gesagt, auch wenn das Stirnrunzeln, das sein Gesicht zeichnete, darauf hindeutete, dass seine Gedanken alles andere als ruhig waren. Ein dürrer Junge ritt auf seinen Schultern; sein Kopf schwankte hin und her, während er vor sich hin döste.

»Ich habe daran gedacht«, sagte Fiedler, »dich in meinen Trupp aufzunehmen. Wir waren immer einer zu wenig.«

»Ist es so einfach, Sergeant?«, fragte Corabb. »Ihr Malazaner seid merkwürdig. Ich kann kein Soldat in eurer Armee werden, denn ich habe noch keinen Säugling mit dem Speer aufgespießt.«

»Corabb, das gleitende Bett ist keine malazanische Erfindung, sondern eine aus dem Reich der Sieben Städte.«

»Was hat das damit zu tun?«

»Ich meine, Malazaner spießen keine Säuglinge auf Speere auf.«

»Ist das denn nicht euer Mannbarkeitsritual?«

»Wer hat dir denn diesen Unsinn erzählt? Leoman?«

Corabb runzelte die Stirn. »Nein. Aber solche Überzeugungen waren unter den Anhängern der Apokalypse weit verbreitet.«

»Ist Leoman denn kein Anhänger der Apokalypse?«

»Ich glaube nicht. Nein, niemals. Ich war blind, was das angeht. Leoman hat an sich und an nichts anderes geglaubt. Bis er diese Mezla-Hexe in Y'Ghatan gefunden hat.«

»Oh, dann hat er eine Frau gefunden? Kein Wunder, dass er nach Süden gegangen ist.«

»Er ist nicht nach Süden gegangen, Sergeant. Er ist in ein Gewirr geflohen.«

»Das ist doch mal ein Bild.«

»Er ist mit dieser Frau gegangen. Sie wird ihn zu Grunde richten, da bin ich mir sicher. Und jetzt sage ich, das ist genau das, was Leoman verdient. Soll Brunspatz ihn doch vollständig vernichten –«

»Einen Moment«, unterbrach ihn Fiedler, der plötzlich ein unheimliches Frösteln spürte. »Hast du Brunspatz gesagt?«

»Ja, denn so hat sie sich genannt.«

»Eine Malazanerin?«

»Ja, groß und erbärmlich. Sie hat mich immer verspottet. Mich, Corabb Bhilan Thenu'alas, Leomans Zweiten, bis ich sein Dritter geworden bin, derjenige, den zurückzulassen er bereit war. Um mit all den anderen zu sterben.«

Fiedler hörte kaum, was er sagte. »Brunspatz«, wiederholte er.

»Kennst du das elende Weib? Die Hexe? Die Verführerin und Verderberin?«

Bei den Göttern, ich habe sie einst auf meinen Knien reiten lassen. Er bemerkte plötzlich, dass er sich mit einer Hand die kümmerlichen versengten, verfilzten Überreste seiner Haare raufte, ohne darauf zu achten, dass es ziepte, ohne sich um die Tränen zu kümmern, die ihm aus den Augen quollen. Das Mädchen wand sich in seinen Armen. Er starrte Corabb an, ohne ihn wirklich zu sehen, eilte dann nach vorn, fühlte sich benommen, fühlte sich … erschüttert. *Brunspatz … sie müsste jetzt in den Zwanzigern sein. Mitte Zwanzig, nehme ich an. Was hat sie in Y'Ghatan gemacht?*

Er drängte sich zwischen Kalam und den Schnellen Ben, was beide zusammenzucken ließ.

»Fied?«

»Zieh an der Schlange des Vermummten, bis er kreischt«, sagte der Sappeur. »Ertränke die verdammte Königin der Träume in ihrem verdammten Teich. Freunde, ihr werdet nicht glauben, wer zusammen mit Leoman in das Gewirr gegangen ist. Ihr werdet nicht glauben, wer mit Leoman in Y'Ghatan das Bett geteilt hat. Nein, ihr werdet nichts von dem glauben, was ich euch jetzt erzähle.«

»Hol dich der Abgrund, Fied«, sagte Kalam wütend, »wovon redest du?«

»Brunspatz. Sie ist diejenige, die jetzt an Leomans Seite ist. Brunspatz. Elsters kleine Schwester, und ich weiß nicht – ich weiß überhaupt nicht – was ich denken soll, ich will nur schreien, und ich weiß noch nicht einmal, warum, nein, ich weiß überhaupt nichts mehr. Bei den Göttern, Ben – Kalam – was bedeutet das? Was bedeutet das alles?«

»Beruhige dich«, sagte der Schnelle Ben, aber seine Stimme klang unnatürlich hoch, gepresst. »Für uns, für uns, ich meine, es muss nicht unbedingt etwas bedeuten. Es ist ein verdammter Zufall, und selbst, wenn es kein Zufall ist, heißt das nicht, dass es irgendwas bedeutet. Nein, eigentlich nicht. Es ist nur … absonderlich, das ist alles. Wir haben gewusst, dass sie ein dickköpfiger wilder kleiner Dämon ist, wir haben das schon damals gewusst – und du hast sie besser gekannt als wir beide … Kalam und ich, wir sind ihr nur ein einziges Mal begegnet, in Malaz. Aber du, du warst so was wie ihr Onkel, was bedeutet, dass du ein bisschen was zu erklären hast!«

Fiedler starrte den Magier an, starrte ihm in die weit aufgerissenen Augen. »Ich? Du hast wohl den Verstand verloren, Ben. Hör dir doch mal an, was du da sagst! Gibst mir die Schuld – ihretwegen! Das hat überhaupt nichts mit mir zu tun!«

»Hört auf, alle beide«, sagte Kalam. »Ihr macht den Soldaten da hinten Angst. Passt auf, wir sind alle im Moment viel zu nervös wegen aller möglichen Dinge, um in alledem irgendeinen Sinn erkennen zu können – vorausgesetzt, es gibt darin einen Sinn, den man erkennen könnte. Die Menschen wählen sich ihr eigenes Leben, was sie tun, wo sie landen, es muss nicht bedeuten, dass da irgendein Gott rumspielt. Dann ist Elsters kleine Schwester jetzt also Leomans Geliebte, und sie verstecken sich beide im Gewirr der Königin der Träume. In Ordnung, das ist immer noch besser als zerbröselnde Knochen in der Asche von Y'Ghatan, stimmt's? Nun?«

»Vielleicht, vielleicht auch nicht«, sagte Fiedler.

»Was soll das nun wieder bedeuten, im Namen des Vermummten?«, wollte Kalam wissen.

Fiedler holte tief und zittrig Luft. »Wir haben es euch bestimmt erzählt, es ist nicht so, dass es ein Geheimnis oder so was gewesen wäre, und wir haben es immer als Entschuldigung benutzt, um zu erklären, warum sie so war, wie sie war, und all das. Nie so, dass sie es mitbekommen konnte, natürlich, und wir haben es gesagt, um ihm die Macht zu nehmen –«

»Fiedler!«

Der Sappeur zuckte bei Kalams Ausbruch zusammen. »Wer macht jetzt allen Angst –«

»Du! Und vergiss die anderen – du machst *mir* Angst, verdammt!«

»In Ordnung. Sie wurde von einer toten Frau geboren – Elsters Stiefmutter ... sie ist an ebenjenem Morgen gestorben, und das Kind – Brunspatz – nun, es hat lange gedauert, bis sie da war, sie hätte eigentlich da drin sterben müssen, wenn du verstehst, was ich meine. Darum haben die Stadtältesten sie dem Tempel übergeben – dem Tempel des Vermummten. Der Vater war schon tot, war vor Quon getötet worden, und Elster, nun, der war gerade dabei, seine Lehre zu beenden. Wir waren damals noch jung. Also, wir beide – er und ich –, wir mussten einbrechen und sie zurückstehlen, aber sie war schon geweiht worden, war schon im Namen des Vermummten gesegnet worden – und deshalb haben wir der Weihe die Macht genommen, indem wir darüber gesprochen haben, haha, Licht ins Dunkel gebracht haben und all so was, und sie ist eigentlich ganz normal aufgewachsen. Mehr oder weniger. In gewisser Hinsicht ...« Seine Stimme erstarb, und er weigerte sich, die beiden Augenpaare anzusehen, die ihn anstarrten, kratzte sich stattdessen den versengten Bart. »Ich glaube, wir brauchen einen Satz Drachenkarten ...«

Apsalar, die sich vier Schritte hinter dem Trio befand, lächelte, als der Magier und der Assassine Sergeant Fiedler gleichzeitig eine Ohrfeige verpassten. Doch ihr Lächeln erstarb rasch wieder. Solche Enthüllungen waren beunruhigend. Elster war immer ziemlich verschwiegen gewesen, wenn es darum gegangen war, woher er gekommen war, um das Leben, das er geführt hatte, bevor er Soldat geworden war. Geheimnisse, die genauso eingeschlossen waren wie die Ruinen unter dem Sand. Er war einst Steinmetz gewesen, jemand, der mit Stein gearbeitet hatte. Das zumindest wusste sie. Ein bedeutungsschwangerer Beruf inmitten der Mysterien von Weissagungen und Symbolen. Ein Erbauer von Hügelgräbern, jemand, der Geschichte feste Gestalt verleihen konnte – der aus jedem der Erhabenheit gewidmeten Monument, aus jedem Dolmen eine immerwährende Geste der Hingabe machte. Viele von den Häusern der Drachenkarten hatten einen Steinmetz, der sowohl für die Dauerhaftigkeit wie auch für die Illusion davon stand. *Elster, ein Steinmetz, der seine Werkzeuge aus der Hand gelegt hat, um sich dem Töten zu widmen. War es womöglich die Hand des Vermummten selbst, die ihn geführt hatte?*

Viele glaubten, dass Laseen Dassem Ultors Tod angeordnet hatte, und Dassem war das Todbringende Schwert des Vermummten gewesen – in Wirklichkeit, wenn auch nicht dem Namen nach – und hatte im Zentrum eines sich ausbreitenden Kults in den Reihen der malazanischen Soldaten gestanden. Das Imperium hatte keinen Schutzpatron unter den Göttern gewollt, ganz egal, wie verführerisch die Einladung auch gewesen sein mochte, und in dieser Hinsicht hatte Laseen außerordentlich weise gehandelt – wobei es ziemlich gut möglich war, dass sie es auf Befehl des Imperators getan hatte. War Elster ein Anhänger von Dassems Kult gewesen? Möglicherweise. Andererseits hatte sie nie etwas gesehen, was darauf hingewiesen hätte, dass dem wirklich so gewesen wäre. Wenn überhaupt, dann war er ein Mann, der völlig frei von jedem Glauben gewesen zu sein schien.

Und es schien auch nicht sonderlich wahrscheinlich, dass die Königin der Träume wissentlich die Anwesenheit eines Avatars des Vermummten in ihrer Sphäre akzeptieren würde. *Es sei denn, die beiden sind jetzt Verbündete in diesem Krieg.* Allein schon der Gedanke an den Krieg bedrückte sie, denn Götter waren ebenso grausam und erbarmungslos wie Sterbliche. *Es ist sehr gut möglich, dass Elsters Schwester genauso ein unwissentlicher Spieler in alledem ist wie wir Übrigen.* Sie war nicht gewillt, die Frau zu verdammen – aber auch noch nicht bereit, sie als mögliche Verbündete zu betrachten.

Sie fragte sich erneut, was Kalam und der Schnelle Ben wohl planten. Beide waren auf ihre Weise beeindruckend, doch ein wesentliches Merkmal ihrer Vorgehensweise war, sich bedeckt zu halten, nicht aufzufallen. Was offensichtlich war – all das, was an der Oberfläche lag –, war ausnahmslos eine Illusion, eine Täuschung. Wenn es an der Zeit sein würde, sich für eine Seite zu entscheiden – öffentlich –, war es sehr wahrscheinlich, dass sie alle überraschen würden.

Also zwei Männer, denen niemand so richtig trauen konnte. Zwei Männer, denen noch nicht einmal die Götter trauen konnten, was das anging.

Ihr wurde klar: Dadurch, dass sie sich zu dieser Kolonne, zu diesen Soldaten gesellt hatte, hatte sie sich in ein neues Netz verstrickt, und es gab keine Garantie dafür, dass sie sich wieder würde losschneiden können. Nicht rechtzeitig.

Die Verstrickung beunruhigte sie. Sie konnte sich nicht sicher sein, dass sie einen Kampf gegen Kalam überleben würde. *Zumindest keinen Kampf von Angesicht zu Angesicht, heißt das.* Und jetzt war er wachsam. Genau genommen, hatte sie es herbeigeführt. Zum Teil, weil sie ihre eigene Tapferkeit nicht verbergen wollte, zum Teil, um seine Reaktionen abzuschätzen. *Und dann noch ein kleines bisschen … Irreführung.*

Nun, davon gab es jede Menge.

Rinnsel und Telorast, die beiden untoten Echsen, hielten einen gewissen Abstand zu den Soldaten, obwohl Apsalar spürte, dass sie Schritt hielten, irgendwo dort draußen in dem buschbestandenen Land südlich der erhöhten Straße. Wie auch immer ihre verborgenen Beweggründe aussehen mochten, aus denen sie sie begleiteten, im Augenblick schienen sie damit zufrieden, ihr einfach zu folgen. Dass die beiden über Geheimnisse und verborgene Absichten verfügten, war ihr vollkommen klar, genauso wie die Möglichkeit, dass besagte Absichten in bestimmter Hinsicht zu Verrat führen konnten. *Und das ist auch etwas, das wir alle gemeinsam haben.*

Sergeant Balsam, der hinter Buddl die steinige Straße entlangmarschierte, fluchte pausenlos. Mit verbrannten Stiefeln, von denen die Sohlen herunterhingen, und nichts als ein paar Fetzen am Leib, die seine Schultern vor der brennenden Sonne schützten, verlieh Balsam all dem Elend, unter dem diejenigen litten, die unter Y'Ghatan herausgekrochen waren, lautstark Ausdruck. Sie wurden langsamer, je mehr Blasen sie sich holten, je mehr scharfkantige Felsbrocken weiche Haut verletzten, und die Sonne errichtete vor ihnen eine wehrhafte Mauer aus blendender Hitze. Sich durch sie hindurchzukämpfen war zu einem scheußlichen, entnervenden Kampf geworden.

Während viele andere Soldaten der Trupps Kinder trugen, trug Buddl eine Rattenmutter und ihre Jungen; Erstere hockte auf seiner Schulter, während die Letzteren in Lumpen gewickelt in seiner Armbeuge ruhten. Das Ganze war eher schäbig als spaßig, das konnte sogar er sehen, aber er würde seine neuen … Verbündeten nicht aufgeben.

Neben Buddl marschierte Koryk, das Seti-Halbblut. Frisch verschönert von menschlichen Fingerknochen und nicht viel anderem. Er hatte sie sich in die angesengten Strähnen seiner Haare geflochten, und bei jedem Schritt war ein leises Klappern und Klacken zu hören, eine Musik, die sich in Buddls Ohren grässlich anhörte.

Koryk trug noch weitere Fingerknochen mit sich herum, in einem Tontopf mit gesprungenem Rand, den er in einem geplünderten Grab gefunden hatte. Zweifellos hatte er vor, sie an die anderen Soldaten zu verteilen. *Sobald wir wieder was zum Anziehen gefunden haben.*

Aus dem verdorrten Gestrüpp zu seiner Linken drang ein raschelndes Geräusch an sein Ohr. *Diese verdammten Echsenskelette. Sie jagen meine Kundschafter.* Er fragte sich, zu wem sie wohl gehörten. Es war durchaus vernünftig anzunehmen, dass ihr Aspekt der Tod war, was sie möglicherweise zu Dienern des Vermummten machte. Er kannte keinen Magier in den Trupps, der sich des Gewirrs des Vermummten bediente – andererseits hängten diejenigen, die das taten, so etwas normalerweise nicht an die große Glocke. Vielleicht der Heiler, Totstink, aber warum sollte er jetzt Hausdämonen wollen? Er hatte sie ganz gewiss nicht unten in den Tunneln bei sich gehabt. Außerdem musste man ein mächtiger Magier oder Priester sein, um zwei Hausdämonen heraufbeschwören und binden zu können. Nein, nicht Totstink. Aber wer dann?

Der Schnelle Ben. Um diesen Magier schwirrten viel zu viele Gewirre herum. Fiedler hatte geschworen, Buddl vor seinen Freund zu schleppen – etwas, das nun so ganz und gar nicht Buddls Wünschen entsprach. Glücklicherweise schien der Sergeant seinen Trupp vergessen zu haben, so sehr beschäftigte ihn dieses schäbige Wiedersehen mit seinen alten Freunden.

»Und – bist du schon hungrig genug?«, fragte Koryk.

Aufgeschreckt starrte Buddl den Seti an. »Wie meinst du das?«

»Aufgespießte Maden für den Anfang, dann geschmorte Ratte – deswegen hast du sie doch mitgenommen, oder?«

»Du bist krank.«

Direkt vor ihnen drehte Lächeln sich um und ließ ein gehässiges Lachen hören. »Der war gut. Du kannst jetzt aufhören, Koryk – für dieses Jahr hast du dein Soll erreicht. Außerdem wird Buddl diese Ratten nicht essen. Er hat die Mama geheiratet und die Kleinen adoptiert – du hast die Zeremonie verpasst, als du nach deinen Knochen gejagt hast, Koryk. Zu schade, wir haben alle geweint.«

»Wir haben die Gelegenheit verpasst«, sagte Koryk zu Buddl. »Wir hätten sie bewusstlos schlagen und in den Tunneln zurücklassen können.«

Ein gutes Zeichen. Die Dinge normalisieren sich allmählich wieder. Alles ist fast wieder wie früher – außer dem gehetzten Blick.

Den hatten sie alle – alle Soldaten, die sich durch die vergrabenen Knochen von Y'Ghatan gewühlt hatten. Er wusste, dass es in einigen Kulturen ein Ritual des Begrabenwerdens und der Auferstehung als Initiationsritus gab. Aber wenn dies eine Wiedergeburt war, dann war es eine ziemlich eigensinnige. Sie waren nicht unschuldig wieder hervorgekommen oder gereinigt. Wenn überhaupt, dann schien die Bürde jetzt nur noch schwerer. Der Stolz darauf, überlebt zu haben, noch einmal aus dem Schatten des Tors des Vermummten geschlüpft zu sein, hatte sich als jämmerlich kurzlebig erwiesen.

Es hätte sich … anders anfühlen müssen. Irgendetwas fehlte. Die Brückenverbrenner waren von der Heiligen Wüste Raraku gehärtet worden – *dann hat Y'Ghatan für uns also nicht ausgereicht?* Es schien, als ob das Härten für diese Soldaten hier zu weit gegangen war, als seien sie dadurch so vernarbt und brüchig geworden, dass ein einziger weiterer Schlag sie zerschmettern würde.

Voraus gab Hauptmann Sort den Befehl zum Halt machen, was einen Chor aus Flüchen und erleichterten Seufzern hervorrief. Obwohl es nirgends Schatten gab, war es weitaus schlimmer, durch diesen Hochofen zu marschieren, als am Straßenrand zu sitzen und den verbrannten, zerschnittenen und von Blasen übersäten Füßen ein wenig Erleichterung zu gönnen. Buddl stolperte hinunter in den Graben und setzte sich auf einen Felsblock. Während ihm der Schweiß in den Augen brannte, sah er zu, wie Totstink und Lauten sich von einem Soldaten zum anderen begaben und ihr Möglichstes taten, um die Wunden zu heilen.

»Hast du diesen Hauptmann von den Roten Klingen gesehen?«, fragte Lächeln, die ganz in der Nähe hockte. »Die sieht aus, als ob sie direkt von einem Exerzierplatz käme.«

»Nein, tut sie nicht«, sagte Korporal Starr. »Sie ist voller Rauchflecken und verbrannt, genau, wie man es erwarten würde.«

»Nur, dass sie noch ihre Haare hat.«

»Ach, das ist es, was dich wütend macht«, bemerkte Koryk. »Arme Lächeln. Du weißt, dass sie nicht nachwachsen werden, oder? Niemals. Du wirst für den Rest deines Lebens kahl sein –«

»Lügner.«

Buddl, der den plötzlich vorhandenen zweifelnden Unterton in ihrer Stimme hörte, sagte: »Ja, das ist er.«

»Ich wusste es. Und was ist mit dieser schwarzhaarigen Frau auf dem Pferd? Weiß irgendjemand von euch, wer sie ist?«

»Fiedler hat sie erkannt«, sagte Starr. »Gehört wohl zu den Brückenverbrennern, würde ich sagen.«

»Die macht mich nervös«, sagte Lächeln. »Die ist wie dieser Assassine – Kalam. Wild darauf, jemanden zu töten.«

Ich vermute, da hast du recht. Und Fiedler war auch nicht so richtig begeistert, sie zu sehen.

»Koryk, wann willst du die Fingerknochen verteilen, die du gesammelt hast?«, fragte Starr.

»Willst du deine jetzt?«

»Ja.«

Hellian stand auf der Straße; ihre Kehle war völlig ausgedörrt, ihre Haut schweißnass, obwohl sie immer wieder erschauerte. Zu müde, um weiterzugehen, zu krank, um sich hinzusetzen – sie fürchtete, dass sie nie wieder hochkommen würde, sondern sich einfach nur zu einem kleinen, bebenden Ball zusammenrollen würde, bis die Ameisen unter ihrer Haut ihr Werk vollbracht hatten und die ganze Haut sich wie ein Hirschfell abschälen würde, woraufhin sie alle damit auf und davon laufen und mit dünnen, piepsigen Stimmchen triumphierende Lieder singen würden.

Es war der Alkohol, das wusste sie. Oder, genauer, der Mangel an Alkohol. Die Welt um sie herum war zu scharf, zu klar; nichts davon sah richtig aus, ganz und gar nicht richtig. Gesichter offenbarten zu viele Einzelheiten, zeigten zum ersten Mal unverhüllt all ihre Fehler und Falten. Sie musste erschreckt feststellen, dass sie nicht der älteste Soldat hier war, von diesem Scheusal namens Krake mal grundsätzlich abgesehen. Nun, das war die eine gute Sache, die diese erzwungene Nüchternheit mit sich gebracht hatte. Wenn jetzt auch noch die verdammten Gesichter verschwinden würden, genau wie die Falten in ihnen, wäre sie glücklicher. Nein,

Moment, es war genau andersrum, oder? Kein Wunder, dass sie nicht glücklich war.

Hässliche Menschen in einer hässlichen Welt. Das kam davon, wenn man alles so sah, wie es wirklich war. Es war besser, wenn alles verschwommen war – früher war ihr alles weiter weg vorgekommen, so weit weg, dass sie den Gestank nicht bemerkt hatte, die Flecken, die widerspenstigen Haare, die aus kratergroßen Poren wuchsen, die elenden Meinungen und misstrauischen Blicke, das Geflüster hinter ihrem Rücken.

Hellian drehte sich um und starrte finster auf ihre beiden Korporale hinunter. »Ihr glaubt, dass ich euch nicht hören kann? Und jetzt seid still, oder ich reiße mir ein Ohr ab, dann habt ihr beide einen Grund, euch schlecht zu fühlen.«

Heikel und Atemlos wechselten einen kurzen Blick, dann sagte Heikel: »Wir haben nichts gesagt, Sergeant.«

»Netter Versuch.«

Das Problem war, dass die Welt ein ganzes Stück größer war, als sie es sich jemals vorgestellt hatte. Mehr Schlupfwinkel für Spinnen als ein Sterblicher hätte zählen können, selbst wenn er tausend Lebensspannen zur Verfügung gehabt hätte. Man musste sich nur umsehen, um den Beweis direkt vor Augen zu haben. Und es waren nicht mehr nur die Spinnen. Nein, hier gab es Fliegen, die stachen und mit dem Stich ein Ei unter die Haut legten. Und riesige graue Motten, die nachts herumflatterten und Spaß daran hatten, den Schorf von Wunden zu fressen, während man schlief. Und wenn man aufwachte, hörte man von viel zu nah ein leises Kauen. Es gab Skorpione, die sich zweiteilten, wenn man auf sie trat. Flöhe, die sich vom Wind treiben ließen. Würmer, die im Augenwinkel auftauchten und verdrehte rote Muster auf die Augenlider zeichneten, und wenn sie groß genug waren, krochen sie einem aus den Nasenlöchern. Sandzecken und Lederegel, fliegende Eidechsen und Käfer, die im Mist lebten.

Ihr ganzer Körper kribbelte von Parasiten – sie konnte sie spüren. Winzige Ameisen und sich dahinschlängelnde Würmer unter ihrer Haut, die sich in ihr Fleisch gruben, ihr Hirn fraßen. Und nun, da der süße Geschmack des Alkohols weg war, wollten sie alle raus. Sie rechnete damit, jeden Augenblick aufzuplatzen – all die schrecklichen Kreaturen würden aus ihr herausklettern, und dann würde ihr Körper in sich zusammensacken wie eine angestochene Blase. Zehntausend zappelnde Dinge, die alle verzweifelt etwas zu trinken wollten.

»Ich werde ihn finden«, sagte sie. »Eines Tages.«

»Wen?«, fragte Heikel.

»Den Priester. Den, der weggelaufen ist. Ich werde ihn finden und ich werde ihn fesseln und seinen Körper mit Würmern füllen. Werde sie ihm in den Mund stopfen, in die Nase, in die Augen und die Ohren und sonst wohin.«

Nein, sie würde nicht zulassen, dass sie platzte. Noch nicht. Dieser Hautsack musste noch heil bleiben. Sie würde eine Abmachung mit all den Würmern und Ameisen treffen, so etwas wie eine Abmachung. Einen Waffenstillstand schließen. Wer hat gesagt, man könnte mit Käfern nicht vernünftig reden?

»Es ist wirklich heiß«, sagte Heikel.

Alle starrten ihn an.

Gesler ließ den Blick über die Soldaten schweifen, die am Wegesrand saßen oder lagen. Was das Feuer nicht verbrannt hatte, hatte die Sonne versengt. Soldaten auf dem Marsch trugen ihre Kleidung wie Haut, und bei denjenigen, deren Haut nicht dunkel war, hoben sich die von der Sonne bronzefarben getönten Hände, Gesichter und Hälse scharf von ihren blassen Armen, Beinen und Rümpfen ab. Doch das, was einst blass gewesen war, war jetzt leuchtend rot. Von all den hellhäutigen Soldaten, die Y'Ghatan überlebt hatten, war Gesler die einzige Ausnahme. Der goldene Farbton seiner Haut schien sich trotz der sengenden Wüstensonne nicht zu verändern.

»Bei den Göttern, die Leute brauchen etwas anzuziehen«, sagte er.

Neben ihm brummte Stürmisch. Auf diesem Niveau hatten sich alle ihre Unterhaltungen bewegt, seit er von Wahrs Tod erfahren hatte.

»Sie werden bald Brandblasen bekommen«, fuhr Gesler fort, »und Totstink und Lauten können nicht mehr tun, als sie ohnehin schon tun. Wir müssen die Vierzehnte einholen.« Er wandte den Kopf, schaute blinzelnd zur Spitze der Kolonne. Dann stand er auf. »Da scheint aber wirklich niemand mehr klar denken zu können, nicht einmal mehr Hauptmann Sort.«

Gesler ging die Straße entlang. Er näherte sich den beieinanderhockenden Brückenverbrennern. »Wir haben das Naheliegendste übersehen«, sagte er.

»Das ist nichts Neues«, sagte Fiedler, der elend aussah.

Gesler deutete mit einem Nicken auf Apsalar. »Sie muss vorausreiten und die Armee zum Halten bringen. Sie muss dafür sorgen, dass sie uns Pferde und Kleider und Rüstungen und Waffen bringen. Und Wasser und etwas zu essen. Sonst werden wir sie niemals einholen.«

Apsalar stand langsam auf, klopfte sich den Staub von den Beinlingen. »Das kann ich tun«, sagte sie ruhig.

Kalam erhob sich und wandte sich an Hauptmann Faradan Sort, die ganz in der Nähe stand. »Der Sergeant hat recht. Wir haben das Naheliegendste übersehen.«

»Allerdings gibt es keine Garantie dafür, dass irgendjemand ihr glauben wird«, antwortete Hauptmann Sort nach kurzem Nachdenken. »Vielleicht, wenn jemand von uns sich ihr Pferd leiht …«

Apsalar runzelte die Stirn und zuckte dann die Schultern. »Wie Ihr wollt.«

»Wer ist unser bester Reiter?«, fragte Kalam.

»Masan Gilani«, sagte Fiedler. »Klar, sie gehört zur schweren Infanterie, aber trotzdem …«

Faradan Sort spähte die Straße entlang. »Welcher Trupp?«

»Der Dreizehnte – Urbs Trupp.« Fiedler deutete nach hinten. »Die, die da drüben steht. Die große Dal Honese.«

Masan Gilanis längliche, mandelförmige Augen verengten sich, als sie die alten Soldaten näher kommen sah.

»Du hast Probleme«, sagte Knapp. »Du hast was gemacht, Gilani, und jetzt wollen sie dein Blut.«

Es sah allerdings so aus, und daher antwortete Masan nicht auf Knapps Worte. Sie dachte an all die Dinge, die sie in letzter Zeit getan hatte. Es gab viel, worüber sie nachdenken musste, aber ihr kam nichts in den Sinn, das irgendjemand hätte herausfinden können, nicht nach all dieser Zeit. »He, Knapp«, sagte sie.

Der Soldat blickte auf. »Was ist?«

»Du kennst doch das große, gekrümmte Messer, das ich bei meiner Ausrüstung habe?«

Knapps Augen leuchteten auf. »Ja?«

»Du kannst es nicht haben«, sagte sie. »Salzleck kann es haben.«

»Danke, Masan«, sagte Salzleck.

»Ich hab' schon immer gewusst, dass du etwas mit unserem Salzi vorhast«, sagte Hanno. »Ich hätte es sagen können, verstehst du?«

»Nein, hab' ich nicht. Ich mag nur Knapp nicht, das ist alles.«

»Warum magst du mich nicht?«

»Ich mag dich halt einfach nicht.«

Sie verstummten, als die Veteranen herankamen. Sergeant Gesler blickte Masan an. »Wir brauchen dich, Soldatin.«

»Das ist schön.« Sie bemerkte die Art, wie seine Blicke über ihren größtenteils nackten Körper glitten, einen Augenblick auf ihren entblößten Brüsten mit den großen, dunklen Brustwarzen verweilten, bevor er ihr nach einem kurzen Blinzeln wieder in die Augen schaute.

»Wir wollen, dass du Apsalars Pferd nimmst und die Vierzehnte einholst.« Das kam von Sergeant Saiten oder Fiedler oder wie auch immer er sich in diesen Tagen nannte. Es schien, als hätte Gesler vergessen, wie man sprach.

»Das ist alles?«

»Ja.«

»In Ordnung. Es ist ein schönes Pferd.«

»Du musst die Mandata davon überzeugen, dass wir am Leben sind«, fuhr Fiedler fort. »Und dass sie uns Pferde und Vorräte schickt.«

»In Ordnung.«

Die Frau, die wahrscheinlich Apsalar hieß, führte ihr Pferd heran und reichte Masan Gilani die Zügel.

Sie schwang sich in den Sattel und fragte: »Hat vielleicht irgendjemand zufällig ein Messer übrig?«

Apsalar zog eines unter ihrem Umhang hervor und reichte es ihr hoch.

Masan Gilani zog die dünnen Brauen hoch. »Ein Kethra-Messer. Das wird reichen. Ich werde es dir zurückgeben, wenn wir uns wiedersehen.«

Apsalar nickte.

Die Dal Honesin ritt davon.

»Es sollte nicht allzu lange dauern«, sagte Gesler, während er der Frau hinterherblickte, die, sobald sie die Kolonne der Soldaten hinter sich gelassen hatte, ihr Pferd in einen leichten Galopp versetzte.

»Wir werden hier noch eine Weile rasten«, sagte Faradan Sort, »und dann den Marsch wieder aufnehmen.«

»Wir könnten auch einfach warten«, sagte Fiedler.

Hauptmann Sort schüttelte den Kopf, bot jedoch keine Erklärung an.

Die Sonne sank dem Horizont entgegen, blutete rot zu den Seiten hin aus, wie Blut unter zerschlagener Haut. Der Himmel war ein einziges wirres Durcheinander aus Geräuschen und Bewegung – Tausende von Vögeln flogen dort südwärts. Sie waren sehr hoch, nur schwarze Flecken, und sie flogen nicht in Formation, doch ihre Schreie drangen wie ein Chor des Entsetzens bis zum Boden herab.

Im Norden, hinter der Kette zerklüfteter, lebloser Hügel und dem versteppten Land, das hier und da von Hochwasserrinnen durchzogen wurde, senkte sich die Ebene zu einer Art weiß verkrusteter Salzmarsch, hinter der das Meer lag. Die Marsch war einst ein nicht besonders hohes Plateau gewesen und im Laufe der Jahrtausende, in denen sich unterirdische Flüsse und Quellen durch den Kalkstein gefressen hatten, immer weiter abgesackt. Die vormals hohen, geräumigen Höhlen waren jetzt flach gedrückt oder teilweise eingestürzt, und die engen Überreste waren überflutet oder voller Schlick, und sie versiegelten die mit Zeichnungen übersäten Wände und gewölbten Decken und die seitlich gelegenen Räume, die immer noch Heimat für versteinerte Knochen der Imass waren, in Dunkelheit.

Oben auf dem Plateau hatte sich früher eine befestigte Siedlung befunden, klein und bescheiden, eine chaotische Ansammlung miteinander verbundener Behausungen, die selbst in ihren besten Zeiten nicht mehr als vielleicht zwanzig Familien beherbergt hatte. Die Verteidigungsmauern waren stabil gewesen und hatten keine Tore aufgewiesen; die Bewohner hatten ihre Heimat über die Dächer und mittels einstämmiger Leitern betreten oder verlassen.

Yadeth Garath, die erste von Menschen erbaute Stadt, war nun kaum noch mehr als im Salz verrottendes Geröll, vom Schlick verschluckt, tief unter der Marsch vergraben und somit unsichtbar. Von den zahllosen Ableitungen ihres Namens einmal abgesehen, hatte diese Stadt keine Geschichte, und vom Leben und Sterben und den Geschichten all derjenigen, die einst dort gelebt hatten, überdauerten nicht einmal Knochen.

Dejim Nebrahl erinnerte sich an die Fischer, die in den Ruinen gehaust hatten – sie hatten in ihren auf Pfählen stehenden, verwahrlosten Hütten gelebt, mit ihren runden Lederbooten das Wasser befahren und waren auf den hölzernen Plattformen herumgelaufen, die die natürlichen Kanäle überquerten, die sich durch den Sumpf wanden. Sie waren keine Nachfahren der Bevölkerung von Yadeth Garath. Sie wussten nichts von dem, was unter dem schwarzen Schlamm wirbelte, und dies war schon für sich allein betrachtet eine unwiderlegbare Tatsache – dass am Ende auch die Erinnerung dahinwelkte und starb. Es gab keinen einzigen Baum des Lebens, ganz egal, wie einzigartig und ursprünglich dieses Yadeth Garath auch gewesen sein mochte – nein, da war ein Wald, und hin und wieder fiel ein Baum um, dessen Stamm durchgefault war, und verschwand rasch im luftlosen Schlamm.

Dejim Nebrahl erinnerte sich an die Fischer, daran, wie ihr Blut nach Fischen und Weichtieren geschmeckt hatte, träge, schwülstig und von Dummheit umwölkt. Wenn Mann und Frau sich nicht erinnern können – nicht erinnern wollen –, dann verdienten sie das, was über sie hereinbrach. Tod, Zerstörung und Verwüstung. Dies war nicht das Urteil eines Gottes – es war das Urteil der Welt, der Natur. Eingefordert mittels jener Verschwörung der Gleichgültigkeit, die die Menschheit so erschreckte und verwirrte.

Land versinkt. Wasser strömt herein. Die Regenfälle kommen und bleiben dann aus. Wälder sterben, erheben sich wieder und sterben erneut. Männer und Frauen kauern mit ihrer Brut in dunklen Zimmern, beginnen viel zu spät mit ihrem Gebettel, und in ihren Augen steht nichts als dumpfes Versagen. Sie sind jetzt zerbrochene Flecken aus Grau und Weiß im schwarzen Schlick, reglos wie die Erinnerung an Sterne an einem lange toten Nachthimmel.

Das Urteil der Natur einzufordern, das war Dejim Nebrahls Absicht. Denn die, die vergessen haben, belauert ihr eigener Schatten. Für die, die vergessen haben, kommt der Tod immer unerwartet.

Der T'rolbarahl war zu den Ruinen von Yadeth Garath zurückgekehrt, als hätte ihn irgendein verzweifelter Instinkt dorthin gezogen. Dejim Nebrahl war kurz vor dem Verhungern. Seit er in der Nähe der Karawane mit dem Magier zusammengestoßen war, hatte seine Wanderung ihn durch Landschaften geführt, die von Tod und Verwesung verpestet waren. Nichts als aufgeblähte, geschwärzte Leichname, umwittert von der Pest. Solche Dinge konnten ihn nicht nähren.

Die Intelligenz des Vielwandlers hatte einem Drängen in seinen Eingeweiden Platz gemacht, einem schrecklichen Druck, der ihn immer weiter auf einen Pfad alter Erinnerungen trieb, zu Orten, an denen er einst gefressen hatte, an denen das Blut heiß und frisch durch seine Kehlen geronnen war.

Kanarbar Belid, jetzt nichts weiter als Staub. Vithan Taur, die große Stadt in der Klippe – jetzt gab es nicht einmal mehr die Klippe. Ein Haufen Tonscherben war alles, was von Minikenar übrig geblieben war, einer einstmals blühenden Stadt an den Ufern eines Flusses, der längst ausgetrocknet war. Was die Dörfer im Norden Minikenars anbelangte, so gab es nicht einmal mehr den kleinsten Hinweis, dass sie überhaupt existiert hatten. Dejim Nebrahl hatte angefangen, an seinen eigenen Erinnerungen zu zweifeln.

Er wurde weitergetrieben, über die zerfressenen Hügel und in die stinkende Marsch, auf der Suche nach einem anderen Fischerdorf. Aber er war das letzte Mal zu gründlich gewesen, vor all jenen Jahrhunderten, und niemand war gekommen, um den Platz der Dahingemetzelten einzunehmen. Vielleicht warf eine alte Erinnerung, die nicht vergangen war, ein Leichtentuch, in dem es spukte, über den Sumpf. Vielleicht entließen die aufsteigenden Gasblasen immer noch uralte Schreie, und die Männer in den Booten von den Inseln, die nahe vorbeikamen, machten abwehrende Gesten, ehe sie die Ruderpinne hart herumzogen.

Fiebernd und schwächer werdend wanderte Dejim Nebrahl durch die verfaulte Landschaft.

Bis der Vielwandler einen schwachen Geruch auffing.

Ein Tier – und ein Mensch. Kraftvoll, lebendig und nah.

Der T'rolbarahl – fünf Kreaturen aus Muskeln und Schatten, die einem Alptraum entsprungen waren – hob die Köpfe und blickte mit zusammengekniffenen Augen nach Süden. Da, gleich jenseits der Hügel, auf dem zerbröckelnden Weg, der einst eine ebene Straße gewesen war, die nach Minikenar geführt hatte. Und während sich die Abenddämmerung auf das Land herabsenkte, setzte der Vielwandler sich in Bewegung.

Als die Schatten dichter wurden und das Versprechen der Nacht herantrugen, ließ Masan Gilani das Pferd langsamer gehen. Dank lockerer Pflastersteine und schmaler Rinnen, die das Regenwasser gegraben hatte, war der Pfad tückisch. Es war Jahre her, dass sie beim Reiten so wenig angehabt hatte – nichts weiter als einen Schal um die Hüften –, und ihre Gedanken wanderten weit zurück zu ihrem Leben auf der Ebene von Dal Hon. Damals war sie leichter gewesen. Groß, geschmeidig, mit glatter Haut und von einer strahlenden Unschuld. Die Schwere ihrer vollen Brüste und die Rundungen an ihrem Bauch und ihren Hüften waren viel später gekommen, nach den beiden Kindern, die sie zurückgelassen hatte, damit sie von ihrer Mutter und ihren Tanten und Onkeln großgezogen wurden. Es war das Recht aller Erwachsenen, ob Mann oder Frau, den Pfad des Wanderns zu beschreiten; bevor das Imperium sich die Dal Honesen einverleibt hatte, war solch eine Entscheidung jedoch selten genug gewesen, doch die Kinder, die von verschiedenen Verwandten großgezogen wurden, um deren Gesundheit sich Schamanen, Hebammen und Schulterhexen kümmerten, bemerkten es meistens kaum, dass ihre Eltern sie verlassen hatten.

Das malazanische Imperium hatte all das natürlich geändert. Während viele erwachsene Stammesmitglieder selbst in Masan Gilanis Zeit an Ort und Stelle blieben, waren mehr und mehr Männer und Frauen aufgebrochen, um die Welt zu erkunden – und sie wurden immer jünger. Es wurden weniger Kinder geboren; es gab mehr Mischlinge, sobald Krieger mit neuen Ehemännern und Ehefrauen nach Hause zurückkehrten, und neue Gebräuche überfluteten das Leben der Dal Honesen. Denn das hatte sich im Verlauf der Zeit nicht geändert – *wir kehren immer nach Hause zurück. Wenn unsere Wanderung vorbei ist.*

Sie vermisste die üppigen Graslande mit ihren jungen, frischen Winden. Die sich ausbreitenden Wolken des kommenden Regens, das Rumpeln in der Erde, wenn die wilden Tiere im Laufe ihrer jährlichen Wanderung vorbeizogen. Und wie sie geritten war, immer auf den starken, kaum gezähmten, gekreuzten dal-honesischen Pferden, deren schwache Streifen auf die Abstammung von Zebras zurückzuführen waren und die so leicht auf ihren Flanken schimmerten wie Schilf im Sonnenlicht. Tiere, die genauso gerne bockten wie galoppierten und sich danach sehnten zuzubeißen, wobei aus ihren rotgeränderten Augen das reine Böse leuchtete. Oh, wie sie diese Pferde liebte.

Apsalars Pferd war natürlich von weit edlerem Blut. Es hatte lange Beine und war anmutig, und Masan Gilani konnte gar nicht anders als das Spiel der geschmeidigen Muskeln unter ihr und die Intelligenz in den dunklen, feuchten Augen zu bewundern.

Plötzlich scheute das Pferd in der zunehmenden Düsternis und hob den Kopf. Verblüfft griff Masan Gilani nach dem Kethra-Messer, dass sie in eine Falte des Sattels gesteckt hatte.

Schatten nahmen auf allen Seiten Gestalt an, sprangen auf sie zu. Das Pferd bäumte sich auf und wieherte schrill, während Blut spritzte.

Masan Gilani rollte in einem engen Purzelbaum nach hinten vom Rumpf des stolpernden Tieres herunter und landete leichtfüßig halb geduckt. Sie schwang das schwere Messer nach rechts, als eine Kreatur auf mitternachtsdunklen Beinen auf sie zuraste. Sie spürte, wie die Klinge tief eindrang, zwei ausgestreckte Vorderglieder erwischte. Ein tierischer Schmerzensschrei, dann wich das Ding zurück, ließ sich auf alle viere sinken – und stolperte auf den verkrüppelten Vorderbeinen weiter.

Sie drehte das Messer herum, machte einen Satz, der sie dicht an die Erscheinung heranbrachte und stieß die Klinge tief in den schuppigen, katzenhaften Nacken. Das Tier brach zusammen, sank gegen ihre Schienbeine.

Ein schweres Geräusch zu ihrer Linken, als das Pferd auf die Seite fiel, während sich vier weitere Dämonen förmlich in es hineingruben. Die Beine zuckten wie in Krämpfen, schwangen dann nach oben, als das Pferd auf den Rücken gerollt wurde, so dass sein Bauch nach oben zeigte. Schreckliche, knurrende Geräusche begleiteten das wilde Ausweiden.

Masan Gilani sprang über den toten Dämon hinweg und rannte in die Dunkelheit davon.

Ein Dämon verfolgte sie.

Er war zu schnell. Schritte erklangen dicht hinter ihr, dann verstummten sie.

Sie warf sich hart zu Boden und rollte sich ab, sah schemenhaft, wie der lange Körper des Dämons über sie hinwegflog. Masan Gilani schlug erneut mit dem Messer zu, durchtrennte eine Sehne am rechten Hinterbein der Kreatur.

Der Dämon kreischte auf, drehte sich in der Luft, das Bein mit der durchtrennten Sehne knickte unter den Keulen ein, als er landete, und seine Hüften wurden vom Schwung herumgerissen.

Masan Gilani warf das Messer. Die schwere Klinge traf den Dämon an der Schulter, Spitze und Schneide glitten durch Muskeln, prallten gegen das Schulterblatt – und dann flog die Waffe sich überschlagend ins Dunkel.

Die Dal Honesin, die inzwischen wieder auf die Beine gekommen war, sprang über die geifernde Bestie hinweg hinter dem Messer her.

Krallen fetzten an ihrem rechten Oberschenkel entlang, warfen sie herum, raubten ihr das Gleichgewicht. Sie landete unbeholfen auf einer steinigen Schräge, und der Aufprall betäubte ihre linke Schulter. Sie begann wieder nach unten zu rutschen – dorthin, wo der Dämon war –, und grub ihre Füße in den Abhang, kletterte dann die Schräge hoch, wobei sie Sand und Steinchen aufwirbelte.

Eine scharfe Schneide grub sich in den Handrücken ihrer linken Hand, bis hinunter auf den Knochen – sie hatte das Kethra-Messer gefunden. Sie packte das Heft mit plötzlich schlüpfrigen Fingern und versuchte verzweifelt, weiter nach oben zu klettern.

Ein weiterer Sprung brachte den Dämon dicht heran, doch dann rutschte er wieder ab, spuckte und zischte, als die Böschung in einem Regen aus Steinen und Staub in sich zusammenfiel.

Als Masan die Kuppe erreichte, richtete sie sich mühsam auf und rannte halb blind in die Dunkelheit. Sie hörte, wie der Dämon einen weiteren Versuch machte, gefolgt von einem weiteren Schauer aus Steinen und Geröll. Ein Stück voraus konnte sie eine Wasserrinne ausmachen, eng und mit hohen Wänden. Doch als sie nur noch zwei Schritte davon entfernt war, zerriss ein ohrenbetäubendes Heulen die Nacht, und sie warf sich zu Boden.

Ein weiteres Heulen antwortete, hallte von den Felsspitzen wider – es war ein Geräusch, als ob tausend Seelen in den Abgrund stürzen würden. Eisiges Entsetzen ließ Masan Gilanis Arme und Beine gefrieren und alle Kraft, jeglichen Willen aus ihr herausströmen. Sie lag im Dreck, und ihr keuchender Atem wirbelte direkt vor ihrem Gesicht kleine Staubwolken auf; sie hatte die Augen weit aufgerissen und sah doch nichts als die Felsbrocken, die die Grenze der Wasserrinne markierten.

Von irgendwo jenseits des Abhangs, dort unten, wo das Pferd gestorben war, kam ein Zischen, das aus drei, vielleicht auch vier Kehlen stammte. Irgendetwas in den unheimlichen, beinahe menschlichen Stimmen flüsterte von Entsetzen und Panik.

Ein drittes Heulen erfüllte die Luft; es kam von irgendwo im Süden, und es war nahe genug, um Masan Gilanis Verstand zu erschüttern. Sie stellte fest, dass sie die Arme ausgestreckt hatte; ihre rechte Hand grub Furchen ins Geröll, während sie mit der Linken das Kethra-Messer noch immer so fest umklammerte, wie ihr das mit ihren blutverschmierten Fingern möglich war.

Das sind keine Wölfe. Bei den Göttern hienieden, die Kehlen, die ein solches Heulen hervorbringen können –

Ein plötzliches, schweres, von einem Windstoß begleitetes Geräusch zu ihrer Rechten … zu nah. Sie drehte unwillkürlich den Kopf, und Kälte sickerte durch ihren gelähmten Körper, als würde sie Wurzeln in den harten Boden bohren. Ein Wolf, der doch kein Wolf war, kam einen steilen Hang heruntergetrottet, um auf dem gleichen Sims stehen zu bleiben, auf dem Masan Gilani lag – ein Wolf, aber riesig, so groß wie ein dal-honesisches Pferd, dunkelgrau oder schwarz – es war nicht genau zu erkennen. Das Tier blieb stehen, wandte ihr einen Augenblick vollkommen reglos das Profil zu; seine Aufmerksamkeit war ganz offensichtlich auf etwas unten auf der Straße gerichtet.

Dann wandte das gewaltige Tier den Kopf, und Masan Gilani starrte plötzlich in zwei funkelnde, bernsteinfarbene Augen – zwei Schächte in den Wahnsinn.

Ihr blieb das Herz stehen. Sie konnte nicht atmen, konnte den Blick nicht von den tödlichen Augen der Kreatur abwenden.

Dann schlossen sich die Augen, langsam – so schrecklich langsam – zu ganz schmalen Schlitzen – und das Tier wandte den Kopf erneut.

Es trottete auf die Kuppe zu. Starrte einige Zeit nach unten, glitt dann über die Kante. Und verschwand aus Masan Gilanis Blickfeld.

Plötzlich konnte sie ihre Lunge wieder mit Luft füllen – mit staubiger Luft. Sie hustete – sie konnte nicht anders –, rollte sich zu einem Ball zusammen, hustete und keuchte, spuckte dreckigen Schleim aus. Hilflos verriet sie sich – verriet sie *alles*. Immer noch hustend wartete Masan Gilani darauf, dass das Tier zurückkehrte, sie mit seinen riesigen Kiefern packte, sie einmal kräftig schüttelte – so kräftig, dass sie sich den Hals brach, das Rückgrat – um dann fest zuzubeißen und ihren Brustkorb und alles, was sich darin befand, zu zermalmen.

Langsam bekam sie ihre Atemzüge wieder unter Kontrolle, lag dabei immer noch auf mittlerweile schweißfeuchter Erde; kalte Schauer überliefen sie.

Irgendwo hoch oben am dunklen Himmel hörte sie Vögel rufen. Tausend Stimmen, zehntausend. Sie hatte nicht gewusst, dass Vögel auch nachts flogen. Himmlische Stimmen, die nach Süden flogen, so schnell ihre unsichtbaren Schwingen sie zu tragen vermochten.

In ihrer Nähe ... gab es keine Geräusche.

Masan Gilani rollte sich auf den Rücken, starrte nach oben, ohne irgendetwas zu sehen, spürte, wie das Blut an ihrem zerfetzten Oberschenkel entlangrann. *Oh, wenn Salzleck und die anderen das hier erfahren ...*

Dejim Nebrahl raste durch die Dunkelheit, drei Tiere in panischer Flucht, ein viertes humpelte hinter ihnen her, war bereits weit zurückgefallen. Er war zu schwach, vor Hunger geistlos, alle Schläue dahin – und jetzt war ein weiterer Vielwandler-Verwandter tot. Ohne große Anstrengung von einem einfachen Menschen getötet, der dann noch einen weiteren mit einem lässigen Hieb des Messers verkrüppelt hatte.

Der T'rolbarahl musste fressen. Das Blut des Pferdes hatte längst nicht ausgereicht, den unbändigen Durst zu stillen, doch mit diesem Blut kam ein Hauch von Stärke, kehrte ein bisschen Verstand zurück.

Dejim Nebrahl wurde gejagt. Eine Ungeheuerlichkeit, dass so etwas überhaupt geschehen konnte. Der Wind trug den Gestank der Kreaturen heran, der von allen Seiten – außer direkt von vorn – zu kommen schien. Wildes, uraltes Leben und tödliches Verlangen, bitter für die Sinne des T'rolbarahl. Was waren das für Bestien?

Der vierte Verwandte, der mittlerweile mehr als eine Meile hinter den anderen zurückgeblieben war, konnte die Nähe seiner Verfolger spüren, die ungesehen dahinrannten, anscheinend zufrieden, mit ihm Schritt zu halten, fast schon uninteressiert, ihn anzugreifen und den verwundeten Vielwandler endgültig zu erledigen. Sie hatten mit ihrem Geheul verkündet, dass sie da waren, aber seither – nichts als Stille. Und ihre beinahe greifbare Nähe.

Sie spielten mit Dejim Nebrahl. Etwas, das den T'rolbarahl wütend machte, das wie Säure in seinen pochenden Herzen brannte. Wären sie völlig geheilt und wieder sieben statt drei und ein bisschen mehr, würden diese Kreaturen Entsetzen und Schmerz kennenlernen. Selbst jetzt dachte Dejim Nebrahl darüber nach, einen Hinterhalt zu legen, mit dem verwundeten Verwandten als Köder. Aber das Risiko war zu groß – er hatte keine Ahnung, wie viele von diesen Jägern sich da draußen herumtrieben.

Und so gab es nur wenig Möglichkeiten. Er musste fliehen, wie verzweifelte Hasen, hilflos in diesem absurden Spiel.

Für die ersten drei Verwandten hatte der Geruch der Jäger zu verblassen begonnen. Es stimmte – nur wenige Kreaturen konnten mit Dejim Nebrahl längere Zeit Schritt halten. Es schien also, als wären sie mit dem verkrüppelten Nachzügler zufrieden, was dem Vielwandler die Möglichkeit verschaffte, sie zum ersten Mal zu sehen, sie für die anderen kenntlich zu machen, bis die Zeit der Rache gekommen war.

Doch die geheimnisvollen Bestien kamen nicht in Sicht, stürzten sich nicht auf den vierten Verwandten. Und selbst er konnte den Geruch kaum noch wahrnehmen.

Es ergab keinen Sinn.

Dejim Nebrahl wurde langsamer – nachdenklich, neugierig und noch kein bisschen misstrauisch.

Die Nacht senkte sich auf die dahinschlurfenden Soldaten herab. Doch was anfangs eine kühle Erleichterung war, verwandelte sich rasch in zunehmende Kälte – und rief neue Klagen hervor. Fiedler ging zwei Schritte hinter Kalam und dem Schnellen Ben, ein schlafendes Kind auf dem Arm, während hinter ihm Apsalar war, ihre Schritte kaum mehr als ein Flüstern.

Es war besser als die sengende Sonne und die Hitze ... aber nicht viel besser. Von der verbrannten und blasenübersäten Haut auf den Schultern strahlte nun all die Wärme ab, die das Fleisch hervorbringen konnte. Bei denen, die es am schlimmsten erwischt hatte, brach Fieber aus, und wie ein Kind, das sich im Wald verirrt hatte, begannen sie Gespenster in den Schatten zu sehen. Zweimal auf den letzten hundert Schritten hatte ein Soldat voller Angst aufgeschrien – weil er große, sich bewegende Gestalten draußen in der Nacht gesehen hatte. Trappend, stolzierend, mit Augen, die wie glühende Kohlen von der Farbe schmutzigen Blutes aufblitzten. So ähnlich hatte Maifliege es zumindest ausgedrückt und alle mit dem poetischen Ausdruck überrascht.

Aber genau wie die Monster, die vom Vorstellungsvermögen ängstlicher Kinder heraufbeschworen wurden, kamen sie niemals näher, ließen sie sich niemals wirklich sehen. Sowohl Maifliege wie Galt schworen, dass sie ... etwas gesehen hatten. Etwas, das sich parallel zur Marschkolonne bewegt hatte, aber schneller und rasch vorbei gewesen war. Gedanken, die das Fieber mit sich brachte, sagte Fiedler sich noch einmal, nur das und nichts weiter.

Doch in seinem Innern empfand er zunehmendes Unbehagen. Als ob sie tatsächlich Gesellschaft entlang dieses zerfallenen Weges hatten, irgendwo da draußen in der Dunkelheit, zwischen den Gräben und Wasserrinnen und wirren Geröllhaufen. Vor einiger

Zeit war ihm, als hätte er Stimmen gehört, weit entfernt und anscheinend vom Nachthimmel herabsteigend, aber das hatte inzwischen aufgehört. Nichtsdestoweniger lagen seine Nerven allmählich blank – wahrscheinlich war es die Müdigkeit, wahrscheinlich ein Fieber, das in seinem eigenen Geist erwachte.

Vor ihm wandte der Schnelle Ben plötzlich den Kopf, starrte nach rechts und versuchte, die Dunkelheit mit seinen Blicken zu durchbohren.

»Ist etwas?«, fragte Fiedler leise.

Der Magier warf ihm einen Blick zu, schaute dann wieder weg und sagte nichts.

Zehn Schritte später sah Fiedler, wie Kalam seine Langmesser in ihren Scheiden lockerte.

Scheiße.

Er ließ sich zurückfallen, bis er neben Apsalar war, und wollte gerade etwas sagen, doch sie kam ihm zuvor.

»Sei wachsam, Sappeur«, sagte sie leise. »Ich glaube nicht, dass wir etwas zu fürchten haben … aber ich bin mir nicht ganz sicher.«

»Was ist da draußen?«, wollte er wissen.

»Ein Teil eines Handels.«

»Und was heißt das?«

Sie hob plötzlich den Kopf, als würde sie den Wind prüfen, und ihre Stimme klang hart, als sie laut und deutlich sagte: »Alle Mann von der Straße – nur nach Süden – *jetzt.*«

Auf diesen Befehl hin erwachte flüsternd eine leise Angst am Rand der alten Straße. Sie waren unbewaffnet, ohne Rüstungen – der schlimmste Alptraum eines jeden Soldaten. Hingekauert, sich in die Schatten duckend, die Augen weit aufgerissen ohne zu blinzeln, den Atem angehalten, versuchten die Malazaner irgendein verräterisches Geräusch in der Dunkelheit wahrzunehmen.

Tief geduckt begab Fiedler sich zu seinem Trupp. Wenn wirklich etwas über sie kommen sollte, wollte er lieber bei seinen Soldaten sterben. Während er vorwärtskroch, spürte er, dass jemand hinter ihm war, und als er sich umdrehte, sah er Corabb Bhilan Thenu'alas. Der Krieger hielt ein schweres, keulenähnliches Stück Holz in den Händen, das zu dick war, um ein Ast zu sein – wahrscheinlich eher die Wurzel eines uralten Guldindahbaumes. »Wo hast du das gefunden?«, fragte Fiedler zischend.

Ein Schulterzucken war die einzige Antwort.

Als er seinen Trupp erreichte, machte der Sergeant Halt. Buddl kam zu ihm gekrochen. »Dämonen«, flüsterte der Soldat, »da draußen –« Ein Nicken, das zur Nordseite der Straße wies. »Zuerst dachte ich, es wäre die Dunstglocke des Bösen draußen auf dem Meer, vor der Küste, das, was die Vögel aus den Salzmarschen jenseits der Bucht aufgescheucht hat –«

»Die Dunstglocke wovon?«, fragte Fiedler.

»Aber das war es nicht. Es war etwas, das viel näher war. Ich hatte eine Rhizan da draußen rumfliegen – sie ist ziemlich nah an ein Tier rangekommen. Ein verdammt großes Tier, Sergeant. Irgendwas zwischen Wolf und Bär, allerdings von der Größe eines Bhederin-Bullen. Es war in Richtung Westen unterwegs –«

»Bist du noch immer mit der Rhizan verbunden, Buddl?«

»Nein, sie war so hungrig, dass sie sich losreißen konnte – ich habe mich noch nicht ganz davon erholt, Sergeant –«

»Macht nichts. Es war ein guter Versuch. Also, der Bärenwolf oder Wolfbhederin war nach Westen unterwegs …«

»Ja, keine fünfzig Schritt von uns entfernt, er muss uns auf jeden Fall bemerkt haben«, sagte Buddl. »Es ist ja nicht so, als wären wir hier vorsichtig rumgeschlichen, oder?«

»Dann ist er also nicht an uns interessiert.«

»Vielleicht noch nicht, Sergeant.«

»Was meinst du damit?«

»Nun, ich habe eine Kapmotte ein Stück weiter die Straße entlanggeschickt, habe sie benutzt, um die Luft zu prüfen – sie können Dinge spüren, wenn diese Dinge sich bewegen, die Luft aufwirbeln, in der Nacht Hitze abgeben – diese Hitze kann man manchmal aus großer Entfernung sehen, vor allem, wenn es nachts immer kälter wird. Kapmotten müssen das können, um den Rhizan aus dem Weg zu gehen, obwohl es nicht immer –«

»Buddl, ich bin kein Naturforscher – was hast du durch die verdammte Kapmotte gesehen oder gespürt oder gehört oder gewasweißicht?«

»Nun, da vorne sind Kreaturen, und sie kommen schnell näher –«

»Oh, vielen Dank für dieses unbedeutende Detail, Buddl! Was bin ich froh, dass du endlich damit rausrückst!«

»Schsch. Äh, Sergeant. Bitte. Ich glaube, wir sollten uns einfach versteckt halten – was auch immer geschehen wird, hat nichts mit uns zu tun.«

»Bist du dir da sicher?« Corabb Bhilan Thenu'alas hatte die Frage gestellt.

»Nun, äh, nein, aber es scheint mir vernünftig –«

»Außer, sie arbeiten alle zusammen, schließen eine Falle –«

»Sergeant«, sagte Buddl, »so wichtig sind wir nicht.«

»Du vielleicht nicht, aber bei uns sind Kalam und der Schnelle Ben und Sünd und Apsalar –«

»Ich weiß nicht viel über sie, Sergeant«, sagte Buddl, »aber du solltest sie vielleicht vor dem warnen, was da kommt, wenn sie es nicht schon wissen.«

Wenn Ben das nicht alles selbst entdeckt hat, hat er es verdient, dass ihm sein kleiner Kopf abgerissen wird. »Kümmere dich nicht um sie.« Fiedler drehte sich um und spähte mit zusammengekniffenen Augen in die Dunkelheit südlich von ihnen. »Haben wir irgendeine Möglichkeit, uns irgendwo hinzubegeben, wo wir ein bisschen mehr Deckung haben? Dieser verdammte Graben bringt so gut wie nichts.«

»Sergeant«, zischte Buddl, und seine Stimme klang jetzt angespannt, »dafür ist jetzt keine Zeit mehr.«

Jeweils zehn Schritte voneinander entfernt und sich nun parallel auf der alten Straße bewegend – einer in der Mitte, die beiden Flankierenden in den unebenen Gräben rechts und links –, glitt Dejim Nebrahl dicht an den Boden gedrückt dahin, die spitzen, ledrigen Ohren ebenso nach vorne gerichtet wie den Blick, den er nicht von dem vor ihm liegenden Weg ließ.

Irgendetwas war nicht in Ordnung. Gut eineinhalb Meilen hinter den dreien humpelte der vierte Verwandte, geschwächt vom Blutverlust und erschöpft von der Angst, und wenn die Jäger tatsächlich in der Nähe geblieben waren, dann jagten sie nun in absoluter Stille. Der Verwandte blieb stehen, sank zu Boden, drehte den Kopf nach rechts und links, während die scharfen Augen versuchten, in der Nacht etwas zu erkennen. Nichts, keine Bewegung außer dem Hin- und Herflitzen der Rhizan und Kapmotten.

Die drei auf der Straße fingen den Geruch von Menschen auf, nicht weit entfernt, und ein wilder Hunger überschwemmte alle anderen Gedanken. Sie stanken nach Entsetzen – es würde ihr Blut beflecken, wenn er es trank. Ein metallischer, saurer Geschmack, ein Geschmack, den Dejim Nebrahl immer mehr zu schätzen gelernt hatte.

Etwas trappte dreißig Schritt voraus auf die Straße.

Groß, schwarz, vertraut.

Ein Deragoth. Unmöglich – sie waren fort, verschlungen von einem Alptraum, den sie selbst geschaffen hatten. Das hier war unmöglich.

Ein plötzliches Heulen irgendwo weit im Süden, deutlich hinter dem vierten Verwandten, der bei dem Geräusch herumfuhr und knurrte.

Die ersten drei Vielwandler fächerten auf, die Augen auf das einzelne Tier gerichtet, das auf sie zutrottete. *Wenn es nur eine ist, dann ist sie dem Untergang geweiht –*

Mit lautem Bellen schoss das Tier plötzlich vorwärts.

Dejim Nebrahl raste ihm entgegen.

Die flankierenden Vielwandler wandten sich nach außen, als mehr große Gestalten auf sie zugerannt kamen, zwei auf jeder Seite. Mit weit aufgerissenen Rachen und zurückgezogenen Lefzen erreichten die laut brüllenden Deragoth Dejim Nebrahl. Gewaltige Eckzähne gruben sich in die Verwandten, zerrissen Muskeln, zermalmten Knochen. Glieder sprangen aus Gelenken, Rippen zersplitterten, drangen durch zerfetztes Fleisch und Fell ins Freie.

Schmerz – solche Schmerzen – der mittlere Vielwandler sprang in die Luft, um den von vorne angreifenden Deragoth anzugehen. Sein rechtes Bein wurde von gewaltigen Kiefern gepackt, die Dejim Nebrahl mitten im Flug aufhielten. Gelenke sprangen heraus, noch während die Knochen zermalmt wurden.

Dejim, der hart zu Boden geschleudert wurde, versuchte sich herumzuwerfen, schlug mit den Krallen auf den großen Kopf des Angreifers ein. Er erwischte ein Auge, riss es heraus, schleuderte es in die Dunkelheit davon.

Der Deragoth fuhr mit einem Schmerzensschrei zurück.

Dann schloss sich ein zweites Paar Kiefer um den Nacken des Verwandten. Blut spritzte, als die Zähne sich immer tiefer gruben, erst Knorpel, dann Knochen zermantschten.

Blut füllte Dejim Nebrahls Kehle.

Nein, so darf es nicht enden –

Auch die anderen beiden Verwandten starben, als die Deragoth sie in Stücke rissen.

Weit im Westen kauerte zitternd der einzige Überlebende auf der Straße.

Die Hunde griffen an, drei tauchten vor dem letzten Vielwandler auf. Wenige Augenblicke bevor sie ganz heran waren, schlugen sie einen Haken – eine Finte – was bedeutete –

Wolfskiefer packten Dejim Nebrahl im Nacken und hoben den Vielwandler hoch.

Der T'rolbarahl wartete, dass sie endgültig zubissen, dass sie ihn töteten, aber das geschah nicht. Stattdessen rannte das Tier, das ihn gepackt hatte, rasch davon, andere seiner Art an seiner Seite. Zuerst nach Nordwesten, dann schließlich nach Süden abbiegend, hinaus in das Ödland.

Unermüdlich, immer weiter durch die kalte Nacht.

Hilflos im Griff der Kiefer hängend, kämpfte der letzte Vielwandler von Dejim Nebrahl nicht dagegen an, denn dagegen anzukämpfen war sinnlos. Es würde keinen schnellen Tod geben, denn diese Kreaturen hatten etwas anderes mit ihm vor. Im Gegensatz zu den Deragoth besaßen diese Hunde einen Herrn, das war ihm inzwischen klar geworden.

Einen Herrn, der einen Grund gefunden hatte, Dejim Nebrahl am Leben zu erhalten.

Eine seltsame, bedeutungsschwangere Rettung – *aber ich bin immer noch am Leben, und das reicht. Ich bin immer noch am Leben.*

Der wilde Kampf war vorbei. Kalam, der neben dem Schnellen Ben lag, kniff die Augen zusammen. Er konnte die gewaltigen Umrisse der Dämonen gerade noch ausmachen, als sie sich ohne einen Blick zurück neben der Straße in Richtung Westen davonmachten.

»Sieht aus, als wäre ihre Jagd noch nicht vorbei«, murmelte der Assassine und hob eine Hand, um sich den Schweiß abzuwischen, der ihm in den Augen brannte.

»Bei den Göttern hienieden«, flüsterte der Schnelle Ben.

»Hast du das Geheul in der Ferne gehört?«, fragte Kalam und setzte sich auf. »Schattenhunde – das stimmt doch, Ben, oder? Dann haben wir also Echsenkatzen, und riesige Bärenhunde wie der, den Toblakai in der Raraku getötet hat, und die Schattenhunde … Magier, ich habe keine Lust mehr, weiter diese Straße entlang zu marschieren.«

»Bei den Göttern hienieden«, flüsterte der Mann an seiner Seite noch einmal.

Leutnant Porens fröhliche Umarmung mit der Lady hatte ein Ende gefunden, als er mit der Patrouille, die er drei Tagesmärsche westlich von Y'Ghatan von der Armee weg ins Landesinnere geführt hatte, in einen Hinterhalt geraten war. Ausgerechnet hungernde Banditen. Sie hatten sie zurückgeschlagen, aber er hatte einen Armbrustbolzen abbekommen, der seinen linken Oberarm glatt durchschlagen hatte, und einen Schwerthieb knapp über dem linken Knie, tief genug, um den Muskel bis zum Knochen zu durchtrennen. Die Heiler hatten den Schaden in Ordnung gebracht – was bedeutete, sie hatten zerfetztes Fleisch grob wieder zusammengeflickt und dafür gesorgt, dass Narbengewebe sich über den Wunden schloss, aber die Schmerzen blieben unerträglich. Er hatte auf einem überfüllten Wagen gelegen, um wieder zu genesen, bis sie in Sichtweite des Nordmeeres gelangt waren und die Armee das Lager aufgeschlagen hatte; dann war Hauptmann Gütig aufgetaucht.

Ohne etwas zu sagen war Gütig auf den Wagen geklettert, hatte Poren an seinem gesunden Arm gepackt und von seiner Pritsche gezerrt. Dann war es vom Wagen runtergegangen, wobei das schwache Bein des Leutnants beinahe nachgegeben hätte, ehe er stolpernd und strauchelnd vom Hauptmann weitergezogen worden war.

»Ist was Besonderes, Hauptmann?«, hatte Poren keuchend gefragt. »Ich habe keinen Alarm gehört.«

»Dann habt Ihr nicht richtig hingehört«, hatte Gütig erwidert.

Poren blickte sich einigermaßen verstört um, aber er sah sonst niemanden herumrennen, bemerkte nichts von einem allgemeinen Ruf zu den Waffen – das Lager kam allmählich zur Ruhe, Kochfeuer waren entzündet, und Gestalten hockten in ihre Regenumhänge eingemummt da, um sich vor der Kälte zu schützen, die der Wind vom Meer herantrug. »Hauptmann –«

»Meine Soldaten liegen nicht herum und zupfen sich die Nasenhaare aus, Leutnant. Auf den Wagen gibt es ernsthaft verletzte Soldaten, und Ihr seid einfach im Weg. Die Heiler sind mit Euch fertig. Es ist an der Zeit, dem kranken Bein mal wieder Bewegung zu verschaffen. Es ist an der Zeit, mal wieder ein Soldat zu sein – hört schon auf zu humpeln, verdammt – Ihr gebt hier ein verdammt armseliges Vorbild ab, Leutnant.«

»Tut mir leid, Hauptmann.« Schweißüberströmt bemühte Poren sich, mit seinem Vorgesetzten Schritt zu halten. »Darf ich fragen, wo wir hingehen?«

»Wir werden uns das Meer ansehen«, erwiderte Gütig. »Und dann werdet Ihr den Befehl über die Vorposten zum Landesinnern übernehmen – während der ersten Wache –, und ich rate Euch dringend, eine Inspektion der Waffen und Rüstungen durchzuführen, Leutnant, denn es besteht die Möglichkeit, dass ich einen Spaziergang zu besagten Posten unternehme.«

»Ja, Hauptmann.«

Ein Stück voraus standen die Befehlshaber der Vierzehnten auf einem Hügel, von dem aus man auf das graue, von Schaumkronen bedeckte Meer hinausblicken konnte. Die Mandata, Nil und Neder, die Fäuste Blistig, Temul und Keneb sowie – ein Stück abseits und in einen langen Lederumhang gehüllt – T'amber. Direkt hinter ihnen standen Kriegsführer Gall und sein alter Adjutant Imrahl, zusammen mit den Hauptleuten Ruthan Gudd und Madan'Tul Rada. Einzig Faust Tene Baralta fehlte, aber Poren hatte gehört, dass es dem Mann immer noch schlecht gehen sollte – einarmig und einäugig, das Gesicht von brennendem Öl verwüstet –, und er stand auch nicht unter Gütigs Befehl, was bedeutete, dass man es ihm ermöglichte, in Ruhe zu heilen.

Ruthan Gudd erzählte etwas mit leiser Stimme, seine Zuhörer waren Madan'Tul Rada und die beiden Khundryl-Krieger. »... ins Meer gefallen – diese Brecher, das Durcheinander mitten in der Bucht, da hat die Zitadelle gestanden. Eine Hochebene hat sie umgeben – die Insel selbst – und es hat einen Damm gegeben, der sie mit diesem Ufer verbunden hat – aber davon ist nichts geblieben außer den Säulen, die oberhalb der Wasserlinie aus dem Sand ragen. Es heißt, das Zerschmettern einer Jaghut-Enklave hoch im Norden wäre dafür verantwortlich gewesen –«

»Wie konnte das dieses Land zum Versinken bringen?«, wollte Gall wissen. »Was Ihr da erzählt, ergibt keinen Sinn, Hauptmann.«

»Die T'lan Imass haben die Zauberei der Jaghut gebrochen – das Eis hat seine Macht verloren, ist geschmolzen und ins Meer geflossen, und dann ist der Wasserspiegel gestiegen. Genügend, um die Insel anzufressen, die Ebene zu überspülen, dann den Fuß der Zitadelle selbst zu verschlingen. Wie auch immer, das war vor Tausenden von Jahren –«

»Seid Ihr nicht nur ein Soldat, sondern auch ein Historiker?«, fragte der Kriegsführer und blickte Gudd an. Die untergehende Sonne verwandelte sein Gesicht mit den eintätowierten Tränen in eine rote Maske.

Der Hauptmann zuckte die Schultern. »Die erste Landkarte,

die ich jemals vom Reich der Sieben Städte gesehen habe, stammte aus Falar, eine Karte mit Meeresströmungen, auf der die tückischen Gebiete entlang dieser Küste eingezeichnet waren – und die der anderen Küsten bis nach Nemil. Sie war unzählige Male abgezeichnet worden, aber das Original stammte aus der Zeit, als die einzigen Metalle, mit denen Handel getrieben wurde, Zinn, Kupfer, Blei und Gold waren. Der Handel zwischen Falar und dem Reich der Sieben Städte existiert schon sehr lange, Kriegsführer Gall. Was auch logisch ist, denn Falar liegt auf halbem Weg zwischen Quon Tali und dem Reich der Sieben Städte.«

»Es ist merkwürdig, Ruthan Gudd, aber Ihr seht gar nicht wie ein Falari aus«, bemerkte Hauptmann Gütig. »Und Euer Name klingt auch nicht falarisch.«

»Ich komme von der Trefferinsel, Gütig, die vor den Äußeren Tiefen liegt. Die Trefferinsel ist die einsamste aller Inseln der Kette, und unsere Legenden sagen, dass wir alles sind, was von den ursprünglichen Bewohnern von Falar übrig geblieben ist – die rothaarigen und blonden Leute, die Ihr seht und für Falari haltet, waren in Wirklichkeit Invasoren aus dem östlichen Ozean, von der anderen Seite von Suchers Tiefe oder von irgendwelchen unbekannten Inseln, weit weg von den eingezeichneten Schifffahrtsrouten über den Ozean. Sie selbst erinnern sich nicht einmal mehr an ihre Heimat, und die meisten von ihnen glauben, sie hätten schon immer in Falar gelebt. Aber auf unseren alten Karten stehen andere Namen, auf der Trefferinsel gebräuchliche Namen für alle Inseln und Königreiche und Völker, und das Wort ›Falar‹ taucht dabei nicht auf.«

Falls die Mandata und ihr Gefolge miteinander sprachen, konnte Poren nichts davon hören. Ruthan Gudds Worte und die steife Brise übertönten alles andere. Das Bein des Leutnants pochte schmerzhaft, und ganz egal, in welchem Winkel er seinen verletzten Arm auch hielt – es war niemals angenehm. Und jetzt fröstelte er, der kalte Schweiß fühlte sich wie Eis auf seiner Haut an, und er konnte an nichts anderes als die warmen Decken denken, die er zurückgelassen hatte.

Es gab Zeiten, dachte er mürrisch, da hätte er Hauptmann Gütig am liebsten umgebracht.

Keneb starrte auf die wogenden Wassermassen der Kokakal-See hinaus. Die Vierzehnte hatte Sotka umgangen und war nun dreizehn Längen westlich der Stadt. Er bekam ein paar Gesprächsfetzen von den Offizieren hinter ihm mit, aber der Wind trug genügend Worte davon, was es schwierig machte, wirklich etwas zu verstehen – und außerdem war es die Mühe wahrscheinlich ohnehin nicht wert. Von der vordersten Reihe aus Offizieren und Magiern hatte schon seit einiger Zeit niemand mehr etwas gesagt.

Müdigkeit, und vielleicht das Ende dieses grässlichen, elenden Kapitels in der Geschichte der Vierzehnten.

Sie waren stramm marschiert, zuerst nach Westen und dann nach Norden. Irgendwo auf dem Meer da draußen war die Transportflotte und ihre Eskorte aus Dromonen. Bei den Göttern, es musste doch irgendwie möglich sein, eine Nachricht zu übermitteln, und dann könnten diese mitgenommenen Legionen den von der Pest heimgesuchten Kontinent verlassen.

Und wegsegeln … aber wohin?

Zurück nach Hause, hoffte er. Nach Quon Tali, zumindest für einige Zeit. Um sich neu zu formieren, um Ersatztruppen aufzunehmen. Um die letzten Sandkörner dieses vom Vermummten verdammten Landes auszuspucken. Er könnte zu seiner Frau und seinen Kindern zurückkehren, trotz all der Verwirrung und Angst, die solch eine Wiedervereinigung nach sich ziehen würde. Sie hatten in ihrem gemeinsamen Leben zu viele Fehler gemacht, und selbst die wenigen Augenblicke der Erlösung waren befleckt und bitter gewesen. *Minala*. Seine Schwägerin, die getan hatte, was so viele Opfer taten – sie hatte ihre Verletzungen verborgen, hatte brutalen Missbrauch normal gefunden und war zu der Überzeugung gelangt, dass der Fehler bei ihr lag und nicht bei dem Wahnsinnigen, den sie geheiratet hatte.

Den Dreckskerl umzubringen war nicht genug gewesen, was Keneb betraf. Was immer noch ausgerottet werden musste, war eine tiefere, durchdringendere Fäulnis, die Knoten und Fäden, die alle zu einem chaotischen Netz verstrickt waren, das die Zeit in jener schrecklichen Garnison definierte. Ein Leben, das durch unsichtbare, vibrierende Fäden, unausgesprochene Verletzungen und nicht erfüllte Erwartungen, andauernde Täuschungen und Dünkel an alle anderen gebunden war – ein den ganzen Kontinent umfassender Aufstand war nötig gewesen, um all das zu zerreißen. *Und wir sind noch nicht wieder heil.*

Es bedurfte keiner allzu großen geistigen Anstrengung, um zu erkennen, dass die Mandata und diese verdammte Armee in das gleiche verworrene Netz eingewoben waren – dass sie in die Hinterlassenschaften von Verrat und die harte, fast nicht zu ertragende Tatsache verstrickt waren, dass man auf manche Dinge nicht reagieren konnte.

Dickbäuchige Töpfe, die zu Massen in Marktbuden standen, ihre Seiten mit kunstvoll gemalten gelben Schmetterlingen übersät, die kaum zu erkennende Gestalten umschwirrten, und alles zusammen trieb einen schlammigen Fluss hinunter. Schwertscheiden, die mit schwarzen Federn geschmückt waren. Eine aufgemalte Reihe von Hunden auf einer Stadtmauer, jedes Tier mit dem nächsten mittels einer Kette aus Knochen verbunden. Auf Basaren wurden Reliquienschreine verkauft, in denen sich angeblich die Überreste großer Helden der Siebten Armee befinden sollten. Von Bult, Lull, Chenned und Duiker. Und natürlich von Coltaine selbst.

Wenn die Feinde die Helden der eigenen Seite in die Arme schließen, fühlt man sich merkwürdig … betrogen, als sei der Diebstahl des Lebens erst der Anfang und als seien jetzt auch die Legenden gestohlen und auf eine Weise verändert worden, die sich jeglicher Kontrolle entzog. *Aber Coltaine gehört zu uns. Wie könnt ihr es wagen, so etwas zu tun?* Solche Gefühle, die dem dunklen Knoten in seiner Seele entsprangen, waren sinnlos. Sogar sie auszusprechen, fühlte sich ungeschickt an, absurd. Die Toten werden immer umgestaltet, denn sie können sich gegen jene, die sie gebrauchen oder missbrauchen, indem sie beeinflussen, wer sie waren und was ihre Taten bedeutet haben, nicht verteidigen. Und darin bestand der eigentliche Schmerz ... in dieser ... *Ungerechtigkeit.*

Diese neuen Kulte mit ihren grässlichen Ikonen, sie taten nichts, um die Kette der Hunde zu ehren. Sie hatten nie die Absicht gehabt. Stattdessen erschienen sie Keneb wie ein armseliger Versuch, gewaltsam eine Verbindung zu vergangener Größe herzustellen, zu einer Zeit und einem Ort von folgenschwerer Bedeutung. Er hatte keinen Zweifel daran, dass die Letzte Belagerung von Y'Ghatan schon bald einen ähnlichen mythischen Status erlangen würde, und er hasste den Gedanken, wollte so weit wie nur irgend möglich weg von dem Land, das solche Blasphemien gebar und hegte.

»Das ist eine ziemlich hässliche Stelle, um mit einer Flotte vor Anker zu gehen, Mandata«, meldete sich nun Blistig zu Wort. »Vielleicht könnten wir noch ein paar Längen –«

»Nein«, sagte sie.

Blistig warf Keneb einen Blick zu.

»Das Wetter wird sich ändern«, sagte Nil.

Ein Kind mit Falten im Gesicht. Dies ist das wahre Erbe der Kette der Hunde. Falten in seinem Gesicht und blutbefleckte Hände.

Und Temul, der junge Wickaner, der aufgebrachte, verbitterte Alte befehligte, die immer noch von Rache an denjenigen träumten, die Coltaine abgeschlachtet hatten. Er ritt Duikers Pferd, eine magere Stute mit Augen, in denen Kummer stand, wie Keneb hätte schwören können. Temul trug Schriftrollen, vermutlich die Aufzeichnungen des Historikers, obwohl er sie niemandem zeigte. Dieser noch immer junge Krieger trug die Last der Erinnerungen, die letzten Monate des Lebens eines alten Mannes, der einst zur Alten Garde gehört hatte und der irgendwie auf unerklärliche Weise diesen jungen Wickaner berührt hatte. Das allein, vermutete Keneb, war eine Geschichte, die es wert gewesen wäre, erzählt zu werden, aber sie würde für immer unerzählt bleiben, denn nur Temul verstand sie, verfügte über sämtliche Einzelheiten, und Temul war keiner, der erklärte, keiner, der Geschichten erzählte. *Nein, er lebt sie einfach. Und genau das ist das, wonach die Kultisten sich sehnen, was sie selbst gerne hätten, und was sie niemals wirklich besitzen werden.*

Keneb konnte nichts von dem großen Lager hinter ihm hören. Doch seine Gedanken kehrten immer wieder zu einem ganz besonderen Zelt innerhalb dieser behelfsmäßigen Stadt zurück. Der Mann in seinem Innern hatte seit Tagen nicht mehr gesprochen. Sein eines Auge schien ins Leere zu starren. Was von Tene Baralta noch übrig war, war geheilt worden, zumindest was Fleisch und Knochen anging. Der Geist des Mannes war leider eine andere Sache. Sein Heimatland war nicht nett zum Anführer der Roten Klingen gewesen. Keneb fragte sich, ob Baralta genauso wild darauf war, das Reich der Sieben Städte zu verlassen, wie er.

»Die Pest wird bösartiger«, sagte Neder. »Die Graue Göttin jagt uns.«

Bei diesen Worten wandte die Mandata den Kopf.

Blistig fluchte. »Seit wann ist Poliel wild darauf, sich an die Seite von ein paar verdammten Rebellen zu gesellen?«, fragte er. »Immerhin hat sie doch sowieso schon die meisten von ihnen getötet, oder?«

»Ich verstehe dieses Bedürfnis nicht«, erwiderte Neder kopfschüttelnd, »aber es scheint, als hätte sie ihren tödlichen Blick auf die Malazaner gerichtet. Sie jagt uns, und sie kommt immer näher.«

Keneb schloss die Augen. *Sind wir denn noch nicht schlimm genug zugerichtet worden?*

Kurz nach Anbruch der Morgendämmerung stießen sie auf das tote Pferd. Inmitten der Kapmottenschwärme, die sich an dem Kadaver gütlich taten, tummelten sich zwei Echsenskelette; sie standen auf den Hinterbeinen, und ihre Köpfe zuckten und ruckten hierhin und dahin, während sie die vogelgroßen Insekten zermalmten und fraßen.

»Beim Atem des Vermummten«, murmelte Lostara, »was sind denn das für Dinger?«

»Das sind Telorast und Rinnsel«, antwortete Apsalar. »Geister, die an die kleinen Skelette gebunden sind. Sie sind jetzt schon einige Zeit meine Begleiter.«

Kalam ging näher heran und kauerte sich neben das Pferd. »Das waren diese Echsenkatzen«, sagte er. »Sie sind von allen Seiten gekommen.« Er richtete sich wieder auf, musterte die umliegenden Felsen. »Ich kann mir nicht vorstellen, dass Masan Gilani den Überfall überlebt hat.«

»Da irrst du dich«, sagte eine Stimme von dem Abhang zu ihrer Rechten.

Die Soldatin saß auf dem Grat, ließ die Beine über den Abhang baumeln. Eines dieser Beine war vom Oberschenkel bis zum rissigen Lederstiefel blutrot. Masan Gilanis dunkle Haut hatte die Farbe von Asche angenommen, und ihre Augen waren matt. »Ich kann die Blutung nicht stillen, aber ich habe einen von den elenden Scheißkerlen erwischt und den anderen verwundet. Dann sind die Hunde gekommen …«

Hauptmann Faradan Sort drehte sich zur Marschkolonne um. »Totstink, hierher, schnell!«

»Danke für das Messer«, sagte Masan Gilani zu Apsalar.

»Behalte es«, sagte die Kanesin.

»Tut mir leid wegen dem Pferd.«

»Mir auch, aber du kannst nichts dafür.«

»Nun, es sieht ganz so aus, als ob doch noch ein langer Marsch vor uns liegt«, sagte Kalam.

Buddl folgte Totstink zur Spitze der Marschkolonne, um sich die beiden an Vögel erinnernden Reptilienskelette genauer anzusehen, die immer noch auf dem Pferdekadaver hockten und eifrig damit beschäftig waren, Kapmotten zu töten. Er beobachtete ihre ruckartigen Bewegungen, ihre zuckenden, knochigen Schwänze, und die Art, wie die Dunkelheit ihrer Seelen wie Rauch aus einem geborstenen Wasserrohr aus ihnen herausströmte.

Jemand trat neben ihn, und er warf einen Blick zur Seite. Fiedler. Die blauen Augen des Sergeanten waren starr auf die untoten Kreaturen gerichtet. »Was siehst du, Buddl?«

»Sergeant?«

Fiedler nahm ihn am Arm und zog ihn ein Stück zur Seite. »Raus damit.«

»Zusammengebundene Knochen, die von Geistern besessen sind.«

Der Sergeant nickte. »Das hat Apsalar auch schon gesagt. Nun, was für Geister?«

Buddl runzelte die Stirn, zögerte.

Fiedler zischte einen Fluch. »Buddl.«

»Nun, ich habe angenommen, dass sie es weiß, aber ihre Gründe hat, es nicht zu erwähnen, und deshalb dachte ich, es wäre unhöflich –«

»Soldat –«

»Ich meine, sie war mal eine Trupp-Kameradin von dir –«

»Eine Trupp-Kameradin, die zufälligerweise ebenfalls besessen war, und zwar vom Seil, fast die ganze Zeit, die ich sie gekannt hab. Es ist also keine Überraschung, wenn sie nichts sagt. Sag mir, Buddl, welche Art von Körper haben diese Seelen einst ihre Heimat genannt?«

»Willst du damit sagen, dass du ihr nicht traust?«

»Ich traue noch nicht einmal dir.«

Stirnrunzelnd sah Buddl weg, beobachtete, wie Totstink sich auf dem Abhang um Masan Gilani kümmerte, spürte das Flüstern von Denul-Zauberei ... und etwas wie den Atem des Vermummten. *Der Scheißkerl ist ein Totenbeschwörer, verdammt soll er sein!*

»Buddl.«

»Sergeant? Oh, tut mir leid. Ich habe gerade nachgedacht.«

»Worüber?«

»Nun, warum Apsalar zwei Drachen im Schlepptau hat.«

»Das sind keine Drachen. Das sind kleine Echsen –«

»Nein, Sergeant, das sind Drachen.«

Langsam weiteten sich Fiedlers Augen.

Buddl hatte gewusst, dass es dem Sergeanten nicht gefallen würde.

Kapitel Drei

Es liegt etwas Zynisches in der Vorstellung von einem Paradies nach dem Tod, meine Freunde. Man muss die Verantwortung für die Welt, wie sie ist, nicht übernehmen, und als Folge davon muss man auch nichts tun. Um in dieser irdischen Welt nach Veränderung zu streben, nach dem wahren Guten, muss man aus ganzer Seele anerkennen und hinnehmen, dass diese vergängliche Wirklichkeit einen Sinn in sich selbst hat, dass ihr größter Wert nicht für uns besteht, sondern für unsere Kinder und deren Kinder. Das Leben als nichts anderes zu betrachten, als einen üblen, qualvollen Pfad rasch entlangzugehen – einen Pfad, der durch unsere eigene Gleichgültigkeit erst so übel und qualvoll geworden ist – bedeutet, alle Arten von Elend und Schlechtigkeit zu entschuldigen, und die uns nachfolgenden Unschuldigen grausam zu bestrafen.

Ich widersetze mich dieser Vorstellung eines Paradieses jenseits des Tores aus Knochen. Wenn die Seele den Durchgang tatsächlich überlebt, dann ist es unsere Pflicht – unser aller Pflicht, meine Freunde –, einen Glauben an Ähnlichkeit zu nähren: Was uns erwartet, ist eine Spiegelung dessen, was wir zurücklassen, und in der Vergeudung unserer irdischen Existenz verzichten wir auf die Möglichkeit, die Wege des Guten zu erlernen, uns in Mitgefühl, Einfühlungsvermögen, Leidenschaft und Heilen zu üben – all das bleibt unbeachtet in unserer Hast, an einen Ort des Ruhms und der Schönheit zu gelangen, einen Platz, den wir uns nicht verdient haben und den wir ziemlich sicher auch nicht verdienen.

Die apokryphen Lehren des Tanno-Geistergängers Kimloc
Das Jahrzehnt in Ehrlitan

Chaur hielt das Kind so, als wollte er es auf seinem Knie reiten lassen, aber Barathol legte dem großen Mann eine Hand aufs Handgelenk. Der Schmied schüttelte den Kopf. »Dafür ist sie noch nicht alt genug. Nimm sie dicht an dich, Chaur, damit nichts kaputtgeht.«

Der Mann antwortete ihm mit einem breiten Lächeln und machte sich wieder daran, den gewickelten Säugling zu hätscheln und zu wiegen.

Barathol Mekhar lehnte sich auf seinem Stuhl zurück, streckte die Beine aus und schloss für einen Moment die Augen, um deutlich zu machen, dass er den Streit im Nebenraum nicht beachtete, wo sich die Frau namens Scillara den vereinten Bemühungen von L'oric, Nulliss, Filiad und Urdan widersetzte, die alle darauf bestanden, dass sie das Kind annahm, wie es der Verantwortung einer Mutter entsprach, wie es der Pflicht einer Mutter und vielem mehr entsprach, das sie ihr in einer ganzen Menge anderer schuldbeladener Begriffe wie Steine entgegenschleuderten. Barathol konnte sich nicht erinnern, wann die beteiligten Dorfbewohner das letzte Mal so viel Eifer für irgendetwas gezeigt hatten. Natürlich war es in diesem Falle besonders leicht, denn es kostete sie nichts.

Der Schmied musste zugeben, dass er die Frau in gewisser Weise bewunderte. Kinder waren in der Tat lästig, und dies hier war ganz sicher kein Kind der Liebe; von daher erschien Scillaras Mangel an Zuneigung vollkommen verständlich. Auf der anderen Seite widerte ihn die Wildheit der Leute aus seinem Dorf einigermaßen an und bereitete ihm sogar leichte Übelkeit.

Hayrith tauchte im Hauptraum auf. Noch kurz zuvor hatte sie stumm die Tiraden im Nebenraum mit angehört, wo sie Scillaras Bettgestell aufgebaut hatten. Die alte Frau schüttelte den Kopf. »Idioten. Aufgeblasene, geschwätzige Trottel! Hör dir bloß die ganze Frömmigkeit an, Barathol! Man könnte glauben, dieses Kind wäre der wiedergeborene Imperator!«

»Das mögen die Götter verhüten«, murmelte der Schmied.

»Jessa im letzten Haus an der Oststraße, die hat diesen Winzling mit den verkrüppelten Beinen, der es nicht schaffen wird. Alle hier wissen, dass sie dieses Geschenk nicht zurückweisen würde.«

Barathol nickte, ein bisschen willkürlich, denn er war mit seinen Gedanken ganz woanders.

»Und außerdem ist da noch Jessa im zweiten Stock des Hauses, wo früher der Handelsvertreter gewohnt hat, auch wenn sie in fünfzehn Jahren nie Milch hatte. Trotzdem wäre sie eine gute Mutter, und dieses Dorf könnte ein jammerndes Kind gut gebrauchen, um all die jammernden Erwachsenen zu übertönen. Sollen die beiden Jessas sich doch zusammen darum kümmern, und alles ist bestens.«

»Es ist L'oric«, sagte Barathol.

»Was sagst du?«

»L'oric. Er ist einfach zu anständig. Oder, genauer, er entflammt alles, was er berührt, mit seiner Anständigkeit.«

»Nun, es geht ihn nichts an, oder?«

»Leute wie er machen alles zu ihrer eigenen Sache, Hayrith.«

Die Frau zog sich einen Stuhl heran und setzte sich dem Schmied gegenüber hin. Sie musterte ihn aus zusammengekniffenen Augen. »Wie lange willst du warten?«, fragte sie.

»Ich werde aufbrechen, sobald der Junge – Schlitzer – reisen kann«, sagte Barathol. Er rieb sich das Gesicht. »Den Göttern sei Dank, dass der Rum weg ist. Ich hatte ganz vergessen, was er dem Bauch einen Mannes antun kann.«

»Es war L'oric, stimmt's?«

Er zog die Brauen hoch.

»Dass er hier aufgetaucht ist, hat dich nicht einfach nur entflammt – es hat dich verbrannt, Barathol. Sieht aus, als hättest du früher mal ein paar schlimme Dinge getan« – sie schnaubte – »als würde dich das von uns anderen unterscheiden. Aber du hast gedacht, du könntest dich hier für immer verstecken, und jetzt weißt du, dass das nicht der Fall sein wird. Außer natürlich«, sie kniff die Augen zu Schlitzen zusammen, »du tötest L'oric.«

Der Schmied blickte zu Chaur hinüber, der Grimassen schnitt

und gurrende Geräusche machte, während das Kind im Gegenzug Blasen zu produzieren schien, bis jetzt noch auf glückselige Weise in völliger Unwissenheit, was die überwältigende Hässlichkeit des monströsen Gesichts betraf, das über ihm schwebte. Barathol seufzte. »Ich bin nicht daran interessiert, irgendjemanden zu töten, Hayrith.«

»Dann wirst du also mit diesen Leuten hier gehen?«

»Bis zur Küste, ja.«

»Wenn L'oric die Nachricht erst einmal verbreitet haben wird, werden sie wieder anfangen, dich zu jagen. Wenn du zur Küste kommst, wirst du das erste Schiff suchen, das diesen verdammten Kontinent verlässt, Barathol – genau das wirst du tun. Natürlich werde ich dich vermissen – den einzigen Mann mit mehr als 'nem halben Hirn in dieser ganzen verdammten Stadt. Aber der Vermummte weiß, nichts bleibt für immer so, wie es war.«

Die beiden blickten auf, als L'oric den Raum betrat. Auf dem geröteten Gesicht des Hohemagiers lag ein Ausdruck verwirrten Unglaubens. »Ich verstehe es einfach nicht«, sagte er.

Barathol gab ein Brummen von sich. »Ihr müsst es auch nicht verstehen.«

»So weit ist es also mit der Zivilisation gekommen«, sagte L'oric, verschränkte die Arme und starrte den Schmied düster an.

»Das habt Ihr richtig erfasst.« Barathol zog die Beine an und stand auf. »Ich kann mich nicht erinnern, dass Scillara Euch dazu eingeladen hätte, Euch in ihr Leben einzumischen.«

»Meine Sorge gilt dem Kind.«

Der Schmied setzte sich in Richtung des Nebenzimmers in Bewegung. »Nein, das tut sie nicht. Eure Besessenheit gilt dem Anstand. Eurer Version davon, vor der jeder andere das Knie beugen muss. Nur ist Scillara nicht sonderlich beeindruckt. Sie ist zu schlau, um sich beeindrucken zu lassen.«

Kaum hatte Barathol den Raum betreten, packte er Nulliss am Kragen ihrer Tunika. »Du«, knurrte er, »und auch ihr anderen – macht, dass ihr raus kommt.« Er führte die fluchende, spuckende Semk durch die Tür nach draußen, trat dann zur Seite und sah zu, wie die anderen sich drängelten, um möglichst rasch hinauszukommen.

Einen Augenblick später waren Barathol und Scillara allein. Der Schmied blickte sie an. »Was macht die Wunde?«

Sie starrte finster zu ihm hoch. »Welche? Diejenige, die meinen Arm in einen dürren Ast verwandelt hat, oder diejenige, die mich für den Rest meines Lebens wie einen Krebs gehen lassen wird?«

»Die Schulter. Ich glaube nicht, dass das mit dem Krebsgang andauern wird.«

»Und woher willst du das wissen?«

Er zuckte die Schultern. »Jede Frau in diesem Weiler hat ein oder drei Kinder geworfen, und sie können alle normal gehen.«

Sie betrachtete ihn misstrauisch. »Du bist der Mann namens Barathol. Der Schmied.«

»Ja.«

»Der Bürgermeister von diesem Loch, das du einen Weiler nennst.«

»Der Bürgermeister? Ich glaube nicht, dass wir so etwas wie einen Bürgermeister haben dürfen. Nein, ich bin einfach nur der größte und gemeinste Mann, der hier lebt, was für die meisten Köpfe viel zu viel zählt.«

»L'oric sagt, du hättest Aren verraten. Du wärest für den Tod von Tausenden verantwortlich – damals, als die T'lan Imass gekommen sind, um die Rebellion zu zerschlagen.«

»Wir haben alle mal einen schlechten Tag, Scillara.«

Sie lachte. Es war ein ziemlich hässliches Lachen. »Nun, danke, dass du die Idioten vertrieben hast. Es sei denn, du hättest vor, da weiterzumachen, wo sie aufgehört haben.«

Er schüttelte den Kopf. »Ich habe ein paar Fragen über deine Freunde, diejenigen, mit denen du unterwegs warst. Wie es aussieht, haben die T'lan Imass euch überfallen, um das Mädchen namens Felisin die Jüngere zu entführen.«

»Das hat L'oric auch schon gesagt«, antwortete Scillara. Sie richtete sich etwas weiter im Bett auf und zuckte dabei zusammen. »Sie war für niemanden von Bedeutung. Das ergibt keinen Sinn.

Ich glaube eher, dass sie gekommen sind, um Heboric zu töten, als sie zu stehlen.«

»Sie war die angenommene Tochter von Sha'ik.«

Die Frau zuckte die Schultern und fuhr erneut zusammen. »In der Raraku hat es eine Menge Findelkinder gegeben.«

»Der Bursche namens Schlitzer, wo kommt der nochmal her?«

»Darujhistan.«

»Wolltet ihr dort alle hin?«

Scillara schloss die Augen. »Das spielt doch jetzt keine Rolle mehr, oder? Sag mir, habt ihr Heboric begraben?«

»Ja. Er war ein Malazaner, stimmt's? Außerdem haben wir hier draußen Probleme mit wilden Hunden, Wölfen und so was.«

»Du kannst ihn genausogut wieder ausgraben, Barathol. Ich glaube nicht, dass Schlitzer sich damit abfinden wird, ihn hierzulassen.«

»Warum nicht?«

Ihre einzige Antwort bestand aus einem Kopfschütteln.

Barathol wandte sich wieder der Tür zu. »Schlaf gut, Scillara. Ob es dir gefällt oder nicht, du bist die Einzige hier, die dein kleines Mädchen füttern kann. Es sei denn, wir können Jessa im letzten Haus an der Oststraße überzeugen. Auf alle Fälle wird sie schon bald Hunger haben.«

»Hunger«, murmelte die Frau hinter ihm. »Wie eine Katze, die Würmer hat.«

Im Hauptraum hatte der Hohemagier Chaur das Kind abgenommen. Der große Einfaltspinsel hockte nur da, während ihm die Tränen über die pockennarbigen Wangen liefen; L'oric, der mit dem zappelnden Kind auf dem Arm auf und ab ging, bemerkte das jedoch nicht.

»Ich habe mal eine Frage«, sagte Barathol zu L'oric, »wie alt müssen sie werden, damit Ihr sie nicht mehr mögt?«

Der Hohemagier runzelte die Stirn. »Was meinst du damit?«

Ohne auf ihn zu achten, ging der Schmied zu Chaur. »Du und ich«, sagte er, »wir müssen einen Leichnam ausgraben. Mehr Geschaufel, Chaur, das magst du doch.«

Chaur nickte und brachte trotz seiner Tränen und der laufenden Nase ein schwaches Lächeln zustande.

Draußen führte Barathol den Mann zur Schmiede, wo sie einen Pickel und eine Schaufel mitnahmen, ehe sie auf die steinige Ebene westlich des Weilers hinausmarschierten. Es hatte in der Nacht zuvor geregnet – was für diese Jahrszeit vollkommen untypisch war –, aber nach einem Morgen sengenden Sonnenscheins war davon kaum noch etwas zu sehen. Das Grab lag direkt neben einer halb gefüllten Grube, in der sich die Überreste der Pferde befanden – das, was von ihnen noch übrig gewesen war, nachdem Urdan sie zerlegt hatte. Man hatte ihm gesagt, er sollte die Überreste verbrennen, aber das hatte er offensichtlich vergessen. Wölfe, Kojoten und Geier hatten die Knochen und Eingeweide gefunden, und in der Grube wimmelte es nun von Fliegen und Maden. Zwanzig Schritt weiter westlich lag der mittlerweile aufgeblähte, formlose Kadaver des Krötendämons; kein Aasfresser hatte ihn angerührt.

Als Chaur sich vorbeugte, um damit anzufangen, Heborics eingewickelten Leichnam wieder auszugraben, starrte Barathol zu dem missgestalteten Körper des Dämons hinüber. Die jetzt gespannte Haut war von weißen Linien zerknittert, als ob sie zu platzen begonnen hätte. Aus dieser Entfernung konnte Barathol sich nicht sicher sein, aber es schien, als wäre unter dem Kadaver ein schwarzer Fleck auf dem Boden, als ob etwas ausgelaufen wäre.

»Ich bin gleich wieder da, Chaur.«

Der Mann lächelte.

Als der Schmied näher an den Dämonenkadaver herantrat, vertiefte sich sein Stirnrunzeln. Der schwarze Fleck waren tote Fliegen, tausende von toten Fliegen. Dann war dieser Dämon also genauso ungenießbar, wie es der Mann ohne Hände gewesen war. Er wurde langsamer und blieb schließlich stehen, immer noch fünf Schritte von dem grässlichen Ding entfernt. Er hatte eine Bewegung gesehen – da war sie wieder. Etwas stieß von innen gegen die blasige Haut.

Und dann hörte Barathol eine Stimme in seinem Kopf.

»Ungeduld. Bitte, sei so freundlich, eine Klinge, die mit äußerster Vorsicht diese grässliche Haut zerschneidet.«

Der Schmied zog sein Messer und trat vor. Als er bei dem Dämon angekommen war, kauerte er sich hin und fuhr mit der gut geschliffenen Klinge einen der Risse in der dicken, ledrigen Haut nach. Sie teilte sich plötzlich, und Barathol machte fluchend einen Satz rückwärts, als eine Fontäne gelber Flüssigkeit aus dem Schnitt spritzte.

Etwas wie eine Hand, gefolgt von einem Unterarm und einem Ellbogen, stieß hindurch, weitete den Schlitz, und wenige Augenblicke später glitt die ganze Kreatur ins Freie. Vier Augen blinzelten im hellen Sonnenlicht. Wo dem Kadaver zwei Gliedmaßen gefehlt hatten, waren jetzt neue, kleiner und blasser, aber ganz offensichtlich funktionsfähig. *»Hunger. Hast du etwas zu essen, Fremder? Bist du etwas zu essen?«*

Barathol steckte sein Messer wieder in die Scheide, drehte sich um und ging zurück zu Chaur, der Heborics Leichnam gerade aus dem Grab zog. Er hörte, dass der Dämon ihm folgte.

Der Schmied griff nach dem Pickel, den er neben dem Grab liegengelassen hatte, und drehte sich um. »Irgendetwas flüstert mir zu«, sagte er zu dem Dämon, »dass es ziemlich unwahrscheinlich ist, dass dir ein neues Gehirn wächst, wenn ich dir erst einmal mit diesem Pickel den Schädel eingeschlagen habe.«

»Übertreibung. Ich zittere vor Entsetzen, Fremder. Erheitert. Graufrosch hat nur einen Witz gemacht, ermutigt durch deinen entsetzten Gesichtsausdruck.«

»Kein Entsetzen. Abscheu.«

Die bizarren Augen des Dämons drehten sich in ihren Höhlen, und er zuckte mit dem Kopf, um an Barathol vorbeizusehen. *»Mein Bruder ist gekommen. Er ist da, ich spüre ihn.«*

»Du solltest dich lieber beeilen«, sagte Barathol. »Er steht kurz davor, einen neuen Hausdämon zu adoptieren.« Der Schmied senkte den Pickel und blickte zu Chaur hinüber.

Der große Mann stand über Heborics eingewickeltem Leichnam und starrte den Dämon aus weit aufgerissenen Augen an.

»Es ist alles in Ordnung, Chaur«, sagte Barathol. »Komm, wir tragen den toten Mann zum Abfallhaufen hinter der Schmiede.«

Wieder lächelnd, hob der große Mann Heborics Leichnam auf. Der Gestank von verwesendem Fleisch stieg Barathol in die Nase.

Schulterzuckend hob der Schmied die Schaufel auf.

Graufrosch hüpfte in großen Sprüngen auf die Hauptstraße des Weilers zu.

Scillara döste – und riss die Augen auf, als eine jubelnde Stimme ihren Geist erfüllte. *»Freude! Teuerste Scillara, die Zeit der Wache hat ein Ende! Der unentwegte und tapfere Graufrosch hat deine Unverletzlichkeit verteidigt, und die Brut zappelt nun in den Armen von Bruder L'oric!«*

»Graufrosch? Aber sie haben gesagt, du wärest tot! Was ist los, wieso sprichst du mit mir? Du hast nie mit mir gesprochen!«

»Weibchen mit Brut muss von Stille umhüllt werden. Alle ärgerlichen Splitter und Pfeile abgewehrt vom edlen Graufrosch. Und nun bin ich zum Glück frei, deinem süßen Selbst meine unsterbliche Liebe einzuflößen!«

»Bei den Göttern hienieden, mussten sich die anderen *damit* herumschlagen?« Sie griff nach ihrer Pfeife und dem Beutel mit Rostlaub.

Einen Augenblick später quetschte sich der Dämon durch den Türrahmen, dicht gefolgt von L'oric, der das Kind in den Armen hielt.

Scillara machte ein finsteres Gesicht und setzte ihre Pfeife in Brand.

»Das Kind hat Hunger«, sagte L'oric.

»Schön. Vielleicht wird das den Druck verringern und dafür sorgen, dass es zu tröpfeln aufhört. Kommt schon, gebt mir den kleinen Blutsauger.«

Der Hohemagier trat an das Bettgestell und reichte ihr den Säugling. »Du musst anerkennen, dass dieses Mädchen zu dir gehört, Scillara.«

»Oh, sie gehört mir, klar. Ich kann es an ihrem gierigen Blick erkennen. Um der Welt willen solltet Ihr beten, L'oric, dass alles, was sie von ihrem Vater geerbt hat, die blaue Haut ist.«

»Dann weißt du also, wer es war?«

»Korbolo Dom.«

»Oh! Ich glaube, er ist immer noch am Leben. Ein Gast der Imperatrix.«

»Glaubt Ihr, dass mich das kümmert, L'oric? Ich wurde in Durhang ertränkt. Wenn Heboric nicht gewesen wäre, wäre ich immer noch eine von Bidithals verpfuschten Akolythinnen. Heboric …« Sie blickte auf das Kind hinunter, das an ihrer linken Brust nuckelte, blinzelte durch den Pfeifenrauch. Dann starrte sie L'oric düster an. »Und jetzt haben ein paar verdammte T'lan Imass ihn getötet – warum?«

»Er war ein Diener von Treach. Scillara, die Götter führen Krieg gegeneinander. Und wir Sterbliche müssen den Preis dafür bezahlen. Es ist eine gefährliche Zeit für wahre Gläubige – ganz egal, an wen oder was sie glauben. Außer vielleicht an das Chaos selbst, denn wenn eine Macht in diesem modernen Zeitalter im Aufstieg begriffen ist, dann ist es ganz gewiss das Chaos.«

Graufrosch war eifrig damit beschäftigt, sich zu lecken, wobei er sich, wie es schien, vor allem auf seine neuen Gliedmaßen konzentrierte. Der ganze Dämon sah irgendwie … kleiner aus.

»Dann seid Ihr also wieder mit Eurem Hausdämon vereint, L'oric«, sagte Scillara. »Was bedeutet, dass Ihr nun gehen könnt, wohin auch immer Ihr wollt, um was auch immer zu tun. Ihr könnt aufbrechen und so weit wie möglich von hier weggehen. Ich werde warten, bis Schlitzer aufwacht. Ich mag ihn. Ich glaube, ich werde da hingehen, wo er hingeht. Diese große Suche ist vorbei. Also geht.«

»Erst wenn ich davon überzeugt bin, dass du dein Kind nicht einer ungewissen Zukunft ausliefern wirst, Scillara.«

»Sie ist nicht ungewiss. Oder zumindest nicht ungewisser als jede andere Zukunft. Es gibt hier zwei Frauen, die beide Jessa heißen, und sie werden sich um das Kind kümmern. Sie werden es ordentlich großziehen, denn sie scheinen so etwas gern zu machen.

Gut für sie, sage ich. Außerdem bin ich in dieser Hinsicht ziemlich großzügig – ich verkaufe es schließlich nicht, oder? Nein, wie eine verdammte Närrin *gebe ich das alles einfach weg.«*

»Je länger und je öfter du das Mädchen halten wirst«, sagte L'oric, »desto unwahrscheinlicher wird es, dass du das, was du im Augenblick vorhast, tatsächlich tun wirst. Mutterschaft ist ein seelischer Zustand – auch du wirst schon bald zu dieser Erkenntnis kommen.«

»Das ist gut, also warum seid Ihr immer noch hier? Ganz offensichtlich bin ich bereits zur Sklaverei verdammt, ganz egal, wie viel ich auch schimpfe.«

»Seelische Epiphanie ist keine Sklaverei.«

»Das zeigt, wie viel Ihr wisst, Hohemagier.«

»Ich fühle mich genötigt dir zu sagen, dass deine Worte Graufrosch zerschmettert haben.«

»Er wird es überleben – er scheint in der Lage zu sein, auch alles andere zu überleben. Nun, ich werde sie gleich an die andere Titte anlegen – wollt Ihr beide dabei zusehen?«

L'oric drehte sich auf dem Absatz um und verließ den Raum.

Graufrosch blinzelte Scillara mit seinen riesigen, halbdurchsichtigen Augen zu. *»Ich bin nicht zerschmettert. Mein Bruder missversteht. Die Brut klettert heraus und muss sich wehren, jedes Kleine muss sich um sein eigenes Leben kümmern. Erinnerung. Viele Gefahren. Zwischengedanke. Kummer. Ich muss jetzt meinen armen Bruder begleiten, denn er ist über viele Dinge in dieser Welt beträchtlich und wirklich bekümmert. Wärme. Ich werde meine Verehrung für dich gut bewahren, denn sie ist eine reine Sache, weil ihre Erfüllung ewig unerreichbar bleibt. Die, wie du zugeben musst, in der Tat ungelenk wäre.«*

»Ungelenk ist nicht das erste Wort, das mir in den Sinn kommt, Graufrosch. Aber ich danke dir für dein Gefühl, so krank und verdreht es auch sein mag. Hör zu, versuche, L'oric etwas zu lehren, ja? Nur ein paar Dinge, wie vielleicht Demut. Und diese ganze schreckliche Bestimmtheit – schlag sie nieder, prügel sie aus ihm heraus. Sie macht ihn unangenehm.«

»Ein väterliches Erbe, leider. L'orics eigene Eltern … ach, nicht wichtig. Lebwohl, Scillara. Köstliche Phantasien, langsam und äußerst fein in den dunklen, sumpfigen Wassern meines Vorstellungsvermögens enthüllt. Das ist alles, was notwendig ist, meinen fruchtbaren Geist aufrechtzuerhalten.«

Der Dämon watschelte hinaus.

Hartes Zahnfleisch klammerte sich an ihren rechten Nippel. *Schmerz und Lust, bei den Göttern, was für ein armseliges, verwirrendes Bündnis.* Nun, zumindest würde dieses Gefühl der Schiefe verschwinden – Nulliss hatte ihr das Kind immer auf die linke Seite gelegt, seit es herausgekommen war. Sie kam sich wie ein schlecht beladenes Maultier vor.

Mehr Stimmen im vorderen Zimmer, aber sie machte sich nicht die Mühe hinzuhören.

Sie hatten Felisin die Jüngere mitgenommen. Das war das Grausamste von allem. Für Heboric gab es jetzt zumindest irgendeinen Frieden, ein Ende für das, was auch immer ihn gequält hatte, und außerdem war er ein alter Mann gewesen. Von ihm war genug verlangt worden. Aber Felisin …

Scillara starrte auf die Kreatur an ihrer Brust hinunter, auf die winzigen, suchenden Hände, dann lehnte sie den Kopf gegen die Wand und machte sich daran, ihre Pfeife neu zu stopfen.

Etwas Formloses erfüllte seinen Geist, etwas, das zeitlos gewesen war und erst in den letzten Augenblicken, binnen weniger Atemzüge, zu Bewusstsein wurde, trug ihn von einem Moment zum nächsten. Woraufhin Schlitzer die Augen öffnete. Alte, graue Baumstämme überspannten die Decke über ihm, deren Fugen dicht an dicht mit Spinnennetzen überzogen waren, in die hier und da die Kadaver von Motten und Fliegen eingesponnen waren. Zwei Laternen mit niedrigen Dochten hingen an Haken. Er versuchte sich zu erinnern, wie er hierhergekommen war, in diesen unvertrauten Raum.

Darujhistan … eine hüpfende Münze. Assassinen …

Nein, das war lange her. *Tremolor, das Azath-Haus und Moby …*

das von einem Gott besessene Mädchen – Apsalar, oh, meine Liebe … Ein harter Wortwechsel mit Cotillion, dem Gott, der einst durch ihre Augen geblickt hatte. Er war im Reich der Sieben Städte; er war mit Heboric Geisterhand und Felisin der Jüngeren und Scillara und Graufrosch, dem Dämon, unterwegs gewesen. Er war zu einem Mann mit Messern geworden, einem Mörder – *wenn sich die Gelegenheit ergab.*

Fliegen …

Schlitzer stöhnte, fuhr sich mit einer Hand versuchsweise unter der Decke über den Bauch. Die Wunde war nichts weiter als eine dünne Narbe. Er hatte gesehen … wie seine Eingeweide nach draußen gequollen waren. Hatte sich plötzlich leichter gefühlt, hatte gespürt, was ihn zu Boden gezogen hatte. Kalt, so schrecklich kalt.

Die anderen waren tot. Sie mussten tot sein. Andererseits müsste er dann eigentlich auch tot sein. Sie hatten ihn aufgeschlitzt. Langsam drehte er den Kopf und musterte den schmalen Raum, in dem er lag. Eine Art Vorratsraum, vielleicht eine Speisekammer. Die Regale waren größtenteils leer. Er war allein.

Die Bewegung hatte ihn erschöpft – er hatte nicht die Kraft, den Arm, der auf seinem Bauch lag, zurückzuziehen.

Er schloss die Augen.

Ein Dutzend langsame, gleichmäßige Atemzüge, und er fand sich an einem ganz anderen Ort wieder, stand im Garten eines Innenhofs, der ungepflegt und verdorrt war, als hätte jahrelange Dürre geherrscht. Der Himmel über ihm war weiß und konturlos. Vor ihm befand sich ein von Steinen eingefasster Teich, dessen Wasseroberfläche glatt und unbewegt war. Die Luft war schwül und unerträglich heiß.

Schlitzer wollte sich durch reine Willenskraft vorwärtsbewegen, doch er stellte fest, dass er sich nicht rühren konnte. Er stand da wie angewurzelt.

Zu seiner Linken begannen Pflanzen zu knistern, rollten sich schwarz zusammen, als sich ein ausgefranstes Loch in der Luft bildete. Einen Augenblick später kamen zwei Gestalten durch das Tor gestolpert. Erst eine Frau, dann ein Mann. Das Tor schloss sich mit einem hellen Geräusch direkt hinter ihnen wieder, und es blieb nichts weiter als ein Wirbel aus Asche und ein Ring verbrannter Pflanzen.

Schlitzer versuchte zu sprechen, aber er hatte keine Stimme, und nach ein paar Herzschlägen war ihm klar, dass sie ihn nicht sehen konnten. Er war ein Geist, ein unsichtbarer Zeuge.

Die Frau war genauso groß wie der Mann. Eine Malazanerin, während er ganz offensichtlich nicht von der Insel stammte. Gutaussehend auf eine harte, unnachgiebige Weise. Sie reckte sich langsam.

Eine andere Frau saß jetzt am Rand des Teichs. Hellhäutig, mit fein geschnittenen Gesichtszügen, die langen, goldgetönten Haare kunstvoll zu vielen Zöpfen geflochten und hochgebunden. Eine Hand hatte sie in das Wasser des Teichs getaucht, aber es gab keine Wellen. Sie musterte die Wasseroberfläche und blickte nicht auf, als die Malazanerin sprach.

»Und was jetzt?«

Der Mann, in dessen Gürtel zwei bösartig aussehende Morgensterne steckten, sah aus wie ein Wüstenkrieger. Sein Gesicht war dunkel und breit, die zusammengekniffenen Augen von einem Netz aus unzähligen Fältchen umgeben. Er trug eine Rüstung, als wollte er in die Schlacht ziehen. Bei der Frage seiner Begleiterin richtete er den Blick auf die sitzende Frau und sagte: »Darüber habt Ihr Euch nie deutlich ausgelassen, Königin der Träume. Der einzige Teil dieses Handels, bei dem mir ein bisschen unbehaglich ist.«

»Es ist zu spät für Reue«, murmelte die sitzende Frau.

Schlitzer starrte sie erneut an. Die Königin der Träume. Eine Göttin. Es schien, als hätte sie ebenfalls keine Ahnung, dass Schlitzer hier irgendwie anwesend war und Zeuge dieser Szene wurde. Aber das hier war ihre Sphäre. Wie konnte das sein?

Die spöttische Bemerkung der Königin hatte den Mann finster das Gesicht verziehen lassen. »Ihr wollt meine Dienste. Und was soll ich tun? Ich habe genug davon, Armeen anzuführen, genug von Prophezeiungen. Gebt mir eine Aufgabe, wenn es sein muss, aber macht sie einfach. Lasst mich jemanden töten oder jemanden beschützen – nein, Letzteres doch nicht – davon habe ich auch genug.«

»Deine … Skepsis ist das, was ich am meisten an dir schätze, Leoman von den Dreschflegeln. Ich muss allerdings zugeben, dass ich ein bisschen enttäuscht bin. Denn ich hatte eigentlich damit gerechnet, dass dich jemand anders begleiten würde.«

Der Mann namens Leoman warf einen Blick zu der Malazanerin, sagte jedoch nichts. Dann, langsam, weiteten sich seine Augen, und er schaute die Göttin wieder an. »Corabb?«

»Erwählt von Oponn«, sagte die Königin der Träume. »Von der Lady geliebt. Seine Anwesenheit wäre nützlich gewesen …« Ein leichtes Stirnrunzeln, dann ein Seufzer. Sie blickte immer noch nicht auf, als sie sagte: »An seiner Stelle muss ich nun eine Sterbliche dulden, auf die bereits ein anderer Gott ein Auge geworfen hat. Wohin wird das führen, frage ich mich? Wird dieser Gott sie letzten Endes benutzen? In der Art, in der alle Götter es tun?« Ihr Stirnrunzeln vertiefte sich, dann fuhr sie fort: »Ich leugne dieses … Bündnis nicht. Ich vertraue darauf, dass der Vermummte dies auch versteht. Dennoch sehe ich, wie sich … in den Tiefen dieses Wassers … etwas Unerwartetes regt. Brunspatz, hast du gewusst, dass du gekennzeichnet bist? Nein, ich gehe davon aus, dass dem nicht so war – du warst schließlich eine Neugeborene, als du ihm geweiht wurdest. Und dann wurdest du aus dem Tempel geraubt. Von deinem Bruder. Das hat der Vermummte ihm niemals vergeben, und am Ende hat er sich auf höchst befriedigende Weise gerächt, hat jedes Mal die Berührung eines Heilers abgewendet, wo doch nichts anderes nötig gewesen wäre – und dabei hätte diese Berührung die Welt verändern, einen jahrtausendealten Fluch zerschmettern können.« Sie machte eine kurze Pause, starrte weiter in den Teich. »Ich glaube, dass der Vermummte seine Entscheidung mittlerweile bereut – er ärgert sich wieder einmal über seinen Mangel an Demut. Es könnte sehr gut sein, dass er bei dir, Brunspatz, Wiedergutmachung leisten will.«

Die Malazanerin war blass. »Ich habe gehört, dass mein Bruder getötet wurde«, sagte sie leise. »Aber jeder Tod kommt durch die

Hand des Vermummten. Ich sehe keinen Grund für irgendeine Art von Wiedergutmachung.«

»Durch die Hand des Vermummten. Das ist wohl wahr, und daher wählt der Vermummte auch den Zeitpunkt und die Art und Weise. Allerdings mischt er sich nur in den allerseltensten Fällen offenkundig in den Tod eines einzelnen Sterblichen ein. Betrachte seine übliche ... Einmischung ... als verdorrte Finger, die dafür sorgen, dass das Gewebe des Lebens nahtlos verwoben wird, nicht mehr – zumindest, bis man an einen Knoten gerät.«

Jetzt mischte Leoman sich ein. »Ihr könnt ein andermal über die Feinheiten von Lehrsätzen grübeln – und damit meine ich euch beide. Ich werde dieses Ortes allmählich überdrüssig. Schickt uns irgendwo hin, Königin, aber sagt uns vorher, welchen Dienst Ihr verlangt.«

Jetzt endlich blickte sie auf und musterte den Wüstenkrieger ein halbes Dutzend Herzschläge lang schweigend. »Im Augenblick«, sagte sie schließlich, »verlange ich nichts von dir ... gar nichts.«

Und dann herrschte Stille. Schlitzer wurde endlich klar, dass die beiden Sterblichen sich nicht bewegten. Es war noch nicht einmal ein Heben und Senken des Brustkorbs erkennbar. *Sie sind erstarrt ... genau wie ich.*

Die Königin der Träume wandte langsam den Kopf, sah Schlitzer in die Augen und lächelte.

Plötzlicher, wirbelnder Rückzug – und er erwachte zuckend unter fadenscheinigen Decken und einer Balkendecke, die von den Kadavern leergesaugter Insekten geschmückt wurde. Doch das Lächeln wirkte nach, raste wie kochend heißes Blut durch ihn hindurch. Sie hatte es gewusst – natürlich hatte sie es gewusst, sie hatte ihn dorthin gebracht, in genau diesem Augenblick, damit er Zeuge würde. Aber warum? Leoman von den Dreschflegeln ... der abtrünnige Befehlshaber von Sha'iks Armee, derjenige, den Mandata Tavores Armee verfolgt hatte. *Ganz offensichtlich hat er eine Möglichkeit gefunden zu entkommen. Aber um einen Preis. Vielleicht war das die Lektion – schließe niemals einen Handel mit den Göttern ab.*

Ein schwaches Geräusch drang an seine Ohren. Das Weinen eines Kindes, hartnäckig, fordernd.

Dann ein näheres Geräusch, ein Schlurfen, und Schlitzer drehte den Kopf und sah, wie der Vorhang, der den Durchgang bedeckte, zurückgezogen wurde. Ein junges, unvertrautes Gesicht sah ihn an. Das Gesicht verschwand schnell wieder. Stimmen, schwere Schritte, dann wurde der Vorhang zur Seite geschoben. Ein großer Mann mit mitternachtsdunkler Haut kam herein.

Schlitzer sah ihn an. Er wirkte … vertraut, aber er wusste, dass er diesem Mann noch nie zuvor begegnet war.

»Scillara fragt nach dir«, sagte der Fremde.

»Das Kind, das ich weinen höre – ist es ihres?«

»Ja, im Moment. Wie fühlst du dich?«

»Schwach, aber nicht so schwach wie zuvor. Hungrig, durstig. Wer bist du?«

»Der Schmied dieses Weilers. Barathol Mekhar.«

Mekhar? »Kalam …«

Der Mann verzog das Gesicht. »Ein Vetter x-ten Grades. Mekhar bezieht sich auf den Stamm – es gibt ihn nicht mehr, er wurde von Falah'd Enezgura von Aren abgeschlachtet, auf einem seiner Eroberungszüge in Richtung Westen. Die meisten von uns Überlebenden haben sich überallhin verstreut.« Er zuckte die Schultern, beäugte Schlitzer. »Ich werde dir etwas zu essen und zu trinken besorgen. Wenn eine Semk-Hexe hier reinkommt und versucht, dich vor ihren Karren zu spannen, sag ihr, dass sie verschwinden soll.«

»Vor ihren Karren? Was für einen Karren?«

»Deine Freundin Scillara möchte das Kind hierlassen.«

»Oh.«

»Überrascht dich das?«

Er dachte nach. »Nein, eigentlich nicht. Nach allem, was ich mitbekommen habe, war sie damals nicht sie selbst. Damals in der Raraku. Ich nehme an, sie will alles, was sie an diese Zeit erinnert, weit hinter sich lassen.«

Barathol schnaubte und drehte sich zum Durchgang um. »Was

hat es eigentlich mit diesen ganzen Flüchtlingen aus der Raraku auf sich? Ich bin gleich wieder zurück, Schlitzer.«

Mekhar. Der Daru brachte ein Lächeln zustande. Der hier sah groß genug aus, um Kalam zu schnappen und quer durch den Raum zu werfen. Und wenn Schlitzer den Gesichtsausdruck des Mannes in jenem kurzen, unachtsamen Moment, als er Kalams Namen genannt hatte, richtig gedeutet hatte, war dieser Barathol wahrscheinlich geneigt, genau das zu tun, sollte er je Gelegenheit dazu bekommen.

Den Göttern sei Dank, dass ich keine Brüder und Schwestern habe ... oder Vettern.

Sein Lächeln verblasste schlagartig. Der Schmied hatte Scillara erwähnt, aber sonst niemanden. Schlitzer hatte den Verdacht, dass dies kein Versehen gewesen war. Barathol wirkte nicht wie ein Mann, der mit Worten sorglos umging. *Beru, hilf ...*

L'oric trat nach draußen. Sein Blick wanderte die schäbige Straße entlang, Gebäude für Gebäude, die baufälligen Überreste von etwas, das einst ein blühendes Gemeinwesen gewesen war. Auf die eigene Zerstörung bedacht, auch damals schon, obwohl sich zweifellos nur wenige solche Gedanken gemacht hatten. Der Wald musste endlos gewirkt haben, oder zumindest unsterblich, und so hatten sie mit wilder Hemmungslosigkeit geerntet. Aber jetzt waren die Bäume fort, und all die angesammelten Reichtümer, all die Münzen waren davongeschlüpft, hatten Hände zurückgelassen, die nichts mehr als Sand besaßen. Die meisten Plünderer waren wahrscheinlich weitergezogen, hatten ein anderes Wäldchen aus uralten Bäumen gesucht, um unbeirrt mit ihrer Hingabe an flüchtigen Gewinn fortzufahren. *Um eine Wüste nach der anderen zu schaffen ... bis die Wüsten sich begegnen.*

Er rieb sich über das Gesicht, fühlte den Sand, den er seinem Aufenthalt hier verdankte, rau wie gemahlenes Glas auf seinen Wangen. Zumindest gab es auch einige Belohnungen, sagte er zu sich selbst. Ein Kind war geboren worden. Graufrosch war wieder an seiner Seite, und es war ihm gelungen, Schlitzer das Leben zu retten. *Und dann ist da noch Barathol Mekhar, ein Name, der in zehntausend Flüche Eingang gefunden hat …* Nun, Barathol war ganz und gar nicht so, wie L'oric ihn sich in Anbetracht seiner Verbrechen vorgestellt hatte. Männer wie Korbolo Dom entsprachen seiner Vorstellung von Verrätern, oder der verdrehte Wahnsinn von jemandem wie Bidithal. Und doch hatte Barathol, ein Offizier der Roten Klingen, die Faust von Aren ermordet. Er war ergriffen und ins Gefängnis geworfen worden, war degradiert und von seinen ehemaligen Kameraden erbarmungslos zusammengeschlagen worden – der erste und dunkelste Fleck auf ihrer Ehre, der seither ihren fanatischen Eifer genährt hatte.

Barathol hatte am Aren-Weg gekreuzigt werden sollen. Stattdessen hatte die Stadt rebelliert, die malazanische Garnison niedergemetzelt und die Roten Klingen aus der Stadt getrieben.

Und dann waren die T'lan Imass gekommen, hatten mittels einer harten, brutalen Lektion gezeigt, wie das Imperium sich zu rächen pflegte. Und Barathol Mekhar war von Dutzenden von Augenzeugen gesehen worden, wie er das Nordtor geöffnet hatte …

Aber es stimmt. T'lan Imass brauchen es nicht, dass man ihnen die Tore öffnet …

Die Frage, die niemand gestellt hatte, lautete: Warum sollte ein Offizier der Roten Klingen die Faust der Stadt ermorden?

L'oric vermutete, dass Barathol niemand war, der ihm die Genugtuung einer Antwort auf diese Frage gönnen würde. Der Mann war längst darüber hinaus, sich noch zu verteidigen, jedenfalls, wenn es um Worte ging. So viel konnte der Hohemagier in den dunklen Augen des Schmiedes sehen – er hatte schon vor langer Zeit resigniert, was die Menschheit betraf. Und das Gefühl für seinen eigenen Platz in ihr. Er spürte nicht den Drang zu rechtfertigen, was er tat; ihn zwang weder ein Sinn für Anstand noch einer für Ehre, seinen Fall darzulegen. Nur eine Seele, die ganz und gar aufgegeben hat, gibt die Vorstellung der Erlösung auf. Es musste etwas geschehen sein, das Barathols Glauben zerschmettert hatte, so dass der Weg des Verrats offen gestanden hatte.

Doch diese Dorfbewohner betrachteten Barathol Mekhar auf

eine Weise, die an Verehrung grenzte, und genau das konnte L'oric nicht verstehen. Selbst jetzt, wo sie die Wahrheit kannten, wo sie wussten, was ihr Schmied vor Jahren getan hatte, enttäuschten sie die Erwartungen des Hohemagiers. Er war verwirrt und fühlte sich auf merkwürdige Weise hilflos.

Andererseits, gib es ruhig zu, L'oric – du warst niemals in der Lage, Gefolgsleute um dich zu scharen, ganz egal, wie edel dein Anliegen auch sein mochte. Oh, es gab hier Verbündete, die ihre Stimmen seiner eigenen Empörung angesichts von Scillaras abstoßender Gleichgültigkeit im Hinblick auf ihr Kind hinzufügten, aber er wusste nur zu gut, das solch eine Einigkeit am Ende vorübergehend und flüchtig war. Sie mochten alle Scillaras Haltung schlecht machen, aber sie würden nichts dagegen tun; in der Tat hatten mittlerweile alle außer Nulliss akzeptiert, dass das Kind in die Hände zweier Frauen gelangen sollte, die beide Jessa hießen. *Da, Problem gelöst. Aber in Wahrheit bedeutet es nichts weiter, als sich auf ein Verbrechen einzulassen.*

Graufrosch kam an seine Seite geschlendert und hockte sich bäuchlings auf die staubige Straße. Seine vier Augen blinzelten träge, verrieten nichts von seinen Gedanken, doch ein unbeschreibliches mitleidiges Flüstern beruhigte L'orics inneren Aufruhr.

Der Hohemagier seufzte. »Ich weiß, mein Freund. Wenn ich doch nur lernen könnte, einen Ort einfach zu durchqueren und bewusst nicht auf all die Vergehen gegen die Natur – die kleinen und die großen – zu achten. Ich vermute, es hat mit einer Reihe aufeinanderfolgender Fehlschläge zu tun. In der Raraku, in Kurald Liosan, im Hinblick auf Felisin die Jüngere – bei den Göttern hienieden, was für eine deprimierende Liste. Und dich, Graufrosch, dich habe ich ebenfalls im Stich gelassen …«

»Bedeutung unerheblich«, sagte der Dämon. *»Ich werde dir eine Geschichte erzählen, Bruder. Früh in der Geschichte des Clans, vor vielen Jahrhunderten, stieg ein neuer Kult auf, wie ein Gashauch aus der Tiefe. Als sein ihn vertretender Gott wurde der unnahbarste, zurückhaltendste Gott des Pantheons gewählt. Es war in der Tat ein Gott, dem die Clans meiner Art vollkommen gleichgültig*

waren. Ein Gott, der niemals zu irgendeinem Sterblichen sprach, der sich niemals in die Angelegenheiten der Sterblichen einmischte. Grauenhaft. Die Anführer des Kults erklärten sich zur Stimme dieses Gottes. Sie schrieben Gesetze nieder, und Verbote, Zuschreibungen, Besänftigungen, Lästerungen, Bestrafungen wegen mangelnder Anpassung, Streitereien und Abstammung. Dies war nichts als ein Gerücht, besagte Einzelheiten in einer vagen Fuge bewahrt, bis zu dem Zeitpunkt, da der Kult die Herrschaft erlangte, und mit der Herrschaft absolute Macht.

Schreckliche Vollstreckung, schreckliche Verbrechen begangen im Namen des schweigenden Gottes. Anführer kamen und gingen, und jeder verdrehte die Worte weiter, die bereits von weltlichem Ehrgeiz und dem Eifer nach Einigkeit verdreht waren. Ganze Teiche wurden vergiftet. Andere geleert und Salz im Schlamm ausgesät. Eier wurden zerschlagen. Mütter zerstückelt. Und unser Volk wurde in ein Paradies der Furcht gestürzt, die Gesetze wurden offenkundig gemacht und das vergossene Blut wurde zu Tränen der Notwendigkeit. Falsches Bedauern mit kaltem Glanz im mittleren Auge. Kein Trost wartete, und jede Generation litt mehr als die vorangegangene.«

L'oric musterte den Dämon. »Was ist geschehen?«

»Sieben große Krieger aus den sieben Clans sind ausgezogen, den Schweigenden Gott zu suchen, sind ausgezogen, um selbst zu sehen, ob dieser Gott in der Tat all das gesegnet hatte, was in seinem Namen geschehen war.«

»Und haben sie den schweigenden Gott gefunden?«

»Ja. Und sie haben auch den Grund für sein Schweigen gefunden. Der Gott war tot. Er war gestorben, als der erste Tropfen Blut in seinem Namen vergossen worden war.«

»Ich verstehe. Und welche Bedeutung hat diese Geschichte, die du mir erzählst, wie bescheiden sie auch sein mag?«

»Vielleicht diese. Die Existenz vieler Götter bewirkt wahre Komplexität des Lebens der Sterblichen. Umgekehrt führt die Geltendmachung nur eines einzigen Gottes zum Leugnen von Komplexität und bestärkt das Bedürfnis, die Welt einfach zu machen. Nicht der

Fehler des Gottes, sondern ein Verbrechen, das seine Gläubigen begehen.«

»Wenn einem Gott das, was in seinem Namen getan wird, nicht gefällt, sollte er handeln.«

»Aber wenn jedes Verbrechen, das in seinem Namen begangen wird, ihn schwächt … glaube ich, dass er schon sehr bald keine Kraft mehr haben wird und daher nicht handeln kann und so schließlich stirbt.«

»Du kommst aus einer merkwürdigen Welt, Graufrosch.«

»Ja.«

»Ich finde deine Geschichte höchst beunruhigend.«

»Ja.«

»Wir müssen uns jetzt auf eine lange Reise begeben, Graufrosch.«

»Ich bin bereit, Bruder.«

»In der Welt, die ich kenne«, sagte L'oric, »ernähren sich viele Götter von Blut.«

»Wie es auch viele Sterbliche tun.«

Der Hohemagier nickte. »Hast du Lebwohl gesagt, Graufrosch?«

»Das habe ich.«

»Dann lass uns diesen Ort verlassen.«

Filiad tauchte im Eingang der Schmiede auf und machte Barathol auf sich aufmerksam. Der Schmied drückte noch zweimal auf den Blasebalg, der den Schmiedeofen nährte, dann zog er seine dicken Lederhandschuhe aus und winkte den Jungen zu sich.

»Der Hohemagier«, sagte Filiad, »er ist weg. Mit der riesigen Kröte. Ich habe es gesehen, ein Loch, das sich mitten in der Luft geöffnet hat. Blendend helles gelbes Licht ist herausgeströmt, und sie sind einfach darin verschwunden – und dann war das Loch weg!«

Barathol suchte in einem Haufen schwarzer eiserner Stäbe herum, bis er einen fand, der für das, was er vorhatte, geeignet schien. Er legte ihn auf den Amboss. »Hat er sein Pferd hiergelassen?«

»Was? Nein, er hat es an den Zügeln geführt.«

»Zu schade.«

»Was tun wir jetzt?«, fragte Filiad.

»Im Hinblick auf was?«

»Nun, auf alles, denke ich.«

»Geh nach Hause, Filiad.«

»Wirklich? Oh. In Ordnung. Nehme ich an. Ich sehe dich dann später.«

»Zweifellos«, sagte Barathol und zog die Handschuhe wieder an.

Nachdem Filiad gegangen war, packte Barathol den Eisenstab mit einer Zange, warf ihn in die Esse und pumpte dabei mit einem Fuß den Blasebalg auf dem Boden. Vor vier Monaten hatte er die letzten, bislang sorgsam gehüteten Reste der in Aren gestohlenen Münzen für eine große Ladung Holzkohle ausgegeben; es war gerade noch genug davon übrig für diese letzte Aufgabe.

T'lan Imass. Nichts als Knochen und ledrige Haut. Schnell und tödlich, Meister des Hinterhalts. Barathol hatte seit Tagen über das Problem, das sie darstellten, nachgedacht – und über ein Mittel, wie man mit ihnen fertig werden konnte. Denn er hatte den Verdacht, dass er den Dreckskerlen noch einmal begegnen würde.

Seine Axt war schwer genug, um Schaden anzurichten, wenn er hart zuschlug. Aber die Steinschwerter waren lang und vorne zugespitzt, um mit ihnen zustechen zu können. Wenn sie außerhalb seiner Reichweite blieben …

Doch er glaubte, dass er für all das eine Lösung gefunden hatte.

Er pumpte noch ein paarmal, bis er mit dem weißglühenden Kern im Herzen der Esse zufrieden war, und schaute zu, wie der Eisenstab einen engelhaften Schimmer annahm.

»Wir folgen jetzt der Schlange, die uns zu einem Sammellager am Ufer eines Schwarzkornsees führen wird, hinter dem wir zwei Tage lang flache Felsen überqueren, bis wir zu einem anderen Sammellager – dem nördlichsten – kommen, denn alles, was jenseits davon liegt, ist fließend und ungefunden.«

Samar Dev musterte die längliche, gekrümmte Linie aus Felsbrocken auf dem Sims aus Grundgestein links unter ihnen. Häute aus grauen und grünen Flechten, Klumpen von skelettartigem staubig-grünem, mit roten Blüten gesprenkeltem Moos umgaben jeden Stein, und dahinter tauchte das dunklere Grün einer anderen Moosart auf, weich und aufgequollen. Auf dem Pfad, dem sie folgten, war das Grundgestein leergefegt, der Granit rosa und rau, mit Schichten, die an den Rändern in großen, flachen Platten abfielen. Hier und dort wuchsen schwarze Flechten mit der Struktur von Haihaut aus Spalten und Adern. Sie sah ein abgeworfenes Hirschgeweih aus einer früheren Brunftzeit, dessen Spitzen von Nagetieren angefressen waren, und wurde daran erinnert, dass in der Welt der Natur nichts verschwendet wurde.

In Senken im Hochland standen kleine Gruppen aus Schwarzfichten, von denen ebenso viele tot wie lebendig waren, während in weniger geschützten Bereichen niedriger Wachholder kniehohe Inseln bildete, aus denen einzelne Zweige heraus- und über den Stein ragten. Jede dieser Inseln wurde von Blaubeer- und Wintergrünbüschen gesäumt. Bankskiefern standen als einsame Wächter auf Erhöhungen in den merkwürdig gefalteten, amorphen Felsen.

Schroff und abschreckend war diese Landschaft, und sie würde sich niemals menschlicher Herrschaft beugen. Sie fühlte sich auf eine Weise alt an, wie Samar Dev es an keinem der Orte, die sie bisher gesehen hatte, erlebt hatte, noch nicht einmal in der Ödnis der Jhag-Odhan. Es hieß, dass unter jeder Art von Oberfläche dieser Welt, sei es Sand oder Meer, Überschwemmungsgebiete oder Wald, fester Felsen lag, von unsichtbaren Kräften verdreht und gefaltet. Doch hier waren alle anderen möglichen Oberflächen weggescheuert worden, so dass der gemaserte Muskel selbst offen dalag.

Dieses Land passte zu Karsa Orlong. Ein Krieger, von dem das ganze Drum und Dran der Zivilisation abgescheuert worden war, ein Ding aus Muskeln und Willen und verborgenen Kräften. Wohingegen Bootfinder, der Anibar, in merkwürdigem Kontrast dazu ein Eindringling zu sein schien, fast schon ein Parasit, dessen Bewegungen verstohlen und seltsam schuldbewusst wirkten. Von diesem zerklüfteten, felsigen Ort voller Bäume und Süßwasserseen holten Bootfinder und sein Volk sich schwarzes Korn und die Häute von Tieren; sie holten sich Birkenrinde und Schilf, um Körbe und Netze zu flechten. Nicht genug, um diese Landschaft zu verunstalten, nicht genug, um behaupten zu können, sie erobert zu haben.

Was sie anging, so sah sie ihre Umgebung mit ganz eigenen Augen, und ihre Gedanken kreisten pausenlos um nicht abgeerntete Bäume, Seen, die voller Fische waren, und wirkungsvollere Arten, die länglichen, schlammfarbenen Körner aus den Schilfbeeten in den Senken zu sammeln – das sogenannte schwarze Korn, das von den Halmen freigeschlagen und in den Hohlräumen der langen, schmalen Boote gesammelt werden musste, die die Anibar benutzten, und das sie umgeben von Netzen und Spinnen und dem Summen von Tigerfliegen mit Stöcken niederschlugen. Sie konnte nur an Reichtümer der Natur und die besten Möglichkeiten, sie auszubeuten, denken. Es fühlte sich von Tag zu Tag weniger wie eine Tugend an.

Sie gingen weiter auf dem Pfad, Bootfinder an der Spitze, gefolgt von Karsa, der sein Pferd am Zügel führte, so dass Samar Dev den Anblick des Pferderumpfes und des schlagenden Schweifs genießen konnte. Ihre Füße schmerzten, jeder Schritt auf dem harten Stein erschütterte ihr Rückgrat – es musste eine Möglichkeit geben, solche Erschütterungen zu dämpfen, sagte sie sich, vielleicht irgendwelche mehrschichtigen Sohlen für die Stiefel – sie würde darüber nachdenken müssen. Und diese stechenden Mücken – Bootfinder hatte Wacholderzweige abgeschnitten und sie durch einen Schal geschoben, den er sich um den Kopf gewickelt hatte, so dass die grünen Stengel vor seiner Stirn und über seinem Nacken baumelten. Vermutlich half das sogar, auch wenn er mit dem Kopfschmuck lächerlich aussah. Sie dachte darüber nach, ihre Eitelkeit aufzugeben und es ihm gleichzutun, wollte aber noch ein bisschen damit warten.

Karsa Orlong ging diese Reise jetzt so an, als würde es sich um eine Art Queste handeln. Getrieben von dem Bedürfnis zu strafen, wen auch immer er für schuldig hielt, ganz egal, wie die Umstände sein mochten. Ganz allmählich fing sie an zu verstehen, wie furchteinflößend dieser Wilde sein konnte, und wie gerade das ihn immer faszinierender für sie machte. Sie konnte sich beinahe vorstellen, dass dieser Mann eine Schneise durch ein ganzes Pantheon von Göttern schlagen könnte.

Eine Senke auf dem Pfad führte sie auf moosigen Untergrund, durch den abgebrochene Zweige ausgefranste graue Finger nach oben stießen. Zur Rechten befand sich eine dicke, verkrüppelte Eiche, die Jahrhunderte alt und von Blitzeinschlägen gezeichnet war; sämtliche kleineren Bäume, die darum herum zu wachsen versucht hatten, waren tot, als ob der zerschlagene Wächter irgendein streitlustiges Gift absonderte. Zur Linken bildete das Wurzelgeflecht einer umgestürzten Kiefer einen Erdwall, der so hoch wie Karsa war und senkrecht aus einem Teich mit schwarzem Wasser ragte.

Havok blieb abrupt stehen, und Samar Dev hörte Karsa Orlong leise schnauben. Sie ging um das Jhagpferd herum, bis sie die Wand aus Wurzelgeflecht deutlich sehen konnte. Ein verwitterter Leichnam war darin verwickelt, das Fleisch runzlig und geschwärzt, die Glieder ausgestreckt, der Hals entblößt, aber vom Kopf war nur der Unterkiefer sichtbar. Der Brustbereich schien nach innen geborsten zu sein, der leere Raum reichte bis ins Herz des riesigen Baumes. Bootfinder stand auf der gegenüberliegenden Seite, malte mit seiner linken Hand Gesten in die Luft.

»Er ist erst vor kurzem umgefallen«, sagte Karsa Orlong. »Aber dieser Leichnam, der ist da lange Zeit gewesen, seht nur, wie das schwarze Wasser, das sich einst um die Wurzeln gesammelt hat, seine Haut verfärbt hat. Samar Dev«, sagte er und sah sie an, »in seiner Brust ist ein Loch – wie kann so etwas geschehen?«

Sie schüttelte den Kopf. »Ich kann noch nicht einmal feststellen, was für eine Kreatur das ist.«

»Ein Jaghut«, antwortete der Toblakai. »Ich habe früher schon welche gesehen. Fleisch wird Holz, doch der Geist bleibt darin am Leben –«

»Du willst sagen, dieses Ding ist immer noch am Leben?«

»Ich weiß es nicht – immerhin ist der Baum umgefallen und stirbt deswegen –«

»Der Tod ist nicht gewiss«, mischte Bootfinder sich ein, die Augen in abergläubischem Entsetzen weit aufgerissen. »Oft reckt sich der Baum erneut himmelwärts. Aber dieser Bewohner, der auf so schreckliche Weise gefangen ist, kann nicht mehr am Leben sein. Er hat kein Herz. Er hat keinen Kopf.«

Samar Dev trat näher, um sich die eingesunkene Brust des Leichnams genauer zu betrachten. Nach einiger Zeit trat sie wieder zurück, denn sie verspürte plötzlich ein unbehagliches Gefühl, das sie nicht benennen konnte. »Die Knochen unter dem Fleisch sind weitergewachsen«, sagte sie, »aber nicht als Knochen. Als Holz. Die Zauberei gehört zu D'riss, vermute ich. Bootfinder, wie alt schätzt du diesen Baum?«

»Gefrorene Zeit, vielleicht dreißig Generationen. Sieben Tage, seit er umgestürzt ist, nicht mehr. Und – er ist umgestoßen worden.«

»Ich rieche etwas«, sagte Karsa Orlong und gab Bootfinder die Zügel.

Samar Dev schaute zu, wie der riesige Krieger vorwärtsschritt, den Hang auf der gegenüberliegenden Seite der Senke hinauf. Auf dem Grat des Basolithen blieb er stehen. Langsam löste er sein Steinschwert.

Und nun nahm auch sie einen schwachen, säuerlichen Geruch wahr, den Geruch des Todes. Sie begab sich an Karsas Seite.

Jenseits der Felskuppel wand sich der Pfad rasch nach unten, um ans Ufer eines kleinen, sumpfigen Sees zu stoßen. Auf einer Seite, auf einem schmalen Sims oberhalb des Ufers, befand sich eine Lichtung, auf der die Überreste eines schlichten Lagers standen – drei runde Gebilde, von Schösslingen eingerahmt und mit Lederwänden. Zwei davon waren halb verbrannt, das dritte eine Masse aus zerschmettertem Holz und zerfetztem Wildleder. Sie zählte sechs Leichen, die sowohl im Lager als auch darum herum lagen; eine mit dem Gesicht nach unten direkt am Ufer, so dass Oberkörper, Schultern und Kopf sich im Wasser befanden und die Haare wie verblasster Seetang hin und her strömten. Drei Kanus, deren Bordwände aus Rinde eingeschlagen waren, bildeten auf der anderen Seite des Pfades eine Reihe.

Bootfinder gesellte sich zu ihr und Karsa. Er gab ein leises, wehklagendes Geräusch von sich.

Karsa ging als Erster den Pfad hinunter. Nach einem Augenblick folgte ihm Samar Dev.

»Halt dich vom Lager fern«, sagte Karsa. »Ich muss die Spuren lesen.«

Sie beobachtete ihn, wie er sich von einer reglosen Gestalt zur nächsten bewegte, während seine Augen den aufgewühlten Boden musterten, die Stellen, an denen Humus weggetreten worden war. Er ging zur Feuerstelle und strich mit den Fingern durch die Asche und die verkohlten Reste, bis hinunter zu der darunterliegenden fleckigen Erde. Irgendwo auf dem See hinter ihnen schrie ein Seetaucher traurig und bewegend. Das Licht hatte eine stählerne Farbe angenommen, seit die Sonne hinter dem Wald im Westen verschwunden war. Auf der Kuppe über dem Pfad wurde Bootfinders Wehklagen schriller.

»Sag ihm, er soll still sein«, knurrte Karsa.

»Ich glaube nicht, dass ich das tun kann«, erwiderte sie. »Lass ihm seinen Kummer.«

»Sein Kummer wird bald unserer sein.«

»Fürchtest du diesen unsichtbaren Feind, Karsa Orlong?«

Er hatte gerade die leckgeschlagenen Kanus betrachtet und richtete sich jetzt auf. »Ein vierbeiniges Tier ist vor kurzem hier durchgekommen – ein großes Tier. Es hat eine der Leichen mitgenommen … aber ich glaube nicht, dass es weit weggegangen ist.«

»Dann hat es uns sowieso schon gehört«, sagte Samar Dev. »Was ist es, ein Bär?« Bootfinder hatte erzählt, dass Schwarzbären die gleichen Pfade wie die Anibar benutzten, und er hatte auf ihre Losung auf dem Pfad gezeigt. Er hatte erklärt, dass sie normalerweise nicht gefährlich wurden. Aber natürlich ließ sich bei Wildtieren nie voraussagen, was sie tun würden, und wenn einer der Bären auf diese Leichen gestoßen war, war es gut möglich, dass er den Schauplatz dieses Dramas als sein Revier ansah.

»Ein Bär? Vielleicht, Samar Dev. So einer wie die in meinem Heimatland, ein Höhlenbewohner, der anderthalbmal so groß wie ein Teblor ist, wenn er sich auf die Hinterbeine aufrichtet. Aber der hier ist anders, denn die Ballen seiner Tatzen sind von Schuppen überzogen.«

»Schuppen?«

»Und ich schätze, er wiegt mehr als vier ausgewachsene Teblor-Krieger.« Er beäugte sie. »Eine beachtliche Kreatur.«

»Bootfinder hat nichts davon gesagt, dass es solche Tiere in diesem Wald gibt.«

»Es ist nicht der einzige Eindringling«, sagte der Toblakai. »Diese Anibar hier wurden mit Speeren und gekrümmten Klingen ermordet. Dann wurden ihnen alle Schmuckstücke, Waffen und Werkzeuge weggenommen. Sie hatten ein Kind dabei, aber das wurde weggeschleppt. Die Mörder sind über den See gekommen, in Langbooten mit hölzernen Kielen. Mindestens zehn Erwachsene. Zwei von ihnen haben irgendeine Art von Stiefeln getragen, allerdings ist mir das Fersenmuster nicht vertraut. Die anderen haben Mokassins aus vernähten Streifen getragen, die sich jeweils auf einer Seite überlappt haben.«

»Überlappt? Geriffelt – das dürfte wohl den Halt verbessern, nehme ich an.«

»Ich weiß, wer diese Eindringlinge sind, Samar Dev.«

»Alte Freunde von dir?«

»Wir haben damals nicht über Freundschaft gesprochen. Ruf Bootfinder herunter, ich will ihm ein paar Fragen –«

Der Satz wurde nie vollendet. Samar Dev blickte auf und sah, dass Karsa stocksteif dastand und zu den Bäumen hinter den drei Kanus hinüberstarrte. Sie drehte sich um und sah eine gewaltige, ungeschlachte Gestalt, die sich durch zur Seite geneigte Schösslinge schob. Ein gewaltiger, schuppiger Kopf erhob sich über steilen Schultern, die Augen waren starr auf Karsa gerichtet.

Der sein Steinschwert mit beiden Händen packte, hochhob und losstürmte.

Das Gebrüll des riesigen Tiers endete in einem schrillen Kreischen, als es einen Satz nach hinten ins Dickicht machte. Plötzliches Krachen, schwere Schritte –

Karsa stürmte in das Wäldchen, machte sich an die Verfolgung.

Samar Dev stellte plötzlich fest, dass sie ihren Dolch in der Rechten hielt – ihn so fest umklammerte, dass ihre Fingerknöchel weiß waren.

Die krachenden Geräusche entfernten sich, genau wie das wilde Kreischen des geschuppten Bären.

Sie drehte sich um, als sie ein Scharren auf dem Pfad hörte – Bootfinder, der zu ihr eilte und sich an ihre Seite kauerte. Seine Lippen bewegten sich in stummem Gebet, sein Blick war starr auf die neue Bresche in dem Wäldchen gerichtet.

Samar steckte ihren Dolch weg und verschränkte die Arme. »Was ist das nur mit ihm und den Monstern?«, fragte sie.

Bootfinder hockte sich auf den feuchten Mulch und begann, sich vor und zurück zu wiegen.

Samar Dev war gerade fertig damit, die zweite Leiche zu begraben, als Karsa Orlong zurückkehrte. Er ging zu dem Feuer, das sie in der Zwischenzeit entzündet hatte und neben dem Bootfinder vornübergebeugt hockte und tiefe, wehklagende Laute unstillbaren Kummers von sich gab. Der Toblakai legte sein Schwert hin.

»Hast du es getötet?«, fragte sie. »Hast du ihm die Tatzen abgeschlagen, es lebendig gehäutet, seine Ohren zu denen an deinem Gürtel hinzugefügt und seinen Brustkorb in deiner Umarmung zerquetscht?«

»Es ist entkommen«, knurrte er.

»Und wahrscheinlich schon auf halbem Weg nach Ehrlitan.«

»Nein. Es hat Hunger. Es wird zurückkommen, aber erst, wenn wir weitergezogen sind.« Er deutete auf die noch unbegraben daliegenden Leichen. »Das hat keinen Sinn – es wird sie ausgraben.«

»Es hat Hunger, hast du gesagt.«

»Es ist am Verhungern. Es stammt nicht aus dieser Welt. Und dieses Land hier bietet nur wenig – auf der Ebene im Süden würde es dem Tier besser ergehen.«

»Auf der Karte wird das hier das Olpharagebirge genannt. Es sind viele Seen eingezeichnet, und ich glaube, der kleine da vor uns ist mit den anderen weiter im Norden durch einen Fluss verbunden.«

»Dies ist kein Gebirge.«

»Es war mal eines, vor Jahrtausenden. Die Berge sind abgetragen worden. Wir sind hier viel höher als noch vor kurzem ein Stück weiter im Süden.«

»Nichts kann Berge bis auf ein paar Stummel abnagen, Hexe.«

»Nichtsdestotrotz. Wir sollten sehen, ob wir diese Kanus instand setzen können – es wäre viel leichter –«

»Ich werde Havok nicht aufgeben.«

»Dann werden wir unsere Beute niemals einholen, Karsa Orlong.«

»Sie fliehen nicht. Sie forschen. Suchen.«

»Was?«

Der Toblakai antwortete nicht.

Samar Dev wischte sich Dreck von den Händen, ging dann ans Feuer. »Ich glaube, dass diese Jagd, auf der wir uns befinden, ein Fehler ist. Die Anibar sollten einfach fliehen, dieses zerbrochene Land verlassen, zumindest bis die Eindringlinge wieder fort sind.«

»Du bist eine merkwürdige Frau«, erklärte Karsa. »Du wolltest dieses Land erforschen, doch du stellst fest, dass es dich hilflos macht.«

Sie zuckte zusammen. »Warum hast du das gesagt?«

»Hier muss man wie ein Tier sein. Muss leise durchschlüpfen, denn dies ist ein Ort, der wenig hervorbringt und durch Schweigen spricht. Dreimal auf unserer Reise sind wir von einem Bären verfolgt worden, still wie ein Geist auf diesem Grundgestein. Er hat wieder und wieder unsere Spur gekreuzt. Du nimmst an, ein so großes Tier müsste leicht zu sehen sein, aber das ist es nicht. Hier gibt es Vorzeichen, Samar Dev, mehr als ich jemals zuvor an irgendeinem Ort gesehen habe, mehr als in meiner Heimat. Falken kreisen am Himmel. Eulen sehen uns aus Höhlen in hohlen Bäumen vorbeiziehen. Sag mir, Hexe, was geschieht mit dem Mond?«

Sie starrte ins Feuer. »Ich weiß es nicht. Er scheint zu zerbrechen, zu zerfallen. Es gibt keinen Bericht darüber, dass so etwas schon jemals zuvor geschehen wäre, weder die Art, wie er größer geworden ist, noch die merkwürdige Korona, die ihn umgibt.« Sie schüttelte den Kopf. »Wenn es ein Vorzeichen ist, dann ist es eines, das die ganze Welt sehen kann.«

»Das Wüstenvolk glaubt, dass dort Götter hausen. Vielleicht führen sie Krieg gegeneinander.«

»Abergläubischer Unsinn«, sagte sie. »Der Mond ist das Kind dieser Welt, das letzte Kind, denn einst hat es noch andere gegeben.« Sie zögerte. »Es könnte sein, dass zwei zusammengestoßen sind, aber es ist schwierig, in dieser Hinsicht sicher zu sein – die anderen waren nie besonders gut sichtbar, selbst in den besten Zeiten nicht. Dunkel, verwaschen, weit entfernt, immer im Schatten dieser Welt oder dem des größten Mondes – desjenigen, den wir am deutlichsten sehen. In letzter Zeit war sehr viel Staub in der Luft.«

»Es gibt mehr Feuerschwerter am Himmel«, sagte Karsa. »Kurz vor Anbruch der Dämmerung kann man manchmal binnen drei Atemzügen zehn von ihnen sehen, wie sie durch die Dunkelheit herunterfetzen. Jede Nacht.«

»Wir werden vielleicht mehr erfahren, wenn wir die Küste erreichen, denn die Gezeiten werden sich geändert haben.«

»Geändert – wie?«

»Der Atem des Mondes«, antwortete sie. »Wir können diesen Atem messen – in Ebbe und Flut, den Gezeiten. Solcherart sind die Gesetze des Daseins – des Lebens.«

Der Toblakai schnaubte. »Gesetze werden gebrochen. Das Leben hält sich nicht an Gesetze. Leben ist das, was weiterbesteht, und weiterbestehen heißt kämpfen. Am Ende war der Kampf sinnlos.« Er holte ein paar Streifen geräuchertes Bhederin-Fleisch aus seinem Packsack. »Das ist das einzige Gesetz, das diesen Namen verdient.«

Sie musterte ihn. »Ist das der Glaube der Teblor?«

Er bleckte die Zähne. »Eines Tages werde ich zu meinem Volk zurückkehren. Und ich werde alles zerschmettern, was sie glauben. Und ich werde zu meinem Vater sagen: ›*Vergib mir. Du hattest recht, nicht zu glauben. Du hattest recht, die Gesetze zu verachten, die uns in Ketten schlagen.*‹ Und zu meinem Großvater werde ich überhaupt nichts sagen.«

»Hast du eine Frau in deinem Stamm?«

»Ich habe Opfer, keine Frauen.«

Ein brutales Eingeständnis, dachte sie. »Hast du vor, Wiedergutmachung zu leisten, Karsa Orlong?«

»Das würde als Schwäche angesehen werden.«

»Dann binden dich die Ketten noch immer.«

»Es hat da eine Nathii-Siedlung gegeben, an einem See, wo die Nathii Sklaven aus meinem Volk gemacht haben. Jede Nacht, nachdem sie auf dem See die Netze eingeholt hatten, wurden diese Sklaven an eine einzige Kette angeschlossen. Kein einzelner Teblor, der so gebunden war, konnte diese Kette zerbrechen. Zusammen, mit vereinigten Kräften und vereinigtem Willen hätte keine Kette sie halten können.«

»Dann wirst du also trotz all deiner Behauptungen, dass du zu deinem Volk zurückkehren und alles zerschmettern willst, was sie glauben, in Wirklichkeit ihre Hilfe in Anspruch nehmen, um so etwas zu schaffen. Das klingt, als ob du nicht nur von deinem Vater Vergebung bräuchtest, Karsa Orlong.«

»Ich werde mir nehmen, was ich brauche, Hexe.«

»Warst du einer von den Sklaven in diesem Fischerdorf der Nathii?«

»Eine Zeit lang.«

»Und um zu entkommen – und ganz offensichtlich *bist* du entkommen –, hast du am Ende doch die Hilfe deiner Teblor-Kameraden gebraucht.« Sie nickte. »Ich verstehe, wie das wahrscheinlich an deiner Seele nagt.«

Er beäugte sie. »Du bist wirklich schlau, Samar Dev, hast entdeckt, wie alle Dinge so schön zusammenpassen.«

»Ich habe die menschliche Natur lange studiert – die Beweggründe, die uns leiten, die Wahrheiten, die uns heimsuchen. Ich glaube nicht, dass ihr Teblor euch in solchen Dingen sonderlich von uns unterscheidet.«

»Es sei denn natürlich, du gehst von einer falschen Vorstellung aus – einer, die zu der Schlussfolgerung passt, zu der du von Anfang an kommen wolltest.«

»Ich versuche nicht, mir Allwissenheit anzumaßen«, erwiderte sie.

»In der Tat.« Er gab ihr einen Fleischstreifen.

Sie verschränkte die Arme, weigerte sich, das Angebot jetzt anzunehmen. »Du deutest an, ich hätte eine Annahme gemacht, eine unrichtige Annahme, und würde daher zwar behaupten, dich zu verstehen, in Wirklichkeit aber nichts begreifen. Ein praktisches Argument, aber nicht besonders überzeugend, es sei denn, du würdest es genauer ausführen.«

»Ich bin Karsa Orlong. Ich kenne das Maß jedes Schrittes, den ich gemacht habe, seit ich ein Krieger geworden bin. Deine Selbstzufriedenheit beleidigt mich nicht, Hexe.«

»Jetzt wird der Wilde auch noch gönnerhaft! Bei den Göttern hienieden!«

Er bot ihr erneut das Fleisch an. »Iss, Samar Dev, sonst wirst du noch zu schwach, um dich zu empören.«

Sie starrte ihn düster an und nahm dann den Streifen Bhederin-Fleisch. »Karsa Orlong, dein Volk lebt mit einem Mangel an Kultiviertheit, der mit dem dieser Anibar hier vergleichbar ist. Es ist klar, dass die Bürger des Reichs der Sieben Städte einst in einem ähnlichen Zustand der Einfachheit und gleichmütigen Unwissenheit gelebt haben, von Vorzeichen heimgesucht wurden und auf der Flucht vor dem Unergründlichen waren. Und zweifellos haben wir uns ebenfalls komplizierte Glaubenssysteme ausgedacht, drollig und lächerlich, um all die Notwendigkeiten und Einschränkungen zu rechtfertigen, die uns durch den Überlebenskampf auferlegt wurden. Glücklicherweise haben wir all das allerdings hinter uns gelassen. Wir haben den Glanz der Zivilisation entdeckt – und du, Teblor, hältst immer noch an deinem unangebrachten Stolz fest, hältst deine Unwissenheit, was diesen Glanz angeht, immer noch für eine Tugend. Und daher verstehst du das große Geschenk der Zivilisation immer noch nicht –«

»Ich verstehe es sehr gut«, erwiderte Karsa Orlong kauend. »Der Wilde geht durch Verbesserungen in die Zivilisation –«

»Ja!«

»Verbesserungen hinsichtlich der Art und Wirksamkeit, wie man Menschen tötet.«

»Moment –«

»Verbesserungen der unanfechtbaren Regeln von Erniedrigung und Elend.«

»Karsa –«

»Verbesserungen der Methoden, jene Wilden zu demütigen, ihnen Leid zuzufügen und die Gemetzel an ihnen zu rechtfertigen, die zu dumm und zu vertrauensvoll sind, sich dem zu widersetzen, was ihr für unausweichlich haltet. Nämlich ihre Auslöschung. Wen von uns beiden, Samar Dev«, fügte er hinzu, nachdem er den Bissen hinuntergeschluckt hatte, »müssen die Anibar wohl mehr fürchten?«

»Ich weiß es nicht«, sagte sie und biss die Zähne zusammen. »Warum fragen wir nicht ihn?«

Bootfinder hob den Kopf und betrachtete Samar Dev aus verschleierten Augen. »In der gefrorenen Zeit«, sagte er mit leiser Stimme, »hat Elis Terr vom Ungefundenen gesprochen.«

»Elis Terr war kein Gott, Bootfinder. Er war ein Sterblicher mit einer Handvoll weiser Worte – es ist leicht, Warnungen auszusprechen. Dann tatsächlich dazubleiben, um jemandem zu helfen, sich auf das, was kommt vorzubereiten, ist eine ganz andere Sache!«

»Elis Terr hat uns Geheimnisse gegeben, Samar Dev, und so haben wir uns in der gefrorenen Zeit vorbereitet, und bereiten uns jetzt vor, und werden uns im Ungefundenen vorbereiten.«

Karsa stieß ein bellendes Lachen aus. »Ich wollte, ich wäre mit Elis Terr hierhergereist. Ich glaube, wir würden nicht viel finden, worüber wir uns streiten könnten.«

»So ergeht es mir«, murmelte Samar Dev, »in der Gesellschaft von Barbaren.«

Der Tonfall des Toblakai veränderte sich plötzlich. »Die Eindringlinge, die hierhergekommen sind, Hexe, halten sich für zivilisiert. Und töten daher die Anibar. Warum? Weil sie es können. Sie brauchen keinen anderen Grund. Ihnen wird Karsa Orlong eine Antwort geben, Samar Dev. Dieser Wilde hier ist nicht dumm, nicht vertrauensselig, und bei den Seelen meines Schwertes, ich werde ihnen eine Antwort erteilen.«

Mit einem Mal war die Nacht hereingebrochen, und es war plötzlich kalt in dem stillen Wald.

Irgendwo weit im Westen war Wolfsgeheul zu hören, und Samar Dev sah, dass Karsa Orlong lächelte.

Einst, vor langer Zeit, hatte Mappo Runt Seite an Seite mit tausend anderen Trell-Kriegern gestanden. Sie hatten die Orstanzkette überschritten, von der man in das Tal des Bayen Eckar hinunter blicken konnte, das nach dem niedrigen, steinigen Fluss benannt war, der gen Norden in ein fernes, sagenhaftes Meer floss – sagenhaft zumindest für die Trell, von denen sich nie einer so weit von der flachen Steppe ihrer Heimat entfernt hatte. Auf dem gegenüberliegenden Hang und unten, auf dem rechten Ufer des Flusses, fünfzehnhundert Schritt entfernt, hatte die Armee aus Nemil Aufstellung genommen, die damals von dem weithin gefürchteten General Saylan'mathas befehligt wurde.

So viele Trell waren bereits gestorben, nicht im Kampf, sondern aufgrund der Unbilden eines Lebens in den Lagern rund um die Handelsstationen, Forts und Siedlungen, die das, was einst die Grenzlande gewesen waren, in kaum mehr als eine verschwommene, flüchtige Idee verwandelt hatten. Mappo selbst war aus solch einer Siedlung geflohen, hatte Zuflucht bei den immer noch streitlustigen Hügel-Clans gefunden.

Tausend Trell-Krieger, die einer Armee gegenüberstanden, die achtmal so groß war. Streitkolben, Äxte und Schwerter hämmerten auf Schildränder, während ein den Tod versprechendes Lied aus ihren Kehlen drang und wie Erdendonner hinunter ins Tal rollte, wo die Vögel tief und merkwürdig hektisch hin und her flogen, als hätten sie vor Entsetzen die himmlische Zufluchtsstätte hoch über ihnen vergessen und stießen und wirbelten stattdessen lieber zwischen den graublättrigen Bäumen, die in Gruppen dicht am Fluss wuchsen, hinab und schwärmten durch Dickicht und Gestrüpp.

Auf der anderen Seite des Tals bewegten sich Truppenteile in ewig wechselnder Aufstellung: Einheiten von Bogenschützen, von Schleuderern, von Piken schwingender Infanterie sowie die weithin gefürchteten nemilischen Kataphrakten – in schweren Rüstungen, auf mächtigen Pferden, die Rundschilde bereit, obwohl ihre Lanzen in den Steigbügelhalterungen blieben, während sie sich im Trab zu den fernen Flügeln begaben und dort sammelten und somit deutlich machten, was sie vorhatten, nämlich von der Flanke her anzugreifen, sobald die Fußsoldaten und die Trell-Krieger im Talgrund gegeneinander kämpften.

Der Bayen Eckar selbst bildete kein Hindernis, denn er war kaum knietief. Die Kataphrakten würden ihn ungehindert überqueren können. Saylan'mathas war zu sehen, wie er hoch zu Ross und von Gefolgsleuten flankiert den fernen Kamm überquerte. Banner wehten über dem schrecklichen Befehlshaber, schlangenförmig, aus goldbestickter schwarzer Seide, wie Schlitze des Abgrunds selbst, die durch die Luft fetzten. Als er und sein Gefolge den ganzen Kamm entlangzogen, wurden Waffen zum Gruß gehoben, doch es stieg kein Schrei zum Himmel, denn so etwas pflegte die handverlesene Armee dieses Mannes nicht zu tun. Die Stille war drohend, tödlich, entsetzlich.

Aus den Trellsteppen war ein alter Mann namens Trynigarr gekommen, der diese trotzige Armee aus Kriegern in diese, seine erste Schlacht führte. Ein Alter, für den die Ehrung mit Spott befleckt war, denn er war ein alter Mann, dessen Brunnen der Weisheit und Ratschläge schon seit langem ausgetrocknet schien; ein alter Mann, der wenig sprach. *Stumm und wachsam ist Trynigarr, wie ein Falke.* Eine Bemerkung, auf die kleinliches Grinsen oder, schlimmer noch, meist bellendes Gelächter folgte.

Er führte jetzt die Krieger an, weil er die Tugend der Nüchternheit besaß, denn die drei anderen Alten hatten fünf Nächte zuvor einen Weinenden Jegura, einen Kaktus, verzehrt, wobei jeder Tropfen auf einem dornigen Messer ausgeschwitzt wurde, indem man ihn drei Tage lang in einer Mischung aus Wasser und den Acht Gewürzen eingelegt hatte, bei der es sich um ein schamanistisches Gebräu handelte, von dem es hieß, es enthalte die Stimmen und Visionen der Erdgötter. Dieses Mal jedoch war das Gebräu schlecht geworden, denn in dem Graben, der um den Kaktusstamm ausgehoben worden war, war versehentlich eine giftige Spinne, die unter dem Namen Antilope bekannt war, gefangen und ertränkt worden, und die Hinzugabe ihrer giftigen Säfte hatte die Alten in ein tiefes Koma sinken lassen. Eines, aus dem sie – wie sich herausstellen sollte – niemals wieder erwachen würden.

Dutzende von gebluteten jungen Kriegern waren begierig gewesen, den Befehl zu übernehmen, doch die alten Sitten durften nicht einfach missachtet werden. In der Tat ging es in diesem Krieg um die alten Sitten der Trell. Und so war der Oberbefehl Trynigarr zugefallen, *der so weise ist, dass er nichts zu sagen hat.*

Der alte Mann stand jetzt vor den Kriegern, auf diesem vom Schicksal bestimmten Grat, ruhig und still, während er den Feind beobachtete, der einen Truppenteil nach dem anderen präsentierte, während die flankierende Reiterei – im Norden und Süden jeweils dreitausend oder mehr Schritte entfernt – schließlich einen Schwenk vollführte und den Abstieg zum Fluss begann. Jeweils fünf Einheiten, wobei jede Einheit aus hundert der vorzüglich disziplinierten, schwer gerüsteten Soldaten bestand – alles Adlige, Brüder und Väter und Söhne, wilde Töchter und barbarische Frauen; samt und sonders der Blutrünstigkeit verpflichtet, die zur Lebensweise der Nemil gehörte.

Dass es in diesen Einheiten ganze Familien gab, und dass jede Einheit größtenteils aus erweiterten Familienverbänden bestand und von einem Hauptmann angeführt wurde, der per Zuruf unter ihnen ausgewählt worden war, machte sie zur gefürchtetsten Kavallerie westlich der Jhag Odhan.

Während Trynigarr den Feind beobachtete, beobachtete Mappo seinen Kriegsführer. Der Alte tat nichts.

Die Kataphrakten überquerten den Fluss und nahmen einwärtsgerichtete Positionen ein, auf denen sie dann warteten. Auf dem Hang genau gegenüber setzten sich Fußsoldaten hangabwärts in Bewegung, während Plänkler den Fluss überquerten, gefolgt zunächst von mittelschwerer, dann von schwerer Infanterie, die jeweils den Brückenkopf auf dieser Seite des Flusses verstärkten.

Die Trell-Krieger brüllten noch immer, mit rauen Kehlen, und etwas wie Furcht wuchs in den immer länger werdenden Pausen des Einatmens und zwischen den Schlägen auf die Schilde. Ihre kampfeslüsterne Raserei erlahmte, und all das, was sie erfolgreich beiseitegewischt hatte – all das Entsetzen und die Zweifel, die ein geistig gesundes sterbliches Wesen kurz vor Beginn einer Schlacht einfach spüren *musste* – kehrte zurück.

Die Vorhut, der sich kein Widerstand entgegenstellte, schwärmte aus, um sich auf die Ankunft der Hauptstreitmacht auf dem Ostufer des Flusses vorzubereiten. Als sie vorrückten, brachen Rehe und Hirsche aus dem Schutz des Dickichts und rasten auf dem Gelände zwischen den beiden Armeen hierhin und dahin.

Jahrhundert um Jahrhundert hatten die Trell immer in ihrer wilden Raserei gekämpft. In Schlacht um Schlacht, unter Umständen, die sich von diesen hier kaum unterschieden, hätten sie mittlerweile längst angegriffen, hätten auf dem Hang Tempo aufgenommen, jeder Krieger wild darauf, schneller als die anderen zu sein und so den normalerweise todbringenden Ruhm für sich zu beanspruchen, es als Erster mit dem verhassten Feind aufgenommen zu haben. Die Masse würde wie eine Lawine ankommen, und die Trell würden ihre Körpergröße einsetzen und in die vordersten Linien krachen, sie niederwerfen, um die Phalanx zu zerbrechen und einen Tag des Gemetzels einzuläuten.

Manchmal hatten sie Erfolg gehabt. Öfters war es fehlgeschlagen – oh, der Aufprall hatte oft Reihe um Reihe der feindlichen Soldaten von den Füßen gerissen, hatte hie und da die Köper der Feinde durch die Luft wirbeln lassen; und einmal, vor beinahe dreihundert Jahren, hatte ein solcher Angriff *eine ganze Phalanx umgeworfen.* Aber die Nemil hatten dazugelernt, und jetzt rückten ihre Einheiten mit waagrecht vorgestreckten Piken vor. Bei einem Angriff auf die übliche Weise würden die Trell sich selbst auf den tödlichen eisernen Spitzen aufspießen; die rechteckige Kampfformation der Feinde, die für größere Beweglichkeit ausgebildet war und genauso leicht in den Rückzug gehen wie vorrücken konnte, würde den Zusammenprall einfach abfedern. Und die Trell würden auseinanderbrechen oder dort sterben, wo sie eingeschlossen vor den Fängen der nemilischen Piken standen.

Und so, während die Trell nichts taten, sondern immer noch wie vom Wind zerzauste Vogelscheuchen auf dem Grat verharrten, tauchte Saylan'mathas auf seinem Schlachtross wieder auf, dieses Mal vor dem Fluss, den Blick nach oben gerichtet, als wollte er den unerschütterlichen Verstand von Trynigarr durchbohren, während er vor der Frontlinie seiner Truppen entlangritt. Ganz offensichtlich war der General ungehalten; denn jetzt würde er seine Infanterie den Hang hinaufschicken müssen, wenn er die Trell angreifen wollte, und das würde sie in eine unvorteilhafte Position bringen, dem Ansturm standzuhalten, der dann mit Sicherheit erfolgen würde. Ungehalten, vermutete Mappo, aber nicht übermäßig besorgt. Die Schlachtreihen waren hervorragend ausgebildet; sie konnten sich teilen und Durchgänge direkt nach unten öffnen, in die sie die Trell mit ihren Piken treiben konnten, wenn die Krieger getragen vom eigenen Schwung in vollem Lauf herangestürmt kamen. Dennoch – seine flankierende Reiterei hatte gerade den größten Teil ihrer Wirksamkeit eingebüßt, vorausgesetzt er ließ sie da, wo sie jetzt war, und jetzt sah Mappo, wie sich Boten aus dem Gefolge des Generals aufmachten, der eine talauf- der andere talabwärts. Die Kataphrakten würden jetzt hangaufwärts vorrücken, um den Grat in Besitz zu nehmen, den die Trell besetzt hielten, und sich dann einwärts wenden. Ein zweifacher Angriff würde die Trell zwingen, ihre Flanken neu auszurichten. Nicht dass das viel helfen würde, denn die Krieger kannten keine Taktik, um einem von schwerer Reiterei vorgetragenen Angriff zu begegnen.

Sobald die Kataphrakten ihre Pferde gewendet und mit dem Aufstieg begonnen hatten, breitete Trynigarr die Arme aus und gestikulierte mit den Händen. Das Zeichen wurde durch die Reihen nach hinten durchgegeben, den rückwärtigen Hang des Grats hinunter, dann weiter nach Norden und Süden, zu den beiden verborgenen, abseits gelegenen Gruppen von Trell-Kriegern, die jeweils mehr oder weniger genau gegenüber den arglosen Kavallerie-Einheiten an den Flanken postiert waren. Diese Krieger begannen nun, sich nach oben zum Grat zu begeben – sie würden ihn deutlich vor den Kataphrakten und ihren mit Rüstungen belasteten Schlachtrossen erreichen, aber sie würden oben auf der Kuppe keineswegs Halt machen, sondern weitermarschieren, hinaus auf den talwärts gelegenen Hang und dann in einem Sturmlauf hinunter zu den Reitersoldaten. Trell konnten einem Angriff schwerer Kavallerie nicht standhalten, aber sie konnten eine Kavallerie-Einheit angreifen, vorausgesetzt, der Schwung war auf ihrer Seite – wie es an diesem Tage sein würde.

Staub war nun zu sehen, und aus der Ferne waren die Geräusche eines Gemetzels zu hören. Beides kam vom Lager des Trosses westlich des Flusses, wo die fünfzehnhundert Trell, die Tyrnigarr vor drei Tagen über den Bayen Eckar geschickt hatte, nun über das nur schwach bewachte Vorratslager herfielen.

Boten schwärmten durch das Tal unter ihnen, und Mappo sah, dass das Gefolge des Generals Halt gemacht hatte; die Pferde drehten sich mal hierhin, mal dahin, als wollten sie der Verwirrung Ausdruck verleihen, die die Offiziere ergriffen hatte, die Saylan'mathas umringten. An den fernen Flanken kamen die Trell mit lautem Kriegsgeschrei über den Grat und begannen ihren tödlichen Sturmlauf hinunter in das plötzlich verwirrte, brodelnde Knäuel aus Reitern.

Saylan'mathas, der sich wenige Augenblicke zuvor noch als Angreifer gefühlt hatte, stellte fest, dass er seine Einstellung verändern musste, und in Gedanken verwarf er alle Vorstellungen von einem siegreichen Gemetzel und stellte sich stattdessen auf die Notwendigkeit ein, sich verteidigen zu müssen. Er teilte seine Armee aus

Fußsoldaten, halbe Legionen wirbelten herum und eilten im Laufschritt zu den zu weit entfernten Flanken, und die Hörner heulten, um die Kavallerie darauf aufmerksam zu machen, dass jetzt ein Rückzugskorridor existierte. Ein paar kleinere Einheiten leichter Reiterei, die auf der anderen Seite des Flusses geblieben waren – bereit loszustürmen, um fliehende Trell niederzuhauen – schickte der General nun im Galopp zurück zum außer Sichtweite gelegenen Lager des Trosses, aber ihre Pferde mussten zunächst einen steilen Abhang erklimmen, und bevor sie auch nur halb oben waren, erschienen achthundert Trell auf dem Grat, die ihrerseits Piken schwangen – allerdings waren diese Piken anderthalb mal so lang wie die der Nemil. Sie gingen in Stellung, hielten die langen Waffen so, dass sie parallel zum Hang nach unten ragten. Die leichte Kavallerie erreichte die waffenstarrende Linie ungleichmäßig und schon mehr oder weniger entschlossen, zurückzuweichen. Aufgespießte Pferde bäumten sich auf und rollten den Hang hinunter, brachen den Pferden hinter ihnen die Beine. Soldaten wurden aus den Sätteln geschleudert, jeglicher Vorteil war dahin, und die Trell begannen den Hang hinunterzumarschieren, mitten hinein in die Reihen ihrer Feinde, um den Tod auszuteilen.

Der General hatte den Vormarsch seines Zentrums in Richtung des Hanges abbrechen lassen, und nun erteilte er neue Befehle, ließ eine vierseitige Verteidigungsformation einnehmen, die Piken ein glänzender, wogender Wald, der sich langsam hob wie die Nackenhaare eines in die Enge getriebenen Tieres.

Nachdem Tyrnigarr, der *Schweigende Weise*, sich das alles einige Zeit angesehen hatte, wandte er den Kopf, machte eine kleine Geste mit seiner rechten Hand, und die tausend Trell hinter ihm formierten sich in drängelnden Reihen, schufen Korridore, durch die die Kolonnen der Trell-Bogenschützen kamen.

Bogenschützen war eine schlechte Beschreibung. Es stimmte, es gab ein paar Krieger, die doppelt geschwungene Langbogen trugen, so stark, dass kein Mensch sie spannen konnte, mit überlangen Pfeilen, die fast schon so schwer wie Wurfspieße waren und deren Befiederung aus länglichen, versteiften Lederstreifen bestand. Andere allerdings hielten echte Wurfspeere und beschwerte Atlatls in den Händen, und unter ihnen tummelten sich auch Schleuderer, einschließlich welcher mit Stabschleudern und zweirädrigen Karren hinter jedem Krieger, die mit den großen, dünnen Säcken beladen waren, die sie in die Mitte ihrer Feinde schleudern würden – Säcke, die wogten und waberten.

Alles in allem sechzehnhundert Bogenschützen, viele davon Frauen, die später Witze darüber machten, dass sie ihre Yurten für diese Schlacht geleert hatten. Sie bewegten sich vorwärts, hinaus auf den Hang, während die ursprünglichen Krieger sie – nun in Kolonnen angeordnet – begleiteten.

Hinunter, um sich dem Herz der nemilischen Armee zu stellen.

Tyrnigarr marschierte in ihrer Mitte, bis auf sein Alter nicht mehr von den anderen zu unterscheiden. Im Augenblick war er fertig mit befehligen. Jedes Element seines komplizierten Plans war nun im Einsatz, das Ergebnis abhängig von der Taperkeit und Wildheit der jungen Krieger und ihrer Clanführer. Diese Geste von Tyrnigarr war tatsächlich der beste Ausdruck von Vertrauen und Zuversicht, der überhaupt möglich war. Die Schlacht war hier, sie war jetzt, und alles, was nun zählte, war das Heben und Senken der Waffen. Der Alte hatte getan, was er konnte, um die Stärken der Trell anzusprechen, während er die der Nemil und ihres hoch gerühmten Generals geschickt entkräftet hatte. Und so, unter kreischenden Vögeln und in Sichtweite entsetzter Rehe und Hirsche, die immer noch an den Hängen des Tals entlangrannten, sonnten der Tag und die Schlacht sich in Blutvergießen.

Am Westufer schickten nemilische Bogenschützen, die sowohl nach Osten wie nach Westen gewandt waren, wieder und wieder Schwärme tödlicher Pfeile aus. Begleitet von Schreien und dem dumpfen Geräusch, mit dem sie sich in hölzerne Schilde bohrten, senkten sie sich herab, bis die vorrückenden Krieger, die gerade die letzten Überreste der leichten Reiterei niedermachten, sich im Geschosshagel neu formierten und im Laufschritt mit vorgestreckten Piken angriffen. Schon der erste Zusammenprall zerschmetterte die Reihen der Bogenschützen und ihre kärgliche Bedeckung aus Plänklern. Die Reihen, die sich nach Osten gewandt hatten und Pfeile über das nemilische Quadrat hinweg auf die heranmarschierende Trell-Streitmacht abgeschossen hatten, wurden jetzt von hinten angegriffen, und es gab ein großes Gemetzel.

Trell-Pfeile kamen in hohem Bogen herangeflogen und landeten innerhalb der Phalanx, und die schweren Geschosse durchbohrten Schilde und Rüstungen. Wurfspeere folgten, als die Trell näher heranrückten, und die vorderen Reihen der Nemil wurden löchrig, durchlässig und unruhig, als die Soldaten sich bewegten, um die Plätze der Gefallenen einzunehmen. Sie wurden von trellischen Wurfäxten empfangen, und schließlich, als nur noch zwanzig Schritt zwischen den beiden Streitkräften lagen, wirbelten die Stabschleudern über den Trell, die großen Säcke drehten sich immer schneller im Kreis, wurden losgelassen, flogen davon, über die Köpfe der nemilischen vorderen Reihen hinweg, senkten sich, trafen auf Pikenspitzen, rissen auf, und jeder spie hunderte von schwarzen Skorpionen aus – *und so lachten die Frauen, und erzählten, wie sie ihre Yurten geleert hatten, um den verhassten Nemil dieses Geschenk machen zu können.*

Nur ein kleiner Bestandteil des gesamten Plans, doch an diesem Tag, in dieser Schlacht war es der berühmte Kieselstein zu viel im Karren des Bauern – und die Achse brach. Panisches Geschrei, jegliche Disziplin löste sich in nichts auf. Die harten, kalten Klauen der Skorpione … am Hals, unter Brustplatten und in die Stulpen von Handschuhen rutschend, den Schildarm hinunter … und dann der grausame, beißende Stich, der sich wie ein Fangzahn in Fleisch bohrte, das Feuer der Agonie, die sich ausbreitete – es war zu viel, es war einfach zu viel. Die Phalanx schien vor Mappos Augen zu explodieren, Gestalten rannten davon, kreischten, zuckten in wilden Tänzen; Waffen und Schilde wurden beiseitegeworfen, Helme heruntergerissen, Rüstungen in rasender Eile abgelegt.

Pfeile und Wurfspeere fetzten ins wogende Gewühl, und diejenigen, die sich daraus lösen konnten und davonrannten, wurden von den wartenden Streitkolben, Äxten und Schwertern der Trell empfangen. Und gemeinsam mit den anderen Kriegern, seinen Kameraden, von denen jegliche Raserei gewichen war, teilte Mappo kalten Tod aus.

Saylan'mathas, der große General, starb in dem Gedränge, totgetrampelt von seinen eigenen Soldaten. Warum er vom Pferd gestiegen war, um sich den vorrückenden Trell entgegenzustellen, konnte niemand erklären; sein Pferd wurde gefunden, als es zurück ins Lager des Trosses trottete, die Zügel säuberlich um das klappbare Sattelhorn geschlungen, die Steigbügel über den Sattel gelegt.

Die Kataphrakten, diese gefürchtete Reiterei, geboren aus reinem Blut, wurden niedergemetzelt, genauso wie die Halblegionen der Infanterie, die zu spät gekommen waren, um noch etwas anderes tun zu können, als umgeben von bockenden, auskeilenden Pferden und dem Gewimmer der tödlich verwundeten Adligen zu sterben.

Die Nemil hatten tausend Krieger gesehen und gedacht, dies wären alle Trell, die zum Schlachtfeld gekommen waren. Ihre Spione hatten zweimal versagt; das erste Mal bei den Hügelstämmen, wo Gerüchte über das Auseinanderbrechen des Bündnisses vorsätzlich den ewig flüsternden Winden übergeben worden waren; und dann in den Tagen und Nächten vor der Schlacht am Bayen Eckar, als Tyrnigarr seine Clans ausgeschickt hatte, jeder mit einer speziellen Aufgabe, und alle in Übereinstimmung mit dem Ort, an dem die Schlacht stattfinden würde, denn die Trell kannten dieses Land, konnten in mondlosen Nächten reisen, ohne sich zu verirren, und sich tagsüber inmitten der Spalten und Falten dieser Täler praktisch unsichtbar machen.

Tyrnigarr, der alte Mann, der seine erste Schlacht als Anführer geschlagen hatte, würde noch in sechs weiteren Schlachten kämpfen und jedes Mal die nemilischen Eindringlinge zurückschlagen, bis der Vertrag unterzeichnet wurde, der alle Ansprüche der Menschen auf die Steppen und Hügel der Trell abtrat. Und der alte Mann, der so selten sprach, würde Jahre später betrunken in einer Gasse sterben, lange nachdem sich der letzte Clan ergeben hatte;

vertrieben aus ihren wilden Landen durch die Hungersnöte, nachdem die Nemil und ihre halbblütigen Trell-Kundschafter die Bhederin-Herden ausgerottet hatten.

In jenen letzten Jahren, so hatte Mappo gehört, hatte Tyrnigarr oft gesprochen, wenn seine Zunge vom Alkohol gelöst worden war, hatte die Luft mit undeutlichen, bedeutungslosen Worten und bruchstückhaften Erinnerungen gefüllt. So viele Worte, nicht eines davon weise, um das zu füllen, was einst die weiseste Stille gewesen war.

Drei Schritte hinter Mappo Runt lenkte Iskaral Pustl, Hohepriester und erklärter Magi des Hohen Hauses Schatten, sein Maultier mit den unheimlichen schwarzen Augen und redete dabei unaufhörlich. Seine Worte erfüllten die Luft wie trockene Blätter in einem gleichmäßigen Wind, und sie waren jedes genau von gleicher Bedeutung und Wichtigkeit; unterstrichen von dem schmatzenden Geräusch, mit dem Mokassins und Hufe aus schlammigem Matsch gezogen wurden, um gleich darauf wieder platschend einzutauchen, sowie dem gelegentlichen Klatschen, wenn man nach einem stechenden Insekt schlug, und dem Schniefen von Pustls ewig laufender Nase.

Es war klar, dass das, was er hörte, die Gedanken des Hohepriesters waren, der weitschweifige richtungslose innere Monolog eines Wahnsinnigen, mit wahlloser Hingabe in die Luft gepustet. Und jeder Hinweis auf Genialität war nichts weiter als ein Hirngespinst, ein Pfad, der genauso trügerisch war wie der, dem sie jetzt folgten – diese vermeintliche Abkürzung drohte sie ganz und gar zu verschlingen, sie hinunter in den gefühllosen, dunklen Torf zu ziehen, dem ihre blinden Augen für alle Ewigkeit gleichgültig sein würden.

Er hatte geglaubt, dass Iskaral Pustl sich entschlossen hätte, von ihm Abschied zu nehmen und mit Mogara – wenn sie denn tatsächlich nach Hause gegangen war und nicht zwischen den stinkenden Bäumen und Vorhängen aus Moos herumrannte – zu ihrem verborgenen Kloster in der Klippe zurückzukehren. Aber etwas bisher noch Unerklärliches hatte den Priester seine Absicht ändern lassen, und das beunruhigte Mappo mehr als alles andere.

Er hatte sich eine einsame Jagd gewünscht, denn er fühlte sich für Icarium verantwortlich, ganz egal, was die Namenlosen behaupteten. In ihrer Entscheidung lag nichts Tugendhaftes – diese Priester hatten ihn mehr als einmal hintergangen. Sie hatten sich Mappos ewige Feindschaft verdient, und vielleicht würde er ihnen eines Tages das Ausmaß seines Missfallens deutlich machen.

Schwer erschöpft und geistig missbraucht, hatte Mappo in ihnen ein Ziel für seinen Hass gefunden. Er war Icariums Wächter. Sein Freund. Und es war ganz klar, dass der neue Begleiter des Jhag ihn mit der fieberhaften Eile eines Flüchtlings führte, eines Mannes, der nur zu gut wusste, dass er nun gejagt wurde, der wusste, dass er ein Mitverschwörer in einem gewaltigen Verrat gewesen war. Und Mappo würde sich nicht erweichen lassen.

Er brauchte jedoch auch Iskaral Pustls Hilfe nicht; tatsächlich vermutete Mappo mittlerweile, dass die Unterstützung des Hohepriesters längst nicht so ehrenhaft war, wie es den Anschein hatte. Zum Beispiel die Durchquerung dieses Sumpflands, eine Reise, die angeblich nicht mehr als zwei Tage dauern sollte, wie Pustl behauptet hatte, und die sie Tage früher an die Küste hatten führen sollen, als es wenn sie auf den hochgelegenen Pfaden geblieben wären. Aus den zwei Tagen waren nun fünf geworden, und noch immer war kein Ende in Sicht. Was der Trell allerdings nicht ergründen konnte, war, warum Iskaral – und darüber hinaus das Haus Schatten – ihn anscheinend aufzuhalten versuchte.

Icarium war eine Waffe, die zu gebrauchen weder Sterbliche noch Götter riskieren konnten. Dass die Namenlosen anders dachten, deutete ebenso auf Wahnsinn wie auf ausgesprochene Dummheit hin. Vor noch gar nicht allzu langer Zeit hatten sie Mappo und Icarium auf einen Pfad gesetzt, der zu Tremorlor führte, ein Azath-Haus, das Icarium für alle Ewigkeit hätte gefangen halten können. Genau das war ihre Absicht gewesen, und sosehr Mappo dagegen gewettert und ihnen schließlich getrotzt hatte, so hatte er doch auch schon damals eingesehen, dass es sinnvoll war. Diese abrupte, unverständliche Kehrtwendung bestärkte den Trell in seiner Überzeugung, dass der alte Kult die Richtung verloren hatte – oder dass er von einer rivalisierenden Gruppe übernommen worden war.

Ein plötzlicher Aufschrei von Iskaral Pustl – ein großer Schatten glitt über die beiden Reisenden hinweg, verschwand jedoch, noch während Mappo aufblickte und suchend durch die moosbärtigen Zweige der großen Bäume starrte – er sah nichts, doch er konnte noch immer kühle Luft vorbeiwehen spüren, die im Kielwasser von … etwas dahinströmte. Der Trell blickte den Hohepriester an. »Iskaral Pustl, leben Enkar'al in diesem Sumpf?«

Die Augen des kleinen Mannes waren weit aufgerissen. Er leckte sich die Lippen, verleibte sich dabei unabsichtlich die verschmierten Überreste eines Moskitos mit ein. »Ich habe keine Ahnung«, sagte er, wischte sich dann mit dem Handrücken über die Nase. Er sah aus wie ein Kind, das bei einem schrecklichen Verbrechen ertappt worden war. »Wir sollten umkehren, Mappo Runt. Dies hier war ein Fehler.« Er legte den Kopf schief. »Glaubt er mir? Wieso sollte er nicht? Es sind fünf Tage! Wir haben diesen Ausläufer des Sumpfs nicht überquert, diesen nordwärts gerichteten Fühler, nein, wir sind an ihm entlanggelaufen! Ein Enkar'al? Bei den Göttern hienieden, sie fressen Menschen! War das ein Enkar'al? Ich wünschte es! Aber, oh nein. Wenn doch nur! Schnell, gesegneter Genius, denk dir etwas anderes aus, was du sagen kannst!« Er kratzte sich die weißen Stoppeln an seinem Kinn – und strahlte. »Das ist alles Mogaras Fehler! Es war ihre Idee! Das alles!«

Mappo schaute sich um. Ein nördlicher Arm des Sumpflandes? Sie waren nach Westen gegangen, um ihn zu finden, der erste Hinweis, dass etwas verkehrt war, aber Mappo hatte damals nicht klar denken können. Er war sich nicht einmal sicher, ob sich der Nebel seither tatsächlich von seinem Geist gehoben hatte. Aber jetzt begann er etwas zu spüren, ein Schüren in der Glut, das Aufflackern von Ärger. Er wandte sich nach rechts.

»Wohin gehst du?«, wollte Iskaral wissen und beeilte sich, ihn einzuholen; das Maultier zeigte mit einem schrillen Schrei, dass es von dieser Idee nicht angetan war.

Der Trell machte sich nicht die Mühe zu antworten. Er kämpfte gegen den Wunsch an, dem dürren, kleinen Mann den Hals umzudrehen.

Kurze Zeit später stieg das Gelände spürbar an, wurde trockener, und ein Stück voraus waren sonnenbeschienene Lichtungen zu sehen, hinter denen sich Birkenwäldchen erhoben.

Auf der Lichtung direkt voraus war eine Frau, die halb saß und sich halb auf einen Felsblock lehnte. Sie war groß, und ihre Haut hatte die Farbe feiner Asche, ihre langen, glatten, schwarzen Haare hingen offen herab. Sie trug ein silbern glänzendes Kettenhemd über einem grauen Hemd mit Kapuze, und Beinlinge aus hellem, geschmeidigem Leder. Hohe Stiefel, die aus dem Leder irgendeiner schwarz geschuppten Kreatur gemacht worden waren, reichten ihr bis an die Knie. Zwei Rapiere mit korbförmigem Handschutz steckten in ihrem Gürtel.

Sie aß einen Apfel mit blutroter Schale.

Ihre Augen waren groß und schwarz, mit verlängerten Lidfalten, die in den Augenwinkeln nach oben ausliefen, und sie blickte Mappo mit einer Mischung aus gelangweiltem Hochmut und leichter Erheiterung an. »Oh«, murmelte sie, »ich sehe, dass Ardatha hier die Hand im Spiel hat. Geheilt von der Königin der Spinnen – du hegst gefährliche Bündnisse, Wächter.« Dann legte sie sich die freie Hand an die Lippen, und ihre Augen weiteten sich. »Wie unverschämt von mir! Du bist ja kein Wächter mehr. Wie soll ich dich jetzt nennen, Mappo Runt? Fallengelassener?« Sie warf den Apfel weg und richtete sich auf. »Wir haben viel zu besprechen, wir beide.«

»Ich kenne dich nicht«, sagte der Trell.

»Ich heiße Bosheit.«

»Oh«, sagte Iskaral Pustl. »Nun, das passt, denn ich hasse dich bereits.«

»Verbündete müssen keine Freunde sein«, erwiderte sie. Ein verächtlicher Blick auf den Hohepriester begleitete ihre Worte – und blieb kurz an dem Maultier hängen, ehe sie fortfuhr: »Ich habe keine Freunde, und ich suche auch keine.«

»Ist das ein Wunder, wenn man Bosheit heißt?«

»Iskaral Pustl, die Hunde haben gut daran getan, Dejim Nebrahl zu erledigen. Oder, genauer gesagt, ich fange allmählich an, das feinsinnige Spiel zu verstehen, das sie in Anbetracht der Nähe der Deragoth gespielt haben. Dein Herr ist schlau. Das muss ich ihm lassen.«

»Mein Herr«, zischte Iskaral Pustl, »verspürt nicht das geringste Bedürfnis, mit *dir* ein Bündnis zu schließen.«

Sie lächelte. Mappo kam zu dem Schluss, dass sie ein wunderschönes Lächeln hatte. »Hohepriester, ich will nichts von dir und deinem Herrn und Meister.« Ihr Blick richtete sich wieder auf den Trell. »Du brauchst mich, Fallengelassener. Wir werden zusammen reisen, wir beide. Die Dienste des Magi des Schattens sind nicht mehr vonnöten.«

»So leicht werdet ihr mich nicht los«, sagte Iskaral Pustl. Sein unerwartetes Lächeln, das salbungsvoll wirken sollte, verlor traurigerweise durch den Moskitokadaver, der an einem abgebrochenen, krummen Schneidezahn klebte, einen Großteil seiner Wirkung. »Oh nein, ich werde wie ein Blutegel sein, verborgen unter einer Falte eurer Kleidung, gierig euer Lebensblut trinkend. Ich werde die bissige Fledermaus sein, die unter eurem Euter hängt und eure süße Absonderung schlürft und schlürft und schlürft. Ich werde die Fliege sein, die direkt in euer Ohr summt, um sich dort häuslich einzurichten, mit einer vollen Speisekammer, die mir auf den kleinsten Wink gehorcht. Ich werde der Moskito sein –«

»Der von deinen quasselnden Lippen zermalmt wird, Hohepriester«, sagte Bosheit müde und achtete dann nicht mehr weiter auf ihn. »Fallengelassener, die Küste ist nur anderthalb Meilen entfernt. Es gibt dort ein Fischerdorf, in dem traurigerweise nichts mehr am Leben ist, aber das wird uns nicht im Geringsten behindern.«

Mappo rührte sich nicht von der Stelle. »Was für einen Grund sollte ich haben«, sagte er, »mich mit dir zu verbünden?«

»Du wirst das Wissen brauchen, über das ich verfüge, Mappo Runt, denn ich war eine der Namenlosen, die Dejim Nebrahl befreit haben, mit dem Ziel, dich zu töten, so dass ein neuer Wächter deinen Platz an Icariums Seite einnehmen konnte. Es wird dich vielleicht überraschen«, fügte sie hinzu, »dass es mich freut, dass der T'rolbarahl versagt hat, was die erstgenannte Aufgabe angeht. Ich wurde von den Namenlosen ausgestoßen, eine Tatsache, die mir nicht wenig Befriedigung bereitet, wenn nicht gar Vergnügen. Willst du wissen, was die Namenlosen vorhaben? Willst du Icariums Schicksal kennen?«

Er starrte sie an. Und fragte dann: »Was erwartet uns in dem Dorf?«

»Ein Schiff. Verproviantiert und bemannt, in gewisser Weise. Um unsere Beute zu verfolgen, müssen wir die halbe Welt durchqueren, Mappo Runt.«

»Hör nicht auf sie!«

»Sei still, Iskaral Pustl«, knurrte Mappo. »Oder verschwinde von hier.«

»Du Narr! Also gut, mir ist klar, dass meine Anwesenheit in deiner üblen Gesellschaft nicht nur notwendig, sondern lebensnotwendig ist! Aber du, Bosheit, sei wachsam! Ich werde keinen Verrat an diesem unerschrockenen, ehrenvollen Krieger zulassen! Und achte auf deine Worte, damit ihre Entfesselung ihn nicht in den Wahnsinn treibt!«

»Wenn er dich so lange ausgehalten hat, Priester«, sagte sie, »dann ist er gegen jeden Wahnsinn gefeit.«

»Es wäre klüger, wenn du schweigen würdest, Frau.«

Sie lächelte.

Mappo seufzte. *Ach, Pustl, ich wollte, du würdest deine Ermahnungen selbst beherzigen …*

Der Junge war neun Jahre alt. Er war schon einige Zeit krank, ungezählte Tage und Nächte, an die er sich nur in verschwommenen Bildern erinnerte – die schmerzerfüllten Augen seiner Eltern, die merkwürdige Berechnung in den Blicken seiner beiden jüngeren Schwestern, als hätten sie begonnen, über ein Leben ohne älteren Bruder nachzudenken, ein Leben ohne die Quälereien und Hänseleien – und ohne die von ihm angesichts der anderen, gleichermaßen grausamen Kinder im Dorf geforderte unerschütterliche Verlässlichkeit.

Und dann war da eine zweite Zeit gewesen, eine, die er sich eindeutig vorstellen konnte, auf allen Seiten von Mauern umgeben, überdacht von einem schwarzen Nachthimmel, an dem Sterne schwammen wie Bootsmannsspinnen in Brunnenwasser. In dieser Zeit, diesem Zimmer war der Junge vollkommen allein, nur von seinem Durst geweckt, wo er dann einen Eimer neben seinem Bett fand, der mit schlammigem Wasser gefüllt war, und die Schöpfkelle aus Holz und Horn, die seine Mutter nur in Festnächten benutzte. Aufwachen, Kräfte sammeln, um die Hand auszustrecken und die Kelle zu packen, sie in den Eimer tauchen, mit dem Gewicht des Wassers kämpfen, die lauwarme Flüssigkeit durch rissige Lippen einsaugen, um einem Mund Erleichterung zu verschaffen, der so heiß und trocken war wie die Höhlung einer Darre.

Eines Tages erwachte er noch einmal und wusste, dass er in der dritten Zeit war. Obwohl schwach, konnte er doch aus dem Bett krabbeln, den Eimer hochheben und das restliche Wasser trinken, musste von der dicklichen Konsistenz husten, schmeckte den körnigen Dreck des Schlicks. Das Nest des Hungers in seinem Bauch war jetzt mit zerbrochenen Eiern gefüllt, und winzige Klauen und Schnäbel zwickten seine Eingeweide.

Eine lange, erschöpfende Reise brachte ihn nach draußen, wo er im grellen Sonnenlicht blinzelte – es war so grell und strahlend, dass er nichts sehen konnte. Überall um ihn herum waren Stimmen, auf der Straße, auf den Dächern – hohe Stimmen, die eine Sprache sprachen, die er nie zuvor gehört hatte. Gelächter, Aufregung, doch diese Geräusche machten ihn frösteln.

Er brauchte mehr Wasser. Er musste die Helligkeit abwehren, damit er wieder sehen konnte. Die Quelle dieser Festtagsgeräusche entdecken – war eine Karawane im Dorf angekommen? Eine Truppe von Schauspielern, Sängern und Musikern?

Sah ihn denn niemand? Hier, auf Händen und Knien, das Fieber fort, das Leben zu ihm zurückgekehrt?

Er wurde an einer Seite angestupst und streckte eine tastende Hand aus, fand die Schulter und das Genick eines Hundes. Die feuchte Nase des Tiers glitt über seinen Oberarm. Er kam zu dem Schluss, dass dies einer der kräftigeren Hunde sein musste, denn er spürte eine dicke Fettschicht über dem Schultermuskel, und dann, als er die Hand nach unten bewegte, die volle Rundung des Bauchs. Er hörte jetzt andere Hunde, die zusammenströmten, sich dicht herandrängten, sich voller Vergnügen unter der Berührung seiner Hand wanden. Sie waren alle fett. Hatte es ein Fest gegeben? War eine Herde geschlachtet worden?

Seine Sehfähigkeit kehrte zurück, und das mit einer Klarheit, die er nie zuvor erlebt hatte. Er hob den Kopf und blickte sich um.

Der Chor der Stimmen stammte von Vögeln. Krähen, Tauben, Geier, die die staubige Straße entlanghüpften und kreischten, wenn die Dorfhunde so taten, als wollten sie sich auf sie stürzen, die hier und da besitzergreifend über die Überreste von Körpern wachten, meistens kaum mehr als Knochen und von der Sonne geschwärzte Sehnen, Schädel, die von Hundekiefern aufgebrochen und innen sauber ausgeleckt worden waren.

Der Junge stand auf, taumelte unter einer plötzlichen Benommenheit, die längere Zeit nicht weichen wollte. Schließlich war er in der Lage sich umzudrehen und zum Haus seiner Familie zurückzublicken, und er versuchte sich zu erinnern, was er gesehen hatte, als er durch die Zimmer gekrochen war. Nichts. Niemanden.

Die Hunde umkreisten ihn, alle anscheinend verzweifelt bemüht, ihn zu ihrem Herrn zu machen – sie liefen schwanzwedelnd vor und zurück, stellten bei jeder Geste von ihm die Ohren auf und drückten ihm ihre Nasen in die Hand. Sie waren fett, wurde dem Jungen klar, weil sie alle gefressen hatten.

Denn sie waren gestorben. Seine Mutter, sein Vater, seine Schwestern, alle im Dorf. Die Hunde, die allen und niemandem gehörten und ein Leben voller Entbehrungen gelebt hatten, das aus scheußlichem Hunger und Rivalitäten bestand, hatten sich vollgefressen, bis sie schier platzten. Ihre Freude kam von vollen Bäuchen, alle Rivalitäten waren vergessen. Der Junge sah hierin etwas Bedeutsames. Nachdem er die Selbsttäuschungen eines Kindes abgestreift hatte, enthüllten sich ihm die Wahrheiten der Welt.

Er begann umherzuwandern.

Einige Zeit später fand er sich umgeben von seinen frisch adoptierten Lieblingen an der Kreuzung gleich hinter dem nördlichsten Gehöft. Ein Steinhaufen war mitten auf der Kreuzung errichtet worden.

Sein Hunger war verschwunden. Als er an sich hinunterschaute, sah er, wie dünn er geworden war, und er sah auch die merkwürdigen, purpurfarbenen Knötchen, die seine Gelenke – Handgelenke, Ellbogen, Knie und Knöchel – verdickten und die kein bisschen weh taten. Quellen, wie es schien, für eine andere Stärke.

Die Botschaft des Steinhaufens war ihm klar, denn er war von einem Schäfer errichtet worden, und er selbst hatte sich in seiner Zeit um genügend Herden gekümmert. Der Steinhaufen sagte ihm, dass er nach Norden, in die Hügel gehen sollte. Er sagte ihm, dass ihn dort eine sichere Zuflucht erwartete. Dann hatte es also Überlebende gegeben. Dass sie ihn zurückgelassen hatten, war verständlich – gegen das Blauzungenfieber konnte man nichts tun. Eine Seele lebte oder starb aus eigener Entschlossenheit oder dem Mangel an derselben.

Der Junge sah, dass es auf den Hügelflanken keine Herden mehr gab. Vielleicht waren Wölfe heruntergekommen, hatten die günstige Gelegenheit genutzt; oder die anderen Dorfbewohner hatten die Tiere mitgenommen. Schließlich brauchte man in einer Zufluchtsstätte auch etwas zu essen und Wasser, Milch und Käse.

Er setzte sich auf dem Nordpfad in Bewegung, und die Hunde begleiteten ihn.

Er sah, dass sie glücklich waren. Dass sie sich freuten, dass er sie führte.

Und die Sonne über ihm, die so blendend hell gewesen war, blendete nicht mehr. Der Junge war an eine Schwelle gelangt und hatte sie überschritten – in die vierte und letzte Zeit. Er wusste nicht, wann sie enden würde.

Felisin die Jüngere starrte den mageren Jungen, der von den Entmannten Akolythen hereingebracht worden war, gelangweilt an. Nur ein weiterer verlorener Überlebender, der mit der Bitte um Erklärung und Führung zu ihr hinblickte, der irgendetwas haben wollte, an das er glauben konnte und das nicht von bösen Winden heruntergerissen und davongeweht werden konnte.

Er war ein Überträger – das sagten ihr die Schwellungen an seinen Gelenken. Wahrscheinlich hatte er den Rest seines Dorfes angesteckt. Die Knoten hatten geeitert, hatten die Luft vergiftet, und alle anderen waren gestorben. Er war an diesem Morgen zu den Toren der Stadt gekommen, begleitet von zwölf halbwilden Hunden. Ein Überträger, aber hier, an diesem Ort, war das kein Grund, ihn zu verbannen. Nein, ganz im Gegenteil. Kulat würde den Jungen unter seine Fittiche nehmen, würde ihn die Wege der Pilgerschaft lehren, denn dies würde seine neue Berufung sein, die Pest in die Welt hinauszutragen und auf diese Weise unter den Überlebenden in seinem Kielwasser mehr Anhänger der neuen Religion zu sammeln. Der Glaube an die Gebrochenen, die Vernarbten, die Entmannten – alle Arten von Sekten bildeten sich, und die Mitgliedschaft wurde durch den Schaden bestimmt, den die Pest bei den Überlebenden angerichtet hatte. Die Überträger waren nur die Seltensten und Kostbarsten von allen.

Alles, was Kulat vorhergesagt hatte, trat ein. Überlebende kamen, zuerst nur langsam tröpfelnd, dann zu Hunderten, gelenkt von der Hand eines Gottes. Sie begannen die lange begrabene Stadt freizulegen, schufen sich ihr Zuhause inmitten der Geister der seit langem toten Einwohner, die immer noch die Räume, Korridore und Straßen heimsuchten, stumm und reglos – Geister, die eine Wiedergeburt miterlebten, auf ihren undeutlichen, verschwommenen Gesichtern ein Durcheinander von Gefühlen, die von Abscheu bis zu Entsetzen reichten. Darüber, wie die Lebenden den Toten Angst und Schrecken einjagen konnten.

Hirten trafen mit großen Herden ein, Schafe und Ziegen und das langbeinige Vieh, das Eraga genannt wurde und von dem die meisten glaubten, es sei seit tausend Jahren ausgestorben – Kulat sagte, in den Hügeln seien wilde Herden gefunden worden – und jetzt nahmen die Hunde wieder die Tätigkeit auf, zu der sie in erster Linie gezüchtet worden waren und verteidigten die Tiere gegen Wölfe und die grauen Adler, die in ihren Krallen ein neugeborenes Kalb wegschleppen konnten.

Künstler waren eingetroffen und hatten angefangen, Bilder zu malen, die aus ihrer Krankheit, ihrem Fieber geboren worden waren: der Gott in Ketten, die Vielzahl der Gebrochenen und Vernarbten und Entmannten. Bilder, die mit der alten Mischung aus Eragablut und rotem Ocker auf Töpferwaren, auf Wände gemalt wurden. Steinerne Statuen für die Überträger. Stoffe, in die große Wollknoten eingewoben wurden, um die Knötchen darzustellen, Szenen aus fiebrigen Farbmustern, die Bilder von Felisin selbst umgaben, die Wiedergeborene Sha'ik, die Überbringerin der wahren Apokalypse.

Sie wusste nicht, was sie von alledem halten sollte. Sie war wieder und wieder verwirrt über all das, was sie sah, über jede Geste der Verehrung und Bewunderung. Der schreckliche Anblick körperlicher Verunstaltungen drang von allen Seiten auf sie ein, bis sie sich wie betäubt fühlte, wie von Drogen gefühllos gemacht. Das Leiden war zu einer eigenen Sprache geworden, das Leben selbst nichts als Strafe und Einkerkerung. *Und dies ist meine Herde.*

Ihre Anhänger hatten ihr bisher alle ihre Wünsche erfüllt – bis auf einen, und das war ein wachsendes sexuelles Bedürfnis, das die Veränderungen widerspiegelte, die in ihrem Körper vorgingen, der Übergang zu weiblichen Formen, das Fließen des Blutes zwischen ihren Beinen, und der neue Hunger, der ihre Träume nährte. Sie konnte sich nicht danach sehnen, dass ein Sklave sie berührte, denn Sklaverei war etwas, dem sich diese Menschen bereitwillig hingaben, hier und jetzt, an diesem Ort, den sie Hanar Ara nannten, die Stadt der Gefallenen.

Kulat, der noch immer an seinen Kieselsteinen herumlutschte, sagte: »Und das ist das Problem, Hoheit.«

Sie blinzelte. Sie hatte nicht zugehört. »Was? Was ist das Problem?«

»Dieser Überträger, der erst heute Morgen über den Südwest-Pfad hier angekommen ist. Mit seinen Hunden, die nur auf ihn hören.«

Sie betrachtete Kulat, den alten Dreckskerl, der zugab, vom Wein sexuell aufgeladene Träume zu bekommen, als wenn die Aussage an sich ihm schon mehr Vergnügen bereitet als er ertragen konnte, als ob das Geständnis allein ihn schon betrunken machte. »Erkläre es mir.«

Kulat saugte an den Steinen in seinem Mund, schluckte Spucke hinunter und gestikulierte dann. »Schau dir die Keime an, Hoheit, die Keime der Krankheit, die Vielen Münder der Blauzunge. Sie schrumpfen. Sie sind ausgetrocknet und verblassen. Er hat es selbst gesagt. Sie sind kleiner geworden. Er ist ein Überträger, der eines Tages aufhören wird, ein Überträger zu sein. Dieses Kind wird seinen Nutzen verlieren.«

Nutzen. Sie blickte ihn erneut an, dieses Mal genauer, und sah ein hartes, rechteckiges Gesicht, das älter wirkte, als es wirklich war, klare Augen, ein Körper, der mehr Fleisch brauchte und es wahrscheinlich auch finden würde, nun, da er wieder etwas zu essen hatte. Ein Junge, der noch jung war, aber der zu einem Mann werden würde. »Er soll im Palast wohnen«, sagte sie.

Kulats Augen weiteten sich. »Hoheit –«

»Ich habe gesprochen. Im Offenen Flügel mit dem Hof und den Ställen, wo er seine Hunde halten kann –«

»Hoheit, es gibt Pläne, den Offenen Flügel in deinen eigenen, persönlichen Garten umzugestalten –«

»Unterbrich mich nicht noch einmal, Kulat. Ich habe gesprochen.«

Mein eigener, persönlicher Garten. Der Gedanke erheiterte sie, als sie nach ihrem Weinkelch griff. *Ja, und wir werden sehen, wie er wächst.*

Felisin war so sehr mit ihren unausgesprochenen Gedanken beschäftigt, dass sie nicht bemerkte, wie sich Kulats Blick in jenem kurzen Augenblick, bevor er sich verbeugte und davonging, plötzlich verdüsterte.

Der Junge hatte einen Namen, aber sie würde ihm einen neuen Namen geben. Einen, der besser zu ihrer Vision der Zukunft passte. Nach einem kurzen Augenblick lächelte sie. Ja, sie würde ihn Crokus nennen.

Kapitel Vier

Ein alter Mann, ein ehemaliger Soldat
mit grünen Nieten, rostumränderten Augen,
stand da wie wachgerüttelt,
emporgehoben aus der Grube des Gemetzels,
in den Rücken gestochen
auf der nicht geglückten Flucht,
als junge Klingen ihn
auf dem Feld verfolgten.
Er sieht aus wie ein Versprechen, von dem nur Narren
träumen können, dass es sich entfaltet,
die Banner des Ruhms
gestikulieren
im Wind über seinem Kopf,
entblößt wie Geister,
eingeschlagene Schädel, zuckende Lippen,
die offenen Münder stumm.

»Oh, hört mir zu«, ruft er
auf seiner eingebildeten Hügelkuppe,
»und ich werde sprechen – über Reichtümer
und Belohnungen, über meine Größe,
mein Gesicht, das einst jung war wie die,
die ich hier vor mir sehe – hört mir zu!«

Während ich hier mit fettigen Fingern
am Tisch des Tapu sitze,
mit Fleisch am Spieß, einem gesprungenen Kelch,
der in der heißen Sonne schwitzt, mit Wein,
der gewässert wurde, um in der Verbindung

von Dünn und Dick
beides genießbar zu machen.
Nur eine Armeslänge entfernt
Von diesem Aufwiegler,
diesem verwirrenden Trompeter, der einst
vielleicht mit verschränktem Schild
an meiner Seite gestanden hat, gerötet, vorgeblich
betrunken, heiser vor Furcht, in dem Augenblick,
bevor er zusammenbrach –
zusammenbrach und davonrannte –
und jetzt wollte er eine neue Generation
zum Krieg aufrufen, zum Schlachtgeklirr,
und warum? Nun, warum – alles nur,
weil er einst davongerannt ist, aber hört zu:
ein Soldat, der einmal davongerannt ist
rennt immer davon, und dies,
verehrte Magistrate,
ist der Grund –
der einzige Grund, sage ich –
warum mein Messer seinen Rücken gefunden hat.
Er war ein Soldat
dessen Worte mich
wachgerüttelt haben.

»Beduras Verteidigung« in
Die Ermordung von König Qualin Tros von Bellid
(notiert wie von Fisher gesungen, in der Stadt Malaz
im letzten Jahr von Laseens Herrschaft)

Innerhalb einer Atmosphäre, die an eine Krypta erinnerte, stand Noto Beul, der Feldscher der Kompanie, in Kartool geboren und einst ein Priester von Soliel – ein Mann mit langen, dünnen, farblosen Haaren, an denen der Wind wie an Spinnfäden herumzupfte, und mit einer Hautfarbe wie gegerbtes Ziegenleder – wie ein gebeugter Schössling und stocherte mit einer Gräte zwischen seinen grün belegten Zähnen herum. Er hatte sich das schon vor so langer Zeit angewöhnt, dass sich mittlerweile zwischen seinen Zähnen runde Höhlungen befanden und das Zahnfleisch weit zurückgewichen war, so dass sein Grinsen dem eines Totenschädels glich.

Bisher hatte er allerdings erst einmal gelächelt, zum Gruß, was für Ganoes Paran bereits einmal zu viel gewesen war.

Im Augenblick schien der Heiler im besten Fall nachdenklich, im schlimmsten abwesend aufgrund von Langeweile. »Ich kann es nicht mit Sicherheit sagen, Hauptmann Gütig«, sagte der Mann schließlich.

»Was?«

Ein Flackern in den Augen, graue Pupillen, die in trübem Gelb schwammen. »Nun, Ihr hattet eine Frage an mich, oder?«

»Nein«, erwiderte Paran. »Ich hatte einen Befehl für dich.«

»Ja, natürlich, das habe ich ja gemeint.«

»Ich habe dir befohlen, zur Seite zu treten.«

»Hohefaust Dujek ist sehr krank, Hauptmann. Es wird Euch nichts nützen, ihn beim Sterben zu stören. Genauer gesagt, Ihr könntet Euch selbst anstecken.«

»Nein, das werde ich nicht. Und sein Sterben ist genau das, wogegen ich etwas tun will. Im Augenblick wünsche ich ihn allerdings nur zu sehen. Das ist alles.«

»Hauptmann Liebkriek hat –«

»Hauptmann Liebkriek hat nicht mehr den Befehl, Feldscher. Den habe jetzt ich. Und nun geh mir aus dem Weg, bevor ich dich dazu abkommandiere, bei den Pferden Darmspülungen vorzunehmen – und in Anbetracht des armseligen Essens, mit dem sie in letzter Zeit versorgt worden sind …«

Noto Beul untersuchte die Gräte in seiner Hand. »Ich werde das alles in meinem Kompaniebuch vermerken, Hauptmann Gütig. Als der ranghöchste Heiler dieses Heeres gibt es hier ein Problem im Hinblick auf die Befehlskette. Schließlich bin ich unter normalen Umständen deutlich ranghöher als ein Hauptmann –«

»Das hier sind keine normalen Umstände. Und ich verliere allmählich die Geduld.«

Ein Ausdruck leichten Widerwillens. »Ja, ich habe Erfahrungen aus erster Hand, was geschieht, wenn Ihr die Geduld verliert, ganz egal, wie wenig die jeweilige Situation das auch rechtfertigt. Immerhin war ich es, wie ich Euch erinnern darf, dem die Aufgabe zuteilwurde, Hauptmann Liebkrieks gebrochenen Wangenknochen zu heilen.« Der Mann trat zur Seite und gab den Eingang frei. »Bitte, Hauptmann, seid willkommen.«

Seufzend schritt Paran an dem Feldscher vorbei, zog die Zeltklappe beiseite und trat in das Zelt.

Drinnen herrschte Zwielicht, und die Luft war heiß und stickig; ein intensiver Geruch nach glimmenden Kräutern konnte den üblen Krankheitsgestank kaum überdecken. Im ersten Zimmer gab es vier Bettgestelle, auf denen jeweils der Befehlshaber einer Kompanie lag; nur zwei von ihnen waren Paran vertraut. Alle schliefen oder waren bewusstlos, die Gliedmaßen in den nassgeschwitzten Decken verwickelt, der Hals von der Infektion geschwollen, jeder Atemzug ein leises Pfeifen, so dass es wie ein grässlicher Chor klang. Erschüttert ging er an ihnen vorbei und betrat den hinteren Raum des Zelts, in dem sich nur eine Person befand.

In der körnigen, dämmrigen Luft starrte Paran auf die Gestalt hinunter, die in dem Bett lag. Sein erster Gedanke war, dass Dujek Einarm bereits tot war. Ein gealtertes, blutleeres Gesicht, von dunklen purpurfarbenen Flecken verunstaltet, die Augen verkrustet und verklebt. Seine Zunge hatte die Farbe von Arenstahl, und sie war so geschwollen, dass sie den Mund aufgeschoben, die trockenen Lippen geteilt hatte. Ein Heiler – vermutlich Noto Beul – hatte Dujeks Hals in eine Mischung aus Humus, Asche und Lehm gepackt, die mittlerweile getrocknet war, so dass das Ganze wie ein Sklavenkragen aussah.

Nach einem langen Augenblick hörte Paran, wie Dujek Luft holte; das Geräusch war ungleichmäßig, blieb wieder und wieder in leichten Zuckungen seiner Brust hängen. Und dann atmete er das bisschen Luft zischend und begleitet von einem rasselnden Pfeifen wieder aus.

Bei den Göttern hienieden, dieser Mann wird die nächste Nacht nicht überstehen.

Der Hauptmann bemerkte, dass seine Lippen taub geworden waren, und er hatte Probleme, klar und deutlich zu sehen. *Verdammt, diese Kräuter – das ist D'bayang.* Er blieb noch ein halbes Dutzend Herzschläge lang stehen und blickte auf die zusammengeschrumpelte, zerbrechliche Gestalt des größten noch lebenden Generals des malazanischen Imperiums hinunter, drehte sich dann um und verließ den Raum.

Er hatte zwei Schritte in den äußeren Raum gemacht, als eine heisere Stimme ihn innehalten ließ.

»Wer bist du, im Namen des Vermummten?«

Paran blickte die Frau an, die gesprochen hatte. Sie hatte sich im Bett genug aufgerichtet, um ihm in die Augen sehen zu können. Sie war dunkelhäutig, doch ihrem Gesicht fehlten die Linien des Wüstenlebens, und ihre Augen waren groß und sehr dunkel. Strähniges, schweißverklebtes schwarzes Haar, kurzgeschnitten, aber dennoch eine natürliche Welle verratend, umgab ihr rundes Gesicht, an dem die Krankheit gezehrt hatte, was ihr einen hohläugigen Ausdruck verlieh.

»Hauptmann Gütig –«

»Beim Abgrund, bist du das? Ich habe unter Gütig in Nathilog gedient.«

»Nun, das sind entmutigende Neuigkeiten. Und wer seid Ihr?«

»Faust Rythe Bude.«

»Dann müsst Ihr zu denjenigen gehören, die Dujek erst vor kurzem befördert hat, denn ich habe noch nie von Euch gehört. Und ich kann auch nicht ergründen, woher Ihr kommt.«

»Aus Shal-Morzinn.«

Paran runzelte die Stirn. »Westlich von Nemil?«

»Südwestlich.«

»Und wie kommt es dann, dass Ihr in Nathilog wart, Faust?«

»Bei den Dreien, gib mir Wasser, verdammt sollst du sein.«

Paran schaute sich um, bis er eine Blase fand, die er ihr gab.

»Du bist ein Narr«, sagte sie. »Wieso bist du hier hereingekommen? Jetzt wirst du mit uns sterben. Du wirst es mir einflößen müssen.«

Er zog den Stöpsel heraus und beugte sich näher.

Sie schloss die bemerkenswerten, leuchtenden Augen und legte den Kopf zurück, öffnete den Mund. Die Schwielen an ihrem Hals waren aufgeplatzt, und eine klare Flüssigkeit sickerte heraus, dick wie Tränen. Er drückte auf die Blase und schaute zu, wie das Wasser in ihren Mund rann.

Sie schluckte hektisch, keuchte, hustete dann.

Er zog die Blase weg. »Reicht das?«

Sie brachte ein Nicken zustande, hustete noch einmal und fluchte dann in einer unbekannten Sprache. »Dieser verdammte Rauch«, fügte sie auf Malazanisch hinzu. »Er betäubt die Kehle, so dass man nicht einmal merkt, ob man schluckt. Jedes Mal, wenn ich die Augen schließe, stürmen D'bayang-Träume auf mich ein wie die Roten Winde.«

Er stand da, blickte auf sie hinunter.

»Ich habe Shal-Morzinn … in großer Eile verlassen. Auf einem Handelsschiff der Blauen Moranth. An der Küste von Genabaris – in einer Stadt namens Pech – ist mir das Geld für die Fahrt ausgegangen. Von da habe ich es nach Nathilog geschafft, und weil mein Bauch so leer war, dass ich nicht mehr klar denken konnte, habe ich mich verpflichtet.«

»Wo wolltet Ihr hin?«

Sie verzog das Gesicht. »So weit mein Geld mich bringen würde, du Narr. Den Dreien entgegenzutreten ist nicht unbedingt das Rezept für ein langes Leben. Gesegnet sei Oponns Kuss, dass sie nicht hinter mir her waren.«

»Die Drei?«

»Die Herrscher von Shal-Morzinn … in den letzten tausend Jahren. Es hatte den Anschein, als würdest du den Namen unseres Reiches erkennen, was mehr ist als die meisten tun.«

»Ich kenne nichts weiter als den Namen, den man auf ein paar malazanischen Karten finden kann.«

Sie lachte krächzend. »Malazaner. Die waren schlau genug, um ihren ersten Besuch auch zu ihrem letzten zu machen.«

»Ich war mir nicht bewusst, dass wir überhaupt einen Besuch gemacht haben«, sagte Paran.

»Der Imperator. Und Tanzer. Das Imperiale Flaggschiff, die *Verdreht*. Bei den Göttern, das Schiff allein hat den Dreien zu denken gegeben. Normalerweise löschen sie Fremde ganz selbstverständlich aus – wir treiben mit niemandem Handel, noch nicht einmal mit Nemil. Die Drei verachten Außenseiter. Wenn sie es wollen würden, dann hätten sie mittlerweile den ganzen Kontinent erobert, einschließlich des Reichs der Sieben Städte.«

»Dann halten sie also nicht viel von Expansion. Kein Wunder, dass noch nie jemand von ihnen gehört hat.«

»Noch etwas Wasser.«

Er kam ihrem Wunsch nach.

Nachdem sie aufgehört hatte zu husten, blickte sie ihm in die Augen. »Du hast mir noch gar nicht gesagt – wer bist du wirklich?«

»Hauptmann Ganoes Paran.«

»Der ist tot.«

»Noch nicht.«

»In Ordnung. Und warum dann die Lüge?«

»Dujek hat mich entlassen. Offiziell habe ich keinen Rang mehr.«

»Und was macht Ihr dann hier, im Namen des Vermummten?«

Er lächelte. »Das ist eine lange Geschichte. Im Augenblick gibt es vor allem eine Sache, die ich tun muss – eine Schuld zurückzahlen. Das bin ich Dujek schuldig. Außerdem ist es nicht gut, wenn eine Göttin frei in der Sphäre der Sterblichen herumläuft, vor allem eine, die sich am Elend erfreut.«

»Sie erfreuen sich alle am Elend.«

»Nun, ja.«

Sie entblößte eine Reihe gleichmäßiger, von der Krankheit befleckter Zähne. »Hauptmann, glaubt Ihr, dass wir in den Tempel gegangen wären, wenn wir gewusst hätten, dass Poliel da drin ist?

Ihr hingegen habt diese Entschuldigung nicht. Was mich zu dem Schluss kommen lässt, dass Ihr den Verstand verloren habt.«

»Hauptmann Liebkriek würde Euch gewiss zustimmen, Faust«, sagte Paran und stellte die Blase ab. »Ich muss jetzt gehen. Ich würde es zu würdigen wissen, Faust Rythe Bude, wenn Ihr von mir als Hauptmann Gütig sprechen würdet.« Er ging zum Zeltausgang.

»Ganoes Paran.«

Etwas in ihrer Stimme ließ ihn sich noch einmal umdrehen, obwohl er bereits nach der Zeltklappe gegriffen hatte.

»Verbrennt meinen Körper«, sagte sie. »Am besten füllt meine Lunge mit Öl, so dass der Brustkorb aufplatzt und meine verwüstete Seele freikommt und davonfliegen kann. So wird es in Shal-Morzinn gemacht.«

Er zögerte, nickte dann.

Draußen stellte er fest, dass Noto Beul, der Feldscher, immer noch dastand und die blutige Spitze seiner Gräte einen Augenblick lang untersuchte, bevor er sie wieder in den Mund schob.

»Hauptmann Gütig«, sagte der Mann grüßend. »Gerade war Vorreiter Hurlochel hier und hat nach Euch gesucht. Von ihm habe ich erfahren, dass Ihr etwas ... Unbesonnenes tun wollt.«

»Wenn die einzige andere Möglichkeit ist, einfach nur darauf zu warten, dass sie sterben, Feldscher, gehe ich sehr wohl das Risiko ein, etwas Unbesonnenes zu tun.«

»Ich verstehe. Und wie genau soll dieser Angriff ablaufen? Vor allem in Anbetracht der Tatsache, dass Ihr der Grauen Göttin selbst entgegentreten werdet. Ich habe meine Zweifel, dass selbst Euer Ruf ausreichen wird, die Soldaten zu zwingen, Poliels Großen Tempel anzugreifen. Tatsächlich habe ich sogar meine Zweifel, ob Ihr sie auch nur dazu bringen könnt, G'danisban zu betreten.«

»Ich nehme keine Soldaten mit, Feldscher.«

Ein weises Nicken von dem hageren Mann. »Oh, dann also eine Ein-Mann-Armee, ist es das, ja? Zugegeben«, er beäugte Paran abwägend, »ich habe Geschichten über Eure außergewöhnliche ... Wildheit gehört. Ist es wahr, dass Ihr einst einen Falah'd vom Rand des Balkons seines Palastturms habt baumeln lassen? Obwohl er zum damaligen Zeitpunkt ein Verbündeter des Imperiums war. Was war nochmal sein Verbrechen? Oh, ja, die Farben seines Gewands hatten nicht zusammengepasst – und das am ersten Tag des Fests des Imperators. Was für Farben waren es denn, die zu tragen er die Unverschämtheit hatte?«

Paran musterte den Mann einen Augenblick lang und lächelte dann. »Blau und grün.«

»Aber das sind keine Farben, die nicht zusammenpassen, Hauptmann.«

»Ich habe nie behauptet, dass ich in ästhetischen Dingen ein gutes Urteil hätte, Feldscher. Also, worüber haben wir gesprochen? Oh, ja, meine Ein-Mann-Armee. In der Tat. Ich habe vor, nur einen Mann zu befehligen. Zusammen werden wir die Graue Göttin angreifen, mit der Absicht, sie aus dieser Sphäre zu vertreiben.«

»Ich glaube, Ihr habt gut gewählt«, sagte Noto Beul. »In Anbetracht dessen, was ihn erwartet, hat Hurlochel vor ein paar Augenblicken hier eine beeindruckende Ruhe an den Tag gelegt.«

»Warum auch nicht«, sagte Paran, »schließlich kommt er ja nicht mit. Sondern du.«

Die Gräte durchbohrte die Oberlippe des Feldschers. Ein Ausdruck des Schmerzes ersetzte die Ungläubigkeit. Er zog die Nadel aus seiner Lippe und warf sie weg, presste dann beide Hände gegen die schmerzende Stelle. Seine Augen sahen aus, als würden sie gleich aus ihren Höhlen treten.

Paran klopfte dem Mann auf die Schulter. »Sorge dafür, dass sich jemand darum kümmert, ja? In einem halben Glockenschlag brechen wir auf, Feldscher.«

Er saß auf einer Ausrüstungskiste und lehnte sich langsam zurück, bis die Zeltwand nicht mehr nachgab. Dann streckte er die Beine aus. »Ich sollte jetzt eigentlich halb betrunken sein«, sagte er, »angesichts dessen, was ich gleich tun werde.«

Hurlochel schien nicht in der Lage zu sein, ein Lächeln zustande zu bringen. »Bitte, Hauptmann. Wir sollten das Lager abbrechen. Unsere Verluste gering halten. Ich bitte Euch dringend, den Weg, den Ihr einschlagen wollt, nicht weiterzuverfolgen, denn er wird kein anderes Ergebnis bringen als den Tod eines weiteren guten Soldaten, ganz zu schweigen von einem schwierigen, aber fähigen Feldscher.«

»Oh, ja. Noto Beul. Einst Priester von Soliel, der Götterschwester von Poliel.«

»Er ist kein Priester mehr, Hauptmann. Diejenigen, die sich losgesagt haben, gelten nicht viel bei den Aufgestiegenen, die sie im Stich gelassen haben.«

»Soliel. Die Herrin der Heilung, die Wohltäterin, die Göttin, die Heilende Tränen Weint. Sie muss mittlerweile so viel geweint haben, dass ihre Tränen einen Ozean füllen müssten, glaubst du nicht auch?«

»Ist es klug, sie an dieser Schwelle zu verspotten, Hauptmann?«

»Warum nicht? Hat ihr berüchtigter, unaufhörlicher Jammer über die Notlage der Sterblichen diesen je etwas genützt, Hurlochel? Irgendwie? Es ist leicht zu weinen, wenn man sich heraushält und nichts tut. Wenn man für jeden Überlebenden da draußen den Ruhm für sich in Anspruch nimmt – für diejenigen, deren eigener Geist die Schlacht geschlagen hat, deren eigener Geist sich geweigert hat, sich der Umarmung des Vermummten zu ergeben.« Er blickte mit einem höhnischen Lächeln zum Zeltdach auf. »Es sind die sogenannten freundlichen, mitfühlenden Götter, die sich am meisten verantworten müssen.« Paran starrte den Mann, der vor ihm stand, düster an. »Der Vermummte weiß, die anderen sind freimütig und verdammt klar, was ihre Niedertracht angeht – das sei ihnen zugebilligt. Aber Hilfe, Erlösung und den ganzen Rest anzubieten, das echte Schicksal aber dem Zufall und nur dem Zufall zu überlassen – verdammt, Hurlochel, dafür werden sie sich zu verantworten haben!«

Die Augen des Vorreiters waren groß; er blinzelte nicht einmal.

Paran wandte den Blick ab. »Tut mir leid. Manche Gedanken sollte ich vielleicht besser für mich behalten. Das ist leider eine alte Schwäche von mir.«

»Hauptmann. Einen Moment lang ... da ... Eure Augen ... sie ... *haben geleuchtet*. Wie die eines Tiers.«

Paran musterte den Mann. »Haben sie das tatsächlich getan?«

»Ich würde es schwören, selbst wenn ich mit einem Fuß auf der Vorhaut des Vermummten stehen würde, Hauptmann.«

Ganoes Paran stand auf. »Gib diese Befehle an die Offiziere weiter. Diese Armee ist in vier Tagen auf dem Marsch. In drei Tagen will ich sie in voller Ausrüstung mit blankgezogenen Waffen zur Inspektion angetreten sehen, und zwar zur Mittagszeit. Und wenn wir aufbrechen, will ich, dass wir dieses Lager sauber zurücklassen – dass alle Latrinen zugeschüttet und die Abfälle verbrannt sind.« Er blickte Hurlochel an. »Sorg dafür, dass diese Soldaten etwas zu tun haben – sie verfaulen von innen. Hast du das alles verstanden, Hurlochel?«

Der Vorreiter lächelte und wiederholte Parans Befehle Wort für Wort.

»Gut. Mach den Offizieren unmissverständlich klar, dass die Tage des apathischen Herumhängens und Lamentierens vorbei sind. Sag ihnen, dass die vorzeigbarste Kompanie in der Marschordnung an die Spitze gesetzt wird – alle anderen werden ihren Staub fressen.«

»Wohin marschieren wir, Hauptmann?«

»Keine Ahnung. Darüber denke ich später nach.«

»Was ist mit Hohefaust Dujek und den anderen in dem Zelt?«

»Aller Wahrscheinlichkeit nach werden sie noch einige Zeit lang nicht viel tun können. Und in der Zwischenzeit –«

»In der Zwischenzeit befehligt Ihr dieses Heer, Hauptmann.«

»Ja, das tue ich.«

Hurlochels plötzlicher Gruß war zackig, dann machte er auf dem Absatz kehrt und marschierte aus dem Zelt.

Paran starrte ihm hinterher. *Schön, zumindest einer ist verdammt zufrieden mit dieser Entwicklung.*

Kurze Zeit später saßen er und Noto Beul am Rand des Lagers auf ihren Pferden, schauten den Hang hinunter und über die flache Todeszone bis hinüber zu den Mauern der Stadt, deren gebleichter Kalkstein mit Unmengen von Gekritzel, gemalten Symbolen, Handabdrücken und skelettartigen Gestalten überzogen war. Aus dieser Nähe hätte man Geräusche von der anderen Seite der Mauer hören müssen, hätte den Schleier aus Staub und Rauch über ihr am Himmel sehen müssen, und die großen Tore hätten offenstehen müssen, um einen stetigen Strom von Kaufleuten, Straßenhändlern, Viehtreibern und Arbeitstrupps hinein- und hinauszulassen. Und in den Fenstern der rechteckigen Türme, die das Tor flankierten, hätten Soldaten zu sehen sein müssen.

Die einzige Bewegung stammte von Taubenschwärmen, die ins Blickfeld aufstiegen, dann wieder nach unten tauchten, unstet und hektisch wie eine Armada aus Papierdrachen, die von den Sturmwinden zurückgewiesen wurden; und von den blau getönten Wüstenstaren und den krächzenden Krähen, die wie eine alptraumhafte Armee auf den Befestigungsanlagen saßen.

»Hauptmann«, sagte der Feldscher, der wieder seine Gräte im Mund hatte – das Loch, das sie zuvor knapp über den Lippen verursacht hatte, war nun ein roter, leicht runzliger Fleck, schmierig wie ein aufgeplatzter Pickel. »Glaubt Ihr wirklich, ich könnte mich auf all das stürzen, was Gift für mich ist?«

»Ich dachte, du wärst abgefallen«, sagte Paran.

»Genau darum geht es. Ich kann noch nicht einmal Soliel anrufen und ihren gütigen Schutz erbitten. Vielleicht seid Ihr blind für die Wahrheit, aber ich sage Euch, Hauptmann, ich kann die Luft jenseits dieser Mauern brodeln sehen – es ist der Atem des Chaos. Strömungen wirbeln, heben und senken sich – sie mir auch nur anzusehen, wie ich es jetzt gerade tue, macht mich schon krank. Wir werden beide sterben, Ihr und ich, noch ehe wir zehn Schritt vor dem Tor stehen.«

Paran überprüfte das Schwert an seinem Gürtel, rückte dann die Helmriemen zurecht. »Ich bin nicht so blind wie du glaubst, Feldscher.« Er betrachtete ein, zwei Herzschläge lang die Stadt und griff dann nach den Zügeln. »Reite dicht neben mir, Noto Beul.«

»Hauptmann, das Tor sieht zu aus, sieht verschlossen aus – wir sind nicht willkommen.«

»Mach dir keine Gedanken um das verdammte Tor«, sagte Paran. »Bist du bereit?«

Der Mann blickte ihn aus wilden Augen an. »Nein«, sagte er mit schriller Stimme, »das bin ich nicht!«

»Sehen wir zu, dass wir das hinter uns bringen«, sagte Paran und stupste sein Pferd an, so dass es sich in Bewegung setzte.

Noto Beul warf noch einen letzten Blick über die Schulter und sah, dass die Soldaten zu Hunderten beisammenstanden und hinter ihnen her starrten. »Bei den Göttern«, flüsterte er, »warum bin ich jetzt nicht bei ihnen?«

Dann setzte er sich in Bewegung, um Hauptmann Gütig einzuholen, der einst einen unschuldigen Mann vom Rand eines Turms hatte baumeln lassen. *Und es jetzt wieder tut – mit mir!*

Sie war einst losgeschickt worden, um ihren jüngeren Bruder zu jagen, ihm durch die halbe Stadt nachzuspüren – oh, er hatte gewusst, dass sie hinter ihm her war, dass sie diejenige war, die die anderen hinter ihm her schicken würden, die Einzige, die in der Lage war, eine Hand um einen dürren Knöchel zu legen, ihn zurückzuziehen und dann so lange zu schütteln, bis sein Hirn im Innern seines Schädels schepperte. Er hatte sie in jener Nacht auf einen wilden Pfad geführt. Zehn Jahre alt und bereits absolut nicht zu bändigen, mit Augen, so glänzend wie Murmeln, die man mit einem Mundvoll Spucke poliert hatte, das weiße Lächeln schlimmer als das Zähnefletschen eines Wolfs, ganz und gar schlaksige Glieder und herumtollende Bosheit.

Er hatte ... Dinge gesammelt. Heimlich. Haarsträhnen, abgeschnittene Fingernägel, ein verfaulter Zahn. Etwas – wie sich herausstellte – von jedem Mitglied der ausgedehnten Familie. Zweiundvierzig Personen, wenn man die vier Monate alte Minarala mitzählte – und das hatte er getan, der kleine Dreckskerl. Ein weniger phantasievoller Wahnsinn hätte sich vielleicht mit einem Haufen schrecklicher Puppen begnügt, mit deren Hilfe er geringfügige, aber bleibende Qualen hätte zufügen können, um sein unersättliches Böses zu nähren. Nicht so ihr Bruder, der ganz offensichtlich glaubte, dass er für die große Niedertracht ausersehen war. Er hatte sich nicht damit zufriedengegeben, Puppen mit einer gewissen Ähnlichkeit herzustellen – er hatte aus Schnur, Stöckchen, Stroh, Wolle und Horn eine kleine Herde aus zweiundvierzig Schafen geschaffen. Eingesperrt in einen Kral aus Stöcken, den er im Obergeschoss des Herrenhauses aufgebaut hatte. Dann benutzte er einen seiner Milchzähne, den er sich gerade herausgepuhlt hatte, um sich etwas zu basteln, das Wolfsfängen ähnelte, und bastelte dann aus Stofffetzen den Wolf dazu, in einer Größe, die es ihm gestattete, eine Schafspuppe in einem Happen zu verschlingen.

Umgeben von Strängen aus wahnsinniger Magie, hatte er seinen Wolf mitten in die Herde gesetzt.

In der Nacht dann Schreie und Weinen, in einem Haushalt nach dem anderen, ausgelöst von entsetzlichen Alpträumen, die erfüllt waren von dem Gestank nach Panik und Wollfett, von trommelnden Hufen und verzweifelter, hoffnungsloser Flucht. Bisse und Schläge von dem riesigen, heulenden Wolf, das Biest spielte mit jedem von ihnen – oh, auch sie würde sich noch lange, lange Zeit an diese Qualen erinnern.

Im Verlauf des folgenden Tages, als Onkel, Tanten, Neffen und dergleichen sich versammelten, alle bleich und zitternd, und als offenbar wurde, dass sie alle in dieser Nacht von Entsetzen heimgesucht worden waren, brauchte kaum jemand lange, um die Quelle ihrer Alpträume auszumachen – natürlich war er längst verduftet und in eines seiner zahllosen Verstecke in der Stadt verschwunden. Wo er sich so lange verstecken wollte, bis die Wut und das Gefühl der Schmach verklungen sein würden.

Denn bei Verbrechen, die von Kindern begangen wurden, verblasste schließlich irgendwann jeder Zorn, wenn an seine Stelle die Sorge trat. Das galt für die meisten Kinder, für normale Kinder; aber nicht für Ben Adaephon Delat, der zu weit gegangen war. Wieder einmal.

Und so war Torahaval Delat losgeschickt worden, ihren Bruder aufzuspüren und ihm eine angemessene Strafe zu verpassen. Zum Beispiel, ihn bei lebendigem Leibe zu häuten, hatte sie damals gedacht. Sie waren also Schafe? Nun, sie trug in ihrem Bündel die Wolfspuppe, und sie hatte vor, sie für höchst schreckliche Qualen zu benutzen. Auch wenn sie bei weitem nicht so begabt war wie ihr jüngerer Bruder – und zugegebenermaßen lange nicht so phantasievoll – hatte sie es doch hinbekommen, eine Art Leine für die Kreatur zu erschaffen, und nun konnte sie ihm folgen, ganz egal, wo ihr Bruder auch hingehen mochte.

Er war in der Lage, den größten Teil eines Tages und die folgende Nacht seinen Vorsprung zu wahren, bis sie ihn einen Glockenschlag vor der Morgendämmerung auf einem Dach im Prelid-Viertel von Aren einholte, in der Hand die Wolfspuppe, deren Hinterbeine sie nun packte und weit auseinanderzog.

Der Junge, der eben noch gerannt war, lag im nächsten Augenblick flach auf dem Gesicht. Kreischend und lachend, und noch während sie stolperte, ärgerte sie dieses Lachen, so dass sie die beiden Beine noch weiter verdrehte.

Und aufschreiend auf das mit Kieselsteinen bestreute Dach fiel, als schreckliche Schmerzen in ihren Hüften aufloderten.

Ihr Bruder kreischte ebenfalls, doch er konnte nicht aufhören zu lachen.

Sie hatte sich die Wolfspuppe nicht allzu genau angesehen, doch jetzt, keuchend und zuckend, machte sie sich daran, das Versäumnis nachzuholen. Die Düsternis weigerte sich zunächst nachzugeben, aber schließlich konnte sie den zusammengebundenen Körper des Tiers unter den Fellfetzen ausmachen – ihre Unterwäsche – die Teile, die eine Woche zuvor von der Wäscheleine verschwunden waren – verknotet und eng um irgendeinen festen Kern gewunden, über dessen Natur sie lieber nicht allzu genau nachdenken wollte.

Er hatte gewusst, dass sie ihn suchen würde. Hatte gewusst, dass sie sein Versteck mit den Puppen im Dachgeschoss finden würde. Hatte gewusst, dass sie die Wolfspuppe benutzen würde, seine eigene Anima, die er so sorglos zurückgelassen hatte. Er hatte es gewusst, hatte … alles gewusst.

In jener Nacht, in der Dunkelheit kurz vor der Morgendämmerung, beschloss Torahaval, dass sie ihn hassen würde – für immer. Leidenschaftlich, ein Hass, der grimmig genug war, die ganze Welt blank zu scheuern.

Es ist leicht, die Schlauen zu hassen, selbst wenn es Verwandte sind. Vielleicht dann erst recht.

Es gab keine klare Linie, die von dieser Erinnerung zu ihrem jetzigen Leben, zu diesem Augenblick führte, abgesehen von dem Gefühl, dass sie in einem Alptraum gefangen war; einem, aus dem sie im Gegensatz zu dem vor vielen Jahren niemals erwachen würde.

Ihr Bruder war nicht da, ihr lachender, keuchender Bruder, der sich schließlich vor Schadenfreude auf dem Dach krümmte und die Zauberei in der Wolfspuppe freiließ. Und so dafür sorgte, dass die Schmerzen verschwanden. Ihr Bruder, ob tot oder lebendig – mittlerweile mit größerer Wahrscheinlichkeit tot –, war sehr weit weg. Und sie wünschte sich von ganzem Herzen, dass dem nicht so wäre.

Rechts von ihr saß Bridthok, vor sich hin murmelnd wie ein betrunkener Bettler, an dem Tisch mit der fleckigen Granitplatte; seine Finger mit den langen Nägeln schoben die merkwürdige Sammlung von Gold- und Silbermünzen vor und zurück, während er versuchte, sie in irgendwelche Gruppen einzuteilen – eine Aufgabe, an der er ganz offensichtlich scheiterte. Die großen Kisten voller Münzen in Poliels Tempel waren bodenlos – und zwar nicht im übertragenen, sondern im wörtlichen Sinne, wie sie festgestellt hatten. Und wenn man hinuntergriff in die eiskalte Dunkelheit, schloss man die Hände um bereiftes Gold und Silber in allen möglichen Währungen. Gestempelte Barren, beschlagene Zähne, ausgehöhlte Kugeln, Reifen und Ringe, zusammengerollte Ballen aus golddurchwirkter Seide, so klein, dass sie in eine Hand passten, und Münzen aller Arten: viereckig, dreieckig, halbmondförmig, ausgehöhlt, röhrenförmig, zusammen mit komplizierten Faltschachteln, Ketten, Perlen, Haspeln, Wabenscheiben und Barren. Nicht eines dieser Stücke war denen, die hier, im Tempel von G'danisban mit seiner verrückten, entsetzlichen Göttin versammelt waren – die hier gefangen waren – vertraut. Torahaval hatte keine Ahnung gehabt, dass es so viele Sprachen auf der Welt gab, wie sie jetzt auf den vielen Münzen aufgeprägt sah. Buchstaben wie winzige Bilder, Buchstaben, die diagonal oder senkrecht aneinandergereiht waren oder in einer Spirale; manche Buchstaben waren kaum mehr als Muster aus kleinen Pünktchen.

Sie stammten aus anderen Sphären, behauptete Bridthok beharrlich. Die weltlicheren Münzen fanden sich im östlichen Zimmer hinter dem Altar – ein ganzer Raum, in dem die verdammten Dinger haufenweise herumlagen. Der Schatz eines Imperiums allein schon in jenem Zimmer, hatte er erklärt, und vielleicht hatte er recht. Mit dem ersten Gerücht vom Auftreten der Pest füllten sich Poliels Schatztruhen bis zum Überlaufen. Aber es waren die fremden Münzen, die den alten Mann am meisten interessierten. Es war mittlerweile eine Besessenheit geworden, diese *Katalogisierung der Sphären*, die seine Gelehrsamkeit zu ihrer höchsten und letzten Blüte treiben würde, wie er behauptete.

Ein merkwürdiger Gegensatz, diese wissenschaftliche Neigung in einem Mann, für den Ehrgeiz und das Verlangen nach Macht alles zu sein schienen – der Grund, warum er atmete, der Käfig, in dem sein mörderisches Herz pochte.

Er hatte mehr Gerüchte über seinen Tod gestreut als jeder andere Mensch, den sie jemals gekannt hatte, so etwa jedes Jahr ein neues, um die vielen Jäger von seiner Spur abzubringen, wie er sagte. Sie hatte den Verdacht, dass es ihm einfach Spaß machte, ständig neue zu erfinden. Von den Narren – ihren Mitverschwörern –, die hier versammelt waren, war Bridthok vielleicht der faszinierendste. Weder Septhune Anabhin noch Sradal Purthu ermutigten sie, ihnen Vertrauen oder Respekt entgegenzubringen. Und Sribin, nun, Sribin war mittlerweile nicht einmal mehr zu erkennen.

Das war – wie es schien – das Schicksal derjenigen, die die Graue Göttin als sterbliche Liebhaber erwählte. Und wenn sie des verfaulten, stöhnenden Dinges, das einmal Sribin gewesen war, müde werden würde, würde sich die Hexe jemand anderen suchen. Aus ihrem abnehmenden Vorrat von schrecklicher Angst erfüllter Gefangener. Ob Mann oder Frau, Erwachsener oder Kind – für Poliel spielte das keine Rolle.

Bridthok behauptete beharrlich, dass der Kult von Sha'ik wiedergeboren war, dass er weit – sehr weit – über das hinausgehend, was er vorher gewesen war, wiederbelebt worden war. Irgendwo da draußen war die Stadt der Gefallenen – und eine neue Sha'ik; und die Graue Göttin sammelte für sie eine gebrochene Legion der Verrückten, für die all das, was sterblich war, zu Elend und Kummer gehörte, den Nachkömmlingen, den Zwillingen, die Poliels Bauch entsprungen waren. Und hinter grauen Schwaden aus Krankheit und Chaos – durch die Entfernung nur nebelhaft wahrnehmbar – lauerte der Verkrüppelte Gott sich windend und gackernd in seinen Ketten, während er dieses üble Bündnis immer enger zog.

Was wusste Torahaval schon von Kriegen unter den Göttern? Sie machte sich – über die tödlichen Auswirkungen in ihrer eigenen Welt hinaus – noch nicht einmal etwas aus ihrem eigenen Leben.

Ihr jüngerer Bruder war vor langer Zeit dem einen Weg anheim gefallen, sie einem anderen, und jetzt war jegliche Hoffnung auf ein Entkommen dahin.

Bridthoks Gemurmel endete unvermittelt in einem plötzlichen Keuchen. Er zuckte auf seinem Stuhl zusammen, hob den Kopf. Seine Augen weiteten sich.

Ein Beben durchlief Torahaval Delat. »Was ist los?«, wollte sie wissen.

Der alte Mann stand von seinem Platz hinter dem Tisch auf. »Sie ruft uns zu sich.«

Ich muss ebenfalls verrückt sein – was gibt es noch im Leben, das man lieben kann? Warum klammere ich mich immer noch an die Kante, wenn der Abgrund all das bietet, wonach ich mich jetzt sehne. Vergessen. Ein Ende. Bei den Göttern … ein Ende.

»Es muss mehr als das sein, Bridthok«, sagte sie. »Du siehst … bestürzt aus.«

Ohne etwas zu sagen oder sie anzusehen, ging er hinaus in den Korridor. Leise vor sich hin fluchend folgte Torahaval ihm.

Einst, vor langer Zeit, war ihr Bruder – damals konnte er noch nicht mehr als vier, vielleicht auch fünf Jahre alt gewesen sein, lange bevor das Böse in ihm zu voller Blüte erwacht war – nachts schreiend aufgewacht, und sie war zu seinem Bettchen gerannt, um ihn zu trösten. Mit den Worten eines Kindes hatte er seinen Alptraum beschrieben. Er war gestorben, doch er wanderte immer noch auf der Welt herum, denn er hatte etwas vergessen. Er hatte es vergessen, und ganz egal, was er tat, es wollte ihm nicht wieder einfallen. Und so wanderte sein Leichnam überall hin, mit der immer gleichen Frage auf den Lippen, einer Frage, die er jeder Person stellte, die dazu verflucht war, seinen Weg zu kreuzen. *Was? Was habe ich vergessen?*

Es war hart gewesen, das zitternde, entsetzte Kind, das sich in ihren Armen verkroch, mit dem Komplotte schmiedenden Gauner von ein paar Jahren später in Einklang zu bringen.

Vielleicht, dachte sie jetzt, während sie hinter Bridhtok und den wehenden Enden seines flatternden, fadenscheinigen Gewands her trottete, vielleicht hatte sich Adaephon Delat in jenem Zwischenraum von ein paar Jahren daran erinnert, was es gewesen war, das er vergessen hatte. Vielleicht war es nichts weiter als das, was ein Leichnam, der noch immer durch die Welt der Sterblichen streifte, einfach vergessen *musste*.

Zu wissen, wie man lebt.

»Ich dachte, der Tag sollte zum Schlafen da sein«, murmelte Buddl, als sein Sergeant ihn erneut am Arm zupfte. Der Schatten des Felsblocks, neben dem er sich zusammengerollt hatte, war, so sagte sich der Soldat, der einzige Grund, warum er noch am Leben war. Dieser Tag war der bisher heißeste gewesen. Insekten, die auf flache Steine gekrochen waren, waren auf halbem Weg geröstet worden, ihre Chitinpanzer wie Samenkapseln geborsten. Niemand bewegte sich, niemand sagte etwas. Die gesamte Truppe war von Durst und den Visionen von Wasser besessen. Buddl war schließlich eingeschlafen, und der Schlaf zerrte auch jetzt noch mit schlaffen, schweren Händen an ihm.

Wenn Fiedler ihn verdammt noch mal bloß in Ruhe lassen würde.

»Komm mit, Buddl. Hoch mit dir. Na los, steh schon auf.«

»Wenn du ein Fass mit Quellwasser gefunden hast, Sergeant, bin ich dein Mann. Andernfalls …«

Fiedler zog ihn hoch und zerrte ihn hinter sich her. Vor sich hin stolpernd, mit einer Zunge, die sich anfühlte wie ein Knäuel aus Lederriemen, war sich Buddl kaum des Pfades unter seinen Füßen bewusst. Weg von der Straße führte er, wand sich zwischen vom Wind geformten Felsen hindurch in diese und jene Richtung. Halb geblendet vom hellen Licht dauerte es einen Moment, bis ihm klar wurde, dass sie stehengeblieben waren, dass sie auf einer Lichtung aus ebenem Sand standen, umgeben von Felsen, und dass sie von zwei Gestalten erwartet wurden.

Buddl spürte, wie sich ihm das Herz in der Brust zusammenkrampfte. Der eine, der ihm mit untergeschlagenen Beinen gegenübersaß, war der Schnelle Ben. Rechts von dem Magier kauerte Kalam, der Assassine, dessen dunkles Gesicht glänzte. Er trug abgewetzte schwarze Handschuhe, und die länglichen Griffe seiner beiden Langmesser ragten unter seinen Armen heraus. Der Mann sah aus, als wäre er bereit, etwas zu töten, allerdings vermutete Buddl, dass dieser Gesichtsausdruck bei ihm vollkommen normal war.

Die Augen des Schnellen Ben waren auf ihn gerichtet, gelangweilt und doch gefährlich, wie ein Leopard, der mit einem verkrüppelten Hasen spielte. Aber in seinem Blick lag auch noch etwas anderes. Etwas, das nicht ganz verborgen war. *Furcht*?

Nachdem sich ihre Blicke mehrere Herzschläge lang gekreuzt hatten, wurde Buddls Aufmerksamkeit auf die Ansammlung von Puppen gezogen, die vor dem Magier im Sand hockten. Berufliches Interesse half ihm dabei, seine Furcht zu unterdrücken – zumindest für den Moment. Unwillkürlich lehnte er sich nach vorn.

»Es ist eine alte Kunst«, sagte der Schnelle Ben. »Aber das weißt du schon, stimmt's, Soldat?«

»Ihr habt einen toten Punkt erreicht«, sagte Buddl.

Der Magier zog die Augenbrauen hoch und warf Kalam einen schwer zu deutenden Blick zu. Dann räusperte er sich und sagte: »Stimmt, das habe ich. Wie hast du das gesehen? Und wieso so … schnell?«

Buddl zuckte die Schultern.

Der Schnelle Ben machte ein finsteres Gesicht, als Fiedler ein erheitertes Grunzen von sich gab. »Schon gut, du verdammter Schlingel. Und – irgendwelche Vorschläge, was ich tun könnte?«

Buddl strich sich mit der Hand über die dreckigen Stoppeln auf seinem Kopf. »Sagt mir, was Ihr vorhabt.«

»Was ich vorhabe, geht dich verdammt nochmal nichts an, Soldat.«

Seufzend ließ Buddl sich im Sand nieder, versuchte eine Haltung einzunehmen, die derjenigen des Mannes glich, der ihm gegenübersaß. Er betrachtete eingehend die Figuren, deutete schließlich auf eine davon. »Wer ist sie?«

Der Schnelle Ben zuckte zusammen. »Ich habe nicht gewusst, dass das eine ›sie‹ ist.«

»Die erste Figur, die Ihr aufgestellt habt, wage ich zu sagen. Ihr seid vermutlich aus einem schlechten Traum aufgewacht, vollkommen verwirrt, aber Ihr habt gewusst, dass etwas nicht stimmt … irgendetwas, irgendwo … und die hier – diese Frau –, die ist Eure Verbindung zu dem Ganzen. Ein Familienmitglied würde ich sagen. Eure Mutter? Eure Tochter? Eure Schwester? Eure Schwester, ja. Sie hat an Euch gedacht. Ziemlich viel … und erst vor kurzem. Seht Euch diesen Wirrwarr aus Schattenlinien um sie herum an, als stünde sie auf einem Grasbüschel – aber es gibt hier in der Nähe kein Gras, und deshalb müssen diese Linien zu etwas anderem gehören.«

»Da soll mich doch der Vermummte in die Eier kneifen«, zischte der Schnelle Ben. Seine Blicke huschten jetzt über die Figuren im Sand. Er schien seine Streitlust vergessen zu haben. »Torahaval? Im Namen des Abgrunds – in was hat sie sich denn jetzt schon wieder reingeritten? Und wie kommt es, dass niemand von den anderen hier sie auch nur mit einem einzigen Schatten erreichen kann?«

Buddl kratzte sich am Bart, erwischte mit den Fingernägeln eine Nisse. Er zog sie heraus und warf sie weg.

Kalam zuckte zusammen – und fluchte. »Lass das!«

»Tut mir leid.« Buddl zeigte auf eine Puppe, die in schwarze Seide gehüllt war. Der Schatten, den die Puppe warf, schien so etwas wie zwei Fortsätze zu enthüllen, wie Krähen, die auf ihren Schultern hockten. »Das ist Apsalar, oder? Sie hat mit alledem zu tun, klar, wenn auch nicht im Moment. Ich glaube, sie hätte eigentlich den Weg Eurer Schwester kreuzen sollen, aber das ist nie geschehen. Also, da war eine Absicht, die nicht in die Tat umgesetzt wurde, aber Ihr könnt froh darüber sein. Der da ist Cotillion ... und ja, klar, er tanzt seinen grässlichen Tanz, aber seine einzige Rolle war, den Kieselstein auf der Hügelkuppe anzustupsen – wie er runtergerollt ist, und was er unterwegs mitgenommen hat, das hat er dem Schicksal überlassen. Aber Ihr habt recht, dass Ihr das Haus der Schatten ausgewählt habt. War das Instinkt? Ist ja auch egal. Das hier ist Euer Problem.« Er deutete auf eine Puppe in einem Kapuzenumhang aus gazedünnem schwarzem Leinen.

Der Schnelle Ben blinzelte, runzelte die Stirn. »Wohl kaum. Das ist Schattenthron, und er spielt die zentrale Rolle bei alledem. Es hat alles etwas mit ihm zu tun, und ... verdammt, Buddl, das ist mehr als Instinkt!«

»Oh, er spielt die zentrale Rolle, das stimmt, aber könnt Ihr nicht sehen, dass sein Schatten niemanden erreicht?«

»Ich weiß, dass er niemanden erreicht! Aber er steht nun einmal an dieser Stelle, verdammt!«

Buddl streckte eine Hand aus und griff nach der Puppe.

Wütend knurrend erhob sich der Schnelle Ben halb, doch Fiedlers Hand zuckte vor und stieß den Magier zurück.

»Nimm deine Pfote von mir, Sappeur«, sagte der Magier. Seine Stimme klang leise und kühl.

»Ich habe dich gewarnt«, sagte der Sergeant, »oder etwa nicht?« Er zog die Hand zurück, und der Schnelle Ben setzte sich wieder hin, als hätte sich gerade eben etwas weitaus Schwereres auf seinen Schultern niedergelassen.

In der Zwischenzeit war Buddl eifrig damit beschäftigt, die Puppe umzugestalten. Er bog die Drähte in den Armen und Beinen. Für seine eigenen Versuche verwendete er nur selten Draht – der war ihm zu teuer –, aber in diesem Fall machte es die Umgestaltung der Puppe wesentlich einfacher. Als er schließlich zufrieden war, stellte er sie wieder hin – an genau die Stelle, an der sie sich zuvor befunden hatte.

Niemand sprach. Alle Augen waren auf die Puppe von Schattenthron gerichtet – die jetzt auf allen vieren hockte, das rechte Vorderbein und das linke Hinterbein erhoben, die gesamte Gestalt weit nach vorne geneigt und dennoch auf unmögliche Weise im Gleichgewicht. Der Schatten reichte jetzt bis auf eine Fingerbreite an die Puppe heran, die Torahaval Delat darstellte.

Schattenthron … war nun etwas anderes …

»Er berührt sie immer noch nicht«, flüsterte Kalam.

Buddl lehnte sich zurück, verschränkte die Arme, während er sich rücklings auf den Sand sinken ließ. »Wartet«, sagte er, schloss die Augen – und war einen Herzschlag später wieder eingeschlafen.

Fiedler, der dicht neben dem Schnellen Ben kauerte, stieß einen langen Atemzug aus.

Der Magier wandte den Blick von dem umgestalteten Schattenthron ab; seine Augen glänzten, als er den Sappeur ansah. »Er hat halb geschlafen, Fied.«

Der Sergeant zuckte die Schultern.

»Nein«, sagte der Magier, »du verstehst mich nicht. Er hat halb geschlafen. Jemand ist bei ihm. War bei ihm, meine ich. Hast du eine Ahnung, wie weit einfühlende Magie – diese Magie – zurückreicht? Bis zu den allerersten Anfängen. Bis zu jenem Schimmer, jenem ersten Schimmer, Fied. Zur Geburt des Bewusstseins. Verstehst du, was ich sage?«

»So klar wie kürzlich den Mond«, sagte Fiedler und machte ein finsteres Gesicht.

»Die Eres'al, die Großen – bevor der erste Mensch auf dieser Welt gewandelt ist. Vor den Imass, sogar noch vor den K'Chain

Che'Malle. Fiedler, Eres war hier. Gerade eben. Sie selbst. Bei *ihm.*«

Der Sappeur blickte wieder auf die Puppe von Schattenthron hinunter. Nun vierbeinig, erstarrt im ungestümen Voranstürmen – und der Schatten, den sie warf, passte nicht zu ihr, passte überhaupt nicht zu ihr. Denn der Kopf war breit, die mächtige Schnauze ragte nach vorn, das Maul war geöffnet, aber die Kiefer hielten etwas fest. Und was auch immer das für ein Ding war, es krümmte und wand sich wie eine gefangene Schlange.

Was im Namen des Vermummten? Oh. Oh, warte mal …

Oben auf einem großen Felsblock, der abgeschert war und dadurch eine abschüssige Oberfläche hatte, lag Apsalar flach auf dem Bauch und beobachtete die Geschehnisse auf der Lichtung, die ein bisschen mehr als zwanzig Schritt von ihr entfernt war. Das waren beunruhigende Gespräche gewesen, vor allem der letzte Teil – über die Eres. *Noch eine ehrwürdige Alte mehr, die man lieber in Ruhe lassen sollte.* Diesen Soldaten namens Buddl musste man im Auge behalten.

Torahaval Delat … einer der Namen auf der Liste von Mebra, dem Spion in Ehrlitan. Die Schwester des Schnellen Ben. Nun, das war in der Tat bedauerlich, denn es hatte den Anschein, als wollten sowohl Cotillion wie auch Schattenthron, dass die Frau starb, und normalerweise bekamen sie, was sie wollten. *Dank meiner Bemühungen … und denen von anderen wie mir. Die Götter geben uns Sterblichen Messer in die Hand und brauchen dann nichts mehr weiter zu tun.*

Sie musterte den Schnellen Ben, versuchte, seine zunehmende Unruhe einzuschätzen, und hatte allmählich den Verdacht, dass der Magier um die verzweifelte Situation wusste, in der seine Schwester sich nun befand. Dass er es wusste und dass der närrische Mann beschlossen hatte – Dank der Dicke des Blutes, die Verwandte aneinanderband, ganz egal, wie sehr sie sich auch entfremdet haben mochten – etwas dagegen zu tun.

Apsalar wartete nicht mehr länger, sondern ließ sich den flachen Felsen hinuntergleiten, landete leichtfüßig in einem Haufen herangewehten Sands, voll im Schatten und absolut außer Sichtweite von irgendjemandem. Sie rückte ihre Kleider zurecht, betrachtete prüfend den ebenen Grund um sie herum, zog dann aus den Falten ihrer Kleidung zwei Dolche, nahm jeweils einen in jede Hand.

Im Tod war Musik. Schauspieler und Musiker wussten, dass dem so war. Und in diesem Augenblick wusste es auch Apsalar.

Zu einem Chor aus Kummer und Leid, den niemand sonst hören konnte, begann die Frau in Schwarz mit dem Schattentanz.

Telorast und Rinnsel, die sich in einer Felsspalte unweit des flachen Felsens versteckt hatten, schoben sich jetzt vorwärts.

»Sie ist in ihre eigene Welt gegangen«, sagte Rinnsel. Aber sie sagte es flüsternd, während ihr Kopf sich auf und ab bewegte und sie nervös mit dem Schwanz zuckte. Vor ihnen tanzte Nicht-Apsalar, so von Schatten erfüllt, dass sie kaum zu sehen war. Zumindest in dieser Welt.

»Leg dich mit der da bloß nicht an, Rinnsel«, zischte Telorast. »Niemals!«

»Hatte ich auch nicht vor. Nicht so wie du.«

»Ich doch nicht. Außerdem … das Verderben ist über uns gekommen – was machen wir jetzt?«

»Weiß nicht.«

»Ich sage, wir sorgen für Ärger, Rinnsel.«

Kleine Kiefer schlossen sich klickend. »Das gefällt mir.«

Der Schnelle Ben stand plötzlich auf. »Ich habe keine Wahl«, sagte er.

Kalam fluchte. »Ich hasse es, wenn du das sagst, Ben«, fügte er dann hinzu.

Der Magier zog eine weitere Puppe aus seinem Bündel, an der lange Fäden hingen. Er stellte sie eine Unterarmlänge von den anderen entfernt auf den Sand, sah dann Kalam an und nickte ihm zu.

Mit finsterem Gesicht zog der Assassine eines seiner Langmesser aus der Scheide und stieß es in den Sand.

»Nicht die Otataral-Klinge, du Idiot.«

»Tut mir leid.« Kalam nahm die Waffe und steckte sie wieder in die Scheide, zog dann das andere Messer. Rammte es in den Sand.

Der Schnelle Ben kniete sich hin, sammelte sorgfältig die Fäden und führte sie über den Griff des Langmessers, wo er Knoten machte und so die Puppe mit der Waffe verband. »Wenn die hier sich spannen –«

»Packe ich das Messer und ziehe dich hierher zurück. Ich weiß Bescheid. Es ist schließlich nicht das erste Mal, erinnerst du dich?«

»Stimmt. Tut mir leid.«

Der Magier ließ sich wieder in den Schneidersitz sinken.

»Langsam«, sagte Fiedler brummig. »Was geht hier vor? Du hast doch nicht etwa irgendeine Dummheit vor, oder? Doch, du hast. Verdammt sollst du sein, Ben –«

»Sei still«, sagte der Magier und schloss die Augen. »Ich und Schattenthron«, flüsterte er, »wir sind alte Freunde.« Er lächelte.

Auf der Lichtung starrte Kalam die Puppe an, die nun die einzige Verbindung zwischen dem Schnellen Ben und seiner Seele war. »Er ist weg, Fied. Sag nichts. Ich muss mich konzentrieren. Diese Stränge können jederzeit straff werden, langsam, so langsam, dass man es noch nicht einmal sehen kann, aber plötzlich …«

»Er hätte warten sollen«, sagte Fiedler. »Ich war noch nicht fertig mit dem, was ich sagen wollte, und er geht einfach. Kalam, ich habe ein schlechtes Gefühl. Sag mir, dass Ben und Schattenthron tatsächlich alte Freunde sind. Kalam? Sag mir, dass Ben nicht sarkastisch war.«

Der Assassine warf dem Sappeur einen raschen Blick zu, leckte sich die Lippen, und machte sich dann wieder daran, die Fäden anzustarren. Hatten sie sich bewegt? Nein – zumindest nicht sehr. »Er war nicht sarkastisch, Fied.«

»Gut.«

»Nein, eher sardonisch, würde ich sagen.«

»Nicht gut. Hör zu, kannst du ihn jetzt gleich zurückholen? Ich glaube, du solltest –«

»Sei still, verdammt! Ich muss aufpassen. Ich muss mich konzentrieren.« *Fied hat ein schlechtes Gefühl. Scheiße.*

Paran und Noto Beul ritten bis zur Stadtmauer und machten in ihrem Schatten halt. Der Hauptmanm stieg ab und trat dicht an die mitgenommene Mauer heran. Dann ritzte er mit seinem Dolch eine breite, geschwungene Linie in die Oberfläche; er begann zu seiner Linken, unten am Fuß der Mauer, fuhr hoch, zur Seite – wobei er zwei Schritte machte – und dann wieder ganz nach unten. Anschließend kratzte er ein Muster ins Zentrum, dann trat er zurück, schob das Messer in die Scheide.

Er schwang sich wieder aufs Pferd und griff nach den Zügeln. »Folge mir«, sagte er zu seinem Begleiter.

Und ritt vorwärts. Sein Pferd warf den Kopf zurück und stampfte einmal kurz mit den Vorderbeinen auf, bevor es erst in und dann durch die Mauer stürmte. Augenblicke später tauchten sie auf einer von Abfällen und anderen Dingen übersäten Straße wieder auf. Die Fassaden leerer, lebloser Gebäude mit eingeschlagenen Fenstern starrten auf sie herab. Ein Ort der Verwüstung, ein Ort, an dem die Zivilisation zusammengebrochen war und schließlich ihre erschreckend schwachen Grundlagen enthüllt hatte. Abgenagte Knochen lagen da und dort verstreut herum. Eine vollgefressene Ratte taumelte im Rinnstein der Stadtmauer entlang.

Nach einem langen Augenblick tauchte der Heiler auf, der sein Pferd am Zügel führte. »Mein Pferd ist nicht annähernd so dumm wie Eures, Hauptmann«, sagte er. »Leider.«

»Es ist nur nicht so erfahren«, sagte Paran, während er sich umblickte. »Steig wieder auf. Wir mögen für den Augenblick zwar allein sein, aber das wird nicht lange so bleiben.«

»Bei den Göttern hienieden«, zischte Noto Beul, der wieder auf sein Pferd kletterte. »Was ist hier geschehen?«

»Du hast die erste Gruppe nicht begleitet?«

Sie ritten langsam auf die zum Tor führende Straße hinaus, wandten sich dann in Richtung des Zentrums von G'danisban.

»Bei Dujeks Vorstoß? Nein, natürlich nicht. Und wie sehr ich mir wünsche, die Hohefaust würde immer noch den Befehl haben.«

Ich auch. »Der Große Tempel ist in der Nähe des zentralen Platzes – wo ist Soliels Tempel?«

»Soliel? Hauptmann Gütig, ich kann diesen Ort nicht betreten – nie wieder.«

»Wie ist es gekommen, dass du dich losgesagt hast, Beul?«

»*Noto* Beul, Hauptmann. Wir hatten eine … Meinungsverschiedenheit … politischer Natur. Es mag ja sein, dass der schändliche, inzestuöse, nepotistische Sumpf eines Priesterlebens der Mehrzahl seiner Anhänger gut gefällt. Unglücklicherweise habe ich zu spät entdeckt, dass ich mich an so ein Dasein nicht anpassen konnte. Ihr müsst verstehen, dass die eigentliche Verehrung das unbedeutendste aller dringlichen Tagesgeschäfte war. Ich habe den Fehler gemacht, Einsprüche gegen diese unnatürliche, ach was, unheilige Umkehrung zu erheben.«

»Das ist sehr edel von dir«, bemerkte Paran. »Merkwürdigerweise habe ich eine völlig andere Geschichte über deinen Abgang als Priester gehört. Genauer gesagt, du hast einen Machtkampf im Tempel von Kartool verloren. Es ging irgendwie um die Entscheidung über den Schatz.«

»Solche Ereignisse bieten sich natürlich für Deutungen geradezu an. Sagt mir, Hauptmann, da Ihr durch Wände gehen könnt, die dicker sind als ein Mann groß ist, verfügt Ihr auch über magische Empfindungen? Könnt Ihr den widerlichen Hunger in der Luft spüren? Er ist voller Hass. Er will uns, unser Fleisch, in dem er Wurzeln schlagen kann, um uns jegliche Essenz von Gesundheit auszusaugen. Dies ist Poliels Atem, und schon jetzt erhebt er Anspruch auf uns.«

»Wir sind nicht allein, Feldscher.«

»Nein. Ich wäre überrascht, wenn wir es wären. Sie wird ihre Anhänger schonen, ihre *Überträger*. Sie wird –«

»Still«, sagte Paran und zügelte sein Pferd. »Ich meinte, wir sind *in diesem Augenblick* nicht allein.«

Noto Beul musterte die unmittelbare Umgebung; seine Blicke huschten hierhin und dahin. »Da«, flüsterte er und deutete auf die Mündung einer Gasse.

Sie schauten zu, wie eine junge Frau aus dem Schatten der Gasse trat. Sie war nackt, erschreckend dünn, ihre Augen dunkel, groß und leuchtend. Ihre Lippen waren aufgesprungen und rissig, ihre Haare wild und dreckverkrustet. Ein Balg, das auf den Straßen überlebt hatte; eine, die sammelte, was weggeworfen wurde, aber dennoch …

»Keine Überträgerin«, murmelte Paran vor sich hin. »Ich erkenne an ihr … reinste Gesundheit.«

Noto Beul nickte. »Stimmt. Trotz ihrer scheinbaren Verfassung. Hauptmann Gütig, dieses Mädchen … sie ist von Soliel auserwählt worden.«

»Ich nehme an, das ist etwas, das du noch nicht einmal für möglich gehalten hast, damals, als du noch ein Priester warst.«

Der Feldscher schüttelte einfach nur den Kopf.

Das Mädchen kam näher. »Malazaner«, sagte sie mit krächzender Stimme, die klang, als wäre sie lange nicht benutzt worden. »Einst. Vor Jahren – vor einem Jahr? Einst waren hier andere Malazaner. Einer von ihnen hat so getan, als wäre er ein Gral, aber ich habe seine Rüstung unter dem Gewand gesehen, ich habe das Wappen der Brückenverbrenner gesehen, von meinem Platz unter einem Wagen aus, wo ich mich versteckt hatte. Ich war jung, aber nicht zu jung. Sie haben mich gerettet, diese Malazaner. Sie haben die Jäger abgelenkt. Sie haben mich gerettet.«

Paran räusperte sich. »Und daher hat Soliel nun dich auserwählt … uns zu helfen.«

»Denn sie hat immer diejenigen gesegnet, die Güte vergelten«, sagte Noto Beul. Die Stimme des Feldschers zitterte vor Staunen. »Soliel«, flüsterte er, »vergib mir.«

»Da sind Jäger«, sagte das Mädchen. »Sie kommen. Sie wissen, dass ihr hier seid. Fremde, Feinde der Göttin. Ihr Anführer ist voller Hass, er hasst alles. Knochennarbig, mit zerschlagenem Gesicht nährt er sich von den Schmerzen, die er anderen zufügt. Kommt mit –«

»Danke«, unterbrach Paran sie, »aber nein. Du sollst wissen, dass wir dir für deine Warnung danken, aber ich habe vor, diese Jäger zu treffen. Ich habe vor, mich von ihnen zur Grauen Göttin führen zu lassen.«

»Matschgesicht wird das nicht erlauben. Er wird dich töten, dich und dein Pferd. Dein Pferd zuerst, denn er hasst solche Kreaturen.«

Noto Beul zischte. »Bitte, Hauptmann – dies ist ein Angebot von *Soliel* –«

»Das Angebot, das ich von Soliel erwarte«, sagte Paran, und sein Tonfall wurde härter, »wird später kommen. Eine Göttin nach der anderen.« Er machte sein Pferd bereit, zögerte dann und blickte den Feldscher an. »Dann geh mit ihr. Wir treffen uns am Eingang zum Großen Tempel.«

»Hauptmann, was erwartet Ihr von mir?«

»Ich? Nichts. Was ich erwarte, ist, dass Soliel Gebrauch von dir macht, aber nicht so, wie sie es mit diesem Kind hier getan hat. Ich erwarte eine ganze Menge mehr als das.« Paran setzte sein Pferd in Bewegung. »Und«, fügte er untermalt von Hufgetrappel hinzu, »ein Nein werde ich als Antwort nicht gelten lassen.«

Noto Beul schaute dem Verrückten hinterher, als er davonritt, die Hauptstraße entlang, dann zog der Heiler sein Pferd herum, bis er das Mädchen wieder ansehen konnte. Er nahm die Gräte aus dem Mund und klemmte sie hinter ein Ohr. Räusperte sich. »Göttin … Kind. Ich hege nicht den Wunsch zu sterben, aber ich muss darauf hinweisen, dass dieser Mann da nicht für mich spricht. Solltest du ihn für seine Respektlosigkeit erschlagen, werde ich darin ganz gewiss nichts Ungerechtes oder Unverdientes sehen. Tatsächlich –«

»Sei still, Sterblicher«, sagte das Mädchen mit einer viel älteren Stimme. »In diesem Mann da steht die ganze Welt auf Messers Schneide, und ich werde nicht für immer als diejenige bekannt sein, die dafür verantwortlich war, dass dieser Zustand sich geändert hat. Auf welche Weise auch immer. Und jetzt mach dich bereit zu reiten – ich werde dich führen, aber ich werde kein einziges Mal auf dich warten, wenn du dich verirrst.«

»Ich dachte, Ihr hättet angeboten, mich zu führen –«

»Das ist jetzt nicht mehr so wichtig«, sagte sie grinsend. »Man könnte auch sagen, es hat eine höchst unheilige Umstellung gegeben. Nein, was ich jetzt will, ist zusehen. Hast du verstanden? *Ich will zusehen*!« Und mit diesen Worten wirbelte sie herum und rannte davon.

Fluchend drückte der Feldscher seinem Reittier die Fersen in die Flanken und preschte hinter dem Mädchen her.

Paran ritt in einem leichten Galopp die Hauptstraße entlang, die keineswegs wie G'danisbans Lebensader, sondern viel eher wie der Prozessionsweg in eine Totenstadt wirkte, bis er ein Stück voraus einen Mob sah, vor dem ein einzelner Mann stand – in den Händen die Sense eines Bauern, von der ein blutverkrusteter Pferdeschweif baumelte. Die bunte Armee – alles in allem etwa dreißig bis vierzig Leute – sah aus wie in der Grabstätte eines Armen rekrutiert. Von offenen Wunden und Schwielen bedeckt, mit verdrehten Gliedern, schlaffen Gesichtern und Augen, in denen der Wahnsinn glänzte. Manche trugen Schwerter, andere Schlachterbeile und -messer oder Speere, Schäferstäbe oder dicke Äste. Die meisten schienen sich kaum auf den Beinen halten zu können.

Bei ihrem Anführer – dem Mann, den das Mädchen Matschgesicht genannt hatte – war das allerdings nicht der Fall. Das Gesicht des Mannes war in der Tat ziemlich missgestaltet, am rechten Unterkiefer waren Fleisch und Knochen nach innen gedrückt, und diese Delle verlief diagonal über sein Gesicht bis zum rechten Wangenknochen. Er war, wie dem Hauptmann klar wurde, von einem Pferd gebissen worden.

... dein Pferd zuerst. Denn er hasst solche Kreaturen ...

Die Augen in dem zerstörten Gesicht, die irgendwie schlecht ausgerichtet in den Augenhöhlen lagen, leuchteten hell, als ihr Blick auf

Paran fiel. Etwas, das wohl ein Lächeln darstellen sollte, erschien auf den Lippen des Mannes – ein denkwürdiger Anblick, da sein Mund eher an eine eingestürzte Höhle als an alles andere erinnerte.

»Ist ihr Atem nicht süß genug für dich? Du bist stark, dass du ihr so widerstehen kannst. Als Erstes will sie wissen, wer du bist. Bevor«, sein Lächeln wurde breiter, »wir dich töten.«

»Die Graue Göttin weiß nicht, wer ich bin«, sagte Paran. »Und natürlich gibt es dafür einen Grund: Ich habe mich von ihr abgewandt. Mich kann sie zu nichts zwingen.«

Matschgesicht zuckte zusammen. »In deinen Augen … da ist ein Tier. Offenbare dich, Malazaner. Du bist nicht wie die anderen.«

»Teile ihr mit«, sagte Paran, »dass ich gekommen bin, um ein Angebot zu machen.«

Der Kopf neigte sich zur Seite. »Du willst die Graue Göttin beschwichtigen?«

»So könnte man es nennen. Aber ich sollte dir sagen, dass wir nicht viel Zeit haben.«

»Nicht viel Zeit? Warum?«

»Bring mich zu ihr, und ich werde es erklären. Aber schnell.«

»Sie fürchtet dich nicht.«

»Gut.«

Der Mann musterte Paran noch ein paar Herzschläge lang und winkte dann mit seiner Sense. »Dann folge mir.«

Es hatte viele Altäre gegeben, vor denen sie im Laufe der Jahre gekniet hatte, und aufgrund all dieser Erfahrungen hatte Torahaval Delat etwas entdeckt, das sie nun für wahr hielt. Alles, was angebetet wird, ist nichts weiter als eine Spiegelung des oder der Anbetenden. Ein einzelner Gott, ganz egal, wie gütig er auch sein mag, wird zu einer Vielzahl von Masken entstellt, die alle von den heimlichen Wünschen, Begierden, Ängsten und Freuden des einzelnen Sterblichen geformt werden, der nichts weiter als ein Spiel unterwürfiger Zustimmung spielt.

Die Gläubigen stürzten sich in den Glauben. Ertränkten sich förmlich darin.

Und es gab noch eine andere Wahrheit, eine, die oberflächlich betrachtet der ersten zu widersprechen schien. Je freundlicher und gütiger ein Gott ist, desto härter und grausamer sind seine Anhänger, denn sie halten an ihrer Überzeugung mit einer strammen Gewissheit fest, die in ihrem Übermaß schon fiebrig ist, und können daher Andersdenkende nicht ertragen. Sie töten, sie foltern im Namen dieses Gottes. Und sehen darin keinen Widerspruch, ganz egal, wie blutbefleckt ihre Hände auch sein mögen.

Torahavals Hände waren blutbefleckt, mittlerweile im übertragenen Sinn, aber einst in einem höchst wörtlichen. Dazu getrieben, eine große Leere in ihrer Seele zu füllen, hatte sie sich hineingestürzt, sich ertränkt; sie hatte nach einer von außen kommenden Hand der Erlösung gesucht – hatte nach etwas gesucht, das sie in ihrem Innern nicht finden konnte. Und, ob gütig und prall vor Liebe oder brutal und schmerzhaft, die Berührung eines jeden Gottes hatte sich für sie gleich angefühlt – war durch die dumpfe Besessenheit, die ihr Verlangen darstellte, kaum spürbar gewesen.

Sie war auf den gegenwärtigen Pfad genauso gestolpert, wie sie auf so viele andere gestolpert war, aber dieses Mal schien es, als gäbe es keinen Weg zurück. Jede Alternative, jede andere Möglichkeit war vor ihren Augen verschwunden. Die ersten Fäden des Netzes waren vor mehr als vierzehn Monaten gewoben worden, in Karashimesh, ihrer erwählten Heimatstadt am Ufer des Binnenmeeres namens Karas-See – ein Netz, dem sie seither – in einer Art lüsterner Vorsätzlichkeit – erlaubt hatte, sich enger und enger um sie zusammenzuziehen.

Die süße Verlockung der Grauen Göttin, die im Geiste jetzt die vergiftete Geliebte des Angeketteten war – die Verführung der Fehlerhaften hatte sich als so schrecklich verlockend erwiesen. Und tödlich. *Für uns beide.* Dies war, wie ihr klar wurde, während sie hinter Bridthok den Gang des Ruhms entlangtrottete, der zum Querschiff führte, nicht mehr als das Spreizen der Beine angesichts einer unausweichlichen, halbwegs herausgeforderten Vergewaltigung. Das Bedauern würde – wenn überhaupt – später kommen.

Nun, das war dann vielleicht ein höchst passendes Ende.

Für diese dumme Frau, die niemals gelernt hat, wie man lebt.

Die Macht der Grauen Göttin wirbelte in dicken Schwaden durch die eingeschlagene Tür, so giftig, als könnte sie Stein zum Verfaulen bringen.

Auf der Schwelle wurden Bridthok und Torahaval von den übrig gebliebenen Akolythen dieses verzweifelten Glaubens erwartet. Septhune Anabhin von Omari; und Sradal Purthu, der vor einem Jahr – und nach dem gescheiterten Versuch, die malazanische Hündin namens Brunspatz zu töten – aus Y'Ghatan geflohen war. Beide wirkten nun irgendwie geschrumpft, irgendeine Essenz ihrer Seele war ausgelaufen, hatte sich in dem Miasma wie Salz im Wasser aufgelöst. Und als sie sich nun umdrehten und beobachteten, wie Bridthol und Torahaval herankamen, wirkten ihre Blicke gequält und entsetzt.

»Sribin ist tot«, flüsterte Septhune. »Sie wird jemand anderen erwählen.«

Und das tat sie.

Eine unsichtbare, große, mit Klauen versehene Hand – mit mehr Fingern, als ein geistig gesundes Wesen sich ausdenken konnte – schloss sich um Torahavals Brust. Speere aus Schmerz bohrten sich tief in sie hinein. Ein ersticktes Keuchen drang aus ihrer Kehle, und dann stolperte sie vorwärts, schob sich zwischen den anderen hindurch, die alle zurückwichen, und in deren Augen sich Erleichterung und Mitleid spiegelten – wobei die Erleichterung das Mitleid bei weitem überwog. Hass auf sie zuckte durch Torahaval hindurch, noch während sie in das Altarzimmer taumelte; mit vom beißenden Nebel der Pestilenz brennenden Augen hob sie den Kopf und sah Poliel an.

Und sah den Hunger, der das Verlangen war.

Die Schmerzen breiteten sich aus, erfüllten ihren Körper – und ließen wieder nach, als die klauenbewehrte Hand zurückgezogen wurde, die verkrusteten Krallen sich lösten.

Torahaval fiel auf die Knie und rutschte hilflos in ihrem eigenen Schweiß aus, der auf dem Mosaikfußboden unter ihr eine Pfütze bildete.

Sieh dich vor, um was du bittest! Sieh dich vor, was du begehrst.

Hufgetrappel, das vom Gang des Ruhms kam und lauter wurde.

Ein Reiter kommt. Ein Reiter? Was – wer wagt so etwas – bei den Göttern hienieden, ich danke dir, wer immer du auch sein magst. Ich danke dir. Sie klammerte sich noch immer an die Kante. Noch ein paar Atemzüge, nur noch ein paar Atemzüge länger …

Höhnisch grinsend schob sich Matschgesicht zwischen den Priestern hindurch, die auf der Schwelle kauerten. Paran musterte die drei verwelkten, zitternden Gestalten und runzelte die Stirn, als sie sich alle niederknieten und die Köpfe senkten, sobald sie seinen Blick spürten.

»Was haben sie denn?«, fragte er.

Matschgesichts abgehacktes Lachen erfüllte die körnige Luft. »Gut gesagt, Fremder. Du hast kaltes Eisen im Rückgrat, das gestehe ich dir zu.«

Idiot. Ich wollte nicht witzig sein.

»Steig von dem verdammten Pferd«, sagte Matschgesicht und versperrte den Durchgang. Er leckte sich die missgestalteten Lippen, und seine Hände packten den Stiel der Sense fester.

»Niemals«, sagte Paran. »Ich weiß, wie du dich um Pferde kümmerst.«

»Du kannst nicht in den Altarraum *reiten*!«

»Gib den Weg frei«, sagte Paran. »Dieses Tier hält sich nicht damit auf zu beißen – es schlägt lieber aus und trampelt nieder. Um es genauer zu sagen, ihm gefällt das Geräusch von brechenden Knochen.«

Als das Pferd mit geblähten Nüstern näher an den Durchgang herantrat, zuckte Matschgesicht zusammen und wich zurück. Dann bleckte er seine krummen Zähne und zischte: »Kannst du ihren Zorn nicht spüren? *Ihre Empörung?* Oh, du dummer, dummer Mann!«

»Kann sie meine spüren?«

Paran duckte sich, als sein Pferd die Schwelle überquerte. Einen Augenblick später richtete er sich wieder auf. Links von ihm wand sich eine Frau auf dem gefliesten Fußboden; ihre dunkle Haut war schweißnass, und ihre langen Beine zitterten, während die verpestete Luft träge wie die Liebkosung eines Liebhabers um sie herumglitt und sie streichelte.

Hinter der Frau führten drei breite, flache Stufen, die mit den Überresten des Altarsteins übersät waren, zu einem Podest. Mitten auf diesem Podest – da, wo einst der Altarstein gestanden hatte – stand ein Thron aus verdrehten, missgestalteten Knochen. Und auf diesem Thron hockte eine Gestalt, die eine solche Macht verströmte, dass ihre Umrisse kaum zu erkennen waren. Lange Glieder, aus denen Gift eiterte, eine entblößte Brust, die durch ihren Mangel an Form und ihre eingesunkene Zerbrechlichkeit zwitterartig wirkte; die ausgestreckten Beine schienen zu viele Gelenke zu besitzen, und die Füße hatten drei mit großen Krallen versehene Zehen, vogelartig, aber so groß wie die eines Enkar'al. Poliels Augen waren kaum mehr als schwache Funken, verschwommen und feucht im Zentrum schwarzer Höhlungen. Ihr Mund war breit, und die rissigen, feuchten Lippen kräuselten sich nun zu einem Lächeln.

»Wechselgänger«, sagte sie mit dünner Stimme, »fürchten sich nicht vor mir. Einen Augenblick lang hatte ich gedacht … aber nein, du bist bedeutungslos für mich.«

»Göttin«, sagte Paran, der sich auf seinem Pferd nach hinten lehnte, »ich werde mich auch weiterhin abwenden. Ich bin derjenige, der die Wahl trifft, nicht du, und deshalb wirst du nur sehen, was ich dich sehen lassen will.«

»Wer bist du? Was bist du?«

»Unter normalen Umständen bin ich nichts weiter als ein Schiedsrichter, Poliel. Ich bin gekommen, um dir etwas anzubieten.«

»Dann verstehst du also die Wahrheit hinter dem Schleier«, sagte die Graue Göttin. »*Ihr* Pfad war das Blut. Und daher haben wir beschlossen, es zu vergiften.«

Paran runzelte die Stirn, dann zuckte er die Schultern und griff in die Falten seines Hemds. »Hier ist mein Geschenk«, sagte er. Zögerte kurz. »Ich bedaure, dass diese Umstände … nicht normal sind, Poliel.«

»Ich verstehe nicht ganz …«, sagte die Graue Göttin.

»Fang!«

Ein kleiner, glänzender Gegenstand flog blitzend aus seiner Hand.

Sie hob abwehrend die ihre.

Ein flüsterndes, merkwürdig dünnes Geräusch kündete von dem Aufprall. Bei dem ihre Hand durchbohrt wurde. Von einem Metallsplitter … aus Otataral.

Die Göttin krümmte sich, ein schrecklicher, tierischer Schrei barst aus ihrer Kehle und zerriss die Luft. Chaotische Macht, die in Fetzen zerbrach und davonwirbelte, Wogen aus grauem Feuer, die wie entfesselte Kreaturen aus Wut angriffen und Spuren aus berstenden Mosaikfliesen hinter sich zurückließen.

Von seinem wütenden, nervösen Pferd aus betrachtete Paran die Feuersbrunst aus Agonie und fragte sich plötzlich, ob er vielleicht einen Fehler gemacht hatte.

Er blickte auf die Frau hinunter, die zusammengerollt auf dem Fußboden lag. Dann auf ihren bruchstückhaften Schatten, der von … nichts zerfetzt wurde. *Nun, das habe ich gewusst. Die Zeit ist beinahe um.*

Ein anderer Thron, aber der hier so schwach erkennbar, als wäre er nicht mehr als ein Hauch von zersplitterten Schatten, die auf Platten von schmutzigem Eis skizziert waren – er wirkte merkwürdig verändert, dachte der Schnelle Ben, seit dem letzten Mal, da er ihn gesehen hatte.

Genauso wie der dünne, geisterhafte Gott, der sich auf dem Thron zurücklehnte. Oh, die Kapuze war die gleiche, verbarg wie immer das Gesicht, und die knorrige schwarze Hand ruhte nach wie vor auf der knotigen Spitze des gebogenen Spazierstocks – die Pose eines Aasfressers, eines einbeinigen Geiers –, während von der Erscheinung, die Schattenthron war, etwas ausströmte, das ein übermäßig süßer Duft nach verbrannten Kräutern sein konnte, der die Sinne des Magiers streifte ... eine widerliche, rasend machende ... Blasiertheit. Nichts Ungewöhnliches, das alles. Aber dennoch, da war ... etwas ...

»Delat«, murmelte der Gott, als würde er jeden einzelnen Buchstaben des Namens voller süßer Befriedigung auf der Zunge zergehen lassen.

»Wir sind keine Feinde«, sagte der Schnelle Ben, »nicht mehr, Schattenthron. Du kannst dieser Tatsache gegenüber nicht die Augen verschließen.«

»Oh, aber du willst, dass ich die Augen verschließe, Delat! Ja, ja, ja, das tust du. Die Augen verschließen gegenüber der Vergangenheit – gegenüber jedem Verrat, jeder Lüge, jeder boshaften Beleidigung, die du mir wie üble Spucke vor die Füße geworfen hast.«

»Die Umstände ändern sich.«

»Das tun sie in der Tat.«

Der Magier konnte spüren, wie er unter seinem Gewand zu schwitzen begann. Etwas hier war ... was?

Sehr falsch.

»Weißt du, warum ich hier bin?«, fragte der Schnelle Ben.

»Sie hat kein Mitleid verdient, Magier. Noch nicht einmal von dir.«

»Ich bin ihr Bruder.«

»Es gibt Rituale, um solche Verbindungen zu durchtrennen«, sagte Schattenthron, »und deine Schwester hat sie alle ausgeführt.«

»Hat sie das? Nein, sie hat sie alle *ausprobiert*. Es gibt Fäden, die solche Rituale nicht berühren können. Dafür habe ich gesorgt. Sonst wäre ich nicht hier.«

Ein Schnauben. »Fäden. Solche wie die, die zu spinnen dir größtes Vergnügen bereitet, Adaephon Delat? Natürlich. Schließlich ist das Weben unmöglicher Stränge dein größtes Talent.« Der Kopf unter der Kapuze schien sich von einer Seite zur anderen zu bewegen, als Schattenthron sang: »Netze und Schlingen und Fallen, Leinen und Haken und Köder, Netze und Schlingen und –« Er beugte sich vor. »Sag mir, warum sollte deine Schwester verschont werden? Und wie – ja, wirklich wie – kommst du auf die Idee, dass ich die Macht habe, sie zu retten? Sie ist nicht mein, oder? Sie ist nicht hier in der Schattenfeste, oder?« Er neigte den Kopf. »Meine Güte. In genau diesem Augenblick tut sie ihre letzten Atemzüge ... als sterbliche Geliebte der Grauen Göttin. Was – ich bitte dich, sag es mir – erwartest du, das *ich* tun soll?«

Der Schnelle Ben starrte ihn an. Die Graue Göttin? Poliel? *Oh, Toharaval ...* »Warte«, sagte er, »Buddl hat bestätigt – und es war mehr als Instinkt – dass du deine Hand im Spiel hast. Genau jetzt, wo auch immer sie sind, *es hat etwas mit dir zu tun!*«

Ein krampfartiges Gackern von Schattenthron, das ausreichte, die dünnen, substanzlosen Glieder des Gottes kurze Zeit in Zuckungen zu versetzen. »Du schuldest mir etwas, Adaephon Delat! Erkenne das an, und ich werde dich zu ihr schicken! Jetzt sofort! Akzeptiere die Schuld!«

Verdammt. Erst Kalam und jetzt ich. Schattenthron, du elender Dreckskerl – »Also gut! Ich schulde dir etwas! Ich akzeptiere die Schuld!«

Der Schattengott machte eine träge Geste mit einer Hand.

Und der Schnelle Ben verschwand.

Wieder allein, lehnte Schattenthron sich in seinen Thron zurück. »So sehr unter Druck«, flüsterte er. »So ... unbedacht, unachtsam, was diesen riesigen, widerhallenden, größtenteils leeren Saal angeht. Armer Mann. Armer, armer Mann. Oh, was habe ich da auf einmal in der Hand?« Er schaute hin und sah eine Sense mit kurzem Stiel, die er umklammerte und hochhielt. Der Gott schaute genauer, blickte sich in der düsteren Luft um und sagte dann: »Na, jetzt schaut euch nur die da an! Fäden! Die sind schlimmer als Spinnweben! Kommen überall hin – und weisen überdeutlich auf eine nachlässige ... Haushaltsführung hin. Nein, sie werden nicht ausreichen, sie werden ganz und gar nicht ausreichen.« Er schwang die Klinge der Sense durch die zauberischen Ranken, sah zu, wie sie ins Nichts davonwirbelten. »Na bitte«, sagte er lächelnd, »jetzt fühle ich mich schon viel sauberer.«

Wachgerüttelt von Händen, die in Handschuhen steckten und ihn an der Kehle packten, schlug er um sich, wurde dann auf die Knie gezogen. Kalams Gesicht war dicht vor seinem eigenen, und in diesem Gesicht sah Buddl blankes Entsetzen.

»Die Fäden!«, zischte der Assassine.

Buddl stieß die Hände des Mannes weg, betrachtete das sandige Tableau und grunzte. »Sauber durchtrennt, würde ich sagen.«

»Geh und hol ihn, Buddl!«, sagte Fiedler, der unweit von ihnen stand. »Such ihn – und bring ihn zurück!«

Der junge Soldat starrte die beiden Männer an. »Was? Wie stellt ihr euch das vor – was soll ich tun? Er hätte niemals gehen dürfen!« Buddl kroch zu dem Magier, starrte in sein leeres Gesicht. »Er ist weg«, bestätigte er. »Direkt in Schattenthrons Höhle – was hat er sich dabei gedacht?«

»Buddl!«

»Oh«, fügte der Soldat hinzu, als ihm etwas anderes auffiel, »seht euch das an – ich frage mich, was sie wohl vorhat?«

Kalam stieß Buddl beiseite, ließ sich auf Hände und Knie sinken und starrte düster auf die Puppen hinunter. Dann schoss er wieder hoch. »*Apsalar!* Wo ist sie?«

Fiedler stöhnte. »Oh nein, nicht schon wieder.«

Der Assassine hatte seine beiden Langmesser in den Händen. »Hol sie der Vermummte – wo ist die Hündin?«

Buddl, der nachdenklich dastand, zuckte nur die Schultern, als die beiden Männer sich aufs Geratewohl für irgendwelche Richtungen entschieden und davonstürmten. *Idioten. Aber das ist nunmal das, was sie davon haben, stimmt's? Dafür, dass sie niemandem etwas erzählen! Über irgendwas!* Er schaute noch einmal auf die Puppen hinunter. *Meine Güte, das wird ja noch richtig interessant, was …?*

»Der Idiot ist losgezogen und hat sich umgebracht«, sagte Hauptmann Liebkriek. »Und er hat unseren besten Heiler mitgenommen – geradewegs durch das verdammte Tor des Vermummten!«

Hurlochel stand ihr mit verschränkten Armen gegenüber. »Ich glaube nicht –«

»Hör zu«, bellte Liebkriek ihn an, und Korporal Futhgar an ihrer Seite nickte nachdrücklich, als sie fortfuhr: »Ich habe jetzt den Oberbefehl, und es wird sich nicht ein einziges verdammtes Ding in dieser ganzen verdammten Welt ändern –«

Sie brachte diesen Satz nie zu Ende, denn von der Nordseite des Lagers war ein Schrei zu hören, dann barst die Luft unter donnerndem Geheul – so nah, so laut, dass Hurlochel das Gefühl hatte, sein Schädel würde platzen. Er duckte sich und wirbelte herum – und sah einen Soldaten sich überschlagend über zehn Zeltdächer fliegen, dessen Waffe neben ihm her trudelte – und dann das plötzliche Schnappen von Halteseilen, während die Erde unter seinen Füßen erzitterte –

Und eine monströse, schwarze, verschwommene Gestalt erschien, raste blitzschnell über die Erde – genau auf sie zu.

Eine Woge aus verdrängter Luft traf die drei wie ein Rammbock, einen Herzschlag bevor die Kreatur sie erreichte. Hurlochel, dem es jegliche Luft aus der Lunge getrieben hatte, flog durch die Gegend, landete hart auf einer Schulter, rollte sich ab – erhaschte einen flüchtigen Blick auf Hauptmann Liebkriek, die zur Seite geschleudert wurde, schlaff wie eine Lumpenpuppe, während Futhgar im Dreck zu verschwinden schien, als die mitternachtsschwarze Kreatur den unglücklichen Mann einfach umrannte –

Die Augen des Hundes –

Andere Tiere, die durch das Lager brachen – Pferde wieherten schrill, Soldaten schrien vor Entsetzen auf, Wagen wurden von Wogen der Macht beiseitegeschleudert – und Hurlochel sah eine Kreatur – *nein, das ist unmöglich –*

Die Welt verdunkelte sich auf alarmierende Weise, während er gelähmt dalag, und verzweifelt versuchte, Luft zu holen. Der Krampf, der seinen Brustkorb umklammert hielt, lockerte sich plötzlich, und reine Freude folgte der süßen, staubigen Luft hinunter in seine Lunge.

Ganz in der Nähe hustete Hauptmann Liebkriek, die auf Händen und Füßen hockte und Blut spuckte.

Von Futhgar kam nur ein einziges, mitleiderregendes Stöhnen.

Hurlochel richtete sich auf, drehte sich um – sah, dass die Hunde die Stadtmauer von G'danisban erreicht hatten – und starrte mit geweiteten Augen zur Stadt hinüber, als ein großer Bereich der gewaltigen Barriere *explodierte*, Steine und Verblendziegel über einer sich wogenden Staubwolke himmelwärts schossen – und dann rollte die Erschütterung über sie hinweg –

Ein Pferd galoppierte vorbei, die Augen weiß vor Entsetzen –

»Sie wollten gar nichts von uns!«, keuchte Liebkriek, die herangekrochen kam. »Den Göttern sei Dank – sie sind einfach nur vorbeigekommen – einfach –« Sie fing wieder an zu husten.

Auf wackligen Beinen ließ Hurlochel sich auf die Knie sinken. »Es hat absolut keinen Sinn ergeben«, flüsterte er kopfschüttelnd, während in der Stadt Gebäude schwankten und auseinanderbrachen –

»Was?«

Er schaute zu Liebkriek hinüber. *Das verstehst du nicht – ich habe der schwarzen Kreatur in die Augen gesehen, Frau!* »Ich … ich habe …«

»Was?«

Ich habe blankes Entsetzen gesehen –

Die Erde grollte erneut. Ein Wiederaufleben der Schreie – und er drehte sich genau in dem Augenblick um, da fünf große Gestalten erschienen, die breite, unbarmherzige Schneisen durch die lagernde Armee schlugen – große Gestalten, größer als – *oh, bei den Göttern hienieden –*

»Er hat gesagt, ich soll –« Noto Beul führte den Satz nie zu Ende, denn sein Pferd scheute so hart zurück, dass er später schwören würde, er hätte gehört, wie Knochen gebrochen waren, dann wirbelte das Tier vor dem Tempeleingang herum und schoss davon, schälte den Feldscher von seinem Rücken wie Hobelspäne.

Er landete ungeschickt, spürte und hörte wie Rippen knacksten, doch der Schmerz verschwand aufgrund eines drängenderen Ungemachs – und das war die Gräte, die er zur Hälfte verschluckt hatte.

Er würgte, kämpfte dagegen an zu ersticken, und der Himmel wurde dunkler, und die Augen traten ihm aus dem Kopf –

Dann sah er das Mädchen über sich. Das ihn ein Leben lang stirnrunzelnd anzublicken schien.

Dumm, dumm, dumm –

Ehe sie ihm in den weit offenstehenden Mund griff und dann sanft die Gräte entfernte.

Nach dem ersten, köstlichen Atemzug schloss Noto Beul wimmernd die Augen, und ihm wurde noch einmal bewusst, dass das Einatmen ihm in der Tat stechende Schmerzen im ganzen Brustbereich bescherte. Er schlug die Augen wieder auf, mit Tränen darin.

Das Mädchen stand noch über ihm, aber ihre Aufmerksamkeit war, wie es schien, auf etwas anderes gerichtet. Und zwar noch nicht einmal auf den Tempeleingang – sondern auf die Hauptstraße.

Wo irgendjemand schreckliche Trommeln schlug. Das Donnern ließ die Pflastersteine unter ihm erzittern und hüpfen – was ihm noch mehr Schmerzen bereitete –

Und dabei hat dieser Tag so gut angefangen …

»Ich bin kein Wechselgänger«, sagte Paran zu der Göttin, die sich auf ihrem Thron wand, festgenagelt von dem Otataralsplitter, der ihre Hand durchbohrt hatte – nicht nur auf dem Thron, sondern in dieser Sphäre, in dieser verzweifelten Situation. »Nein, ich bin alles andere als ein Wechselgänger, obwohl es auf den ersten Blick vielleicht so aussehen mag. Leider ist alles ein bisschen komplizierter, Poliel. Der Kommentar meines Vorreiters in Bezug auf meine Augen – nun, das hat genügt, und nach dem Geheul zu schließen, das wir gerade gehört haben, erweist sich die zeitliche Abstimmung als ziemlich gut.«

Der Hauptmann blickte noch einmal auf die Frau auf den Fliesen hinunter. Er konnte sich nicht vorstellen, dass die Hunde sich mit ihr aufhalten würden. Er griff nach den Zügeln, richtete sich im Sattel gerade auf. »Ich fürchte, ich kann nicht hierbleiben. Aber lass mich das noch sagen: Du hast einen schrecklichen Fehler begangen. Glücklicherweise wirst du ihn nicht allzu lange bedauern müssen.«

Erschütterungen in der Stadt, die immer näher kamen.

»Pfusche mit Sterblichen herum, Poliel«, sagte er, während er sein Pferd herumzog, »und du wirst dafür bezahlen.«

Der Mann namens Matschgesicht – der einst einen anderen Namen, ein anderes Leben besessen hatte – kauerte an einer Seite des Durchgangs zum Altarraum. Die drei Priester waren den Korridor entlang geflohen. Er war im Augenblick allein. *So allein. Wieder einmal.* Ein armer Soldat der Rebellion, damals noch jung und so stolz – in einem einzigen Moment zerschmettert.

Ein Gral-Pferd, mit einem Atem, der schwer nach nassem Gras roch, und Zähnen wie Meißel, die sich durch Fleisch und Knochen bohrten und alles wegnahmen. Er war ein unwillkommener Spiegel der Hässlichkeit geworden, denn jedes Gesicht, das sich ihm zugewandt hatte, hatte sich vor Abscheu verzerrt – oder, was noch schlimmer war, voller krankhafter Faszination. Neue Ängste hatten hungrige Wurzeln tief in seine Seele geschlagen, und jene, die vor Entsetzen zurückzuckten, trieben ihn dadurch immer weiter voran; er wünschte sich nun nichts sehnlicher, als Schmerz und Leiden bei anderen zu sehen, und aus seinem Elend eine Legion zu machen – Soldaten einer neuen Sache, alle genauso gebrochen wie er.

Poliel war wie ein Geschenk gekommen – und jetzt hatte dieser elende Kerl sie getötet, tötete er sie in genau diesem Augenblick – und nahm ihm alles weg. Wieder einmal.

Pferdehufe schlitterten über Bodenfliesen, und er wich noch weiter zurück, als der Reiter und sein Reittier durch den Durchgang kamen; während das Tier den breiten Korridor entlanglief, wechselte es vom Trab in leichten Galopp.

Matschgesicht starrte ihnen mit hasserfüllten Augen hinterher.

Verloren. Alles verloren.

Er blickte in den Altarraum –

Der Schnelle Ben landete weich wie eine Katze – und brach unverzüglich in den Sturzfluten bösartiger Agonie, die aus der gefangenen Göttin keine drei Schritte zu seiner Rechten quollen, bäuchlings zusammen, die Hände über dem Kopf. *Oh, wirklich sehr witzig, Schattenthron.* Er wandte den Kopf und sah Toharaval, die reglos eine Armlänge links von ihm lag.

Armes Mädchen – ich hätte sie niemals so quälen dürfen. Aber … zeig mir ein mitleidvolles Kind, und ich werde wirklich schwören, dass ich an Wunder glaube, und außerdem werde ich noch meine Soldnachzahlung dreingeben. Es war ihre Überempfindlichkeit, die sie erledigt hat. Andererseits – was wäre das Leben ohne ein paar tausend Dinge, die man bereuen muss?

In diesem Raum befand sich Otataral. Er musste sie auflesen und sie von hier weg, nach draußen zerren. Alles nicht so schlimm, wenn er erst einmal aus diesem chaotischen Tollhaus heraus sein würde. Und damit stellte sich – zu seinem großen Erstaunen – heraus, dass Schattenthron anständig gewesen war.

Genau in diesem Augenblick hörte er das Geheul der Hunde, das als dröhnendes Echo durch den Korridor drang.

Paran tauchte aus dem Tunnel auf, zog sein Pferd hart nach links, schaffte es knapp, Shan auszuweichen – das große schwarze Tier stürzte an ihm vorbei, genau in den Großen Tempel. Ruud folgte, dann Baran – und in Barans gewaltigem Maul hing ein fauchender, reptilischer Panther, der versuchte, seinen Fänger dadurch aufzuhalten, dass er mit ausgefahrenen Krallen über das Pflaster kratzte, ohne dass es irgendeine Wirkung gehabt hätte. In ihrem Kielwasser Blind und Giar.

Als Giar in den Tempel raste, stieß der Hund ein Geheul aus, ein Geräusch grausamer Freude – als wenn eine lang erwartete Rache wenige Augenblicke vor ihrer Erfüllung stünde.

Paran starrte einen Moment hinter ihnen her, dann sah er Noto Beul, der neben dem Eingang lag, während das namenlose Mädchen über ihm hockte. »Um des Vermummten willen«, zischte er. »Dafür ist jetzt keine Zeit – bring ihn auf die Beine. Soliel, wir gehen jetzt zu deinem Tempel. Beul – wo zum Abgrund ist dein Pferd?«

Das Mädchen richtete sich auf, blickte die Straße entlang. »Der Tod meiner Schwester rückt näher«, sagte sie.

Der Hauptmann folgte ihrem Blick. Und sah den ersten Deragoth.

Oh – ich habe das alles in Gang gesetzt, oder?

Hinter ihnen erzitterte der Tempel in einer gewaltigen Erschütterung, die Risse in den Wänden hinterließ.

»Es ist Zeit zu gehen!«

Der Schnelle Ben packte seine Schwester an der Kapuze ihres Umhangs und fing an, sie in den hinteren Teil des Raums zu ziehen, obwohl ihm bereits klar wurde, dass es sinnlos war. Die Schattenhunde waren seinetwegen gekommen, und er war in einem Raum, in dem sich Otataral befand.

Schattenthron war niemals anständig, und der Magier musste zugeben, dass er dieses Mal ausgetrickst worden war. *Und dieses Mal wird auch mein letztes Mal sein –*

Er hörte das klickende Geräusch von Krallen durch den Korridor näher kommen und blickte auf –

Matschgesicht starrte das angreifende Tier an. Ein Dämon. Ein Ding, das nichts als Schönheit war, und Reinheit. Und für ihn gab es nichts anderes mehr, war sonst nichts mehr da. *Ja, soll Schönheit mich töten.*

Er trat der Kreatur in den Weg –

Und wurde von einer Schulter beiseitegestoßen, stark genug, um ihn mit dem Schädel gegen die Wand prallen zu lassen, so dass er einen Augenblick betäubt war. Er konnte sich nicht mehr auf den Beinen halten und fiel auf den Rücken – wirbelnde Dunkelheit, sich aufbauschende Schatten –

Als der Dämon über ihm aufragte, sah er eine andere Gestalt, geschmeidig, ganz in schwarz gekleidet, die Klinge eines Messers zuckte vor, glitt tief in die rechte Schulter des Tiers.

Der Dämon heulte auf – vor Schmerz und Wut –, während er mit über den Boden rutschenden Pfoten herumwirbelte, um sich dem neuen Angreifer entgegenzustellen.

Der nicht mehr da war, der jetzt irgendwie auf der anderen Seite des Tiers war, mit sich windenden Gliedern; jede seiner Bewegungen wirkte für Matschgesichts weit aufgerissene, starrende Augen merkwürdig verschwommen. Die Messer zuckten erneut vor. Ruckartig zurückweichend stieß der Dämon gegen die gegenüberliegende Wand, seine bernsteinfarbenen Augen loderten.

Den Korridor entlang näherten sich noch mehr Dämonen, doch sie verlangsamten ihren grimmigen Schritt, ihre Klauen rasselten –

Als die Gestalt sich plötzlich zwischen ihnen bewegte. Die schimmernden Klingen, jetzt rot, schienen in der Luft zu tanzen, da, dort, eine kreisende Bewegung der Gestalt, Arme, die sich wie Schlangen wanden. Er sah, wie ein Fuß mit passender Anmut vorzuckte, auf den Kopf eines Tieres traf – der so groß wie der Kopf eines Pferdes war, nur breiter – der von der Wucht des Aufpralls herumgerissen wurde, gefolgt von den Schultern, dem Körper, alles drehte sich in merkwürdiger Eleganz, als der ganze Dämon in die Luft gehoben wurde, das Hinterende jetzt senkrecht, der Kopf unten, gerade rechtzeitig, um die Wand zu treffen.

Wo Ziegel barsten, die Wand einbrach, ein Durchbruch in einen Raum dahinter entstand, in den der Körper des Dämons in einer Staubwolke flog.

Wilde, beengte Verwirrung im Korridor, und plötzlich stand die Gestalt reglos an Matschgesichts Seite, die Dolche, von denen Blut tropfte, noch immer in den Händen.

Eine Frau mit schwarzen Haaren, die jetzt den Durchgang versperrte.

Rennende Geräusche auf den Bodenfliesen, und als er nach unten blickte, sah er zwei kleine, vogelähnliche Skelette, die sie flankierten. Ihre Schnauzen waren geöffnet, und zischende Geräusche drangen aus den leeren Kehlen. Stachelige Schwänze peitschten vor und zurück. Ein Skelett schoss vorwärts, mit einem einzigen Satz, den Kopf gesenkt –

Und die versammelten Dämonen zuckten zurück.

Ein weiteres reptilisches Zischen, dieses Mal lauter – es kam von einer Kreatur, die in den Fängen eines Dämons hing. In ihren schrecklichen Augen sah Matschgesicht Todesangst, die sich zur Panik steigerte –

Die Frau sprach mit ruhiger Stimme, und ihre Worte waren ganz eindeutig an Matschgesicht gerichtet. »Folge dem Magier und seiner Schwester – sie haben ein Schlupfloch hinter der Estrade gefunden – die Zeit müsste eigentlich reichen, ihnen die Flucht zu ermöglichen. Und dir, wenn du jetzt gehst.«

»Ich will nicht«, sagte er und konnte nicht aufhören zu weinen. »Ich will nur noch sterben.«

Das ließ sie den Blick von den Dämonen abwenden, die ihr gegenüberstanden.

Er blickte auf in auserlesene, längliche Augen, die schwarz wie Ebenholz waren. Und in ihrem Gesicht fand er keinen Spiegel, keine verzerrte Abscheu. Nein, nichts als ein einfacher Blick, und dann etwas, das … Kummer sein mochte.

»Geh zum Tempel von Soliel«, sagte sie.

»Sie hat sich für immer abgewandt –«

»Nein, heute nicht. Nicht, wenn Ganoes Paran sie am Kragen packt. Geh. Lass dich *heilen*.«

Dies war unmöglich, aber wie konnte er sich ihr widersetzen?

»Beeil dich. Ich weiß nicht, wie Telorast und Rinnsel diese Drohung hinkriegen, und niemand kann sagen, wie lange sie andauern wird –«

Noch als sie diese Worte sagte, drang von weiter hinten im Korridor ein brüllendes Bellen zu ihnen, und die Dämonen, die kurz vor der Schwelle kauerten, jaulten in verzweifelter Raserei auf.

»Das war's«, sagte sie und hob ihre Messer.

Matschgesicht sprang auf und rannte in den Altarraum.

Unglaube. Der Schnelle Ben konnte nicht verstehen, was die Hunde aufgehalten hatte – er hatte ein paar Geräusche mitbekommen, Kampfgeräusche, wildes Schnappen und Schnauben, Schmerzensschreie, und als er einmal kurz zurückgeblickt hatte, wenige Augenblicke, ehe er Torahaval durch den Hinterausgang getragen hatte, hatte er geglaubt, er hätte ... etwas gesehen. Jemanden – geisterhaft, von Schatten umhüllt –, der die Schwelle blockierte.

Was auch immer sich hinter diesem zufälligen Zusammenprall verbergen mochte, es hatte ihm Zeit erkauft – oder, genauer, das Leben gerettet. Und seiner Schwester. Ben hatte nicht vor, dieses wertvolle Gut zu verplempern.

Er warf sich Torahaval über die Schulter, betrat den engen Gang und rannte los, so schnell er konnte.

Es dauerte nicht lange, und er hörte, dass ihn jemand verfolgte. Fluchend drehte der Schnelle Ben sich um – bei der Bewegung klatschte Torahavals Kopf gegen die Wand, was ihr ein Stöhnen entlockte.

Ein Mann mit einem verunstalteten Gesicht – er war von einem Pferd gebissen wurden, wie dem Magier klar wurde – kam herangerannt. »Ich werde dir helfen«, sagte er. »Schnell! Das Verhängnis kommt in diesen Tempel!«

Hatte dieser Mann die Hunde aufgehalten? Es spielte keine Rolle. »Dann nimm ihre Beine, mein Freund. Sobald wir den geweihten Boden verlassen, können wir machen, dass wir hier wegkommen, beim Vermummten –«

Als die Hunde sich zusammenrotteten, um auf Apsalar loszustürmen, schob sie ihre Messer in die Scheiden und sagte: »Rinnsel, Telorast, hört auf zu zischeln. Es ist Zeit zu verschwinden.«

»Du bist nicht lustig, Nicht-Apsalar!«, rief Rinnsel.

»Nein, sie ist nicht lustig, wirklich nicht«, sagte Telorast und bewegte den Kopf in vagen Drohgebärden auf und ab, die sich nun als weniger wirkungsvoll erwiesen.

»Wo ist sie?«, wollte Rinnsel wissen.

»Weg!«

»Ohne uns!«

»Hinterher!«

Poliel, die Graue Göttin der Pestilenz, der Krankheit und der Leiden war in ihrem eigenen qualvollen Alptraum gefangen. Alle Kraft war geschwunden, jeglicher Wille versickert. Sie saß auf ihrem Thron mit ihrer von dem Splitter aus tödlichem Otataral durchbohrten Hand und wurde von Krämpfen geschüttelt.

Verrat, so vielfacher Verrat – die Macht des Verkrüppelten Gottes war geflohen, hatte sie verlassen – und dieser unbekannte Sterbliche, dieser Mörder mit den kalten Augen, der *nichts* verstanden hatte. In wessen Namen? Für wessen Befreiung wurde dieser Krieg gefochten? Der verdammte Narr.

Was für ein Fluch war es am Ende, Mängel enthüllt zu sehen, die verdrehte Bosheit der Sterblichen an die Oberfläche gezogen zu sehen, dem Tageslicht ausgesetzt? Welcher von diesen Anhängern suchte nicht, vorsätzlich oder gedankenlos, die Reinheit der Selbstzerstörung? Voller Besessenheit nahmen sie den Tod in sich selbst hinein, aber das war nichts weiter als eine armselige Widerspiegelung des Todes, den sie über das Land, das Wasser, ja, die Luft brachten. Eine Selbstzerstörung, die aus der ganzen Welt ein Opfer machte.

Die Apokalypse kommt selten unvermutet; nein, unter diesen Sterblichen kriecht sie langsam, doch unausweichlich, unbarmherzig in ihrer vollkommenen Auslöschung von Leben, Gesundheit, Schönheit.

Kranke Hirne und üble Seelen hatten sie in diese Welt gezogen; um des Landes willen, um der Möglichkeit willen, dass es in Abwesenheit derjenigen, die ihm die grausamsten Schmerzen und Erniedrigungen zufügten, heilen könnte, hatte sie versucht, sie im Atem der Pest auszumerzen – es war kein Schicksal vorstellbar, das sie mehr verdient hätten –, und für all das würde sie nun sterben.

Sie fluchte. Verrat!

Fünf Schattenhunde betraten den Raum.

Ihr Tod. *Schattenthron, du Narr.*

Ein Hund schleuderte etwas aus seinem Maul, etwas, das sich windend und spuckend gegen die erste Stufe der Estrade schlitterte.

Selbst in ihrer Agonie verblieb ein Kern von Klarheit in Poliel. Sie sah nach unten, versuchte zu verstehen – selbst als die Hunde aus dem Raum flohen, um die Estrade herum, durch das Priesterloch – diesen sich duckenden, schuppigen Panther zu verstehen, dessen eines Bein von einer Entzündung geschwollen war, während seine Hinterbeine und Hüften zerschmettert waren – er konnte nicht fliehen. Die Hunde hatten ihn hier zurückgelassen – warum?

Oh, um mein Schicksal zu teilen.

Ein letzter, auf demütige Weise befriedigender Gedanke, als die Deragoth ankamen, vor Wut und Hunger strotzend, älter als jeder Gott, der einen Beute beraubt, aber zufrieden damit zu töten, was noch da war.

Einen gebrochenen T'rolbarahl, der sein Entsetzen und seine Wut herausschrie.

Eine gebrochene Göttin, die versucht hatte, Brand zu heilen. Denn das war das wirkliche Ziel des Fiebers, das war der kalte Gebieter der Krankheit. Nur die Menschen, ermahnte sie sich selbst mit ihrem letzten Gedanken – *nur die Menschen denken ausschließlich an sich selbst, wenn es um Erlösung geht.*

Und dann waren die Deragoth, die ersten Versklaver der Menschheit, über ihr.

»Sie ist jetzt eine Überträgerin«, sagte Matschgesicht, »und mehr. Da sie nicht mehr länger geschützt ist, wird die Pest in ihr ausbrechen, ganz egal, was mit Poliel geschieht. Wenn diese Dinge erst einmal begonnen haben, folgen sie ihrem eigenen Lauf. Bitte«, fügte er hinzu, während er zusah, wie der Mann versuchte, Torahaval aufzuwecken, »komm mit mir.«

Der Fremde schaute mit einem hilflosen Blick zu ihm auf. »Mitkommen? Wohin?«

»In den Tempel von Soliel.«

»Diese gleichgültige Hündin –«

»Bitte«, drängte Matschgesicht. »Du wirst es sehen. Ich muss ihren Worten einfach glauben.«

»Wessen Worten?«

»Es ist nicht weit. Sie muss geheilt werden.« Und er packte wieder die Beine der Frau. »Wie vorher. Es ist nicht weit.«

Der Mann nickte.

Hinter ihnen ertönte ein einziger Schrei aus dem Tempel, durchdringend genug, um Risse durch die dicken Wände des Gebäudes zu schicken. Staub wallte aus den Spalten. Ächzende Geräusche stiegen von unter ihnen auf, als Fundamente sich verbogen, an den umgebenden Straßen zerrten.

»Wir müssen weg!«, sagte Matschgesicht.

Paran stieg ab und trat – einen stolpernden, keuchenden Noto Beul hinter sich her ziehend – die Türen zu Soliels Tempel ein. Auch wenn dies nur ein bescheidener, aber höchst befriedigender Ausbruch von Macht war, vertraute er darauf, dass er ausreichen würde, die Süße Göttin über seine derzeitige geistige Verfassung in Kenntnis zu setzen.

Das Mädchen schlüpfte an ihm vorbei, als er über die Schwelle trat, und warf ihm einen überraschend erfreuten Blick zu, während sie zum zentralen Raum vorauseilte.

An den Wänden des Korridors gab es Bilder von knienden Gestalten, deren Köpfe gesenkt waren, weil sie auf einen Segen warteten, flehten oder verzweifelt waren; Paran kam zu dem Schluss, dass bei dieser verdammten Göttin Letzteres am wahrscheinlichsten war. Von der gewölbten Decke hingen gefaltete Leichentücher herab, zweifellos in der Absicht, die Gläubigen auf das Schlimmste vorzubereiten.

Sie erreichten den zentralen Raum in dem Moment, als der Boden erbebte – der Große Tempel brach zusammen. Paran zog Noto Beul an seine Seite, stieß ihn dann stolpernd zum Altar. *Mit ein bisschen Glück wird er die verdammten Deragoth unter sich begraben. Aber darauf würde ich nicht wetten.*

Er zog eine Karte heraus und warf sie auf den Boden. »Soliel, du wirst herbeibeschworen.«

Das Mädchen, das die ganze Zeit rechts neben dem Altar gestanden hatte, sackte plötzlich kurz in sich zusammen, dann blickte sie auf und blinzelte eulenhaft. Ihr Lächeln wurde breiter.

Daraufhin gelobte Paran feierlich, dass er versuchen würde, jede Einzelheit der Göttin in ihrer erzwungenen Erscheinung in Erinnerung zu behalten, so außergewöhnlich war sie in ihrer mühsam gezügelten Wut. Sie stand hinter dem Altar, so zwitterhaft wie ihre nun tote Schwester, die langen Finger – so hervorragend dafür geeignet, Augenlider über Augen zu schließen, die nichts sehen wollten – zu einer Faust geballt, während sie mit krächzender Stimme sagte: »Du hast einen schrecklichen Fehler begangen –«

»Ich bin noch nicht fertig«, erwiderte er. »Entfessle deine Macht, Soliel. Beginne mit dem Heilen. Du kannst mit Noto Beul hier anfangen, in den du einen Rest deiner Macht einpflanzen wirst, der stark genug sein und lange genug anhalten wird, um für die Heilung der Leidenden in der Armee auszureichen, deren Lager sich vor der Stadt befindet. Sobald du mit ihm fertig bist, werden andere kommen – diejenigen, die Poliel fallengelassen hat. Heile auch sie, und sende sie aus –« Seine Stimme wurde härter. »Das Reich der Sieben Städte hat genug gelitten, Soliel.«

Sie schien ihn mehrere Herzschläge lang zu mustern und zuckte dann die Schultern. »Also gut. Was das Leiden angeht, so überlasse ich das dir – ich habe damit nichts zu tun.«

Paran runzelte die Stirn, drehte sich jedoch um, als er hinter sich einen überraschten Aufschrei hörte.

Der Hauptmann blinzelte und grinste. »Der Schnelle Ben!«

Der Magier und Matschgesicht schleppten eine Frau mit – diejenige, die er zuletzt im Altarraum des Großen Tempels gesehen hatte – und schlagartig verstand Paran. Doch schon einen Augenblick später wurde ihm klar, dass er … nichts verstand.

Der Schnelle Ben blickte zum Altar; seine Augen verengten sich. »Das ist sie? Beim Atem des Vermummten, ich hätte nie gedacht …

ach, ist ja auch nicht wichtig. Ganoes Paran, das ist alles durch Eure Hand geschehen? Habt Ihr gewusst, dass die Hunde meinetwegen hier waren?«

»Nicht nur, aber ich verstehe, wieso du auf diese Idee gekommen bist. Du hast einen Handel mit Schattenthron abgeschlossen, stimmt's? Ihretwegen«, fügte er hinzu und deutete auf die bewusstlose Frau.

Der Magier machte ein finsteres Gesicht. »Meine Schwester.«

»Er hat die Deragoth freigelassen«, sagte Soliel, hart und anklagend. *»Sie haben sie in Stücke gerissen!«*

Die Schwester des Schnellen Ben stöhnte, versuchte die Beine unter den Körper zu bekommen.

»Scheiße«, murmelte der Magier. »Ich sollte wohl besser verschwinden. Zurück zu den anderen. Bevor sie wieder zu sich kommt.«

Paran seufzte und verschränkte die Arme. »Also wirklich, Ben –«

»Ihr müsstet eigentlich besser als alle anderen wissen, was der Zorn einer Schwester bedeutet!«, bellte der Magier und trat einen Schritt zurück. Er blickte zu Matschgesicht hinüber, der vollkommen reglos dastand und Soliel anstarrte. »Geh weiter«, sagte er. »Du hattest recht. Geh zu ihr.«

Leise wimmernd stolperte Matschgesicht vorwärts.

Paran schaute zu, wie der Schnelle Ben ein Gewirr öffnete.

Der Magier zögerte, drehte sich noch einmal zu dem Hauptmann um. »Ganoes, eines möchte ich wissen.«

»Was?«

»Tavore. Können wir ihr vertrauen?«

Die Frage fühlte sich wie ein Schlag an, sie brannte und kam unerwartet. Er blinzelte und musterte den Mann eine ganze Weile, ehe er sagte: »Tavore wird tun, was getan werden muss, Magier.«

»Um ihretwillen oder um ihrer Soldaten willen?«, wollte der Schnelle Ben wissen.

»Für sie gibt es da keinen Unterschied, mein Freund.«

Ihre Blicke verschränkten sich noch ein bisschen länger, dann seufzte der Magier. »Ich schulde Euch einen Krug Bier, wenn das alles vorbei ist.«

»Ich werde dich daran erinnern, Ben.«

Über das Gesicht des Magiers huschte das bekannte, denkwürdige, aufreizende Grinsen – dann verschwand er in dem Portal.

Als es sich flüsternd hinter ihm schloss, richtete die Frau – seine Schwester – sich auf Hände und Knie auf. Ihre lang herunterhängenden Haare verdeckten ihr Gesicht, aber Paran konnte klar und deutlich hören, wie sie sagte: »Da war ein Wolf.«

Er neigte den Kopf. »Ein Schattenhund.«

»Ein Wolf«, sagte sie noch einmal. »Der wunderbarste, liebenswerteste Wolf auf der ganzen Welt …«

Der Schnelle Ben öffnete die Augen und schaute sich um.

Buddl saß ihm gegenüber, doch sonst befand sich niemand auf der Lichtung. Irgendwo in der Nähe waren wütende Stimmen zu hören, Geräusche, die auf Gewalt hindeuteten. »Gut gemacht«, sagte Buddl. »Schattenthron hat Euch ihnen mitten in den Weg geworfen, so viel von Euch, dass ich jetzt Euren Kadaver vergraben würde, wenn die Hunde Euch erwischt hätten. Ihr habt sein Gewirr benutzt, um hierherzukommen. Sehr schön – ein Faden muss überlebt haben, Magier – einer, den selbst Schattenthron nicht gesehen hat.«

»Was geht da vor?«

Der Soldat zuckte die Schultern. »Ich glaube, es ist ein alter Streit. Kalam und Fiedler haben Apsalar gefunden – ihre Messer waren blutig. Sie glauben, dass Ihr tot seid, versteht Ihr, obwohl –«

Der Schnelle Ben war bereits auf den Beinen. Und rannte.

Die Szene, auf die er wenig später stieß, war kurz davor, sich zur Katastrophe zu entwickeln. Kalam stapfte auf Apsalar zu, die Langmesser in den Händen, wobei die Otataral-Klinge führte. Fiedler stand an der Seite und sah gleichermaßen wütend und hilflos aus.

Und Apsalar. Sie blickte den stämmigen, bedrohlichen Assassinen einfach nur an. Ihre Hände waren leer, und auf ihrem Gesicht lag ein resignierter Ausdruck.

»Kalam!«

Der Assassine wirbelte herum, genau wie Fiedler.

»Ben!«, rief der Sappeur. »Wir haben sie gefunden! Ihre Messer waren blutig – und du –«

»Das reicht«, sagte der Magier. »Weg von ihr, Kalam.«

Der Assassine zuckte die Schultern, steckte seine Langmesser wieder in die Scheiden. »Sie hat nicht gerade viel erklärt«, knurrte er. Es klang enttäuscht und verärgert. »Wie immer. Und, Ben – ich könnte schwören, dass sie es gewollt hat –«

»Was gewollt hat?«, wollte er wissen. »Hatte sie ihre Messer in den Händen? Ist sie in Kampfstellung, Kalam? *Ist sie nicht eine Schattentänzerin?* Du verdammter Idiot!« Er starrte Apsalar düster an, während er leiser hinzufügte: »Es ist nicht an uns … ihr das zu geben, was sie will …«

Der Schnelle Ben hörte Schritte in seinem Rücken und drehte sich um, sah Buddl, begleitet von Hauptmann Faradan Sort herankommen.

»Da seid ihr ja alle«, sagte Hauptmann Sort, die sich sichtlich bemühte, ihre Neugier zu zügeln. »Wir werden gleich weitermarschieren. Mit ein bisschen Glück werden wir die Vierzehnte heute Nacht einholen. Sünd scheint das zumindest zu glauben.«

»Das sind gute Neuigkeiten«, sagte der Schnelle Ben. »Geht voraus, Hauptmann, wir sind direkt hinter Euch.«

Doch er blieb stehen, bis Apsalar an ihm vorbeiging. Er streckte eine Hand aus, berührte sie am Ärmel.

Sie schaute ihn an.

Der Schnelle Ben zögerte kurz, doch dann nickte er und sagte: »Ich weiß, dass du es warst, Apsalar. Ich danke dir.«

»Ich habe nicht die geringste Ahnung, wovon du sprichst, Magier«, antwortete sie.

Er ließ sie los. *Nein, es ist wirklich nicht an uns, ihr das zu geben, was sie will. Sie will sterben.*

Staubbedeckt und blass vor Erschöpfung schritt Cotillion in den Thronsaal – und blieb stehen.

Die Schattenhunde hatten sich vor dem Thron der Schatten versammelt; zwei lagen schwer atmend und mit heraushängender Zunge da. Shan lief im Kreis herum, seine schwarzen Flanken zuckten, von Wunden gezeichnet und blutend. Cotillion bemerkte, dass auch die anderen Tiere verletzt waren.

Auf dem Thron saß Schattenthron, seine Gestalt so verwaschen, als steckte er in einer brodelnden Gewitterwolke. »Sieh sie dir an«, sagte er leise, drohend. »Sieh sie dir genau an, Cotillion.«

»Waren das die Deragoth?«

»Nein, das waren nicht die Deragoth.«

»Nein, ich glaube nicht. Die sehen wie Schnittwunden aus – von einem Messer.«

»Ich hatte ihn. Und dann habe ich ihn verloren.«

»Du hattest wen?«

»Diesen schrecklichen, kleinen, tausendgesichtigen Magier, den hatte ich!« Eine schattenhafte Hand hob sich, lange Finger krümmten sich. »Ich hatte ihn, hier, in dieser Hand, wie ein schmelzendes Stück Eis.« Ein plötzliches Schnauben, dann beugte der Gott sich auf seinem Thron nach vorn. *»Das ist alles deine Schuld!«*

Cotillion blinzelte. »Nun mal langsam, ich habe die Hunde nicht angegriffen!«

»Das glaubst du!«

»Und was soll das bitte bedeuten?«, fragte Cotillion.

Die zweite Hand gesellte sich zur ersten, und gemeinsam schwebten sie in der Luft, griffen voller krampfartiger, zitternder Wut immer wieder ins Leere. Dann ein weiteres Schnauben – und der Gott verschwand.

Cotillion blickte auf Baran hinunter, streckte eine Hand nach dem Tier aus.

Als er ein leises Knurren hörte, riss er die Hand zurück. »Ich war's nicht!«, rief er.

Die Hunde, die ihn alle anstarrten, wirkten nicht überzeugt.

Die Abenddämmerung machte den Staub in der Luft über dem Lager fast unsichtbar, als Hauptmann Ganoes Paran – der sein Pferd am Zügel führte – und der Feldscher Noto Beul und das Mädchen – deren Name Naval D'natha war – den Hang hinaufstiegen und die erste Vorpostenlinie überquerten.

Das ganze Lager sah aus, als wäre ein verrückter Sturm über es hinweggezogen. Soldaten waren damit beschäftigt, Zelte instand zu setzen, Seile neu zusammenzuspleißen oder Tragen durchs Lager zu schleppen. Pferde, die nicht mehr auf der Koppel waren, wanderten herum; sie waren zu verängstigt, um irgendjemanden nahe genug an sich heranzulassen, als dass man das Zaumzeug hätte packen können.

»Die Schattenhunde«, sagte Paran. »Sie sind hier durchgekommen. Und auch die Deragoth, wie ich vermute. Verdammt unglücklich – ich hoffe, es hat nicht zu viele Verletzte gegeben.«

Noto Beul warf ihm einen Seitenblick zu, lachte dann höhnisch. »Hauptmann Gütig? Ihr habt uns getäuscht. Ganoes Paran – ein Name, den man auf der Liste der Gefallenen in Dujeks eigenem Logbuch finden kann.«

»Ein Name, an dem zu viele Fragen hängen, Feldscher.«

»Ist Euch eigentlich schon klar geworden, Hauptmann, dass die beiden noch im Reich der Sieben Städte verbliebenen malazanischen Armeen jetzt von Bruder und Schwester befehligt werden? Zumindest im Augenblick. Sobald Dujek wieder auf den Beinen ist –«

»Einen Augenblick«, sagte Paran.

Hurlochel und Liebkriek standen vor dem Kommandozelt. Beide hatten Paran und seine Begleiter bereits gesehen.

Etwas im Gesicht des Vorreiters …

Sie kamen bei ihnen an. »Hurlochel?«, fragte Paran.

Der Mann blickte zu Boden.

Hauptmann Liebkriek räusperte sich. »Hohefaust Dujek Einarm ist vor zwei Glockenschlägen gestorben, Hauptmann Paran.«

»Was das Leiden angeht, so überlasse ich das dir – ich habe damit nichts zu tun.«

Sie hatte es gewusst. Soliel hatte es bereits gewusst.

Liebkriek sprach immer noch. »... hat sich das Fieber vor kurzem gebrochen. Sie sind bei Bewusstsein und haben erfahren, wer Ihr seid – Ganoes Paran, hört Ihr mir zu? Sie haben Dujeks Logbücher gelesen – alle Offiziere hier haben sie gelesen. Es war notwendig. Versteht Ihr? Der Beschluss war einstimmig. Wir haben Euch zur Hohefaust erklärt. Das hier ist jetzt Eure Armee.«

Sie hatte es gewusst.

Alles, was er hier getan hatte ... war zu spät gewesen.

Dujek Einarm ist tot.

Kapitel Fünf

Die privilegierten Heimatlosen sind jetzt hier,
brüsten sich hinter angeheuerten Armeen,
und der beinlose ehemalige Soldat
der gebeugt an einer Mauer lehnt
wie eine umgestürzte, zerbrochene Statue –
auf seiner leeren Handfläche die Warnung,
dass selbst Armeen kein Gold essen können –
doch diese bürgerlichen Jünglinge können nicht
so weit und für ihre eigenen Kinder blicken,
die Straße der Zukunft ist bereits gereinigt,
Pflastersteine herausgerissen, um grobe Mauern zu bauen
und baufällige Schuppen für Taugenichtse,
doch dies ist immer noch eine reiche Welt
die blutverschmierte Schätze
vor ihre seidenen Füße schleudert – sie sind jetzt hier,
die Gesichter der Zivilisation, und oh, wie wir
gefallenen Narren uns danach sehnen, bei ihnen zu sein,
Mitschwelger am unerschöpflichen Trog.
Was wird hieraus erwachsen? Ich ruhe gebeugt,
harter Stein in meinem Rücken, und diese einzelne
Münze, die in meiner Hand ruht, hat ein Gesicht –
ein uralter Heimatloser, privilegiert in seiner Zeit,
der sich einst hinter Armeen versteckt hat, ja, bis –
bis diese Armeen eines Tages mit leeren Bäuchen
aufgewacht sind – solch ein Stolz,
solch ein Hochmut! Schaut auf die Straße!
Von dieser bürgerlichen Straße würde ich wegrennen, und
rennen –
wenn ich bloß nicht gekämpft hätte,

den gedankenlosen Verschlinger von Morgen
verteidigt hätte, wenn ich bloß Beine hätte –
so sehe ich sie also vorbeiziehen, unter ihren Sonnenschirmen
und die hungernde Menge wird allmählich
verdrossen, beäugt nun mich mit gierigem Hunger –
ich würde wegrennen, oh, ja, wenn ich bloß Beine hätte.

In den letzten Tagen des Ersten Imperiums
Sogruntes

Ein einzelner Streifen aus schwarzem Sand, vierhundert Schritt lang, unterbrach die ungelinderte Abfolge von Basalttrümmern entlang der Küstenlinie. Der Streifen war jetzt unter Rampen, Ausrüstungsgegenständen, Pferden und Soldaten verborgen; und die breiten Verladeskiffs schwankten an ihren schweren Zugseilen durch die Untiefen hinaus zu den in der Bucht vor Anker liegenden Transportschiffen. Seit drei Tagen war die Vierzehnte Armee dabei, sich einzuschiffen, um aus diesem geplagten Land zu fliehen.

Faust Keneb betrachtete das scheinbare Chaos dort unten noch einen Augenblick länger, dann zog er seinen Umhang etwas enger, um sich vor dem wütenden, vom Meer her wehenden Nordwind zu schützen, drehte sich um und machte sich zu den skelettartigen Überresten des Lagers auf.

Es gab Probleme – fast zu viele, um über alle nachzudenken. Die Stimmung unter den Soldaten war eine komplizierte Mixtur aus Erleichterung, Bitterkeit, Verärgerung und Mutlosigkeit. Keneb hatte sich während des Wartens auf die Flotte allmählich ernsthaft Sorgen wegen einer Meuterei gemacht – die Glut wütender Enttäuschung entfacht durch schwindende Essens- und Wasservorräte. Wahrscheinlich war es das Fehlen anderer Auswege, was die Armee fügsam – wenn auch mürrisch – gehalten hatte; sämtliche Nachrichten aus den Städten und Siedlungen im Westen, Osten und Süden hatten von der Pest gesprochen. Blauzunge, wild in ihrer Bösartigkeit, die niemanden verschonte. Die einzige Fluchtmöglichkeit bot die Flotte.

Keneb konnte die Gefühle der Soldaten zumindest teilweise verstehen. Der Vierzehnten war in Y'Ghatan das Herz herausgeschnitten worden. Es war außergewöhnlich, wie eine bloße Handvoll Veteranen sich als das Lebensblut für Tausende erweisen konnten, vor allem, wenn sie in den Augen der Faust nichts getan hatten, um sich diesen Respekt zu verdienen.

Vielleicht war es bereits ausreichend heldenhaft gewesen, einfach nur zu überleben. Bis Y'Ghatan zu überleben. Jedenfalls war ihre Abwesenheit in der Armee spürbar, ein Loch in ihrer Mitte, das sich nach außen fraß.

Was all das noch schlimmer machte – der Kommandostab zerstritt sich immer mehr – *denn wir haben unseren eigenen fauligen Kern. Tene Baralta. Den Kommandanten der Roten Klingen … der nach seinem eigenen Tod giert.* Es gab keinen Heiler in der Vierzehnten, dessen Fähigkeiten ausgereicht hätten, den schrecklichen Schaden zu beheben, den Baraltas Gesicht genommen hatte; um das verlorene Auge und den Unterarm des Mannes wiederherzustellen, bedürfte es Hoch-Denuls, und das war eine Begabung, die immer seltener wurde – zumindest im malazanischen Imperium. *Hätte Tene doch außerdem auch die Fähigkeit zu sprechen verloren.* Jedes Wort von ihm war bitter, voller Gift, einem immer mehr aufblühenden Hass auf alle Dinge – angefangen bei sich selbst.

Als Keneb sich dem Kommandozelt näherte, sah er Neder herauskommen. Ihr Gesicht war düster und ärgerlich. Bent, der Hirtenhund, tauchte auf, trabte auf sie zu – doch dann, als er ihren Gemütszustand spürte, blieb das riesige, von Narben übersäte Tier stehen, scheinbar, um sich zu kratzen, und wurde Augenblicke später von dem hengesischen Schoßhund Rotauge abgelenkt. Die beiden trotteten davon.

Keneb holte tief Luft und ging zu der jungen wickanischen Hexe. »Ich nehme an, die Mandata war über deinen Bericht nicht … erfreut«, sagte er.

Sie starrte ihn düster an. »Es ist nicht unser Fehler, Faust. Diese

Pest wallt durch die Gewirre. Wir haben jeden Kontakt zu Dujek und seinem Heer verloren; schon seit sie G'danisban erreicht haben. Und was Perl angeht«, sie verschränkte die Arme, »wir können ihn nicht aufspüren – er ist weg, und das war's. Andererseits … wenn der Narr unbedingt den Gewirren trotzen will, ist es nicht an uns, seine Knochen zu holen.«

Das Einzige, was schlimmer war als eine Klaue im Lager, war das unerwartete Verschwinden besagter Klaue. Nicht dass man irgendetwas hätte dagegen unternehmen können. »Wie viele Tage ist es jetzt her«, fragte Keneb, »seit ihr zuletzt mit Hohefaust Dujek habt sprechen können?«

Die junge Wickanerin wandte den Blick ab, die Arme noch immer verschränkt. »Das war noch bevor wir vor Y'Ghatan angekommen sind …«

Keneb zog die Brauen hoch. *So lange schon? Mandata, Ihr sagt uns so wenig.* »Was ist mit Admiral Nok – hatten seine Magier mehr Glück?«

»Noch weniger«, fauchte sie ihn an. »Immerhin sind wir an Land.«

»Im Moment«, sagte er und musterte sie.

Neder verzog das Gesicht. »Was ist?«

»Nichts, nur … so ein Stirnrunzeln kann sich eingraben und dann bleiben – du bist zu jung, um schon so tiefe Falten zu haben –«

Schnaubend schritt die Hexe davon.

Keneb starrte ihr einen Moment hinterher, dann drehte er sich schulterzuckend um und betrat das Kommandozelt.

Die Zeltwände stanken immer noch nach Rauch, eine grimmige Erinnerung an Y'Ghatan. Der Kartentisch war noch da, noch nicht auf eines der Transportschiffe verladen, und obwohl seine Oberfläche leer war, standen die Mandata, Blistig und Admiral Nok um ihn herum.

»Faust Keneb«, sagte Tavore.

»Noch zwei Tage, nehme ich an«, antwortete er und öffnete den Umhang, nun, da er nicht mehr im Wind stand.

Anscheinend hatte gerade der Admiral gesprochen, denn er räusperte sich jetzt und sagte dann: »Mandata, ich glaube immer noch, dass nichts Widriges an dem Befehl ist. Die Imperatrix sieht keine weitere Notwendigkeit, die Vierzehnte noch länger hierzubehalten. Außerdem ist da noch die Pest – Ihr habt es geschafft, sie bisher von Euren Soldaten fernzuhalten, das stimmt, doch das wird nicht immer so bleiben. Insbesondere, wenn Eure Vorräte aufgebraucht sind und Ihr gezwungen seid, auf Nahrungssuche zu gehen.«

Blistig grinste säuerlich. »Keine Ernte dieses Jahr. Abgesehen von herrenlosem Vieh gibt es nicht viel Nahrung, die man sich besorgen könnte – wir würden gar keine andere Wahl haben, als zu einer Stadt zu marschieren.«

»Genau«, sagte der Admiral.

Keneb warf Tavore einen Blick zu. »Vergebt mir, Mandata –«

»Nachdem ich Euch rausgeschickt hatte, um abzuschätzen, wie lange das Einschiffen der Truppen noch dauern wird, sind wir im Hinblick auf die Frage der Kommandostruktur zu einem Entschluss gekommen – zur allgemeinen Befriedigung.« Das klang so trocken, dass Blistig leise schnaubte. »Admiral Nok hat schließlich den Befehl der Imperatrix an uns weitergegeben, dass wir nach Unta zurückkehren sollen«, fuhr Tavore fort. »Die schwierige Entscheidung, die wir noch vor uns haben, liegt in der Wahl unserer Route für den Rückweg.«

Keneb blinzelte. »Wieso – erst nach Osten und dann nach Süden natürlich. Auf dem anderen Weg würde –«

»Es viel länger dauern, ja«, unterbrach ihn Nok. »Nichtsdestotrotz würden wir um diese Jahreszeit von den Strömungen und den vorherrschenden Winden begünstigt werden. Zugegeben, diese Route ist kartographisch weniger gut erfasst, und die meisten unserer Karten von der Westküste dieses Kontinents gehen auf fremde Quellen zurück, was die Frage nach ihrer Zuverlässigkeit aufwirft.« Er rieb sich das von Wind und Wetter gezeichnete, von Falten durchzogene Gesicht. »Aber all das ist leider nicht weiter von Bedeutung. Das Problem ist die Pest. Mandata, wir haben auf dem Weg zu diesem Treffen hier einen Hafen nach dem anderen aufgesucht, und keiner war sicher genug, um ihn anzufahren. Unsere eigenen Vorräte sind gefährlich geschrumpft.«

»Und wo, Admiral«, fragte Blistig, »glaubt Ihr, dass wir uns westlich von hier neu verproviantieren können?«

»Zunächst einmal auf Sepik. Die Insel ist abgelegen, und zwar weit genug, glaube ich, dass die Pest dort nicht hingekommen ist. Südlich davon liegen Nemil und ein paar unbedeutendere Königreiche bis hinunter nach Shal-Morzinn. Von der Südspitze dieses Kontinents aus ist die Reise an die Nordwestküste von Quon Tali kürzer als über die Falar-Route. Sobald wir erst einmal an Drift Avalii vorbei sind, befinden wir uns in der Genii-Straße, mit der Küste von Dal Hon nördlich von uns. Zu diesem Zeitpunkt werden die Strömungen wieder auf unserer Seite sein.«

»Alles schön und gut«, knurrte Blistig, »aber was ist, wenn Nemil und die anderen ›unbedeutenderen Königreiche‹ zu dem Schluss kommen, dass sie nicht daran interessiert sind, uns etwas zu essen und Trinkwasser zu verkaufen?«

»Dann werden wir sie davon überzeugen müssen«, sagte die Mandata, »mit allen Mitteln, die notwendig sind.«

»Dann wollen wir hoffen, dass es sich bei diesen Mitteln nicht um unsere Schwerter handelt.«

Kaum hatte Blistig die Worte ausgesprochen, wurde offensichtlich, dass er sie bedauerte – die Bemerkung hatte nachvollziehbar klingen sollen; stattdessen offenbarte sie einfach nur sein mangelndes Vertrauen in die Armee der Mandata.

Sie sagte nichts, betrachtete die Faust nur mit ausdruckslosem Gesicht, doch eine gewisse Kühle kroch in den Raum und füllte die Stille.

Admiral Nok wirkte enttäuscht. Er griff nach seinem Umhang aus Seehundsfell. »Ich muss jetzt auf mein Flaggschiff zurückkehren. Auf unserer Reise hierher hat die Vorhut dreimal eine unbekannte Flotte im Norden gesichtet. Zweifellos wurden auch wir gesichtet, doch es hat kein engerer Kontakt stattgefunden, von daher nehme ich an, dass diese Flotte keine Gefahr für uns darstellt.«

»Eine Flotte«, sagte Keneb. »Aus Nemil?«

»Möglicherweise. Es hieß, eine Stadt der Meckros hielte sich westlich der Sepik-See auf – aber dieser Bericht ist ein paar Jahre alt. Andererseits«, er blickte zur Mandata, als er die Zeltklappe erreichte, »wie schnell kann eine schwimmende Stadt sich schon bewegen? Jedenfalls unternehmen die Meckros Raubzüge, und sie treiben Handel, und es kann gut sein, dass Nemil die Schiffe ausgeschickt hat, um die Meckros von ihrer Küste fernzuhalten.«

Sie schauten zu, wie der Admiral hinausging.

»Ich bitte um Entschuldigung, Mandata«, sagte Blistig.

»Spart Euch Eure Entschuldigung«, unterbrach sie ihn und wandte sich ab. »Eines Tages werde ich Euch auffordern, sie zu wiederholen, Blistig. Aber nicht mir gegenüber – sondern gegenüber Euren Soldaten. Und jetzt stattet bitte Faust Tene Baralta einen Besuch ab und unterichtet ihn über die wichtigsten Punkte dieses Treffens.«

»Er hat kein Interesse –«

»Seine Interessen sind für mich nicht von Belang, Faust Blistig.«

Der Angesprochene salutierte mit zusammengepressten Lippen und verließ das Zelt.

»Einen Augenblick«, sagte die Mandata, als Keneb ihm folgen wollte. »Wie geht es den Soldaten, Faust?«

Er zögerte kurz, ehe er sagte: »Größtenteils sind sie erleichtert, Mandata.«

»Das überrascht mich nicht«, sagte sie.

»Soll ich ihnen mitteilen, dass wir nach Hause zurückkehren?«

Sie lächelte schwach. »Ich habe keinen Zweifel, dass das Gerücht bereits die Runde macht. Also sagt es ihnen auf alle Fälle, Faust. Es gibt keinen Grund, ein Geheimnis daraus zu machen.«

»Unta«, sagte Keneb versonnen. »Dort sind wahrscheinlich auch meine Frau und meine Kinder. Natürlich ist klar, dass die Vierzehnte nicht lange in Unta bleiben wird.«

»Das stimmt. Unsere Reihen werden aufgefüllt werden.«

»Und dann?«

Sie zuckte die Schultern. »Korel, nehme ich an. Nok glaubt, dass der Angriff auf Seft wieder aufgenommen werden wird.«

Es dauerte einen Augenblick, ehe Keneb begriff, dass sie nicht ein Wort von dem glaubte, was sie ihm erzählte. *Warum nicht nach Korel? Was mag Laseen mit uns vorhaben, wenn nicht, uns auf einen anderen Feldzug zu schicken? Was vermutet Tavore?* Er verbarg seine Verwirrung, indem er ein paar Herzschläge lang an der Schließe seines Umhangs herumfummelte.

Als er wieder aufblickte, schien die Mandata eine der fleckigen Zeltwände anzustarren.

Sie stand immer – er konnte sich nicht erinnern, sie jemals sitzen gesehen zu haben, außer auf einem Pferd. »Mandata?«

Sie zuckte zusammen, nickte dann und sagte: »Ihr könnt gehen, Keneb.«

Er fühlte sich wie ein Feigling, als er nach draußen ging, war wütend, weil er tatsächlich erleichtert war. Doch er verspürte bereits ein neues Unbehagen. Unta. Seine Frau. *Was einmal war, ist nicht mehr. Ich bin alt genug, um zu wissen, dass das stimmt. Die Dinge verändern sich. Wir verändern uns –*

»Sorge dafür, dass es drei Tage werden.«

Keneb blinzelte, blickte nach unten und sah Wühler, flankiert von Bent und Rotauge. Die Aufmerksamkeit des großen Hirtenhundes war auf irgendetwas anderes gerichtet – auf etwas irgendwo in südwestlicher Richtung –, während der Schoßhund an einem von Wühlers abgetragenen Mokassins schnüffelte, wo der große Zeh des Jungen aus einem Riss in der oberen Naht ragte. »Was soll drei Tage dauern, Wühler?«

»Bis wir aufbrechen. Drei Tage.« Der Junge wischte sich die Nase.

»Schau mal in eine von den Ersatzausrüstungskisten«, sagte Keneb, »und besorge dir ein paar wärmere Sachen. Dies ist ein kaltes Meer, und es wird noch kälter werden.«

»Mir geht's gut. Meine Nase läuft, aber das tut die von Bent auch. Und die von Rotauge. Uns geht's gut. Drei Tage.«

»Wir werden in zweien weg sein.«

»Nein. Es müssen drei Tage werden, oder wir werden niemals irgendwohin kommen. Wir werden auf See sterben, zwei Tage, nachdem wir Sepik verlassen haben.«

Ein Frösteln überlief die Faust. »Woher weißt du, dass wir uns nach Westen wenden werden, Wühler?«

Der Junge blickte nach unten, schaute zu, wie Rotauge seinen großen Zeh sauberleckte. »Sepik, aber das wird schlecht sein. Nemil wird gut sein. Dann schlecht. Und danach werden wir Freunde finden. Zweimal. Und dann werden wir da landen, wo alles angefangen hat, und das wird sehr schlecht sein. Aber da wird ihr alles klar werden, fast alles, meine ich, genug von allem, um genug zu sein. Und der große Mann mit den abgeschnittenen Händen sagt ja.« Er blickte auf. Seine Augen leuchteten. »Ich habe eine Knochenflöte gefunden, und ich werde sie für ihn aufbewahren, denn er wird sie zurückhaben wollen. Wir gehen Muscheln sammeln!«

Und nach diesen Worten rannten die drei davon, hinunter zum Strand.

Drei Tage, nicht zwei. Oder wir werden alle sterben. »Mach dir keine Sorgen, Wühler«, sagte er leise zu sich selbst, »nicht alle Erwachsenen sind dumm.«

Leutnant Poren blickte auf die Sammlung der Soldatin hinunter. »Was ist denn das, im Namen des Vermummten?«

»Knochen, Leutnant«, antwortete sie. »Vogelknochen. Sie kommen aus der Klippe – seht nur, sie sind hart wie Felsen – wir werden sie unserer Sammlung hinzufügen, wir Schwere, meine ich. Hanfeno bohrt Löcher rein – in die anderen, meine ich, wir haben Hunderte. Sollen wir Euch auch ein paar machen, Leutnant?«

»Gib mir ein paar«, sagte er und streckte die Hand aus.

Sie legte zwei Beinknochen in seine Hand, die jeweils so lang wie sein Daumen waren, und dann noch einen, der wie ein Knöchel aussah, ein bisschen breiter als sein eigener. »Du Idiotin. Der hier stammt nicht von einem Vogel.«

»Nun, ich weiß es nicht, Leutnant. Könnte es ein Schädel sein?«

»Er ist massiv.«

»Ein Specht?«

»Geh wieder zu deinem Trupp, Senny. Wann geht ihr auf die Rampe?«

»Sieht jetzt so aus, als ob wir morgen dran wären, Leutnant. Faust Kenebs Soldaten haben die Sache verzögert – er hat die Hälfte von ihnen wieder zurückgeholt, es war das reinste Chaos! Aus Offizieren wird man nie schlau … äh, Leutnant.«

Ein Winken ließ die Frau davonhasten. Leutnant Poren schloss die Faust um die kleinen Knochen und ging dann dorthin zurück, wo Hauptmann Gütig neben vier Truhen stand, in denen seine Ausrüstung verstaut war. Zwei Soldaten waren eifrig damit beschäftigt, eine der Truhen neu zu packen, und Poren sah, auf einer Kamelhaardecke ausgebreitet, eine Sammlung von Kämmen – zwei Dutzend, vielleicht sogar noch mehr, und nicht zwei von ihnen glichen einander. Knochenkämme, Muschelkämme, Hornkämme, Schildpattkämme, Elfenbeinkämme, Holzkämme, Schieferkämme, Silberkämme, Goldkämme und Kupferkämme. Offensichtlich waren sie im Laufe vieler Jahre auf ebenso vielen Reisen gesammelt worden, legten Zeugnis darüber ab, wohin überall es den Hauptmann als Soldat verschlagen hatte – eine Abfolge von Kulturen, Stämmen und Völkern, mit denen er sich angefreundet oder die er ausgelöscht hatte. Trotzdem … Poren runzelte die Stirn. *Kämme?*

Gütig war fast kahl.

Der Hauptmann gab seinen Gefolgsleuten Anweisungen, wie die Sachen zu verpacken waren. »… die Wattestäbchen da und die Ziegenwolle, oder wie immer ihr das auch nennt. Und zwar jeden Einzelnen – aber vorsichtig. Wenn ich auch nur einen Kratzer, eine Kerbe oder einen abgebrochenen Zahn finde, werde ich keine andere Wahl haben, als euch beide zu töten. Oh, Leutnant, ich vertraue darauf, dass Ihr Euch jetzt vollständig von Euren Verletzungen erholt habt. Gut. Was ist los, Mann? Seid Ihr am Ersticken?«

Würgend und mit immer dunkler anlaufendem Gesicht wartete Poren, bis Gütig ein bisschen näher getreten war, hustete dann laut und heftig und feucht, und aus seiner rechten Hand – die er sich vor den Mund hielt – spuckte er drei Knochen, die über den Boden hüpften. Poren holte tief Luft, schüttelte den Kopf und räusperte sich.

»Entschuldigung, Hauptmann«, sagte er krächzend. »Ich nehme an, da waren noch ein paar gebrochene Knochen in mir drin. Die haben jetzt schon eine ganze Weile rauskommen wollen.«

»Nun«, sagte Gütig, »seid Ihr fertig?«

»Ja, Hauptmann.«

Die beiden Gefolgsleute starrten die Knochen an. Einer streckte die Hand aus und hob den Knöchel auf.

Poren wischte sich nicht vorhandenen Schweiß von der Stirn. »Das war ein Huster, was? Ich hätte schwören können, jemand hat mir in den Bauch geschlagen.«

Der Gefolgsmann streckte ihm den Knöchel hin. »Er hat Euch das hier dagelassen, Leutnant.«

»Oh, danke, Soldat.«

»Falls Ihr irgendwas hier witzig findet, Leutnant«, sagte Gütig, »so muss ich Euch sagen: Ihr täuscht Euch. Und jetzt erklärt mir diese verdammte Verzögerung.«

»Das kann ich nicht, Hauptmann. Faust Kenebs Soldaten haben etwas damit zu tun – wie es aussieht, sind sie zurückgerufen worden. Es scheint keine vernünftige Erklärung dafür zu geben.«

»Typisch. Armeen werden von Narren kommandiert. Wenn ich eine Armee hätte, würden die Dinge anders laufen. Ich kann faule Soldaten nicht ausstehen. Ich habe eigenhändig mehr faule Soldaten als Feinde des Imperiums getötet. Wenn das hier meine Armee wäre, wären wir in genau zwei Tagen auf den Schiffen gewesen, und alle, die dann noch hier am Ufer gewesen wären, hätten wir zurückgelassen, nackt und mit nichts weiter als einem Kanten Brot in der Hand und dem Befehl, nach Quon Tali zu marschieren.«

»Über das Meer.«

»Ich bin froh, dass Ihr mich versteht. So, dann bleibt mal hier und bewacht meine Ausrüstung, Leutnant. Ich muss Madan'Tul Rada und Ruthan Gudd suchen, die anderen beiden Hauptleute. Das sind zwar komplette Idioten, aber ich habe vor, das in Ordnung zu bringen.«

Poren schaute seinem Hauptmann hinterher, als der davonging, dann blickte er auf die beiden Gefolgsleute hinunter und lächelte. »Na, wäre das nicht was? Hohefaust Gütig, der alle malazanischen Armeen befehligt.«

»Wenigstens«, sagte einer der beiden Männer, »wüssten wir dann immer ganz genau, was uns bevorsteht.«

Die Augen des Leutnants verengten sich. »Es würde dir gefallen, wenn Gütig für dich denkt?«

»Ich bin Soldat, oder?«

»Und was wäre, wenn ich euch sagen würde, dass Hauptmann Gütig wahnsinnig ist?«

»Wollt Ihr uns prüfen? Wie auch immer, es spielt keine Rolle, ob er es ist oder nicht, solange er weiß, was er tut und uns sagt, was wir tun sollen.« Er stieß seinen Kameraden an. »Stimmt's nicht, Thikburd?«

»Und ob«, murmelte der andere, während er einen der Kämme untersuchte.

»Der malazanische Soldat wird dazu ausgebildet zu denken«, sagte Poren. »Diese Tradition gibt es seit Kellanved und Dassem Ultor. Habt ihr das vergessen?«

»Nein, Leutnant, haben wir nicht. Es gibt Denken, und es gibt Denken, und so läuft das eben. Soldaten machen das eine und Anführer das andere. Es ist nicht gut, wenn die beiden sich vermischen.«

»Das muss das Leben für euch ziemlich einfach machen.«

Ein Nicken. »Ja, Leutnant, das tut es.«

»Wenn dein Freund auch nur einen Kratzer in den Kamm macht, den er da gerade bewundert, wird Hauptmann Gütig euch beide umbringen.«

»Thikburd! Leg das hin!«

»Aber es ist hübsch!«

»Das ist ein Mund voller Zähne auch, und du willst deine doch wohl behalten, oder?«

Und mit solchen Soldaten haben wir ein Imperium erobert.

Die Pferde hatten ihre beste Zeit lange hinter sich, aber sie würden ausreichen müssen. Ein einzelnes Maultier würde den größten Teil ihrer Vorräte tragen, und dazu noch den eingewickelten Leichnam von Heboric Geisterhand. Die Tiere standen wartend am östlichen Ende der Hauptstraße, schweifschlagend, um die Fliegen zu vertreiben; obwohl es gerade erst mitten am Vormittag war, waren sie von der Hitze bereits geschwächt.

Barathol Mekhar zurrte ein letztes Mal seinen Waffengürtel zurecht; es stimmte ihn nachdenklich, dass er um die Körpermitte herum zugelegt hatte. Dann blinzelte er zum Gasthaus hinüber, aus dem gerade Schlitzer und Scillara heraustraten und zu den Pferden gingen.

Die Unterhaltung der Frau mit den beiden Jessas war eine bewundernswerte Darstellung von Kürze gewesen, frei von jeglichen Ratschlägen, und hatte mit einem reichlich flüchtigen Danke geendet. Nun war der Säugling also der jüngste Einwohner dieses vergessenen Weilers. Das Mädchen würde beim Aufwachsen mit Skorpionen, Rhizan und Meerratten spielen, ihr Horizont anscheinend grenzenlos sein, die Sonne am Himmel das grelle, blendend helle und brutale Gesicht eines Gottes. Aber alles in allem würde sie sicher sein. Und geliebt werden.

Der Schmied bemerkte ganz in der Nähe eine Gestalt, die sich im Schatten eines Eingangs herumdrückte. *Oh, sieh an. Zumindest eine Person wird uns vermissen.* Er fühlte sich merkwürdig traurig, als er sich zu den anderen aufmachte.

»Dein Pferd wird unter dir zusammenbrechen«, sagte Schlitzer. »Es ist zu alt, und du bist zu schwer, Barathol. Allein schon die Axt würde ein Maultier zum Stolpern bringen.«

»Wer ist das da drüben?«, fragte Scillara.

»Chaur.« Der Schmied schwang sich auf das Pferd, das einen Schritt zur Seite machte, als er sich in den Sattel sinken ließ. »Ich nehme an, er ist gekommen, um Abschied zu nehmen. Steigt auf, ihr zwei.«

»Dies ist die heißeste Zeit des Tages«, sagte Schlitzer. »Anscheinend reiten wir immer durch das Schlimmste, was dieses verdammte Land uns entgegenzuschleudern hat.«

»Wir werden bei Anbruch der Abenddämmerung eine Quelle erreichen«, sagte Barathol, »wenn wir alle es am meisten brauchen werden. Dort werden wir bis zum folgenden Abend ausruhen, denn die nächste Etappe der Reise wird ziemlich lang werden.«

Sie machten sich auf den Weg, folgten der Straße, die rasch zu einem Pfad wurde. Kurze Zeit später sagte Scillara: »Wir haben Gesellschaft, Barathol.«

Sie schauten zurück und sahen Chaur, der ein Bündel aus Segeltuch gegen die Brust gedrückt hielt. Sein schwitzendes Gesicht zeigte einen verbissenen Ausdruck.

Seufzend zügelte der Schmied sein Pferd.

»Kannst du ihn überreden, wieder nach Hause zu gehen?«, fragte Scillara.

»Wahrscheinlich nicht«, musste Barathol zugeben. »Einfältig und störrisch – das ist eine ziemlich unglückliche Mischung.« Er ließ sich zu Boden gleiten und ging zurück zu dem riesigen jungen Mann. »Komm her, Chaur, lass uns dein Bündel mit auf das Maultier packen.«

Lächelnd reichte Chaur es ihm.

»Wir müssen ziemlich weit gehen, Chaur. Und zumindest in den nächsten paar Tagen wirst du laufen müssen – verstehst du? Nun, lass mal sehen, was du an den Füßen trägst – beim Atem des Vermummten –«

»Er ist barfuß!«, sagte Schlitzer ungläubig.

»Chaur«, versuchte Barathol zu erklären, »dieser Pfad besteht aus nichts als scharfkantigen Steinen und heißem Sand.«

»Irgendwo in unserem Packen haben wir ein Stück dickes Bhederin-Leder«, sagte Scillara, während sie ihre Pfeife entzündete. »Heute Nacht kann ich ihm Sandalen machen. Es sei denn, du willst, dass wir hier und jetzt halten.«

Der Schmied zog seine Axt aus der Trageschlaufe, hockte sich dann hin und machte sich daran, seine Stiefel auszuziehen. »Da ich sowieso reite, kann er die hier bis heute Abend tragen.«

Schlitzer schaute zu, wie Chaur sich mühte, Barathols Stiefel anzuziehen. Die meisten Männer, die er kannte, hätten Chaur seinem Schicksal überlassen. Schließlich war er nichts weiter als ein Kind im Körper eines Riesen, dumm und größtenteils nutzlos, eine Last. Tatsächlich hätten die meisten Männer den Einfaltspinsel geschlagen, bis er zurück zum Weiler geflohen wäre – eine Tracht Prügel, die zu Chaurs eigenem Besten gewesen wäre, und in mancherlei Hinsicht fast schon gerechtfertigt. Aber dieser Schmied … er schien schwerlich der Massenmörder zu sein, der er angeblich sein sollte. Der Verräter von Aren, der Mann, der eine Faust ermordet hatte. Und jetzt ihr Begleiter zur Küste.

Schlitzer fühlte sich bei dieser Vorstellung merkwürdig beruhigt. Kalams Verwandter … *Leute umzubringen, muss in der Familie liegen.* Die riesige, doppelklingige Axt sah aber ganz und gar nicht wie die Waffe eines Assassinen aus. Er dachte kurz daran, Barathol zu fragen – um von ihm seine Version darüber zu hören, was damals, vor all den Jahren, in Aren geschehen war –, aber der Schmied war ein widerwilliger Gesprächspartner, und außerdem – wenn er Geheimnisse hatte, war es sein gutes Recht, sie für sich zu behalten. *So, wie ich meine für mich behalte.*

Sie setzten sich wieder in Bewegung. Chaur hinkte ein Stück hinterher; er stolperte dann und wann, als sei er es nicht gewohnt, irgendetwas an den Füßen zu tragen. Aber er lächelte.

»Verdammte tröpfelnde Titten«, sagte Scillara neben ihm.

Schlitzer starrte zu ihr hinüber. Er wusste nicht so recht, wie er auf diese spezielle Beschwerde antworten sollte.

»Und außerdem geht mir das Rostlaub aus.«

»Es tut mir leid«, sagte er.

»Was tut dir leid?«

»Nun, es hat so lange gedauert, bis ich mich von meinen Verletzungen erholt hatte.«

»Schlitzer, dir haben die Eingeweide bis zu den Knöcheln gehangen – wie fühlst du dich eigentlich, nebenbei bemerkt?«

»Ungemütlich, aber ich war nie ein besonders guter Reiter. Schließlich bin ich in einer Stadt aufgewachsen. Gassen, Dächer, Tavernen, die Balkone von Stadthäusern – das war früher einmal meine Welt. Bei den Göttern hienieden, ich vermisse Darujhistan. Es würde dir gefallen, Scillara –«

»Du musst verückt sein. Ich kann mich an keine Städte erinnern. Für mich gibt es nur Wüste und ausgetrocknete Hügel. Zelte und Hütten aus Tonziegeln.«

»Unter Darujhistan befinden sich Höhlen voller Gas, und dieses Gas wird hochgepumpt, um die Straßen der Stadt mit wunderschönem blauem Feuer zu erleuchten. Es ist die großartigste Stadt auf der Welt, Scillara –«

»Und warum bist du dann weggegangen?«

Schlitzer verstummte.

»Na schön«, sagte sie nach ein paar Herzschlägen, »Wie wär's damit: Wir bringen Heborics Leichnam ... wo genau hin?«

»Zur Otataral-Insel.«

»Das ist eine ziemlich große Insel, Schlitzer. Bringen wir ihn an einen bestimmten Ort?«

»Heboric hat von einer Wüste gesprochen, vier oder fünf Tage nordwestlich von Dosin Pali. Er hat gesagt, dass da ein riesiger Tempel ist, oder zumindest eine Statue, die mal zu einem Tempel gehört hat.«

»Dann hast du ihm also tatsächlich zugehört.«

»Manchmal hatte er lichte Augenblicke, ja. Etwas, das er die Jade genannt hat, eine Macht, die Segen und Fluch zugleich war ... und er wollte sie zurückgeben. Irgendwie.«

»Aber mittlerweile ist er tot«, sagte Scillara. »Wie stellst du dir das denn vor – wie soll er irgendeine Macht an irgendeine Staue zurückgeben? Schlitzer, wie sollen wir eine Statue mitten in einer Wüste finden? Es wäre vielleicht nicht schlecht, darüber nachzudenken, ob das, was Heboric gewollt hat, inzwischen bedeutungslos geworden ist. Die T'lan Imass haben ihn getötet, und so muss Treach einen neuen Destriant finden. Und wenn Heboric irgendeine andere Art von Macht hatte, dann muss sie sich mittlerweile aufgelöst haben, oder sie ist ihm durch das Tor des Vermummten gefolgt – wie auch immer, es gibt nichts, was *wir* da tun können.«

»Seine Hände sind jetzt fest, Scillara.«

Sie zuckte zusammen. »Was?«

»Feste Jade – nicht rein, sondern voller ... Unreinheiten. Makel, kleine Stückchen, tief in ihnen vergraben. Wie mit Asche oder Dreck gesprenkelt.«

»Du hast den Leichnam untersucht?«

Schlitzer nickte.

»Warum?«

»Graufrosch ist wieder ins Leben zurückgekehrt ...«

»Und da hast du gedacht, der alte Mann könnte dasselbe tun.«

»Es hätte sein können, aber es sieht nicht danach aus. Er vertrocknet – und zwar schnell.«

Barathol Mekhar mischte sich ein: »Sein Leichentuch wurde mit Salzwasser getränkt, und dann wurde er in noch mehr Salz gewickelt, Schlitzer. Das hält die Maden ab. Ein faustgroßes Bündel aus Lumpen wurde ihm in die Kehle gestopft, und außerdem noch an ein paar andere Stellen. Die traditionelle Vorgehensweise hätte bedeutet, die Eingeweide zu entfernen, aber die Dorfbewohner sind inzwischen nachlässiger geworden – es waren Künste im Einsatz. Fähigkeiten, die größtenteils vergessen sind. Und alles mit dem Ziel, den Leichnam so schnell wie möglich auszutrocknen.«

Schlitzer blickte Scillara an, zuckte dann die Schultern. »Heboric wurde von einem Gott auserwählt.«

»Aber er hat diesen Gott enttäuscht«, erwiderte sie.

»Es waren T'lan Imass!«

Eine Rauchschwade begleitete Scillaras Worte, als sie sagte: »Wenn das nächste Mal ganze Fliegenschwärme um uns herumschwirren, werden wir wissen, was kommt.« Sie sah ihm in die Augen. »Schau, Schlitzer, jetzt sind nur noch wir da. Du und ich – und bis zur Küste noch Barathol. Wenn du Heborics Leichnam auf der Insel absetzen willst, na schön. Wenn diese Jadehände immer noch am Leben sind, können sie aus eigener Kraft zu ihrem Herrn zurückkriechen. Wir begraben den Leichnam einfach oberhalb der Gezeitenlinie und belassen es dabei.«

»Und dann?«

»Dann gehen wir nach Darujhistan. Ich glaube, ich will deine großartige Stadt sehen. Du hast etwas von Dächern und Gassen gesagt – was warst du in Darujhistan? Ein Dieb? Aber natürlich. Wer sonst kennt Gassen und Dächer? Dann kannst du mir beibringen, wie ein Dieb lebt, Schlitzer. Ich werde dir folgen, in deinem Schatten. Der Vermummte weiß, von dieser verückten Welt zu stehlen, was wir nur können, ist genauso sinnvoll wie alles andere.«

Schlitzer blickte weg. »Es ist nicht gut«, sagte er, »jemandem in seinem Schatten zu folgen. Es gibt bessere Leute in Darujhistan … mit denen du zurechtkommen kannst. Murillio vielleicht oder sogar Coll.«

»Werde ich eines Tages herausfinden«, fragte sie, »dass du mich gerade beleidigt hast?«

»Nein! Natürlich nicht. Ich mag Murillio. Und Coll ist ein Ratsmitglied. Er besitzt ein Herrenhaus und all so was.«

»Hast du jemals gesehen, wie ein Tier zur Schlachtbank geführt wird, Schlitzer?«, fragte Barathol plötzlich.

»Was meinst du damit?«

Aber der große Mann schüttelte einfach nur den Kopf.

Nachdem Scillara ihre Pfeife neu gestopft hatte, lehnte sie sich im Sattel zurück; ein bisschen Mitleid ließ sie – zumindest für den Augenblick – davon absehen, Schlitzer weiter zu quälen. Mitleid, und – wie sie sich eingestehen musste – Barathols unterschwellige Warnung, mit dem jungen Mann nicht ganz so hart umzuspringen.

Dieser alte Mörder war scharfsinnig.

Es war nicht so, dass sie irgendetwas gegen Schlitzer gehabt hätte. Ganz im Gegenteil, genauer gesagt. Dieses Aufflackern von Begeisterung, als er von Darujhistan gesprochen hatte, hatte sie überrascht. Schlitzer suchte nach dem Trost alter Erinnerungen, was in ihr den Gedanken aufkommen ließ, dass er sich einsam fühlte – und darunter litt. *Die Frau, die ihn verlassen hat. Diejenige, deretwegen er in erster Linie aus Darujhistan weggegangen ist, nehme ich an.* Also litt er unter Einsamkeit und in gewisser Hinsicht unter dem Verlust einer Aufgabe, nun, da Heboric tot und Felisin die Jüngere geraubt worden war. Vielleicht mischten sich auch noch ein paar Schuldgefühle mit hinein – schließlich hatte er darin versagt, Felisin zu schützen, nebenbei gesagt, auch dabei, sie selbst zu schützen; nicht, dass sie ihm das vorgeworfen hätte. Schließlich waren es T'lan Imass gewesen, beim Vermummten.

Aber Schlitzer, der nun einmal jung und ein Mann war, würde es anders sehen. Jede Menge Schwerter, in die er sich glücklich hineinstürzen würde, wenn er von der falschen Person einen Stups bekam. *Einer Person, die ihm etwas bedeutet.* Es wäre besser, ihn von solchen Ideen fernzuhalten, und ein bisschen Liebäugeln von ihrer Seite – was ihn auf anziehende Weise verwirren würde – müsste eigentlich genügen.

Sie hoffte, er würde über ihren Rat, Heboric zu begraben, nachdenken. Sie hatte genug von den Wüsten. Der Gedanke an eine von blauem Feuer erleuchtete Stadt, einen Ort voller Menschen, von denen niemand irgendetwas von ihr erwartete, und die Möglichkeit, neue Freunde zu finden – mit Schlitzer an ihrer Seite – war tatsächlich ziemlich verlockend. Ein neues Abenteuer, und dieses Mal eines in der Zivilisation. Exotische Nahrungsmittel, Unmengen von Rostlaub …

Sie hatte sich kurz gefragt, ob die Tatsache, dass sie keinerlei Bedauern oder Kummer verspürte, wo sie doch gerade das Kind, das sie so viele Monate in sich getragen hatte, weggegeben hatte, womöglich wirklich ein Hinweis auf einen grundsätzlichen Mangel an Sittlichkeit in ihrer Seele war, eine Art Fehler, der Entsetzen in den Blicken von Müttern, Großmüttern und sogar kleinen Mädchen aufsteigen lassen würde, wenn sie sie anblickten. Aber diese Gedanken waren rasch wieder verflogen. Um die Wahrheit zu sagen: es war ihr egal, was andere Leute dachten, und wenn die meisten von ihnen so etwas als Bedrohung ihrer ... was auch immer ... *ihres Blicks darauf, wie die Dinge sein sollten* sahen ... nun, das war dann einfach Pech, oder? Als ob allein schon ihre Existenz andere dazu verführen könnte, sich ohne jeden Gedanken an die Folgen ins Leben zu stürzen.

Nun, das ist einen Lacher wert, oder? Die tödlichsten Verführer sind diejenigen, die zur Gleichförmigkeit ermutigen. Wenn du dich nur sicher fühlen kannst, wenn alle anderen genauso fühlen, denken und aussehen wie du, dann bist du ein verdammter Feigling, beim Vermummten ... ganz zu schweigen davon, dass du dabei bist, dich zu einem bösartigen Tyrannen zu entwickeln.

»Was erwartet dich eigentlich an der Küste, Barathol Mekhar?«

»Wahrscheinlich die Pest«, sagte er.

»Oh. Nun, das ist mal ein erfreulicher Gedanke. Und wenn du sie überlebst?«

Er zuckte die Schultern. »Ein Schiff, das irgendwohin fährt. Ich bin noch nie in Genabackis gewesen. Oder in Falar.«

»Wenn du nach Falar gehst«, sagte Scillara, »oder in den vom Imperium besetzten Teil von Genabackis, wäre es möglich, dass deine alten Verbrechen dich einholen.«

»Sie haben mich auch früher schon eingeholt.«

»Dann ist dir entweder gleichgültig, ob du stirbst, Barathol, oder aber du verfügst über ein überragendes und unerschütterliches Selbstvertrauen. Was ist es?«

»Such dir was aus.«

Ein scharfsinniger Bursche. Den kann ich nicht reizen, von daher ist es sinnlos, es zu versuchen. »Was glaubst du, wie wird es sein, einen Ozean zu überqueren?«

»Wie eine Wüste«, sagte Schlitzer, »nur nasser.«

Sie hätte ihm vermutlich dafür einen bösen Blick zuwerfen müssen, aber sie musste zugeben, dass es eine gute Antwort war. *Also gut, dann sind sie vielleicht beide scharfsinnig, jeder auf seine Weise. Ich glaube, mir wird diese Reise gefallen.*

Sie ritten weiter den Pfad entlang, und die Hitze und das Sonnenlicht steigerten sich zu einer wahren Feuersbrunst. Chaur trampelte hinter ihnen her und lächelte immer noch.

Ganath, die Jaghut, stand da und starrte in die Schlucht. Das zauberische Gewebe, das sie über diesen … Eindringling gelegt hatte, war zerschmettert. Sie brauchte weder in den breiten Spalt hinunterzusteigen, noch die begrabene Himmelsfestung selbst zu betreten, um zu erfahren, wie und warum es zerschmettert worden war. Drachenblut war vergossen worden, obwohl das allein noch nicht ausreichte. Auch das Chaos zwischen den Gewirren war entfesselt worden, und es hatte Omtose Phellack verschlungen wie kochendes Wasser Eis.

Doch so ganz konnte sie die Abfolge von Geschehnissen, die notwendig waren, damit so etwas passieren konnte, nicht verstehen; alles blieb merkwürdig nebelhaft, als wäre die Zeit selbst im Innern jener einst schwebenden Festung verdreht worden. Eine Ungeheuerlichkeit war im Grundgestein eingeschlossen, und ihr war jetzt auf höchst absonderliche Weise … Ordnung auferlegt worden.

Sie wünschte sich ihre Gefährten an ihre Seite. Vor allem Cynnigig. Und Phyrlis. So allein wie sie hier war, fühlte sie sich merkwürdig verletzlich.

Vielleicht wünsche ich mir am meisten, dass Ganoes Paran, der Herr der Drachenkarten, jetzt hier bei mir wäre. Ein überraschend beachtlicher Mensch. Allerdings auch ein bisschen zu anfällig dafür, Risiken einzugehen – und hier gab es irgendetwas, das zu einer gewissen Vorsicht riet. Sie würde dies hier heilen müssen – daran gab es keinen Zweifel. Dennoch …

Ganath wandte ihren unmenschlichen Blick von der dunklen Spalte ab – gerade noch rechtzeitig, um einen Schwarm Schatten über die flachen Felsen neben und hinter ihr gleiten zu sehen – und dann Gestalten, groß, reptilisch, die sich alle an die Stelle heran arbeiteten, an der sie stand.

Sie schrie auf, ihr Omtose-Phellack-Gewirr stieg in ihr auf, eine instinktive Antwort auf ihre Panik, als die Kreaturen heranrückten.

Es gab keine Flucht – keine Zeit –

Schwere Hacken schlugen zu, zerfetzten erst Fleisch, dann Knochen. Die Hiebe warfen sie zu Boden, in einem Schwall ihres eigenen Blutes. Sie sah die Kante der Schlucht vor sich, versuchte sie zu ergreifen. Um sich darüber zu ziehen und zu fallen – einen besseren Tod zu finden –

Mächtige, klauenbewehrte, schuppige Füße, mit Streifen aus dickem Fell umwickelt, wirbelten knapp vor ihrem Gesicht Staub auf. Unfähig, sich zu bewegen, spürte sie, wie das Leben aus ihr herausfloss, und sie sah zu, wie der Staub sich als matte Patina auf der Lache aus ihrem Blut ablagerte, es wie eine ganz dünne Haut bedeckte. Zu viel Schmutz, dem Blut würde das nicht gefallen, es würde von all dem Schmutz krank werden.

Sie musste es reinigen. Sie musste es aufsammeln, es irgendwie zurück in ihren Körper schütten, durch die klaffenden Wunden, und hoffen, dass ihr Herz jeden Tropfen sauberbrennen würde.

Aber jetzt ließ sogar ihr Herz sie im Stich, und Blut und Schaum spritzten ihr aus Nase und Mund.

Und plötzlich verstand sie jenes seltsame Gefühl von Ordnung. K'Chain Che'Malle, eine Erinnerung, wieder ins Leben gerufen, nach all dieser Zeit. Dann waren sie also zurückgekehrt. Aber nicht die wirklich chaotischen. Nein, nicht die Langschwänze. Dies hier waren die *Anderen*, die Diener der Maschinen, von Ordnung in all ihrer Brutalität. *Nah'Ruk.*

Sie waren zurückgekehrt. Warum?

Die Blutlache sickerte in den weißen, kreidigen, von Krallen zerfurchten Staub, und in die Furchen flossen die Reste des Blutes in trägen Rinnsalen. *Die unerbittlichen Gesetze der Erosion, in kleinen Buchstaben geschrieben, und doch … ja, höchst treffend, nehme ich an.*

Sie war kalt, und das fühlte sich gut an. Tröstlich. Schließlich war sie eine Jaghut.

Und jetzt gehe ich.

Die Frau stand da und blickte zum Festland hinüber, auf merkwürdige Weise wachsam. Mappo Runt rieb sich das Gesicht, vollkommen erschöpft von Iskaral Pustls manischer Tirade an die Mannschaft der breitbäuchigen Karavelle, die hin und her hastete, als wäre sie bar jeglicher Vernunft: sie turnten durch die Takelage, rannten wild über das Deck und klammerten sich mit wütenden Schreien da und dort an verschiedene, höchst bedenklich wirkende Pricken. Aber irgendwie war das kleine, jedoch absolut seetüchtige Handelsschiff voll vor dem Wind, glitt auf einem sauberen nordöstlichen Kurs dahin.

Eine Mannschaft – eine ganze Mannschaft – aus Bhok'arala. Es hätte unmöglich sein müssen. Es war ganz gewiss absurd. Doch diese Kreaturen hatten sie an Bord ihres zweifellos gestohlenen Schiffs erwartet, das vor der Küste geankert hatte, als Mappo, Iskaral, sein Maultier und die Frau namens Bosheit sich durch die letzten Reste von Unterholz geschoben und die zerklüfteten Felsklippen erreicht hatten.

Und es war nicht einfach nur eine zufällige Zusammenrottung der affenartigen, spitzohrigen Tiere, sondern es handelte sich – wie Iskarals Wutschreie verkündeten – um die eigene Menagerie des Hohepriesters, die ehemaligen Bewohner seiner Klippenfeste viele Meilen östlich von hier, am Rande der fernen Raraku-See. Wie sie hierhergekommen waren, mit dieser Karavelle, war ein Geheimnis, und zwar eines, das sich wahrscheinlich nicht in absehbarer Zeit lösen lassen würde.

Haufen von Früchten und Schalentieren waren auf dem Hauptdeck aufgetürmt gewesen, um die so viel Wind gemacht wurde, als wären es Weihebildchen, als die drei Reisenden das Beiboot – das von einem halben Dutzend Bhok'arala zum Ufer gerudert worden war, um sie in Empfang zu nehmen – längsseits des Schiffes zogen und an Bord kletterten. Um festzustellen – was noch mehr zu Mappos Erheiterung beitrug –, dass Iskaral Pustls schwarzäugiges Maultier ihnen irgendwie vorausgegangen war.

Seither herrschte Chaos.

Wenn Bhok'arala an einen Gott glauben konnten, dann war ihr

Gott gerade eben angekommen, in der zweifelhaften Person von Iskaral Pustl, und das endlose Gequäke, Geschnatter und Getanze um den Hohepriester herum trieb Pustl ganz offensichtlich in den Wahnsinn. Oder machte ihn noch wahnsinniger als er es sowieso schon war.

Bosheit hatte einige Zeit erheitert zugesehen, ohne auf Mappos Fragen zu achten – *Wieso ist dieses Schiff hier? Wo werden sie uns hinbringen? Sind wir wirklich immer noch Icarium auf der Spur?* Keine Antworten.

Und nun, da die Küste wogend und schwankend zu ihrer Rechten vorbeikroch, stand die Frau schweigend da, hielt auf beeindruckende Weise das Gleichgewicht und starrte mit zusammengekniffenen Augen nach Süden.

»Was ist los? Stimmt etwas nicht?«, fragte Mappo, ohne mit einer Antwort zu rechnen.

Sie überraschte ihn. »Ein Mord. Gottlose wandeln wieder über den Sand im Reich der Sieben Städte. Ich glaube, ich verstehe jetzt die Art dieses Bündnisses. Natürlich herrscht Komplexität im Überfluss, und du bist nichts weiter als ein Trell, ein in Hütten hausender Hirte.«

»Der nichts von Komplexität versteht, klar. Erkläre es mir trotzdem. Was für ein Bündnis? Wer sind die Gottlosen?«

»Das spielt eigentlich keine Rolle, und es nützt nichts, wenn man es erklärt. Es hat mit der Natur der Götter zu tun, Mappo Runt. Und mit dem Glauben.«

»Ich höre.«

»Wenn man einen Unterschied zwischen den Gaben eines Gottes und der sterblichen, weltlichen Welt behauptet, in der der Gläubige existiert«, sagte sie, »dann ist dies eine offene Tür zu wahrer Gottlosigkeit. Zur Religion des Unglaubens, wenn man so will.« Sie blickte ihn an, kam ein bisschen näher. »Oh, ich sehe, dass du schon verwirrt die Stirn runzelst –«

»Ich runzle die Stirn wegen der Folgen eines solchen Unterschieds, Bosheit.«

»Tatsächlich? Nun, ich bin überrascht. Freudig überrascht. Sehr gut. Und nun musst du Folgendes verstehen. Von einem Krieg unter den Göttern zu sprechen, das ist nicht einfach eine Sache von, sagen wir, diese Göttin kratzt dem Gott da drüben ein Auge aus. Und auch nicht von einer Armee von Akolythen dieses Tempels, die gegen eine Armee aus dem Tempel auf der anderen Straßenseite marschiert. Ein Krieg zwischen den Göttern wird nicht mit Blitz und Donnerschlag und Erdbeben ausgetragen, obwohl es natürlich möglich – aber unwahrscheinlich – wäre. Der fragliche Krieg ist also schmutzig, die Schlachtlinien sind trüb, unklar und selbst die entscheidenden Kämpfer haben Mühe zu verstehen, was eine Waffe ist, was verwundet und was harmlos ist. Und, was noch schlimmer ist, solche Waffen zu schwingen kann sich für denjenigen, der sie schwingt, als ebenso gefährlich erweisen wie für den Gegner.«

»Fanatismus bringt Fanatismus hervor, ja«, sagte Mappo nickend. »›Indem man es verkündet, kennzeichnet man seinen Feind *als seinen Feind*‹.«

Sie lächelte ihr strahlendes Lächeln. »Ein Zitat? Von wem?«

»Kellanved, dem Gründer und Imperator des malazanischen Imperiums.«

»Du hast tatsächlich die wesentliche Bedeutung meiner Worte erfasst. Nun, die Natur des Fanatismus kann mit der eines Baums verglichen werden – viele Zweige, aber eine Pfahlwurzel.«

»Ungerechtigkeit.«

»Oder zumindest das Verständnis dafür und der Glaube daran – ganz egal, ob eine solche Ungerechtigkeit nun eingebildet ist oder tatsächlich existiert. Meistens existiert sie natürlich, und sie ist das Gift, das die dunkelsten Früchte hervorbringt. Weltlicher Reichtum ist normalerweise auf Knochen aufgebaut, auf hoch aufgeschichteten und dicht aufeinander gepackten Knochen. Doch leider missverstehen diejenigen, die über diesen Reichtum verfügen, die Natur ihrer Belohnung und stellen besagten Reichtum daher häufig ebenso vergnügt wie gleichgültig auf höchst auffällige Weise zur Schau. Das Missverständnis ist folgendes: dass jene, die keinen Reichtum besitzen, sich alle danach sehnen, dass sie daher nach Gleichheit streben, und dass diese Sehnsucht alle Gefühle von Unmut, Ausbeutung und – am bedeutendsten – Unrecht ausschließt. In gewissem Maß haben sie recht, aber meistens haben sie erbärmlich unrecht. Wenn die Mehrheit der Armen schließlich begreift, dass der Reichtum für sie unerreichbar ist, bricht jede Höflichkeit zusammen und die Anarchie obsiegt. Nun, ich habe vom Krieg unter den Göttern gesprochen. Verstehst du die Verbindung, Mappo Runt?«

»Nicht ganz.«

»Ich schätze deine Ehrlichkeit. Bedenke dies: wenn Ungerechtigkeit zu einer gewalttätigen Feuersbrunst erblüht, sind die Götter hilflos. Die Götter hören auf zu führen – sie können nichts weiter als folgen, gezogen vom Willen ihrer Gläubigen. Und nun stell dir vor, Götter wären eigentlich moralische Wesen – das heißt, sie verfügten über und repräsentierten offenkundig einen besonderen Ethos – nun, dann werden solche moralischen Erwägungen die ersten Opfer des Krieges sein. Es sei denn, dieser Gott beschließt, sich gegen die eigenen Gläubigen zu verteidigen. Verbündete, Feinde? Welche Bedeutung haben solche primitiven, einfachen Vorstellungen in diesem Szenario, Mappo Runt?«

Der Trell starrte auf die sich hebenden und senkenden Wogen hinaus, diese unermüdliche Abfolge, geboren aus fernen Erschütterungen, dem unablässigen Zerren der Gezeiten, den harten, bitteren Winden und all dem, was sich in der Welt bewegte. Und doch, wenn man lange genug auf diese einfache, wogende Bewegung starrte … war sie faszinierend. »Wir sind«, sagte er, »wie das Land und das Meer.«

»Noch ein Zitat?«

Er zuckte die Schultern. »Getrieben von unsichtbaren Kräften, ewig in Bewegung, selbst wenn wir stillstehen.« Er kämpfte gegen eine Woge der Verzweiflung an, die in ihm aufwallte. »In Anbetracht all dessen, was die streitenden Parteien behaupten, dass sie nichts weiter als die Soldaten ihres Gottes sind …«

»Alles, was sie im Namen dieses Gottes tun, ist in seinem Kern vollkommen *gottlos*.«

»Und die wahrhaft Gottlosen – solche wie die, von denen du

vorhin gesprochen hast – können gar nicht anders, als solche Gotteslästerer als Verbündete zu betrachten.«

Sie musterte ihn so lange, dass er sich unbehaglich zu fühlen begann. »Was bringt Icarium dazu zu kämpfen?«, fragte sie.

»Wenn er Herr seiner Sinne ist, dann ist es … Ungerechtigkeit. Unrecht.«

»Und wenn er nicht Herr seiner Sinne ist?«

»Dann … nichts.«

»Und der Unterschied zwischen den beiden besteht im Ausmaß der Zerstörung, die er anrichtet.«

Er blickte erneut weg. »Und in den Beweggründen.«

»Bist du dir sicher? Selbst wenn Ungerechtigkeit, indem sie seine Gewalttätigkeit auslöst, zur alles zerstörenden Vernichtung wird, ohne eine offensichtliche Schwelle überschritten zu haben? Mappo Trell, ich glaube, dass die Beweggründe sich letztlich als unbedeutend erweisen. Gemetzel ist Gemetzel. Auf beiden Seiten des Schlachtfelds grinst das Gesicht stumpf und dumm, selbst wenn Rauch den Himmel von Horizont zu Horizont bedeckt, selbst wenn Getreide verwelkt und stirbt, selbst wenn gutes Land sich in Salz verwandelt. Die Ungerechtigkeit endet, Trell, wenn nichts und niemand mehr steht. Vielleicht«, fügte sie hinzu, »ist das der wahre Zweck, dem Icarium dienen soll – der Grund, warum die Namenlosen versuchen, ihn zu entfesseln. Es ist schließlich eine sichere Möglichkeit, diesen Krieg zu beenden.«

Mappo Trell starrte sie an. »Das nächste Mal, wenn wir so miteinander sprechen, Bosheit«, sagte er, »kannst du mir deine Gründe dafür nennen, warum du dich den Namenlosen widersetzt. Warum du mir hilfst.«

Sie lächelte ihn an. »Oh, du fängst an, an unserem Bündnis zu zweifeln?«

»Wie sollte ich nicht?«

»So ist der Krieg unter den Göttern, Trell.«

»Wir sind keine Götter.«

»Wir sind ihre Hände und ihre Füße, unberechenbar und eigensinnig. Wir kämpfen aus Gründen, die größtenteils unsinnig sind, selbst dann, wenn die Rechtfertigung klar und aufrichtig erscheint. Zwei Königreiche, eines am Oberlauf, das andere am Unterlauf eines Flusses. Das Königreich am Unterlauf sieht das Wasser beschmutzt und widerwärtig ankommen, voller Schlamm und Abfälle. Das Königreich am Oberlauf, das auf höherem Land liegt, sieht seine verzweifelten Bewässerungsversuche scheitern, da der Mutterboden jedes Mal weggeschwemmt wird, wenn im Hochland hinter ihm die Regenfälle einsetzen. Die beiden Königreiche streiten sich, bis es dann schließlich zum Krieg kommt. Das Königreich am Unterlauf marschiert, schreckliche Schlachten werden geschlagen, Städte bis auf die Grundmauern niedergebrannt, Bürger versklavt, Felder versalzen und unfruchtbar gemacht. Gräben und Dämme zerstört. Am Ende bleibt nur das Königreich am Unterlauf übrig. Aber die Verwitterung hört nicht auf. Tatsächlich rauscht das Wasser nun, da es flussaufwärts keine Bewässerung mehr gibt, ungehindert herunter, übel gelaunt und wild, und es bringt Lehm und Salz mit, die sich auf den Feldern absetzen und den verbleibenden Ackerboden vergiften. Es kommt zu Hungersnöten, Krankheiten, und die Wüste rückt von allen Seiten näher. Die einst siegreichen Anführer sind entmutigt. Güter werden geplündert. Banditen streifen ungehindert umher, und binnen einer einzigen Generation gibt es kein Königreich mehr, weder am Oberlauf noch am Unterlauf. War die Rechtfertigung richtig? Natürlich. Hat diese Richtigkeit die Sieger vor ihrer eigenen Auslöschung bewahrt? Natürlich nicht.

Eine Zivilisation, die sich im Krieg befindet, wählt sich nur den offensichtlichsten Feind, und oft auch den, von dem sie am Anfang glaubt, er sei am leichtesten zu besiegen. Aber dieser Feind ist nicht der wahre Feind, noch ist er die größte Bedrohung dieser Zivilisation. Demgemäß erwählt eine Zivilisation, die sich im Krieg befindet, häufig den *falschen* Feind. Sag mir, Mappo Runt, was meine beiden angenommenen Königreiche angeht – wo hat sich die wirkliche Gefahr verborgen?«

Er schüttelte den Kopf.

»Ja, das ist schwer zu beantworten, denn es hat viele Bedrohungen gegeben, die scheinbar nichts miteinander zu tun hatten, und lange Zeit tauchten sie auf, verschwanden und tauchten wieder auf. Das Wild, das bis zur Ausrottung gejagt wurde, die Wälder, die abgeholzt wurden, die Ziegen, die in die Hügel gelassen wurden, die Bewässerungsgräben, die gegraben wurden. Und noch mehr: der Überschuss an Nahrungsmitteln, die wachsende Bevölkerung und ihre sich ansammelnden Abfälle. Und dann Krankheiten; Ackerboden, der weggeweht oder weggeschwemmt wurde; und Könige – einer nach dem anderen –, die nichts tun konnten oder wollten oder tatsächlich nichts Widriges gesehen und sich ausschließlich auf diejenigen, die sie verantwortlich machen wollten, konzentriert haben.

Leider«, sagte sie und lehnte sich jetzt auf die Reling, wandte das Gesicht dem Wind zu, »ist es nicht einfach zu versuchen, sich einem solchen Haufen von Bedrohungen zu widersetzen. Erstens muss man sie erkennen, und um das zu schaffen, muss man langfristig denken; und dann muss man die komplizierten Verbindungen unterscheiden können, die zwischen allen Dingen existieren, die Art und Weise, wie ein Problem das andere speist. Von da ausgehend muss man sich Lösungen ausdenken, und schließlich muss man die Bevölkerung dazu bringen, eine gemeinsame Anstrengung zu unternehmen, und zwar nicht einfach nur die eigene Bevölkerung, sondern auch die der benachbarten Königreiche, die alle an der langsamen Selbstzerstörung teilhaben. Sag mir, kannst du dir vorstellen, dass so ein Anführer jemals über die entsprechende Macht verfügen wird? Oder sehr lange an der Spitze stehen wird? Ich auch nicht. Die Hüter des Reichtums werden sich zusammenrotten, um so einen Mann – oder eine Frau – zu vernichten. Außerdem ist es viel leichter, einen Feind zu erschaffen und einen Krieg anzufangen – obwohl es meinen Horizont übersteigt, wie diese Hüter des Reichtums tatsächlich glauben können, sie würden einen solchen Krieg überleben. Aber sie tun es, wieder und wieder. Ja, in der Tat, es sieht aus, als glaubten sie, sie könnten die Zivilisation an sich überleben.«

»Du machst den Zivilisationen wenig Hoffnung, Bosheit.«

»Oh, mein Mangel an Hoffnung geht weit über einfache Zivilisationen hinaus. Die Trell waren Hirten, stimmt's? Ihr habt euch um die halbwilden Bhederin-Herden der Masal-Ebene gekümmert. Im Prinzip eine ziemlich erfolgreiche Art zu leben, wenn man alles in Betracht zieht.«

»Bis die Händler und Siedler gekommen sind.«

»Ja, diejenigen, die euer Land begehrt haben, von Unternehmungsgeist oder der Verwüstung ihrer eigenen Länder getrieben – oder von der Armut in ihren Städten. Sie alle haben eine neue Quelle des Reichtums gesucht. Um ihn zu erlangen, mussten sie leider erst dein Volk vernichten.«

Iskaral Pustl kam an die Seite des Trell gekrochen. »Hört zu, ihr beide. Dichter und Philosophen! Was wisst ihr? Ihr redet und redet, während ich bis zur Erschöpfung von diesen entsetzlichen *Dingern* verfolgt werde!«

»Es sind deine Akolythen, Priester«, sagte Bosheit. »Du bist ihr Gott. Was, wie ich hinzufügen möchte, ein Hinweis auf mindestens zwei Arten von Absurdität ist.«

»Du beeindruckst mich nicht im Geringsten, Frau. Wenn ich ihr Gott bin, *warum hören sie dann nicht auf das, was ich sage?«*

»Vielleicht warten sie einfach nur darauf, dass du das Richtige sagst«, antwortete Mappo.

»Ach, wirklich? Und was wäre das, du fetter Dummkopf?«

»Nun, das, was auch immer sie hören wollen natürlich.«

»Sie hat dich vergiftet!« Der Hohepriester wich zurück, die Augen weit aufgerissen. Er raufte sich die kümmerlichen Strähnen auf seinem Kopf, wirbelte dann herum und rannte in Richtung der Kajüte davon. Drei Bhok'arala – die ihn begleitet hatten – rasten hinter ihm her, schnatternd und gestikulierend, als würden sie an etwas zerren, das über ihren Ohren lag.

Mappo wandte sich wieder Bosheit zu. »Wo fahren wir überhaupt hin, nebenbei gefragt?«

Sie lächelte ihn an. »Zunächst einmal in die Otataral-See.«

»Warum?«

»Ist diese Brise nicht erfrischend?«

»Sie ist verdammt kalt.«

»Ja. Wunderbar, nicht?«

Eine große längliche Grube, mit Kalksteinplatten ausgekleidet, darüber Ziegelwände, die sich erhoben und ein Kuppeldach bildeten. Der einzige Eingang war mit einer Rampe versehen und von Kalkstein eingerahmt, einschließlich eines massiven Sturzsteins, in den das Symbol des Imperiums über dem Namen Dujek Einarm und seinem Titel – Hohefaust – eingraviert worden war. Im Innern des Hügelgrabs waren Laternen aufgestellt worden, um das Trocknen der frisch vergipsten Wände zu beschleunigen.

Direkt vor dem Grab aalte sich eine große Kröte in einer breiten, flachen und zur Hälfte mit glitschigem Ton gefüllten Schale und sah blinzelnd und mit schläfrigen Augen ihrem Kameraden Ormulogun zu, dem Künstler des Imperiums, der Farben mischte. Dutzende von Ölen, jedes mit eigenen Qualitäten; und Pigmente, die aus zerstoßenen Mineralen herausgesucht worden waren, Enteneier, getrocknete Tinten von Meereskreaturen, Blätter und Wurzeln und Beeren; und Krüge mit anderen Dingen: Das Eiweiß von Schildkröteneiern, Schlangen, Geiern; zerkaute Maden, Möwenhirne, Katzenurin, Hundesabber, der Rotz von Zuhältern –

Na schön, dachte die Kröte, vielleicht doch kein Rotz von Zuhältern, obwohl – in Anbetracht der rätselhaften Geheimnisse von Künstlern konnte man sich nie sicher sein. Es reichte zu wissen, dass Leute, die sich in solche Materialien vertieften, größtenteils verrückt waren, wenn nicht von Anfang an, dann aber später um so unausweichlicher, nachdem sie jahrelang mit solchen Giftstoffen umgegangen waren.

Und dennoch machte dieser Narr Ormulogun unbeirrbar weiter, mit seinen befleckten Händen, seinen vom Anspitzen der Pinsel befleckten Lippen, seinem befleckten Bart – den er seiner bizarren Spucktechnik verdankte, bei der die Pigmente mit Spucke und der Vermummte mochte wissen was noch zerkaut wurden –, seiner befleckten Nase, die daher rührte, dass farbverschmierte Finger an ihr herumtasteten, kratzten und sie erforschten, mit seinen befleckten Hosen –

»Ich weiß, was du denkst, Gambl«, sagte Ormulogun.

»Tatsächlich? Dann fahre bitte fort damit, meine gegenwärtigen Gedanken zu beschreiben.«

»Der Ohrenschmalz von Huren und beflecktes Dies und beflecktes Das, und dann gleiten die Kommentare rasch ins Absurde ab, wie es sich für deine Unfähigkeit, ohne Übertreibung und kindische Ideen zu denken, schickt. Nun, überrascht wie du zweifellos bist, wende dein kümmerliches, vorhersagbares Gehirn etwas anderem zu und sag mir im Gegenzug, was *ich* denke. Kannst du das? Ha, hab ich's mir doch gedacht, dass du das nicht kannst.«

»Ich sage dir, du Breiwühler, meine Gedanken waren nicht im Geringsten so, wie du sie gerade in dieser armseligen Nachahmung, die du Gedankenaustausch zu nennen wagst, geschildert hast, aber solch ein Fehlschlag ist alles andere als überraschend, da ich der Meister der Sprache bin, wohingegen du wenig mehr bist als ein immer wieder versagender Schüler der Porträtmalerei, dem es sowohl an triftigem Unterricht in seiner Kunst wie – leider – auch an Talent mangelt.«

»Du versuchst, dich mit jenen zu unterhalten, die geistig taub sind, ja?«

»Wohingegen du malst, um die Blinden zu erleuchten. Ja, ja«, seufzte Gambl; die Anstrengung erwies sich als beunruhigend ernüchternd – ernüchternd selbst für ihn. Er holte schnell erneut Luft. »Wir führen unseren unaufhörlichen Krieg, du und ich. Was wird die Wände des Grabs des großen Mannes schmücken? Nun, da es von dir kommt, das Übliche. Propagandistisches Gepränge, die politisch angepasste, nochmalige Bestätigung des Bestehenden. Heldenhafte Taten im Dienst des Imperiums, und ein noch heldenhafterer Tod, denn in diesem Zeitalter wie in jedem anderen brauchen wir unsere Helden – die toten, heißt das. Wir glauben schließlich nicht an die lebenden, dank dir –«

»Dank mir? *Dank mir?*«

»Deine Stärke ist die Darstellung von Fehlern, Ormulogun. Oh, denke doch nur über diese Feststellung nach! Welch vollkommene Ironie – da bin ja sogar ich von mir beeindruckt. Wie auch immer, solche Fehler im dargestellten Gegenstand sind wie vergiftete Wurfpfeile, die in das Heldentum geschleudert werden. Deine gierige Aufmerksamkeit zerstört, wie sie es immer muss –«

»Nein, nein, du Narr, nicht immer. Und bei mir, Ormulogun dem Großen, *niemals*. Warum? Nun, es ist einfach, allerdings nicht so einfach, dass du es jemals begreifen würdest – aber dennoch, es ist so: Große Kunst ist nicht einfach nur Darstellung. Große Kunst ist *Verwandlung*. Große Kunst ist Erhebung, und Erhebung ist etwas Geistiges im reinsten, geistigsten Sinne –«

»Wie schon zuvor bemerkt«, sagte Gambl gedehnt, »sind dem armen Mann verstehende Gelehrsamkeit und Kürze ziemlich fremd. Darüberhinaus bin ich mir sicher, dass ich diese Definition von Großer Kunst schon früher gehört habe. In einem anderen Zusammenhang, wahrscheinlich von einem Hämmern der Faust auf den Schädel oder die Tischplatte begleitet, oder zumindest von einem Knie in den Nieren. Keine Frage, es *klingt* sehr gut. Zu dumm, dass du durchweg daran scheiterst, es in die Wirklichkeit zu übertragen.«

»Ich habe einen Holzhammer, mit dem ich dich in die Wirklichkeit übertragen könnte, Gambl.«

»Du würdest diese wunderbare Schale zerbrechen.«

»Stimmt. Und ein paar Tränen um sie vergießen. Aber dann würde es mir besser gehen.«

»Dujek Einarm, wie er vor den zerschmetterten Toren von Schwarz-Korall steht. Dujek Einarm bei der Unterredung mit Caladan Bruth und Anomander Rake. Dujek Einarm und Tayschrenn vor Fahl, in der Morgendämmerung vor dem Angriff. Drei wichtige Wände, drei Tafeln, drei Bilder.«

»Du hast dir meine Vorzeichnungen angesehen! Bei den Göttern, wie ich dich hasse!«

»Es bestand keine Notwendigkeit«, sagte Gambl, »etwas so Krasses zu tun – um nicht zu sagen, etwas so absolut Deprimierendes –, wie deine Vorzeichnungen anzusehen.«

Ormulogon sammelte rasch die zuvor ausgewählten Farben, Griffel und Pinsel zusammen und begab sich dann hinunter in das Hügelgrab.

Gambl blieb, wo er war, und dachte darüber nach, ein paar Fliegen zu essen.

Ganoes Paran blickte auf die Rüstung hinunter, die auf dem Bettgestell ausgebreitet war. Die Rüstung einer Hohefaust, ein Ärmel neu ans Kettenhemd angefügt. Das Erbe hinterließ einen sauren, bitteren Geschmack in seinem Mund. Eine Proklamation? Als ob irgendetwas von dem, was er als Soldat getan hatte, so etwas rechtfertigen könnte. Jede Faust in dieser Armee war besser geeignet, den Oberbefehl zu übernehmen. Was mochte es gewesen sein – was stand da drüben in Dujeks Büchern, das Parans Vermächtnis als Hauptmann und Kommandant der Brückenverbrenner so gründlich verzerrte, ja, sogar verfälscht darstellte? Er dachte darüber nach, dass er versuchen sollte, es herauszufinden, aber er wusste, dass er es doch nicht tun würde. Es bedurfte keines Beweises für die Falschheit der ganzen Angelegenheit – er fühlte sich auch so schon genug als Schwindler. Zweifellos hatte Dujek gute Gründe gehabt, die vermutlich etwas damit zu tun gehabt hatten, das Ansehen des Hauses Paran zu schützen, wenn nicht gar zu steigern und dadurch stillschweigend seine Schwester Tavore als neue Oberbefehlshaberin der Vierzehnten zu unterstützen.

Das, was in solchen offiziellen Büchern stand, wurde natürlich von politischen Erwägungen diktiert. *Die, wie ich vermute, auch meine eigenen Eintragungen diktieren werden. Oder auch nicht. Was kümmert es mich? Nachwelt, sei verdammt. Wenn dies hier meine Armee ist, dann soll es so sein. Die Imperatrix kann mich jederzeit des Befehls entheben, was sie zweifellos tun wird, wenn sie von dieser Beförderung im Feld erfährt.* In der Zwischenzeit würde er tun, was ihm gefiel.

Hinter ihm räusperte sich Hurlochel. »Hohefaust, die Fäuste mögen zwar auf den Beinen sein, aber sie sind immer noch schwach.«

»Du meinst, sie üben sich da draußen im Stillstehen?«

»Ja, Hohefaust.«

»Das ist lächerlich. Dann lassen wir das mit der Rüstung jetzt.«

Sie gingen zum Eingang des Zelts, und Hurlochel zog die Zeltklappe beiseite. Paran ging nach draußen, blinzelte im Sonnenlicht. Die gesamte Armee hatte Aufstellung genommen, in glänzenden Rüstungen und mit hoch erhobenen Standarten. Direkt vor ihm waren die Fäuste, die vorderste war Rythe Bude. Sie war blass und wirkte in ihrer Ausrüstung, die für ihre Gestalt viel zu groß zu sein schien, entsetzlich dünn. Sie salutierte und sagte: »Hohefaust Ganoes Paran, das Heer erwartet Eure Besichtigung.«

»Danke, Faust. Wann werden sie marschbereit sein?«

»Morgen früh, bei Anbruch der Dämmerung, Hohefaust.«

Paran musterte die Reihen. Kein Geräusch war von ihnen zu hören, noch nicht einmal das Klirren von Rüstungen. Sie standen da wie staubige Statuen. »Und wie genau«, fragte er flüsternd, »soll ich es schaffen, dem hier gerecht zu werden?«

»Hohefaust«, murmelte Hurlochel an seiner Seite, »Ihr seid mit einem Heiler nach G'danisban hineingeritten und habt eigenhändig eine Göttin niedergestreckt. Sie aus dieser Sphäre vertrieben. Und dann habt Ihr die Schwester dieser Göttin gezwungen, ein Dutzend Sterbliche mit der Macht zu heilen auszustatten –«

»Diese Macht wird nicht anhalten«, sagte Paran.

»Trotzdem. Hohefaust, Ihr habt die Pest getötet. Etwas, das selbst Dujek Einarm nicht gelungen ist. Diese Soldaten sind Euer, Ganoes Paran. Ganz egal, was die Imperatrix entscheidet.«

Aber ich will gar keine verdammte Armee!

»In Anbetracht der Verluste durch die Seuche, Hohefaust«, sagte Faust Rythe Bude, »haben wir genügend Marschverpflegung für sechs, vielleicht auch sieben Tage, falls wir unterwegs unsere Vorräte nicht auffüllen. Natürlich«, fügte sie hinzu, »gibt es die Kornlager in G'danisban, und da die Bevölkerung im Grunde genommen nicht mehr existiert –«

»Ja«, unterbrach Paran sie. »Im Grunde genommen existiert sie nicht mehr. Findet Ihr das nicht merkwürdig, Faust?«

»Die Göttin selbst –«

»Hurlochel hat berichtet, dass seine Vorreiter Menschen gesehen haben, Überlebende, die nach Nordosten unterwegs sind. Ein Pilgerzug.«

»Ja, Hohefaust.«

Er sah, dass sie schwankte. »Wir werden diesen Pilgern folgen, Faust«, sagte er. »Wir werden den Abmarsch um zwei Tage verzögern, in denen wir unsere Vorräte aus den Lagern von G'danisban komplett auffüllen – aber nur so, dass genügend übrig bleibt, um die Menschen, die noch in der Stadt sind, zu ernähren. Beschlagnahmt so viele Wagen und Karren, wie notwendig sind. Ladet außerdem jene Bürger, auf die die Soldaten stoßen, ein, sich unserem Tross anzuschließen. Zumindest werden sie einen Lebensunterhalt finden, wenn sie uns begleiten, und etwas zu essen, Wasser und Schutz. Und nun teilt den Hauptleuten mit, dass ich am Morgen unseres Aufbruchs ein paar Worte an die Soldaten richten werde – bei der Weihe und Versiegelung des Hügelgrabs. In der Zwischenzeit seid ihr alle entlassen.«

Die Fäuste salutierten. Rufe der Hauptleute sorgten dafür, dass die Reihen sich in Bewegung setzten, als die Soldaten sich entspannten und auseinanderzulaufen begannen.

Ich hätte hier und jetzt etwas zu ihnen sagen sollen. Hätte sie warnen sollen, nicht zu viel zu erwarten. Nein, das hätte nicht ausgereicht. Was sagt ein neuer Befehlshaber? Vor allem nach dem Tod eines großen Anführers, eines wahren Helden? Verdammt, Ganoes, du bist besser dran, wenn du gar nichts sagst. Jetzt nicht – und nicht viel, wenn wir das Grab versiegeln und den alten Mann in Frieden zurücklassen. »Wir folgen den Pilgern. Warum? Weil ich wissen will, wo sie hingehen, darum.« Das sollte genügen. Innerlich die Schultern zuckend ging Paran davon. Hurlochel folgte ihm – und dann, zehn Schritt zurück, die junge G'danii namens Naval D'natha, die nun, wie es schien, Teil seines Gefolges war.

»Hohefaust?«

»Was ist, Hurlochel?«

»Wo gehen wir hin?«

»Den Imperialen Künstler besuchen.«

»Oh, ihn. Darf ich fragen, warum?«

»Warum sich solch einer Qual aussetzen, meinst du? Nun, ich muss ihn um etwas ersuchen.«

»Hohefaust?«

Ich brauche einen neuen Satz Drachenkarten. »Weißt du, ob er fähig ist?«

»Diese Frage ist Gegenstand regelmäßiger Erörterungen, Hohefaust.«

»Tatsächlich? Bei wem? Den Soldaten? Das kann ich mir nur schwer vorstellen.«

»Ormulogun hat einen Kritiker, der ihn überallhin begleitet.«

Oh, der arme Kerl.

Der Leichnam lag auf dem Pfad, die Glieder zerfetzt, das gegerbte Lederhemd steif und schwarz von getrocknetem Blut. Bootfinder kauerte sich neben ihm nieder. »Steinfinder«, sagte er. »Jetzt in der gefrorenen Zeit. Wir haben Geschichten geteilt.«

»Irgendjemand hat ihm einen Finger abgeschnitten«, sagte Karsa Orlong. »Die anderen Wunden sind durch Folter entstanden, außer der Speerwunde unter dem linken Schulterblatt. Sieh dir die Spuren an – der Mörder ist aus der Deckung gekommen, als der Mann vorbeigegangen ist – er ist nicht gerannt, sondern gestolpert. Sie haben nur mit ihm gespielt.«

Samar Dev legte Bootfinder eine Hand auf die Schulter und spürte, dass der Anibar vor Kummer zitterte. »Wie lange ist es her?«, fragte sie Karsa.

Der Teblor zuckte die Schultern. »Das spielt keine Rolle. Sie sind nah.«

Sie richtete sich beunruhigt auf. »Wie nah?«

»Sie haben ein Lager aufgeschlagen, und sie gehen sorglos mit ihren Abfällen um.« Er zog sein Steinschwert. »Sie haben noch mehr Gefangene.«

»Woher weißt du das?«

»Ich rieche ihr Leiden.«

Das ist nicht möglich. Ist so etwas möglich? Sie sah sich um, suchte nach offensichtlicheren Hinweisen auf all das, was der Toblakai zu wissen behauptete. Zu ihrer Rechten befand sich eine torfgefüllte Senke, ein bisschen unterhalb des auf dem Grundgestein verlaufenden Pfades, auf dem sie standen. Schwarzfichten mit grauen Stämmen wuchsen darin, die sich auf diese und auf jene Seite neigten; die meisten ihrer Zweige hatten keine Nadeln mehr. Die glänzenden Fäden von Spinnennetzen spannten sich zwischen ihnen, wie Kratzer auf durchsichtigem Glas. Zu ihrer Linken bedeckten flache Wacholderbüsche eine Bodenfalte im Grundgestein, die parallel zu ihrem Pfad verlief. Samar runzelte die Stirn.

»Welche Deckung?«, fragte sie. »Du hast gesagt, der Mörder ist aus der Deckung getreten, um dem Anibar den Speer in den Rücken zu stoßen. Aber hier gibt es keine Deckung, Karsa.«

»Keine, die noch da wäre«, sagte er.

Ihr Stirnrunzeln vertiefte sich zu einer finsteren Miene. »Dann sind sie wohl in Zweige und Blätter eingehüllt, ja?«

»Es gibt andere Möglichkeiten, sich zu verstecken, Frau.«

»Und zwar?«

Karsa schüttelte seinen Fellumhang ab. »Zauberei«, sagte er. »Wartet hier.«

Das hättest du wohl gerne, beim Vermummten. Sie folgte Karsa, der sich – das Schwert beidhändig vor der Brust haltend – mit gleitenden, fast schon rennenden Bewegungen vorwärtsbewegte. Vier Schritte weiter, und sie musste wirklich rennen, um mit ihm Schritt zu halten.

Der lautlose Trab wurde rascher. Wurde blitzschnell.

Keuchend rannte sie hinter dem riesigen Krieger her, hatte ihn aber bereits aus den Augen verloren.

Als Samar plötzlich linker Hand einen Schrei hörte, kam sie schlitternd zum Stehen. Karsa hatte den Pfad an einer Stelle, die schon irgendwo hinter ihr lag, verlassen und war in den Wald gestürmt, über ein Durcheinander aus moosbewachsenen, glitschigen Felsblöcken, umgestürzten Bäumen, Unmengen von toten Ästen – ohne dabei irgendwelche Spuren zu hinterlassen. Noch mehr Schreie.

Mit wild hämmerndem Herzen drang Samar in das Wäldchen ein, drückte Unterholz beiseite; Spinnennetze zupften an ihr, ehe sie rissen, Staub und Rindenstückchen rieselten auf sie herunter –

– während das Gemetzel irgendwo vor ihr weiterging.

Waffen prallten aufeinander, Eisen gegen Stein. Das Krachen von zersplittertem Holz – verschwommene Bewegungen zwischen den Bäumen vor ihr, rennende Gestalten – ein Körper, der in einem Nebel aus Rot sich überschlagend durch die Luft flog – sie erreichte den Rand des Lagers –

Und sah Karsa Orlong – sowie ein halbes Hundert, vielleicht auch mehr, große, grauhäutige Krieger, die Speere, Säbel, Langmesser und Äxte schwangen und auf Karsa eindrangen.

Der Weg, den Karsa in ihre Mitte genommen hatte, glich einem grässlichen Korridor aus Leichen und zu Boden gestürzten, tödlich verwundeten Gegnern.

Aber es waren zu viele –

Urplötzlich geriet das riesige Feuersteinschwert in Sicht, umgeben von einem Hagel aus Knochenstücken und dicken, peitschenden Blutfontänen, als Karsa eine weite, aufwärtsschwingende Bewegung vollendete. Zwei Gestalten taumelten rückwärts, und eine dritte war so hart getroffen worden, dass ihre in Mokassins steckenden Füße bis auf Karsas Augenhöhe geschleudert wurden und im Fallen die Speerschäfte zweier weiterer Krieger mitrissen – und in die sich bietende Öffnung stürmte nun der Toblakai, wich einem halben Dutzend Stößen und Hieben aus, die meist erst hinter ihm niedergingen, denn die Geschwindigkeit des Riesen war außergewöhnlich – nein, mehr noch, sie war *entsetzlich*.

Die beiden Gegner, deren Waffen sich verhakt hatten, versuchten sich nach hinten zu werfen, um aus Karsas Reichweite zu gelangen – aber sein Schwert zuckte vor und traf den linken Krieger am Hals – der Kopf flog davon –, dann glitt die Klinge nach unten, hackte sauber durch die rechte Schulter des anderen Kriegers und trennte ihm den Arm ab.

Karsa löste die linke Hand vom Griff seines Schwerts, packte den Schaft eines auf ihn zustoßenden Speers, zog die Waffe und ihren Besitzer zu sich heran, ließ den Schaft dann schlagartig los und schloss die Hand um den Hals des Mannes. Flüssigkeit spritzte seinem Opfer aus Augen, Nase und Mund, als der Toblakai den Hals zerquetschte, als wäre er nichts weiter als eine Pergamentrolle. Ein heftiger Stoß schleuderte den zuckenden Körper in die nachrückende Menge, wodurch erneut Waffen zumindest für einen Augenblick unwirksam wurden –

Samar Dev konnte dem, was ihre Augen sahen, kaum folgen, denn sogar als Karsas linke Hand sich vom Schwertheft gelöst hatte, hatte sich das Schwert selbst nach rechts bewegt, die Waffen von Feinden weggeschlagen, war dann herum und in die Höhe gewirbelt. Und während die Kehle des feindlichen Kriegers in dem wilden Griff zerquetscht worden war, fuhr das Schwert mit gewaltiger Wucht nach unten, durch einen aufwärtsgeschwungenen Säbel und in Fleisch und Knochen, zerschmetterte ein Schlüsselbein, dann Rippen –

Als Karsa das Schwert losriss, brachte das den Brustkorb zum Bersten, und Samar starrte fassungslos auf das immer noch schlagende Herz des Opfers, das aus seinem zerstörten Nest kippte, einen Augenblick lang an zerfetzten Arterien und Venen baumelte, ehe der Krieger zu Boden stürzte und somit aus ihrem Blickfeld verschwand.

Irgendjemand schrie – jemand, der nicht am Kampf teilnahm – da drüben, weit links, wo es eine felsige Uferlinie gab und dahinter offenes Wasser – und eine Reihe niedriger, breiter, hölzerner Kanus – und sie sah auch eine Frau, dünn, mit goldenen Haaren – eine menschliche Frau – *die Zauber wob.*

Doch welche Art von Zauberei sie auch ausübte, es schien nichts zu nützen. Denn Karsa hatte sich mittlerweile – was eigentlich völlig unmöglich war – eine Schneise bis auf die andere Seite der sich drängenden Krieger gehackt, wo er herumwirbelte, im Rücken eine mächtige Fichte; das Feuersteinschwert schien auf fast schon verächtliche Weise die Angriffe allein abzuwehren, während der Toblakai sich ausruhte.

Samar konnte nicht glauben, was sie sah.

Jetzt waren noch mehr Schreie zu hören. Ein einzelner Krieger, der ein gutes Stück hinter der wogenden Meute stand, brüllte seinen Kameraden etwas zu – die anfingen, sich von Karsa Orlong zu lösen und sich zurückzuziehen.

Als sie sah, dass der Toblakai tief Luft holte – so tief, dass seine Brust sich weitete – und dann sein Schwert hob, rief Samar Dev: »Karsa! Warte! *Greif sie nicht an, verdammt!*«

Der kalte Blick, der sich mit ihrem kreuzte, ließ Samar zusammenzucken.

Der Riese gestikulierte mit dem Schwert. »Hast du gesehen, was noch von den Anibar übrig ist, Frau?« Seine tiefe Stimme ließ seine Worte wie die Schläge einer Kriegstrommel klingen.

Sie nickte, weigerte sich allerdings, noch einmal zu der Reihe von Gefangenen hinzusehen, die kopfüber und mit ausgebreiteten Beinen und Armen an dem dem Landesinnern zugewandten Rand des Lagers an hölzerne Rahmen gebunden waren, die nackten Körper blutüberströmt, und vor jedem Opfer ein Häufchen schwelende Glut, die die Luft mit dem Gestank von verbrannten Haaren und Fleisch erfüllte. Ihr wurde klar, dass Karsa Orlong von Wut getrieben worden war, doch diese Wut brachte den riesigen Krieger nicht zum Zittern, das Schwert, jetzt reglos, wurde bereit gehalten, und die ruhige Haltung der Klinge schien einen Schwur abzulegen, umgehend Tod und Zerstörung zu verbreiten. »Ich weiß«, sagte sie. »Aber hör mir zu, Karsa. Wenn du sie alle tötest – und ich sehe, dass du vorhast, genau das zu tun – aber hör zu! Wenn du es tust, werden noch mehr kommen, auf der Suche nach ihren verschollenen Verwandten. Es werden mehr kommen, Toblakai, und das wird niemals aufhören – bis du einen Fehler machst, bis so viele von ihnen hier sein werden, dass nicht einmal du mehr hoffen kannst, dich durchzusetzen. Und du kannst auch nicht überall zugleich sein, also werden noch mehr Anibar sterben.«

»Und was schlägst du stattdessen vor, Frau?«

Sie schritt vor, achtete weder auf die grauhäutigen Krieger noch die blonde Hexe. »Sie fürchten dich jetzt, Karsa, und du musst diese Furcht ausnutzen –« Sie unterbrach sich, abgelenkt von einer

Bewegung bei den Gebäuden, den Mitteldingen zwischen Zelt und Hütte, unweit der an den Strand gezogenen Kanus. Zwei Krieger zerrten jemanden nach draußen. Einen weiteren Menschen. Sein Gesicht war von Schlägen geschwollen, aber ansonsten schien er unverletzt. Samar Dev musterte den Neuankömmling mit zusammengekniffenen Augen, ging dann rasch zu Karsa und senkte die Stimme zu einem rauen Flüstern. »Sie haben jetzt einen Übersetzer, Karsa. Die Tätowierungen auf seinen Unterarmen – er ist ein Taxilier. Hör mir zu. Rasch. Nutze diese Furcht. Erzähl ihnen, dass es mehr von deiner Art gibt, Verbündete der Anibar, und dass du nur der Erste einer Horde bist, die aufgrund einer Bitte um Hilfe hierherkommen wird. Karsa, sag ihnen, *dass sie aus diesem Land verschwinden sollen, beim Vermummten!*«

»Wenn sie verschwinden, kann ich keine mehr töten.«

Unter den Grauhäutigen war mittlerweile ein Streit ausgebrochen. Der Krieger, der die Befehle gerufen hatte, wies – auf recht offensichtliche Weise – die verzweifelten Bitten der blonden Frau ab. Der Taxilier, der an den Armen festgehalten wurde, folgte ganz offensichtlich der Debatte, aber sein Gesicht war zu zerschlagen, um irgendeinen Ausdruck erkennen zu lassen. Samar sah, wie der Mann kurz herüberblickte, erst zu ihr, dann zu Karsa, dann wieder zu ihr – und dann winkte der Mann, langsam und vorsichtig.

Bei den Göttern hienieden. Gut. Sie nickte, wandte aber sofort den Blick ab, um ihm jegliche Strafe zu ersparen – und blickte stattdessen auf die Stätte des schrecklichen Gemetzels. Gestalten lagen stöhnend auf der blutdurchtränkten Erde. Überall waren zerschmetterte Speerschäfte, wie verstreutes Anzündholz von einem umgestürzten Karren. Aber größtenteils lagen da reglose Leichen, abgetrennte Glieder, herausragende Knochen und hervorquellende Eingeweide.

Und Karsa Orlong war kaum außer Atem.

Waren diese großen, nichtmenschlichen Fremden so armselige Kämpfer? Das konnte sie nicht glauben. Die Art, wie sie gekleidet waren, legte den Schluss nahe, dass sie einer kriegerischen Kultur entstammten. Aber solche Kulturen neigten dazu – vor allem, wenn es in ihnen sehr lange keinerlei Wandel gab oder sie isoliert lebten – ihre Kampfkünste in ritualisierten Formen und Techniken auszuüben. Sie hatten dann nur noch eine Art zu kämpfen, vielleicht mit ein paar Abwandlungen, und es fiel ihnen schwer, sich auf das Unerwartete einzustellen … *wie etwa einen einzelnen Toblakai mit einem unzerbrechlichen Feuersteinschwert, das fast so lang ist wie er groß* – einen Toblakai, der lähmend schnell war und so kalt, distanziert und zielstrebig kämpfte wie ein Wesen, dem das Töten eben im Blut lag.

Und Karsa hatte gesagt, dass er schon einmal gegen diese Feinde gekämpft hatte.

Der Befehlshaber der grauhäutigen Räuber näherte sich; der Taxilier wurde hinter ihm hergeschleift, während die blonde Hexe sich beeilte, an die Seite des Anführers zu gelangen – der sie dann mit ausgestrecktem Arm einen Schritt zurückschob.

Samar sah den Blick aus ungezügeltem Hass, den die kleine Frau auf den Rücken des Befehlshabers richtete. Vom Hals der Hexe hing etwas, ein länglicher, geschwärzter Gegenstand – *ein abgetrennter Finger. Sie ist tatsächlich eine Hexe, die sich der alten Künste bedient, der verlorenen Wege geistiger Magie – nun, sie sind nicht vollkommen verloren, denn ich habe mich auch darauf spezialisiert … aber ich bin nun mal eine atavistische Hündin.* Mit ihren Haaren, ihrem herzförmigen Gesicht – und den blauen Augen – erinnerte sie Samar Dev an die kleinen, größtenteils unterworfenen Völker, die unweit der Mitte des Subkontinents zu finden waren, in solch alten Städten wie Halaf, Guran und Karashimesh; und so weit im Westen wie Omari. Vielleicht irgendwelche Nachkommen früherer Einwohner. Andererseits hatte sie vorhin in einer Sprache gesprochen, die Samar nicht erkannt hatte.

Der Befehlshaber sprach, wobei seine Worte offensichtlich an die blonde Hexe gerichtet waren, die ihrerseits seine Worte – in einer anderen Sprache – an den Taxilier weitergab. Während sie dies tat, weiteten sich Samar Devs Augen, denn sie erkannte ein paar Worte – obwohl sie sie nie zuvor gehört, sondern immer nur gelesen hatte – in den allerältesten Büchern. Nachkommen, in der Tat – aus dem Ersten Imperium.

Der Taxilier nickte, als die Hexe fertig war. Er blickte erst Karsa, dann Samar Dev an, und sagte schließlich: »An wen von euch soll ich die Worte des Preda übermitteln?«

»Warum nicht an uns beide?«, fragte Samar. »Wir können dich beide verstehen, Taxilier.«

»Also gut. Der Preda fragt, welchen Grund dieser Tarthenal für seinen ungerechtfertigten Angriff auf die Merude-Krieger hatte.«

Tarthenal? »Rache«, sagte Samar Dev schnell, bevor Karsa Orlong womöglich einen weiteren blutigen Zusammenprall auslöste. Sie deutete auf die armseligen Gestalten auf den Rahmen am Rand des Lagers. »Diese Anibar, die unter euren Raubzügen leiden, haben ihre langjährigen Verbündeten zu Hilfe gerufen, die Toblakai –«

Bei diesem Wort zuckte die blonde Hexe zusammen, und die länglichen Augen des Preda weiteten sich leicht.

»– und dieser Krieger, ein unbedeutender Jäger im zwanzigtausend Köpfe starken Clan der Toblakai, war zufällig ganz in der Nähe, und daher stellt er nur den Anfang dessen dar, was – wie ich fürchte – eine höchst gründliche Vergeltung sein wird. Vorausgesetzt natürlich, der Preda ist dumm genug, auf ihre Ankunft zu warten.«

Ein gewisses Maß an Erheiterung glänzte in den Augen des Taxiliers, das sofort wieder verborgen wurde, als er sich umdrehte, um Samars Worte an die blonde Hexe weiterzugeben.

Was auch immer sie ihrerseits zum Preda sagte, war doppelt so lang wie die Version des Taxiliers.

Preda. Ich frage mich, ob das eine Abwandlung von Predal'atr sein könnte. Der Kommandant einer Einheit in einer Legion des Ersten Imperiums, während der Mittleren Periode. Aber … das ergibt keinen Sinn. Diese Krieger sind schließlich nicht einmal menschlich.

Die Übersetzung der Hexe wurde durch eine Geste des Preda abgeschnitten, der dann wieder sprach.

Als der Taxilier schließlich übersetzte, schwang so etwas wie Bewunderung in seiner Stimme mit. »Der Preda wünscht seine Anerkennung für die beachtlichen Fähigkeiten dieses Kriegers auszudrücken. Weiterhin fragt er, ob der Rachedurst des Kriegers schon gestillt ist.«

»Nein, das ist er nicht«, erwiderte Karsa Orlong.

Der Tonfall genügte dem Preda, der erneut sprach. Der Gesichtsausdruck der blonden Hexe wurde plötzlich verschlossen, und sie gab seine Worte mit seltsam ausdrucksloser, eintöniger Stimme weiter.

Sie verbirgt Freude.

Samar Dev wurde schlagartig misstrauisch. *Was kommt jetzt?*

»Der Preda versteht die … Haltung des Toblakai«, sagte der Taxilier. »In der Tat, er kann sich in ihn einfühlen, denn der Preda selbst verabscheut, was zu tun ihm befohlen wurde, entlang dieser ganzen fremden Küstenlinie. Doch er muss den Befehlen des Imperators folgen. Das bedeutet, der Preda wird einen vollständigen Rückzug seiner Tiste-Edur-Streitkräfte zurück zur Flotte anordnen. Ist der Toblakai damit zufrieden?«

»Nein.«

Der Taxilier nickte bei Karsas schroffer Antwort, während der Preda wieder zu sprechen begann.

Und was jetzt?

»Auch jetzt hat der Preda keine andere Möglichkeit, als die Befehle seines Imperators zu befolgen, eine feststehende Regel, wenn man so will. Der Imperator ist der größte Krieger, den diese Welt jemals gesehen hat, und er verteidigt diesen Anspruch immer wieder im direkten Zweikampf. Er ist tausend oder mehr Kämpfern entgegengetreten, die aus fast jedem Land geholt wurden, und er lebt immer noch, triumphierend und unbesiegt. Der Imperator hat den Befehl ausgegeben, dass seine Soldaten – ganz egal, wo sie sind, ganz egal, mit wem sie sprechen – die Herausforderung des Imperators übermitteln sollen. In der Tat lädt der Imperator sämtliche Krieger zu einem Duell, das immer bis zum Tode geführt wird – ein Duell, in das niemand eingreifen kann, wie die Folgen auch sein mögen, und das dem Herausforderer alle Gastrechte gewährt. Weiterhin sind die Soldaten des Imperators dahingehend unterwiesen, die Überfahrt zu gewährleisten und jeden Wunsch, jedes Bedürfnis der Krieger zu erfüllen, die dem Imperator in einem Duell entgegentreten werden.«

Noch mehr Worte vom Preda.

Ein Frösteln kroch durch Samar Dev hindurch, ein Entsetzen, das sie nicht klar erkennen oder benennen konnte – aber hier war etwas ... hier war etwas *schrecklich falsch.*

Der Taxilier fasste zusammen. »Also, wenn dieser *Jäger* aus dem Clan der Toblakai die süßeste Rache will, die überhaupt nur vorstellbar ist, dann muss er sich demjenigen entgegenstellen, der seinen Soldaten befohlen hat, allen Fremden, denen sie begegnen, scheußliche Dinge zuzufügen. Entsprechend lädt der Preda den Toblakai – und, wenn dieser Wunsch besteht, auch seine Gefährtin – ein, ihn als Gast der Tiste Edur auf der Heimreise ins Imperium von Lether zu begleiten. Nimmst du das Angebot an?«

Karsa blinzelte, blickte dann auf Samar Dev herunter. »Sie laden mich ein, ihren Imperator zu töten?«

»So scheint es. Aber Karsa, es gibt da –«

»Sag dem Preda«, unterbrach Karsa sie, »dass ich annehme.«

Sie sah den Befehlshaber lächeln.

»Dann heißt euch Preda Hanradi Khalag bei den Tiste Edur willkommen«, sagte der Taxilier.

Samar Dev ließ den Blick über die Leichen schweifen, die überall im Lager verstreut lagen. *Und diese gefallenen Verwandten sind dir vollkommen gleichgültig, Preda Hanradi Khalag? Nein, bei den Göttern hienieden, hier ist wirklich etwas schrecklich falsch –*

»Samar Dev«, sagte Karsa, »willst du hierbleiben?«

Sie schüttelte den Kopf.

»Gut«, brummte er. »Geh und hol Havok.«

»Hol ihn selbst, Toblakai.«

Der Riese grinste. »Es war einen Versuch wert.«

»Hör auf, so verdammt zufrieden auszusehen, Karsa Orlong. Ich glaube nicht, dass du die geringste Ahnung hast, woran du jetzt gebunden bist. Kannst du nicht hören, wie die Handschellen zuschnappen? Dich an diese ... diese absurde Herausforderung und diese verdammten blutleeren Tiste Edur ketten?«

Karsas Gesicht verdüsterte sich. »Ketten können mich nicht halten, Hexe.«

Du Narr, sie halten dich jetzt schon.

Als sie einen Blick zur Seite warf, sah sie, dass die blonde Hexe Karsa Orlong mit begeisterten Blicken abschätzend musterte.

Ich frage mich, was das nun wieder bedeuten soll – und warum es mir so viel Angst macht.

»Faust Temul«, fragte Keneb, »wie fühlt es sich an, nach Hause zu gehen?«

Der junge, hochgewachsene Wickaner – der erst vor kurzem eine blaue Ganzkörpertätowierung im Stil des Krähen-Clans erhalten hatte, ein kompliziertes geometrisches Muster, das sein Gesicht wie ein Porträt aus Mosaiksteinchen aussehen ließ – schaute zu, wie seine Soldaten unten am Strand ihre Pferde auf die Rampen führten. Auf Kenebs Frage zuckte er die Schultern. »Bei meinem Volk werde ich es nur wieder mit all dem zu tun bekommen, mit dem ich es schon hier zu tun hatte.«

»Aber Ihr seid jetzt nicht mehr allein«, sagte Keneb. »Die Krieger da unten sind jetzt Euer.«

»Sind sie das?«

»Das hat man mir zumindest zu verstehen gegeben. Sie zweifeln Eure Befehle nicht mehr an, genauso wenig wie Euer Recht zu befehlen, oder?«

»Ich glaube, dass die meisten dieser Wickaner sich entscheiden werden, die Armee zu verlassen, sobald wir in Unta von Bord gegangen sind«, sagte Temul. »Sie werden zu ihren Familien zurückkehren, und wenn sie gebeten werden, von ihren Abenteuern im Reich der Sieben Städte zu erzählen, dann werden sie nichts sagen. Ich sehe es in meinem Geist, Faust Keneb, dass meine Soldaten beschämt sind. Nicht darüber, dass sie mir so wenig Respekt entgegengebracht haben. Nein, sie schämen sich für die Liste der Misserfolge dieser Armee.« Er richtete dunkle, harte Augen auf Keneb. »Sie sind zu alt oder zu jung, und beide werden vom Ruhm angezogen wie von einer verbotenen Geliebten.«

Temul war niemand, der gern oder viel redete, und Keneb konnte sich nicht erinnern, dass er es jemals zuvor geschafft hatte, dem jungen Mann so viele Worte zu entlocken. »Dann haben sie also den Tod gesucht.«

»Ja. Sie wollten sich zu Coltaine, Bult und all den anderen gesellen, auf die einzige Art, wie das noch möglich ist. Indem sie im Kampf sterben, gegen genau den gleichen Feind. Deshalb haben sie den Ozean überquert, deshalb haben sie ihre Dörfer verlassen. Sie haben nicht erwartet, jemals nach Hause zurückzukehren, und daher wird diese letzte Reise zurück nach Quon Tali sie endgültig zerbrechen.«

»Verdammte Narren. Vergebt mir –«

Temul schüttelte den Kopf. Ein bitteres Lächeln umspielte seine Lippen. »Das ist nicht notwendig. Sie sind Narren, und selbst wenn ich über Weisheit verfügen würde, würde ich darin versagen, sie weiterzugeben.«

Aus den Überresten des Lagers hinter ihnen erklang plötzlich das Geheul von Hirtenhunden. Beide Männer drehten sich überrascht um. Keneb warf Temul einen Blick zu. »Was ist das? Warum –«

»Ich weiß es nicht.«

Sie setzten sich in Bewegung, gingen zurück ins Lager.

Leutnant Poren sah Bent den Pfad heraufrennen; hinter dem Hund stiegen Staubschwaden in die Luft. Er fing ganz kurz einen Blick aus den wilden, halbverrückten Augen über der missgestalteten Schnauze auf, dann war das Tier an ihm vorbei. *Erst jetzt finden wir also heraus, dass sie Angst vor Wasser haben. Nun gut. Dann können wir die hässlichen Viecher wenigstens hierlassen.* Er schaute blinzelnd zu der Reihe aus Wickanern und Seti, die das Einschiffen ihrer dürren Pferde überwachten – er vermutete, dass nur die wenigsten Tiere diese Reise überleben würden, was sie zu wertvollen Fleischlieferanten machte. *Seeleute nennen alles Essen, was das Spülwasser und den Bilgendreck belebt.* Oh, die Reiterkrieger mochten sich beklagen, aber das würde sie nicht davon abhalten, sich mit ihren Schüsseln in die Reihe zu stellen, wenn der Glockenschlag ertönte.

Gütig hatte mit einer leidenschaftlichen Darlegung auch der kleinsten Einzelheit dafür gesorgt, dass die Mandata über sein Missvergnügen an Faust Kenebs Unfähigkeit Bescheid wusste. Es stand außer Frage, dass es Gütig nicht an Mut mangelte – oder zumindest nicht an rasendem Größenwahn. Aber verdammt, dieses Mal hatte der alte Dreckskerl nicht unrecht gehabt. Ein ganzer Tag und eine halbe Nacht waren verschwendet worden – und daran war kein anderer als Keneb schuld. Eine verdammte Inspektion der Ausrüstung sämtlicher Trupps – beim Vermummten, er hatte sich tatsächlich einen nach dem anderen angesehen … und das, während sie sich bereits aufgestellt hatten, um an Bord der Transportschiffe zu gehen. Bei den Göttern, was für ein Chaos! *»Hat Keneb den Verstand verloren?«* Oh, ja, das war Gütigs erste Frage an die Mandata gewesen, und etwas in dem finsteren Gesicht, das sie zur Antwort gemacht hatte, hatte Poren gesagt, dass die unglückselige Frau nichts von alledem gewusst hatte und ganz offensichtlich nicht verstehen konnte, warum Keneb so etwas angeordnet hatte.

Nun, das war keine Überraschung gewesen, wo sie doch nur Trübsal blasend in ihrem verdammten Zelt hockte und wer weiß was mit dieser kalten Schönheit namens T'amber machte. Selbst dem Admiral waren seine Enttäuschung und seine Wut anzumerken gewesen. Unter den Soldaten machte das Gerücht die Runde, dass Tavore wahrscheinlich degradiert werden würde – die Sache mit Y'Ghatan hätte man besser machen können. Jeder verdammte Soldat erwies sich als taktisches Genie, wenn es um dieses Thema ging, und mehr als einmal hatte Poren auf irgendeinen verräterischen Kommentar hin einen seiner Leute zurechtgestutzt. Es spielte keine Rolle, dass Nok und Tavore einander befehdeten; es spielte auch keine Rolle, dass Tene Baralta ein brodelnder Kessel aus Aufruhr unter den Offizieren war; es spielte noch nicht einmal eine Rolle, dass Poren selbst nicht genau wusste, ob die Mandata vor Y'Ghatan irgendetwas hätte besser machen können – die Gerüchte allein waren genauso giftig wie jede Seuche, die die Graue Göttin hätte ausspucken können.

Er freute sich gleichermaßen darauf, an Bord eines Transportschiffs zu gehen, wie er es fürchtete – oder genauer, die lange, ermüdende Reise, die vor ihnen lag. Gelangweilte Soldaten waren schlimmer als Holzwürmer im Kiel – so etwas in der Art sagten die Seeleute, während sie abgestumpfte Blicke auf die staubigen, fluchenden Männer und Frauen richteten, die die Rampen hochstiegen, nur um dann zu verstummen und sich wie geschorene Schafe in die floßartigen Körbe kauerten, während der Holt-auf-Gesang über das kabbelige Wasser klang. Was noch schlimmer war – Meere und Ozeane waren üble Dinge. Soldaten würden dem Tod ohne mit der Wimper zu zucken entgegentreten, wenn sie wussten, dass sie zurückschlagen konnten, sich vielleicht sogar aus der Situation herauskämpfen konnten, aber für das Meer hatten geschwungene Schwerter, pfeifende Pfeile und Schildwälle nicht die geringste Bedeutung. *Und der Vermummte weiß, wir haben wahrlich mehr als genug unruhig und hilflos runterschlucken müssen.*

Die verdammten Hirtenhunde gebärdeten sich nun wie toll.

Was jetzt? Sich seiner eigenen Gründe nicht sicher, setzte Poren sich in die Richtung in Bewegung, in die Bent verschwunden war. Nach Osten auf den Pfad, am Kommandozelt vorbei, dann am inneren Ring der Vorposten und weiter nach draußen, in Richtung der Latrinengräben – und jetzt sah der Leutnant vielleicht ein Dutzend rennende, scheckig braune Hirtenhunde, die alle einem gemeinsamen Ziel zustrebten, dann wild bellend im Kreis herumrannten – und auf der Straße die Objekte ihrer Aufregung, eine Truppe, die sich zu Fuß näherte.

Wer ist das, im Namen der Königin? Die Vorreiter waren alle wieder zurück, dessen war er sich sicher – er hatte die Seti gesehen, wie sie auf den Rampen das Kotzen geübt hatten – sie wurden schon seekrank, wenn sie in einer Pfütze standen. Und die Wickaner hatten ihre Pferde bereits den geplagten Mannschaften der Transportschiffe übergeben.

Poren schaute sich um, sah einen Soldaten, der drei Pferde hinunter zum Strand führte. »He! Du da, warte!« Er ging hinüber. »Gib mir eins von den Pferden.«

»Sie sind nicht gesattelt, Leutnant.«

»Tatsächlich? Woher weißt du das?«

Der Mann fing an, auf den Rücken eines Pferdes zu zeigen –

»Idiot«, sagte Poren, »gib mir die Zügel, nein, die anderen, die da.«

»Das ist das Pferd der Mandata –«

»Dacht ich mir's doch, dass ich es erkannt hätte …« Er zog das Tier weg und schwang sich auf seinen Rücken. Trabte dann auf die Straße. Wühler, das Findelkind, ging vom Lager weg, an einem Knöchel den jaulenden Köter, der wie das aussah, was eine Kuh auskotzen würde, wenn sie eine Mohairdecke gefressen hätte. Ohne auf die beiden zu achten, lenkte Poren sein Pferd gen Osten, ließ es dann in einen leichten Galopp fallen.

Er konnte diejenige, die vorneweg ging, bereits beim Namen nennen. Hauptmann Faradan Sort. Und da war dieser Hohemagier, der Schnelle Ben, und da dieser unheimliche Assassine, Kalam, und – *bei den Göttern hienieden, aber die sind doch alle* – nein, sie waren es nicht. *Seesoldaten! Verdammte Seesoldaten!*

Er hörte jetzt Rufe aus dem Lager hinter ihm, und vor dem Kommandozelt wurde Alarm geschlagen.

Poren traute seinen Augen nicht. Überlebende – sie hatten den Feuersturm überlebt – aber das war unmöglich. *Zugegeben, sie sehen schlimm aus, halbtot, genauer gesagt. Als hätte der Vermummte sie benutzt, um sich die ergrauten Ohren sauber zu machen. Da ist Lostara Yil – nun, sie ist nicht ganz so übel dran wie der Rest –*

Leutnant Poren zügelte das Pferd vor Faradan Sort. »Hauptmann –«

»Wir brauchen Wasser«, sagte sie, brachte die Worte kaum über die rissigen, aufgesprungenen und von Blasen übersäten Lippen.

Bei den Göttern, sie sehen schrecklich aus. Poren riss das Pferd herum und wäre dabei beinahe heruntergefallen. Doch er fing sich, richtete sich wieder auf und ritt zurück zum Lager.

Als Keneb und Temul den Hauptweg erreichten, dreißig Schritt vom Kommandozelt entfernt, sahen sie die Mandata herauskommen, und einen Augenblick später Blistig, dann T'amber. Vom östlichen Rand des Lagers waren Rufe zu hören, aber man konnte nicht verstehen, was die Soldaten riefen.

Die Mandata wandte sich den beiden näher kommenden Fäusten zu. »Anscheinend fehlt mein Pferd.«

Keneb zog die Brauen hoch. »Deswegen der Alarm? Mandata –«

»Nein, Keneb. Auf der Oststraße ist eine Truppe entdeckt worden.«

»Eine Truppe? Werden wir angegriffen?«

»Ich glaube nicht. Nun, begleitet mich doch. Es sieht aus, als sollten wir ein Stück gehen. Und dies wird Euch die Möglichkeit geben, das Fiasko zu erklären, das sich ereignet hat, als Eure Kompanie an Bord der Transportschiffe gehen sollte, Faust Keneb.«

»Mandata?«

»Ich finde Eure plötzliche Unfähigkeit nicht sonderlich überzeugend.«

Er warf ihr einen Blick zu. Da lag doch tatsächlich der Hauch eines Gefühls auf dem unscheinbaren, verhärmten Gesicht. Ein Hauch, nicht mehr. Nicht genug, um zu erkennen, um was für ein Gefühl es sich handelte. »Wühler«, sagte er.

Die Mandata zog die Brauen hoch. »Ich glaube, das werdet Ihr noch etwas genauer ausführen müssen, Faust Keneb.«

»Er hat gesagt, wir sollten einen Tag länger brauchen, um an Bord der Schiffe zu gehen, Mandata.«

»Und der Rat dieses Kindes – eines kaum des Lesens und Schreibens kundigen, halbwilden Kindes, um es genauer zu sagen – reicht Euch als Rechtfertigung, um die Anordnungen Eurer Mandata nicht ordnungsgemäß umzusetzen?«

»Normalerweise nicht«, antwortete Keneb. »Es ist schwer zu erklären … aber er weiß Dinge. Dinge, die er eigentlich nicht wissen kann, meine ich. So hat er zum Beispiel gewusst, dass wir nach Westen segeln würden. Er hat gewusst, welche Häfen wir anlaufen wollen –«

»Weil er sich hinter dem Kommandozelt versteckt hatte«, sagte Blistig.

»Habt Ihr auch nur ein einziges Mal gesehen, dass der Junge sich irgendwo versteckt hat, Blistig? Auch nur ein einziges Mal?«

Der Angesprochene machte ein finsteres Gesicht.

»Dann muss er wohl ziemlich gut darin sein.«

»Mandata, Wühler hat gesagt, wir müssten den Aufbruch um einen Tag verschieben – oder wir würden alle sterben. Auf See. Ich fange allmählich an zu glauben –«

Sie hob eine behandschuhte Hand, und die Geste war heftig genug, ihn zum Schweigen zu bringen. Er sah, dass sie die Augen zusammengekniffen hatte, auf etwas starrte, das vor ihnen war –

Ein Reiter, der ohne Sattel in vollem Galopp auf sie zugeritten kam.

»Das ist Gütigs Leutnant«, sagte Blistig.

Als offensichtlich wurde, dass der Mann weder vorhatte, langsamer zu werden, noch die Richtung zu ändern, begaben sich alle rasch an den Straßenrand.

Der Leutnant grüßte flüchtig, als er vorbeipreschte – was angesichts der Staubwolke, die ihn einhüllte, kaum zu sehen war – und rief irgendetwas, das sich wie *»Sie brauchen Wasser!«* anhörte.

»Und es war Euer Pferd, Mandata«, sagte Blistig, während er Staubschwaden beiseitezuwedeln versuchte, als sie sich wieder in Bewegung setzten.

Keneb schaute die Straße entlang; er blinzelte, um den Dreck aus den Augen zu bekommen. Gestalten taumelten in sein Blickfeld. Nicht genau zu erkennen … nein, das war Faradan Sort … oder doch nicht?

»Eure Deserteurin kehrt zurück«, sagte Blistig. »Das ist ziemlich dumm von ihr, wirklich, da Desertion mit dem Tod bestraft wird. Aber was sind das für Leute da hinter ihr? Und was tragen sie?«

Die Mandata blieb plötzlich stehen, die Bewegung war fast schon ein Taumeln.

Der Schnelle Ben. Kalam. Mehr Gesichter, staubbedeckt, so weiß, dass sie wie Geister aussahen – *und das sind sie auch. Was sollten sie sonst sein?* Fiedler. Gesler, Lostara Yil, Stürmisch – Keneb sah ein vertrautes, unmögliches Gesicht nach dem anderen. Von der Sonne verbrannt, stolpernd, wie Kreaturen, die im Delirium gefangen waren. Und in den Armen trugen sie Kinder, mit stumpfen Augen, abgemagert …

Der Junge weiß Dinge … Wühler …

Und da stand er, flankiert von seinen begeisterten Hunden, und sprach, wie es schien, mit Sünd.

Sünd. Wir dachten, sie wäre vor Kummer verrückt geworden – sie hatte schließlich ihren Bruder verloren … hat ihn verloren … und nun wiedergefunden.

Aber Faradan Sort hatte vermutet – und zu Recht –, dass Sünd von etwas anderem besessen war. Ein Verdacht, der stark genug gewesen war, um sie desertieren zu lassen.

Bei den Göttern, wir haben zu leichtfertig aufgegeben – aber nein – die Stadt, der Feuersturm – wir haben tagelang gewartet, haben gewartet, bis die ganze verdammte Ruine sich abgekühlt hatte. Wir haben in der Asche rumgestochert. Niemand hätte das überleben können.

Die Truppe erreichte die Mandata.

Hauptmann Faradan Sort schwankte nur einmal leicht, als sie sich gerade aufrichtete, dann die Faust auf die linke Seite ihrer Brust führte und salutierte. »Mandata«, sagte sie krächzend. »Ich habe mir die Freiheit genommen, die Trupps neu zu formieren, in Erwartung Eurer Billigung –«

»Diese Billigung liegt in der Verantwortlichkeit von Faust Keneb«, sagte die Mandata. Ihre Stimme klang merkwürdig ausdruckslos. »Hauptmann, ich habe nicht erwartet, Euch noch einmal wiederzusehen.«

Ein Nicken. »Ich verstehe die Notwendigkeit, die militärische Disziplin aufrechtzuerhalten, Mandata. Und daher ergebe ich mich Euch jetzt. Ich bitte allerdings darum, dass Ihr Sünd gegenüber Nachsicht walten lasst – in Anbetracht ihrer Jugend und ihrer geistigen Verfassung zum fraglichen Zeitpunkt …«

Pferde kamen die Straße entlang. Es war Leutnant Poren, der

zurückkehrte, und hinter ihm noch mehr Reiter. Mit Blasen voller Wasser, die schwangen und hüpften wie riesige Euter. Die anderen Reiter waren alles Heiler – einschließlich der Wickaner Nil und Neder. Keneb sah den wachsenden Unglauben in ihren Gesichtern, als sie näherkamen.

Fiedler war nach vorne gekommen, ein dürres Kind lag schlafend oder bewusstlos in seinen Armen. »Mandata«, sagte er mit aufgesprungenen Lippen, »ohne Hauptmann Sort, die mit bloßen Händen gegraben hat, hätte nicht einer von uns, der unter der verdammten Stadt begraben war, sie lebend wieder verlassen. Wir wären schon jetzt nichts weiter als schimmelige Knochen.« Er trat näher, aber sein Versuch, die Stimme zu einem Flüstern zu senken, misslang, denn Keneb hörte ihn sagen: »Mandata, wenn Ihr Hauptmann Sort wegen Desertion hängt, dann solltet Ihr aber eine Menge Schlingen mehr bereit halten, weil wir dann diese elende Welt ebenfalls verlassen werden.«

»Sergeant«, sagte die Mandata, anscheinend nicht beunruhigt, »soll ich etwa glauben, dass du und die Trupps da hinter dir ... dass ihr unter Y'Ghatan begraben wart, während dort der Feuersturm gewütet hat, und dass ihr es irgendwie geschafft habt, dabei nicht gekocht zu werden, und euch dann wieder ins Freie gegraben habt?«

Fiedler wandte den Kopf ab und spuckte Blut, dann lächelte er – ein grässliches Lächeln, das einen frösteln machte, die abblätternden Lippen teilten sich in zwei Reihen roter, glänzender Risse. »Stimmt«, sagte er krächzend, »wir sind auf die Jagd gegangen ... durch die Knochen der verdammten Stadt. Und dann sind wir mit Hilfe von Hauptmann Sort wieder aus dem Grab gekrochen.«

Die Mandata wandte den Blick von dem zerlumpten Sergeanten ab, ließ ihn langsam an der Reihe hagerer Gesichter entlangschweifen, an den toten Augen, die aus staubverklebten Gesichtern starrten, der nackten, blasenübersäten Haut. »Dann seid ihr also wirklich Knochenjäger.« Sie unterbrach sich, als Poren seine Heiler mit den Wasserblasen nach vorne führte, und sagte dann: »Willkommen zurück, Soldaten.«

Buch Zwei

Die Knochenjäger

Wer will leugnen, dass es unsere Natur ist, von unseren Artgenossen immer nur das Schlimmste anzunehmen? Selbst als überall im Reich der Sieben Städte Kulte entstanden und zu einer übergeordneten Verehrung verschmolzen wurden – wobei nicht nur Coltaine, der Geflügelte, die Schwarze Feder, verehrt wurde, sondern auch die Kette der Hunde an sich –, und zwar an Schreinen, die aus den bloßen Abfällen entlang jenes unglückseligen Wegs zu erwachsen schienen, Schreinen, die als Sühne für einen toten Helden nach dem anderen dienten: Bult, Lull, Schwätzer, Sormo E'nath, sogar Baria und Meskar Setral von den Roten Klingen; und für den Tollhund-Clan, den Wiesel-Clan und natürlich den Krähen-Clan und die Siebte Armee an sich; während am Gelor-Kamm, in einem uralten Kloster, das einen Ausblick auf das alte Schlachtfeld gewährte, ein neuer Kult geboren wurde, der sich um Pferde drehte – selbst als also dieses umfassende Fieber der Verehrung das Reich der Sieben Städte im Griff hatte, brachten gewisse Agenten im Herzen des malazanischen Imperiums unter der einfachen Bevölkerung Geschichten in Umlauf, die genau das Gegenteil beinhalteten: dass Coltaine das Imperium verraten hätte; dass er ein Abtrünniger gewesen sei, der heimlich mit Sha'ik verbündet war. Denn wenn die zahllosen Flüchtlinge einfach in ihren Städten geblieben wären und die Herrschaft der Rebellen hingenommen hätten; wenn sie nicht von Coltaine und seinen blutrünstigen Wickanern mitgeschleppt worden wären; und wenn Kulp, der Anführer des Magier-Kaders der Siebten, nicht auf so geheimnisvolle Weise verschwunden wäre und so die malazanische Armee für die zauberischen Machenschaften und tatsächlichen Manipulationen der wickanischen Waerlogas verwundbar gemacht hätte – wenn also all das nicht geschehen wäre, dann hätte es kein Gemetzel gegeben, kein schreckliches Martyrium in Form der Überquerung eines halben Kontinents, allen räuberischen, halbwilden Stämmen des Ödlands ausgeliefert. Doch am abscheulichsten von allem war, dass Coltaine dann im Bunde mit dem verräterischen Imperialen Historiker Duiker dem späteren Verrat sowie der darauf folgenden Auslöschung der Aren-Armee Vorschub geleistet hätte, die von der naiven Hohefaust Pormqual angeführt wurde, dem ersten Opfer dieses schrecklichen Verrats. Warum sonst sollten ausgerechnet die Rebellen aus dem Reich der Sieben Städte solche Gestalten verehren, wenn nicht deswegen, weil sie in Coltaine und dem Rest heldenhafte Verbündete sehen …?

In jedem Fall, ob nun offiziell gebilligt oder nicht, flammte die Verfolgung der Wickaner im Imperium heiß und alles verschlingend auf, da sie so reichlich genährt wurde …

Das Jahr der Zehntausend Lügen
Kayessan

Kapitel Sechs

Was bleibt da noch zu verstehen? Die Wahl zu haben, ist eine Illusion. Freiheit ist Täuschung. Die Hände, die sich ausstrecken, jeden deiner Schritte, jeden deiner Gedanken zu leiten, kommen nicht von den Göttern, denn die werden nicht weniger irregeführt als wir – nein, meine Freunde, diese Hände kommen zu jedem von uns ... *von* jedem von uns.

Ihr mögt glauben, dass die Zivilisation uns mit Zehntausenden von Stimmen taub macht, aber hört gut auf das Geschrei, denn mit jedem sich wiederholenden Ausbruch – so unterschiedlich er auch sein, so unzählig oft er auch stattfinden mag – erwacht eine uralte Macht, die jeden Lärm anzieht, bis der Chor nur noch zwei Seiten bildet, die einander bekämpfen. Die blutigen Linien sind gezogen, werden im Abwenden von Gesichtern, im Verstopfen von Ohren und in kalter Leugnung verfochten, und jedes Gespräch erweist sich schließlich als nutzlos und wertlos.

Werdet ihr dennoch an dem Glauben festhalten, meine Freunde, dass eine Veränderung möglich ist? Dass Wille und Vernunft den Willen der Leugnung überwinden können?

Es bleibt nichts mehr zu verstehen. Dieser verrückte Strudel hält uns alle in einem Griff, der nicht gebrochen werden kann; und ihr mit euren Speeren und Kriegsmasken; ihr mit euren Tränen und eurer sanften Berührung; ihr mit dem sardonischen Grinsen, hinter dem Furcht und Selbsthass schreien; selbst ihr, die ihr als stumme Zeugen unserer katastrophalen Vernichtung abseits steht, zu betäubt, um zu handeln – es ist alles eins. Ihr seid alle eins. *Wir sind alle eins.*

Und daher tretet nun näher, meine Freunde, und seht in diesem bescheidenen Karren vor euch die kostbarsten aller

Waren. Das Elixier des Vergessens, die Tinktur des Rasenden Tanzens, und hier, mein Liebling, die Salbe Unendlicher Männlicher Tüchtigkeit, mit deren Hilfe – das garantiere ich – euer Soldat Schlacht um Schlacht aufrecht stehend überstehen wird …

Die Ansprache des Hausierers
Nacherzählt von Vaylan Winder
Malaz, in dem Jahr, in dem die Stadt von Abwasser überflutet wurde (1123 von Brands Schlaf)

Rinnsale aus nach Urin stinkendem Wasser rannen die Stufen hinunter, die zu Schaffs Schenke des Gehängten führten, eine von beinahe zwei Dutzend verrufenen Schenken im Hafenviertel von Malaz, die Banaschar, ein ehemaliger D'rek-Priester, mittlerweile regelmäßig aufsuchte. Was für Einzelheiten auch immer einst seinem Geist geholfen haben mochten, einen dieser Orte vom anderen zu unterscheiden – sie waren seither verblasst, und das Bollwerk seiner Entschlossenheit war durch und durch verfault und von Enttäuschung und einer wachsenden Panik zermürbt, die giftig genug war, ihn unbeweglich zu machen – zumindest geistig, wenn auch nicht körperlich. Und die nachfolgende Sintflut war überraschend tröstlich, selbst als das Wasser immer höher stieg.

Was aber auch, wie er bemerkte, als er die tückischen, vermoderten schmierigen Stufen überwand, kaum einen Unterschied zu diesem verfluchten Regen machte – oder dem, was die langjährigen Einwohner hier so nannten … trotz des klaren Himmels. Meistens kommt der Regen runter, sagten sie, aber manchmal kommt er auch hoch, sickert durch die bröckeligen Pflastersteine der einzelnen Stadtviertel, verwandelt unterhalb der Erdoberfläche gelegene Einrichtungen wie Schaffs Schenke in sumpfigen Morast, während gleichzeitig eine summende Wolke aus Moskitos den Eingang bewacht und der Gestank überlaufender Kloaken so durchdringend ist, dass die Alteingesessenen seine Ankunft mit den gleichen Worten verkünden, mit denen sie die Ankunft einer wirklichen Person, die unglücklicherweise Gestank hieß, verkünden würden – und so wird er in einer sowieso schon schäbigen Gesellschaft zwar nicht willkommen geheißen, aber doch begrüßt.

Und Banaschar befand sich in diesen Tagen wirklich in höchst schäbiger Gesellschaft. Veteranen, die es vermieden, nüchtern zu werden, als wäre das ein Fluch; Huren, die ihr Herz aus Gold schon lange auf der Straße verkauft hatten – falls sie überhaupt jemals eines besessen hatten; dürftige Jugendliche mit entsprechend bescheidenen Zielen – der niederträchtigste Schläger in diesem Wirrwarr aus stinkenden Straßen und Gassen zu sein; Meisterdieb jener wenigen Habseligkeiten, die die Armen besaßen; der widerlichste, hinterhältigste Messerstecher mit mindestens fünfzig Knoten an den Gelenkbändern, wobei jeder Knoten jemanden ehrte, der dumm genug gewesen war, ihm zu trauen; und natürlich die übliche Sammlung von Leibwächtern und Muskelprotzen, deren Hirn man irgendwann in ihrem Leben die Luft geraubt hatte; Schmuggler und Möchtegernschmuggler, Spitzel und die Imperialen Spione, denen sie Bericht erstatteten, Spione, die Spione ausspionierten, Händler unzähliger Substanzen, Benutzer besagter Substanzen auf ihrem Weg in das Vergessen des Abgrunds; und hier und da Leute, die sich in keine Gruppe einordnen ließen, da sie nichts über ihr Leben, ihre Geschichte oder ihre Geheimnisse verrieten.

In gewisser Hinsicht war auch Banaschar so jemand – zumindest an seinen besseren Tagen. Zu anderen Zeiten – solchen wie jetzt – konnte er keinen Anspruch auf eine mögliche – wenn auch unwahrscheinliche – Grandiosität erheben. An diesem Nachmittag war er früh zu Schaffs' gekommen, mit dem Ziel, die Nacht so weit wie möglich von sich wegzuschieben – gut geölt natürlich, was wiederum zu einer überlangen und hoffentlich ganz und gar glückseligen Zeitspanne der Bewusstlosigkeit in einer der läuseverseuchten Rattenfallen über der Schenke führen würde.

Es würde leicht sein, dachte er, als er sich duckend durch den Eingang trat, gleich dahinter stehen blieb und in die Düsternis blinzelte, sich Geschrei als ein einziges Wesen vorzustellen, eines, das zahllose Münder besaß, und den Lärm als so bedeutungslos wie das Dahinrauschen des braunen Wassers in einem Abflussrohr zu betrachten. Doch Banaschar war zu einer neuen Einschätzung der Phantastereien der Laute gekommen, die aus menschlichen Kehlen drangen. Die meisten sprachen, um sich vom Denken abzuhalten, doch andere sprachen, als würfen sie Rettungsleinen aus, noch während sie in einer wie auch immer gearteten verzweifelten Erkenntnis ertranken, zu der sie gekommen waren – vielleicht während einer unwillkommenen Pause, erfüllt vom Entsetzen der Stille. Ein paar andere passten in keine der beiden Gruppen. Das waren diejenigen, die das Geschrei, das sie umgab, als Barriere benutzten, in deren Mitte sie sich einen Platz schufen, an dem sie sich verstecken konnten, wo sie stumm und gleichgültig die äußere Welt abwehrten.

Öfter als nicht pickte sich Banaschar – der einst ein Priester gewesen war, der sich in den Singsang Gebete herunterleiernder Stimmen versenkt hatte – genau solche Stammgäste heraus, um das zweifelhafte Vergnügen ihrer Gesellschaft zu genießen.

Durch den Schleier aus Durhang- und Rostlaubrauch, die beißenden schwarzen Schwaden, die von den Lampendochten aufstiegen, und etwas, das vielleicht Nebel war, der sich dicht unter der Decke gesammelt hatte, sah er in einer Nische an der hinteren Wand eine vertraute Gestalt kauern. Vertraut in dem Sinne, dass Banaschar schon häufig einen Tisch mit dem Mann geteilt hatte, obwohl er so gut wie nichts über ihn wusste – nicht einmal seinen Namen. Er kannte ihn nur als *Fremdländer.*

Und er war wirklich ein Fremder, der malazanisch mit einem Akzent sprach, den Banaschar nicht einordnen konnte – was an sich merkwürdig war, da der ehemalige Priester weit herumgekommen war, von Korel bis Seft und Mare im Süden; von Nathilog bis Callous in Genabackis im Osten; und im Norden von Falar bis Aren und Yath Alban. Und auf diesen Reisen hatte er andere Reisende getroffen, die aus Orten kamen, die Banaschar noch nicht einmal auf einer der Landkarten im Tempel finden konnte. Nemil, Verende, Shal-Morzinn, Elingarth, Pein, Jacuruku und Stratem.

Doch dieser Mann, auf den er nun zuhielt, indem er sich durch die nachmittägliche Menge der Seeleute und die Schar in Malaz lebender Veteranen wand und schob, dieser Mann hatte einen Akzent, der anders war als alle, die Banaschar jemals gehört hatte.

Doch die Wahrheit war niemals so interessant wie das Geheimnis, das ihrer Enthüllung vorausging, und Banaschar war dahin gekommen, seine eigene Unwissenheit zu schätzen. Schließlich wusste er in anderer Hinsicht viel zu viel – und was hatte ihm das gebracht?

Während er dem großen Fremden gegenüber auf die schmierige Bank glitt, öffnete er die Schließe seines zerlumpten Umhangs und schüttelte ihn ab – einst, vor langer Zeit, wie es nun schien, hätte ein solcher Mangel an Nachdenken über die hässlichen Falten, die daraus resultieren würden, ihn entsetzt –, aber seither hatte er oft genug in seinem Umhang geschlafen, bewusstlos auf einem mit den Resten von Erbrochenem bedeckten Fußboden und zweimal auch auf den Pflastersteinen einer Gasse; korrektes Betragen war leider längst keine moralische Notwendigkeit mehr.

Jetzt lehnte er sich zurück, der grobe Stoff bauschte sich hinter ihm, als eine der Schankdirnen mit einem Krug voll von Schaffs eigenem Schmarotzergesöff ankam, einem dünnen, gashaltigen Bier, das seinen Namen auf angemessen wörtliche Weise erworben hatte. Was das mittlerweile übliche Gehabe rechtfertigte, mit einem Auge kurz in das messingfarbene Gebräu zu blinzeln, bevor man den ersten Schluck trank.

Fremdländer hatte einmal aufgeblickt, als Banaschar an den Tisch gekommen war, und die Geste mit einem sardonischen halben Lächeln unterstrichen, bevor er seine Aufmerksamkeit wieder dem mit Wein gefüllten Becher aus gebranntem Ton in seinen Händen zugewandt hatte.

»Oh, die jakatakanischen Trauben sind alle sehr gut«, sagte der ehemalige Priester, »es ist das hiesige Wasser, das den Wein, den du so sehr magst, in Schlangenpisse verwandelt.«

»Stimmt. Schlimme Nachwirkungen«, sagte Fremdländer.

»Und das ist wünschenswert?«

»Ja, das ist es. Es lässt mich nachts wieder und wieder aufwachen, fast zu jedem Glockenschlag, mit einem pochenden Schädel und einer Blase, die gleich platzen wird – aber würde ich nicht aufwachen, dann *würde* die Blase platzen. Verstehst du?«

Banaschar nickte und schaute sich um. »Mehr los als sonst am Nachmittag.«

»Das glaubst du nur, weil du um diese Zeit schon lange nicht mehr hier gewesen bist. Vor drei Nächten sind drei Transportschiffe mit Eskorte aus Korel eingelaufen.«

Der ehemalige Priester musterte die anderen Gäste erneut, dieses Mal allerdings ein bisschen sorgfältiger. »Und – reden sie viel?«

»Klingt so.«

»Über den Feldzug da unten?«

Fremdländer zuckte die Schultern. »Geh und frag sie doch, wenn du willst.«

»Nein. Zu viel Aufwand. Das wirklich Üble daran, Fragen zu stellen, ist –«

»Dass man Antworten bekommt, klar – das hast du schon mal gesagt.«

»Das ist eine andere üble Sache – dass wir alle am Schluss die gleichen Dinge immer wieder und wieder sagen.«

»Das gilt für dich. Nicht für mich. Und bei dir wird es schlimmer.«

Banaschar nahm zwei Schlucke, wischte sich dann mit dem Handrücken über die Lippen. »Schlimmer. Ja, in der Tat.«

»Es ist niemals gut«, bemerkte Fremdländer, »einen Mann in Eile zu sehen.«

»Es ist ein Wettrennen«, sagte Banaschar. »Erreiche ich die Kante und stürze mich hinunter, oder kommt meine Errettung rechtzeitig? Lass uns ein paar Münzen auf das Ergebnis wetten – ich empfehle auf Ersteres, aber das bleibt unter uns.«

Der große Mann – der selten jemandem in die Augen blickte, wenn er sprach, und dessen riesige Hände und Handgelenke mit Schwielen übersät waren – schüttelte den Kopf. »Wenn die Errettung eine Frau ist, würde nur ein Narr gegen mich wetten.«

Banaschar verzog das Gesicht und hob den Bierkrug. »Eine gute Idee. Lass uns auf all die verlorenen Lieben auf der Welt trinken, mein Freund. Was ist mit deiner passiert, oder ist das eine zu persönliche Frage für unsere zweifelhafte Beziehung?«

»Du bist auf den falschen Stein gesprungen«, sagte der Mann. »Meine Liebe ist nicht verloren, und vielleicht werde ich eines Tages darüber nachdenken, den Platz mit dir zu tauschen, aber nicht heute. Und auch nicht gestern oder vorgestern. Jetzt, wo ich darüber nachdenke –«

»Du brauchst nicht weiterzusprechen. Meine Errettung ist keine Frau, und selbst wenn sie es wäre, dann nicht, weil sie eine Frau ist, wenn du verstehst, was ich meine.«

»Ach, dann hatten wir gerade eine von diesen hypothetischen Unterhaltungen?«

»Du hast Malazanisch von einem gebildeten Seemann gelernt, ja? Wie auch immer, hypothetisch ist das falsche Wort für das, was du meinst, glaube ich. Es ist eher so was wie metaphorisch.«

»Bist du dir sicher?«

»Natürlich nicht, aber darum geht es doch auch nicht, oder? Die Frau ist ein gebrochenes Herz, vielleicht aber auch einfach nur eine Schlammbahn, auf der man runterrutscht, bis sie einen begräbt, bis sie uns alle begräbt.« Banaschar trank sein Bier aus, wedelte kurz mit dem Krug und lehnte sich dann mit einem Rülpser zurück. »Hab' von einem napanesischen Seemann gehört, der ein Fässchen Schmarotzergesöff getrunken hat und dann hingegangen ist, sich zu nah an einen brennenden Docht gestellt und sich den größten Teil seines Hinterns weggeblasen hat. Ich frage mich, wie das die Dinge erhellt?«

»Kurzzeitig, würde ich mir vorstellen.«

Mit der Antwort zufrieden, sagte Banaschar nichts. Eine Schankdirne kam mit einem großen Henkelkrug, aus dem sie den Bierkrug des ehemaligen Priesters wieder auffüllte. Er schaute ihr nach, als sie davonging, sich durch das Gedränge schaukelte – eine Frau, die zu tun hatte.

Es war leicht, eine Insel als etwas Isoliertes zu betrachten – gewiss verband viele Inselbewohner ein enger Horizont, eine Mischung aus selbstgefälliger Arroganz und Selbstbesessenheit –, aber die Isolation war künstlich, eine bloße Täuschung. Lege die Meere trocken, und der felsige Boden, der alles miteinander verbindet, wird enthüllt; die Anhänger von D'rek, dem Wurm des Herbstes, verstanden das sehr gut. Gerüchte, Einstellungen, Lebensstile, Überzeugungen, die mit den Ketten der Gesinnung rasselten, alle glitten so leicht wie der Wind über die Wogen, und jene, die sich gut eigneten, wurden von den Inselbewohnern alsbald vereinnahmt – ja, sie waren ihrer Meinung nach tatsächlich sogar bei ihnen entstanden.

Es hatte eine Säuberung gegeben, und die Luft roch noch immer nach der Asche aus dem Mausviertel, wo zusammengerottetes Gesindel über die wenigen wickanischen Familien hergefallen war, die dort lebten – Stallburschen und Näher, Männer, die Lederzeug mit Nieten versahen, und Frauen, die Satteldecken woben, sowie eine alte Frau, die Zugpferde und Maultiere heilte. Der Mob hatte sie entsetzlich eifrig aus ihren Schuppen und Hütten gezerrt, die Kinder und die Alten und alles dazwischen, und erst die spärlichen Habseligkeiten seiner Opfer geplündert und dann die Hütten angezündet. Auf die Straße getrieben und umzingelt waren die Wickaner schließlich gesteinigt worden.

Coltaine war nicht tot, sagten die Leute. Diese ganze Geschichte war eine Lüge, genauso wie das etwas jüngere Gerücht, dass Sha'ik von der Mandata getötet worden wäre. Eine Schwindlerin, hieß es, ein Opfer, um die sich auf dem Rachefeldzug befindliche Armee abzulenken. Und was die Rebellion selbst anging, nun, sie war nicht zerschlagen worden. Sie war einfach verschwunden, die Verräter waren wieder einmal untergetaucht, hatten die Waffen wieder in die Scheiden geschoben und unter ihren Telaba verborgen. Es stimmte schon, die Mandata hatte gerade erst Leoman von den Dreschflegeln gestellt und in Y'Ghatan festgesetzt, aber selbst das war nicht mehr als eine Finte. Die Roten Klingen bewegten sich einmal mehr frei in Aren, die Knochen der verratenen Hohefaust Pormqual lagen zerschmettert und entlang des Arenwegs zerstreut, und auf den Grabhügeln von Pormquals verratener Armee wuchs das Gras bereits dicht.

Waren nicht besorgte Einwohner von Aren zu jenem Hügel gereist, der als *Der Untergang* bekannt war? Und hatten dort Löcher in den Grabhügel gegraben und nach den Knochen des verfluchten Coltaine gesucht? Und nach denen von Bult, Schwätzer und Lull? Und hatten sie nicht *nichts* gefunden? *Alles Lügen.* Die Verräter waren allesamt verschwunden, auch Duiker, der Imperiale Historiker, dessen Verrat an seiner Imperatrix – und am Imperium an sich – vielleicht die übelste Sache überhaupt war.

Und schließlich, die allerletzten Neuigkeiten. Über eine unglückselige Belagerung. Über eine schreckliche Pest im Reich der Sieben Städte. Uneinheitliche, zusammenhanglose Neuigkeiten, die dennoch wie Schürhaken ins Feuer gestoßen wurden und Funken in die Dunkelheit schickten. Und in harsch geflüsterten Geschichten, überzeugt von ihrer Wahrheit, war die Wiedergeborene Sha'ik erneut aufgetaucht und hatte noch mehr Gefolgsleute um sich geschart.

Die letzten Kieselsteine auf dem Wagen.

Unten im Mausviertel hatte der Pöbel auf eigene Faust gehandelt. Der Pöbel brauchte keine Anführer, keine imperialen Anweisungen – der Pöbel verstand etwas von Gerechtigkeit, und auf dieser Insel – der Geburtsstätte des Imperiums – wurde Gerechtigkeit in roten Händen gehalten. Die zu Brei zerschlagenen Leichen wurden in den Fluss geworfen, der zu träge war, zu sehr von Abwässern und Abfällen geschwängert, mit zu engen Durchlässen unter den Brücken, um die Leichen durchzulassen, um sie hinaus in die Bucht zu tragen.

Und auch das wurde als ein Vorzeichen gesehen. Der uralte Meergott hatte diese Leichen zurückgewiesen. Mael, der sich durch den neu belebten Glauben auf der Insel entsprechend befähigt fühlte, wollte sie nicht in der salzigen Bucht haben, an der der Hafen von Malaz lag – bedurfte es da noch eines überzeugenderen Beweises?

Der Geist des Imperators war gesehen worden, im überwucherten Garten des Totenhauses, ein Geist, der sich von den Seelen der niedergemetzelten Wickaner ernährte.

In den D'rek-Tempeln in Jakata und hier in Malaz waren die Priester und Priesterinnen verschwunden, waren in der Nacht ausgesandt worden, so wurde geflüstert, um die restlichen Wickaner zur Strecke zu bringen, die sich noch auf der Insel befanden – diejenigen, die geflohen waren, als sie von der Säuberung im Mausviertel von Malaz gehört hatten –, denn der Wurm des Herbstes hungerte selbst nach wickanischem Blut.

Es hieß, eine aus Bürgern bestehende Armee würde sich an den alten Grenzen sammeln, am Rand der wickanischen Steppe auf dem Festland, und sich demnächst in Marsch setzen mit dem Ziel, die verdammten Verräter in ihren verwahrlosten stinkenden Hütten bis zum letzten Mann zu vernichten. Und hatte die Imperatrix etwa ihre Legionen ausgeschickt, um diese Armee aufzulösen? Nein, natürlich nicht, denn sie *hieß die Sache gut.*

Der Imperiale Hohemagier Tayschrenn war hier, in Malaz, verbarg sich in Mocks Feste. Was hatte ihn hierhergeführt? Und warum ein so öffentlicher Besuch – der merkwürdige Zauberer hatte einen legendären Ruf, sich ungesehen zu bewegen, hinter den Kulissen zu agieren, um das Wohl des Imperiums zu sichern. Auf ihm ruhte schließlich Laseens Macht in Wirklichkeit, er war ihre linke Hand, während die rechte der Klaue gehörte. Wenn er hier war, dann um etwas zu überwachen –

Er ist hier. Banaschar konnte den Dreckskerl spüren – eine brütende, verhängnisvolle Aura, die von Mocks Feste herabwehte. Tag um Tag, Nacht für Nacht. *Und warum? Oh, ihr Narren.*

Aus dem gleichen Grund, aus dem ich hier bin.

Sechs Boten bisher. Sechs. Alle gut genug bezahlt, um verlässlich zu sein, und alle hatten hinterher geschworen, dass sie das dringende Sendschreiben weitergegeben hatten – an den Wächter am Tor der Feste, der seinerseits jedes Mal genickt und gesagt hatte, dass er das Sendschreiben dem Hohemagier übergeben würde.

Und doch – keine Antwort. Keine Vorladung.

Irgendjemand fängt meine Botschaften ab. Es kann gar nicht an-

ders sein. Klar, ich habe mich sehr zurückhaltend ausgedrückt – was hätte ich sonst auch tun sollen? Aber Tayschrenn würde mein Siegel erkennen, und er würde verstehen ... mit plötzlich klopfendem Herzen, kaltem Schweiß auf der Stirn, mit zitternden Händen ... würde er verstanden haben. Sofort.

Banaschar wusste nicht, was er tun sollte. Den letzten Boten hatte er vor drei Wochen geschickt.

»Es ist das verzweifelte Glitzern in deinen Augen«, sagte der Mann, der ihm gegenübersaß und wieder leicht grinste, obwohl sein Blick sich abwandte, sobald Banaschar ihn ansah.

»Du bist angetan?«

»Nein. Aber fast so was wie neugierig. Habe dich in diesen Wochen beobachtet. Du hast aufgegeben, aber allmählich. Die meisten Menschen machen das binnen eines Augenblicks. Stehen aus dem Bett auf, gehen ans Fenster, und dann stehen sie da, reglos, und sehen nichts, während in ihrem Innern alles ohne Flüstern in sich zusammenfällt, ohne eine Staubwolke, die den Zusammenbruch kennzeichnet ... während alles einfach ins Nichts verschwindet.«

»Du bist besser dran, wenn du wie ein verdammter Seemann redest und denkst«, sagte Banaschar.

»Je mehr ich trinke, desto klarer und ruhiger werde ich.«

»Das ist ein schlechtes Zeichen, mein Freund.«

»Die sammle ich. Du bist nicht der Einzige, der zum Warten verflucht ist.«

»Monatelang!«

»Bei mir sind es Jahre«, sagte der Mann, während er einen derben Finger in seinen Becher tauchte und eine Motte herausfischte, die in dem Wein gelandet war.

»Das klingt, als wärst du derjenige, der schon vor langer Zeit hätte aufgeben sollen.«

»Vielleicht. Aber ich habe eine Art von Glaube gefunden. Es dauert nicht mehr lange, das schwöre ich. Nicht mehr lange.«

Banaschar schnaubte. »Der Mann, der sich ertränkt, unterhält sich mit dem Narren, eine Nacht, um Akrobaten, Jongleure und Tänzerinnen an den Bettelstab zu bringen, kommt, kommt alle, zwei Silberstücke erkaufen euch unendliche – und ich meine unendliche – Unterhaltung.«

»Ich bin nicht so unvertraut damit, sich zu ertränken, mein Freund.«

»Und das bedeutet?«

»Etwas verrät mir, dass du das Gleiche sagen könntest, wenn es um Narren geht.«

Banaschar blickte weg. Sah ein anderes vertrautes Gesicht, einen anderen großen Mann – nicht ganz so groß wie der Fremde ihm gegenüber, aber genauso breit, sein haarloser Schädel von Leberflecken gezeichnet, Narben auf jedem Körperteil. Er holte sich gerade einen Krug von Schaffs Altem Malazanischem Dunklen. Der ehemalige Priester hob die Stimme. »Heh, Temper! Hier ist noch Platz.« Er rutschte auf seiner Bank ein Stück zur Seite und schaute zu, wie der alte, aber immer noch beachtliche Mann – zweifellos ein Veteran – sich den Weg zu ihrer Nische bahnte.

Zumindest konnte das Gespräch sich jetzt wieder bedeutungslosen Dingen zuwenden.

Und dennoch. *Noch ein Kerl, der auf … irgendetwas wartet. Nur habe ich bei ihm den Verdacht, dass es schlimm sein könnte, wenn es jemals kommt.*

Irgendwo in den Gewölben einer weit, weit entfernten Stadt verrottete ein Wandteppich. Zusammengerollt und einer Mäusefamilie als Heim dienend, verlor die Schöpferkraft der Hände, die ihn gewoben hatten, langsam einen von niemandem gesehenen Krieg gegen trippelnde Käferlarven, Tarynwürmer und Aschemotten. Dennoch verbarg die Dunkelheit, in der er verlassen dahindämmerte, da und dort Farben, die auch jetzt noch kraftvoll leuchteten, und es waren noch immer genügend erzählerische Elemente der ursprünglich dargestellten Szene übrig, dass deren Bedeutung noch zu erkennen war. Gut möglich, dass der Wandteppich weitere fünfzig Jahre überlebte, ehe er sich schließlich den Auswirkungen der Vernachlässigung geschlagen geben würde.

Der Welt war es vollkommen gleichgültig, wie Ahlrada Ahn

sehr wohl wusste, dass manche Dinge unbedingt erhalten werden mussten – geschichtliche Ereignisse, Geschichten, die mit unzähligen Schichten von Sinn und Bedeutung beladen waren. Sie kümmerte sich nicht um das, was vergessen war, um Erinnerungen, und Wissen hatte noch nie die endlose Wiederholung vorsätzlicher Dummheit aufhalten können, die Völkern und Zivilisationen so viele Schranken auferlegte.

Der Teppich hatte einst eine ganze Wand bedeckt – die rechte, wenn man den Obsidianthron ansah, von dem aus der Hochkönig von Blaurose, der Oberste Diener des Schwarzen Geflügelten Lords, vor der Annexion geherrscht hatte … und neben seinem Podest der Rat der Onyx-Magier, alle in ihre wunderbaren Umhänge aus geschmeidigem, flüssigem Stein gehüllt – aber nein, es war der Wandteppich, der Ahlrada Ahn nicht mehr aus dem Kopf ging.

Die Geschichte begann an dem Ende, das am weitesten vom Thron entfernt war. Drei Gestalten vor einem mitternachtsschwarzen Hintergrund. Drei Brüder, in reiner Dunkelheit geboren und von ihrer Mutter aufs Höchste geschätzt. Und nun alle ausgestoßen, obwohl das jedem von ihnen zu einem anderen Zeitpunkt widerfahren war. Andarist, den sie als den ersten Verräter angesehen hatte, eine Anklage, von der alle wussten, dass sie falsch war, aber der Knoten aus Unwahrheiten hatte sich eng um ihn geschlossen, und niemand außer Andarist selbst hätte ihn lösen können – und das konnte oder wollte er nicht tun. Er hatte seine Verbannung hingenommen, von unerträglichem Kummer erfüllt, und seine letzten Worte waren folgende gewesen: Ob willkommen oder nicht, er würde auch weiterhin Mutter Dunkel als Wächter dienen, in seiner Abgeschiedenheit, und daran sollte sein Leben gemessen werden. Doch selbst hinsichtlich dieses Versprechens hatte sie sich abgewandt. Seine Brüder konnten gar nicht anders als darin ein Verbrechen zu sehen, und es war Anomandaris Purake, der Mutter Dunkel als Erster entgegentrat. Welche Worte zwischen ihnen gewechselt wurden, wissen nur sie selbst, obwohl die grässlichen Folgen für alle zu sehen waren – Anomander wandte sich von ihr ab. Er ging davon, verleugnete die Dunkelheit in seinem Blut und spürte an ihrer statt das Chaos auf, das immer in seinen Adern kämpfte. Silchas Ruin, der rätselhafteste der drei Brüder, hatte wie ein von Unschlüssigkeit zerrissener Mann gewirkt, gefangen in unmöglichen Versuchen zu besänftigen, zu versöhnen, bis er schließlich jede Zurückhaltung aufgab und das größte Verbrechen von allen beging. *Ein Bündnis mit Schatten. Gerade, als ein Krieg unter den Tiste ausbrach – ein Krieg, der bis zum heutigen Tage ungehemmt weitergeht.*

Es hatte Siege gegeben, Niederlagen, gewaltige Gemetzel – und dann, in einer letzten verzweifelten Geste, hatten Silchas Ruin und seine Gefolgsleute sich auf ihrer Flucht durch die Tore mit den Legionen des Schattens und ihrem grausamen Befehlshaber Scabandari – der später als Blutauge bekannt werden würde – vereinigt. *Und sie sind auf diese Welt geflohen. Aber diese drei Brüder wurden unaufhörlich von Verrat verfolgt.* Und so war im Augenblick des größten Sieges gegen die K'Chain Che'Malle Silchas Ruin durch Scabandaris Messer gefallen, und seine Gefolgsleute waren ihrerseits unter den Schwertern der Tiste Edur gefallen.

Das war die zweite Szene auf dem Wandteppich. Der Verrat, das Gemetzel. Aber jenes Gemetzel war nicht so gründlich gewesen, wie die Edur geglaubt hatten. Es hatten Tiste Andii überlebt – die Verwundeten, die Nachzügler, die Alten und die Mütter und die Kinder, die weit hinter dem Schlachtfeld zurückgelassen worden waren. Sie waren Zeugen geworden. Und geflohen.

Die dritte Szene stellte ihre schlimme Flucht dar, die verzweifelte Verteidigung gegen ihre Verfolger durch vier kaum erwachsene Zauberer – die die Gründer des Onyx-Ordens werden würden –, den Sieg, der ihnen Aufschub gewährte, genug, um sie entkommen zu lassen und durch neue Entfaltungen von Magie den Jägern zu entgehen und so einen Zufluchtsort zu erschaffen –

In Höhlen tief unter den Bergen am Ufer des Binnenmeeres, Höhlen, in denen sie saphirblaue Blumen züchteten, kompliziert wie Rosen, denen das Königreich, die Berge und das Meer ihren gemeinsamen Namen verdankten. *Blaurose – und so kommt nun die letzte und ergreifendste Szene, dem Thron am nächsten … und meinem Herzen.*

Sein Volk, die paar tausend, die übrig geblieben waren, verbarg sich einmal mehr in jenen tiefen Höhlen, während die Tyrannei der Edur wie Wahnsinn über ganz Lether tobte. *Ein Wahnsinn, der mich verschlungen hat.*

Die heftig wogende Dünung des grimmigen Nordmeers, das die Einheimischen Kokakal nannten, drosch mit dröhnenden Donnerschlägen auf die Bireme der Hiroth ein, und Ahlrada packte die Reling mit beiden Händen, als ihm wiederholt bitterkalte Gischt ins Gesicht spritzte, als wäre er das Objekt des Zorns eines aufgebrachten Gottes. Und vielleicht war er das auch, und wenn dem so war, nun, dann war es wohlverdient, so weit es ihn betraf.

Er war als Kind von Spionen geboren worden. Generation um Generation hatte seine Familie inmitten der Tiste Edur gelebt, erfolgreich, aber unverdächtig inmitten des Chaos der anscheinend unaufhörlichen gegenseitigen Streitereien zwischen den Stämmen. Hannan Mosag hatte dem natürlich ein Ende gemacht, doch zu diesem Zeitpunkt hatten die Beobachter – solche wie Ahlrada Ahn und andere – bereits ihren Platz gefunden, hatte sich die Geschichte ihres Blutes durch und durch mit der der Edur vermischt und war von ihr nicht mehr zu unterscheiden.

Bleichmittel für die Haut, die geheimen Gesten, mit denen die im Verborgenen lebenden Andii sich miteinander verständigten, die vorsichtigen Machenschaften, um sicherzustellen, dass immer einer von ihnen bei wichtigen Versammlungen dabei war – das war Ahlrada Ahns Leben gewesen. Und wenn die Stämme an ihrem Zufluchtsort im Norden geblieben wären, wäre es … erträglich geblieben – bis zu dem Zeitpunkt, da er sich auf einen Jagdausflug begeben hätte, von dem er nie mehr zurückgekehrt wäre. Der Stamm, der ihn adoptiert hatte, hätte seinen Verlust betrauert, während Ahlrada in Wirklichkeit den südlichen Rand der Eisenöde überquert hätte und die zahllosen Meilen gegangen wäre, bis er Blaurose erreicht hätte.

Bis er *nach Hause* gekommen wäre.

Doch dieses Zuhause war … nicht mehr so, wie es einst gewesen war. Der Zufluchtsort wurde belagert. Gewiss, der Feind hatte noch keinen Verdacht und wusste bis jetzt noch nichts von den Katakomben unter seinen Füßen, aber dennoch herrschten jetzt dort die erwählten Eliten in ihren Positionen höchster Macht, und mit ihnen alle Arten von Schlechtigkeit und Grausamkeit. *Vom Imperator fließt das schlechte Blut nach unten, immer weiter nach unten …* Keine Herrschaft der Letherii war jemals so tief gesunken wie die von Rhulad und seinen »adligen« Edur. *Bete, dass es ein Ende hat. Bete, dass eines Tages die Historiker über diese dunkle Epoche in der Geschichte von Letheras als dem Alptraumhaften Zeitalter schreiben werden, eine wahre Bezeichnung, um die Zukunft zu warnen.*

Er glaubte es nicht. Nicht ein Wort des Gebets, das er zehntausendmal stumm gesprochen hatte. *Wir haben den Weg gesehen, den Rhulad nehmen würde. Haben ihn gesehen, als der Imperator seinen eigenen Bruder verbannt hat – bei den Göttern, ich war dabei, ich war dort, im Entstehenden. Ich war einer von Rhulads »Brüdern« aus seiner erweiterten Familie sich duckender Kriecher. Möge der Schwarze Geflügelte Lord mich beschützen, ich habe zugesehen, wie der eine Edur, den ich bewundert habe, der eine Edur, den ich geachtet habe, zerbrochen wurde. Nein, ich habe mehr getan, als einfach nur zugesehen. Ich habe meine Stimme hinzugefügt, als Rhulad zum rituellen Scheren von Trull aufgefordert hat. Und Trulls Verbrechen? Nun, nichts weiter als ein weiterer verzweifelter Versuch, Rhulad nach Hause zu bringen. Oh, bei der Dunklen Mutter …* doch Ahlrada Ahn hatte es nie gewagt, kein einziges Mal, noch nicht einmal in jenen frühen Tagen, als Trull sich bemüht hatte, einen Umschwung herbeizuführen, nein, er hatte sich immer abgewandt, hatte jede Gelegenheit zurückgewiesen, Worte zu sprechen, von denen er wusste, dass Trull sie brauchte und als Geschenke betrachtet und gehütet hätte. *Ich war ein Feigling. Meine Seele ist vor dem Risiko geflohen, und es gibt keinen Weg zurück.*

In den Tagen, die auf Rhulads Aufstieg auf den Thron von Lether gefolgt waren, hatte Ahlrada eine Kompanie von Arapay-Kriegern aus Letheras herausgeführt, auf der Suche nach der Spur derjenigen, die den neuen Imperator verraten hatten – sein Bruder Forcht, und Udinaas, der Sklave. Sie hatten keinerlei Hinweise gefunden, und darin hatte Ahlrada so etwas wie einen kleinen Sieg gesehen. Rhulads Zorn hätte beinahe zu Massenhinrichtungen geführt, und Ahlrada und sein Suchtrupp wären mit bei den ersten gewesen, die hingerichtet worden wären, aber Hannan Mosag – oder genauer, das, was noch von ihm übrig war – hatte es irgendwie geschafft, Rhulad unter Kontrolle zu bringen. Schließlich *brauchte* der Imperator seine Tiste-Edur-Krieger – nicht nur, um das Imperium zu besetzen und zu beherrschen, sondern sogar noch mehr für die ausgedehnten Expeditionen, die genau damals geplant worden waren.

Expeditionen wie diese hier. Hätte er gewusst, was diese Expeditionen mit sich bringen würden, hätte Ahlrada sich möglicherweise für die Hinrichtung entschieden, die Rhulad in jenen frühen Tagen in Letheras so gerne vorgenommen hatte.

Seit damals … *all das, was wir in seinem verfluchten Namen getan haben …*

Wir folgen ihm – was hat das aus uns gemacht? Oh, Trull, du hattest recht, und nicht einer von uns war tapfer genug, sich an deine Seite zu stellen, als es am wichtigsten war.

Seine Erinnerungen an Trull Sengar verfolgten Ahlrada Ahn. Nein, seine Erinnerungen an *alles* verfolgten ihn, doch sie waren zusammengeflossen und konzentrierten sich auf diesen einsamen, ehrenvollen Krieger der Tiste Edur.

Er stand auf dem großen Schiff, den Blick auf das stürmische Meer gerichtet, sein Gesicht schon lange taub von der eisigen Gischt. In den Wassern ringsum hoben und senkten sich noch mehr Schiffe in den schweren Wogen, eine Hälfte der Dritten Imperialen Edurflotte, die einen Weg um diesen riesigen Kontinent herum suchte. Unter Deck und in der Takelage arbeiteten auf sämtlichen Schiffen Mannschaften aus Letherii, die auch die einfacheren Soldaten stellten. Während ihre Oberherren nichts taten außer

Wein zu trinken und unaufhörlich mehrgängige Mahlzeiten zu verzehren, oder sich Letherii-Sklavinnen in ihre prächtigen Betten zu holen und diejenigen, die sie benutzt hatten, die gebrochen waren oder rasend vom Gift des Edursamens, einfach über die Reling zu werfen – wo die der Flotte unablässig folgenden großen grauen Haie und ganze Herden Dhenrabijährlinge warteten.

Eine Hälfte der Flotte in diesen Meeren. Befehligt von Tomad Sengar, dem Vater des Imperators.

Und wie gut haben wir uns bisher geschlagen, Tomad Sengar? Eine knappe Handvoll zweifelhafter Meisterkämpfer, Herausforderer, die wir in unsere Heimat bringen können – und vor den manischen Blick deines jüngsten Sohns.

Außerdem sollten wir die gefallenen Verwandten nicht vergessen, die wir gefunden haben. Woher sind sie gekommen? Sie wissen es selbst nicht. Aber behandeln wir sie als lang verlorene Verwandte? Nehmen wir sie mit offenen Armen auf? Nein, sie sind geringere Kreaturen, ihr Blut ist von Versagen, von Mangel besudelt. Unser Geschenk ist Verachtung, auch wenn wir es Befreiung nennen.

Aber ich habe an Meisterkämpfer gedacht … und an Rhulads unersättlichen Hunger, der uns hinaus in diese Welt schickt, eine Flotte nach der anderen. Tomad. Wie gut haben wir uns geschlagen?

Er dachte an ihre letzten Gäste, dort unten, unter Deck, und da war ein Gefühl – nicht mehr als ein Flüstern in der Düsternis seiner zusammengerollten, verrotteten, mottenzerfressenen Seele –, dass sie dieses Mal vielleicht jemanden gefunden hatten, der wirklich furchterregend war. Jemand, der vielleicht dafür sorgen konnte, dass Rhulad an seinem eigenen Blut erstickte, sogar mehr als einmal … obwohl wie immer irgendwann dieser schreckliche Schrei erklingen würde …

Wir werden geschaffen und vernichtet, und so geht es weiter und weiter. Für immer.

Und ich werde niemals meine Heimat sehen.

Mit Augen, die die Farbe von verwittertem Granit hatten, blickte Atri-Preda Yan Tovis, die letheriische Marine-Kommandantin, die ihre Soldaten als Zwielicht kannten, auf den kranken Mann hinunter. Hier unten, im düsteren Laderaum des Schiffs, war es feucht und stank, und der Laufgang über dem Kiel war mit Erbrochenem und glitschigem Schimmel verschmiert. Ächzen und dumpfes Dröhnen erfüllten den Raum bei jeder Welle, die gegen den Rumpf schlug. Das gedämpfte Licht von Laternen huschte hierhin und dorthin, machte die Schatten ausgelassen und wild. »Hier«, sagte sie. »Trink das.«

Der Mann blickte auf – rotgeränderte Augen in einem Gesicht, das die Farbe von Walfett hatte. »Trinken?« Das Wort allein schien schon beinahe auszureichen, damit er sich erneut übergeben musste, aber sie sah, wie er heftig gegen den Brechreiz ankämpfte.

»Ich spreche deine Sprache nicht gut«, sagte sie. »Trink. Zwei Schlucke. Warte. Dann mehr.«

»Ich werde es nicht bei mir behalten können«, sagte der Mann.

»Nicht wichtig. Zwei, und du fühlst dich besser. Dann mehr. Übelkeit geht weg.«

Mit einer zitternden Hand griff er nach der kleinen, mit Patina überzogenen Glasflasche.

»Hat der Ceda gemacht«, sagte Zwielicht. »Hat er gemacht, vor Generationen. Übelkeit geht weg.«

Er trank einen Schluck, dann noch einen, blieb einen Augenblick völlig reglos, warf sich dann zur Seite. Er spuckte, hustete, keuchte und sagte dann: »Bei allen Geistern, ja.«

»Besser?«

Ein Nicken.

»Trink den Rest. Er wird bei dir bleiben.«

Er tat wie ihm geheißen, lehnte sich dann mit geschlossenen Augen zurück. »Besser. Ja, besser.«

»Gut. Und jetzt, geh zu ihm.« Sie deutete zum Bug des Schiffs, zwanzig Schritt den Laufgang entlang, wo sich eine zusammengekauerte Gestalt an die aufwärtsgeschwungene Bordwand lehnte. »Preda Tomad Sengar hat Zweifel. Meisterkämpfer wird Reise nicht überleben. Will nicht essen, trinken. Siecht dahin. Geh zu ihm. Du rühmst sein Können. Sehr. Wir sehen anderes. Wir sehen nur Schwäche.«

Der Mann, der auf dem Laufgang lag, blickte sie nicht an, aber er setzte sich langsam auf, stand dann mühsam, unsicher auf. Mit weit gespreizten Beinen, um das Gleichgewicht nicht zu verlieren, richtete er sich gerade auf.

Spuckte sich in die Handflächen, rieb sie aneinander und strich sich mit beiden Händen durchs Haar.

Taralack Veed blickte die Frau an. »Jetzt seid Ihr diejenige, die krank aussieht«, sagte er stirnrunzelnd. »Was stimmt denn nicht?«

Zwielicht schüttelte einfach nur den Kopf. »Geh. Der Preda muss überzeugt werden. Sonst werfen wir euch beide über Bord.«

Der Gralkrieger drehte sich um und bewegte sich wie eine Krabbe den Laufgang entlang. Beiderseits von ihm waren Gestalten angekettet, eingequetscht zwischen Kisten und Fässern. Grauhäutig wie ihre Häscher und fast genauso groß, mit Gesichtszügen, die keinen Zweifel daran ließen, dass in ihren Adern Edur-Blut floss. Und doch lagen sie hier unten, verfaulten in ihrem eigenen Dreck, und ihre dumpfen, eulenhaften Blicke folgten Taralack auf seinem Weg zum Bug.

Der Gral kauerte sich vor Icarium hin, streckte dann eine Hand aus und legte sie dem Krieger auf die Schulter.

Icarium zuckte bei der Berührung zusammen.

»Mein Freund«, sagte Taralack leise. »Ich weiß, dass es keine Krankheit des Körpers ist, die dich so quält. Es ist die Krankheit des Geistes. Du musst dagegen ankämpfen, Icarium.«

Der Jhag hockte da, hatte die Knie an die Brust gezogen und die Arme eng darum geschlungen, eine Position, die den Gral an die Art erinnerte, wie die Ehrlii ihre Verstorbenen begruben. Lange Zeit erfolgte keinerlei Reaktion auf seine Worte, dann durchlief ein Schaudern die Gestalt, die da vor ihm zusammengerollt hockte. »Ich kann das nicht«, sagte Icarium. Er hob den Kopf und sah Taralack mit einem verzweifelten Blick an. »Ich will … ich will *niemanden töten*!«

Taralack rieb sich das Gesicht. Bei den Geistern hienieden, dieser Trank von Zwielicht hatte wahre Wunder gewirkt. *Ich krieg das hin.* »Icarium. Schau den Laufgang entlang. Schau dir diese schmutzigen Kreaturen an – denen gesagt wurde, dass sie von ihren Unterdrückern befreit werden würden. Die geglaubt haben, dass diese Edur ihre Rettung sind. Aber nein. *Ihr Blut ist nicht rein.* Es ist getrübt – sie waren Sklaven! So tief gefallen, dass sie nichts mehr von ihrer Geschichte, ihrer ruhmreichen Vergangenheit wussten – ja, ich weiß, was für eine *ruhmreiche Vergangenheit?* Aber schau sie dir an! Was sind das denn für Dämonen, diese Tiste Edur und ihr verdammtes Imperium? Dass sie Ihresgleichen so behandeln? Und jetzt sag mir, Icarium, was habe ich dir verschafft? Sag es mir!«

Das Gesicht des Kriegers war gramzerfurcht, und in seinen Augen schwamm Entsetzen – und noch etwas anderes, ein Funken Wildheit. »Für das, was wir mit angesehen haben …«, flüsterte der Jhag. »Für das, was sie getan haben …«

»Rache«, sagte Taralack Veed nickend.

Icarium starrte ihn an wie ein Ertrinkender. »*Rache …*«

»Aber du wirst keine Gelegenheit dazu bekommen, Icarium. Der Preda verliert das Vertrauen in dich – in mich –, und wir sind in großer Gefahr, den Haien zum Fraß vorgeworfen zu werden –«

»Sie wollen, dass ich ihren Imperator töte, Taralack Veed. Das ergibt keinen Sinn –«

»Was sie wollen«, sagte der Gral und bleckte die Zähne, »und was du tun wirst – nun, das sind zwei vollkommen verschiedene Dinge.«

»Rache«, sagte Icarium noch einmal, als würde er dem Geschmack des Wortes nachschmecken, und schlug dann die Hände vors Gesicht. »Nein, es ist nicht an mir. Ich habe schon zu viel Blut vergossen – noch mehr zu vergießen, wird auch nichts verändern. Ich werde genauso sein wie sie!« Er streckte plötzlich eine Hand aus und packte Taralack, zog ihn dicht zu sich heran. »Siehst du das denn nicht? Noch mehr Unschuldige –«

»Unschuldige? Icarium – du Narr! Kannst du es tatsächlich nicht verstehen? *Unschuld ist eine Lüge!* Niemand von uns ist unschuldig! Niemand! Zeig mir einen, ich bitte dich – zeig mir, dass ich unrecht habe!« Er drehte sich im eisernen Griff des Jhag herum, deutete mit einem Finger auf die zusammengekauerten Sklaven. »Wir haben es doch beide mit angesehen, oder? Gestern! Wie zwei von diesen armseligen Narren einen dritten erstickt haben – und sie waren alle drei in Ketten, Icarium. Sie waren alle drei am Verhungern, liegen fast schon im Sterben! Und dennoch – irgendeine alte Dummheit, irgendein alter Streit, der ein letztes Mal aufgeflammt ist! Opfer? Oh ja, das sind sie zweifellos. Unschuldig? Hah! Mögen die Geister droben und hienieden mich niederstrecken, wenn mein Urteil falsch ist!«

Icarium starrte ihn an, und dann lockerten sich die langen Finger, die das Lederhemd des Gral fest im Griff hatten, langsam.

»Mein Freund«, sagte Taralack, »du musst essen. Du musst deine Kraft bewahren. Dieses Imperium der Tiste Edur ist eine Abscheulichkeit; es wird von einem Wahnsinnigen regiert, dessen einzige Begabung in seinem Umgang mit dem Schwert besteht, und davor müssen sich die Schwachen und die Starken beugen, denn das ist der Lauf der Welt. Sich dem Mächtigen zu widersetzen, bedeutet, Unterjochung und Auslöschung heraufzubeschwören – das weißt du, Icarium. Aber du, du ganz allein, mein Freund, besitzt das, was diese Abscheulichkeit vernichten kann. Das ist es, wozu du geboren wurdest. Du bist die endgültige Waffe der Gerechtigkeit – du darfst angesichts dieser Flut von Ungerechtigkeit nicht schwanken. Nähre dich von dem, was du mit angesehen hast – was wir mit angesehen haben – und all dem, was wir auf der vor uns liegenden Reise noch mit ansehen werden. Nähre dich davon, um die Gerechtigkeit in dir zu befeuern – bis sie blendend hell vor Macht ist. Lass nicht zu, dass diese schrecklichen Edur dich besiegen, Icarium – wie sie es jetzt gerade versuchen.«

Hinter ihm erklang eine Stimme. Zwielicht. »Der Preda denkt über eine Prüfung nach. Für diesen Krieger.«

Taralack Veed drehte sich um, blickte zu der Frau auf. »Was meint Ihr? Was für eine Prüfung?«

»Wir kämpfen viele Kriege. Wir schreiten auf Pfaden aus Chaos und Schatten.«

Die Augen des Gral verengten sich. »Wir?«

Sie verzog das Gesicht. »Die Edur herrschen jetzt über Lether. Sie führen an, und die Letherii müssen folgen. Edur-Schwerter schaffen Ströme aus Blut, und Ströme aus Blut werden zu Strömen aus Gold. Die Getreuen sind reich geworden. Sehr, sehr reich.«

»Und die Ungetreuen?«

»Sitzen auf den Ruderbänken. Verschuldet. So ist das eben.«

»Und was ist mit Euch, Atri-Preda? Seid Ihr loyal?«

Sie schwieg ein halbes Dutzend Herzschläge lang und musterte ihn. Dann sagte sie: »Jeder meisterhafte Kämpfer glaubt. Durch sein Schwert wird der Imperator sterben. Was man glaubt und was wahr ist, ist nicht dasselbe«, sagte sie und verdrehte dabei auf seltsame Weise Taralacks eigene Worte. »Gegenüber dem, was wahr ist, bin ich loyal. Der Preda denkt über eine Prüfung nach.«

»Nun gut«, sagte der Gral und hielt dann den Atem an, denn er fürchtete eine ablehnende Antwort von Icarium. Aber sie kam nicht. *Oh, das ist gut.*

Die Frau ging davon. Ihre Rüstung rasselte wie Münzen, die über Kies verstreut werden.

Taralack Veed starrte hinter ihr her.

»Sie verbirgt sich«, sagte Icarium mit leiser, trauriger Stimme. »Doch ihre Seele stirbt von innen.«

»Glaubst du, mein Freund«, sagte der Gral und wandte sich erneut dem Jhag zu, »sie ist die Einzige, die stumm leidet? Dass sie als Einzige sich duckt, weil ihre Ehre unter dem leidet, was sie tun muss?«

Icarium schüttelte den Kopf.

»Dann denke an sie, wenn dein Entschluss ins Wanken gerät, mein Freund. Denk an Zwielicht. Und an all die anderen, die so sind wie sie.«

Ein mattes Lächeln. »Aber gerade eben hast du noch gesagt, es gebe keine Unschuld.«

»Eine Bemerkung, die das Verlangen nach Gerechtigkeit keineswegs überflüssig macht.«

Der Blick des Jhag richtete sich kurz nach unten, schweifte dann durch den Raum und schien schließlich an den schmierigen Planken der Bordwand rechts von ihm hängen zu bleiben. »Nein«, flüsterte er, und es klang hohl und geisterhaft, »vermutlich nicht.«

Schweiß glänzte auf den Felswänden, als ob der Druck der Welt unerträglich geworden wäre. Der Mann, der gerade wie aus dem Nichts aufgetaucht war, stand einige Zeit reglos da. Sein dunkelgrauer Kapuzenumhang sorgte dafür, dass er in der Düsternis kaum auszumachen war, aber die einzigen Zeugen dieser Besonderheit waren ebenso gleichgültig wie blind – die Maden, die sich im zerfetzten, verfaulenden Fleisch der Toten wanden, die überall auf dem länglichen, rauen Grund der Schlucht lagen.

Der Gestank war überwältigend, und Cotillion wurde von einem kummerbeladenen vertrauten Gefühl überflutet, als sei dies der wahre Geruch des Daseins. Es hatte Zeiten gegeben – dessen war er sich fast sicher –, in denen er ungemilderte Freude gekannt hatte, aber sie waren in seiner Erinnerung so verblasst, dass er angefangen hatte, sie für Hirngespinste seiner eigenen Sehnsucht zu halten. Mit den Menschen war es genauso wie mit Zivilisationen und ihren goldenen Zeitaltern: Jedes Individuum sehnte sich immer nach jenem goldenen, vergangenen Augenblick voll wahrem Frieden und Wohlbefinden zurück.

Allzu oft wurzelten diese Sehnsüchte in der Kindheit, in einer Zeit, ehe der kritische Blick der Aufklärung die Seele heimgesucht und das, was einfach erschienen war, seine Komplexität entfaltet hatte wie die Blütenblätter einer giftigen Blume, die den ansteckenden Duft des Verfalls verströmte.

Bei den Leichen handelte es sich um junge Männer und Frauen, die eigentlich viel zu jung waren, um Soldaten zu sein – obwohl sie genau das gewesen waren. Jegliche Erinnerungen an Trost waren wahrscheinlich schon damals aus ihren Köpfen gelöscht worden, als sie an einem Ort und in einer Welt, die sie einst Heimat genannt hatten, an hölzernen Kreuzen gehangen hatten – mit eisernen Nägeln angeheftet –, ohne dass sie verstanden hatten, was denn ihr Verbrechen gewesen war. Natürlich hatte es gar keine Verbrechen gegeben. Und das Blut, das sie so reichlich vergossen hatten, hatte keinen Beweis für irgendeinen Makel gezeigt, denn genauso wenig wie der Name eines Volkes konnte die Hautfarbe seiner Angehörigen noch der Schnitt ihrer Gesichtszüge ihr Lebensblut irgendwie weniger rein machen – oder weniger kostbar.

Willfährige Narren mit Mordgelüsten im verkommenen Herzen glaubten etwas anderes. Sie unterteilten die Toten in unschuldige Opfer und gerechterweise Bestrafte und wussten mit unangreifbarer Gewissheit, auf welcher Seite sie selbst standen. Mit solch einer Überzeugung war es leicht, mit dem Messer zuzustoßen.

Hier hatten sie hart gekämpft, bemerkte er, als er sich in Bewegung setzte. Eine offene Feldschlacht, dann ein kämpfender Rückzug. Beweis einer hervorragenden Ausbildung und Disziplin und eines grimmigen Widerwillens, nachzugeben, ohne einen Preis zu fordern. Die Feinde hatten ihre eigenen Gefallenen mitgenommen, doch für diese toten Jugendlichen war die Schlucht nun ihre Gruft. *Von ihren Kreuzen gerettet … für das hier.*

Es hatte so viele … dringende Aufgaben gegeben. Lebenswichtige Notwendigkeiten. *So dass wir diese Kompanie vernachlässigt haben, eine Kompanie, die wir selbst hier verborgen haben, um das zu verteidigen, was wir als unser Eigentum beanspruchen. Und dann muss es so ausgesehen haben, als hätten wir sie im Stich gelassen.* Was diese schreckliche Schlussfolgerung anging, lagen sie – wie er sich säuerlich eingestehen musste – nicht besonders falsch. *Aber wir werden jetzt von allen Seiten angegriffen. Dies ist unser verzweifeltster Augenblick. Genau jetzt … ach, meine gefallenen Freunde, es tut mir so leid …*

Die Lebenden gaben sich gern der Täuschung hin, dass ihre Worte die Toten beruhigen könnten. Oder – was noch schlimmer war – sie sprachen mit den Toten, wollten, dass sie ihnen Vergebung gewährten. Doch die Gefallenen kannten nur eine einzige Botschaft, die sie den Lebenden überbringen wollten, und die hatte nichts mit Vergebung zu tun. *Vergiss das nicht, Cotillion. Achte immer sorgsam darauf, was die Toten dir und allen anderen immer und immer wieder aufs Neue erzählen.*

Er hörte Geräusche ein Stück weiter vorn. Ein gedämpftes, rhythmisches Schaben, wie eiserne Zinken, die über Leder strichen, dann die leisen Schritte von jemandem in Mokassins.

Die ohnehin nicht allzu breite Schlucht wurde noch einmal deutlich schmaler, und die engste Stelle wurde von einem T'lan Imass blockiert, das Schwert vor sich, so dass die Spitze auf einem Felsblock ruhte – und er beobachtete, wie Cotillion näherkam. Hinter dem untoten Krieger war das matte gelbe Schimmern von Laternen zu sehen; ein Schatten huschte durch das Zwielicht, gefolgt von einem zweiten – und dann trat eine Gestalt in sein Blickfeld.

»Geh beiseite, Ibra Gholan«, sagte Minala, den Blick auf Cotillion gerichtet.

Ihre Rüstung hing in Fetzen. Hoch oben an der Brust – knapp unterhalb ihrer linken Schulter – hatte sich eine Speerspitze durch Kettengewebe und Leder gebohrt. Altes Blut verkrustete die Ränder. Ihrem Helm fehlte auf einer Seite der Wangenschutz, und der Teil von ihrem Gesicht, der dadurch zu sehen war, war geschwollen und mit blauen Flecken übersät. Ihre außergewöhnlich hellen grauen Augen waren immer noch starr auf Cotillion gerichtet, als sie sich an dem T'lan Imass vorbeischob. »Sie kommen durch ein Tor«, sagte sie. »Ein Gewirr, das von silbernem Feuer erhellt wird.«

»Chaos«, sagte er. »Ein Beweis für das Bündnis, das wir immer befürchtet haben. Minala, wie viele Angriffe habt ihr zurückgeschlagen?«

»Vier.« Sie zögerte, löste dann die Riemen und nahm den Helm ab. Schweißfeuchte, verfilzte Haare fielen ihr sich kringelnd auf die Schultern. »Meine Kinder … wir haben schwere Verluste erlitten.«

Cotillion konnte ihrem Blick nicht länger standhalten. Nicht nach diesem Eingeständnis.

»Wenn die T'lan Imass nicht wären«, fuhr sie langsam fort, »und

Apt und dieser abtrünnige Tiste Edur, wäre der verdammte Erste Thron jetzt im Besitz einer Armee blutrünstiger Barbaren.«

»Dann sind die Angreifer«, sagte Cotillion vorsichtig, »bisher ausschließlich Tiste Edur gewesen?«

»Ja.« Sie musterte ihn mehrere Herzschläge lang. »Das wird nicht so bleiben, was?«

Cotillions Blick richtete sich erneut auf Ibra Gholan.

»Die Edur sind nichts weiter als Plänkler, stimmt's?«, fuhr Minala fort. »Und selbst sie haben sich dieser Sache noch nicht mit aller Macht verschrieben. Warum?«

»Sie sind so weit verstreut wie wir, Minala.«

»Aha. Dann kann ich also keine weiteren Aptorian erwarten. Was ist mit den anderen Dämonen Eurer Sphäre, Cotillion? Den Azalan? Dinal? Könnt Ihr uns gar nichts geben?«

»Wir können«, sagte er. »Aber jetzt nicht.«

»Wann dann?«

Er blickte sie an. »Wenn die Not am größten ist.«

Minala trat dicht an ihn heran. »Dreckskerl. Ich hatte dreizehnhundert. Jetzt habe ich noch vierhundert, die noch kämpfen können.« Sie deutete mit einem Finger auf das Gelände hinter der Engstelle. »Und fast dreihundert sind schwer verwundet oder liegen im Sterben – *und ich kann nicht das Geringste für sie tun!*«

»Schattenthron wird unterrichtet werden«, sagte Cotillion. »Er wird kommen. Er wird deine Verwundeten heilen –«

»Wann?«

Das Wort war fast schon ein Knurren.

»Wenn ich hier weggehe«, antwortete er, »kehre ich direkt zur Schattenfeste zurück. Minala, ich möchte mit den anderen sprechen.«

»Mit wem? Warum?«

Cotillion runzelte die Stirn. »Mit dem Abtrünnigen«, sagte er dann. »Eurem Tiste Edur. Ich habe … Fragen.«

»Ich habe noch nie jemanden so mit einem Speer umgehen sehen. Trull Sengar tötet und tötet – und dann, wenn alles vorbei ist und er im Blut seiner Verwandten kniet, die er getötet hat … weint er.«

»Kennen sie ihn?«, fragte Cotillion. »Nennen sie ihn beim Namen?«

»Nein. Er sagt, es sind Den-Ratha – und sie sind jung. Erst vor kurzem geblutet. Aber dann sagt er, es sei nur eine Frage der Zeit. Die Edur, die es schaffen, sich zurückzuziehen, werden berichten, dass zu den Verteidigern des Ersten Throns auch ein Edur gehört. Trull sagt, dass früher oder später einer aus seinem eigenen Stamm bei den Angreifern sein wird, und der wird ihn erkennen – und erst dann, sagt er, werden sie in großer Zahl kommen, und mit Hexern. Cotillion, er sagt, dass er uns allen den Untergang bringen wird.«

»Denkt er darüber nach zu gehen?«, fragte Cotillion.

Sie machte ein finsteres Gesicht. »Auf diese Frage gibt er keine Antwort. Wenn er gehen würde, würde ich ihm keinen Vorwurf daraus machen. Und«, fügte sie hinzu, »wenn er es vorzieht zu bleiben, ist es gut möglich, dass mein letzter Fluch auf dieser Welt sein Name sein wird, wenn ich sterbe. Oder, was noch wahrscheinlicher ist, der vorletzte.«

Er nickte, denn er hatte verstanden. »Trull bleibt dann also aus Ehrgefühl hier.«

»Und dieses Ehrgefühl bedeutet unser Verhängnis.«

Cotillion strich sich mit einer Hand durch die Haare und war ein bisschen überrascht, wie lang sie geworden waren. *Ich muss einen Haareschneider finden. Einen, der vertrauenswürdig genug ist, dass ich ihn mit einer Klinge in der Hand an meinen Hals lassen kann.* Er dachte darüber nach. *Nun, ist es denn ein Wunder, dass Götter sich selbst um solch weltliche Dinge kümmern müssen? Hör dich nur an, Cotillion – dein Verstand würde am liebsten vor diesem Augenblick fliehen. Werde dem Mut dieser Frau mit deinem eigenen gerecht.* »Wenn die Tiste Edur Hexer mitbringen, wird es schwierig sein, dieser Macht zu widerstehen –«

»Wir haben den Knochenwerfer«, sagte sie. »Bisher hat er sich versteckt gehalten. War untätig. Denn genau wie Trull Sengar ist er jemand, der die Feinde anzieht.«

Cotillion nickte. »Wirst du mich hineinführen, Minala?«

Zur Antwort drehte sie sich um und winkte ihm, ihr zu folgen.

Die Höhle dahinter war ein Gestalt gewordener Alptraum. Es stank, und die Luft war so schwer wie die in einem Schlachthaus. Getrocknetes Blut bedeckte den Steinfußboden wie ein krümeliger, teigiger Teppich. Blasse Gesichter – alle viel zu jung – wandten sich Cotillion zu, blickten ihn aus alten Augen an, aus denen jede Hoffnung gewichen war. Der Gott sah Apt, deren schwarze Haut mit grauen Streifen übersät war – tiefe, kaum verheilte Wunden –, und dann, zusammengekauert vor ihrem einzelnen Vorderfuß, Panek, dessen großes Facettenauge glänzte. Die Stirn über dem gefurchten Auge wies einen schlecht genähten Schnitt auf, das Ergebnis eines Hiebs, der ihm die Kopfhaut von einer Stelle oberhalb des Auges bis zur anderen Schläfe aufgerissen hatte.

Drei Gestalten schälten sich aus der Düsternis, kamen auf Cotillion zu. Der Schutzgott der Assassinen blieb stehen. *Monok Ochem. Der clanlose T'lan Imass, der als Onrack der Zerbrochene bekannt ist. Und Trull Sengar, der abtrünnige Tiste Edur. Ich frage mich, ob diese drei, zusammen mit Ibra Gholan vielleicht ausgereicht hätten. War es notwendig gewesen, Minala und ihre jungen Schutzbefohlenen in dieses grauenvolle Gemetzel zu werfen?*

Dann, als die drei näher kamen, konnte er Onrack und Trull deutlicher erkennen. Zerschlagen, zerhackt, von Schnittwunden übersät. Die Hälfte von Onracks Totenschädel war weggerissen. Rippen waren von einem wilden Hieb eingedrückt worden, und auf der linken Seite war der obere Rand seines Hüftknochens weggeschlagen worden, so dass das poröse Innere des Knochens zu sehen war. Trull trug keine Rüstung, und er hatte offensichtlich ohne einen solchen Schutz gekämpft. Die Mehrzahl seiner Wunden – tiefe Schnitte und Einstiche – befand sich an seinen Oberschenkeln, unter seinen Hüften und außen – Anzeichen eines Kampfstils, bei dem ein Speerträger die Angriffe mit dem mittleren Teil des Schafts parierte. Der Edur konnte kaum gehen und stützte sich schwer auf den mitgenommenen Speer in seinen Händen.

Cotillion fand es schwierig, dem grauhäutigen Krieger in die Augen zu sehen, in denen nichts als Erschöpfung und Verzweiflung stand. »Wenn es so weit ist«, sagte er zu ihm, »wird Hilfe kommen.«

Onrack der Zerbrochene meldete sich zu Wort. »Wenn sie den Ersten Thron erringen, werden sie die Wahrheit erkennen. Dass er nicht für sie ist. Sie können ihn halten, aber sie können ihn nicht benutzen. Warum also, Cotillion vom Schatten, opfern diese tapferen Sterblichen hier ihr Leben?«

»Vielleicht ist das alles nichts weiter als ein Täuschungsmanöver«, sagte Monok Ochem. Die Stimme des Knochenwerfers klang so monoton wie die von Onrack.

»Nein«, sagte Cotillion. »Es ist mehr als das. Es geht darum, was sie tun, wenn sie das entdecken. Sie werden das Chaos-Gewirr an diesem Ort entfesseln – in dem Raum, in dem sich der Erste Thron befindet. Monok Ochem, sie werden ihn zerstören – und mit ihm auch seine Macht.«

»Gibt es einen Grund, aus dem man so etwas bedauern müsste?«, fragte Onrack.

Diese Worte erschütterten Cotillion so sehr, dass er nicht antworten konnte.

Monok Ochem wirbelte herum, wandte sich Onrack zu. »Der hier spricht die Worte der Ungebundenen. Er kämpft nicht, um den Ersten Thron zu verteidigen. Er kämpft nur, um Trull Sengar zu verteidigen. Er allein ist der Grund dafür, dass der Edur immer noch am Leben ist.«

»Das stimmt«, antwortete Onrack. »Ich akzeptiere keine andere Autorität als meinen eigenen Willen, die Wünsche, nach denen zu handeln ich mich entschließe, und die Urteile, die ich mir selbst bilde. Das, Monok Ochem, bedeutet Freiheit.«

»Nicht –«, sagte Trull Sengar und wandte sich ab.

»Trull Sengar?«

»Nein, Onrack. Siehst du es denn nicht? Du forderst deine eigene Auslöschung heraus, und alles nur, weil ich nicht weiß, was ich tun soll, alles nur, weil ich mich nicht entscheiden kann – weil ich nichts entscheiden kann. Und daher bleibe ich hier, genauso angekettet wie damals, als du mich im Entstehenden gefunden hast.«

»Trull Sengar«, sagte Onrack nach einem Augenblick, »du kämpfst, um Leben zu retten. Die Leben dieser jungen Menschen hier. Du stehst an ihrer Stelle, wieder und wieder. Das ist eine edle Tat. Durch dich erkenne ich plötzlich das Geschenk, das darin liegt, um der Verteidigung der Ehre willen zu kämpfen, das Geschenk eines würdigen Ziels. Ich bin nicht mehr der, der ich einst war. Ich bin nicht wie Monok Ochem und Ibra Gholan. Zweckdienlichkeit reicht nicht mehr aus. Zweckdienlichkeit ist die Lüge des Mörders.«

»Um des Vermummten willen«, sagte Cotillion zu Monok Ochem. Er fühlte sich erschöpft, und Enttäuschung und Wut machten ihn reizbar. »Kannst du nicht Verwandte herbeirufen? Ein paar hundert T'lan Imass – es müssen doch irgendwo welche herumliegen und … nichts tun, wie es so ihre Art ist?«

Die leeren Augen blieben … leer. »Cotillion vom Schatten. Dein Gefährte hat Anspruch auf den Ersten Thron erhoben –«

»Dann muss er den T'lan Imass nur befehlen, hier zu –«

»Nein. Die anderen sind zu einem Krieg unterwegs. Einem Krieg, bei dem es um die Selbsterhaltung –«

»Zum Vermummten mit Assail!«, brüllte Cotillion, und seine Stimme hallte wütend durch die Höhle. »Das ist doch nichts weiter als verdammter Stolz! Ihr könnt da nicht gewinnen! Ihr schickt einen Clan nach dem anderen hin, alle in den gleichen zerstörerischen Rachen! Ihr verdammten Narren – *zieht euch zurück!* Auf diesem elenden Alptraum von einem Kontinent gibt es nichts, wofür zu kämpfen sich lohnt! Versteht ihr das denn nicht? Für die Tyrannen dort *ist es nichts weiter als ein Spiel!«*

»Es liegt in der Natur meines Volkes«, sagte Onrack – und Cotillion konnte einen gewissen Unterton in den Worten mitschwingen hören, etwas wie boshafte Ironie – »an unsere überragende Wirksamkeit zu glauben. Sie wollen dieses Spiel gewinnen, Cotillion vom Schatten, oder dem Vergessen begegnen. Eine andere Möglichkeit lassen sie nicht gelten. Stolz? Das ist kein Stolz. Das ist der eigentliche Grund, zu existieren.«

»Wir sehen uns größeren Bedrohungen gegenüber –«

»Und es kümmert sie nicht«, unterbrach ihn Onrack. »Das musst du begreifen, Cotillion vom Schatten. Einst, vor mittlerweile langer Zeit nach menschlichen Maßstäben, hat dein Gefährte den Ersten Thron gefunden. Er hat ihn in Besitz genommen und so die Befehlsgewalt über die T'lan Imass errungen. Doch schon damals war sein Griff dürftig, denn die Macht des Ersten Throns ist uralt. Genau betrachtet *schwindet* sie sogar. Schattenthron war in der Lage, die Logros T'lan Imass zu wecken – eine einzelne Armee, die feststellte, dass sie immer noch an die restliche Macht des Ersten Throns gebunden war, durch kaum mehr als die reine Nähe. Aber den Kron T'lan Imass konnte er nichts befehlen, und auch den Bentract nicht oder den Ifayle oder all den anderen, die noch übrig waren, denn sie waren zu weit weg. Als Schattenthron das letzte Mal auf dem Ersten Thron gesessen hat, war er ein Sterblicher, war er an keinen anderen Aspekt gebunden. Er war noch nicht aufgestiegen. Aber jetzt ist er unrein, und diese Unreinheit schwächt seine Befehlsgewalt immer mehr. Cotillion, genau wie dein Gefährte mehr und mehr an Substanz verliert, verliert er auch an … Richtigkeit.«

Cotillion starrte den zerbrochenen Krieger an, blickte dann zu Monok Ochem und Ibra Gholan hinüber. »Und die hier«, sagte er mit leiser Stimme, »leisten dann also so etwas wie … symbolischen Gehorsam.«

»Wir müssen danach trachten, unsere eigene Art zu schützen, Cotillion vom Schatten«, sagte der Knochenwerfer.

»Und wenn der Erste Thron verloren geht?«

Ein rasselndes Schulterzucken.

Bei den Göttern hienieden. Jetzt endlich verstehe ich, warum uns Logros' untote Armee mitten auf dem Feldzug im Reich der Sieben Städte abhandengekommen ist. Warum sie einfach … gegangen sind. Er richtete den Blick wieder auf Onrack den Zerbrochenen. »Ist es möglich«, fragte er, »die Macht des Ersten Throns wiederherzustellen?«

»Sag nichts«, kam der Befehl von Monok Ochem.

Onrack wandte langsam den halb zerschmetterten Schädel und

sah den Knochenwerfer an. »Mich kannst du zu nichts zwingen. Ich bin ungebunden.«

Auf irgendeinen stummen Befehl hin hob Ibra Gholan sein Steinschwert und trat Onrack entgegen.

Cotillion hob die Arme. »Wartet! Onrack, antworte nicht auf meine Frage. Lasst uns vergessen, dass ich sie jemals gestellt habe. Es besteht kein Anlass für so etwas – haben wir nicht auch so schon genug Feinde?«

»Du«, sagte Monok Ochem zu dem Gott, »bist gefährlich. Du denkst, was nicht gedacht werden darf, du sprichst laut aus, was nicht gesagt werden darf. Du bist wie ein Jäger, der auf einem Pfad läuft, den niemand anders sehen kann. Wir müssen darüber nachdenken, was für eine Bedeutung damit verbunden ist.« Der Knochenwerfer wandte sich ab, und seine Knochenfüße erzeugten scharrende Geräusche, als er auf den Raum mit dem Ersten Thron zuging. Nach einem kurzen Augenblick senkte Ibra Gholan sein Schwert und stapfte hinter Monok Ochem her.

Cotillion strich sich erneut mit einer Hand durch die Haare und stellte dabei fest, dass seine Stirn schweißnass war.

»Und so«, sagte Trull Sengar, und dabei spielte die Andeutung eines Lächelns um seine Mundwinkel, »habt Ihr uns eingeschätzt, Cotillion. Und dieser Besuch bringt uns gleichermaßen bittere Geschenke. Nämlich die Vermutung, dass alles, was wir hier tun, um den Ersten Thron zu verteidigen, bedeutungslos ist. Denkt Ihr daher inzwischen darüber nach, uns von diesem Ort abzuziehen?« Er blickte den Gott aus leicht zusammengekniffenen Augen an, und das schwache ironische Lächeln machte … etwas anderem Platz. »Dachte ich's mir doch, dass Ihr das nicht tut.«

Vielleicht wandle ich tatsächlich auf einem unsichtbaren Pfad – einem, den ich nicht einmal selbst sehen kann – aber die Notwendigkeit, ihm zu folgen, könnte jetzt nicht größer sein. »Wir werden euch nicht im Stich lassen«, sagte er.

»Das behauptet Ihr«, murmelte Minala hinter ihm.

Cotillion trat einen Schritt zur Seite. »Ich habe Schattenthron hierherbeschworen«, sagte er zu ihr.

Sie verzog das Gesicht. »Hierherbeschworen?«

»Wir gewähren einander die Erlaubnis, solche Dinge zu tun, Minala, wenn die Anforderungen sie diktieren.«

»Dann seid Ihr also wirklich Gefährten. Ich dachte immer, Ihr wärt Schattenthron untergeordnet, Cotillion. Wollt Ihr jetzt widersprechen?«

Er brachte ein Lächeln zustande. »Wir sind uns der jeweils ergänzenden Begabungen des anderen vollkommen bewusst«, antwortete er – und dabei beließ er es.

»Es war nicht genug Zeit«, sagte sie.

»Wofür?«

»Für die Ausbildung. Für die Jahre, die ... sie gebraucht hätten. Um heranzuwachsen. *Um zu leben.*«

Er sagte nichts, denn sie hatte recht.

»Nehmt sie mit«, sagte Minala. »Jetzt. Ich werde hierbleiben, genau wie Apt und Panek. Cotillion – nehmt sie bitte mit.«

»Ich kann nicht.«

»Warum?«

Er warf einen Blick zu Onrack hinüber. »Weil ich nicht in die Schattensphäre zurückkehre, Minala ...«

»Ganz egal, wo Ihr hingeht«, sagte sie, und ihre Stimme klang jetzt plötzlich schroff, »es kann dort nur besser sein als hier!«

»Ich wollte, ich könnte ein solches Versprechen geben.«

»Er kann es nicht«, sagte Onrack. »Minala, jetzt begibt er sich wirklich auf einen unsichtbaren Pfad. Und ich glaube, wir werden ihn nicht wiedersehen.«

»Vielen Dank für diesen Vertrauensbeweis«, sagte Cotillion.

»Mein Freund hat schon bessere Tage gesehen«, sagte Trull Sengar und klopfte Onrack auf den Rücken. Das Geräusch klang hohl, eine Staubwolke stieg auf, und im Brustkorb des Kriegers fiel etwas klappernd nach unten. »Oh«, sagte der Tiste Edur, »habe ich was Schlimmes angerichtet?«

»Nein«, erwiderte Ornack. »Eine abgebrochene Speerspitze. Sie hatte sich zwischen zwei Knochen verklemmt.«

»Hat sie dich gestört?«

»Nur das leise Geräusch, dass sie beim Gehen gemacht hat. Ich danke dir, Trull Sengar.«

Cotillion beäugte die beiden. Was für ein Sterblicher würde einen T'lan Imass als *Freund* bezeichnen? *Und sie kämpfen Seite an Seite. Ich würde gerne mehr über diesen Trull Sengar wissen.* Aber genau wie bei so vielen anderen Dingen war dafür im Augenblick keine Zeit. Seufzend drehte er sich um und sah, dass jetzt, da Ibra Gholan nicht mehr da war, Panek die Engstelle bewachte.

Der Gott machte sich dorthin auf.

Panek blickte ihm entgegen. »Ich vermisse ihn«, sagte er.

»Wen?«

»Randgänger.«

»Warum? Ich bezweifle, dass dieser Knochensack sich aus einem Sarg aus Birkenrinde befreien könnte.«

»Es geht nicht darum, dass er an unserer Seite kämpfen soll, Onkel. Wir werden hier standhalten. Mutter macht sich zu viele Sorgen.«

»Welche Mutter?«

Ein schreckliches Grinsen, das scharfe Zähne enthüllte. »Beide.«

»Und warum vermisst du Randgänger sonst?«

»Wegen seiner Geschichten.«

»Ach, deswegen.«

»Die Drachen. Die dummen, die klugen, die lebenden und die toten. Wenn jede Welt nichts weiter als ein Ort auf einem Spielbrett wäre, dann wären sie die Spielsteine. Doch sie werden von keiner einzelnen Hand gelenkt. Jeder ist wild, hat einen eigenen Willen. Und dann sind da noch die Schatten – Randgänger hat es mir erklärt –, diejenigen, die man nicht sehen kann.«

»Er hat es dir erklärt, ja? Nun, ganz offensichtlich mag der altersgraue Dreckskerl dich mehr als mich.«

»Sie alle werfen Schatten, Onkel«, sagte Panek. »In deine Sphäre. Jeder einzelne von ihnen. Deshalb gibt es so viele … Gefangene.«

Cotillion runzelte die Stirn – und dann, langsam und unerbittlich dämmerte es ihm … und seine Augen weiteten sich.

Trull schaute zu, wie der Gott an Panek vorbeiging, sich mit einer Hand an der steinernen Wand abstützte, als wäre Cotillion plötzlich betrunken. »Ich frage mich, worum es da drüben gegangen ist. Man könnte meinen, Panek hätte ihm gerade das Knie zwischen die Beine gerammt.«

»Er würde einen Kuss von mir bekommen, wenn er das getan hätte«, sagte Minala.

»Ihr seid zu hart«, sagte Trull. »Mir tut Cotillion leid.«

»Dann bist du ein Idiot, aber das weiß ich ja eigentlich schon seit Monaten.«

Er lächelte sie an, sagte aber nichts.

Minala spähte nun zu dem ungleichmäßigen Eingang des Raums hinüber, in dem sich der Erste Thron befand. »Was machen sie da drin? Sonst gehen sie nie da rein.«

»Sie denken über Bedeutungen nach, nehme ich an«, sagte Trull.

»Und wo ist Schattenthron? Er sollte längst hier sein. Wenn wir jetzt angegriffen werden …«

Sind wir erledigt. Trull stützte sich auf den Speer, um sein linkes Bein zu entlasten, das stärker schmerzte – ein bisschen stärker – als das rechte. *Oder ich bin es zumindest. Aber das ist so oder so der Fall, wenn meine Verwandten sich entschließen, Ernst zu machen – ob ich jetzt geheilt werde oder nicht.* Er verstand ihr halbherziges Geplänkel, ihr vorsichtiges Sondieren nicht. Und warum gaben sie sich überhaupt damit ab? Wenn sie nach einem Thron hungerten, war es der Thron des Schattens, nicht diese Monstrosität aus versteinerten Knochen, die der Erste Thron genannt wurde. *Allerdings … wenn ich länger darüber nachdenke, ergibt das alles vielleicht doch einen Sinn. Sie haben sich mit dem Verkrüppelten Gott verbündet – und mit den Ungebundenen T'lan Imass, die nun dem Angeketteten dienen. Aber für meine Tiste Edur haben Bündnisse mit Nicht-Edur nicht viel Bedeutung. Vielleicht ist das der Grund, warum sie sich bisher auf diesen symbolischen Aderlass beschränkt haben. Ein einziger Hexer und ein paar erfahrene Krieger – und dieses kleine Fest hier wäre schnell vorbei.*

Und sie würden kommen – *sie werden kommen, wenn mich jemand erkennt.* Aber er konnte sich nicht vor ihnen verbergen; er konnte sich nicht im Hintergrund halten, während sie diese jungen Menschen abschlachteten, die nichts vom Leben wussten, die nur dem Namen nach Soldaten waren. Solche Lektionen über Grausamkeit und Brutalität gehörten nicht zu den Dingen, die ein Kind lernen musste, die ein Kind lernen *sollte.* Und eine Welt, in der Kinder solchen Dingen ausgesetzt wurden, war eine Welt, in der Mitleid ein hohles Wort war, und sein Nachhall ein Chor aus Spott und kalter Verachtung.

Vier Scharmützel. Vier. Und Minala war nun die Mutter von siebenhundert zerstörten Leben, von denen beinahe die Hälfte der Barmherzigkeit des Todes entgegensah … *bis Schattenthron mit seinem zweischneidigen Geschenk hier auftaucht, das selbst kalt und herzlos ist.*

»Dein Gesicht verrät dich, Trull Sengar. Du musst schon wieder weinen.«

Der Edur sah erst Onrack an, dann blickte er hinüber zu Minala, die inzwischen bei Panek stand. »Ihre Wut ist ihre Rüstung, mein Freund. Und es ist meine größte Schwäche, dass ich nicht das Gleiche aus meinem Innern heraufbeschwören kann. Statt dessen stehe ich hier und warte. Auf den nächsten Angriff, auf die Rückkehr der schrecklichen Musik – die Schreie, den Schmerz und die Sterbenden, das ohrenbetäubende Gebrüll der Sinnlosigkeit, die unsere Kampflust erschafft … bei jedem Zusammenprall von Schwert und Speer.«

»Und doch gibst du nicht auf«, sagte der T'lan Imass.

»Ich kann nicht.«

»Die Musik, die du in der Schlacht hörst, ist nicht vollständig, Trull Sengar.«

»Wie meinst du das?«

»Selbst wenn ich an deiner Seite stehe, kann ich Minalas Gebete hören, ob sie in unserer Nähe ist oder nicht. Selbst wenn sie verwundete oder sterbende Kinder aus der Gefahrenzone schleppt, kann ich sie hören. Sie betet, dass du nicht fällst, Trull Sengar. Dass du weiterkämpfst, dass das Wunder, das ihr seid – du und der Speer, den du schwingst –, sie niemals im Stich lassen wird. Sie und ihre Kinder niemals im Stich lassen wird.«

Trull Sengar wandte sich ab.

»Oh«, sagte Onrack, »nun, da deine Tränen plötzlich fließen, erkenne ich meinen Irrtum, mein Freund. Während meine Worte deinen Stolz erwecken sollten, habe ich deine eigene Rüstung überwunden und dich schwer verwundet. Mit Verzweiflung. Es tut mir leid. Es gibt noch so viele Dinge, die das Leben betreffen, die ich vergessen habe.« Der zerschlagene Krieger betrachtete Trull ein paar Augenblicke schweigend und fügte dann hinzu: »Vielleicht kann ich dir etwas anderes geben, etwas … Hoffnungsvolleres.«

»Versuche es, bitte«, flüsterte Trull.

»Manchmal rieche ich etwas, hier unten, in dieser Schlucht. Eine … Anwesenheit. Sie ist schwach, tierisch. Sie … tröstet mich, auch wenn ich nicht weiß, warum, denn ich kann die Quelle nicht ausmachen. In diesen Augenblicken habe ich das Gefühl, das wir beobachtet werden, Trull Sengar. Dass wir von unsichtbaren Augen beobachtet werden, und in diesen Augen ist ein gewaltiges Mitgefühl.«

»Sagst du das nur, um meinen Schmerz zu lindern, Onrack?«

»Nein. Ich würde dich niemals so belügen.«

»Was – von wem kommt es?«

»Ich weiß es nicht – aber ich habe gesehen, dass es sich auch auf Monok Ochem auswirkt. Sogar auf Ibra Gholan. Ich spüre ihre Unruhe, und auch das tröstet mich.«

»Nun«, ertönte eine krächzende Stimme neben ihnen, »ich bin es nicht.« Miteinander verschmelzende Schatten erschufen eine kauernde, in einen Kapuzenumhang gekleidete Gestalt, die immer wieder verschwamm, als sträubte sie sich dagegen, sich einer speziellen Existenz, einer einzigen Realität hinzugeben.

»Schattenthron.«

»Es geht ums Heilen, ja? Nun gut. Aber ich habe wenig Zeit. Wir müssen uns beeilen, versteht ihr? Beeilen!«

Einmal mehr erneuert, um dem entgegenzutreten, was kommen wird. Ich wollte, ich hätte meine eigenen Gebete. Tröstende Worte in meinem Geist … um all die Schreie um mich herum zu übertönen. Um meine eigenen Schreie zu übertönen.

Irgendwo unten mühte sich Karsa Orlong, Havok zu beruhigen, und das plötzliche Trommeln von Hufen auf Holz, das Erschütterungen durch das Deck unter Samar Devs Füßen sandte, ließ darauf schließen, dass es einige Zeit dauern würde, bis sich das Tier beruhigt haben würde. Sie konnte dem Jhag-Pferd keinen Vorwurf machen. Die Luft dort unten war schlecht, sie stank nach Krankheit und nach Tod, hatte jenen sauren Geruch, den die Hoffnungslosigkeit verströmte.

Aber uns ist dieses Schicksal erspart geblieben. Wir sind Gäste, weil mein riesenhafter Gefährte den Imperator töten wird. Dieser Narr. Dieser arrogante, von sich selbst besessene Idiot. Ich hätte bei Bootfinder bleiben sollen, da hinten, an jener wilden Küste. Ich hätte mich damals umdrehen und nach Hause gehen sollen. Sie hatte sich so sehr gewünscht, sich auf dieser Reise dem Erforschen und Entdecken widmen zu können, den Verlockungen der Wunder, die sie irgendwo in der Ferne erwarteten. Stattdessen war sie die Gefangene eines Imperiums, das vor Besessenheit verrückt geworden war. Das selbstgerecht war und die eigene Macht als ein Geschenk betrachtete, das Frömmigkeit gewährte. Als könnte Macht ihr eigenes Ethos entwerfen, und als wäre die Fähigkeit, etwas tun zu können, eine ausreichende Rechtfertigung dafür, es auch tatsächlich zu tun. Die Vorstellungen eines Schlägers an der Straßenecke, der zwei oder drei Regeln im Kopf hatte, nach denen er sein eigenes Dasein ausrichtete, und nach denen er seine Welt zu gestalten versuchte. Diejenigen, die er fürchten musste, diejenigen, die er in die Knie zwingen konnte, und vielleicht noch welche, denen er gleichkommen wollte oder nach denen es ihn gelüstete, aber selbst da gründete die Beziehung auf Macht. Samar Dev fühlte sich ganz krank vor Abscheu, und sie kämpfte gegen eine Woge heftiger Panik an, die sich in ihrem Innern aufbaute – und kein trockenes Deck unter ihren Füßen konnte sie davor retten, auf diese Art zu ertrinken.

Sie hatte versucht, der menschlichen Mannschaft nicht im Weg zu sein, die sich um die Segel des großen Schiffs kümmerte, und hatte schließlich einen Platz gefunden, wo sie weder beiseitegestoßen noch verflucht werden würde – ganz vorne im Bug, wobei sie sich an den Webeleinen festhielt, während die Wogen das schwerfällige Schiff hochhoben und wieder absacken ließen. Auf eine merkwürdige Weise erwies sich jedes Hinabtauchen, das ihr Gewicht für einen Moment bedeutungslos werden ließ, als beinahe tröstlich.

Jemand kam an ihre Seite, und sie war nicht überrascht, dass es die blauäugige, blonde Hexe war. Sie reichte Samar gerade bis zur Schulter, und ihre nackten, auf drahtige Weise muskulösen, schlanken Arme zeigten, dass sie mit harter, immer wiederkehrender Arbeit vertraut war. Und wiesen darüber hinaus, wie sie glaubte, auf eine besondere Art von Persönlichkeit hin. Eine mit Ecken und Kanten, eine, die bewertete, vielleicht sogar eine, die nicht vertrauenswürdig war – drahtige Muskeln waren ständig angespannt … durch eine gewaltige innere Verzweiflung, eine nervöse Unruhe, die wie Brennstoff verschlungen wurde, ein beißender Vorrat, der nie versiegen würde.

»Ich heiße Federhexe«, sagte die Frau, und Samar Dev stellte etwas überrascht fest, dass sie sehr jung war. »Du verstehst mich Worte?«

»*Meine* Worte.«

»Meine Worte. Er lehrt nicht gut«, fügte sie hinzu.

Sie meint den Taxilier. Nun, das ist nicht sonderlich überraschend. Er weiß, was geschehen wird, wenn er nicht mehr gebraucht wird.

»Du lehrst mich«, sagte Federhexe.

Samar Dev streckte eine Hand aus und stupste den verdorrten Finger an, den die junge Frau um den Hals trug, was ein Zusammenzucken und einen Fluch zur Folge hatte. »Ich lehre dich … nichts.«

»Ich mache Hanradi Khalag dich töten.«

»Dann tötet Karsa Orlong alle verdammten Leute auf diesem verdammten Schiff. Außer denen, die angekettet sind.«

Federhexe starrte sie finster an. Sie gab sich offensichtlich Mühe zu verstehen, wirbelte dann mit einem Schnauben herum und stapfte davon.

Samar Dev blickte wieder auf das wogende Meer vor dem Bug hinaus. Tatsächlich eine Hexe – und eine, die nicht anständig mit den Geistern spielte. Eine, die sich nicht um Ehre kümmerte. *Das ist gefährlich. Sie wird ... Dinge versuchen. Es könnte sogar sein, dass sie versucht, mich zu töten und es wie einen Unfall aussehen zu lassen. Möglicherweise hat sie Erfolg, was bedeutet, dass ich Karsa lieber warnen sollte. Wenn ich sterbe, wird er wissen, dass es kein Unfall war. Und darum wird er alle diese widerlichen Kreaturen vernichten.*

Ihre eigenen Gedanken erschreckten sie. *Ich sollte mich schämen. Jetzt fange ich auch schon an, von Karsa Orlong als Waffe zu denken. Die man schwingen kann, lenken kann, und das alles nur im Namen einer eingebildeten Rache.* Aber sie hatte den Verdacht, dass dieses Spiel bereits von jemand – oder etwas – anderem gespielt wurde. Mit Karsa Orlong. Das war das Geheimnis, dem sie nachgehen musste, bis sie eine Antwort gefunden hatte. *Und dann? Gehe ich nicht davon aus, dass der Toblakai sich dessen gar nicht bewusst ist, wie er benutzt wird? Was ist, wenn er es bereits weiß? Denk darüber nach, Samar ...*

Na gut. Er akzeptiert es ... im Augenblick. Aber wann immer es ihm angebracht erscheinen wird, sich gegen die unsichtbaren Drahtzieher zu wenden, wird er es tun – und sie werden bedauern, sich jemals in sein Leben eingemischt zu haben. Ja, das passt hervorragend zu Karsas Arroganz, seinem unerschütterlichen Selbstvertrauen. Doch je mehr ich darüber nachdenke, desto mehr bin ich davon überzeugt, dass ich recht habe. Ich bin über die ersten paar Stufen jenes Pfades gestolpert, der mich zur Lösung des Geheimnisses führen wird. Gut.

»Was hast du zu ihr gesagt, im Namen des Vermummten?«

Überrascht blickte Samar Dev zur Seite und sah den Taxilier neben sie treten. »Wer? Was? Ach – sie.«

»Sei vorsichtig«, sagte der Mann. Er wedelte mit einer schmutzigen Hand vor seinem grün und blau geschlagenen, missgestalteten Gesicht herum. »Siehst du das? Das war Federhexe. Ich wage es nicht zurückzuschlagen. Ich wage es nicht einmal, mich zu verteidigen. Ich sehe es in ihren Augen – ich glaube, dass sie selbst geschlagen wurde, als sie noch ein Kind war. So pflanzen sich diese Dinge Generation um Generation fort.«

»Ja«, sagte Samar Dev überrascht, »ich glaube, du hast recht.«

Er brachte so etwas wie ein Lächeln zustande. »Ich war dumm genug, mich gefangen nehmen zu lassen, klar, aber das heißt nicht, dass ich immer ein Narr bin.«

»Was ist passiert?«

»Es war eine Art … Pilgerfahrt. Ich habe für die Überfahrt auf einem Drako bezahlt – zurück nach Rutu Jelba – es war ein Versuch, vor der Pest zu fliehen, und glaube mir, ich habe eine Menge bezahlt.«

Samar Dev nickte. Drakos waren die Pilgerschiffe der Tanno, schwer und robust und sicher, so lange man es nicht mit den allerschlimmsten Stürmen zu tun bekam; normalerweise befand sich ein Geistergänger an Bord oder zumindest ein Tanno-Bettelmönch. Auf einem solchen Schiff konnte die Pest nicht ausbrechen – ein kluger Zug, denn Drakos waren auf ihrer Rückreise normalerweise halbleer.

»Wir waren gerade mal zwei Tage von Rutu Jelba entfernt, da wurden wir in der Morgendämmerung plötzlich von fremden Schiffen umzingelt – von dieser Flotte«, fuhr der Taxilier fort. »Der Geistergänger hat versucht, sich mit ihnen in Verbindung zu setzen, und dann, als deutlich wurde, dass diese Edur uns als Beute betrachteten, mit ihnen zu verhandeln. Bei den Göttern hienieden, was für eine Zauberei sie gegen ihn entfesselt haben! Es war schrecklich, es hat sogar die Luft krank gemacht. Er hat Widerstand geleistet – viel länger als sie erwartet haben, habe ich seither erfahren –, aber am Ende ist er gefallen, der arme Kerl. Die Edur haben einen von uns ausgewählt – mich, wie sich herausstellte – und haben den anderen die Bäuche aufgeschlitzt und sie den Haien zum Fraß vorgeworfen. Sie brauchten einen Übersetzer, verstehst du.«

»Und was hast du für einen Beruf, wenn ich fragen darf?«

»Ich war Architekt. In Taxilia. Nein, ich war nicht berühmt. Ich hatte zu kämpfen.« Er zuckte die Schultern. »Einen Kampf, den ich am liebsten auf der Stelle wieder aufnehmen würde.«

»Du arbeitest mit Täuschungen, wenn du Federhexe die Sprache lehrst.«

Er nickte.

»Sie weiß es.«

»Ja, aber im Moment kann sie nichts dagegen tun. Dieser Teil der Flotte ist neu verproviantiert worden – wir werden einige Zeit lang kein Land anlaufen, und was Schiffe aus dem Reich der Sieben Städte angeht, die man aufbringen könnte – nun, die Pest hat die Meere leergefegt, stimmt's? Außerdem werden wir nach Westen segeln. Im Augenblick bin ich sicher. Und wenn Federhexe nicht sehr viel schlauer ist, als ich glaube, wird es lange Zeit dauern, bis sie es richtig verstanden hat.«

»Wie machst du es?«

»Ich lehre sie vier Sprachen, alle auf einmal, und ich mache keinen Unterschied zwischen ihnen, noch nicht einmal, was die Regeln des Satzbaus angeht. Für jedes Wort gebe ich ihr vier Übersetzungen und denke mir dann bizarre Regeln aus, warum man in welchem Zusammenhang dieses oder jenes bevorzugt. Sie hat mich bisher nur ein einziges Mal ertappt. Also ... Malazanisch, den Dialekt der taxilischen Gelehrten, die Ehrlii-Variante der Gemeinsamen Sprache und – von der Schwester meines Großvaters – die Sprache der Rangala-Stämme.«

»Rangala? Ich dachte, das wäre ausgestorben.«

»Erst wenn sie stirbt, und ich schwöre, dass die alte Hexe ewig leben wird.«

»Wie heißt du?«

Er schüttelte den Kopf. »In Namen liegt Macht – nein, es ist nicht so, dass ich dir nicht traue – es sind die Tiste Edur. Und Federhexe – wenn sie meinen Namen herausfindet –«

»Kann sie dich zwingen. Ich verstehe. Nun, für mich bist du dann einfach der Taxilier.«

»Das wird reichen.«

»Ich bin Samar Dev, und der Krieger, mit dem ich gekommen bin, ist Toblakai ... Sha'iks Toblakai. Er nennt sich Karsa Orlong.«

»Du riskierst viel, indem du eure Namen enthüllst –«

»Das Risiko liegt bei Federhexe. In den alten Künsten bin ich besser bewandert als sie. Und was Karsa angeht, nun, sie soll es ruhig versuchen.« Sie blickte ihn an. »Du hast gesagt, wir segeln nach Westen?«

Er nickte. »Hanradi Khalag befehligt nicht ganz die Hälfte der Flotte – der Rest ist irgendwo östlich von hier. Beide Flottenteile sind mehrere Monate lang an dieser Küste auf und ab gesegelt, fast ein halbes Jahr, genauer gesagt. Wie Fischerflotten, aber der Fang, den sie suchen, geht auf zwei Beinen und schwingt ein Schwert. Sie haben wahrscheinlich mit allem Möglichen gerechnet, aber bestimmt nicht damit, auf versprengte Überbleibsel ihrer Verwandten zu stoßen, und der Zustand, in dem diese armen Kreaturen waren, hat die Edur schlicht und einfach wütend gemacht. Ich habe keine Ahnung, wo die beiden Flotten sich treffen wollen – irgendwo westlich von Sepik, nehme ich an. Sobald das geschieht«, er zuckte die Schultern, »nehmen wir Kurs auf ihr Imperium.«

»Und wo ist das?«

Noch ein Schulterzucken. »Weit weg. Mehr kann ich dir nicht sagen.«

»Weit weg, in der Tat. Ich habe noch nie von einem Imperium der Menschen gehört, dass von Tiste Edur regiert wird. Und doch, die Sprache der Letherii ... Wie du bemerkt hast, ist sie irgendwie mit vielen von den Sprachen hier im Reich der Sieben Städte verwandt – mit denen, die nichts weiter als Zweige des gleichen Baums sind, und dieser Baum ist das Erste Imperium.«

»Oh, das erklärt dann auch, warum ich die Letherii inzwischen zu einem großen Teil verstehen kann. Sie benutzen einen anderen Dialekt, wenn sie mit den Edur sprechen – eine Mischung aus den beiden. Eine Handelssprache, und selbst da fange ich an, etwas zu verstehen.«

»Ich schlage vor, dass du dieses Wissen für dich behältst, Taxilier.«

»Das werde ich. Samar Dev, ist dein Begleiter tatsächlich der gleiche Toblakai wie der genauso genannte Leibwächter von Sha'ik? Es heißt, er hätte in der Nacht, bevor sie erschlagen wurde, zwei Dämonen getötet, einen davon mit bloßen Händen.«

»Bis vor kurzem«, sagte Samar Dev, »hat er die verwesten Köpfe dieser Dämonen mit sich herumgetragen. Er hat sie Bootfinder geschenkt – dem Schamanen der Anibar, der uns begleitet hat. Das weiße Fell, das Karsa trägt, stammt von einem Wechselgänger. Gleich außerhalb von Ugarat hat er einen dritten Dämon getötet, und einen weiteren hat er im Wald der Anibar verjagt. Er hat eigenhändig einen Bhederin-Bullen getötet – das habe ich mit eigenen Augen gesehen.«

Der Taxilier schüttelte den Kopf. »Dieser Imperator der Edur ... er ist auch ein Dämon. Diese grauhäutigen Dreckskerle behaupten, alle Greueltaten, die sie verüben, seien ihnen von ihm befohlen worden. Genau wie diese Suche nach Kriegern. Ein Imperator, der Fremde dazu einlädt, ihn zu töten – wie kann das sein?«

»Ich weiß es nicht«, gab sie zu. *Und etwas nicht zu wissen ist das, was mir am meisten Angst macht.* »Wie du schon sagst, es ergibt keinen Sinn.«

»Eines dürfte klar sein«, sagte der Mann. »Ihr Imperator ist niemals besiegt worden. Denn sonst wäre seine Herrschaft längst beendet. Vielleicht ist dieser Tyrann tatsächlich der größte aller Krieger. Vielleicht gibt es niemanden, niemanden auf der ganzen Welt, der ihn bezwingen kann. Noch nicht einmal Toblakai.«

Sie dachte darüber nach, während die gewaltige Flotte der Edur, die rings um sie herum durch die Wogen glitt, sich Richtung Norden bewegte. An Backbord zeichnete sich am Horizont vage eine gezackte Linie ab – die ungezähmte Wildnis der Halbinsel Olphara. *Wir segeln nach Norden, und dann nach Westen, in die Sepik-See.*

Samar Dev runzelte nachdenklich die Stirn. *Oh, das haben sie schon früher gemacht. Sepik, das Inselkönigreich, der Vasall des malazanischen Imperiums. Ein eigentümliches, isoliertes Volk mit seiner Zweiklassengesellschaft. Der einheimische Stamm wurde unterworfen und versklavt. Rulhun'tal ven'or – die Schlammhäute …* »Taxilier, diese Edur-Sklaven unter Deck – wo haben sie sie gefunden?«

»Ich weiß es nicht.« Das grün und blau geschlagene Gesicht verzog sich zu einem bitteren Lächeln. »Sie haben sie *befreit*. Was für eine süße Lüge in diesem Wort liegt, Samar Dev. Nein, ich will nicht mehr daran denken.«

Ich glaube, du lügst mich gerade an, Taxilier.

Aus dem Krähennest ertönte ein Schrei, der von den Seeleuten in der Takelage aufgenommen und weitergegeben wurde. Samar Dev sah, wie Köpfe sich drehten, sah Tiste Edur auftauchen und sich zum Heck begeben.

»In unserem Kielwasser sind Schiffe gesichtet worden«, sagte der Taxilier.

»Der Rest der Flotte?«

»Nein.« Er hob den Kopf und lauschte erneut, als der Ausguck weitere Einzelheiten herunterrief. »Fremde. Viele Schiffe. Größtenteils Transportschiffe – zwei Drittel Transportschiffe, ein Drittel Dromonen als Eskorte.« Er gab ein Brummen von sich. »Das ist das dritte Mal, dass wir sie sichten, seit ich an Bord gekommen bin. Wir haben sie gesichtet und sind ihnen dann ausgewichen. Jedes Mal.«

»Hast du ihnen gesagt, wer die Fremden sind, Taxilier?«

Er schüttelte den Kopf.

Die malazanische Imperiale Flotte. Admiral Nok. Es kann niemand anders sein. Sie sah nun eine gewisse Anspannung bei den Tiste Edur. »Was ist los? Warum sind sie so aufgeregt?«

»Die armen Malazaner«, sagte der Mann und grinste wild. »Es geht um die Positionen, an denen sich die Flotten im Augenblick befinden, verstehst du?«

»Wie meinst du das?«

»Wenn sie in unserem Kielwasser bleiben, wenn sie weiter in Richtung Norden segeln, um diese Halbinsel zu umfahren, sind sie zum Untergang verurteilt.«

»Warum?«

»Weil jetzt der Rest der Edur-Flotte – Tomad Sengars Kriegsschiffe – *hinter den Malazanern ist*, Samar Dev.«

Schlagartig schien der kalte Wind Samar Devs Kleidung vollkommen zu durchdringen. »Sie wollen sie angreifen?«

»Sie wollen sie vernichten«, sagte der Taxilier. »Ich habe die Zauberei der Edur gesehen, und ich sage dir eines – das malazanische Imperium steht kurz davor, die gesamte Imperiale Flotte zu verlieren. Und mit ihr alle, die an Bord der Schiffe sind – bis auf den letzten Mann und die letzte Frau.« Er beugte sich vor, als ob er ausspucken wollte, doch dann wurde ihm klar, dass der Wind ihm ins Gesicht blies, und er grinste nur noch breiter. »Mit Ausnahme von vielleicht einem oder zwei … *Meisterkämpfern*.«

Das war mal etwas Neues, dachte Banaschar, als er durch den strömenden Regen zu Schaffs Schenke eilte. Er wurde verfolgt. Früher einmal hätte eine solche Entdeckung in ihm eine gehörige Portion Wut entfacht, und er hätte mit dem Narren kurzen Prozess gemacht, und dann, nachdem er die notwendigen Einzelheiten aus ihm herausgeholt hatte, noch kürzeren Prozess mit dem Auftraggeber des Narren. Aber jetzt war das beste, was er zustande brachte, ein leises, säuerliches Lachen. »Ja, Herr (oder Herrin), er steht am Nachmittag auf, ganz bestimmt, und nachdem er einen Sechstel Glockenschlag damit verbracht hat, zu husten und sich zu kratzen und Nissen zu knacken, geht er nach draußen, auf die Straße, und begibt sich zu einem von etwa sechs verrufenen Etablissements, Herrin (oder Herr), und sobald er es sich mit den Stammgästen gemütlich gemacht hat, streitet er über die Natur der Religion – oder geht es um die Steuern oder die Erhöhung des Hafen-Zehnten? Oder um den plötzlichen Rückgang der Coraval-Schwärme vor den Jakataka-Untiefen? Oder um die schlechte Arbeit des Schusters, der geschworen hatte, er könnte die Sohle seines linken Stiefels wieder annähen – was? Ja, das ist nur zu wahr, Herr (oder Herrin) – das sind alles irgendwelche schändlichen verschlüsselten Informationen, so sicher wie ich mit den besten Schleichern schleichen kann, und ich bin wirklich ganz kurz davor, die Verschlüsselung zu knacken …«

Sie waren in diesen Nächten das Einzige, was ihm ein bisschen Unterhaltung verschaffte, diese eingebildeten Gespräche. *Bei den Göttern, also das ist wirklich erbärmlich. Andererseits hat mich Pathos schon immer erheitert.* Und lange bevor es aufhören konnte, ihn zu erheitern, würde er betrunken sein, während die Zeit verstrich und die Sonne und die Sterne einmal mehr an jenem bedeutungslosen Himmel über seinem Kopf vorüberzogen. Vorausgesetzt, dass es ihn noch gab – denn wer konnte das schon sagen angesichts der dichten grauen Wolkendecke, die nun schon seit beinahe einer Woche über der Insel hing, ohne auch nur das geringste Anzeichen dafür, dass sie irgendwann einmal aufreißen würde. *Wenn es noch eine Weile so weiterregnet, werden wir einfach unter den Wellen verschwinden. Und die Handelsschiffe, die vom Festland hierher kommen, werden dort, wo Malaz früher einmal war, immer und immer wieder im Kreis fahren. Sie werden Runde um Runde drehen, die Lotsen werden sich den Kopf kratzen …* Ha – er machte es schon wieder, beschwor eine weitere Szene mit einem Hauch von Verachtung für alle zutiefst menschlichen Eigenschaften herauf – schiere Unfähigkeit, Dummheit, Faulheit und schlechte Arbeit – man musste sich doch nur das hier mal ansehen, schließlich humpelte er wie ein einbeiniger Haiköder – der Schuster hatte ihm *barfuß* die Tür aufgemacht – spätestens da hätte er Verdacht schöpfen müssen. *Glaubst du nicht auch?*

»Nun, Imperatrix, es ist so. Der arme Kerl war ein Halbwickaner, und er hatte dafür bezahlt, dank Eurer Weigerung, den Mob zu zügeln. Er war in die Enge getrieben worden, oh, beim Großen, mit Ziegeln und Keulen, so weit er gehen konnte, ohne kopfüber ins Wasser zu springen. Hat all seine Schusterwerkzeuge und das ganze Zeug verloren – seinen Lebensunterhalt, versteht Ihr? Und ich, nun, ich bin dazu verflucht, Mitleid zu haben – ja, klar, das sind keine Beschwerden, unter denen Ihr sonderlich leidet, Imperatrix, und ich sage, das ist nur von Vorteil für Euch … aber, wo war ich gerade? Ach ja, voller Mitleid und dazu getrieben, etwas Barmher-

ziges zu tun. Der Vermummte weiß, der arme gebrochene Mann hat die Münzen dringender gebraucht als ich, und wenn auch nur, um seinen kleinen Sohn zu begraben, den er immer noch mit sich herumgetragen hat, ja, den mit dem eingeschlagenen Schädel –« Nein, hör auf damit, Banaschar.

Hör auf.

Sinnlose Gedankenspiele, richtig? Ohne jede Bedeutung. Nichts als ein Sichgehenlassen, und für das große Publikum da draußen – die flüsternden Geister und ihre Andeutungen, ihre Mutmaßungen und verschleierten Beleidigungen und ihre so schnell gelangweilten Hirne – dieses Publikum – *sie sind meine Zeugen, ja, dieses Meer aus düsteren Gesichtern in der Grube, für die ich meine verzweifelte Vorstellung gebe, die ich immer wieder mit einer menschlichen Note zu berühren versuche* – zeigt nichts als Ungeduld und Aufregung, und die Ruhelosen warten auf das Stichwort, um zu lachen. Nun gut, diese prunkvolle Beredsamkeit diente nur ihm selbst, wie Banaschar wusste, und der ganze Rest war eine Lüge.

Das Kind mit dem eingeschlagenen Schädel hatte mehr als ein Gesicht, schräg zur Seite geneigt und im Tod schlaff. Mehr als eines, mehr als zehn, mehr als zehntausend. Gesichter, über die nachzudenken er sich in seinem Tag für Tag, Nacht für Nacht dahinstolpernden Dasein nicht leisten konnte. Denn sie waren wie Nägel, die tief in den Boden getrieben worden waren und festnagelten, welches Gefolge auch immer er hinter sich herzog, und mit jedem Schritt nach vorn wurde der Widerstand größer, zog sich die Einschnürung um seinen Hals enger – und kein Sterblicher konnte das überstehen – *wir ersticken an dem, was wir mit ansehen, wir werden erdrosselt, wenn wir unbesonnen fliehen, das geht nicht, das geht überhaupt nicht. Lasst Euch durch mich nicht stören, teure Imperatrix. Ich sehe, wie sauber Euer Thron ist.*

Ah, hier waren die Stufen, die nach unten führten. Schaffs guter alter Gehängter, über dessen steinernes Gerüst unter den Füßen dreckige Tränen strömten, eine Herausforderung beim Hinuntersteigen, wenn man unsicher auf den Beinen war, die wacklige Unsicherheit – war dies wirklich nichts weiter als eine Treppe hinunter in eine Schenke? *Oder jetzt verwandelt, mein Tempel des Schluckens, durch den das nichtssagende Gejammer meiner Artgenossen hallt, oh, wie willkommen ist diese Umarmung –*

Er schob sich durch den Türrahmen und blieb in der Düsternis stehen, gleich hinter dem tropfenden Dachvorsprung und mit den Füßen in einer Pfütze, wo die Pflastersteine ein Stück abgesackt waren, während Wasser an ihm hinunterlief und die Pfütze noch vergrößerte; und ein halbes Dutzend Gesichter, blass und schmutzig wie der Mond nach einem Staubsturm, wandten sich ihm zu … aber nur für einen Augenblick, dann wandten sie sich wieder ab.

Mein mich bewunderndes Publikum. Ja, der tragische Komödiant ist zurückgekehrt.

Und da drüben, allein an einem Tisch, saß ein Ungeheuer von einem Mann. Vornübergebeugt, mit winzigen schwarzen Augen, die aus dem Schatten einer vorspringenden Stirn glitzerten. Über alle Maßen haarig. Wirre, verfilzte Strähnen wucherten aus beiden Ohren, die ebenholzschwarzen Locken wanden sich nach unten, um sich mit dem riesigen Möwennest zu vereinen, das sein Bart war, der wiederum seinen Hals überflutete und unvermindert nach unten weiterreichte bis zu dem, was von der gewölbten Brust des Mannes zu sehen war; und der auch nach oben kletterte, um seine Wangen zu überziehen – wobei er sich unterwegs mit den herausragenden Nasenhaaren vereinigte, als hätte sich der Mann kleine, entwurzelte Bäume in die Nase geschoben – nur, um sich dann ohne Unterbrechung mit den rissigen Hanfseilen zu vermischen, die die Augenbrauen des Mannes bildeten, die ihrerseits in den erschreckend tief angesetzten Haaransatz übergingen, der vollkommen verbarg, was eine dürftige, fliehende Stirn sein musste. Und trotz des absurden Alters des Mannes – seines gerüchteweise bekannten Alters, genauer gesagt, denn niemand wusste es genau – war dieser Wust an Haaren tintenschwarz gefärbt.

Er trank Rotweintee, ein örtliches Gebräu, das gelegentlich dazu benutzt wurde, Ameisen zu töten.

Banaschar ging zu dem Tisch und setzte sich dem Mann gegenüber. »Wenn ich darüber nachgedacht hätte, würde ich sagen, dass ich die ganze Zeit nach dir gesucht habe, Hauptsergeant Tapferer Zahn.«

»Aber eigentlich bist du kein großer Denker, stimmt's?« Der riesige Mann machte sich nicht die Mühe aufzublicken. »Du kannst keiner sein, wenn du nach mir gesucht hast. Was du hier siehst, ist ein Entrinnen – nein, totale Flucht – der Vermummte weiß, wer entscheidet, dass diese armseligen Schwachköpfe, die sie mir andauernd schicken, die Bezeichnung Rekruten verdienen. In der malazanischen Armee, beim Abgrund! Die Welt ist verrückt geworden. Vollkommen verrückt.«

»Der Torwächter«, sagte Banaschar. »Am oberen Ende der Treppe zu Mocks Feste. Der Wächter am Tor, Tapferer Zahn, ich nehme an, du kennst ihn. Scheint, als wäre er schon so lange hier, wie du Soldaten ausbildest.«

»Es gibt kennen, und es gibt kennen. Diese bucklige alte Krabbe, nun, lass mich dir etwas von ihm erzählen. Ich könnte eine Legion nach der anderen von meinen knuddeligen kleinen Rekruten die Treppe hochschicken und ihnen jede Waffe zur Verfügung stellen, und sie würden doch niemals an ihm vorbeikommen. Warum? Ich werd' dir sagen warum. Lubben ist ja kein Meisterkämpfer oder ein Todbringendes Schwert oder irgend so was. Nein, es liegt daran, dass ich mehr Hirn in meinem linken Nasenloch untergebracht habe, das auf meinen Finger wartet, als meine sogenannten Rekruten zusammenkratzen können.«

»Das sagt mir überhaupt nichts über Lubben, Tapferer Zahn, sondern nur deine Meinung über deine Rekruten, und die hatte ich, wie es scheint, schon geahnt.«

»Ganz recht«, sagte der Mann und nickte.

Banaschar rieb sich das Gesicht. »Lubben. Hör zu, ich muss mit jemandem sprechen, jemandem, der sich da oben in Mocks Feste versteckt. Ich schicke Botschaften, sie gelangen in Lubbens Hände – und dann … nichts.«

»Und wer ist derjenige, mit dem du sprechen willst?«

»Das würde ich lieber nicht sagen.«

»Oh, er.«

»Also. Schmeißt Lubben diese Botschaften in den schleimigen Schacht, dessen Ausfluss so schicklich die Klippe verziert?«

»Aus-was? Nein. Ich sag dir was. Wie wär's, wenn ich da hochgehe und den, den du lieber nicht nennen willst, an seinem überlangen, altmodischen Zopf packe und ihn ein paarmal kräftig schüttle?«

»Ich kann nicht so recht erkennen, inwieweit das etwas bringen würde.«

»Nun, es würde mich aufheitern – nicht aus irgendeinem besonderen Grund, wohlgemerkt, sondern einfach nur aus Prinzip. Vielleicht will der, den du lieber nicht nennen willst, lieber nicht mit dir sprechen, hast du daran schon mal gedacht? Aber vielleicht hast du das auch lieber nicht.«

»Ich muss mit ihm sprechen.«

»Oh, es ist richtig wichtig, was?«

»Ja.«

»Imperiale Interessen?«

»Nein, zumindest glaube ich das nicht.«

»Ich sag dir was. Ich werde ihn an seinem niedlichen Zopf packen und vom Turm baumeln lassen. Du kannst von hier unten winken. Ich schwinge ihn vor und zurück, und das bedeutet, er sagt ›Klar, komm rauf, alter Freund‹. Und wenn ich ihn einfach fallen lasse, bedeutet es das andere. Entweder das, oder meine Hände sind müde geworden … oder vielleicht schlüpfrig.«

»Du bist keine besonders große Hilfe, Tapferer Zahn.«

»Es ist ja nicht so, dass ich an deinem Tisch sitze. Du sitzt an meinem.«

Banaschar lehnte sich seufzend zurück. »Schön. Hier, ich werde dir noch ein bisschen mehr Tee ausgeben –«

»Was, willst du jetzt versuchen, mich zu vergiften?«

»Na schön – wie wäre es, wenn wir zusammen einen Krug Malazanisches Dunkles trinken?«

Der riesige Mann beugte sich vor, blickte Banaschar zum ersten Mal in die Augen. »Besser. Ich bin in Trauer, verstehst du.«

»Ach?«

»Die Neuigkeiten aus Y'Ghatan.« Er schnaubte. »Es sind immer die Neuigkeiten aus Y'Ghatan, stimmt's? Wie auch immer, ich habe ein paar Freunde verloren.«

»Aha.«

»Und deshalb habe ich vor, mich heute Nacht zu betrinken«, sagte Tapferer Zahn. »Für sie. Ich kann nicht weinen, wenn ich nicht betrunken bin, verstehst du?«

»Und warum dann der Rotweintee?«

Tapferer Zahn blickte auf, als jemand kam, und schenkte dem Mann ein hässliches Lächeln. »Frag Temper hier. Warum der Rotweintee, du runtergekommener alter Bastard?«

»Du hast vor, heute Nacht zu weinen, Tapferer Zahn?«

Der Hauptsergeant nickte.

Temper ließ sich auf einen Stuhl sinken, der unter seinem Gewicht bedrohlich knirschte. Rotgeäderte Augen richteten sich auf Banaschar. »Der verleiht seinen Tränen die Farbe von Blut. Man erzählt sich, dass er es erst ein einziges Mal getan hat, und das war, als Dassem Ultor gestorben ist.«

Bei den Göttern hienieden, muss ich das heute Nacht mit ansehen?

»Das habe ich davon«, murmelte Tapferer Zahn, der den Kopf wieder gesenkt hatte, »dass ich alles glaube, was ich höre.«

Banaschar starrte den Mann stirnrunzelnd an, der ihm gegenübersaß. *Und was soll das jetzt wieder bedeuten?*

Der Krug mit dem Bier kam, als wäre er von ihren stummen Wünschen herbeibeschworen worden, und Banaschar, befreit von weiterem Nachdenken – und allem anderen, was klare Gedanken erforderte – lehnte sich zurück, zufrieden damit, eine weitere Nacht zu überdauern.

»Ja, Herr (oder Herrin), er hat da bei diesen Veteranen gesessen, hat so getan, als wenn er dazugehört, aber in Wirklichkeit ist er einfach nur ein Schwindler. Hat die ganze Nacht da gesessen, bis Schaff ihn raustragen musste. Wo er jetzt ist? Na, in seinem stinkenden, dreckigen Zimmer, unempfänglich für alles, was die Welt betrifft. Ja, in der Tat, Banaschar ist unempfänglich für alles, was die Welt betrifft.«

Der Regen fiel in Strömen, rann über die Befestigungsanlagen und dann die Blutrinnen hinunter, und die Wolke am Himmel war in den letzten zwanzig Herzschlägen tiefer gesunken und hatte die Spitze des alten Turms verschluckt. Das Fenster, aus dem Perl blickte, hatte früher einmal den Gipfel der technischen Möglichkeiten der Inselbewohner repräsentiert, geschmolzener Sand, der zu einem Stück blasigem, fleckigem aber größtenteils durchsichtigem Glas geworden war. Jetzt, ein Jahrhundert später, war die Oberfläche von einer regenbogenfarbigen Patina überzogen, und die Welt dahinter wirkte zusammengestoppelt, wie ein unvollständiges Mosaik, dessen einzelne Steinchen in einem weltverschlingenden Feuer miteinander verschmolzen waren. Obwohl Perl die Flammen nicht sehen konnte, wusste er mit furchtbarer Gewissheit, dass sie da waren, und das würde auch noch so viel Regen, der vom Himmel fiel, nicht ändern können.

Im Grunde war seine Welt auch von Flammen vernichtet worden. Flammen, die ihm *sie* genommen hatten – die einzige Frau, die er jemals geliebt hatte. Und es hatte zum Abschied keine Umarmung gegeben, keine tröstenden, beruhigenden Worte. Nein, sie waren nur einmal mehr gereizt umeinander herumgetanzt, und anscheinend hatten weder er noch Lostara entscheiden können, ob es ein Tanz aus Verlangen oder Bosheit gewesen war.

Selbst hier, hinter diesem kleinen Fenster und den dicken Steinmauern, konnte er die arg mitgenommene, verkrustete Wetterfahne hören, die in den heftigen Windböen, die über Mocks Feste hinwegfegten, knirschte und quietschte. Er und Lostara waren genauso wie diese Wetterfahne gewesen – sie hatten sich gedreht, waren in diese und jene Richtung gestoßen worden, hilflose Opfer von Mächten, die immer außerhalb ihrer Kontrolle gelegen hatten. Ja, sogar außerhalb ihres Begriffsvermögens. Klang das nicht überzeugend? Kaum.

Die Mandata hatte sie auf eine Suche geschickt, und als sie an ihrem grässlichen Ende angekommen waren, war Perl klar geworden, dass die ganze Reise bis dahin nur ein Vorspiel gewesen war – zumindest, soweit sein eigenes Leben davon betroffen war –, und dass seine eigene Suche noch vor ihm lag. Vielleicht war es ziemlich einfach gewesen – das Objekt seines Verlangens würde seiner Seele die Erfüllung seiner Suche kundtun. Vielleicht war *sie* es gewesen, was er gesucht hatte. Aber Perl war sich dessen nicht sicher. Nicht mehr. Lostara Yil war tot, und das, was ihn antrieb, was ihn drängte, bestand unvermindert. Ganz im Gegenteil, es wuchs.

Der Vermummte soll diese verdammte, üble Stadt irgendwie holen. Warum müssen die Imperialen Ereignisse immer hier zusammenlaufen? Weil, gab er sich selbst die Antwort, Genabackis Fahl hatte. Und Korel den Sturmwall. *Das Reich der Sieben Städte hat Y'Ghatan. Und im Herzen des malazanischen Imperiums haben wir Malaz – die Stadt. Wo es angefangen hat, dorthin kehrt es zurück. Wieder und wieder. Und wieder. Schwärende Wunden, die niemals heilen, und wenn das Fieber steigt, quillt das Blut hervor, unerwartet, eine Sintflut.*

Er stellte sich vor, wie das Blut über die Stadt unter ihm hinwegrauschte, an der Klippe hochstieg, gegen die Steine von Mocks Feste schwappte. Würde es noch höher steigen?

»Es ist mein Traum«, sagte der Mann, der mit übereinandergeschlagenen Beinen hinter ihm saß.

Perl drehte sich nicht um. »Was?«

»Ich verstehe Eure Abneigung nicht, Klaue.«

»Ich versichere Euch«, sagte Perl, »dass die Art meines Berichts an die Imperatrix Euren winzigen Karren auf den Kopf stellen wird. Ich war dort, ich habe gesehen –«

»Ihr habt gesehen, was Ihr sehen wolltet. Es gibt keinen echten Zeugen außer mir, wenn es um die Ereignisse geht, die jetzt nochmals betrachtet werden. Überprüft, ja? Wie es mit allen Ereignissen geschieht, denn das ist die Übung der Aasgeier, die statt Klauen Federkiele benutzen und sich *Historiker* nennen. Sich Ereignisse noch einmal anzusehen, nach einem Schlückchen – nur einer Kostprobe – dessen zu dürsten, was es bedeutet, in der eigenen verzagten Seele einen Schock zu verspüren. Und dann voller Autorität seine Meinung zu äußern, ja, über Dinge, in denen der Verkünder in Wirklichkeit gar keine Autorität hat. Nur ich war dabei und bin noch am Leben. Nur ich habe gesehen, habe die Luft geatmet, den Verrat erlebt.«

Perl wollte sich nicht umdrehen, um den fetten, öligen Mann anzusehen. Er wagte es nicht, weil ihn sonst womöglich sein dringender Wunsch überwältigt hätte – der Wunsch, einen Arm zu heben, die Muskeln seines Handgelenks *genau so* anzuspannen und einen giftigen Bolzen in den schwammigen Hals von Mallick Rel, dem Jhistal-Priester Maels, zu schießen.

Er wusste, dass er wahrscheinlich keinen Erfolg haben würde. Er würde tot sein, bevor er den Arm richtig oben hatte. Dies war schließlich Mallick Rels Zimmer, seine Residenz. In den Boden geritzte Schutzzauber, in der feuchten Luft schwebende Bannsprüche, so viel Zauberei, dass sie förmlich schmerzte und sich einem die Nackenhärchen aufstellten. Oh, offiziell mochte von diesem gut möblierten Raum als Zelle gesprochen werden, aber diese beschönigende, absurde Bezeichnung würde sich nicht mehr lange halten lassen.

Die Agenten dieses Scheißkerls waren überall. Erzählten ihre Geschichten flüsternd in Schenken, an Straßenecken, unter den gespreizten Beinen von Huren und adligen Frauen. Der Jhistal-Priester wurde immer mehr zum Helden – *der einzige Überlebende des Gemetzels vor Aren, der einzige loyale Überlebende, heißt das. Derjenige, der es geschafft hat, den Fängen der Verräter zu entkommen, ob das nun Sha'iks Leute waren oder die Verräter in Aren selbst. Mallick Rel, der beteuert, als Einziger die Wahrheit zu kennen.*

Auf den Seti-Ebenen gab es ein gewisses Gras, wie Perl sich erinnerte, dessen Samen auf schlaue Weise mit Widerhaken versehen waren, so dass sie kaum wieder zu entfernen waren, wenn sie erst einmal an etwas oder jemandem hingen. Mit Widerhaken versehene Schoten, die erst schwach wurden und auseinanderbrachen, wenn ihr Wirt weit gereist war. Genauso war es mit Gerüchten, die durch Atemzüge von einem Wirt zum nächsten getragen wurden. Die Widerhaken hielten. *Und wenn die notwendige Zeit verstrichen ist, wenn jedes Saatkorn an Ort und Stelle ist, was dann?*

Was wird sich auf Mallick Rels Befehl entfalten? Perl wollte nicht darüber nachdenken.

Und es gab noch etwas, über das er nicht nachdenken wollte: dass er sehr viel Angst hatte.

»Klaue, sprecht mit ihm.«

»Mit *ihm*. Ich muss zugeben, dass ich noch nicht feststellen kann, auf welchen ›ihn‹ Ihr Euch bezieht, Priester. Und leider kann ich ebenso wenig ergründen, warum Ihr mich um so etwas ersucht. Tayschrenn ist kein Freund von Euch –«

»Aber er ist auch kein Narr, Klaue. Er blickt weit voraus, ja, das tut Tayschrenn. Nein, es gibt keinen Grund, warum ich Euch drängen sollte, mit dem Hohemagier des Imperiums zu sprechen. Seine Stellung wird sowieso schon immer bedenklicher. Ihr wollt dann also plaudern, ja? Nun, Klaue, dann fordere ich Euch ganz offen dringend auf, in die Katakomben hinunterzusteigen und mit Korbolo Dom zu sprechen. Ihr habt seine Geschichte noch nicht gehört, und ich würde Euch in aller Bescheidenheit nahelegen, dass es an der Zeit ist, das zu tun.«

Perl schloss die Augen vor der regengepeitschten Szene jenseits des Fensters. »Natürlich. Er war in Wirklichkeit ein Agent Laseens, selbst als er für Sha'ik gekämpft hat. Seine Hundeschlächter waren an Ort und Stelle, um sich gegen Sha'ik zu wenden und sie vollständig zu zermalmen, wozu auch gehört hätte, Toblakai und Leoman von den Dreschflegeln zu töten. Aber dann, während der Kette der Hunde, ist er über einen größeren, im Entstehen begriffenen Verrat gestolpert. Oh ja, Mallick Rel, ich kann erkennen, wie Ihr und er die Sache verdrehen werdet – ich nehme an, Ihr beide habt lange und hart gearbeitet, während Eurer zahllosen widerrechtlichen Aufenthalte unten in den Katakomben – ja, in der Tat, ich weiß von ihnen – doch die Klaue wird sich Eurem Griff entziehen, und das wird sich nicht ändern, das kann ich Euch versichern.«

»Am besten«, sagte der Mann mit seiner zischenden Stimme, »Ihr denkt über meinen bescheidenen Vorschlag nach, Klaue, zum Wohle Eurer Sekte.«

»Zum Wohle Eurer …« Bei den Göttern hienieden, er fühlt sich bereit, der Klaue zu drohen? Wie weit ist dieser ganze Wahnsinn schon gediehen? Ich muss mit Topper sprechen – vielleicht ist es ja noch nicht zu spät …

»Dieser Regen«, fuhr Mallick Rel hinter ihm fort, »wird dafür sorgen, dass die Meere steigen, ja?«

Kapitel Sieben

Die Wahrheit ist eine Drangsal, und ich sehe uns alle vor ihr zurückscheuen. Aber, meine Freunde, vor der Wahrheit kann man nicht fliehen.

Das Jahr der Zehntausend Lügen
Kayessan

Eine Rhizan, die sich an die schlaffen Falten der Imperialen Standarte klammerte, ihren Hunger vergessend, das eigene Leben nichts weiter als ein stiller Funke in ihrem winzigen Körper, hatte der ganzen Unterhaltung gespannt zugehört.

Vom Ufer aus beobachteten die Mandata und Admiral Nok zusammen mit Faust Keneb, dem Schnellen Ben und Kalam Mekhar eine Dromone, die sich mit einem schlanken, schwarzen Kriegsschiff im Schlepptau vorsichtig zwischen den nächsten Transportschiffen hindurchmanövrierte. Anfangs sprachen sie nur wenig, doch als Sergeant Gesler und Korporal Stürmisch auftauchten, wurde die Sache plötzlich interessant.

»Mandata«, sagte Gesler und salutierte, »das da ist unser Schiff – das ist die *Silanda.*«

Admiral Nok musterte den Seesoldaten mit der goldbraunen Haut. »Sergeant, wenn ich das richtig verstanden habe, behauptest du, dass du dieses unangenehme Schiff segeln kannst.«

Ein Nicken. »Mit ein paar Trupps, klar, das reicht. Was die Mannschaft auf den Ruderbänken unter Deck angeht – nun, wenn wir wollen, dass sie rudern, dann werden sie rudern.«

»Wir haben lange genug mit denen zusammengelebt, dass sie uns keine Angst mehr einjagen, Admiral«, fügte Stürmisch hinzu. »Noch nicht mal Gesler, wo der doch schon jedes Mal zusammenzuckt, wenn er in seinen verzierten silbernen Spiegel schaut. Und was die Köpfe angeht, die machen uns auch keine Gänsehaut mehr. Zumindest nicht mehr als –«

»Hört auf, wie ein Seemann zu reden, Adjutant Stürmisch«, sagte Nok.

Ein Lächeln inmitten des roten, sich sträubenden Barts. »Bin kein Adjutant mehr, Admiral.«

Dünne Brauen wölbten sich, und dann sagte Nok: »Der Titel allein verleiht dem, der ihn besitzt, Intelligenz?«

Stürmisch nickte. »Das tut er, Admiral. Und deswegen ist Gesler Sergeant und ich bin Korporal. Wir werden jedes Jahr dümmer.«

»Und Stürmisch ist noch stolz darauf«, sagte Gesler und klopfte seinem Kameraden auf den Rücken.

Die Mandata rieb sich die Augen. Sie betrachtete prüfend die Fingerspitzen ihrer Lederhandschuhe und zog sie dann langsam aus. »Ich kann an der Wasserlinie erkennen, dass sie voll verproviantiert ist ...«

»In ihrem Laderaum verderben keine Nahrungsmittel«, sagte Nok. »So viel haben meine Magier herausgefunden. Darüber hinaus gibt es an Bord keine Ratten oder anderes Ungeziefer.« Er zögerte, seufzte dann. »Jedenfalls habe ich keinen Seemann gefunden, der freiwillig auf der *Silanda* anheuern wollte. Und ich habe nicht die Absicht, in diesem Fall Zwang auszuüben.« Er zuckte die Schultern. »Mandata, wenn sie das Schiff wirklich wollen ...«

»Also gut. Sergeant Gesler, dein eigener Trupp und dann noch zwei weitere.«

»Der Vierte und der Neunte, Mandata.«

Sie blickte Gesler aus leicht zusammengekniffenen Augen an, drehte sich dann zu Keneb um. »Faust? Das sind Eure wiederauferstandenen Trupps.«

»Der Vierte – das ist dann Saitens –«

»Um des Vermummten willen«, sagte die Mandata. »Sein Name ist Fiedler. Es ist das am schlechtesten gehütete Geheimnis in dieser Armee, Keneb.«

»Natürlich. Entschuldigt, Mandata. Also dann Fiedlers, und der Neunte – mal sehen, das ist Sergeant Balsams Trupp. Hol uns der Abgrund, Gesler, da hast du dir aber einen wirren Haufen von Unzufriedenen ausgesucht.«

»Ja, Faust.«

»Na schön.« Keneb zögerte, wandte sich dann an Tavore. »Mandata, dürfte ich vorschlagen, dass die *Silanda* die ganze Zeit eine flankierende Position zu unserem Flaggschiff einnimmt?«

Gespielte Bestürzung breitete sich auf Geslers Gesicht aus. Er stieß Stürmisch an und sagte: »Sie trauen uns nicht, Stürmisch.«

»Das zeigt, was sie wissen, oder?«

»Stimmt, das tut es. Verdammt soll ich sein, sie sind schlauer als wir gedacht haben.«

»Sergeant Gesler«, sagte die Mandata, »nimm deinen Korporal und verschwinde von hier.«

»In Ordnung, Mandata.«

Die beiden Seesoldaten eilten davon.

Ein, zwei Herzschläge verstrichen, dann lachte Admiral Nok leise auf. »Mandata, ich muss Euch sagen, ich bin … erleichtert.«

»Darüber, die *Silanda* diesen Idioten zu überlassen?«

»Nein, Tavore. Die unerwartete Ankunft von zusätzlichen Überlebenden aus Y'Ghatan, unter ihnen Soldaten wie Fiedler, Krake, Gesler und Stürmisch – und natürlich auch …«, er drehte sich zum Schnellen Ben und Kalam um, »ihr beide. Die Veränderung in Eurer Armee war … spürbar, Mandata. Viele Kommandanten vergessen, wie wichtig berühmte Veteranen sind – vor allem, wenn es um sie herum nur junge, unerfahrene Soldaten gibt. Dazu kommt die außergewöhnliche Geschichte ihres Überlebens unter den Straßen von Y'Ghatan.« Er schüttelte den Kopf. »Alles in allem ist das eine höchst ermutigende Entwicklung.«

»Ich stimme Euch zu«, sagte Tavore, warf dabei Keneb einen Blick zu. »Es waren zum größten Teil diese Soldaten, die ganz am Anfang das angenommen haben, was man auch als schreckliches Vorzeichen hätte betrachten können, und es zu einem Symbol der Stärke gemacht haben. Niemand von uns hat es zu jenem Zeitpunkt so richtig erkannt, aber damals, bei jener ersten Parade in Aren, wurden die Knochenjäger geboren.«

Die anderen starrten sie alle an.

Ihre Brauen hoben sich geringfügig.

Keneb räusperte sich. »Mandata, es kann gut sein, dass die Knochenjäger damals, an jenem Tag, in Aren geboren wurden, aber ihren ersten Atmzug haben sie erst gestern getan.«

»Wie meint Ihr das?«

»Wir haben uns gefragt«, sagte Kalam zu ihr, »wo der Orden hergekommen ist. Derjenige, den Ihr eigenhändig Hauptmann Faradan Sort und Sünd, der Hexe, verliehen habt.«

»Oh ja. Nun, was das angeht, darauf kann ich keinen Anspruch erheben. Die Gestaltung des Abzeichens hat T'amber übernommen. Wie ich gehört habe, hat es in ihrer Familie Goldschmiede gegeben, und in ihrer Jugend hat sie ein paar Jahre als Lehrling bei einem gearbeitet. Nichtsdestotrotz kann ich nicht erkennen, wieso diese Zeremonie mehr erreicht haben soll, als das zu bestätigen, was bereits existiert hat.«

»Mandata«, sagte Faust Keneb, »Eure Bestätigung war genau das, was noch gefehlt hat. Damit es Wirklichkeit werden konnte. Ich möchte Euch nicht kränken, aber vorher wart Ihr die Mandata. Ihr wart Laseens Hand. Ihr Eigentum.«

Plötzlich wurde ihr Gesicht ausdruckslos, gefährlich. »Und jetzt, Faust?«

Doch es war Kalam, der antwortete: »Jetzt gehört Ihr zur Vierzehnten.«

»Ihr gehört zu uns«, sagte Keneb.

Der Augenblick hätte genau hier enden sollen, und alles wäre gut gewesen. Besser als gut. Es wäre *perfekt* gewesen. Stattdessen sahen sie in Tavores Gesicht zunehmende … Bestürzung. Und Angst. Und anfangs ergab keines dieser Gefühle einen Sinn.

Es sei denn …

Es sei denn, sie ist nicht in der Lage, eine solche Loyalität zu erwidern.

Und so wand sich der Zweifel ins Freie, wie neugeborene Vipern, die sich von ihrem Gelege wegschlängeln, und winzige, tödliche Fänge senkten sich in alle Personen, die da standen, die Zeugen dessen wurden, was ihr Gesicht offenbarte.

Was es offenbarte. Und dies bei einer Frau, deren verdammte Selbstkontrolle fast schon unmenschlich war.

Aufgeschreckt war die Rhizan ins Leben zurückgekehrt, hatte sich von ihrem Rastplatz erhoben, eine Runde gedreht, und war dann davongeflattert, den Strand entlang, wo sie sich auf der weißen Flanke eines großen Baumstumpfs niedergelassen hatte, den irgendein Sturm in der Vergangenheit ans Ufer gespült hatte; sie hatte die Beine gespreizt, den Bauch ans Holz gedrückt, und ihre winzigen Flanken hatten heftig gebebt. Beunruhigt und erschrocken hatte Buddl der Rhizan mit einer Fingerspitze über die Nasenwurzel gestrichen – eine Geste, die Trost spenden sollte –, während er den Lebensfunken des Tiers aus seinem Griff entlassen hatte. Die Kreatur war mit wild flatternden Flügeln und peitschendem Schwanz geflohen.

Und jetzt, fünf Tage später, hockte Buddl auf dem Vorderdeck der *Silanda* und starrte hinunter auf das Hauptdeck, auf jenen mit einer Persenning abgedeckten Haufen abgetrennter Köpfe, die Stürmisch seine Zuversicht nannte. Das klang komisch, ja, aber Buddl wusste, dass jene unsterblichen Augen durch die fadenscheinige Leinwand starrten und ihn beobachteten. Erwartungsvoll. *Und was erwarten sie? Verdammt, ich kann euch armen Narren nicht helfen. Das müsst ihr doch sehen!*

Außerdem gab es zur Zeit jede Menge andere Dinge, um die er sich kümmern musste. Es waren tatsächlich so viele, dass er nicht wusste, wo er anfangen sollte.

Er hatte das Symbol gesehen – den Orden, den die Mandata im Rahmen von etwas, das eigentlich eine Kriegsgerichtsverhandlung hätte sein sollen, Faradan Sort verliehen hatte. Ihr und der stummen Sünd – die, wie Buddl wusste, natürlich nicht wirklich stumm war. Das Mädchen hatte einfach niemandem viel zu sagen, mit Ausnahme von ihrem Bruder Scherbe. Das Wappen … eine in Silber gearbeitete Stadtmauer, über der sich rubinrote Flammen erhoben, und der Tel mit den abgeschrägten Hängen unterhalb der Stadtmauer bestand aus unzähligen, goldenen, menschlichen Totenschädeln. Die Ähnlichkeit mit dem alten Wappen der Brückenverbrenner war kein Zufall – *nein, es war reinste Genialität. T'ambers Genialität.*

Am Ende jenes Tages waren überall eiserne Nadeln und Seidenfäden zu sehen, als derbe Finger mit unterschiedlicher Begabung arbeiteten und die Umhänge der Soldaten der Vierzehnten Armee eine neue Verzierung bekamen. Passend zu baumelnden Fingerknochen, dem gelegentlichen Vogelschädel und durchbohrten Zähnen.

Alles schön und gut, was das betraf. Fast den ganzen ersten Tag lang, an dem Buddl und die anderen sich erholten, waren Soldaten vorbeigekommen, um sie einfach nur anzusehen. Diese ganze Aufmerksamkeit war zermürbend gewesen, und es fiel ihm immer noch schwer zu verstehen, was er in den eindringlichen Blicken gesehen hatte. *Ja, wir sind am Leben. Das ist zugegebenermaßen unwahrscheinlich, aber nichtsdestotrotz wahr. Und was seht ihr jetzt?*

Die Erinnerungen an die Zeit unter der Stadt waren ein beklemmender Refrain hinter jedem Wort, das Buddl und die anderen Überlebenden miteinander wechselten. Sie nährten nachts ihre schrecklichen Träume – er hatte sich mittlerweile daran gewöhnt, durch den gedämpften Schrei eines Truppmitglieds aufzuwachen; ob es nun Lächeln, Krake oder Corabb Bhilan Thenu'alas war. Schreie, die schwach von dort beantwortet wurden, wo die anderen Trupps auf dem steinigen Boden schliefen.

Ihre Ausrüstungen waren in ihrer Abwesenheit durchwühlt, Gegenstände und Sachen neu verteilt worden, wie es Brauch war, und an jenem ersten Tag kamen Soldaten, um das zurückzubringen, was sie mitgenommen hatten. Bei Einbruch der Abenddämmerung hatte jeder Überlebende mehr, als er zuvor jemals gehabt hatte – und konnte nur erheitert die aufgehäuften Schmuckstücke, Gürtelschnallen, Schließen und Amulette, die geflickten Tuniken, die sauber geschrubbten wattierten Unterpolster, die blank geriebenen Lederriemen und Waffengurte anstarren. Und die Dolche. Viele Dolche, die persönlichsten und kostbarsten aller Waffen – *das letzte Mittel des Kämpfers. Die Waffe, die benutzt wurde – sollte es denn notwendig werden –, um sich das Leben zu nehmen, wenn etwas weitaus Entsetzlicheres droht. Nun, welche Bedeutung sollen wir dem allen entnehmen?*

Ganz in Buddls Nähe kauerten Koryk und Starr auf dem Vorderdeck und spielten ein Knochenspiel, das der Halb-Seti unter den Gaben in seiner Ausrüstung gefunden hatte. Es war die Ausführung für Seeleute – mit einem abgesenkten Spielfeld, damit die Spielsteine nicht so leicht heraussprangen, und Adlerkrallen an jeder Ecke der Unterseite, deren eiserne Spitzen scharf genug waren, um sich in das Holz einer Ruderbank oder eines Decks zu graben, und die so für Standfestigkeit sorgten. Starr hatte bisher jedes Spiel verloren – inzwischen waren es mehr als zwanzig – gegen Koryk wie gegen Lächeln – doch er spielte immer wieder mit ihnen. Buddl hatte noch nie jemanden gesehen, der sich so bereitwillig bestrafen ließ.

Gesler, Stürmisch, Fiedler und Balsam hingen in der Kapitänskajüte herum; sie sprachen kaum miteinander und wenn, dann vollkommen zusammenhangslos. Tief im Schatten unter dem länglichen Kartentisch kauerte Y'Ghatan, Buddls Ratte – *meine Augen, meine Ohren … meine schmerzenden Zitzen.*

Es gab keine anderen Ratten an Bord, und hätte er nicht die Kontrolle über Y'Ghatan und ihre Jungen gehabt, dann wären sie längst von der *Silanda* geflohen. Buddl konnte mit ihnen mitfühlen. Die Zauberei, die dieses Schiff einhüllte, war widerlich und von Wahnsinn umwittert. Sie konnte nichts Lebendiges leiden, das nicht durch ihren chaotischen Willen gebunden war. Und am wenigsten leiden konnte sie … *mich.*

Nur … Gesler und Stürmisch, die beiden scheinen dagegen immun zu sein. Diese Dreckskerle – sie haben uns gezwungen, sich ihnen auf diesem unheimlichen, unangenehmen schwimmenden Grab anzuschließen.

Buddl überlegte, ob er mit Fiedler darüber sprechen sollte, verwarf die Idee aber wieder. Fiedler war wie Kalam, der wie Apsalar war, die wie der Schnelle Ben war. Alle … *übel.*

Na schön, nicht übel, aber … irgendwas. *Ich weiß es nicht. Diese Sache in der Schattensphäre – was hatten sie vor? Und Kalam, der kurz davor war, Apsalar seine Messer in den Bauch zu rammen. Und Apsalar, die ausgesehen hat, als ob sie genau das wollte. Und dann ist der Schnelle Ben aufgewacht und zwischen die beiden gegangen, als wäre das alles irgendein alter Streit gewesen, alte Wunden, die wieder aufgerissen wurden.*

Tavore hatte den Schnellen Ben, Kalam und Apsalar ihrem eigenen Gefolge auf ihrem Flaggschiff, der *Geiferwolf*, zugeteilt – einer in Quon gebauten Dromone, Qualitätsarbeit aus Mapau, während der Kiel und die Metallbeschläge von sonst irgendwoher stammten. *Fenn – bei den verwahrlosten Resten dieses Volkes kann es nicht mehr viel mehr als eine Handvoll Kielschnitzer und Schmiede geben … aber sie haben diesen Kiel und diese Beschläge gemacht, und an denen ist nichts Schwerfälliges oder Unsinniges.* In jedem Fall war Buddl froh, dass sie auf dem Schiff da drüben an Steuerbord, drei Leinenlängen entfernt durch die Dünung glitten. Noch nicht weit genug weg, als dass er wirklich erleichtert gewesen wäre, aber es musste ausreichen. Er konnte sich die beiden skelettartigen Reptile vorstellen, wie sie im Laderaum des Schiffs herumhuschten und Ratten jagten …

»Dann war es also Wühler, der die Flöte behalten hat?«, fragte Fiedler Gesler in der Kajüte.

Unter dem Tisch richteten sich Y'Ghatans zerfranste Ohren auf.

»Ja. Kenebs Junge. Aber jetzt hab' ich was Merkwürdiges für dich. Er hat gesagt, dass er wusste, dass wir kommen. Nun, vielleicht glaube ich das. Vielleicht auch nicht. Aber es war das Erste, das ich zurückbekommen habe.«

»Wirklich 'ne gute Sache«, sagte Stürmisch und kratzte sich hörbar den Bart. »Ich fühle mich so richtig zu Hause –«

»Das soll wohl ein Witz sein«, unterbrach ihn Gesler. »Das letzte Mal, als wir auf diesem verdammten Schiff waren, hast du die meiste Zeit in einer Ecke gehockt, Stürmisch.«

»Ich hab' nur 'ne Weile gebraucht, mich daran zu gewöhnen, das ist alles.«

»Seht mal, was irgendein Schlauberger in meiner Beute zurückgelassen hat«, sagte Fiedler. Etwas fiel mit einem dumpfen Geräusch auf den Tisch.

»Bei den Göttern hienieden«, murmelte Balsam. »Sind die vollständig?«

»Schwer zu sagen. Da sind Karten dabei, die ich noch nie gesehen habe. Eine für die Apokalyptische – es ist eine Ungebundene –, und dann gibt es noch etwas, das heißt Haus des Krieges; die einfache Karte zeigt einen unbesetzten Knochenthron, der von zwei Wölfen flankiert wird. Und in diesem Haus gibt es eine Karte, die heißt der Söldner, und eine andere – die jemand anders angefertigt hat –, von der ich glaube, dass sie Wächter der Toten oder so ähnlich heißt; sie zeigt geisterhafte Soldaten, die mitten auf einer brennenden Brücke stehen …«

Es war einen Augenblick ganz still, dann sagte Gesler: »Kannst du irgendwelche Gesichter erkennen, Fied?«

»Ich wollte mir die Karte nicht zu genau anschauen. Da ist das Haus der Ketten, und der König dieses Hauses – der König in Ketten – sitzt auf einem Thron. Die Szene ist sehr dunkel, von Schatten verschluckt, aber ich könnte schwören, dass der arme Dreckskerl *schreit*. Und der Ausdruck in seinen Augen …«

»Was noch?«, fragte Balsam.

»Hör auf, dich so gierig anzuhören, du dal-honesische Felsenkröte.«

»Schon gut, Fiedler. Wenn dir dein neues Geschenk nicht gefällt, dann gib es doch mir.«

»Klar, und du würdest die Karten vermutlich gleich hier auslegen – hier auf diesem Schiff.«

»Ja – und?«

»Dann willst du also eine Tür für diese Alpträume aus Tiste- und Tellann-Gewirren öffnen? Vielleicht auch eine zum Verkrüppelten Gott?«

»Oh.«

»Wie auch immer. Es gibt noch mehr Ungebundene. Den Herrn der Drachenkarten, und ja, den erkenne ich. Und Kette – ein Knoten in der Mitte der Karte, mit Kettengliedern, die sich in alle Richtungen erstrecken. Das gefällt mir irgendwie nicht.«

»Irgendein Geschenk, Fid.«

»Klar. Wie ein Fels, den man einem ertrinkenden Seemann zuwirft.«

»Leg sie weg«, sagte Gesler.

Die Ratte hörte, wie die Drachenkarten wieder vom Tisch genommen wurden.

»Wir haben ein Problem«, fuhr Gesler fort.

»Nur wissen wir nicht«, fügte Stürmisch hinzu, »was für eins. Wir wissen nur, dass irgendwas Keneb schwer erschüttert hat, und auch deinen Freund, den Assassinen, Fied. Und den Schnellen Ben. Irgendwas hat sie alle erschüttert.«

»Die Mandata«, sagte Fiedler. »Kalam und Ben haben nichts erzählt, aber sie waren nicht glücklich.« Er machte eine kurze Pause und fuhr dann fort: »Könnte sein, dass es die Art ist, wie Perl einfach verschwunden ist, gleich nach Y'Ghatan, wahrscheinlich auf dem kürzesten Weg zurück zur Imperatrix. Einfach nur ein Agent der Klaue, der seinen Bericht abliefert? Vielleicht. Doch selbst das hinterlässt einen bitteren Geschmack im Mund – er hat zu schnell gehandelt, hat zu schnell seine Schlüsse gezogen … als hätte das, was seiner Meinung nach vor Y'Ghatan passiert ist, nur einen Verdacht bestätigt, den er sowieso schon länger gehegt hatte. Denkt doch mal darüber nach – glaubt ihr wirklich, dass in so einem Bericht irgendetwas Positives stehen könnte?«

»Sie hat Sha'ik getötet«, sagte Balsam aufgebracht. »Sie hat dieses Wespennest in der Raraku aufgebrochen – und es ist verdammt noch mal nichts dabei rausgekommen. Sie hat Korbolo Dom geschnappt und ihn in Fesseln zurückgeschickt. Und sie hat all das getan, ohne einen einzigen Mann zu verlieren oder kaum einen Mann – die paar Kratzer unterwegs waren zu erwarten und längst nicht so schlimm, wie sie hätten sein können. Dann hetzt sie Leoman bis nach Y'Ghatan. Belagerungen bergen immer jede Menge Verluste, wenn man nicht jemanden nach drinnen bekommt, der die Tore aufmacht – und wenn die Belagerer noch nicht einmal Zeit haben, ein bisschen abzuwarten. Und wir hatten keine Zeit, oder? Da war eine verdammte Pestepidemie unterwegs!«

»Beruhige dich«, sagte Fiedler, »wir haben das auch alles durchgemacht, schon vergessen?«

»Klar, und hat wirklich einer von uns geglaubt, Leoman würde seine eigenen Leute brutzeln? Und eine ganze Stadt in einen Haufen Asche und Flüsse aus Blei verwandeln? Alles, was ich sage, Fied, ist, wir haben uns doch nicht schlecht geschlagen, oder? Wenn du mal richtig darüber nachdenkst.«

»Balsam hat recht«, sagte Stürmisch, der sich schon wieder am Bart kratzte. »Fiedler, in den Drachenkarten, die du bekommen hast, dieses Haus des Krieges – hast du da irgendwas von Treach gerochen? Die Wölfe, die haben mich nachdenklich gemacht.«

»Ich habe echte Zweifel an dieser Version«, antwortete Fiedler. »An dem ganzen Haus, genauer gesagt. Ich glaube, dass da jemand sehr verwirrt war, als die Karten gemacht wurden, oder vielleicht war auch das, was sie gesehen hat, verworren –«

»Sie?«

»Ich glaube schon – mit einer Ausnahme: die Wächter der Toten. Die stammen von der Hand eines Mannes, das ist gewiss.«

»Hol die Karten noch mal raus, Fied«, sagte Stürmisch, dessen Stimme plötzlich einen gespannten Unterton hatte. »Lass uns dieses Haus des Krieges sehen – alle Karten, die zu dem Haus gehören.«

Rascheln. »Also gut, ich werde euch die einzelnen Karten zeigen. Aber ich werde sie nicht auf den Tisch legen, sondern immer in der Hand behalten, in Ordnung? Immer nur eine. Gut. Was die Beschriftung angeht, werde ich nur lesen, was innerhalb der Einfassung steht.« Einen Augenblick lang herrschte Schweigen, dann: »Die Herren des Krieges. Zwei Wölfe, einer männlich, einer weiblich. Macht auf mich den Eindruck, als wenn der Name für diese Karte falsch wäre. Aber es ist die Mehrzahl, die zählt, was bedeutet, dass der nicht besetzte Thron nicht so wichtig ist. Na schön, habt ihr sie alle gesehen? Gut, dann die nächste. Der Jäger und, ja, das ist Treach –«

»Was ist mit dem gestreiften Leichnam im Vordergrund? Der alte Mann, der keine Hände hat?«

»Keine Ahnung, Gesler.«

»Die nächste«, sagte Stürmisch.

»Die Wächter der Toten –«

»Lass mich ein bisschen näher … gut. Warte …«

»Stürmisch«, sagte Balsam, »was glaubst du zu sehen?«

»Welche ist die nächste?«, fragte der falarische Korporal.

»Die Armee und der Soldat – ich weiß nicht – die hat zwei Namen, die vielleicht durch den Zusammenhang oder so was bestimmt werden.«

»Noch mehr?«

»Noch zwei. Und die beiden mag ich ganz und gar nicht. Hier … Lebensschlächter …«

»Ein Jaghut?«

»Ein Halb-Jaghut«, sagte Fiedler mit dumpfer Stimme. »Ich weiß, wer das ist – der Hornbogen, das einseitig geschliffene Schwert. Der Lebensschlächter ist Icarium. Und Mappo Runt, sein Beschützer, ist nirgendwo zu sehen.«

»Mach dir darum jetzt keine Gedanken«, sagte Stürmisch. »Und was ist auf der letzten Karte?«

»So was wie Icariums Gegenstück. Todesschlächter.«

»Wer beim Abgrund soll das denn sein? Das ist unmöglich.«

Ein säuerliches Grunzen von Fiedler, der dann sagte: »Wer? Nun, wollen mal sehen. Eine schmutzige Hütte aus Häuten und Stöcken, eine rauchende Kohlenpfanne, und im Innern der Hütte ein Ding im Kapuzenumhang, mit gebrochenen Gliedern, an die Erde gefesselt. Nun, wer könnte das sein?«

»Das ist unmöglich«, sagte Gesler und betete damit Stürmischs Behauptung nach. »Er kann nicht zwei Dinge zugleich sein!«

»Warum nicht?«, fragte Fiedler. Er seufzte. »Das war's. Und jetzt – was hat das Feuer in deinen Augen entzündet, Stürmisch?«

»Ich weiß, wer diese Karten gemacht hat.«

»Tatsächlich?« Fiedler klang nicht überzeugt. »Und wie bist du darauf gekommen?«

»Diese Karte mit den Wächtern, etwas an den Steinen der Brücke. Dann die letzten beiden, die Totenschädel – ich hab mir Faradan Sorts Orden verdammt gut ansehen können. So dass ich mir den gleichen annähen konnte, verstehst du.«

Es wurde sehr, sehr lange still in der Kapitänskajüte.

Und Buddl starrte ins Nichts, ohne etwas zu sehen, während die Folgerungen sich in seinen Gedanken niederließen – sich für einen kurzen Augenblick niederließen, und dann zerplatzten und davonschossen wie Staubteufel, eine nach der anderen. *Die Mandata will, dass Fiedler diese Drachenkarten hat. Und entweder sie oder T'amber … oder vielleicht auch Neder und Nil … oder sonst jemand … kocht vor geheimnisvollem Wissen über und hat keine Angst, es zu benutzen. Allerdings … legt Fiedler diese Karten niemals aus. Nein. Er denkt sich Spiele mit ihnen aus.*

Die Mandata weiß etwas. Genauso, wie sie über die Geister in der Raraku Bescheid gewusst hat … und über die Flut. Aber sie trägt ein Otataral-Schwert. Und die beiden Wickaner sind längst nicht mehr das, was sie einst waren – das ist zumindest die allgemeine Meinung. Es muss T'amber gewesen sein.

Was erwartet uns?

Hat das *den Schnellen Ben und die anderen so erschüttert?*

Was, wenn –

»Irgendwas hat gerade meinen Fuß angestupst – was? Ist das eine Ratte? Direkt unter dem Tisch?«

»An Bord der *Silanda* gibt es keine Ratten, Stürmisch –«

»Aber ich sag dir, Gesler – da!«

Fiedler fluchte. *»Das ist Buddls Ratte! Fangt sie!«*

»Ihr nach!«

Zurückgestoßene Stühle, das Klirren von Steingutgeschirr, lautes Knurren und trampelnde Schritte.

»Sie entkommt!«

Auf einem Schiff gab es viele Stellen, die nur für eine Ratte zugänglich waren, wie Buddl wusste. Y'Ghatan gelang es zu fliehen, trotz des Fluchens und Trampelns hinter ihr.

Augenblicke später sah Buddl Fiedler mittschiffs an Deck auftauchen – einen Augenblick bevor der suchende Blick des Sergeanten ihn erfasste, wandte er sich ab und hörte – während er hinaus aufs Meer starrte – wie Fiedler sich durch herumlungernde Soldaten schob und näher kam.

Dumpfe Schritte auf der Treppe, die zum Vorderdeck führte.

»Buddl!«

Blinzelnd blickte er auf. »Sergeant?«

»Oh nein, ich lasse mich nicht täuschen – du hast spioniert! Hast gelauscht!«

Buddl deutete auf Koryk und Starr, die von ihrem Spiel aufgeblickt hatten und nun zu ihnen herüberstarrten. »Frag sie. Ich sitze hier seit mehr als einem Glockenschlag rum und tue nichts. Frag sie.«

»Deine Ratte!«

»Die habe ich letzte Nacht aus den Augen verloren, Sergeant. Hab mir seither nicht die Mühe gemacht, sie aufzustöbern – wozu auch? Sie wird nirgendwo hingehen, nicht, so lange sie sich um ihre Jungen kümmern muss.«

Gesler, Stürmisch und Balsam bauten sich nun hinter Fiedler auf, der so aussah, als würde er sich gleich vor Wut und Enttäuschung jedes einzelne Barthaar ausreißen.

»Wenn du lügst …«, zischte Fiedler.

»Natürlich lügt er«, sagte Balsam. »Wenn ich er wäre, würde ich jetzt auch lügen.«

»Nun, Sergeant Balsam«, sagte Buddl, »du bist nicht ich, und das ist der entscheidende Unterschied. Denn ich sage zufällig die Wahrheit.«

Mit einem Schnauben drehte Fiedler sich um, drängte sich zwischen Gesler und Stürmisch hindurch und ging wieder hinunter aufs Mitteldeck. Einen Augenblick später folgten ihm die anderen. Balsam warf Buddl einen letzten, finsteren Blick zu – als würde er erst jetzt begreifen, dass er gerade eben beleidigt worden war.

Nachdem sie weg waren, kam ein leises Schnauben von Koryk. »Buddl, ich habe zufällig vor einiger Zeit zu dir rübergesehen – bevor Fiedler rausgekommen ist – und, hol mich der Vermummte, da müssen fünfzig verschiedene Empfindungen über dein Gesicht gehuscht sein, eine nach der anderen.«

»Tatsächlich?«, fragte Buddl sanft. »Das waren vermutlich Wolken, die vor der Sonne vorbeigezogen sind, Koryk.«

»Deine Ratte hat immer noch ihre Kleinen?«, fragte Starr. »Dann musst du sie auf dem Marsch getragen haben. Wenn ich sie getragen hätte, hätte ich sie nacheinander gegessen. Rein mit ihnen in den Mund, die Knochen knirschen lassen und gut durchkauen. Zart und vorzüglich.«

»Nun ja, aber ich habe sie getragen, nicht du, stimmt's? Warum wollen alle andauernd ich sein?«

»Wir wollen das nicht«, sagte Starr und machte sich wieder daran, das Spielbrett zu mustern. »Wir versuchen dir alle nur zu sagen, dass du ein phantasierender Idiot bist, Buddl.«

Buddl gab ein Brummen von sich. »Na schön. Dann seid ihr zwei vermutlich auch nicht an dem interessiert, worüber die da unten in der Kajüte eben gerade gesprochen haben?«

»Komm her«, knurrte Koryk. »Schau uns beim Spielen zu und leg los, Buddl. Sonst müssen wir es leider dem Sergeanten erzählen.«

»Nein, danke«, sagte Buddl und streckte die Arme. »Ich glaube, ich sollte ein Nickerchen machen. Vielleicht später. Außerdem langweilt mich das Spiel.«

»Du glaubst nicht, dass wir es Fiedler erzählen?«

»Nein.«

»Und warum nicht?«

»Weil dies dann das letzte Mal wäre – das absolut letzte Mal –, dass ihr irgendwelche geheimen Informationen von mir bekommt.«

»Du verlogene, wehleidige Schlange von einem Dreckskerl –«

»Na, na, na«, sagte Buddl. »Sei nett.«

»Du wirst allmählich schlimmer als Lächeln«, sagte Koryk.

»Lächeln?« Buddl blieb am oberen Ende der Stufen stehen. »Wo ist die denn überhaupt?«

»Vertrödelt die Zeit mit Corabb, nehme ich an«, sagte Starr.

Tatsächlich? »Das sollte sie nicht tun.«

»Warum?«

»Corabbs Glück erstreckt sich nicht notwendigerweise auf die Leute um ihn herum, darum.«

»Und was heißt das?«

Es heißt, dass ich zu viel rede. »Ist nicht wichtig.«

»Sie werden die Ratte kriegen, Buddl!«, rief Koryk. »Früher oder später erwischen sie sie.«

Keiner denkt hier richtig klar. Bei den Göttern, Koryk, du denkst immer noch, die Kleinen wären hilflose Kerlchen. Leider sind sie mittlerweile schon ziemlich gut darin, sich alleine durchzuschlagen. Was bedeutet, dass ich nicht nur einen Satz zusätzlicher Augen und Ohren habe, meine Freunde. Nein. Da ist Klein-Koryk, Klein-Lächeln, Klein-Starr, Klein- … ach, du kennst ja den Rest …

Er hatte die Hälfte des Weges bis zur Luke zurückgelegt, als der Alarm ertönte, wie dämonische Schreie über das wogende Meer heranwehte, und der Wind, der ihn herantrug, brachte auch einen Geruch mit … *nein, einen Gestank.*

Hol mich der Vermummte, ich hasse es, nichts zu wissen. Kalam schwang sich in die Takelage, ohne auf das Schaukeln und Schwanken zu achten, als die *Geiferwolf* einen harten Kurswechsel vornahm und auf Nordostkurs ging, auf die Lücke zu, die sich – durch Unfähigkeit oder Unachtsamkeit – zwischen zwei Dromonen des Geleitschutzes geöffnet hatte. Während der Assassine rasch nach oben kletterte, erhaschte er immer wieder kurze Blicke auf die fremden Schiffe, die direkt jenseits der Lücke aufgetaucht waren. Segel, die einst schwarz gewesen sein mochten, aber jetzt, ausgebleicht von Sonne und Salz, grau geworden waren.

Inmitten des plötzlichen Durcheinanders aus Signalen und Alarmglocken wurde eine Sache erschreckend deutlich: Sie waren in einen Hinterhalt gesegelt. Im Norden waren Schiffe, die einen Bogen bildeten und zwischen denen jeweils eine Todesrinne lag. Ein weiterer Halbmond – dessen Bauch dieses Mal den Malazanern zugewandt war – näherte sich, vom Wind schnell vorangetrieben, aus Nordosten. Während eine weitere Phalanx im Süden eine eng gestaffelte Barriere bildete; von den Untiefen entlang der Küste im Westen erstreckte sich eine Sägezahnformation ostwärts übers Meer und lief in einem Bogen nach Norden aus.

Unser Geleitschutz ist jämmerlich unterlegen. Und dahinter Transportschiffe, voll mit Soldaten, die wie blökende Schafe in einer Schlachthürde gefangen sind.

Kalam hörte auf zu klettern. Er hatte genug gesehen. *Ganz egal, wer sie sind – wir stecken in der Klemme.* Er machte sich daran, wieder hinunter zu klettern, und der Abstieg war beinahe genauso gefährlich wie der Aufstieg. Unter ihm eilten Gestalten über die Decks, Seeleute und Seesoldaten, und überall brüllten Offiziere Befehle.

Das Flaggschiff der Mandata, an Steuerbord noch immer von der *Silanda* begleitet, hielt lavierend Kurs auf die Lücke. Es war klar, dass Tavore vorhatte, den sich schließenden Halbmond anzugreifen. Tatsächlich hatten sie kaum eine Wahl. Da die Angreifer vor dem Wind segelten, konnten sie wie eine Speerspitze in die Flotte der schwerfälligen Transportschiffe hineinstoßen. Admiral Nok befehligte die führenden Kriegsschiffe im Norden, und sie würden versuchen müssen, die Reihen der Feinde zu durchstoßen, die den Weg blockierten, wobei ihnen so viele Transportschiffe folgen sollten wie möglich – *aber die feindlichen Schiffe müssen nur eines tun: sie auf die Küste zutreiben, auf die in keiner Karte eingezeichneten Riffe, die im flachen Wasser lauern.*

Kalam ließ sich das letzte Stück einfach fallen, landete weich in der Hocke. Er hörte weitere Rufe von irgendwo weit oben, als er sich zum Vorderdeck aufmachte. Unweit des stampfenden Bugs standen die Mandata und der Schnelle Ben nebeneinander; der Wind peitschte Tavores Umhang. Der Hohemagier warf Kalam einen kurzen Blick zu.

»Sie haben die Segel gerefft oder eingeholt oder wie auch immer die Seeleute es nennen, um langsamer zu werden.«

»Aber warum sollten sie das tun?«, fragte Kalam. »Das ergibt keinen Sinn. Diese Scheißkerle sollten mit größter Geschwindigkeit auf uns zukommen.«

Der Schnelle Ben nickte, sagte aber nichts.

Der Assassine betrachtete kurz die Mandata, aber er konnte ihren Gemütszustand nicht erfassen, während sie dastand und zu den sich ihnen entgegenstellenden Schiffen hinüber starrte. »Mandata«, sagte er, »vielleicht solltet Ihr Euer Schwert anlegen.«

»Noch nicht«, sagte sie. »Da geschieht etwas.«

Er folgte ihrem Blick.

»Bei den Göttern hienieden – was ist das?«

Auf der *Silanda* hatte Sergeant Gesler von der Knochenflöte Gebrauch gemacht, und jetzt bewegten sich Ruderreihen ruhig und vollkommen gleichgültig gegenüber den kabbeligen Wellen vor und zurück; das Schiff ächzte bei jeder Woge, hielt aber leicht mit der Dromone der Mandata mit. Die Trupps hatten die Segel gerefft und befanden sich jetzt mittschiffs, machten Waffen und Rüstungen bereit.

Fiedler beugte sich über eine hölzerne Kiste, wobei er gegen seine allgegenwärtige Übelkeit ankämpfen musste – *bei den Göttern, ich hasse das Meer, dieses verdammte Vor und Zurück und Rauf und Runter. Nein, wenn ich sterbe, möchte ich, dass meine Füße trocken sind. Das und nichts weiter. Keine weiteren Bedingungen. Einfach nur trockene Füße, verdammt* –, während er die Lederriemen aufknotete und den Deckel zurückschlug. Er starrte auf die Moranth-Munition hinunter, die – jede Bombe einzeln – in ihrem Nest aus Polsterung lag. »Wer kann werfen?«, fragte er und starrte düster zu seinem Trupp hinüber, und dann glitt ihm etwas Kaltes in die Eingeweide.

»Ich«, sagten Koryk und Lächeln gleichzeitig.

»Warum fragst du?«, wollte Krake wissen.

Corabb Bhilan Thenu'alas saß ganz in der Nähe, die Knie an den Oberkörper gezogen, zu krank, um sich zu bewegen, geschweige denn Fiedlers Frage zu beantworten.

»Wenn etwas direkt vor mir ist, kann ich es vielleicht treffen, Sergeant«, sagte Starr schulterzuckend.

Aber Fiedler hörte kaum etwas von alledem – sein Blick war unverwandt auf Buddl gerichtet, der reglos dastand und zur Linie der feindlichen Schiffe hinüberstarrte. »Buddl? Was ist los?«

Ein aschfahles Gesicht wandte sich ihm zu. »Es ist schlimm, Sergeant. Sie ... *beschwören etwas herauf.*«

Samar Dev wich zurück, bis sie hartes, unnachgiebiges Holz in ihrem Rücken spürte. Vor ihr standen vier Tiste Edur beiderseits des Hauptmasts, von denen knisternde, wilde Zauberei ausging, die wie Ketten zwischen ihnen hin und her peitschte und sich zu Blüten und Stößen aus grauen Flammen entfaltete – und jenseits des stampfenden Bugs stieg eine sich überschlagende Woge, die zuckte, als würde sie festgehalten, immer höher gen Himmel –

Vor Macht strotzende Ketten aus magischer Energie schnellten von den vier Hexern in hohem Bogen nach links und rechts weg, um sich mit identischen Ebenbildern von den Schiffen beiderseits von Hanradi Khalags Kommandoschiff zu vereinigen, und dann weiter zu anderen Schiffen, einem nach dem anderen, und die Luft, die Samar Dev einatmete, schien tot, als wäre irgendeine lebenswichtige Notwendigkeit vollkommen vernichtet. Sie keuchte, sank aufs Deck, zog die Knie an. Ein Husten, und dann erzitterte sie am ganzen Körper – und noch einmal, und noch einmal –

Plötzlich war da wieder Luft, Leben flutete in ihre Lunge – jemand stand links von ihr. Sie blickte zur Seite, dann auf.

Karsa Orlong. Vollkommen reglos stand er da und starrte auf den sich blähenden, wogenden Wall aus magischer Energie. »Was ist das?«, wollte er wissen.

»Ältere Magie«, sagte sie. Ihre Stimme klang rau. »Sie wollen sie vernichten. Sie wollen zehntausend und mehr Seelen ... in Stücke reißen.«

»Wer ist der Feind?«

Karsa, was ist das für ein Atem des Lebens, den du mir gibst?

»Die malazanische Imperiale Flotte«, hörte Samar den Taxilier antworten, und sie sah, dass er jetzt ebenfalls an Deck war, zusammen mit Federhexe und dem Preda, Hanradi Khalag, und alle starrten nach oben, auf den entsetzlichen, gefesselten Sturm der Macht.

Der Toblakai verschränkte die Arme. »Malazaner«, sagte er. »Sie sind nicht meine Feinde.«

Hanradi Khalag drehte sich zu Karsa Orlong um. »Sind sie Tiste Edur?«, fragte er mit einem rauen, holprigen Akzent.

Die Augen des Riesen verengten sich zu Schlitzen, während er weiterhin die Zauberei betrachtete, aus der jetzt ein immer lauter werdendes Gebrüll ertönte, wie von einer Million wütender Stimmen. »Nein«, sagte er.

»Dann«, antwortete der Preda, »sind sie Feinde.«

»Wenn ihr diese Malazaner vernichtet«, sagte Karsa, »werden mehr von ihnen kommen und nach euch suchen.«

»Wir fürchten uns nicht.«

Jetzt endlich blickte der Toblakai-Krieger den Preda an, und Samar Dev konnte erkennen, wie sehr er ihn verachtete, was irgendetwas in ihr zum Flattern brachte. Doch er sagte nichts, sondern drehte sich einfach nur um und hockte sich neben Samar Dev.

»Du wolltest ihn einen Narren nennen«, flüsterte sie. »Ich bin froh, dass du es nicht getan hast – diese Tiste Edur können mit Kritik nicht sonderlich gut umgehen.«

»Was sie zu nur noch größeren Narren macht«, sagte der Riese mit grollender Stimme. »Aber das haben wir schon vorher gewusst, Samar Dev. Sie glauben, ihr Imperator kann mich besiegen.«

»Karsa –«

Ein merkwürdiger Chor aus Schreien stieg von den Hexern auf, und sie krümmten sich, als hätte eine glühende Hand in ihre Körper gegriffen, hätte sich fest und grausam um ihr Rückgrat geschlossen – Samar Dev riss die Augen auf – *dieses Ritual … es verrenkt sie, oh, – was für Schmerzen sie haben müssen –*

Die gewaltige Mauer löste sich von der plötzlich ruhigen Wasseroberfläche. Stieg höher, dann noch höher – und in dem Raum zwischen ihr und dem Meer, einem waagerechten Streifen, der völlig normal wirkte, waren die malazanischen Schiffe zu sehen. Ihre

Segel hingen schief, und sie liefen alle aus dem Kurs, während Panik die armen Kerle ergriff – außer den beiden an der Spitze, einer Dromone und einem sie seewärts flankierenden Schiff mit schwarzem Rumpf, dessen Ruder sich rhythmisch bewegten.

Was?

Als Hanradi Khalag das merkwürdige schwarze Schiff erblickt hatte, war er ein paar Schritte nach vorn getreten, aber von der Stelle aus, wo Samar Dev zusammengekrümmt saß, konnte sie sein Gesicht nicht sehen, sondern nur seinen Hinterkopf – und die Anspannung, die seinen Körper plötzlich erfasst hatte.

Und dann geschah etwas anderes …

Die Mauer aus Magie löste sich von der Wasseroberfläche, riss weiße, brodelnde Wasserfontänen mit, die abrissen und nach unten fielen wie umstürzende Speere, als die grau gesprenkelte, tobende Manifestation noch höher stieg. Das Tosen rollte vorwärts, laut und wild wie eine angreifende Armee.

Die Stimme der Mandata war leise, ausdruckslos. »Schneller Ben.«

»Keine Gewirre«, erwiderte der Magier, als wäre er eingeschüchtert. »Ältere Magie. Keine Gewirre. *Festen*, aber durchschossen von Chaos, von Fäulnis –«

»Der Verkrüppelte Gott.«

Sowohl der Magier wie auch Kalam starrten sie an.

»Ihr seid voller Überraschungen, Mandata«, bemerkte der Schnelle Ben.

»Könnt Ihr darauf reagieren?«

»Mandata?«

»Diese Ältere Zauberei – könnt Ihr etwas dagegen unternehmen?«

Der Blick, den der Schnelle Ben Kalam zuwarf, verblüffte den Assassinen, aber er passte perfekt zu seiner Antwort: »Wenn ich es nicht kann, sind wir alle tot, Mandata.«

Du Dreckskerl – du hast doch irgendwas im Ärmel –

»Ihr habt nicht viel Zeit«, sagte die Mandata. »Wenn Ihr versagt«, fügte sie hinzu, als sie sich umdrehte, »habe ich noch mein Schwert.«

Kalam sah ihr nach, wie sie das Deck entlangging. Dann wandte er sich wieder der wirbelnden, schäumenden Zauberei zu, die den Nordhimmel ausfüllte. Sein Herz pochte schwer in seiner Brust. »Ben, du hast dieses Mal nicht viel Zeit – wenn sie erst mit ihrem Schwert wiederkommt –«

»Ich bezweifle, dass es ausreichen wird«, unterbrach ihn der Magier. »Oh, vielleicht für dieses Schiff, und nur dieses Schiff. Aber was alle anderen angeht – vergiss es.«

»Dann tu etwas!«

Der Schnelle Ben grinste Kalam auf eine Weise an, wie der Assassine es schon hunderte Male zuvor gesehen hatte, und dann war da dieses Funkeln in seinen Augen – so vertraut, so –

Der Zauberer spuckte sich in die Hände und rieb sie aneinander, blickte einmal mehr zu der Älteren Zauberei hinüber. »Sie wollen mit Festen herumpfuschen … und das werde ich auch.«

Kalam bleckte die Zähne. »Du hast vielleicht Nerven.«

»Was?«

»›Voller Überraschungen‹ hast du zu ihr gesagt.«

»Ja. Nun, am besten machst du mir ein bisschen Platz. Es ist schon eine Weile her. Es könnte sein, dass ich ein bisschen … eingerostet bin.« Und er hob die Arme.

So vertraut … so … beunruhigend.

Vier Leinenlängen zur Seeseite entfernt, auf der *Silanda*, spürte Buddl, wie etwas alle seine Sinne erschütterte. Sein Kopf fuhr herum, er starrte hinüber zum Vorderkastell der *Geiferwolf*. Der Schnelle Ben stand allein hoch aufgerichtet vorne am Bug, die Arme weit ausgebreitet, wie ein verdammtes Opfer –

– und um den Hohemagier herum erwachte brodelndes Feuer wie goldgesprenkelter Schlamm; es raste von ihm weg, nach oben, schnell – *so schnell, so wild – da sollen mich doch die Götter holen – nein, hab mehr Geduld, du Narr! Wenn sie –*

Buddl flüsterte ein Gebet und warf all seine Willenskraft in das

Feuer, das der Hohemagier beschworen hatte – *langsamer, du Narr. Langsamer! Hier, verstärke die Farbe, mach es dicker, strecke es nach außen, zu den Seiten hin, es ist einfach nur eine umgedrehte Schlammlawine, ja, das geht alles wieder den Hang hoch, Flammen wie Regen, Zungen aus goldenem Schmutz, ja, genau so –*

Nein, hör auf, gegen mich anzukämpfen, verdammt. Es ist mir egal, wie viel Angst du hast – Panik wird alles zunichtemachen. Pass auf!

Plötzlich war Buddls Kopf von dem Geruch nach ... Pelz erfüllt. Gefolgt von der sanften Berührung nicht ganz menschlicher Hände – und Buddls wild fuchtelnde Versuche, die manische Begeisterung des Schnellen Ben zu unterdrücken, hörten schlagartig auf, irgendeine Rolle zu spielen, als sein Wille wie ein Spinnennetz beiseitegefegt wurde –

Kalam kauerte auf den hölzernen Stufen, die zum Vorderkastell hinaufführten, und sah, wie der Schnelle Ben, die Beine weit gespreizt, langsam vom Vorderdeck abhob, als würde eine von außen kommende Macht ihn mit unsichtbaren Händen am Vorderteil seiner Tunika packen, dicht an sich heranziehen und ihn dann schütteln.

»Was, im Namen des Vermummten –«

Die Magie, die als Antwort auf jenen grauen, brodelnden Sturm vor ihnen aufstieg, war wie ein Erdwall, von brennenden Wurzeln gesprenkelt, schäumend und aufwallend und in sich selbst zurückfallend, ihr wilder, aufbrausender Wille fest an etwas Mächtigeres gebunden – *und wenn er sie entlässt, wenn sie auf die andere trifft ... beim Vermummten hienieden, das wird niemand überleben –*

Hanradi Khalag hatte ein Dutzend Herzschläge lang wie erstarrt dagestanden und dorthin gestarrt, wo das wilde Chaos aus Älterer Magie auf erschreckende Weise die Zauberei seiner eigenen Hexer – die Zauberei von beinahe hundert Hexern der Edur – herausforderte, und diese Magie ging, wie Samar Dev klar wurde, als sie zur vordersten malazanischen Dromone hinüberblickte, von einem einzigen Mann aus – einem schwarzhäutigen Mann, der mit weit ausgestreckten Armen und gespreizten Beinen über dem Bug des Schiffs schwebte.

Der Preda schien zu taumeln, dann straffte er sich und schrie Befehle – schrie immer und immer wieder den gleichen Satz, während er wie ein Betrunkener auf die Hexer zutorkelte.

Sie brachen zusammen, wurden auf das Deck geschleudert, als würden sie einer nach dem anderen von einer gigantischen Faust niedergeschlagen, lagen dann zuckend da, mit Schaum vor dem Mund und Körperflüssigkeiten verlierend –

Während die sich auftürmende, tosende Mauer nach innen zu bersten schien, Fühler auswärts peitschten und am Himmel verschwanden oder in die nun brodelnde Wasseroberfläche einschlugen und Fontänen himmelwärts schickten, die aus immer größer werdenden Dampfwolken herausschossen. Das Gebrüll zerfiel in einzelne Stimmen und verstummte.

Die Zauberei brach zusammen, die Ketten, die die Hexer auf allen Schiffen miteinander verbanden, erloschen flackernd oder brachen mit einem Krachen, als wären sie tatsächlich Ketten aus Eisen.

Das Deck neigte sich trunken unter ihren Füßen, und alle außer Karsa Orlong gerieten ins Taumeln.

Samar Dev wandte den Blick von ihm ab und schaute einmal mehr zu jenem dunklen, irdenen Wall aus Magie – er wurde ebenfalls schwächer – *Ja, es mag sein, dass diese Narren von Edur keine Bedenken verspüren, solche Dinge ohne Widerstand zu entfesseln … aber man kann nicht sagen, dass du ebenfalls so dumm bist, Malazaner, wer immer du auch bist.*

Ohne auf die Hexer zu achten, die zuckend und zappelnd in ihrem eigenen Dreck lagen, brüllte Hanradi Khalag ein paar Befehle, und letheriische Seeleute eilten mit blassen Gesichtern und leise Gebete singend über das Deck, um das Schiff auf Ostkurs zu bringen.

Wir ziehen uns zurück. Der Malazaner hat sie gezwungen, Far-

be zu bekennen. Er hat die Machtprobe gewonnen – oh, Magier, ich könnte dich küssen – ich könnte noch mehr als das tun. Bei den Göttern, ich könnte –

»Was sagen die Edur?«, wollte Karsa Orlong wissen.

Der Taxilier, der die Stirn runzelte, zuckte die Schultern und sagte: »Sie können es nicht glauben –«

»Sie können es nicht glauben?«, krächzte Samar Dev. »Sie sind erschüttert, Taxilier. Schwer erschüttert.«

Der Mann nickte, warf kurz einen Blick auf Federhexe, die sie alle drei beobachtete. »Toblakai, die Edur sagen, dass diese Malazaner – sie haben einen Ceda an Bord.«

Karsa starrte ihn finster an. »Das Wort kenne ich nicht.«

»Aber ich«, sagte Samar Dev. Sie lächelte, als plötzlich ein Sonnenstrahl durch den Tumult am Himmel brach und ihr Gesicht in unerwarteter Wärme badete. »Sag ihnen, dass sie recht haben, Taxilier. Ja, sie haben einen. Einen Ceda. Die Malazaner haben einen Ceda, und trotz allem, was die Edur in ihrer Arroganz von diesem Tag erwartet haben, *hatten diese Malazaner keine Angst.* Sag ihnen das, Taxilier. Sag es ihnen!«

Kalam kniete sich neben den Schnellen Ben, betrachtete ein, zwei Herzschläge lang das Gesicht des Magiers – die schlaffen Züge, die geschlossenen Augen. Dann verpasste er ihm eine Ohrfeige. Eine heftige Ohrfeige.

Der Schnelle Ben fluchte und sah dann düster zu dem Assassinen auf. »Ich sollte dich wie einen Käfer zertreten, Kalam.«

»Nun, ich glaube, in diesem Augenblick würde dich schon der Furz eines Käfers von diesem Schiff blasen, Ben«, kam die knurrige Antwort.

»Sei still. Kann ich nicht einfach noch ein Weilchen hier liegenbleiben?«

»Die Mandata kommt. Langsam, wie ich zugeben muss. Du Idiot, du hast zu viel preisgegeben –«

»Das reicht, Kalam. Ich muss nachdenken, ich muss verdammt genau nachdenken.«

»Seit wann hast du mit Älterer Magie rumgespielt?«

Der Schnelle Ben blickte Kalam in die Augen. »Seit wann? Noch nie, du Idiot.«

»Was?«

»Es war eine verdammte Illusion, beim Vermummten. Danke den Göttern, die gerade jetzt in ihren Schuppen kauern, dass die Idioten den Köder geschluckt haben – aber hör zu, es war nicht nur das. Ich hatte Hilfe. Und dann hatte ich *Hilfe*!«

»Was meinst du damit?«

»Ich weiß es nicht! Lass mich nachdenken!«

»Dafür ist jetzt keine Zeit«, sagte Kalam und setzte sich zurück. »Die Mandata ist hier.«

Die Hand des Schnellen Ben zuckte hoch, und er packte Kalam am Hemd, zog ihn dicht zu sich heran. »Bei den Göttern, mein Freund«, flüsterte er, »ich habe mich noch nie zuvor in meinem Leben so gefürchtet! Verstehst du nicht? Es hat als Illusion angefangen, ja, aber dann –«

Die Stimme der Mandata unterbrach ihn. »Hohemagier, Ihr und ich, wir müssen uns unterhalten.«

»Es war nicht –«

»Ben Adaephon Delat, Ihr und ich, wir werden uns unterhalten. Jetzt.«

Kalam stand auf und begann sich zurückzuziehen, doch ein Wink von Tavore ließ ihn innehalten.

»Oh nein, Assassine. Du bist auch dabei.«

Kalam zögerte, sagte dann: »Mandata, diese Unterhaltung, die Ihr vorschlagt ... die kann nicht einseitig sein.«

Sie runzelte die Stirn ... und nickte dann langsam.

Fiedler stand dicht bei Buddl, der reglos auf dem Deck lag. »Du, Soldat.«

Buddls Augen waren geschlossen, und bei Fiedlers Worten kniff er sie noch fester zusammen. »Nicht jetzt, Sergeant. Bitte.«

»Soldat«, wiederholte Fiedler, »du hast, äh, du hast dich eingesaut. Du weißt schon, im Schritt.«

Buddl stöhnte.

Fiedler ließ den Blick über die restlichen Mitglieder seines Trupps schweifen. Sie waren immer noch mit sich selbst beschäftigt. *Gut.* Er hockte sich hin. »Verdammt, Buddl, kriech davon und mach dich sauber – wenn die anderen das sehen – aber warte noch einen Augenblick, ich muss etwas wissen. Ich muss wissen, *was du an alledem so erregend gefunden hast*?«

Buddl rollte sich auf die Seite. »Das verstehst du nicht«, murmelte er. »Ihr gefällt es, so etwas zu tun. Wenn sie die Gelegenheit dazu hat. Ich weiß nicht, warum. Ich weiß es nicht.«

»Sie? Wer? Es ist niemand in deiner Nähe gewesen, Buddl.«

»Sie spielt mit mir. Mit … ihm.«

»Das tut bestimmt jemand«, sagte Fiedler. »Und jetzt verschwinde nach unten und mach dich sauber. Wenn Lächeln das sieht, kannst du dich für den Rest deines Lebens auf üble Sticheleien gefasst machen.«

Der Sergeant blickte dem davonkrabbelnden Soldaten hinterher. *Erregt. Wir waren gerade eben kurz davor, ausgelöscht zu werden. Alle, bis zum letzten Mann, verdammt. Und er phantasiert über irgendeine alte Liebste.*

Beim Atem des Vermummten.

Taralack Veed beobachtete die Verwirrung an Deck einige Zeit und runzelte die Stirn, als er sah, wie Tomad Sengar, der Kommandant, auf und ab lief, während Edur-Krieger mit Botschaften kamen und gingen, die irgendwie von den scheinbar zahllosen anderen Schiffen seiner Flotte übermittelt worden waren. Irgendetwas hatte Tomad Sengar einen beinahe körperlichen Schlag versetzt – nicht die rituelle Zauberei, die ihre eigene herausgefordert hatte, sondern irgendwelche Neuigkeiten, die kurze Zeit später eingetroffen waren, als die malazanische Flotte sich bemüht hatte, sich aus der Umzingelung herauszuwinden. Schiffe hatten einander im Abstand einer Bolzenschussweite passiert, Gesichter sich dem Gegner zugewandt, Augen über die freie Fläche geblickt, und irgendetwas wie Erleichterung war mit diesem Blick verbunden gewesen – Taralack hatte sogar einen Soldaten winken sehen. Ehe ein Kamerad dem Mann einen Fausthieb an die Schläfe verpasst hatte.

Inzwischen vereinigten die beiden Edur-Flotten sich zu einer – keine leichte Aufgabe in Anbetracht der unruhigen See und der großen Anzahl beteiligter Schiffe sowie der hereinbrechenden Dunkelheit.

Und da, im Gesicht von Tomad Sengar, dem Admiral dieser gewaltigen, schwimmenden Armee, zeichnete sich ein Kummer ab, der nur durch die Nachricht von einer ihn persönlich betreffenden Tragödie ausgelöst worden sein konnte. Durch einen Verlust, einen schrecklichen Verlust. Eigenartig, in der Tat.

Dumpf und drückend hing die Luft über dem Schiff, immer noch besudelt von Älterer Zauberei. Diese Edur waren wirklich abscheuliche Wesen, wenn sie so schamlos solch eine Macht entfesselten. Weil sie dachten, sie könnten sie wie eine Waffe aus kaltem, gleichgültigem Stahl schwingen. Aber was Ältere Mächte – was Chaos – anging, *ließen sie sich nicht schwingen – sie schwangen sich vielmehr selbst.*

Und die Malazaner hatten mit gleicher Münze zurückgezahlt. Eine phänomenale Darbietung, eine höchst unerwartete Enthüllung geheimnisvollen Wissens. Und außerdem – wenn überhaupt, hatte die Macht des malazanischen Rituals die mehrerer Dutzend Edur-Hexer übertroffen. Außergewöhnlich. Wenn Taralack Veed es nicht mit eigenen Augen gesehen hätte, hätte er solche Fähigkeiten in den Händen des malazanischen Imperiums für schlichtweg unglaublich gehalten. Außerdem – warum hatten sie sie nie zuvor genutzt?

Oh, nach kurzem Nachdenken hatte er die Antwort auf diese Frage. *Die Malazaner mögen blutrünstige Tyrannen sein, aber sie sind nicht wahnsinnig. Sie wissen, was Vorsicht ist. Zurückhaltung.*

Diese Tiste Edur hier unglücklicherweise nicht.

Unglücklich für sie, natürlich.

Er sah Zwielicht, die Atri-Preda, wie sie von einem ihrer letherischen Soldaten zum anderen ging, ein, zwei beruhigende Worte sprach, gelegentlich auch einen leisen Befehl gab, und es schien, als würden die verwirrten Strudel sich in ihrem Kielwasser beruhigen.

Der Gral ging zu ihr hinüber.

Sie blickte ihn an und begrüßte ihn mit einem leichten Nicken. »Wie geht es deinem Kameraden unter Deck?«, fragte sie, und Taralack war beeindruckt, wie gut sie bereits mit der Sprache umgehen konnte.

»Er isst. Seine Kraft kehrt zurück, Atri-Preda. Aber dieser Tag und seine seltsamen Ereignisse sind ihm vollkommen gleichgültig.«

»Er wird bald geprüft werden.«

Taralack zuckte die Schultern. »Das interessiert ihn nicht. Was bedrängt Tomad Sengar?«, fragte er leise und trat dabei dichter an sie heran.

Sie zögerte mehrere Herzschläge lang, ehe sie sagte: »Es wurde die Nachricht übermittelt, dass sich bei der malazanischen Flotte ein Schiff befunden hat, das vor einiger Zeit und einen Ozean entfernt von den Edur gekapert worden war. Einer von Tomads Söhnen hatte anschließend das Kommando über dieses Schiff erhalten – für eine Reise ins Entstehende mit einem Auftrag, über den Imperator Rhulad nicht unterrichtet wurde.«

»Und jetzt glaubt Tomad, dass sein Sohn tot ist.«

»Es gibt keine andere Möglichkeit. Und indem er einen Sohn verloren hat, hat er in Wirklichkeit zwei verloren.«

»Wie meint Ihr das?«

Sie blickte ihn an, schüttelte dann den Kopf. »Das ist nicht wichtig. Aber am heutigen Tag ist in Tomad Sengar etwas zum Leben erwacht, Taralack Veed – und zwar ein verzehrender Hass auf die Malazaner.«

Der Gral zuckte die Schultern. »Sie haben schon vielen Feinden gegenübergestanden, Atri-Preda. Caladan Bruth, Rotfuchs Torith, K'azz D'Avore, Anomander Rake –«

Beim letzten Namen weiteten sich Zwielichts Augen, und als sie gerade etwas sagen wollte, wanderte ihr Blick ein kleines Stück zur Seite, an Taralack Veeds linker Schulter vorbei. Der in seinem Rücken eine männliche Stimme hörte.

»Das ist unmöglich.«

Der Gral trat einen Schritt zur Seite, um den Neuankömmling anzusehen.

Ein Edur.

»Das ist Ahlrada Ahn«, sagte Zwielicht, und die Art, wie sie den Namen aussprach, ließ ihn ein verborgenes Wissen spüren, das die beiden teilten. »Genau wie ich hat er deine Sprache gelernt – rascher als ich.«

»Anomander Rake«, sagte der Edur, »der Lord mit den Schwarzen Schwingen, lebt an den Toren der Dunkelheit.«

»Das Letzte, was ich gehört habe«, sagte Taralack Veed, »war, dass er in einer fliegenden Festung namens Mondbrut gelebt hat. Er hat auf einem fernen Kontinent eine Schlacht zauberischer Kräfte gegen die Malazaner geschlagen, über einer Stadt namens Fahl. Und Anomander Rake wurde besiegt. Aber nicht getötet.«

Im wettergegerbten, zerfurchten Gesicht des Edur stritten Entsetzen und Unglaube miteinander. »Du musst mir mehr darüber erzählen. Der, den du Anomander Rake nennst, wie wird er beschrieben?«

»Ich weiß nicht viel davon. Groß, mit schwarzer Haut und silbernen Haaren. Er trägt ein verfluchtes zweihändiges Schwert. Stimmen diese Angaben? Ich weiß es nicht …, aber ich sehe es an dem Blick in deinen Augen, Ahlrada Ahn, dass sie es wohl müssen.« Taralack machte eine Pause, überlegte, wie viel er sagen konnte – seine nächsten Worte würden geheimes Wissen beinhalten – Informationen, die nicht viele kannten. Trotzdem … *mal sehen, wohin das führt.* Er wechselte in die Sprache der Letherii und sagte: »Anomander Rake ist ein Tiste Andii. Kein Edur. Doch nach dem, wie du reagiert hast, Krieger, könnte ich glauben, dass dich genau wie Tomad Sengar eine Art unwillkommener Enthüllung getroffen hat.«

Der Krieger wirkte plötzlich nervös. Er blickte kurz zu Zwielicht, drehte sich dann auf dem Absatz um und ging davon.

»Es gibt Dinge«, sagte die Atri-Preda zu Taralack Veed, »von denen du nichts weißt, und es ist am besten, wenn es auch so bleibt. Unwissenheit schützt dich. Es war nicht sehr klug«, fügte sie hinzu, »deine Kenntnisse der letheriischen Sprache zu offenbaren.«

»Ich glaube nicht«, erwiderte der Gral, »dass Ahlrada Ahn geneigt ist, irgendjemandem von unserer Unterhaltung zu berichten.« Er blickte ihr in die Augen und lächelte. »Genau wie Ihr, Atri-Preda.«

»Du bist unvorsichtig, Taralack Veed.«

Er spuckte sich in die Hände, strich sich mit ihnen über die Haare und wunderte sich erneut über die Abscheu, die plötzlich in ihrem Gesicht zu sehen war. »Sagt dies Tomad Sengar, Atri-Preda: Er ist derjenige, der mit seiner Forderung, dass Icariums überragendes Können geprüft werden soll, viel riskiert.«

»Du scheinst dir so sicher«, sagte sie.

»Worüber?«

»Dass dein Kamerad die schrecklichste Bedrohung darstellt, der Rhulad sich jemals gegenübergesehen hat. Doch leider war es bisher ausnahmslos der Fall, dass alle anderen, die das Gleiche gedacht haben, nun tot sind. Und, Taralack Veed, es waren wirklich *viele*. Tomad Sengar muss es genau wissen. Er muss überzeugt sein, sonst wird er deinen Freund nicht zu seinem Sohn bringen.«

»Seinem Sohn?«

»Ja. Imperator Rhulad ist Tomad Sengars jüngster Sohn. Genau gesagt ist er inzwischen der einzige Sohn, der ihm noch geblieben ist. Die anderen drei sind fort … oder tot. Wahrscheinlich sind sie alle tot.«

»Dann kommt mir in den Sinn«, sagte der Gral, »dass Tomad nicht Icariums überragendes Können einschätzen will, sondern seinen Mangel daran. Denn welcher Vater würde seinem letzten noch lebenden Sohn den Tod wünschen?«

Als Antwort starrte Zwielicht ihn einfach nur sehr lange an. Dann wandte sie sich ab.

Ließ Taralack Veed allein, dessen Stirnrunzeln immer besorgter wurde.

Sergeant Hellian hatte einen Rumvorrat gefunden und lief nun mit einem glückseligen Lächeln auf den Decks herum. Keinen halben Glockenschlag zuvor hatte sie noch ein kartoolisches Totenlied gesungen, als am Himmel über ihnen der Abgrund selbst entfesselt worden war.

Masan Gilani, die einmal mehr die Rüstung abgelegt und sich zum Schutz vor dem kalten Wind in einen dicken Wollumhang gewickelt hatte, saß inmitten einer Handvoll anderer Soldaten mehr oder weniger so, dass sie die Seeleute nicht behinderten. Die feindliche Flotte war jetzt irgendwo im Süden und in der dunkler werdenden Abenddämmerung nicht mehr zu erkennen – die waren sie erstmal los.

Wir haben jetzt einen Hohemagier. Einen richtigen Hohemagier. Dieser Schnelle Ben war ja schließlich ein Brückenverbrenner. Ein richtiger Hohemagier, der uns gerade allen die Haut gerettet hat. Das ist gut.

Ein neues, aus silbernen, roten und goldenen Fäden gesticktes Abzeichen schmückte ihren Umhang – sie war ziemlich stolz darauf, wie sie es hinbekommen hatte. *Die Knochenjäger. Ja, doch, mit dem Namen kann ich leben.* Zugegeben, er war nicht so prägnant wie *Brückenverbrenner*. Genau betrachtet war der Name sogar ein bisschen unklar, aber das war vollkommen in Ordnung, denn bis jetzt war auch die Geschichte der Vierzehnten ein bisschen unklar. Oder zumindest so verworren, dass die Dinge undeutlich und ungewiss waren.

Etwa, wo wir hingehen. Was kommt als Nächstes? Warum hat die Imperatrix uns zurückgerufen? Es ist ja schließlich nicht so, dass das Reich der Sieben Städte einen Wiederaufbau nicht nötig hätte oder all die leeren Garnisonen nicht wieder gefüllt werden müssten. Andererseits hatte die Pest das Land fest im Griff und erstickte allmählich jedes Leben.

Aber wir haben jetzt einen Hohemagier.

Das junge Mädchen – Sünd – kam herangekrochen. Sie zitterte in der Kälte, und Masan Gilani öffnete ihren Umhang auf einer Seite. Sünd schlüpfte rasch in diese einhüllende Umarmung, schmiegte sich noch näher an Masan und legte schließlich den Kopf auf ihre Brust.

Ganz in der Nähe beschimpfte und verfluchte Sergeant Strang immer noch lautstark Krumm, der etwas ziemlich Dummes getan und einem der feindlichen Schiffe zugewinkt hatte, das gleich nach der Schlacht, die keine gewesen war, dicht an ihnen vorbeigefahren war. Sie erinnerte sich, dass Krumm derjenige war, der vor den Mauern von Y'Ghatan für die große Sauerei verantwortlich gewesen war. Derjenige, dessen Knie beim Rennen fast seine großen Ohren berührten. Und der jetzt mit einem breiten, unbekümmerten Grinsen seinem Sergeanten zuhörte, wobei ein Ausdruck reinen Entzückens immer dann auf seinem Gesicht erschien, wenn Strangs Tirade einen weiteren Gipfel des Einfallsreichtums erklomm.

Wenn das alles noch lange so weiterging, war es gut möglich, dass der Sergeant sich auf Krumm warf und seine Hände um den langen dürren Hals mit dem auf und ab hüpfenden, faustgroßen Adamsapfel schloss, vermutete Masan Gilani. Einfach nur, um das Grinsen aus dem Pferdegesicht dieses Narren zu wischen.

Sünds kleine Hand begann mit einer von Masans Brüsten zu spielen, der Zeigefinger umkreiste eine Brustspitze.

In was für einer Gesellschaft hat dieser kleine Kobold sich befunden? Sie schob die Hand sanft weg, aber sie kam wieder. *Na schön. Was soll's. Aber sie hat eine verdammt kalte Hand.*

»Alle tot«, murmelte Sünd.

»Was? Wer ist tot, Mädchen?«

»Sie sind alle tot – gefällt dir das? Ich glaube, das gefällt dir.«

»Dein Finger ist kalt. Wer ist tot?«

»Groß.«

Der Finger verschwand, wurde von einem warmen, feuchten Mund abgelöst. Und einer tanzenden Zunge.

Beim Atem des Vermummten! Nun, ich kann mir schlimmere Arten vorstellen, wie dieser entsetzliche Tag zu Ende gehen könnte.

»Versteckt sich meine Schwester da drunter?«

Masan Gilani blickte zu Korporal Scherbe auf. »Ja.«

Auf seinem Gesicht erschien ein leicht gequälter Ausdruck. »Sie will mir nicht sagen … was auf dem Gutshof passiert ist. Was … ihr passiert ist.« Er zögerte und fügte dann hinzu: »Dein Umhang ist nicht der erste, unter den sie kriecht, Masan Gilani. Allerdings bist du die erste Frau.«

»Oh, ich verstehe.«

»Ich will wissen, was passiert ist. Verstehst du das? Ich muss es wissen.«

Masan Gilani nickte.

»Ich kann mir vorstellen, wie es ist«, fuhr Scherbe fort. Er sah weg, rieb sich dabei das Gesicht. »Jeder von uns geht auf seine Weise damit um …«

»Aber du bist ihr Bruder«, sagte sie, erneut nickend. »Und du bist ihr nachgegangen. Damit ihr niemand etwas tut, was man nicht tun sollte.«

Ein schwerer Seufzer. »Danke, Masan Gilani. Ich habe mir deinetwegen zwar eigentlich keine Sorgen gemacht –«

»Ich glaube nicht, dass du dir über irgendjemand von uns Sorgen machen musst«, antwortete sie. »Nicht bei diesen Trupps hier.«

»Weißt du«, sagte er, und sie sah Tränen über seine Wangen rinnen, »das ist das, was mich überrascht hat. Die hier, diese Leute – alle von uns, die unter der Stadt wieder rausgekommen sind –, sie haben alle das Gleiche gesagt wie du gerade.«

»Scherbe«, sagte sie freundlich, »gehört ihr immer noch zum Ashok-Regiment? Du und der Rest?«

Er schüttelte den Kopf. »Nein. Wir sind jetzt *Knochenjäger*.«

Das ist gut. »Ich habe noch ein bisschen Faden übrig«, bemerkte sie. »Vielleicht könnte ich mir ja eure Umhänge leihen … an einem warmen Tag …«

»Du hast eine sichere Hand, Masan Gilani. Ich werde es den anderen sagen, wenn's dir recht ist.«

»Das ist es. Wir können auf diesen aufgeblähten Flusspferden ja sowieso kaum was tun.«

»Und wenn schon, ich weiß das zu würdigen. Ich meine … *alles*.«

»Schlaf eine Runde, Korporal. So, wie deine Schwester atmet, macht sie genau das jetzt auch.«

Er nickte und stapfte davon.

Und wenn irgendein Soldat, der es nicht kapiert, irgendwie versuchen sollte, dieses gebrochene Ding zu benutzen, dann werden wir vierzig und ein paar Zerquetschte ihm oder ihr bei lebendigem Leib die Haut abziehen. Da kommt noch jemand dazu. Faradan Sort.

Vier Kinder turnten auf dem Deck herum, eines davon quietschte vor Lachen. Sünd – eng in Masan Gilanis Arme geschmiegt – bewegte sich leicht, wurde aber schnell wieder ruhig, den Mund noch immer an der Brustwarze der Frau. Die Dal Honesin starrte den Kindern hinterher und freute sich, dass sie sich von dem Marsch bereits erholt hatten, dass sie bereits begonnen hatten zu heilen. *Jeder von uns geht auf seine Weise damit um, oh ja.*

Also – wen sah Sünd, wenn sie sagte, dass sie alle tot wären?

Bei den Göttern hienieden, ich glaube nicht, dass ich es wirklich wissen will. Heute Nacht jedenfalls nicht. Soll sie doch schlafen. Sollen die anderen ruhig spielen und sich dann irgendwo unten unter die Decke kuscheln. Lasst uns alle zum Schaukeln dieses Tiers schlafen. Das ist das Geschenk, das der Schnelle Ben uns gemacht hat … das alles.

Bruder und Schwester standen dick eingemummt gegen die Kälte am Bug und sahen zu, wie allmählich mehr und mehr Sterne am dunklen Nordhimmel auftauchten. Knarrendes Tauwerk, die Geräusche von Segeln, die umschlugen, wenn das Schiff den Kurs änderte. Und im Westen eine Bergkette, die schwärzer als der Himmel war – die Halbinsel Olphara.

Die Schwester brach das lange Schweigen als Erste. »Es hätte unmöglich sein sollen.«

Ihr Bruder schnaubte. »Es war unmöglich. Darum geht es doch.«

»Tavore wird das, was sie will, nicht bekommen.«

»Ich weiß.«

»Sie ist daran gewöhnt.«

»Sie musste schon mit uns klarkommen, ja.«

»Er hat uns alle gerettet, Nil.«

Ein Nicken, das unter der schweren Kapuze aus wickanischer Wolle nicht zu sehen war.

»Vor allem den Schnellen Ben.«

»Da sind wir uns einig. Und«, fuhr Nil fort, »wir sind uns auch einig, dass es eine gute Sache ist, ihn bei uns zu haben.«

»Ich nehme es an«, sagte Neder.

»Du klingst nur so, weil du ihn magst, Schwester. Weil du ihn auf die Weise magst, wie eine Frau einen Mann mag.«

»Sei kein Idiot. Es sind die Träume … und was sie tut …«

Nil schnaubte erneut. »Es lässt dich schneller atmen, was? Diese tierische Hand, die ihn fester packt –«

»Hör auf! Das habe ich nicht gemeint. Es ist nur … ja, es ist eine gute Sache, dass er bei dieser Armee ist. Aber sie … mit ihm … nun, da bin ich mir nicht so sicher.«

»Du meinst, du bist eifersüchtig.«

»Ich werde dieser kindischen Sticheleien allmählich müde, Bruder. In der Art, wie sie ihn benutzt, liegt etwas … nun ja, Zwingendes …«

»In Ordnung, was das angeht, bin ich deiner Meinung. Aber für dich und mich, Schwester, bleibt eine lebenswichtige Frage bestehen. Das Interesse der Eres'al ist geweckt. Sie folgt uns wie ein Schakal.«

»Nicht uns. *Ihm.*«

»Genau. Und das ist der Kern der Frage. Sollen wir es ihr sagen? Sollen wir es der Mandata sagen?«

»Ihr was sagen? Dass ein Soldat mit feuchtem Schritt in Fiedlers Trupp für sie und ihre Armee wichtiger ist als der Schnelle Ben, Kalam und Apsalar zusammen? Hör zu, wir warten, bis wir rausbekommen, was der Hohemagier der Mandata erzählt – über das, was gerade geschehen ist.«

»Das bedeutet, wenn er wenig sagt oder sogar behauptet, überhaupt nichts zu wissen –«

»Oder den ganzen Ruhm für sich in Anspruch nimmt und wie ein Erster Held hier herumstolziert – dann werden wir uns überlegen, was wir sagen, Nil.«

»In Ordnung.«

Sie schwiegen für ein Dutzend Herzschläge, bis Nil sagte: »Du solltest dir nicht allzu viele Sorgen machen, Neder. Ich kann mir eigentlich nicht vorstellen, dass so ein Wesen – halb Frau, halb Tier und ganz mit übelriechendem Fell bedeckt – eine besondere Rivalin darstellt, was sein Herz betrifft.«

»Aber es war nicht meine Hand –« Sie verstummte schlagartig, doch nur kurz – und dann folgte ein Schwall wüster wickanischer Flüche.

Nil lächelte in der Dunkelheit. Und war heilfroh, dass seine Schwester es nicht sehen konnte.

Seesoldaten drängten sich im Laderaum, lagen lang ausgestreckt oder eng zusammengerollt unter Decken; es waren so viele Körper, dass Apsalar sich unbehaglich fühlte, als befände sie sich in einem Massengrab. Sie schob ihre Decke beiseite und stand auf. Zwei Laternen schaukelten vom Spantenwerk, ihre Dochte waren niedrig. Die Luft wurde allmählich schlecht. Sie griff nach ihrem Umhang und machte sich zur Luke auf.

Sie kletterte nach oben und trat hinaus aufs Mitteldeck. Die Nachtluft war bitterkalt, fühlte sich aber wunderbar frisch in ihrer Lunge an. Sie sah zwei Gestalten am Bug. Nil und Neder. Daher drehte sie sich um und stieg zum Achterkastell hinauf – nur um dort eine weitere Gestalt zu entdecken, die an der Heckreling lehnte. Ein Soldat, klein, breit, der Kopf trotz des eisigen Windes unbedeckt. Er war kahl bis auf einen Kranz langer, grauer, zerzauster Strähnen, die von den kalten Böen hin und her gepeitscht wurden. Sie erkannte den Mann nicht.

Apsalar zögerte kurz – und ging dann schulterzuckend hinüber zu ihm. Als sie neben ihm an die Reling trat, wandte er den Kopf. »Du forderst es geradezu heraus, krank zu werden, Soldat«, sagte sie. »Schlag zumindest deine Kapuze hoch.«

Der alte Mann knurrte, sagte aber nichts.

»Ich heiße Apsalar.«

»Dann willst du im Gegenzug also meinen Namen hören, ja? Aber wenn ich ihn nenne, dann ist es vorbei. Nur noch Schweigen. Es ist immer so.«

Sie blickte auf das brodelnde Kielwasser hinunter, das hinter dem Heck des Schiffes zurückblieb. Der Schaum phosphoreszierte. »Ich bin eine Fremde in der Vierzehnten Armee«, sagte sie.

»Ich bezweifle, dass das etwas ändern würde«, sagte er. »Was ich getan habe, ist kein Geheimnis – alle wissen darüber Bescheid.«

»Ich bin erst vor kurzem ins Reich der Sieben Städte zurückgekehrt.« Sie schwieg einen Moment lang. »Jedenfalls bist du nicht der Einzige, der die Bürde dessen trägt, was er einst getan hat.«

Er blickte sie erneut an. »Du bist zu jung, um von deiner Vergangenheit heimgesucht zu werden.«

»Und du, Soldat, bist zu alt, um dich so sehr um deine zu kümmern.«

Er stieß ein bellendes Lachen aus und wandte seine Aufmerksamkeit wieder dem Meer zu.

Im Osten gaben die Wolken das Angesicht des Mondes frei, das sie bisher verhüllt hatten, aber das Licht, das auf die Erde fiel, war gedämpft, matt.

»Sieh dir das an«, sagte er. »Ich habe gute Augen, aber der Mond ist vollkommen verschwommen. Das kommt aber nicht von irgendwelchen Wolken. Es ist eine ferne Welt, oder? Eine andere Sphäre, mit anderen Armeen, die im Nebel herumkriechen, einander töten, Kinder hinaus auf die Straße zerren, mit wieder und wieder herabzuckenden roten Schwertern. Und ich wette, dass sie dann und wann aufschauen und sich über den ganzen Staub wundern, den sie aufgewirbelt haben und der es schwer macht, diese andere Welt über ihren Köpfen zu sehen.«

»Als ich ein Kind war«, sagte Apsalar, »habe ich geglaubt, dass es dort Städte gibt, aber keine Kriege. Einfach nur schöne Gärten, und die Blumen haben immer geblüht, zu jeder Jahreszeit, Tag und Nacht, und die Luft war mit wundervollen Düften erfüllt …

ich habe das einmal jemandem erzählt, weißt du. Später hat er mir gesagt, dass er sich in jener Nacht in mich verliebt hat. Bei dieser Geschichte. Er war ziemlich jung, verstehst du?«

»Und jetzt ist er nur noch diese Leere in deinen Augen, Apsalar.«

Sie zuckte zusammen. »Wenn du weiter solche Bemerkungen machst, will ich deinen Namen wissen.«

»Aber das würde es zerstören. Alles. Im Moment bin ich nur ich, einfach ein Soldat wie alle anderen. Dann findest du heraus, wer ich bin, und alles fällt auseinander.« Er verzog das Gesicht, spuckte ins Wasser. »Also gut. Nichts hält ewig an, nicht einmal die Unwissenheit. Ich heiße Blinzler.«

»Ich hasse es, deinem Ego einen Stich versetzen zu müssen – so gequält, wie es ist –, aber dein Name lässt mir keine welterschütternde Offenbarung zuteilwerden.«

»Lügst du? Nein, ich sehe, dass du nicht lügst. Nun, das habe ich nicht erwartet, Apsalar.«

»Und somit verändert sich auch nichts, oder? Du weißt nichts von mir, und ich weiß nichts von dir.«

»Ich habe ganz vergessen, wie das war. Der junge Mann, was ist mit ihm passiert?«

»Ich weiß es nicht. Ich habe ihn verlassen.«

»Du hast ihn nicht geliebt?«

Sie seufzte. »Die Sache ist kompliziert, Blinzler. Ich habe schon ein bisschen was von meiner Vergangenheit angedeutet. Die Wahrheit ist, dass ich ihn zu sehr geliebt habe. Ich wollte nicht miterleben, wie er so tief in mein Leben hineingerät, in das, was ich war – und immer noch bin. Er hat etwas Besseres verdient.«

»Du bist eine verdammte Närrin, Frau. Sieh mich an. Ich bin allein. Früher einmal hatte ich keine Eile, das zu ändern. Und dann bin ich eines Tages aufgewacht, und es war zu spät. Jetzt finde ich meinen Frieden nur noch, wenn ich allein bin, aber es ist kein erfreulicher Friede. Ihr beide habt euch geliebt – hast du eine Ahnung, wie selten und kostbar das ist? Ich glaube, du hast etwas in dir zerbrochen – und du hast auch etwas in ihm zerbrochen. Hör zu – geh und suche ihn, Apsalar. Finde ihn und behalte ihn – na, wessen Ego quält sich jetzt selbst, was? Da stehst du und denkst, dass Veränderungen nur in eine Richtung erfolgen können.«

Ihr Herz pochte heftig. Sie konnte nicht sprechen, jedes Gegenargument, das ihr einfiel, schien sich einfach in Luft aufzulösen. Schweiß prickelte kühl auf ihrer Haut.

Blinzler wandte sich ab. »Bei den Göttern hienieden, eine richtige Unterhaltung. Mit Ecken und Kanten und voller Leben … das hatte ich alles vergessen. Ich gehe nach unten – mein Kopf ist wie betäubt.« Er machte eine Pause. »Ich nehme nicht an, dass du noch einmal Lust hättest, mit mir zu sprechen? Einfach nur Blinzler und Apsalar, die nichts gemeinsam haben außer dem, was sie nicht voneinander wissen.«

Sie schaffte es zu nicken und sagte: »Doch, das … würde mir gefallen, Blinzler.«

»Gut.«

Sie hörte, wie seine Schritte sich hinter ihr entfernten. *Armer Mann. Er hat das Richtige getan, als er Coltaine getötet hat, aber er ist der Einzige, der nicht damit leben kann.*

Als Blinzler hinunter in den Laderaum stieg, blieb er einen Augenblick stehen, die Hände auf den Halteseilen beiderseits der steilen Stufen. Er wusste, dass er hätte mehr sagen können, aber er hatte keine Ahnung gehabt, dass er ihre Verteidigung so leicht durchbrechen würde. Diese Verletzlichkeit hatte er nicht erwartet.

Man würde doch eigentlich annehmen, ja, das würde man doch, dass jemand, der von einem Gott besessen war, härter im Nehmen ist.

»Apsalar.«

Sie erkannte die Stimme und drehte sich daher nicht um. »Hallo, Cotillion.«

Der Gott trat näher und lehnte sich neben ihr an die Reling. »Es war nicht leicht, dich zu finden.«

»Das überrascht mich. Schließlich tue ich das, worum Ihr mich gebeten habt.«

»Du bist ins Herz des malazanischen Imperiums unterwegs. Das war etwas, das wir nicht vorhergesehen haben.«

»Opfer bleiben nicht unbeweglich an einem Fleck und warten auf das Messer. Selbst wenn sie keinerlei Verdacht hegen, sind sie in der Lage, alles zu verändern.«

Er sagte einige Zeit lang nichts, und Apsalar konnte spüren, wie sich in ihrem Innern die Spannung wieder aufbaute. Im gedämpften Mondlicht wirkte sein Gesicht müde, und als er sie ansah, lag in seinen Augen etwas Fiebriges.

»Apsalar, ich war … selbstgefällig –«

»Cotillion, Ihr seid vieles, aber selbstgefällig gehört nicht dazu.«

»Dann eben sorglos. Es ist etwas geschehen – es ist schwierig, es zusammenzusetzen. Als wären die dafür notwendigen Einzelteile in einen schlammigen Teich geworfen worden, und ich konnte bisher nichts anderes tun, als halb blind darin herumzutasten, ohne zu wissen, wonach genau ich eigentlich suche.«

»Schlitzer.«

Er nickte. »Es hat einen Angriff gegeben. Ich nehme an, es war ein Hinterhalt – selbst die Erinnerungen, die der Boden festhält – dort, wo das Blut vergossen wurde –, sind nur bruchstückhaft. Ich konnte so wenig erkennen.«

Was ist geschehen? Sie wollte diese Frage stellen, jetzt gleich, wollte seine vorsichtige Annäherung an das Thema einfach beiseitewischen – *er ist nicht vorsichtig – er weicht aus –*

»Unweit des Schauplatzes liegt eine kleine Siedlung – ihre Bewohner waren diejenigen, die die Dinge aufgeräumt haben.«

»Er ist tot.«

»Ich weiß es nicht. Es gab keine Leichen – nur tote Pferde. Ein Grab, aber es ist wieder geöffnet und derjenige, der darin gelegen hat, herausgeholt worden – nein, ich weiß auch nicht, warum irgendjemand das tun sollte. Jedenfalls habe ich den Kontakt zu Schlitzer verloren, und das beunruhigt mich mehr als alles andere.«

»Ihr habt den Kontakt verloren«, wiederholte sie dumpf. »Dann ist er tot, Cotillion.«

»Ich weiß es wirklich nicht. Es gibt allerdings zwei Dinge, derer ich sicher bin. Willst du sie hören?«

»Sind sie irgendwie wichtig?«

»Das musst du entscheiden.«

»Also schön.«

»Eine der Frauen, Scillara –«

»Ja.«

»Sie hat ein Kind geboren – sie hat zumindest so lange überlebt, um das tun zu können, und das Kind ist nun in der Obhut der Dorfbewohner.«

»Das ist gut. Und was noch?«

»Heboric Leichte Hand ist tot.«

Bei diesen Worten wandte sie sich ab, starrte hinaus über das Meer zu jenem fernen, düsteren Mond. »Geisterhand.«

»Ja. Die Macht – die Aura – des alten Mannes – sie hat wie grünes Feuer gebrannt – in ihr war Treachs wilde Wut zu spüren. Sie war unverkennbar, unbestreitbar –«

»Und nun ist sie fort.«

»Ja.«

»Da war noch eine Frau, ein junges Mädchen.«

»Ja. Wir wollten sie, Schattenthron und ich. Wie sich herausgestellt hat, lebt sie, und tatsächlich scheint sie genau dort zu sein, wo wir sie haben wollten … allerdings gibt es einen entscheidenden Unterschied –«

»Ihr und Schattenthron – Ihr habt keine Kontrolle mehr über sie.«

»Wir wollten sie leiten, nicht kontrollieren – wir hätten uns nicht erlaubt, sie zu kontrollieren, Apsalar. Unglücklicherweise kann man das von ihrem neuen Herrn nicht behaupten. Der Verkrüppelte Gott.« Er zögerte kurz, ehe er fortfuhr: »Felisin die Jüngere ist die Wiedergeborene Sha'ik.«

Apsalar nickte. »Wie ein Schwert, das seinen Schöpfer tötet … Gerechtigkeit kommt immer in Zyklen.«

»Gerechtigkeit? Beim Abgrund hienieden, Apsalar – mit Gerechtigkeit hat das alles überhaupt nichts zu tun.«

»Tatsächlich nicht?« Sie wandte sich ihm wieder zu. »Ich habe Schlitzer weggeschickt, weil ich Angst hatte, er würde sterben, wenn er bei mir bliebe. Ich habe ihn weggeschickt – und das hat ihn getötet. Ihr wolltet Felisin die Jüngere benutzen, und nun ist sie eine Spielfigur in den Händen eines *anderen* Gottes. Treach wollte einen Destriant, der seine Anhänger in den Krieg führen kann, aber Heboric wurde irgendwo mitten im Nirgendwo getötet, ohne irgendetwas erreicht zu haben. Wie ein Tigerjunges, dem der Schädel eingeschlagen wird – das ganze Potential, diese Möglichkeit … dahin. Sagt mir, welche Aufgabe hattet Ihr Schlitzer in dieser Gruppe zugedacht?«

Er antwortete nicht.

»Ihr habt ihm den Auftrag gegeben, Felisin die Jüngere zu beschützen, nicht wahr? Und er hat versagt. Ist er noch am Leben? Um seiner selbst willen wäre es vielleicht am besten, wenn er es nicht wäre.«

»Das kann nicht dein Ernst sein, Apsalar.«

Sie schloss die Augen. *Nein, das ist nicht mein Ernst. Bei den Göttern, was soll ich nur tun? Was soll ich mit diesem Schmerz tun? Was nur?*

Cotillion streckte langsam einen Arm aus; seine Hand – die nicht im üblichen schwarzen Lederhandschuh steckte – näherte sich der Seite ihres Gesichts. Sie spürte, wie sein Finger über ihre Wange strich, spürte den kalten Faden, der alles war, was von der Träne übrig blieb, die er wegwischte. Eine Träne, von der sie nicht gewusst hatte, dass sie da war.

»Du bist ganz erfroren«, sagte er mit sanfter Stimme.

Sie nickte, schüttelte dann plötzlich den Kopf, als in ihrem Innern alles zusammenbrach – und dann lag sie in seinen Armen und weinte hemmungslos.

»Ich werde ihn finden, Apsalar«, sagte der Gott zu ihr. »Ich schwöre es. Ich werde die Wahrheit herausfinden.«

Wahrheiten, ja. Eine nach der anderen. Ein Felsblock, der sich herabsenkt, dann noch einer. Und noch einer. Sie löschen das Licht aus, die Dunkelheit rückt heran, Dreck und Sand rieseln nach unten, eine durchdringende Stille, wenn der letzte am Platz ist. Und nun, teurer Narr, versuche Luft zu holen. Nur ein einziges Mal Luft zu holen.

Wolken waren rasch an den Mond herangerückt. Und einer nach dem anderen starben die Gärten.

Kapitel Acht

Grausames Missverständnis, du wählst die Form
und Art dieses nassen Tons in deinen Händen,
während das Rad sich ewig dreht
Gehärtet in Granit verwandelt sich diese gebrannte Schale
in den narbigen Schild deiner Taten und der dunklen
Entscheidungen hinter ihnen
Verharre verborgen, unsichtbar in gestreiften Schichten
und erwarte matt die Ankunft des Todes, das Mahl der Reise,
um dich zu erledigen
Wir blinden Bekümmerten erheben dich, ehren all das,
was du niemals warst und was im Innern versiegelt verfault,
folgt dir ins Grab
Ich stehe jetzt bei den Trauernden, unzufrieden mit
meinem Argwohn, während der Staub des Gefäßes davon-
schwebt –
oh, wie ich Begräbnisse verabscheue

Die Geheimnisse des Tons
Panith Fanal

Er öffnete die Augen, und um ihn herum war nur Dunkelheit. Reglos blieb er liegen und wartete, bis sein Verstand die Geräusche voneinander unterscheiden konnte, die ihn geweckt hatten. Und kam zu dem Schluss, dass sie unterschiedlichen Ursprungs waren. Das eine kam aus der Ferne, während die Quelle des anderen näher war. Die Vorsicht gebot, dass Barathol sich auf Letzteres konzentrierte.

Bettwäsche raschelte, wurde von eifrigen Händen beiseitegeschoben und zurechtgezogen, Sand und Kies knirschten leise, dann ein gedämpftes Murmeln. Ein tiefes Ausatmen, danach mehr Bewegung, ehe die Geräusche rhythmisch wurden und die Atemzüge zweier Menschen sich einander anglichen.

Es war in Ordnung. Der Vermummte wusste, dass Barathol nun wirklich nichts gegen den gehetzten Ausdruck in den Augen des jungen Daru tun konnte. Er fügte ein weiteres stummes Gebet hinzu – dass Scillara dem Mann nicht irgendwann untreu werden und ihm damit noch mehr Schaden zufügen mochte. Falls das geschehen sollte, würde sich Schlitzer – davon war Barathol überzeugt – so weit vom Leben zurückziehen, dass er nicht mehr zurückkehren würde.

Wie auch immer, diese Dinge lagen nicht in seiner Macht, und auch das war in Ordnung.

Und daher ... zum anderen, entfernteren Geräusch. Ein Säuseln, dessen Rhythmus beharrlicher war als die nun schneller werdenden Laute zweier Menschen, die sich auf der gegenüberliegenden Seite der schwelenden Feuergrube liebten. Wie Wind, der durch Baumkronen strich. Aber hier gab es keine Bäume. Und keinen Wind.

Es ist das Meer.

Die Morgendämmerung rückte näher, ließ den Himmel im Osten fahl werden. Barathol hörte, wie Scillara sich zur Seite rollte; sie keuchte nur leise, aber es dauerte lange, bis sich ihr Atem beruhigte. Wo Schlitzer lag, wurden Decken hochgezogen, dann drehte er sich auf die Seite und war Augenblicke später bereits wieder eingeschlafen.

Scillara setzte sich auf. Feuerstein und Eisen, ein Funkenschwarm, und ihre Pfeife erwachte. Sie hatte am Tag zuvor ihre letzten Münzen verbraucht, um sich wieder mit Rostlaub einzudecken, als sie an einer bescheidenen Karawane vorbeigekommen waren, die ins Landesinnere unterwegs gewesen war. Die Begegnung war überraschend gewesen, als die beiden Gruppen buchstäblich in einer Biegung des felsigen Pfades aufeinander gestoßen waren. Argwöhnische Blicke auf beiden Seiten, und dann hatte sich etwas wie Erleichterung auf den Gesichtern der Händler abgezeichnet.

Der Bann der Pest war gebrochen. Geistergänger der Tanno hatten es verkündet, hatten die selbst auferlegte Abschottung der Otataral-Insel aufgehoben.

Aber Barathol und seine Begleiter waren die ersten lebenden Menschen, denen die Händler begegnet waren, seit sie das kleine, leere Dorf an der Küste verlassen hatten, wo ihr Schiff sie abgesetzt hatte. Die Kaufleute, die Rohstoffe von Rutu Jelba mit sich führten, hatten schon befürchtet, dass sie ein Land betreten hatten, in dem nur noch Geister lebten.

Zwei Tage, in denen Scillara mit Entzugserscheinungen gekämpft hatte, hatten Barathol bereits bedauern lassen, dass er seine Schmiede jemals verlassen hatte. *Rostlaub und jetzt ein Schäferstündchen mit dem Daru – die Frau hat ihren Frieden wiedergefunden, dem Vermummten sei Dank.*

»Willst du, dass ich mich um das Frühstück kümmere, Barathol?«, fragte Scillara.

Er rollte sich auf den Rücken und setzte sich auf, musterte sie im fahlen Dämmerlicht.

Sie zuckte die Schultern. »Eine Frau weiß so was. Bist du ungehalten?«

»Warum sollte ich?«, erwiderte er brummig. Er blickte zu Schlitzers immer noch regloser Gestalt hinüber. »Schläft er wirklich wieder?«

Scillara nickte. »In den meisten Nächten schläft er fast gar nicht – wegen der Albträume und seiner Furcht vor ihnen. Da macht es zusätzlich Sinn, sich mal mit ihm unter der Decke zu wälzen – hinterher kann er sich seiner Erschöpfung nicht mehr erwehren.«

»Ich spende dir Beifall für deine Nächstenliebe«, sagte Barathol, während er sich näher an die Feuergrube heranschob und mit der Spitze seines Kochmessers in den schwach glühenden Kohlen herumstocherte. Aus dem Zwielicht zu seiner Rechten tauchte Chaur auf. Er lächelte.

»Das solltest du auch«, antwortete Scillara auf Barathols Kommentar.

Er blickte auf. »Und – ist das alles? Ich meine, von deiner Seite?«

Sie blickte weg, zog kräftig an ihrer Pfeife.

»Tu ihm nicht weh, Scillara.«

»Du Narr, siehst du es nicht? Ich tue genau das Gegenteil.«

»Zu diesem Schluss war ich auch gekommen. Aber was ist, wenn er sich in dich verliebt?«

»Das wird er nicht. Er kann nicht.«

»Warum nicht?«

Sie stand auf und ging zu ihren Packsäcken hinüber. »Bring das Feuer in Gang, Barathol. Ein bisschen heißer Tee sollte die Kälte aus unseren Knochen vertreiben.«

Es sei denn, du hast sonst nichts in ihnen, Frau.

Chaur trat zu Scillara, hockte sich hin und strich ihr über die Haare, während sie die eingewickelten Vorräte auspackte, ohne weiter auf ihn zu achten.

Voll begeisterter Faszination beobachtete Chaur jede Rauchwolke, die Scillara ausstieß.

Ja, mein Junge, es ist genau, wie die Legenden sagen – manche Dämonen atmen Feuer.

Sie ließen Schlitzer schlafen, und er erwachte erst mitten am Vormittag – schoss mit einem verwirrten Gesichtsausdruck in eine sitzende Haltung hoch. Augenblicke später sah er aus, als ob er sich schuldig fühlte. In der Sonne war es mittlerweile warm, doch eine angenehm kühle, von Osten heranwehende Brise ließ es nicht zu heiß werden.

Barathol sah zu, wie Schlitzer sich umblickte und Scillara entdeckte, die sich mit dem Rücken an einen Felsblock lehnte, und der Daru zuckte leicht zusammen, als sie ihm grüßend zuwinkte und eine Kusshand zuwarf.

Chaur umkreiste das Lager wie ein aufgeregter Hund – das Tosen der Brandung war nun, da es vom Wind herangetragen wurde, viel lauter, und er konnte seine Ungeduld, den Ursprung dieses Geräuschs zu entdecken, kaum zügeln.

Schlitzer wandte den Blick von Scillara ab und beobachtete Chaur einige Zeit. »Was ist mit ihm?«

»Das Meer«, sagte Barathol. »Er hat es noch nie gesehen. Er weiß vermutlich noch nicht einmal, was es ist. Es ist noch ein bisschen Tee da, Schlitzer, und die Päckchen, die vor Scillara liegen, sind dein Frühstück.«

»Es ist spät«, sagte er, während er aufstand. »Ihr hättet mich wecken sollen.« Dann hielt er inne. »Das Meer? Beru hilf, sind wir ihm denn schon so nah?«

»Kannst du es nicht riechen? Oder hören?«

Schlitzer lächelte plötzlich; es war ein echtes Lächeln – das erste, das Barathol bei dem jungen Mann zu sehen bekam.

»Hat irgendjemand letzte Nacht den Mond gesehen?«, fragte Scillara. »Er war voller Flecken. Irgendwie merkwürdig. Als ob jemand Löcher in ihn gestochen hätte.«

»Ein paar von den Löchern«, bemerkte Barathol, »scheinen größer zu werden.«

Sie blickte ihn an. Nickte. »Gut. Ich habe es auch gedacht, aber ich war mir nicht sicher. Was glaubst du – was hat das zu bedeuten?«

Barathol zuckte die Schultern. »Es heißt, dass der Mond eine andere Sphäre ist, eine wie unsere hier, mit Leuten auf seiner Oberfläche. Manchmal fallen Dinge aus *unserem* Himmel. Felsen. Feuerbälle. Es heißt, der Sturz des Verkrüppelten Gottes war so etwas. Ganze Berge, die herabgestürzt sind, den größten Teil eines Kontinents ausgelöscht und den halben Himmel in Rauch und Asche gehüllt haben.« Er sah erst Scillara, dann Schlitzer an. »Ich habe gedacht, dass vielleicht irgendetwas den Mond auf die gleiche Weise getroffen hat.«

»Wie ein Gott, der heruntergezogen wurde?«

»Ja, so in etwa.«

»Und was sind dann diese dunklen Flecken?«

»Ich weiß es nicht. Könnten Rauch und Asche sein. Könnten Stücke sein, die aus der Welt herausgebrochen sind.«

»Sie werden größer ...«

»Ja.« Barathol zuckte erneut die Schultern. »Rauch und Asche breiten sich aus. Es leuchtet ein, oder?«

Schlitzer beeilte sich mit dem Frühstück. »Tut mir leid, dass ihr meinetwegen warten musstet. Wir sollten aufbrechen. Ich will wissen, was es in dem verlassenen Dorf gibt.«

»Alles, was wir brauchen, ist irgendein seetüchtiges Boot«, sagte Barathol.

»Und ich hoffe, dass wir eins finden.« Schlitzer wischte sich ein paar Krümel von den Händen, stopfte sich eine letzte getrocknete Feige in den Mund, dann stand er auf. »Ich bin fertig«, sagte er mit vollem Mund.

Sehr schön, Scillara, das hast du gut gemacht.

In den Seitenstraßen des Fischerdorfs lagen von der Sonne gebleichte, von Hunden angenagte Knochen. Bei den in Sichtweite gelegenen Häusern standen die Türen offen; das galt auch für das Wirtshaus und das Gebäude, in dem einst der malazanische Steuereinschätzer gewohnt hatte. Sand war in die Eingänge geweht worden und bildete dort kleine Häufchen. Beiderseits der steinernen Mole waren halb untergegangene Fischerboote vertäut, die Seile, die sie hielten, zum Zerreißen gespannt, während in der flachen Bucht dahinter zwei etwas größere Karacken vor Anker lagen.

Chaur stand wie angewurzelt an der Stelle, von der aus er das erste Mal das Meer und seine wogenden, schaumgekrönten Wellen sah. Sein Lächeln war unverändert, aber aus seinen Augen strömten hemmungslos und unablässig Tränen, und es schien, als würde er versuchen zu singen, ohne den Mund zu öffnen, so dass nur merkwürdige wimmernde Geräusche zu hören waren. Was ihm aus der Nase lief, überzog der herangewehte Sand mit einer Schmutzkruste.

Scillara wanderte durch das Dorf, suchte nach allem Möglichen, was sich auf der Reise, die vor ihnen lag, als nützlich erweisen mochte. Seile, Körbe, Fässer, getrocknete Nahrungsmittel, Netze, Landungshaken, Salz, um Fische einzulagern – alles. Hauptsächlich fand sie allerdings die Überreste der Dorfbewohner, an denen sich die Hunde zu schaffen gemacht hatten. Zwei flache Lagerhäuser flankierten die Straße, die von der Mole aus ins Dorf führte, und sie waren beide verschlossen. Mit Barathols Hilfe brachen sie beide Gebäude auf, und in ihnen fanden sie mehr Vorräte, als sie jemals würden benutzen können.

Schlitzer schwamm zu den Karacken, um sie genauer in Augenschein zu nehmen, und als er nach einiger Zeit zurückkehrte, berichtete er, dass beide vollkommen intakt und gleichermaßen seetüchtig waren. Hinsichtlich ihrer Länge und Masthöhe waren die Schiffe wie Zwillinge.

»Sie wurden von denselben Händen gemacht«, sagte Schlitzer. »Glaube ich. Du könntest das besser beurteilen als ich, Barathol, falls du es überhaupt wissen willst.«

»Mir reicht dein Wort, Schlitzer. Also, dann können wir eines von beiden nehmen?«

»Ja. Es könnte natürlich sein, dass sie den Händlern gehören, denen wir begegnet sind.«

»Nein, das sind keine jelbanischen Schiffe. Wie heißen sie?«

»Das linke ist die *Schwanz des Dhenrabi*. Das andere heißt *Sanals Kummer*. Ich frage mich, wer Sanal wohl war?«

»Wir nehmen die *Kummer*«, sagte Barathol. »Und bevor du fragst – tu's nicht.«

Scillara lachte.

Schlitzer watete im Wasser zu einem der vollgelaufenen Boote neben der Mole. »Wir sollten eins von denen flottmachen, dann haben wir es leichter, unsere Vorräte an Bord der Karacke zu schaffen.«

Barathol stand auf. »Ich werde mal damit anfangen, die Sachen aus dem Lagerhaus hierherzubringen.«

Scillara schaute dem großen Mann hinterher, als er die Straße entlangging, und wandte dann ihre Aufmerksamkeit dem Daru zu, der einen halben Kürbis gefunden hatte und damit Wasser aus einem der Boote zu schöpfen begann. »Soll ich dir helfen?«, fragte sie.

»Ist schon in Ordnung. Ich habe endlich was zu tun.«

»Inzwischen Tag und Nacht.«

Er warf ihr einen scheuen Blick zu. »Ich habe noch nie zuvor Milch probiert.«

Lachend stopfte sie ihre Pfeife. »Doch, das hast du. Du kannst dich nur nicht mehr daran erinnern.«

»Oh. Ich nehme an, du hast recht.«

»Wie auch immer, du bist viel sanfter, als die kleine Blutfliege mit dem süßen Gesichtchen es war.«

»Du hast ihr keinen Namen gegeben?«

»Nein. Sollen sich doch ihre neuen Mütter darum streiten.«

»Noch nicht einmal in Gedanken? Ich meine, außer Blutfliege und Blutegel und Pferdezecke?«

»Schlitzer«, sagte sie, »du verstehst es nicht. Wenn ich ihr einen richtigen Namen gebe, wird das damit enden, dass ich umkehren und zurückgehen werde. Ich werde sie dann mitnehmen müssen.«

»Oh. Es tut mir leid, Scillara. Du hast recht. Ich verstehe von ziemlich vielen Dingen nicht sehr viel.«

»Du musst dir mehr vertrauen.«

»Nein.« Er machte eine Pause, blickte nach Osten aufs Meer hinaus. »Ich habe nichts getan, um das … wirklich zu können. Schau dir doch an, was passiert ist, als Felisin die Jüngere darauf vertraute, dass ich sie beschützen würde. Sogar Heboric – er hat gesagt, ich zeige Qualitäten als Anführer, er hat gesagt, dass das gut wäre. Also hat auch er mir vertraut.«

»Du verdammter Idiot. Wir sind von T'lan Imass überfallen worden. Was glaubst du denn, was du hättest tun *können*?«

»Ich weiß es nicht, und genau darum geht es.«

»Heboric war der Destriant von Treach. Sie haben ihn getötet, als wäre er nichts weiter als ein lahmer Hund gewesen. Sie haben Graufrosch die Glieder abgeschlagen, als ob sie vorgehabt hätten, ein Festmahl zu kochen. Schlitzer, Leute wie du und ich, wir können solche Kreaturen nicht aufhalten. Sie hauen uns nieder und trampeln über uns hinweg, und das war's dann für sie. Schon klar, das ist nicht so einfach hinzunehmen, für niemanden. Die Tatsache, dass wir unwichtig, dass wir unerheblich sind. Von uns wird nichts erwartet, deshalb ist es besser, wir hocken uns einfach hin und sehen zu, dass wir nicht in ihr Blickfeld geraten, dass wir gar nicht erst die Aufmerksamkeit von solchen Wesen wie den T'lan Imass oder von Göttern und Göttinnen erregen. Du und ich, Schlitzer, und Barathol dort drüben. Und Chaur. Wir sind diejenigen, die, wenn sie Glück haben, lange genug am Leben bleiben, um die Sauerei wegzumachen, die Dinge wieder zusammenzusetzen. *Der normalen Welt wieder Geltung zu verschaffen.* Das ist das, was wir tun, wenn wir es können. Schau doch, du hast ein totes Boot wieder zum Leben erweckt, du hast ihm wieder eine Aufgabe gegeben. Schau es dir an, Schlitzer, es sieht jetzt endlich so aus, wie es aussehen sollte, und das ist befriedigend, oder?«

»Um des Vermummten willen«, sagte Schlitzer und schüttelte den Kopf. »Scillara, wir sind nicht einfach nur Termiten, die einen Tunnel sauber machen, nachdem ein Gott unachtsam irgendwo hingetreten ist. Das ist nicht genug.«

»Ich habe nicht behauptet, dass es genug ist«, sagte sie. »Ich sage, dass es das ist, womit wir anfangen müssen. Indem wir etwas wieder aufbauen – indem wir Gebäude wieder aufbauen und unsere Leben.«

Barathol war während ihrer Unterhaltung hin und her gestapft, und inzwischen war auch Chaur zaghaft näher ans Wasser gekommen. Der Stumme hatte die Vorräte von den Pferden abgeladen, darunter auch Heborics eingewickelten Leichnam, und die Tiere – ungesattelt und ohne Zaumzeug – wanderten nun mit zuckendem Schweif den grasbewachsenen Streifen jenseits der Flutlinie entlang.

Schlitzer fing an, das Boot zu beladen.

Einmal machte er eine Pause und lächelte gequält. »Sich eine Pfeife anzuzünden ist eine gute Möglichkeit, der Arbeit aus dem Weg zu gehen, was?«

»Du hast gesagt, du würdest keine Hilfe brauchen.«

»Beim Schöpfen, ja.«

»Was du nicht verstehst, Schlitzer, ist, wie spirituell notwendig Belohnungen sind, ganz zu schweigen von der Klarheit, die während solcher Ruhephasen plötzlich über den Geist kommt. Und da du es nicht verstehst, empfindest du stattdessen Unmut, was das

Blut in deinem Herzen sauer und dich selbst bitter macht. Aber genau diese Bitterkeit bringt die Menschen um, verstehst du – sie frisst sie von innen auf.«

Er musterte sie. »Was bedeutet, ich bin in Wirklichkeit neidisch?«

»Natürlich bist du das, aber da ich mit dir mitfühlen kann, fällt es mir leicht, mich eines Urteils zu enthalten. Sag mir – kannst du das von dir auch sagen?«

Barathol kam mit zwei Fässern unter den Armen herangestapft. »Hoch mit dem Arsch, Frau. Es weht gerade ein günstiger Wind, und je eher wir unterwegs sind, desto besser.«

Sie salutierte, als sie aufstand. »Da hast du's, Schlitzer – ein Mann, der die Dinge in die Hand nimmt. Beobachte ihn, höre zu und lerne.«

Der Daru starrte sie verwirrt an.

Sie konnte es in seinem Gesicht lesen: *Aber du hast doch gerade gesagt …*

Das habe ich, mein junger Geliebter. Wir sind Kreaturen voller Widersprüche, wir Menschen, aber das ist nichts, wovor wir Angst haben oder uns auch nur Sorgen machen müssen. Und wenn du eine Liste von den Leuten machst, die die Stetigkeit verehren, wirst du feststellen, dass sie allesamt Tyrannen oder Möchtegerntyrannen sind. Die über Tausende herrschen oder über einen Ehemann oder eine Ehefrau oder über ein sich duckendes Kind. Fürchte dich niemals vor Widersprüchen, Schlitzer – sie sind das Herz der Verschiedenheit.

Chaur hielt das Steuerruder, während sich Schlitzer und Barathol um die Segel kümmerten. Der Tag war strahlend, der Wind frisch, und die Karacke ritt auf der Dünung, als wäre ihr Holz lebendig. Dann und wann neigte sich ihr Bug tief nach unten, und Gischt spritzte auf. Chaur lachte jedes Mal, ein Lachen wie das eines Kindes, ein Ausdruck purer Freude.

Scillara setzte sich mittschiffs hin; die Sonne auf ihrem Gesicht war warm, nicht heiß, und sie streckte sich aus.

Wir segeln auf einer Karacke namens Kummer *und haben einen Leichnam an Bord. Den Schlitzer zu seiner letzten Ruhestätte bringen will. Heboric, hast du gewusst, dass es in deinem Schatten eine solche Loyalität geben könnte?*

Irgendwann ging Barathol an ihr vorbei, und als Chaur wieder einmal lachte, sah sie ein antwortendes Lächeln auf seinem zerschlagenen, zerschrammten Gesicht.

Oh ja, das sind in der Tat gesegnete Wohllaute. So unerwartet – und so notwendig in ihrer Unschuld …

Die Rückkehr gewisser, normalerweise den Sterblichen vorbehaltener Charakterzüge erinnerte daran, dass das Leben alles andere als vollkommen war, und genau das war Onrack dem Zerbrochenen mittlerweile klar. Nicht dass er in dieser Hinsicht viele Illusionen gehabt hätte. Um die Wahrheit zu sagen, machte er sich eigentlich gar keine Illusionen. Über nichts. Dennoch verging einige Zeit, bis Onrack erkannte, dass er Ungeduld spürte.

Der Feind würde wiederkommen. Diese Höhlen würden von Schreien widerhallen, vom Geklirr der Waffen, von wütenden Stimmen. Und Onrack würde an Trull Sengars Seite stehen und genau wie der Edur in hilfloser Wut mitansehen, wie noch mehr von Minalas Kindern getötet wurden.

Natürlich war *Kinder* eine Bezeichnung, die nicht mehr so recht passte. Wären sie Imass, hätten sie die Prüfung des Übergangs ins Erwachsenenleben längst hinter sich gehabt. Sie hätten sich Lebensgefährten genommen, hätten Jagdgruppen angeführt und in die Nachtgesänge des Clans eingestimmt, wenn die Dunkelheit zurückkehrte, um sie alle daran zu erinnern, dass der Tod auf sie wartete – dort hinten, am Ende des Lebenspfades.

Auch bei Geliebten zu liegen, gehörte zur Nacht, und das ergab Sinn, denn in der Mitte der wahren Dunkelheit war das erste Feuer des Lebens geboren worden, war flackernd erwacht und hatte die unveränderliche Abwesenheit von Licht vertrieben. Mit einer Geliebten zu liegen, bedeutete, die Erschaffung des Feuers zu feiern. *Von hier im Fleisch zur jenseitigen Welt.*

Hier, in dieser Kluft, herrschte immerwährende Nacht, und es gab kein Feuer in der Seele, keine Erhitzung durch Liebesspiele. Es gab nur das Versprechen des Todes.

Und was das betraf, war Onrack ungeduldig. Es lag kein Ruhm darin, auf das Vergessen zu warten. Nein, für ein Dasein, das mit wahrer Bedeutung und Bestimmung verbunden war, sollte das Vergessen immer unerwartet kommen, ungeahnt und ungesehen. In diesem Augenblick noch mit voller Kraft dahinrasend – im nächsten fort.

Als ein T'lan Imass von Logros wusste Onrack um den schrecklichen Preis, den ein Zermürbungskrieg forderte. Der Geist wird über alle Vernunft hinaus erschöpft, ohne dass irgendeine Erlösung auf ihn gewartet hätte. Stattdessen sah man immer nur dasselbe: die Verwandten, die auf der Strecke blieben, zerschmettert und reglos, den Blick in irgendeine nicht existierende Ferne gerichtet – eine Szenerie, die man eine Ewigkeit lang betrachten musste, Jahrhunderte der Gleichgültigkeit, in kleinsten Veränderungen gemessen; irgendeine furchtsame Kreatur, die vorbeihastete, das üppige Grün einer Pflanze, das sich nach dem Regen aus der Erde schob, Vögel, die nach Samenkörnern pickten, Insekten, die Reiche schufen …

Onrack wurde von seinen Gedanken abgelenkt, als Trull Sengar zu ihm an die Engstelle kam, die er bewachte. »Monok Ochem sagte, dass die Präsenz der Edur … geschrumpft ist, weiter weg von uns ist. Im Augenblick. Als ob irgendetwas meine Verwandten dazu veranlasst hätte, sich zurückzuziehen. Mein Freund, ich habe das Gefühl, dass man uns eine Atempause gewährt – eine, die ich nicht willkommen heiße. Ich weiß nicht, wie lange ich noch kämpfen kann.«

»Wenn du so weit bist, dass du tatsächlich nicht mehr kämpfen kannst, Trull Sengar, wird es für dich keine Rolle mehr spielen.«

»Ich hätte nicht gedacht, dass sie ihr die Stirn bieten würden, weißt du, aber jetzt sehe ich, dass das einen Sinn ergibt. Sie hat erwartet, dass sie das hier einfach aufgeben würden, dass sie die Handvoll, die noch hier ist, ihrem Schicksal überlassen würden.

Unserem Schicksal, meine ich.« Er zuckte die Schultern. »Panek war nicht überrascht.«

»Die anderen Kinder richten sich nach ihm«, sagte Onrack. »Sie werden ihn nicht im Stich lassen. Genauso wenig wie ihre Mütter.«

»Und dadurch, dass sie hierbleiben, werden sie uns allen das Herz brechen.«

»Ja.«

Der Tiste Edur sah ihn an. »Bedauerst du inzwischen, dass in dir Gefühle erwacht sind, Onrack?«

»Dieses Erwachen dient dazu, mich zu erinnern, Trull Sengar.«

»Woran?«

»Daran, warum man mich den ›Zerbrochenen‹ nennt.«

»Genauso zerbrochen wie wir anderen.«

»Monok Ochem ist es nicht, und auch Ibra Gholan nicht.«

»Nein, sie nicht.«

»Trull Sengar, ich will, dass du dies weißt: Wenn die Angreifer kommen, werde ich deine Seite verlassen.«

»Tatsächlich?«

»Ja. Ich habe vor, ihren Anführer herauszufordern. Ihn zu töten oder bei dem Versuch selbst getötet zu werden. Und wenn es mir dabei gelingt, irgendeinen entscheidenden Schaden anzurichten – vielleicht werden sie dann noch einmal über ihr Bündnis mit dem Verkrüppelten Gott nachdenken. Möglicherweise ziehen sie sich zumindest zurück und kehren lange Zeit nicht wieder.«

»Ich verstehe.« Trull lächelte in der Düsternis. »Ich werde dich in jenen letzten Augenblicken an meiner Seite vermissen, mein Freund.«

»Wenn ich bei dem, was ich vorhabe, Erfolg haben sollte, werde ich an deine Seite zurückkehren, Trull Sengar.«

»Dann solltest du den Anführer am besten rasch töten.«

»Das habe ich vor.«

»Onrack, ich höre etwas Neues in deiner Stimme.«

»Ja.«

»Was bedeutet es?«

»Es bedeutet, dass Onrack der Zerbrochene nicht nur die Ungeduld entdeckt hat, sondern noch etwas anderes, Trull Sengar.«

»Und was?«

»Dies: Ich bin es leid, das zu verteidigen, was nicht zu verteidigen ist. Ich bin es leid, den Untergang von Freunden mitanzusehen. In dem kommenden Kampf wirst du mich als etwas Schreckliches sehen. Etwas, das weder Ibra Gholan noch Monok Ochem erreichen können. Trull Sengar, du wirst einen T'lan Imass sehen, in dem der *Zorn* erwacht ist.«

Banaschar öffnete die Tür, schwankte einen Moment, während er sich mit einer Hand am Türrahmen abstützte, und stolperte dann in sein heruntergekommenes Zimmer. Es roch unangenehm – nach Schweiß und ungewaschenem Bettzeug und den verdorbenen Lebensmitteln auf dem kleinen Tisch unter dem verriegelten Fenster. Er blieb stehen, dachte darüber nach, ob er die Laterne entzünden sollte oder nicht, aber es war kaum noch Öl darin, und er hatte vergessen, neues zu kaufen. Er rieb sich das stoppelige Kinn, heftiger als sonst, denn er hatte das Gefühl, dass sein Gesicht taub geworden war.

Ein Knarren von dem Stuhl, der vor der hinteren Wand stand, sechs Schritt entfernt. Banaschar erstarrte, versuchte die Dunkelheit mit seinen Blicken zu durchdringen. »Wer ist da?«, fragte er.

»Es gibt nur wenige Dinge auf der Welt«, sagte die Gestalt, die auf dem Stuhl saß, »die erbärmlicher sind als ein ehemaliger Halbdrek, der so weit heruntergekommen ist wie du, Banaschar. Jede Nacht stolperst du betrunken in dieses von Ungeziefer verseuchte Loch. Warum bist du hier?«

Banaschar machte ein paar Schritte nach rechts und ließ sich schwer auf sein Bettgestell sinken. »Ich weiß nicht, wer Ihr seid«, sagte er, »und daher sehe ich auch keinen Grund, Euch zu antworten.«

Ein Seufzen. »Du hast nun schon einige Zeit lang immer wieder neue rätselhafte Botschaften geschickt. Hast jedes Mal ein bisschen verzweifelter um ein Treffen mit dem Imperialen Hohemagier gebettelt.«

»Dann müsste Euch klar sein«, sagte Banaschar und bemühte sich, nüchtern zu werden, um klar denken zu können – das Entsetzen, das er empfand, half ihm dabei –, »dass die Sache nur die etwas angeht, die D'rek geweiht sind –«

»Eine Beschreibung, die heutzutage weder auf dich noch auf Tayschrenn passt.«

»Es gibt Dinge«, sagte Banaschar, »die kann man nicht einfach hinter sich lassen. Tayschrenn weiß das genau wie ich –«

»Augenblicklich weiß der Imperiale Hohemagier nichts.« Eine Pause, die von einer Geste begleitet wurde, die für Banaschar so aussah, als würde der Mann einfach nur seine Fingernägel mustern, doch dann änderte sich etwas in seinem Tonfall. »Noch nicht, heißt das. Vielleicht wird er es nie wissen. Die Entscheidung liegt allein bei mir, Banaschar, verstehst du?«

»Wer seid Ihr?«

»Du bist noch nicht bereit, das jetzt schon zu erfahren.«

»Warum fangt Ihr meine Nachrichten an Tayschrenn ab?«

»Nun, ich habe nichts dergleichen gesagt.«

Banaschar runzelte die Stirn. »Ihr habt gerade gesagt, dass die Entscheidung bei Euch liegt.«

»Ja, das habe ich. Die Entscheidung, ob ich in dieser Angelegenheit untätig bleibe, wie ich es bisher gewesen bin, oder – wenn ich denn ausreichend Grund habe – ob ich mich entschließe … äh, einzugreifen.«

»Wer verhindert dann meine Bemühungen?«

»Banaschar, du musst verstehen, dass Tayschrenn zuallererst der Imperiale Hohemagier ist. Was auch immer er früher war, ist nun unwichtig!«

»Nein, das ist es nicht. Nicht in Anbetracht dessen, was ich entdeckt habe!«

»Erzähl es mir.«

»Nein.«

»Oder, was noch besser wäre, Banaschar: Überzeuge mich.«

»Ich kann nicht«, antwortete er. Seine Hände krampften sich in das schmuddelige Bettzeug links und rechts von ihm.

»Hat die Angelegenheit etwas mit dem Imperium zu tun?«

»Nein.«

»Nun, das ist doch schon mal ein Anfang. Wie du gesagt hast, betrifft die Sache ehemalige Anhänger von D'rek. Ein Thema, so könnte man annehmen, das in Bezug zu der Abfolge geheimnisvoller Todesfälle im Kult des Wurms steht. Eine Frage der Nachfolge? Eher ein Gemetzel, ja? Sag mir, ist noch *irgendjemand* übrig? Überhaupt jemand?«

Banaschar sagte nichts.

»Ausgenommen natürlich die wenigen«, fügte der Fremde hinzu, »die in der Vergangenheit und aus welchen Gründen auch immer dem Kult den Rücken gekehrt haben. Der Anbetung.«

»Ihr wisst zu viel über diese Dinge«, sagte Banaschar. Er hätte niemals in diesem Zimmer bleiben dürfen. Er hätte sich jede Nacht einen neuen Unterschlupf suchen müssen. Er hatte nicht gedacht, dass jemand, irgendjemand übrig sein könnte, der sich noch an ihn erinnerte. Schließlich waren diejenigen, bei denen das vielleicht der Fall gewesen wäre, inzwischen alle tot. *Und ich weiß, warum. Bei den Göttern hienieden – wie sehr ich mir wünsche, ich wüsste es nicht.*

»Tayschrenn«, sagte der Mann einen Augenblick später, »wird abgeschirmt. Gründlich und höchst wirksam. Von meiner beruflichen Warte aus betrachtet, kann ich dem nur meine beachtliche Bewunderung zollen. Leider führt derselbe Blickwinkel auch dazu, dass ich ziemlich *beunruhigt* bin.«

»Ihr seid eine Klaue.«

»Sehr gut – es scheint ja tatsächlich doch noch ein paar kluge Gedanken in deinem von Trunkenheit benebelten Gehirn zu geben, Banaschar. Ja. Ich heiße Perl.«

»Wie habt Ihr mich gefunden?«

»Spielt das eine Rolle?«

»Ja. Für mich spielt es eine Rolle, Perl.«

Ein weiterer Seufzer und ein Wedeln mit einer Hand. »Oh, ich habe mich gelangweilt. Ich bin jemandem gefolgt, der dich, wie sich herausgestellt hat, im Auge behalten hat – mit wem du gesprochen hast, wo du hingegangen bist, du weißt schon, die üblichen Dinge, die man eben wissen muss.«

»Wissen muss? Wofür?«

»Nun, bevor man jemanden umbringt, wenn der Herr dieses Mörders es für ratsam hält.«

Banaschar erschauerte plötzlich; der Schweiß unter seinen Kleidern fühlte sich kalt und klebrig an. »Es geht um nichts Politisches«, flüsterte er, »um nichts, was irgendetwas mit dem Imperium zu tun hätte. Es gibt keinen Grund –«

»Oh, aber du hast es zu so etwas gemacht, Banaschar. Schon vergessen? Tayschrenn wird abgeschirmt. Du versuchst, diese Abschirmung zu durchbrechen, den Imperialen Hohemagier aufzurütteln –«

»Warum lässt er es zu?«, wollte Banaschar wissen. »Er ist kein Narr!«

Ein leises Lachen. »O nein, Tayschrenn ist kein Narr. Und das mag sehr wohl bereits die Antwort auf deine Frage sein.«

Banaschar blinzelte in die Düsternis. »Ich muss ihn sprechen, Perl.«

»Du hast mich noch nicht überzeugt.«

Eine lange Stille folgte, in deren Verlauf Banaschar die Augen schloss, dann seine Hände darauf legte, als würde er dadurch irgendeine Art von Absolution erlangen. Aber das konnten nur Worte tun. Worte, die er jetzt sprechen musste, zu diesem Mann. Oh, wie gern er glauben wollte, dass es … ausreichen würde. *Eine Klaue, die mein Verbündeter sein will. Warum? Weil die Klaue … Rivalen hat. Eine neue Organisation, die es für ratsam erachtet, undurchdringliche Mauern um den Imperialen Hohemagier aufzubauen. Was sagt das über diese neue Organisation aus? Sie betrachten Tayschrenn als Feind, oder sie wollen ihn so ausschließen, dass seine Untätigkeit wünschenswert wird, sogar für ihn selbst. Sie wissen, dass er Bescheid weiß, und warten, um zu sehen, ob er zu guter Letzt Einwände erhebt. Aber bisher hat er das noch nicht getan, was sie zu der Überzeugung geführt hat, dass er es überhaupt nicht tun wird – was auch immer geschehen wird. Hol mich der Abgrund, aber womit haben wir es hier zu tun?*

Banaschar sprach, ohne die Hände wegzunehmen. »Ich möchte Euch etwas fragen, Perl.«

»Nur zu.«

»Stellt Euch die größte aller Verschwörungen vor«, sagte er. »Stellt Euch vor, die Zeit würde in Jahrtausenden gemessen. Stellt Euch die alternden Gesichter von Göttern und Göttinnen, von Überzeugungen und Zivilisationen vor ...«

»Mach weiter. Was wolltest du mich fragen?«

Er zögerte immer noch. Dann senkte er langsam die Hände und blickte zu dem grauen, geisterhaften Gesicht hinüber, das ihm auf der anderen Seite des Raums zugewandt war. »Welches Verbrechen ist größer, Perl – wenn ein Gott seine Anhänger verrät, oder wenn seine Anhänger ihren Gott verraten? Anhänger, die sich dann entschließen, im Namen eben jenes Gottes grässliche Dinge zu tun? Nun, welches Verbrechen ist größer, Perl? Sagt es mir – bitte.«

Die Klaue schwieg etwa ein Dutzend Herzschläge lang, zuckte dann die Schultern. »Du fragst einen Mann, der keinen Glauben hat, Banaschar.«

»Wer könnte besser urteilen?«

»Götter betrügen ihre Anhänger ständig, soweit ich das zu sagen vermag. Mit jedem nicht beantworteten Gebet, mit jedem nicht erfüllten Flehen um Erlösung. Was genau die Dinge sind, die Glauben definieren, möchte ich hinzufügen.«

»Versäumnis, Schweigen und Gleichgültigkeit? Das sind die Definitionen von Glauben, Perl?«

»Wie ich schon sagte – ich bin nicht der richtige Mann für diese Diskussion.«

»Aber sind diese Dinge wirklich *Verrat*?«

»Das kommt darauf an, vermute ich. Darauf, ob der angebetete Gott denjenigen, die ihn anbeten, dafür dankbar ist, dass er angebetet wird. Wenn der Gott es nicht ist – wenn es keinen moralischen Pakt gibt –, dann lautet die Antwort: Nein, es ist kein Verrat.«

»Wem gegenüber – für wen – handelt ein Gott?«, fragte Banaschar.

»Wenn wir im Sinne der zuvor genannten Behauptung fortfahren, handelt und antwortet der Gott nur für und in Bezug auf sich selbst.«

»Zu guter Letzt«, sagte Banaschar mit krächzender Stimme und beugte sich vor, *»wer sind wir, das zu beurteilen?«*

»Ganz wie du sagst.«

»Ja.«

»Wenn allerdings«, sagte Perl, »ein moralischer Pakt zwischen dem Gott und jenen, die ihn anbeten, existiert, dann ist jede Zurückweisung gleichbedeutend mit Verrat!«

»Vorausgesetzt, dass das, was von besagtem Gott gefordert wird, seinerseits einer gewissen Moral verpflichtet ist.«

»Das stimmt. So ist zum Beispiel das Gebet eines Ehemanns, der darum bittet, dass seine Frau bei einem schrecklichen Unfall stirbt, so dass er seine Geliebte heiraten kann, kaum etwas, in das irgendein Gott, der etwas auf sich hält, einwilligen oder an dem er sich beteiligen würde.«

Banaschar hörte den spöttischen Unterton in der Stimme der Klaue, aber er beschloss, ihn nicht weiter zu beachten. »Und wenn seine Frau eine Tyrannin ist, die die Kinder schlägt?«

»Dann würde ein wirklich gerechter Gott handeln, ohne dass Gebete notwendig wären.«

»Was bedeutet, dass das Gebet an sich, das besagter Ehemann gesprochen hat, vorbehaltlos böse ist, ungeachtet seiner Beweggründe?«

»Nun, Banaschar, in meinem Szenario werden seine Beweggründe durch die Anwesenheit einer Geliebten verdächtig.«

»Und wenn diese Geliebte eine höchst liebevolle und fürsorgliche Stiefmutter sein würde?«

Perl schnaubte, wischte mit einer Hand durch die Luft. »Genug davon, verdammt – du kannst dich in diesem moralischen Dilemma suhlen, so lange du willst. Ich kann nicht erkennen, welche Bedeutung …« Er verstummte.

Banaschar wartete, das Herz unter einer Ascheschicht begraben, und zwang sich, weder laut zu schluchzen noch aufzuschreien.

»Sie haben gebetet, aber sie haben nicht gebeten, nicht gebettelt, nicht gefleht«, sagte Perl. »Ihre Gebete waren Forderungen. Der Verrat, den haben sie begangen, oder?« Die Klaue beugte sich vor. »Banaschar. Willst du damit sagen, dass D'rek sie alle getötet hat? *Ihre gesamte Priesterschaft?* Sie haben sie verraten! Auf welche Weise? *Was haben sie gefordert?«*

»Es herrscht Krieg«, sagte er mit dumpfer Stimme.

»Ja. Ein Krieg unter den Göttern, ja. Bei den Göttern hienieden. Diese Anbeter haben sich für die falsche Seite entschieden!«

»Sie hat sie gehört«, sagte Banaschar, und er musste sich zwingen, die Worte auszusprechen. »Sie hat gehört, wie sie sich entschieden haben. Für den Verkrüppelten Gott. Und die Macht, die sie gefordert haben, war die Macht des Blutes. Nun, sie ist zu dem Schluss gekommen, dass sie ihnen doch alles gibt, was sie wollen, wenn sie so sehr nach Blut gieren.« Seine Stimme wurde zu einem Flüstern. »Alles, was sie wollen –«

»Einen Augenblick ... Ganz langsam, Banaschar ... Warum sollten D'reks Anhänger sich für das Blut entscheiden, für die Macht des Blutes? Das ist eine Ältere Tradition. Was du sagst, ergibt keinen Sinn.«

»Der Kult des Wurms ist sehr alt, Perl. Selbst wir können nicht genau feststellen, wie alt. In *Gothos' Narretei* wird eine Göttin erwähnt, die Matrone des Verfalls, die Herrin der Würmer ... Ein halbes Dutzend Titel, die sich in den Fragmenten finden lassen, die der Tempel besitzt. Oder die er zumindest einst besessen hat – denn diese Schriftrollen ... sind verschwunden!«

»Wann?«

Banaschar brachte ein bitteres Lächeln zustande. »In jener Nacht, in der Tayschrenn aus dem Großen Tempel von Kartool geflohen ist. Er hat sie. Er muss sie haben. Versteht Ihr denn nicht? *Irgendetwas ist falsch!* Mit alledem! Das Wissen, über das ich verfüge, und das Wissen, das Tayschrenn besitzen muss – dadurch, dass er auf *Gothos' Narretei* zurückgreifen kann ... Wir müssen miteinander sprechen, wir müssen einen Sinn in dem finden, was geschehen ist, und herausfinden, was es bedeutet. Dies geht über das Imperium hinaus. Und außerdem – dieser Krieg unter den Göttern … Sagt mir, was glaubt Ihr: Wessen Blut wird vergossen werden? Das, was im Kult von D'rek geschehen ist, das ist nur der Anfang!«

»Die Götter werden uns verraten?«, fragte Perl und lehnte sich wieder zurück. »Uns … Sterbliche. Ob wir sie verehren oder nicht, das Blut, das die Erde tränkt, wird das Blut der Sterblichen sein.« Er machte eine Pause, dann fuhr er fort: »Vielleicht wirst du Tayschrenn überzeugen können, wenn du Gelegenheit dazu erhältst, mit ihm zu sprechen. Aber was ist mit den anderen Priesterschaften? Glaubst du wirklich, du kannst sie überzeugen? Und was wirst du ihnen sagen? Willst du dich für eine Art Reformation einsetzen, Banaschar? Eine *Revolution* unter den Gläubigen? Sie werden dich auslachen.«

Banaschar sah weg. »Mich vielleicht. Aber … Tayschrenn?«

Der Mann, der ihm gegenübersaß, sagte längere Zeit nichts. Die Düsternis bekam etwas Körniges – die Dämmerung rückte heran und mit ihr eine dumpfe Kälte. Schließlich erhob sich Perl; seine Bewegungen waren geschmeidig und geräuschlos. »Dies ist eine Sache für die Imperatrix.«

»Für sie? Seid kein Narr!«

»Vorsichtig«, sagte die Klaue sanft, aber warnend.

Banaschar dachte voller Verzweiflung rasch nach. »Sie kommt nur dann ins Spiel, wenn sie Tayschrenn von seiner Position als Hohemagier entbindet, damit er frei handeln kann. Außerdem … wenn die Gerüchte wahr sind, dass die Graue Herrin im Reich der Sieben Städte umgeht, dann ist klar, dass der Krieg im Pantheon mit seinen Myriaden von Manipulationen in der Sphäre der Sterblichen bereits begonnen hat. Sie wäre klug, wenn sie auf diese Gefahr achtgeben würde.«

»Banaschar«, sagte Perl, »die Gerüchte kommen der Wirklichkeit noch nicht einmal annähernd nahe. Hunderttausende sind gestorben. Vielleicht Millionen.«

Millionen?

»Ich werde mit der Imperatrix sprechen«, sagte Perl noch einmal.

»Wann werdet Ihr aufbrechen?«, fragte Banaschar. *Und was ist mit denen, die Tayschrenn abschirmen? Was mit denen, die darüber nachdenken, mich zu töten?*

»Das wird nicht nötig sein«, sagte die Klaue, bereits unterwegs zur Tür. »Sie kommt hierher.«

»Hierher? Wann?«

»Bald.«

Und warum? Aber diese Frage sprach er nicht aus, denn die Klaue war fort.

Iskaral Pustl saß auf seinem Maultier und versuchte, es auf dem Mitteldeck im Kreis herumgehen zu lassen. Er behauptete, das Tier würde die Bewegung brauchen. Doch so, wie es aussah, mühte er sich viel mehr als das merkwürdige Tier, das er etwa alle fünfzig Herzschläge dazu beschwatzen konnte, einen weiteren Schritt zu machen.

Mappo hockte blass und mit roten Augen an Deck, lehnte an der Wand der Kajüte. Jede Nacht weinte er in seinen Träumen, und wenn er aufwachte, hatte sich das, was ihn in seinen Träumen heimsuchte, durch die Barriere des Schlafs gedrängt, und dann lag er unter seinen Fellen und erschauerte, als ob er Fieber hätte. Und es war tatsächlich eine Krankheit, geboren aus Angst, Schuldgefühl und Scham. Zu viele Fehlschläge, zu viele falsche Beurteilungen; solange war er blind dahingestolpert.

Aus Freundschaft hatte er seinen einzigen Freund verraten.

Ich werde alles wiedergutmachen. Das schwöre ich vor allen Geistern der Trell.

Die Frau namens Bosheit stand am Bug, kaum zu sehen in dem körnigen, schlammbraunen Dunstschleier, der sie einhüllte. Keiner der Bhok'arala, die in der Takelage herumturnten oder auf den Decks hin und her hasteten, begab sich auch nur in ihre Nähe.

Sie unterhielt sich. Das hatte Iskaral Pustl zumindest behauptet. Mit einem Geist, *der nicht hierhin gehört.* Nicht hierher, auf das

Meer, und der wabernde Schleier – wie Staubschwaden, die durch gelbes Gras wogten – wirkte selbst in Mappos stumpfen Augen reichlich fehl am Platz.

Ein Eindringling, aber einer mit Macht, und diese Macht schien zuzunehmen.

»Mael«, hatte Iskaral Pustl mit einem manischen Lachen gesagt, *»er sträubt sich und holt sich eine blutige Nase. Spürst du seine Wut, Trell? Sein empörtes Spucken und Fauchen? Ha. Haha. Aber sie hat keine Angst vor ihm, o nein, sie hat vor niemandem Angst!«*

Mappo hatte keine Ahnung, wer diese »sie« war, und er hatte auch nicht die Kraft zu fragen. Anfangs hatte er geglaubt, der Hohepriester hätte von Bosheit gesprochen, aber nein, es wurde immer offensichtlicher, dass die Macht, die sich über dem Bug des Schiffs manifestierte, ganz anders als die von Bosheit war. Kein Drachengestank, keine kalte Brutalität. Die Seufzer des Windes, die den Trell erreichten, waren warm, trocken, und sie rochen nach Weideland.

Die Unterhaltung hatte in der Morgendämmerung begonnen, und jetzt stand die Sonne senkrecht über ihren Köpfen. Offenbar gab es allerhand zu besprechen.

Mappo sah zwei Spinnen an seinen in Mokassins steckenden Füßen vorbeihuschen. *Du verdammte Hexe, ich kann mir nicht vorstellen, dass du irgendjemanden täuschen kannst.*

Gab es da eine Verbindung? Hier, auf diesem namenlosen Schiff, befanden sich zwei Schamanen aus Dal Hon, einem Land mit gelbem Gras, Akazien, gewaltigen Herden und großen Katzen – und nun dieser ... Besuch von einer Macht, die über fremde Meere schritt.

»Er ist empört, ja«, hatte Iskaral Pustl gesagt. *»Und doch – spürst du sein Widerstreben? Oh, er windet sich, aber er weiß auch, dass sie, die sich entscheidet, an einem Ort und nicht an vielen zu sein, dass sie ihm mehr als gewachsen ist. Wagt er es, den Blick darauf zu richten? Er will diesen dummen Krieg noch nicht einmal, hah! Aber – oh, es ist genau diese Zwiespältigkeit, die seinen Anhängern die Freiheit gibt, zu tun, was ihnen beliebt!«*

Ein wütender Schrei – der Hohepriester des Schattens war von seinem Maultier gefallen. Das Tier schrie, tänzelte weg und drehte sich, so dass es auf den um sich schlagenden alten Mann hinunterstarren konnte. Es schrie noch einmal, und Mappo bildete sich ein, in dem Schrei ein Lachen mitschwingen zu hören.

Iskaral Pustl hörte auf, sich zu bewegen, hob dann den Kopf. »Sie ist fort.«

Der Wind, der sie die ganze Zeit auf ihrem Kurs gleichmäßig und rasch vorangetrieben hatte, wurde unstet.

Mappo sah, wie Bosheit die Stufen vom Vorderkastell herabgeschritten kam. Sie sah müde aus – und irgendwie bestürzt.

»Nun?«, fragte Iskaral Pustl.

Bosheit senkte den Blick, um den Hohepriester anzusehen, der immer noch auf dem Deck lag. »Sie muss uns für einige Zeit verlassen. Ich habe versucht, sie davon abzubringen, aber ich habe es leider nicht geschafft. Das bringt uns … in Gefahr.«

»Durch wen?«, fragte Mappo.

Sie blickte ihn an. »Nun, etwa durch die Launen der Natur, Trell. Die sich manchmal als beunruhigend und höchst zufällig erweisen können.« Sie richtete ihre Aufmerksamkeit wieder auf Iskaral Pustl. »Hohepriester, bringt bitte Eure Bhok'arala einigermaßen unter Kontrolle. Sie hören nicht damit auf, Knoten zu lösen, die festgezurrt sein sollten, ganz zu schweigen davon, dass sie überall diese hässlichen Opfergaben an Euch fallen lassen, so dass man drauftritt.«

»Sie unter Kontrolle bringen?«, fragte Iskaral Pustl, während er sich mit einem bestürzten Gesichtsausdruck aufsetzte. »Aber sie bemannen dieses Schiff!«

»Seid kein Idiot«, sagte Bosheit. »Dieses Schiff ist von Geistern bemannt. Geistern von Tiste Andii, genauer gesagt. Gewiss, es war erheiternd, etwas anderes zu denken, aber allmählich werden Eure kleinhirnigen Verehrer lästig.«

»Lästig? Ihr habt ja keine Ahnung, Bosheit! Hah!« Er neigte den Kopf. »Ja, lass sie ein Weilchen darüber nachdenken. Diese winzige Falte, die ihre Stirn kräuselt, ist so liebenswert. Mehr als das, gib's zu, sie erweckt Lust – o ja, ich bin nicht so verschrumpelt, wie sie zweifellos glauben, und mich durch diese Gedanken gezwungenermaßen beinahe überzeugten! Außerdem will sie mich. Ich weiß es. Ich hatte schließlich eine Frau, oder? Anders als Mappo dort drüben, mit seinen tierischen, zweifellos knospenden Zügen – nein, er hat keine! Ja wirklich, bin ich nicht erfahren? Bin ich nicht zu köstlicher, verführerischer Finesse fähig? Werde ich nicht von meinem idiotischen, sich unaufhörlich verschätzenden Gott begünstigt?«

Kopfschüttelnd ging Bosheit an ihm vorbei und blieb vor Mappo stehen. »Ich wollte, ich könnte dich davon überzeugen, wie notwendig es ist, Geduld und Vertrauen zu haben, Trell. Wir sind über eine höchst außergewöhnliche Verbündete gestolpert.«

Verbündete. Am Ende lassen sie dich immer im Stich. Beweggründe prallen aufeinander, gefolgt von entzweiender Gewalt, und der Freund verrät den Freund.

»Wirst du deine eigene Seele verzehren, Mappo Runt?«

»Ich verstehe Euch nicht«, sagte er. »Warum mischt Ihr Euch in mein Vorhaben, meine Suche ein?«

»Weil ich weiß, wo sie hinführen wird«, sagte sie.

»Die Zukunft entfaltet sich also vor Euch, ja?«

»Niemals klar, niemals vollständig. Aber ich kann die Konvergenz, die vor uns liegt, deutlich spüren – sie wird gewaltig sein, Mappo, schrecklicher als alles, was diese oder irgendeine andere Sphäre jemals zuvor gesehen hat. Der Sturz des Verkrüppelten Gottes, Kallors Zorn, die Verwundung bei Morn, das Anketten – neben dem, was kommt, wird all das verblassen. Und du wirst dort sein, denn du bist ein Teil dieser Konvergenz. Ebenso wie Icarium. Und ich ... ich werde endlich meiner üblen Schwester von Angesicht zu Angesicht gegenüberstehen – und wenn wir beide miteinander fertig sind, wird nur eine von uns davongehen.«

Mappo starrte sie an. »Werde ich«, flüsterte er, »ihn aufhalten? Am Ende? Oder ... ist *er* das Ende ... von allem?«

»Ich weiß es nicht. Vielleicht hängen die möglichen Entwicklungen ausschließlich davon ab, wie gut du in jenem Augenblick vorbereitet sein wirst, Mappo Runt – von deiner Gewandtheit, deinem Vertrauen, wenn du so willst.«

Er seufzte lang anhaltend, schloss die Augen und nickte. »Ich verstehe.«

Und da er die Lider gesenkt hatte, konnte er nicht sehen, wie sie zusammenzuckte, genauso wenig, wie er den mitleiderregenden Unterton bemerkte, der in diesem Eingeständnis mitschwang.

Als er wieder zu ihr aufblickte, sah er nichts weiter als ein ruhiges, geduldig wirkendes Gesicht. Kühl, abschätzend. Mappo nickte. »Wie Ihr sagt. Ich werde es ... versuchen.«

»Ich habe nichts anderes erwartet, Trell.«

»Still!«, zischte Iskaral Pustl, der immer noch auf dem Deck lag, aber nun bäuchlings. Er sog schnüffelnd die Luft ein. »Riecht ihr sie? Ich tue es. Ich rieche sie! Auf diesem Schiff! Diese Kuh mit ihren verknoteten Eutern! *Wo ist sie!?«*

Das Maultier schrie erneut.

Taralack Veed hockte vor Icarium. Der Jhag war blasser als je zuvor, eine Folge davon, dass er Tag um Tag in diesem Laderaum verbrachte. Seine Haut hatte einen makabren grünen Farbstich angenommen. Das sanfte Zischen einer eisernen Klinge auf einem Wetzstein war im Moment das einzige Geräusch, doch dann räusperte sich der Gral und sagte: »Noch mindestens eine Woche – diese Edur lassen sich Zeit. Genau wie du haben sie bereits mit ihren Vorbereitungen begonnen, Icarium.«

»Warum zwingen sie mir einen Feind auf, Taralack Veed?«

Die Frage klang so lustlos, dass sich der Gral einen Augenblick lang fragte, ob sie rein rhetorisch gemeint war. Er seufzte, fasste sich an den Kopf, um sich zu vergewissern, dass seine Haare so waren, wie sie sein sollten – der Wind oben an Deck war heftig –, und sagte dann: »Mein Freund, du musst ihnen das ganze Maß deiner ... kämpferischen Fähigkeiten zeigen. Der Feind, mit dem sie zusammengestoßen sind – anscheinend mehrmals –, hat sich als ebenso unverwüstlich wie wüst erwiesen. Die Edur haben Krieger verloren.«

Icarium fuhr damit fort, die von Kerben übersäte Schneide seines Schwerts zu schleifen. Doch dann machte er eine Pause, betrachtete die Waffe in seinen Händen. »Ich spüre«, sagte er, »ich spüre … dass sie einen Fehler machen. Diese Absicht … mich zu prüfen – wenn das, was du mir gesagt hast, wahr ist. Diese Geschichten von meiner … entfesselten Wut.« Er schüttelte den Kopf. »Weißt du, wem ich gegenübertreten werde?«

Taralack Veed zuckte die Schultern. »Nein, ich weiß sehr wenig – sie trauen mir nicht, und warum sollten sie auch? Ich bin kein Verbündeter – genauer gesagt, *wir* sind keine Verbündeten.«

»Und doch werden wir schon bald für sie kämpfen. Kannst du den Widerspruch nicht erkennen, Taralack Veed?«

»In der Schlacht, die kommt, gibt es keine richtige Seite, mein Freund. Sie kämpfen ewig gegeneinander, denn beiden Seiten fehlt die Fähigkeit – oder der Wille –, etwas anderes zu tun. Beide dürsten nach dem Blut ihrer Feinde. Du und ich, wir haben all das schon früher erlebt; wir haben gesehen, dass zwei feindselige Kräfte – ganz egal, wie grundverschieden ihre Ursprünge auch sein mögen, ganz egal, wie rechtschaffen eine Seite die Auseinandersetzung beginnt – am Ende praktisch gleich, dass sie nicht mehr voneinander zu unterscheiden sind. Brutalität passt sich der Brutalität an. Dummheit passt sich der Dummheit an. Du willst, dass ich die Tiste Edur frage? Nach ihren schrecklichen bösen Feinden? Was bringt das? Hier, mein Freund, hier geht es ums Töten. Um nichts weiter. Verstehst du das?«

»Ums Töten«, wiederholte Icarium, seine Worte kaum mehr als ein Flüstern. Nach einem kurzen Augenblick machte er sich wieder daran, die Schneide seines Schwerts zu schärfen.

»Und das ist etwas«, sagte Taralack Veed, »das zu dir passt.«

»Das zu mir passt?«

»Du musst es ihnen zeigen. Indem du die Schlacht beendest. Endgültig.«

»Beenden. Das ganze Töten. Es beenden … für immer.«

»Ja, mein Freund. Das ist dein Ziel.«

»Mit meinem Schwert kann ich den Frieden bringen.«

»Oh ja, Icarium – das kannst du, und das wirst du.« *Mappo Runt, du warst ein Narr. Du hättest diesen Jhag benutzen können – zum Wohl aller. Schließlich ist Icarium das Schwert. Geschmiedet, um benutzt zu werden, wie es bei allen Waffen der Fall ist.*

Das ist also die Waffe, die Frieden verspricht. Warum, du dummer Trell, bist du nur davor weggelaufen?

Nördlich der Halbinsel Olphara frischte der Wind auf, blähte die Segel, und die Schiffe schienen wie wandernde Dhenrabi durch die mitternachtsblaue See zu schießen. Trotz ihres geringen Tiefgangs musste die *Silanda* sich abmühen, um mit den Dromonen und Transportschiffen mitzuhalten.

Fast genauso gelangweilt wie die anderen Seesoldaten ging Buddl an Deck auf und ab, versuchte, nicht auf ihr Gezänk zu achten, versuchte, das immer stärker werdende Unbehagen, das er spürte, an etwas festzumachen. *Etwas … an diesem Wind … etwas …*

»Ein Knochenhändler«, sagte Lächeln und deutete mit ihrem Messer auf Koryk. »Das ist es – du erinnerst mich mit all diesen Knochen, die da an dir rumhängen, an einen Knochenhändler. Ich kann mich an einen erinnern, der immer mal wieder durch das Dorf gekommen ist – das Dorf außerhalb unseres Guts, meine ich. Hat sie aus Küchenabfällen zusammengesammelt. Hat alle möglichen Arten zermahlen und in Flaschen gesteckt. Mit Beschriftung. Hundekiefer für Zahnschmerzen, Pferdehüften fürs Kindermachen, Vogelschädel für nachlassende Augen –«

»Penisknochen für unscheinbare kleine Mädchen«, unterbrach Koryk sie.

Die Bewegung war so schnell, dass sie nur verschwommen wahrzunehmen war – doch auf einmal hielt Lächeln die Messerspitze zwischen Daumen und Fingern.

»Denke noch nicht einmal daran«, knurrte Krake.

»Außerdem«, bemerkte Starr, »ist Koryk nicht der Einzige, der jede Menge Knochen trägt – beim Atem des Vermummten, Lächeln, du trägst doch selbst welche!«

»Aber geschmackvoll«, erwiderte sie, behielt das Messer jedoch in der Hand. »Es ist das Übermaß, das das Ganze so derb macht.«

»Die neueste Mode am Hof von Unta, meinst du?«, fragte Krake und zog eine Braue hoch.

Starr lachte. »Fein und zurückhaltend, dieser bescheidene, winzige Fingerknochen, der einfach so herumbaumelt – die Damen sind vor Neid in Ohnmacht gefallen.«

Als Buddl an ihnen vorbeiging, bemerkte er ganz nebenbei, dass Corabb Bhilan Thenu'alas die Soldaten nur anstarrte, während sie sich neckten. Dem Gesicht des Mannes war deutlich anzusehen, dass er ganz und gar nicht begriff, was da eigentlich gerade geschah.

Aus der Kajüte waren laute, streitende Stimmen zu vernehmen. Wieder einmal. Gesler, Balsam, Stürmisch und Fiedler.

Eines von Y'Ghatans Jungen lauschte, aber Buddl war nicht sonderlich aufmerksam, denn der Streit war alt; es war nicht das erste Mal, dass Stürmisch und Balsam versuchten, Fiedler zu einem Spiel mit den Drachenkarten zu überreden. Außerdem befand sich das, was wichtig war, hier draußen, ein Flüstern in der Luft, in diesem gleichmäßigen, nie nachlassenden Beinahesturm, ein Geruch, der größtenteils von der salzigen Gischt überdeckt wurde …

Buddl blieb an der Backbordreling stehen, blickte zu jener fernen Hügelkette im Süden hinüber. In Dunst gehüllt, merkwürdig verschwommen, schien sie regelrecht vorbeizugleiten, obwohl eine solche Empfindung aus dieser Entfernung unmöglich sein sollte. Der Wind selbst war braun getönt, als wenn er aus irgendeiner Wüste wehen würde.

Wir haben das Reich der Sieben Städte verlassen. Den Göttern sei Dank. Er wollte nie wieder einen Fuß in dieses Land setzen. Seine Seele war von einer körnigen Schicht bedeckt, die aus Hitze, Stürmen und unzähligen verbrannten Menschen zusammengeschmolzen worden war – Überreste dieser Menschen waren nun in seinem Innern, und sie würden seine Lunge, seinen Körper nie wieder vollständig verlassen. Er konnte ihren Tod schmecken, das Echo ihrer Schreie hören.

Kurznase und Blitzgescheit rangen auf dem Deck miteinander; sie knurrten und bissen sich wie zwei Hunde. Irgendein schwelender Streit – Buddl fragte sich flüchtig, was Kurznase wohl dieses Mal abgebissen werden würde –, und dann waren Schreie und Flüche zu hören, als die beiden zwischen die Soldaten von Balsams Trupp rollten und die Würfel durcheinanderbrachten, die gerade geworfen worden waren. Augenblicke später wurde überall gekämpft.

Als Buddl sich umdrehte, hatte Maifliege Läppchen hochgehoben, und dann sah er den unglücklichen Soldaten durch die Luft fliegen – und auf dem Haufen abgetrennter Köpfe landen.

Schreie ertönten, als die grässlichen Dinger über das Deck rollten, mit Augen, die in die plötzliche Helligkeit blinzelten!

Schlagartig war der Kampf vorbei; Soldaten beeilten sich, die Trophäen wieder zu dem Stapel unter der Persenning zurückzubringen.

Fiedler tauchte aus der Kajüte auf; er sah mitgenommen aus. Nachdem er kurz stehen geblieben war und das betrachtet hatte, was da vor sich ging, trat er kopfschüttelnd zu Buddl, der immer noch an der Reling lehnte.

»Corabb hätte mich in dem Tunnel lassen sollen«, sagte der Sergeant und kratzte sich am Bart. »Dann hätte ich zumindest ein bisschen Frieden bekommen.«

»Es ist nur Balsam«, sagte Buddl – und schloss hastig den Mund. Aber es war zu spät.

»Ich hab's doch gewusst, du verdammter Bastard. Schön, es bleibt unter uns, aber als Gegenleistung will ich hören, was du denkst. Was ist mit Balsam?«

»Er ist ein Dal Honese.«

»Das weiß ich, du Idiot.«

»Nun, ich vermute, dass er eine ordentliche Gänsehaut hat.«

»Das glaube ich auch, Buddl.«

Oh, das erklärt es dann also. »Sie ist jetzt bei uns. Wieder bei uns, meine ich.«

»Sie?«

»Du weißt, wer.«

»Diejenige, die mit deinem –?«

»Diejenige, die auch dich geheilt hat, Sergeant.«

»Was hat sie mit Balsam zu tun?«

»Ich bin mir nicht sicher. Es geht wohl eher darum, wo sein Volk lebt, glaube ich.«

»Warum hilft sie uns?«

»Tut sie das denn, Sergeant?« Buddl drehte sich zur Seite, um Fiedler zu mustern. »Ich meine, uns helfen. Klar, letztes Mal … Die Illusion des Schnellen Ben, die die feindliche Flotte vertrieben hat. Aber jetzt? Jetzt haben wir diesen Sturm im Rücken, und er treibt uns nach Westen … schnell … vielleicht schneller, als es möglich sein sollte. Sieh dir die Küste an! Unsere vordersten Schiffe müssten jetzt schon ziemlich genau südlich von Monkan sein. Bei diesem Tempo werden wir Sepik erreichen, ehe die Nacht anbricht. Wir werden *gestoßen*, und das macht mich sehr nervös – was soll diese verdammte Eile?«

»Vielleicht geht es einfach nur darum, ein bisschen mehr Abstand zwischen uns und diese grauhäutigen Barbaren zu bringen.«

»Tiste Edur. Wohl kaum Barbaren, Sergeant.«

Fiedler brummte. »Ich bin schon mit Tiste Andii aneinandergeraten, und sie haben Ältere Magie benutzt – Kurald Galain –, aber das war ganz was anderes als das, was wir vor einer Woche gesehen haben.«

»Stimmt, das waren keine Gewirre – das waren Festen. Älter, rauer – und viel zu nah am Chaos.«

»Was auch immer es war«, sagte Fiedler, »so was gehört nicht in einen Krieg.«

Buddl lachte. Er konnte nicht anders. »Du meinst, ein kleines Massengemetzel ist in Ordnung, Sergeant? So was wie das, was wir auf dem Schlachtfeld machen? Fliehenden Soldaten hinterherzujagen und ihnen von hinten den Schädel einzuschlagen, ist dann also in Ordnung?«

»Ich habe nie behauptet, dass alles sinnvoll ist, was ich sage«, gab Fiedler zurück. »Es ist nur das, was mir mein Bauch sagt. Ich habe schon Schlachten mitgemacht, in denen magische Energien entfesselt wurden – wirklich entfesselt wurden! –, aber das war etwas ganz anderes als das, was diese Edur vorhatten. Sie wollen Kriege gewinnen, ohne ein Schwert zu ziehen.«

»Und das ändert die Sache?«

»Es macht den Sieg unverdient, das ist der Unterschied.«

»Und verdient die Imperatrix ihre Siege, Sergeant?«

»Vorsichtig, Buddl.«

»Nun«, fuhr er unbeirrt fort, »sie sitzt da einfach nur auf ihrem Thron rum, während wir hier draußen –«

»Du glaubst, ich kämpfe für sie, Buddl?«

»Nun –«

»Wenn du das wirklich glaubst, dann hast du in Y'Ghatan überhaupt nichts gelernt.« Er drehte sich um und schritt davon.

Buddl starrte noch einen Augenblick hinter ihm her, richtete seine Aufmerksamkeit dann wieder auf den fernen Horizont. *Na schön, er hat recht. Aber andererseits – wir verdienen uns ihre Münzen, und das war's dann wohl.*

»Im Namen des Vermummten – was machst du eigentlich hier unten?«

»Mich verstecken – wonach sieht's sonst aus? Das war schon immer dein Problem, Kal: dein Mangel an Feingefühl. Früher oder später wirst du dir damit Ärger einhandeln. Ist es schon dunkel?«

»Nein. Hör zu, was ist mit dieser verdammten steifen Brise dort draußen? Da stimmt doch was nicht.«

»Hast du das gerade erst bemerkt?«

Kalam machte ein finsteres Gesicht und starrte in die Düsternis. Nun, immerhin hatte er den Magier gefunden. *Den Hohemagier der Vierzehnten, der sich zwischen Kisten und Fässern und Ballen versteckt. Verdammt ermutigend, was?* »Die Mandata will mit dir sprechen.«

»Oh, natürlich will sie das. Wenn ich sie wäre, würde ich das auch wollen. Aber ich bin nicht sie, oder? Nein, sie ist ein Geheimnis – ist dir aufgefallen, dass sie so gut wie nie das Schwert trägt? Na gut, zugegeben, jetzt, da ich an diese verdammte Armee gefesselt bin, bin ich ziemlich froh darüber. Erinnerst du dich an die Himmelsfestungen? Wir stecken mittendrin in … irgendwas, Kal. Und die Mandata weiß mehr, als sie rauslässt. Viel mehr. Irgendwie. Die Imperatrix hat uns zurückgerufen. Warum? Was jetzt?«

»Du plapperst dumm rum, Ben. Das ist peinlich.«

»Wenn du wirklich Geplapper hören willst, wie wär's dann damit: Ist dir noch gar nicht der Gedanke gekommen, dass wir dieses Mal verloren haben?«

»Was?«

»Dryjhna, die Apokalyptische, die ganze Prophezeiung – wir haben's nicht kapiert, nie – und du und ich, Kal, wir hätten es kapieren müssen. Der Aufstand, was hat er zustande gebracht? Wie wäre es mit Blutbädern, Anarchie, überall herumliegenden verwesenden Leichen? Und was ist danach gekommen? Die Pest. Die Apokalypse war nicht der Krieg, Kalam – es war die Pest. Und so haben wir vielleicht verloren und vielleicht gewonnen. Beides, verstehst du?«

»Dryjhna hat niemals zum Verkrüppelten Gott gehört. Genauso wenig wie Poliel.«

»Das spielt keine Rolle. Letztendlich haben sie ihm beide gedient, oder?«

»Wir können nicht gegen all das kämpfen, Ben«, sagte Kalam. »Wir hatten es mit einer Rebellion zu tun. Wir haben sie niedergeschlagen. Was diese verdammten Götter und Göttinnen vorhaben, ist nicht unser Kampf. Es ist auch nicht der Kampf des Imperiums, und das schließt Laseen mit ein. Sie wird das alles nicht als eine Art Fehlschlag betrachten. Tavore hat getan, was sie tun musste, und jetzt kehren wir zurück, und dann werden wir woandershin geschickt. So sieht's aus.«

»Tavore hat uns ins Imperiale Gewirr geschickt, Kal. Warum?«

Der Assassine zuckte die Schultern. »Na schön, genau wie du gesagt hast – sie ist ein Geheimnis.«

Der Schnelle Ben schob sich tiefer in die schmale Lücke zwischen den Frachtstücken. »Komm her, hier ist noch Platz.«

Nach kurzem Zögern gesellte sich Kalam zu ihm. »Hast du irgendwas zu essen? Zu trinken?«

»Selbstverständlich.«

»Gut.«

Als der Ausguck rief, dass er Sepik gesichtet hätte, begab sich Apsalar zum Vorderschiff. Die Mandata, Nil, Keneb und Neder befanden sich bereits auf dem Vorderkastell. Die Sonne, die tief über dem westlichen Horizont stand, verlieh der an Steuerbord aufragenden Landmasse einen goldenen Schimmer. Voraus näherten sich die beiden Führungsschiffe der Flotte – zwei Dromonen – dem Land.

Als Apsalar die Reling erreichte, stellte sie fest, dass sie die Hafenstadt, die sich in der halbmondförmigen Bucht versteckte, nicht ausmachen konnte. Von den Terrassen stieg kein Rauch auf, und im Hafen selbst lag kaum eine Handvoll Schiffe vor Anker. Das, das ihnen am nächsten war, hatte ganz offensichtlich den Buganker verloren – ein Baumstumpf oder etwas Ähnliches hatte das Handelsschiff gerammt, und es krängte so sehr, dass die Steuerbordreling beinahe unter Wasser lag.

»Wir hätten erst in vier oder fünf Tagen in Sichtweite von Sepik kommen dürfen«, sagte Keneb in einem Tonfall, der andeutete, dass er dies nicht zum ersten Mal äußerte.

Apsalar schaute zu, wie die beiden Dromonen in die Bucht einliefen. Die eine davon war Noks Flaggschiff.

»Irgendetwas stimmt nicht«, sagte Neder.

»Faust Keneb«, sagte die Mandata ruhig, »lasst die Seesoldaten abtreten.«

»Mandata?«

»Wir werden nicht an Land gehen –«

In diesem Augenblick sah Apsalar, dass die vordere Dromone plötzlich ins Stocken geriet, als hätte sie unerklärlicherweise an Fahrt verloren – und ihre Mannschaft rannte wie hektische Ameisen unter den sich wölbenden Segeln hin und her. Ein, zwei Herzschläge später wurde Noks Schiff von der gleichen Hektik erfasst, und eine Signalflagge wanderte am Mast nach oben.

Jenseits der beiden Kriegsschiffe erwachte Sepik einem Vulkanausbruch gleich zum Leben.

Möwen. Zehntausende erhoben sich von den Straßen, den Gebäuden. In ihrer Mitte schwarze Flecken – Krähen und Inselgeier, die wie Ascheflocken im wirbelnden Rauch der weißen Möwen aufstiegen. Die Wolke aus Vögeln wand sich höher, blähte sich auf und warf einen fleckigen, ausgefransten Schatten auf die Stadt.

»Sie sind alle tot«, flüsterte Neder.

»Die Tiste Edur waren hier«, sagte Apsalar.

Tavore blickte sie an. »Sind Gemetzel ihre einzige Antwort – egal auf was?«

»Sie haben welche von ihrer eigenen Art gefunden, Mandata, einen kläglichen Rest. Untertanen, kaum mehr als Sklaven. Sie zögern nicht, ihrer Wut freien Lauf zu lassen, diese Edur.«

»Woher weißt du das, Brückenverbrennerin?«

Sie musterte die Frau. »Woher wisst Ihr davon, Mandata?«

Doch statt auf die Frage zu antworten, wandte sich Tavore ab.

Keneb sah die beiden Frauen an, ließ seinen Blick von einer zur anderen wandern.

Apsalar richtete ihre Aufmerksamkeit erneut auf den Hafen, wo die Möwen sich bereits wieder zu ihrem Festmahl niederließen, während die beiden Dromonen die Bucht verließen und ihre Segel sich wieder füllten. Die Schiffe, die sich direkt in ihrem Kielwasser befanden, änderten ebenfalls den Kurs.

»Wir werden versuchen, uns in Nemil neu zu verproviantieren«, sagte die Mandata. Sie drehte sich um, blieb dann noch einmal stehen. »Apsalar, such den Schnellen Ben. Benutz deine knochigen Diener, wenn es sein muss.«

»Der Hohemagier versteckt sich unter Deck zwischen der Fracht«, antwortete sie.

Tavore zog die Brauen hoch. »Dann ist keine Zauberei im Spiel?«

»Nein.«

Als die Schritte der Mandata verklangen, trat Faust Keneb näher an Apsalar heran. »Die Flotte der Edur – glaubst du, dass sie uns jetzt noch verfolgt, Apsalar?«

»Nein. Sie kehren nach Hause zurück.«

»Und woher weißt du das?«

»Weil sie von einem Gott besucht wird, Faust«, sagte Neder. »Er kommt, um ihr Herz zu brechen. Wieder und wieder.«

Apsalar hatte das Gefühl, als hätte sie einen Fausthieb gegen die Brust erhalten. Der Aufprall ließ ihre Knochen vibrieren, und ihr Herz pochte plötzlich unregelmäßig, während Hitze durch ihre Adern strömte. Doch äußerlich ließ sie sich nichts anmerken.

»War das notwendig, Neder?« Die Wut ließ Kenebs Stimme angespannt klingen.

»Kümmert Euch nicht um meine Schwester«, sagte Nil. »Es gelüstet sie nach jemandem.«

»Dreckskerl!«

Die junge Wickanerin rauschte davon. Nil schaute ihr einen Augenblick hinterher, dann sah er Keneb und Apsalar an und zuckte die Schultern.

Einen Moment später ging er ebenfalls.

»Ich bitte um Entschuldigung«, sagte Keneb zu Apsalar. »Wenn ich gewusst hätte, was Neder sagen würde … hätte ich niemals so eine grausame Antwort herausgefordert.«

»Es hat nichts zu bedeuten, Faust. Ihr braucht Euch nicht zu entschuldigen.«

»Trotzdem werde ich nicht weiter neugierig sein.«

Sie musterte ihn ein paar Herzschläge lang.

Er schien sich unbehaglich zu fühlen, brachte ein Nicken zustande und ging davon.

Die Insel lag nun an Steuerbord, schon ein gutes Stück entfernt. *»Er kommt, um ihr Herz zu brechen. Wieder und wieder.«* Oh, auf einem solchen Schiff konnte es nicht viele Geheimnisse geben. Nur die Mandata schien die ihren auch weiterhin zu bewahren.

Kein Wunder, dass der Schnelle Ben sich versteckt.

»Sie haben alle getötet«, sagte Buddl schaudernd. »Die gesamte Bevölkerung dieser verdammten Insel. Und für Monkan gilt das Gleiche – der Wind trägt die Nachricht heran.«

»Sei froh, dass es diesen Wind gibt«, sagte Koryk. »Wir haben diesen Albtraum schnell hinter uns gelassen, verdammt schnell, und das ist gut, oder?«

Krake setzte sich aufrechter hin und sah Fiedler an. »Sergeant, ist Sepik nicht ein Fürstentum, das zum Imperium gehört?«

Fiedler nickte.

»Dann ist doch das, was diese Edur getan haben, eine Kriegshandlung, oder?«

Buddl und die anderen wandten sich dem Sergeanten zu, der ein finsteres Gesicht machte – und schließlich sagte: »Genau genommen ja. Wird die Imperatrix es auch so sehen? Oder sich etwas daraus machen? Wir haben auch so schon genug Feinde.«

»Die Mandata«, sagte Starr, »wird so oder so davon berichten müssen. Auch, dass wir bereits einmal mit dieser verdammten Edur-Flotte zusammengestoßen sind.«

»Vermutlich verfolgt sie uns gerade«, sagte Krake und verzog das Gesicht. »Und wir werden sie genau ins Herz des Imperiums führen.«

»Gut«, sagte Starr. »Dann können wir die Scheißkerle zermalmen.«

»Entweder das«, murmelte Buddl, »oder sie zermalmen uns. Das, was der Schnelle Ben getan hat, war nicht wirklich –«

»Etwas, worüber man erschrecken muss«, sagte Fiedler.

Buddl sagte ein paar Herzschläge lang nichts. Dann: »Es gibt Verbündete, ohne die man besser dran wäre.«

»Warum?«, wollte der Sergeant wissen.

»Nun«, erklärte Buddl, »ich meine Verbündete, aus denen man nicht schlau wird, deren Beweggründe und Ziele für immer außerhalb unseres Vorstellungsvermögens bleiben – über solche Verbündete sprechen wir hier, Sergeant. Und glaub mir, wir wollen keinen Krieg, in dem mit der Zauberei der Festen gekämpft wird. Nein, das wollen wir nicht.«

Die anderen starrten ihn an.

Buddl sah weg.

»Wir sollten mit ihm eine Runde Kielholen spielen«, sagte Krake. »Dann würde er schon alles ausspucken.«

»Ein verführerischer Gedanke«, meinte Fiedler, »aber wir haben Zeit. Viel Zeit.«

Ihr Narren. Zeit ist so ziemlich das Letzte, was wir haben. Das versucht sie uns zu sagen. Mit diesem unheimlichen Wind, der uns wie eine Faust durch Maels Sphäre schiebt – und es gibt nichts, was er dagegen tun könnte. Da hast du's, Mael, du verkrustete alte Entenmuschel!

Wir haben Zeit? Vergesst es. Sie treibt uns ins Herz des Sturms.

Kapitel Neun

Disziplin ist die größte Waffe gegen Selbstgerechtigkeit. Wenn wir auf die Gräueltaten von Fanatikern reagieren, müssen wir die Rechtschaffenheit unserer genau bemessenen Antwort sorgfältig abschätzen. Und dennoch – lasst uns in der Anbetung unserer eigenen Frömmigkeit nicht den Anspruch erheben, es gäbe bei uns keine Fanatiker; denn wo immer sich Traditionen behaupten, entsteht Selbstgerechtigkeit, und dies am häufigsten dann, wenn die Vorstellung existiert, dass diese Traditionen angegriffen werden. Fanatiker können genauso leicht erschaffen werden in einer Umgebung moralischen Verfalls (ob er nun wirklich existiert oder nur eingebildet ist) wie in einer Umgebung gesetzlich gebilligter Ungerechtigkeit oder unter dem Banner der gemeinsamen Sache.
Disziplin bedeutet ebenso sehr, sich dem Feind im Innern entgegenzustellen wie dem Feind, der vor euch steht; denn ohne kritisches Urteilsvermögen sind die Taten, die ihr mit euren Waffen verübt – und wir wollen an dieser Stelle nicht schamhaft sein –, nichts weiter als Mord.
Und das erste Opfer ist die moralische Rechtschaffenheit eurer Sache.

(Worte zu den Anhängern)
Brukhalian, Todbringendes Schwert
Die Grauen Schwerter

Allmählich bedauerte Paran die eine oder andere Entscheidung, die er getroffen hatte. Die Berichte seiner Kundschafter, dass die Deragoth seine Armee auf ihrem Marsch Richtung Nordosten durch ein im Grunde genommen leeres Land nicht verfolgten, riefen Argwohn und Bestürzung bei ihm hervor. Denn wenn diese uralten Biester nicht ihnen folgten, was hatten sie dann vor?

Ganath, die Zauberin aus dem Volk der Jaghut, hatte seine Entscheidung, diese Tiere zu entfesseln, für einen schrecklichen Fehler gehalten, und das hatte sie ihm auch klar und deutlich mitgeteilt. Wahrscheinlich hätte er auf sie hören sollen. Es war reine Selbsttäuschung, sich einzureden, er könnte unbegrenzt all die Kräfte steuern, die er losgelassen hatte, um sich um den T'-rolbarahl zu kümmern. Und vielleicht hatte es ihm auch an Vertrauen in die Fähigkeiten derjenigen Aufgestiegenen gemangelt, die bereits in dieser Sphäre aktiv waren. Die Deragoth waren zwar ursprünglich, aber manchmal war auch das Ursprüngliche einer Welt unterlegen, die keine schrankenlose Freiheit mehr zuließ.

Nun, genug davon. Es ist geschehen. Soll doch jemand anders die Sauerei wegräumen, die ich angerichtet habe.

Dann runzelte er die Stirn. *Zugegeben, das ist vermutlich nicht die angemessene Einstellung für den Herrn der Drachenkarten. Aber ich habe ja schließlich auch nicht um den Titel gebeten, oder?*

Paran ritt umgeben von Soldaten irgendwo in der Mitte der Kolonne. Er hielt überhaupt nichts davon, sich ein Gefolge zuzulegen oder an der Spitze zu reiten. Im Moment befand sich Faust Rythe Bude vorn, wobei sich die Fäuste in dieser Position abwechselten. Wohingegen Paran blieb, wo er war, nur mit Noto Beul an seiner Seite, und gelegentlich noch Hurlochel, der auftauchte, wenn eine Nachricht zu überbringen war – was glücklicherweise nur ganz selten vorkam.

»Als Ihr noch Hauptmann Gütig wart«, behauptete Noto Beul neben ihm, »wart Ihr wesentlich überzeugender, das muss ich sagen.«

»Oh, sei still«, entgegnete Paran

»Das war eine Beobachtung, Hohefaust, keine Beschwerde.«

»Alle deine Beobachtungen sind Beschwerden, Heiler.«

»Das tut jetzt aber weh, Hohefaust.«

»Siehst du, was ich meine? Erzähl mir irgendwas Intersessantes.

Du kommst aus Kartool, stimmt's? Dann warst du also ein Anhänger von D'rek?«

»Beim Vermummten, nein! Also schön, wenn Ihr etwas Interessantes hören wollt, dann werde ich Euch etwas von meinem Leben erzählen. In meiner Jugend war ich ein Beinbrecher –«

»Ein was?«

»Ich habe Hunden die Beine gebrochen. Jedem Köter immer nur eins, wohlgemerkt. Lahme Hunde waren wichtig für das Fest –«

»Oh, du meinst das Fest von D'rek! Diesen abscheulichen, barbarischen, dreckbesudelten Tag schäbiger Feierlichkeiten! Dann hast du also armen, verwirrten Hunden die Beine gebrochen, damit sie in irgendwelchen Gassen von verrückten kleinen Kindern zu Tode gesteinigt werden konnten.«

»Darauf wollt Ihr hinaus, Hohefaust. Ja, genau das habe ich getan. Drei Halbmonde pro Hund. Es war eine Möglichkeit, sich den Lebensunterhalt zu verdienen. Leider wurde ich dieser Dinge schließlich müde –«

»Die Malazaner haben das Fest geächtet.«

»Ja, das auch. Eine höchst unglückliche Entscheidung. Sie hat mein Volk zum Aussterben verurteilt, hat uns dazu gezwungen, anderswo nach etwas –«

»Nach etwas zu suchen, das eurem kranken, abscheulichen Gefallen daran entsprochen hat, Elend und Leiden zu verbreiten.«

»Nun ja ... Wessen Geschichte ist das jetzt?«

»Hol mich der Abgrund, nimm bitte meine Entschuldigung an. Mach weiter – vorausgesetzt, ich kann es ertragen.«

Noto Beul reckte die Nase in die Luft. »Ich habe meine Jugend nicht damit verbracht, rumzulaufen und Göttinnen aufzuspießen –«

»Ich auch nicht. Obwohl ich annehme, dass es mich wie alle gesunden, jungen, keine Beine brechenden Männer nach ein paar von ihnen gelüstet hat. Zumindest auf der Grundlage ihrer Statuten und solcher Sachen. Nehmen wir zum Beispiel Soliel –«

»Soliel! Ein Abbild, das ausdrücklich so gestaltet wurde, um die Vorstellung von Mutterschaft hervorzurufen!«

»Oh, tatsächlich? Meine Güte, das ist aber doch ein bisschen zu offenherzig, oder?«

»Wohlgemerkt«, sagte Noto Beul in einem mitleidigen Tonfall, »Ihr *wart* ein junger Bursche …«

»Allerdings, und jetzt lass uns das alles vergessen. Was hattest du zuletzt gesagt? Nachdem deine Karriere als Beinbrecher sang- und klanglos zu Ende gegangen ist – was war dann?«

»Oh, wie überaus witzig, Hohefaust. Ich sollte außerdem darauf hinweisen, dass Soliels Manifestation dort hinten in G'danisban –«

»Verdammt enttäuschend war«, sagte Paran zustimmend. »Du hast ja keine Ahnung, wie viele Phantasien eines Heranwachsenden dadurch ausgelöscht wurden.«

»Ich dachte, Ihr hättet nicht den Wunsch, weiter über dieses Thema zu sprechen?«

»Schön. Mach weiter.«

»Ich bin kurze Zeit bei einem örtlichen Heiler in die Lehre gegangen –«

»Der lahme Hunde heilte?«

»Das war nicht unsere hauptsächliche Einnahmequelle, Hohefaust. Dann hat es ein Missverständnis gegeben, das zur Folge hatte, dass ich seine Gesellschaft gewissermaßen in Eile verlassen musste. Eine lokale Rekrutierungskampagne der Malazaner erwies sich da als äußerst günstige Gelegenheit, da solche Bemühungen dem Imperium normalerweise kaum mehr als eine Handvoll Kartoolier einbrachten – und die meisten davon waren entweder völlig verarmt oder sie waren Verbrecher.«

»Und du warst beides.«

»Der hauptsächliche Quell ihrer Freude über meinen Eintritt in die Armee waren meine Fähigkeiten als Heiler. Wie auch immer, mein erster Feldzug war in Korel, die Seftianischen Feldzüge, wo ich das Glück hatte, weitere Anleitung durch einen Heiler zu erfahren, der später berüchtigt werden sollte: Ipshank.«

»Tasächlich?«

»In der Tat, kein anderer. Und ja, ich bin auch Manask begegnet. Es muss festgehalten werden – und Ihr, Hohefaust, werdet besser als die meisten anderen begreifen, wie notwendig das ist – es muss also festgehalten werden, dass sowohl Ipshank wie auch Manask Graumähne gegenüber loyal blieben – bis zum Schluss. Nun, jedenfalls soweit ich das weiß – ich war damals der Heiler einer ganzen Legion, und wir wurden nach Genabackis geschickt. Zur rechten Zeit –«

»Noto Beul«, unterbach ihn Paran, »mir scheint, du hast die einzigartige Begabung, dich zu den Berühmten und den Berüchtigten zu gesellen.«

»Nun ja, Hohefaust. Ich vermute, das ist so. Und ich habe den Verdacht, dass Ihr Euch jetzt fragt, in welche Kategorie ich Euch stecke.«

»Mich? Nein, mach dir keine Mühe.«

Der Heiler wollte etwas sagen, wurde jedoch durch die Ankunft Hurlochels daran gehindert.

»Hohefaust.«

»Vorreiter.«

»Bis jetzt hat es auf dem Pfad vor uns immer nur hier und da ein paar verstreute, so genannte Pilger gegeben. Aber es scheint, dass nun ein Reitertrupp an der Wanderung teilnimmt.«

»Irgendeine Ahnung, wie viele?«

»Mehr als fünfhundert, Hohefaust. Könnten sogar tausend sein – sie reiten in Formation, daher ist es nicht leicht zu sagen.«

»In Formation. Nun, ich frage mich, was das für Reiter sein mögen? In Ordnung, Hurlochel. Lass deine Kundschafter und die flankierenden Vorreiter weiter vorrücken. Wie weit weg sind sie?«

»Vier oder fünf Tage, Hohefaust. Sie reiten die meiste Zeit im versammelten Galopp.«

»Sehr gut. Ich danke dir, Hurlochel.«

Der Vorreiter ritt wieder davon.

»Was glaubt Ihr – was bedeutet das, Hohefaust?«

Paran zuckte bei der Frage des Heilers die Schultern. »Ich nehme an, dass wir das schon bald herausfinden werden, Beul.«

»*Noto* Beul, Hohefaust. Bitte.«

»Es ist eine gute Sache«, fuhr Paran fort, der einfach nicht anders konnte, »dass du ein Heiler und kein Lanzenreiter geworden bist.«

»Wenn's Euch nichts ausmacht, Hohefaust, ich glaube, ich habe da vorn jemand was von ›wund geritten‹ sagen hören.« Er trieb sein Pferd an.

Meine Güte, er zieht einen wunden Hintern meiner Gesellschaft vor. Nun, jedem das Seine …

»Hohefaust Paran«, murmelte Hauptmann Liebkriek. »Warum reitet er dort hinten, und was soll das alles – von wegen nicht salutieren und so? Das ist nicht gut für die Disziplin. Es ist mir egal, was die Soldaten denken – es ist mir sogar egal, dass er früher einmal die Brückenverbrenner befehligt hat – schließlich hat er sie nur übernommen, um mit anzusehen, wie sie ausgelöscht wurden. Ich sage, es ist nicht angemessen. Nichts davon.«

Faust Rythe Bude warf der Frau einen Blick zu. Deren Gesicht war gerötet, wie die Faust bemerkte, und die Augen blitzten. Offenbar war Hauptmann Liebkriek nicht gewillt, den Kinnhaken zu vergessen. *Ich würde so etwas wahrscheinlich genauso wenig vergessen.*

»Ich glaube, die Fäuste sollten sich zusammensetzen und –«

»Hauptmann«, sagte Rythe Bude warnend, »Ihr vergesst Euch.«

»Ich bitte um Entschuldigung, Faust. Aber da wir nun eine Art Armee verfolgen … Ich möchte jedenfalls nicht so enden wie die Brückenverbrenner. Das ist alles.«

»Dujek Einarms Vertrauen in Paran und die Bewunderung, die er ihm entgegenbrachte, genügen mir, Hauptmann. Und den anderen Fäusten ebenfalls. Ich gebe Euch den dringenden Rat, Eure Wut zu unterdrücken und Euch Eure eigene Disziplin wieder in Erinnerung zu rufen. Was die Armee vor uns angeht, so stellen selbst tausend berittene Krieger kaum eine ernsthafte Bedrohung für diesen Heerhaufen dar. Die Rebellion ist vorbei – es ist im

Grunde niemand mehr übrig, der rebellieren könnte. Und nur noch wenig da, worum man kämpfen könnte.« Sie deutete mit einer behandschuhten Hand nach vorn. »Selbst diese Pilger bleiben immer wieder auf der Strecke.«

Am Rand des holprigen Wegs war ein niedriger Steinhügel zu sehen – ein weiteres trauriges Opfer dieses Pilgerzugs –, und aus diesem Hügel ragte ein Stab, der mit Krähenfedern geschmückt war.

»Das ist genauso unheimlich«, sagte Liebkriek. »All diese Coltaine-Verehrer ...«

»In diesem Land gedeihen Kulte wie Maden in einem Leichnam, Hauptmann.«

Liebkriek schnaubte. »Das ist wirklich ein höchst passendes Bild, Faust.«

Rythe Bude gab einen undefinierbaren Laut von sich. *Tja, dann und wann stolpere ich über so was.*

»Faust, Hauptmann – was ist das da drüben?« Die Frage kam von Korporal Futhgar, der hinter seinem Hauptmann ritt.

Sie drehten sich im Sattel um und schauten in die Richtung, in die Futhgar deutete. Der Himmel im Osten. Stimmengemurmel kam von den Soldaten, beschwörende Gebete, ein paar überraschte Rufe.

Eine Reihe von Sonnen, ein Dutzend, alles in allem, jede klein, aber hell genug, um ein blendendes Loch in den Himmel zu brennen. Zwei von ihnen zogen einen Schweif aus glühendem Nebel hinter sich her. Die Reihe der Sonnen war wie ein Langbogen geschwungen, die Enden höher, und über ihnen befand sich das verschwommene, missgestaltete Gesicht des Mondes.

»Ein Vorzeichen des Todes!«, rief irgendjemand.

»Hauptmann«, bellte Rythe Bude, »sorgt dafür, dass dieser Narr den Mund hält!«

»In Ordnung, Faust.«

»Der Himmel fällt runter«, sagte Noto Beul, als er sich wieder an die Seite der Hohefaust gesellte.

Paran musterte weiterhin mit finsterer Miene die merkwürdige

Himmelserscheinung im Osten, versuchte einen Sinn in dem zu erkennen, was sie da sahen. *Was auch immer es ist, es gefällt mir nicht.*

»Ihr zweifelt an meinen Worten?«, fragte der Heiler. »Hohefaust, ich bin durch Korel gewandert. Ich habe die Krater gesehen, die übrig geblieben sind, als all das vom Himmel heruntergefallen ist. Habt Ihr Euch jemals eine Karte von Korel genau angesehen? Den ganzen nördlichen Subkontinent und die unzähligen Inseln? Schmeißt eine Handvoll Kiesel in den Schlamm, und dann wartet, bis Wasser die Löcher füllt. Das ist Korel, Hohefaust. Die Leute dort erzählen sich immer noch Geschichten über die zahllosen Feuer, die vom Himmel fielen, als der Verkrüppelte Gott heruntergebracht wurde.«

»Reite zur Spitze der Kolonne, Noto Beul!«, befahl Paran.

»Hohefaust?«

»Lass Halt machen – sofort! Und schick mir Hurlochel und seine Vorreiter. Ich muss ein Gefühl für das umliegende Gebiet bekommen. Es könnte sein, dass wir irgendwo Schutz suchen müssen.«

Dieses eine Mal beklagte sich der Heiler nicht.

Paran starrte die Kette aus Feuern an, die größer wurden – wie eine Salve aus dem Abgrund. *Verdammt, wo ist Ormulogun? Ich muss ihn finden, und es wäre besser, wenn er die Drachenkarten fertig hätte – oder zumindest schon geschnitten, möglichst auch schon beschrieben und bereit für die Pinselstriche. Bei den Göttern hienieden, es wäre besser, wenn er* irgendetwas *hätte, denn ich habe keine Zeit, um …* Seine Gedanken trieben davon.

Er konnte spüren, wie sie immer näher kamen. Er konnte ihre Hitze spüren. War das überhaupt möglich?

Der verdammte Mond – ich hätte ihm mehr Beachtung schenken sollen. Ich hätte nachforschen, hätte herausfinden sollen, was dort oben passiert ist, auf dieser unglückseligen Welt. Und dann durchzuckte ihn ein anderer Gedanke, und ihm wurde plötzlich kalt.

Ein Krieg unter den Göttern.

Ist das ein Angriff? Ist das tatsächlich eine Salve?

Paran bleckte die Zähne. »Wenn ihr da draußen seid«, flüsterte er und starrte wütend den Himmel im Osten an, während sein Pferd nervös unter ihm scheute, »dann spielt ihr nicht ehrlich. Und ... das gefällt mir nicht.« Er richtete sich gerade auf, stellte sich in die Steigbügel und blickte sich um.

»Ormulogun! Wo bist du, im Namen des Vermummten!?«

»Gegen das«, murmelte Iskaral Pustl, »kann ich nichts tun.« Er schlang die Arme um sich. »Ich glaube, ich sollte jetzt anfangen zu plappern. Ja, das wäre höchst passend. Ein verrückter Ausdruck in den Augen. Sabber, dann Schaum, ja. Wer wollte es mir verübeln? Wir werden alle sterben!«

Diese letzten Worte kreischte er so laut und schrill, dass es ausreichte, Mappo aus seiner Teilnahmslosigkeit zu reißen. Er hob den Kopf und blickte zum Hohepriester des Schattens hinüber. Der Dal Honese kauerte neben seinem Maultier, und beide waren in ein seltsames, grünlich schimmerndes Licht getaucht – nein, wurde dem Trell dann klar, das Licht war überall.

Bosheit kam vom Vorderkastell, und Mappo sah kalte Wut in ihrer Miene. »Wir sind in Schwierigkeiten«, sagte sie mit rauer Stimme. »Zur Unzeit, ich hatte gehofft ... Ach, ist nicht wichtig!« Plötzlich ruckte ihr Kopf herum, und sie starrte nach Südwesten. Verengte die Augen. »Oh, wer im Namen des Vermummten bist *du* denn?«, sagte sie. »Und was glaubst du, was du vorhast?« Und dann verstummte sie wieder, während ihr Stirnrunzeln sich vertiefte.

Blinzelnd mühte sich Mappo Runt auf die Beine und sah, dass der Himmel brannte – fast genau über ihnen. Als ob die Sonne einen Haufen Kinder hervorgebracht hätte, eine Kette aus weißglühenden Perlen, um deren Flammen sich Höfe aus Jade wanden. Sie würden größer, kamen herab. *Was sind das für Dinger?*

Um sie herum schien das Meer zu zittern, die Wellen waren zackig, schwappten wirr gegeneinander. Die Luft fühlte sich spröde und heiß an, und jeglicher Windhauch war erstorben. Und dort drüben, über der Landmasse im Osten, die die Otataral-Insel darstellte ... Mappo blickte zurück zu Iskaral Pustl. Der Hohepriester kauerte auf dem Boden, bedeckte den Kopf mit den Händen. Bhok'arala versammelten sich um ihn; sie jammerten und wimmerten und streckten die Arme aus, um den zitternden alten Mann zu berühren. Der vor sich hin brabbelte. »Das hatten wir nicht geplant, oder? Ich kann mich nicht erinnern – bei den Göttern, ich kann mich an überhaupt nichts mehr erinnern! Mogara, meine liebe Hexe, wo bist du? Dies ist der Augenblick meiner größten Not. Ich will Sex! Sogar mit dir! Ich werde das weiße Paralt später trinken – was habe ich für eine Wahl? Entweder das – oder die Erinnerung an eine höchst bedauerliche Schwäche meinerseits! Das ist zu viel ... Hört auf, mich anzutatschen, ihr schmutzigen Affen! Schattenthron, du elender, verrückter Schatten – wo versteckst du dich, und ist da noch Platz für mich, deinen ergebensten Diener, deinen Magus? Da sollte besser welcher sein! Komm und hol mich, verdammt – mach dir um die anderen keine Gedanken! Nur mich! Natürlich ist da Platz! Du schleimverschmierte, eierlose Furzwolke! Rette mich!«

»Bei den Geistern hienieden«, murmelte Mogara an Mappos Seite, »hör dir nur diese armselige Kreatur an! Wenn ich nur daran denke, dass ich ihn geheiratet habe!«

Bosheit wirbelte auf einmal herum und rannte zurück zum Bug. Bhok'arala spritzten vor ihr zur Seite. Sobald sie dort war, drehte sie sich wieder um und rief: »Ich sehe sie! Steuert auf sie zu, ihr Narren! Schnell!«

Und dann verwandelte sie sich, stieg von dem schwankenden, schaukelnden Schiff in die Höhe; silbern eingefasste Schwingen spreizten sich weit. Wogender Nebel verfestigte sich, bis ein riesiger Drache über dem Schiff schwebte, das verglichen mit ihm klein wirkte. Funkelnde Augen glühten wie Quecksilber in dem unheimlichen smaragdgrünen Licht. Der lange geschwungene Schwanz der Kreatur schlängelte sich herab und ringelte sich um den hoch aufragenden Bug. Dann drehte der Drache sich in der Luft, ein wildes Schlagen der Schwingen –

– und mit einem beunruhigenden Ruck schoss das Schiff vorwärts.

Mappo wurde gegen die Kajütenwand geschleudert, Holz zersplitterte hinter ihm. Keuchend kam der Trell wieder auf die Beine und machte sich zum Bug auf.

Sie sieht sie? Wo?

Der Himmel füllte sich mit Speeren aus grünem Feuer, die genau auf sie zustürzten.

Iskaral Pustl kreischte auf.

Mehr als tausend Längen weiter westlich stand Buddl mit den anderen an der Reling und starrte zum östlichen Horizont hinüber – wo Dunkelheit hätte herrschen sollen, die langsam himmelwärts kroch, um den niemals endenden Zyklus vom Tode eines Tages und der Geburt der nächsten Nacht zu verkünden. Stattdessen konnten sie ein Dutzend kleiner Feuer ausmachen, die herabsanken und ein Drittel des Himmels mit einem unheimlichen, leuchtenden, grünlichen Schimmer überzogen.

»Oh«, flüsterte Buddl, »das ist schlecht.«

Fiedler packte ihn am Ärmel, zog ihn dicht zu sich heran. »Verstehst du, was da vor sich geht?«, wollte der Sergeant wissen. Seine Stimme war ein raues Flüstern.

Buddl schüttelte den Kopf.

»Ist das … Ist das *ein anderer Verkrüppelter Gott?*«

Buddl starrte Fiedler an. Seine Augen weiteten sich. *Ein anderer?* »Bei den Göttern hienieden!«

»Ist es das?«

»Ich weiß es nicht!«

Fluchend stieß Fiedler ihn weg. Buddl taumelte rückwärts, stieß mit der Schulter gegen Balsam – der kaum reagierte –, dann wand er sich durch das Gedränge, geriet kurz ins Stolpern, während er sich den Weg bahnte, und spähte übers Wasser. Im Süden hatten die nemilischen Schiffe – Biremen und Transportschiffe mit Vorräten – jeden Fetzen Tuch gesetzt und rasten zurück in ihre Heimat, wobei Erstere Letztere rasch hinter sich ließen, da in vielen Transportschiffen die Frachträume noch halb voll waren – die Neuverproviantierung war abgebrochen worden.

Ja, nun heißt es jeder auf eigene Faust. Aber wenn die Dinger aufprallen, wird die Schockwelle sich rasend schnell ausbreiten. Sie wird uns alle in handliche kleine Stückchen zerlegen. Arme Kerle, ihr werdet es niemals schaffen. Noch nicht einmal die hässlichen Biremen.

Der unaufhörliche Wind schien eine Pause einzulegen, als würde er Luft holen, und kehrte dann mit doppelter Kraft zurück, so dass alle, die sich an Deck befanden, schwankten. Segeltuch blähte sich, Mast und Rundhölzer knarrten – die *Silanda* ächzte unter ihnen.

Schneller Ben? Am besten, du fliehst jetzt sofort und nimmst mit, wen auch immer du mitnehmen kannst. Gegen das, was da kommt … gibt es kein Trugbild, das es ablenken könnte. Und was die Tiste Edur betrifft – nun, die sind genauso erledigt wie wir. Ich werde das als einen kleinen Trost betrachten.

Tja, Großmutter, du hast immer gesagt, dass das Meer mein Tod sein wird.

Sergeant Hellian wanderte über das Deck und staunte über die grüne Welt um sie herum. Dieser nemilische Branntwein hatte es aber auch wirklich in sich, was? Menschen schrien, oder sie standen einfach nur da wie angewurzelt, aber das war normalerweise so, wenn sie zufällig – huch – die verschwommene Linie des Nicht-ganz-betrunken-Seins überschritten hatte. Trotzdem – dieses Grün machte sie ein bisschen krank.

Verdammter nemilischer Branntwein, beim Vermummten – was für Idioten tranken solche Jauche? Nun, sie konnte ihn gegen ein bisschen falarischen Seemannsrum eintauschen. Es gab genügend Idioten auf diesem Schiff, die es nicht besser wussten, sie musste nur einen finden. Einen Seemann wie den dort drüben.

»He. Schau, ich hab nem'lischen Branntwein, aber ich hab Durst auf Rum. Hab zehn Halbmonde für ihn bezahlt, ich weiß, das is' viel, aber mein Trupp, die haben mich gern, verstehst du? Ham gesammelt. Und ich frag mich, ob wir tauschen sollen? Einfach über Kreuz, Flasche gegen Flasche. Na ja, ich hab's meiste davon schon getrunken, aber es is' mehr wert, ja. Was dann alles wieder ausgleicht.« Und dann wartete sie.

Der Mann war ein ziemlich großer Kerl. Sah irgendwie streng aus. Die anderen starrten zu ihnen herüber – was hatten die denn für ein Problem?

Dann nahm der Mann die Flasche, schwenkte sie und runzelte die Stirn. Mit drei schnellen Schlucken trank er sie aus.

»Hee –«

Danach griff er unter seinen verzierten Umhang und brachte eine Feldflasche zum Vorschein, die er ihr reichte. »Hier, Soldatin«, sagte er. »Und jetzt geh runter, und trink, bis du weggetreten bist.«

Sie nahm die Feldflasche in beide Hände, bestaunte ihre polierte silberne Oberfläche, auch die Delle, die diagonal über eine Seite verlief, und die Wappen, die aufgeprägt waren – wirklich sehr schön. Das Imperiale Zepter und dann noch vier alte – diejenigen, die als Kennung für Flaggschiffe benutzt worden waren ... Sie hatte sie schon mal gesehen. Da, das war das von Cartheron Crust, und das war das von Urko, und das da kannte sie nicht, aber das letzte war dasselbe wie das auf der Flagge am Hauptmast dieses Schiffs, auf dem sie sich befand. *Na, das ist aber wirklich mal ein Zufall, was?* Sie schaute den Mann blinzelnd an. »Kann ich nich'«, sagte sie. »Ich hab Befehle –«

»Ich hebe diese Befehle auf, Sergeant.«

»Das kannst du tun?«

»Unter diesen Umständen – ja.«

»Nun gut, ich werde dich nie vergessen, Soldat. Versprochen. Und wo ist jetzt die Luke ...?«

Er führte sie in die richtige Richtung und legte ihr eine feste Hand auf die Schulter. Hellian drückte sich die schöne und schön schwappende Feldflasche an die Brust, während sie durch das grüne Dämmerlicht ging und vorbei an all den Gesichtern, die sie anstarrten. Sie streckte ihnen die Zunge raus.

Die können sich ihre eigene Flasche besorgen.

Als Apsalar die Mandata seufzen hörte, drehte sie sich um.

Tavore starrte zum östlichen Horizont, und ihr Gesichtsausdruck war ... philosophisch. »Es macht einen demütig, nicht?«

»Ja, Mandata, ich glaube, Ihr habt recht.«

»Alle unsere Pläne … unsere seltsame Selbstgefälligkeit … Als ob die reine Macht unseres Willens – die von jedem Einzelnen von uns – irgendwie sicherstellen könnte, dass alles andere um uns herum unverändert bleibt und nichts anderes tut, als auf das zu warten, was wir tun … was wir sagen.«

»Die Götter –«

»Ja, ich weiß. Aber das da«, sie nickte in Richtung Osten, »hat nichts mit ihnen zu tun.«

»Nicht?«

»Es ist zu verheerend, Soldatin. Keine der beiden Seiten ist so verzweifelt – noch nicht. Und jetzt«, sie zuckte die Schultern, »verblassen selbst ihre Spiele zur Bedeutungslosigkeit.«

»Mandata«, sagte Apsalar, »Euch mangelt es an Vertrauen.«

»Tut es das? Vertrauen in was?«

»In unsere Unverwüstlichkeit.«

»Vielleicht.«

Aber Apsalar konnte spüren, wie ihr eigenes Vertrauen bröckelte, sich an einen einzigen Gedanken klammerte – und die Entschlossenheit, die hinter diesem Gedanken lag, wurde selbst bereits schwächer. Und wenn schon. Ein einziger Gedanke. *Das hier – das wurde vorhergesehen. Von irgendjemandem. Es muss so sein.*

Irgendjemand hat das hier kommen sehen.

Die meisten Menschen waren blind, vorsätzlich oder anderweitig. Aber es gab welche, die es nicht waren.

Und daher, mein vorherwissender Freund, solltest du besser etwas dagegen unternehmen. Und zwar schnell.

Ormulogun, hinter dem seine Kröte her trottete, kam in Sicht, einen überquellenden ledernen Ranzen in den Armen. Die Kröte brabbelte irgendetwas von verblendeten Künstlern und der brutalen Welt vor sich hin, und ihr Tonfall war voller pessimistischer Zufriedenheit. Ormulogun stolperte und wäre Paran beinahe vor die Füße gefallen, der Ranzen kippte um und verstreute seinen Inhalt auf dem Boden – darunter Dutzende von größtenteils leeren hölzernen Karten.

»Du hast ja kaum angefangen! Du verdammter Narr!«

»Perfektion!«, kreischte Ormulogun. »Ihr habt gesagt –«

»Was soll's!«, schnaubte Paran. Er blickte zurück zum Himmel im Osten. Feuerspeere fielen wie Regen herab. »Aufs Festland? Ins Meer?«, fragte er sich laut. »Oder auf die Otataral-Insel?«

»Vielleicht auf alle drei.« Noto Beul leckte sich die Lippen.

»Nun«, sagte Paran, während er sich hinhockte und einen Streifen Sand vor sich freimachte, »das Meer ist schlimmer. Das bedeutet ...« Er begann, mit seinem Zeigefinger zu zeichnen.

»Ich habe welche!«, wimmerte Ormulogun und fummelte an seinen Karten herum.

Mael. Ich hoffe, du bist aufmerksam – ich hoffe, du bist bereit, das zu tun, was getan werden muss. Er musterte die Striche, die er in den Sand gezeichnet hatte. *Reicht das? Es muss reichen.* Er schloss die Augen, konzentrierte seinen Willen. *Das Tor ist vor mir –*

»Ich habe die hier!«

Der Schrei klang laut in Parans rechtem Ohr, und im selben Augenblick, da er seinen Willen entfesselte, öffnete er die Augen – und sah eine andere Karte vor sich –

Und all seine Kraft raste in sie hinein!

Er fiel auf die Knie, rutschte über Lehm, der sich unter ihm verformte, streckte die Hände aus, um irgendetwas zu fassen zu kriegen. Graue Luft, der Gestank eines Beinhauses. Paran hob den Kopf. Vor ihm befand sich ein Tor, eine Masse aus verdrehten Knochen und fahlem, fleckigem Fleisch, herumbaumelnden Haarsträhnen, unzähligen starrenden Augen, und dahinter war graues, düsteres Vergessen.

»Oh, beim Vermummten.«

Er war direkt an der Schwelle. Er war verdammt kurz davor gewesen, selbst hindurchzustürzen.

Eine Gestalt tauchte in dem Portal auf, groß, in einen schwarzen Umhang mit Kapuze gehüllt. *Das ist keiner von seinen Dienern. Das ist der ehrwürdige alte Bastard höchstpersönlich!*

»Ist denn Zeit für solch unangenehme Gedanken, Sterblicher?« Die Stimme klang sanft, krächzte nur ganz leicht. »Bei dem, was gleich geschehen wird? Nun, Ganoes Paran, Herr der Drachenkarten, du hast dich an einem höchst unglücklichen Ort postiert, es sei denn, du wünschst, von den Unzähligen, die sich in wenigen Augenblicken auf diesem Pfad wiederfinden, zertrampelt zu werden.«

»Oh, sei still, Vermummter«, zischte Paran, während er versuchte aufzustehen – und dann den Versuch abbrach, als ihm klar wurde, dass das eigentlich keine gute Idee war. »Hilf mir. Uns. Halte auf, was kommt. Es wird –«

»Viel zu viel zerstören, ja. Zu viele Pläne. Ich kann allerdings nicht viel tun. Du hast dir den falschen Gott ausgesucht.«

»Ich weiß. Ich wollte Kontakt mit Mael aufnehmen.«

»Sinnlos …« Doch noch während der Vermummte das Wort aussprach, spürte Paran ein gewisses … Zögern.

Oh, du hast eine Idee.

»Das habe ich. Also gut, Ganoes Paran, lass uns *handeln.*«

»Hol uns der Abgrund – dafür ist keine Zeit!«

»Dann mach schnell.«

»Was willst du? Mehr als alles andere, Vermummter: *Was willst du?*«

Der Vermummte sagte es ihm. Und eines der vielen Gesichter inmitten all der Leichen, Gliedmaßen und starrenden Augen, aus denen das Tor bestand, wurde plötzlich lebendig, die Augen öffneten sich weit – etwas, das keiner der beiden bemerkte.

Paran starrte den Gott ungläubig an. »Das kann nicht dein Ernst sein.«

»Der Tod ist immer ernst.«

»Oh, hör auf mit dem unheilvollen Scheiß! Bist du dir sicher?«

»Kannst du erreichen, worum ich dich bitte, Ganoes Paran?«

»Ich werde es schaffen. Irgendwie.«

»Schwörst du es?«

»Ich schwöre es.«

»Also gut. Verschwinde von hier. Ich muss das Tor öffnen.«

»Was? Aber es *ist* offen!«

Aber der Gott hatte sich bereits abgewandt, und Paran konnte die Antwort des Vermummten kaum noch verstehen: *»Nicht von dieser Seite.«*

Chaur kreischte auf, als ein Hagel aus brennenden Steinen kaum eine Schiffsbreite entfernt ins brodelnde Wasser prasselte. Dampffontänen, ein schreckliches kreischendes Geräusch, das die Luft zerriss. Schlitzer drückte so fest er konnte gegen das Steuerruder, versuchte das sich hin und her wälzende Schiff zu wriggen – aber dazu reichte seine Kraft nicht aus. Die *Kummer* würde sich nirgendwo mehr hinbegeben. *Außer, wie ich fürchte, auf den Meeresgrund.*

Etwas traf das Deck; ein dumpfer Aufprall, splitternde Geräusche, der ganze Schiffsrumpf erzitterte, und dann quoll Dampf aus dem faustgroßen Loch. Die *Kummer* schien unter ihnen wegzusacken.

Fluchend krabbelte Barathol zu dem Loch, schleppte ein Bündel überflüssiges Segeltuch hinter sich her. Noch während er versuchte, es in das Loch zu stopfen, trafen zwei weitere Steine das Schiff, einer ganz vorn, wo er den Bug wegriss, der andere … Eine Woge aus Hitze brandete plötzlich gegen Schlitzers linken Oberschenkel, und als er nach unten blickte, sah er erst Dampf aufsteigen, dann Wasser hochquellen.

Die Luft brodelte wie der Atem einer Schmiede. Der ganze Himmel schien Feuer gefangen zu haben.

Das Segel über ihnen brannte, zerriss.

Eine weitere Erschütterung, und dann war die Hälfte der Backbordreling einfach weg; pulverisiertes Holz trieb als Nebel davon, brannte hier und dort mit winzigen Flämmchen.

»Wir sinken!«, rief Scillara und packte die gegenüberliegende Reling, als das Deck der *Kummer* sich auf alarmierende Weise neigte.

Fracht verrutschte – *Zu viele Vorräte! Wir sind gierig geworden!* –, sorgte dafür, dass sich das sterbende Schiff noch weiter zur Seite neigte.

Der eingewickelte Leichnam von Heboric rollte auf die kabbeligen Wogen zu.

Schlitzer schrie auf, versuchte noch irgendwie an den Leichnam dranzukommen, aber er war zu weit weg – das Bündel rutschte ins Wasser –

Und Chaur folgte ihm weinend.

»Nein!«, schrie Barathol. *»Chaur – nein!«*

Die großen Arme des stummen Riesen schlossen sich um den Leichnam, einen Augenblick bevor beide einfach aus ihrem Blickfeld verschwanden.

Meer. Bara hat es Meer genannt. Warm jetzt. Und nass. War so schön. Jetzt ist Himmel böse und Meer böse – dort oben –, aber schön jetzt. Hier. Dunkel, Nacht, Nacht kommt, Ohren tun weh. Ohren tun weh. Tun weh. Bara hat gesagt, nicht im Meer atmen. Muss jetzt atmen. Oh, tut weh! Atmen!

Er füllte seine Lunge, und Feuer brandete durch seine Brust – dann … Kühl, ruhig, die Krämpfe wurden schwächer. Dunkelheit drang von allen Seiten auf ihn ein, aber Chaur hatte keine Angst mehr vor ihr. Die Kälte war fort, die Hitze war fort, und Taubheit erfüllte seinen Kopf.

Er hatte das Meer so sehr geliebt.

Der eingewickelte Leichnam in seinen Armen zog ihn immer weiter nach unten, und die Gliedmaßen, die abgetrennt worden waren und die er wieder eingesammelt hatte, als Bara ihm gesagt hatte, dass er das tun sollte, schienen sich im Innern der Hülle zu bewegen, als das Segeltuch sich spannte, die Form verlor.

Die Dunkelheit war jetzt innen und außen. Etwas Heißes, Wildes fetzte an ihm vorbei, raste wie ein Lichtspeer nach unten, und Chaur zuckte zusammen. Und er machte die Augen zu, damit diese Dinge weggingen. Die Schmerzen in seiner Lunge hatten mittlerweile aufgehört.

Ich schlafe jetzt.

Geysire aus Dampf schossen himmelwärts, donnernde Erschütterungen ließen die Luft erzittern und schlugen sichtbar auf das Meer ein, so dass es zuckte und zitterte, und Schlitzer sah, wie Barathol kopfüber in das brodelnde Wasser sprang, hinter Chaur her. *Der Leichnam. Heboric – Chaur, o bei den Göttern …*

Er kam zu Scillara und zog sie eng an sich, nahm sie in die Arme. Sie klammerte sich an sein durchnässtes Hemd. »Ich bin so froh«, flüsterte sie, als die *Kummer* ächzte und sich noch weiter zur Seite neigte.

»Worüber?«

»Dass ich sie dagelassen habe. In dem Weiler. Ich habe sie dagelassen.«

Schlitzer hielt sie noch ein bisschen fester.

Es tut mir leid, Apsalar. Es tut mir alles so leid –

Plötzlich zerrten Windböen an dem Schiff. Ein Schatten glitt heran. Er blickte auf, und seine Augen weiteten sich, als er das riesige Wesen sah, das den Himmel verfinsterte und sich herabsenkte.

Ein Drache. Was jetzt?

Und dann hörte er Schreie – und im gleichen Moment schien die *Kummer* zu bersten.

Schlitzer war plötzlich im Wasser, schlug um sich, Panik stieg in ihm auf wie eine Faust, die sich um sein Herz schloss.

… Greifen … greifen …

Was ist das für ein Geräusch? Wo bin ich?

Eine Million Stimmen – sie schrien, während sie einem entsetzlichen Tod entgegenstürzten … Oh, sie waren so lang durch die dunkle Weite gereist, gewichtslos, hatten vor sich diese riesige … Leere gesehen. Die sie – ohne auf ihre Streiterein, ihre Diskussionen, ihre Debatten zu achten – verschluckte. Vollständig. Dann hinaus, hindurch zur anderen Seite … ein Netz aus Macht breitete sich aus, etwas, das gierig auf Masse war, etwas, das immer stärker wurde, und die Reise wurde plötzlich rasend schnell, ungestüm … eine Welt unter ihnen … so viele gingen dort schon verloren … und dahinter – eine andere Welt, noch größer …

»Oh, höre uns, so viele sind … ausgelöscht. Berge zu Staub zermalmt, Felsen wirbeln ins Dunkel davon, blendende Wolken, die im grellen Sonnenlicht funkeln – und nun diese Tierwelt, die unser Blickfeld erfüllt. Ist dies die Heimat?

Sind wir nach Hause gekommen?«

Greifen … Hände aus Jade, staubig, rau, noch nicht zu fahlem Glanz poliert. *Ich erinnere mich … Du musstest sterben, Treach, nicht wahr? Bevor du aufsteigen konntest, bevor du zu einem echten Gott werden konntest, musstest du zuerst sterben.*

War ich jemals dein Destriant?

Hat dieser Titel jemals zu mir gehört?

Musste ich getötet werden?

Greifen – diese Hände, diese unbekannten, unerkennbaren Hände … *Wie kann ich auf diese Schreie antworten? Diese Millionen in ihren zerschmetterten Gefängnissen – ich habe sie einst berührt, Fingerspitze gegen Fingerspitze, ich habe sie berührt, oh … Die Stimmen –*

»Dies ist keine Erlösung. Wir sterben einfach nur. Vernichtung –«

»Nein, nein, nein, du Narr. Zuhause. Wir sind nach Hause gekommen!«

»Auslöschung ist keine Erlösung. Wo ist er? Wo ist unser Gott?«

»Ich sage euch, die Suche hat ein Ende!«

»Keinen Widerspruch, was das betrifft.«

Hört mir zu.

»Wer ist das?«

»Er ist zurückgekehrt! Der von draußen – der Bruder!«

Hört mir bitte zu. Ich … ich bin nicht euer Bruder. Ich bin niemand. Ich habe gedacht … ich wäre … ein Destriant … Habe ich es genau gewusst? Wurde ich angelogen? Destriant … nun, vielleicht, vielleicht auch nicht. Vielleicht haben wir alle es falsch verstanden – wirklich alle. Vielleicht hat sogar Treach es falsch verstanden.

»Er hat den Verstand verloren!«

»Vergiss ihn – sieh, der Tod, ein schrecklicher Tod, er kommt!«

»Verrückt? Na und? Ich höre lieber ihm als irgendeinem von

euch zu. Er hat gesagt, wir sollen zuhören, das hat er gesagt, und daher werde ich es tun.«

»Wir werden alle zuhören, du Idiot – schließlich haben wir keine Wahl, oder?«

Destriant. *Wir haben es alle falsch verstanden. Könnt ihr das nicht erkennen? All das, was ich getan habe … kann nicht vergeben werden. Kann niemals vergeben werden … Er hat mich zurückgeschickt. Sogar der Vermummte – er hat mich abgewiesen, hat mich zurückgeworfen. Aber … es gleitet davon, so dürftig, ich versage –*

»Versagen, fallen – was ändert das schon?«

Greifen.

»Was?«

Meine Hände – könnt ihr sie sehen? Sie wurden mir abgetrennt, das ist geschehen. Die Hände … sind abgetrennt. Befreit. Ich kann dies nicht tun … Aber ich glaube, sie können es. Könnt ihr es nicht erkennen?

»Sinnlose Worte.«

»Nein, warte –«

Kein Destriant.

Ein Schild-Amboss.

Greifen … Seht mich an – ihr alle! Greift! Seht meine Hände! Seht sie an! Sie greifen – greifen nach euch!

Sie … greifen …

Barathol schwamm hinunter in die Dunkelheit. Er sah … nichts. Niemanden. *Chaur, o bei den Göttern, was habe ich getan?* Er kämpfte sich weiter nach unten. Es war besser, wenn er ebenfalls ertrank – er konnte nicht mit dieser Last leben, konnte nicht weiterleben mit der Schuld am Tod dieses armen kindlichen Mannes – er konnte nicht –

Die Luft ging ihm aus, der Druck nahm zu, hämmerte in seinem Schädel. Er war blind –

Ein smaragdgrünes Aufblitzen unter ihm, aufblühend, leuchtend, sich aufblähend – und in seiner Mitte – *o bei den Göttern, warte – warte auf mich –*

Schlaff und in Falten von Segeltuch verstrickt sank Chaur in die Tiefe, die Arme zur Seite gestreckt, die Augen geschlossen, den Mund … offen.

Nein! Nein, nein!

Von dem pulsierenden Glühen ging Hitze aus – so eine Hitze … Barathol kämpfte sich näher, seine Brust schien jeden Augenblick zu platzen – und er griff nach unten, nach unten …

Ein Stück vom Achterdeck trieb von dem weg, was nun kaum noch mehr als ein zerschlagenes Wrack war. Die flammenden Steine hagelten auf allen Seiten herab, während Schlitzer Scillara dabei half, auf das sich neigende behelfsmäßige Floß zu klettern. Diese flammenden Steine – sie waren kleiner als Kiesel, obwohl sie faustgroße Löcher in den Rumpf der *Kummer* geschlagen hatten. Kleiner als Kiesel – eher wie Sandkörner, hellgrün schimmernd wie Glassplitter, und sie veränderten fast augenblicklich die Farbe, wurden rostrot, wenn sie in die Tiefe sanken.

Scillara schrie auf.

»Bist du getroffen worden? Bei den Göttern – nein!«

Sie wirbelte herum. »Sieh doch! Hol uns der Vermummte – *sieh doch nur!*« Und sie hob einen Arm und deutete, während eine anschwellende Woge sie hochhob – deutete gen Osten.

Auf die Otataral-Insel.

Sie war … entflammt. Eine jadegrüne, leuchtende Kuppel, die möglicherweise die ganze Insel umspannte, die sich wand, himmelwärts wuchs, und durch sie hindurch erhoben sich … *Hände. Aus Jade. Wie … wie Heborics Hände.* Sie erhoben sich wie Bäume. *Arme – riesige Arme – Dutzende davon …* Sie erhoben sich, spreizten die Finger, grünes Licht ging in Spiralen von ihnen aus – von ihren nach oben gerichteten Handflächen, von den Fingern, von den Adern und Venen, die durch sie verliefen – grünes Licht, das wie Schwertklingen in den Himmel stieß. Diese riesigen Arme griffen wie Säulen durch die Kuppel nach oben –

– während die Feuer, die den Himmel erfüllten, zurückzuzucken schienen … zitterten … und sich dann *zusammenzogen.*

Über der Insel, über den Händen aus Jade, die nach oben griffen, durch das sich aufblähende grüne Licht.

Die erste fallende Sonne traf auf die schimmernde Kuppel.

Es klang wie ein Trommelschlag, so laut, dass Götter davon hätten taub werden können. Die Wucht des Aufpralls wogte durch die knospenden Flanken der Kuppel, raste nach außen und schien die Oberfläche des Meeres abzuschälen, ließ Schlitzers Knochen vibrieren, eine Erschütterung, die einen entsetzlichen, berstenden Schmerz in seinen Ohren hervorrief – und dann kam noch eine Erschütterung, und noch eine, als eine Sonne nach der anderen in die sich krümmende, löchrige Kuppel stürzte. Er schrie, aber er konnte sich nicht hören. Roter Nebel wallte vor seinen Augen – er spürte, wie er von dem Floß rutschte, hinunter in die schäumenden Wellen –

Während zur gleichen Zeit ein riesiger, mit Klauen besetzter Fuß heruntergriff, sich über Schlitzer – und über Scillara, die ihn am Arm gepackt hatte und versuchte, ihn wieder auf das Floß zu ziehen – weit spreizte, und dann schlossen sich Krallen von der Größe von Krummsäbeln um sie beide. Sie wurden aus dem schäumenden Wasser gehoben, nach oben, hoch –

Greifen … ja. Nach mir … näher, näher.

Mach dir nichts aus dem Schmerz.

Er wird nicht bleiben. Das verspreche ich. Ich weiß es, denn ich erinnere mich.

Nein, mir kann nicht vergeben werden.

Aber vielleicht doch, vielleicht kann ich das tun, wenn du das Gefühl hast, es ist notwendig … Ich weiß es nicht … Ich war der Falsche, der es berührt hat … damals, in der Wüste. Ich habe es nicht verstanden, und Baudin hätte niemals ahnen können, was geschehen würde, wie ich gezeichnet werden würde.

Gezeichnet, ja. Ich erkenne es jetzt. Für das hier, für diese Not.

Könnt ihr mich hören? Näher – seht ihr die Dunkelheit? Da, das ist da, wo ich bin.

Millionen von Stimmen, die weinten, riefen, Stimmen voller Sehnsucht – er konnte sie hören –

Ach, ihr Götter, wer bin ich? Ich kann mich nicht erinnern.

Nur an dies. An die Dunkelheit, die mich umgibt. Wir, ja, ihr alle – wir können alle hier warten, in dieser Dunkelheit.

Macht euch nichts aus dem Schmerz.

Wartet mit mir. In dieser Dunkelheit.

Und die Stimmen, die Abermillionen Stimmen rasten in ihrer gewaltigen, unterträglichen Not auf ihn zu.

Auf ihn, den Schild-Amboss, der ihren Schmerz in sich aufnehmen würde, denn er konnte sich an solch einen Schmerz erinnern.

Die Dunkelheit nahm sie auf, und in diesem Augenblick erkannte Heboric Geisterhand, der Schild-Amboss, eine höchst schreckliche Wahrheit.

Man kann sich an Schmerz nicht erinnern – nicht im eigentlichen Sinn.

Zwei Körper rollten wie zerbrochene Puppen über das Deck. Mappo mühte sich zu ihnen, während Bosheit abdrehte und ein zweites Mal davonflog – er konnte die Qualen des Drachen bei jedem Atemzug spüren, und die Luft stank nach angesengten Schuppen und verbranntem Fleisch.

Der Feuerregen war wie ein Sturzbach rings um sie herum niedergegangen, wild wie ein Hagelsturm, aber viel tödlicher. Doch das Schiff war unversehrt, war kein einziges Mal getroffen worden – etwas, das allerdings nicht Bosheit zu verdanken war, wie Mappo klar wurde, und auch nicht Iskaral Pustl oder Mogara. Nein, wie die schmeichlerischen feuchten Küsse des Hohemagiers bewiesen, war eine Macht dafür verantwortlich, die ihren Ursprung in dem verdammten schwarzäugigen Maultier hatte. Irgendwie.

Das Tier stand einfach nur da, reglos und anscheinend gleichgültig, schlug mit dem Schwanz, um nicht vorhandene Fliegen zu vertreiben. Es blinzelte langsam, als würde es halbwegs schlafen, und dann und wann zuckten seine Lippen.

Während die Welt um sie herum verrückt wurde, während das andere Schiff zerfetzt wurde –

Mappo drehte die näher liegende Gestalt herum. Ein blutverschmiertes Gesicht, Blut, das aus den Ohren, der Nase und den Augenwinkeln lief – doch er kannte diesen Mann. Er kannte ihn. *Crokus, der Daru. Oh, Junge, wie bist du hierhergekommen?*

Dann öffneten sich die Augen des jungen Mannes. Sie waren voller Furcht und Sorge.

»Ganz ruhig«, sagte Mappo. »Du bist jetzt in Sicherheit.«

Die andere Gestalt – eine Frau – hustete Meerwasser aus, und aus ihrem linken Ohr strömte Blut, floss an ihrem Unterkiefer entlang, tropfte ihr schließlich vom Kinn. Sie hockte auf Händen und Knien, hob jetzt den Kopf und blickte den Trell an.

»Bist du in Ordnung?«, fragte Mappo.

Sie nickte, kroch näher zu Crokus.

»Er wird es überleben«, versicherte ihr der Trell. »Es scheint, als würden wir alle überleben ... Ich hätte nicht geglaubt –«

Iskaral Pustl schrie auf.

Deutete auf etwas.

Ein narbiger, schwarzhäutiger Arm war über der Backbordreling aufgetaucht, wie ein sich schlängelnder Aal. Die Hand umklammerte fest das nasse Holz, die Muskeln waren angespannt.

Mappo hastete hinüber.

Der Mann, auf den er hinunterblickte, hielt etwas fest – einen Mann, der glatt genauso groß war wie er selbst, und es war offensichtlich, dass dem schwarzhäutigen Mann mehr und mehr die Kräfte schwanden. Mappo packte zu und zerrte sie beide an Deck.

»Barathol«, keuchte die Frau.

Mappo schaute zu, wie der Mann namens Barathol seinen Kameraden rasch herumrollte und sich daranmachte, ihm das Wasser aus der Lunge zu drücken.

»Barathol –«

»Sei still, Scillara –«

»Er war zu lange –«

»Sei still!«

Mappo schaute zu, versuchte sich zu erinnern, wie sich so eine

Wildheit, so eine Loyalität anfühlte. Er konnte sich beinahe erinnern ... beinahe. *Er ist ertrunken, der da. Siehst du all das Wasser?* Aber Barathol ließ nicht locker, sondern machte immer weiter, zerrte den schlaffen Körper in diese und in jene Richtung, schüttelte die Arme, und zog schließlich Kopf und Schultern in seinen Schoß, wo er den Kopf in die Arme nahm, als wäre er ein neugeborenes Kind.

Das Gesicht des dunkelhäutigen Mannes verzerrte sich, er sah schrecklich aus in seinem Kummer. »Chaur! Hör mir zu! Hier ist Barathol. Hör mir zu! Ich will ... dass du die Pferde begräbst! Hörst du mich? Du musst die Pferde begraben! Bevor die Wölfe aus den Hügeln kommen! Ich bitte dich nicht, Chaur, hast du gehört? Ich sage es dir!«

Er hat den Verstand verloren. Von so etwas kann man sich nicht erholen. Ich weiß das, ich weiß das ...

»Chaur! Ich werde gleich böse, hast du verstanden? Böse ... mit dir! *Mit dir, Chaur!* Willst du, dass Barathol böse auf dich ist, Chaur? Willst du –?«

Ein Husten, ein Wasserschwall, ein Zusammenkrampfen, und dann schien der große Mann, den Barathol so zärtlich in den Armen hielt, sich zusammenzurollen, eine Hand griff nach oben, und ein wimmernder Schrei drang aus dem schleim- und schaumverschmierten Mund.

»Nein, nein, mein Freund«, keuchte Barathol, während er den Mann in eine enge Umarmung zog und sanft wiegte. »Ich bin nicht böse. Nein, das bin ich nicht. Mach dir nichts aus den Pferden. Du hast das schon getan, erinnerst du dich? O Chaur, ich bin nicht böse.«

Aber der Mann heulte, klammerte sich an Barathol wie ein Kind.

Er ist ein Einfaltspinsel. Sonst hätte dieser Barathol niemals auf diese Weise mit ihm gesprochen. *Er ist ein Kind im Körper eines Mannes, dieser Chaur ...*

Mappo schaute zu. Wie die beiden großen Männer einander in den Armen hielten und weinten.

Bosheit stand nun neben dem Trell, und sobald Mappo ihre Anwesenheit bemerkte, spürte er ihre Schmerzen – und dann ihren Willen, mit dem sie die Schmerzen mit enormer Wildheit beiseiteschob –, und er wandte den Blick von den beiden Männern auf dem Deck ab und starrte sie an.

Wegschieben, den ganzen Schmerz wegschieben –

»Wie? Wie habt Ihr das getan?«, wollte er wissen.

»Bist du blind, Mappo Runt?«, fragte sie. »Schau – schau sie dir an, Trell. Chaur – seine Furcht ist nun fort. Er glaubt Barathol, er glaubt ihm. Voll und ganz, ohne zu fragen. Du kannst nicht so blind sein, dass du es nicht siehst, dass du nicht weißt, was es bedeutet.

Du siehst Freude, Mappo Runt. Im Angesicht dieser Freude werde ich mich nicht von meinen eigenen Schmerzen quälen lassen, von meinem Leid. Verstehst du? *Ich werde es nicht zulassen.«*

Ach, bei den Geistern hienieden, du brichst mir das Herz, Frau. Er blickte wieder zu den beiden Männern, dann dorthin, wo Scillara Crokus in ihren Armen hielt, ihm übers Haar strich, während er langsam wieder zu sich kam. *Gebrochen, von alldem. Wieder einmal.*

Ich hatte … es vergessen.

Iskaral Pustl tanzte um Mogora herum, die ihn mit einem säuerlichen Gesichtsausdruck beobachtete, wobei sich ihr Gesicht immer mehr zusammenzog, bis es an eine getrocknete Pflaume erinnerte. Dann, als der Hohepriester ihr einmal zu nahe kam, versetzte sie ihm einen Tritt, der ihm die Beine unter dem Körper wegriss. Er prallte hart auf das Deck und begann zu fluchen. »Verachtenswerte Frau! Frau – habe ich *Frau* gesagt? Hah! Du bist das, was eine sich häutende Schlange zurücklässt! Eine kranke Schlange! Mit Schorf und Pusteln und Schwielen und Entzündungen –«

»Ich habe gehört, wie es dich nach mir gelüstet hat, du widerlicher Drecksack!«

»Ich habe es versucht, meinst du! Voller Verzweiflung, aber selbst der drohende Tod hat nicht ausgereicht! Verstehst du? Er hat nicht ausgereicht!«

Mogora bewegte sich auf ihn zu.

Iskaral Pustl kreischte auf, rutschte dann hinter das Maultier. »Wenn du auch nur noch einen Schritt näher kommst, Hexe, wird mein Diener dir einen Tritt verpassen! Weißt du, wie viele Narren jedes Jahr durch den Tritt eines Maultiers sterben? Du wärst überrascht.«

Die Dal Honesin zischte ihn an – und fiel dann in sich zusammen, verwandelte sich in unzählige Spinnen, die überallhin rasten, so dass wenige Augenblicke später keine einzige mehr zu sehen war.

Der Hohepriester sah sich mit weit aufgerissenen Augen hektisch um, begann sich dann unter seinen Kleidern zu kratzen. »Oh! Du furchtbare Kreatur!«

Mappos gedankenverlorene Aufmerksamkeit wurde abgelenkt, als Crokus aufstand und zu Barathol und Chaur hinüberging.

»Barathol«, sagte der Daru. »Hat es keine Möglichkeit gegeben?«

Der Mann blickte auf, schüttelte den Kopf. »Es tut mir leid, Schlitzer. Aber er hat Chaur das Leben gerettet. Sogar tot hat er Chaur das Leben gerettet.«

»Wie meinst du das?«

»Der Leichnam hat geglüht«, sagte Barathol. »Leuchtend grün. Deshalb habe ich sie überhaupt gesehen. Chaur hatte sich in den Stoff verwickelt – ich musste ihn losschneiden. Ich konnte sie nicht beide zur Oberfläche bringen – ich habe es so schon kaum geschafft.«

»Es ist in Ordnung«, sagte Schlitzer.

»Er ist gesunken, tiefer und tiefer, und der Schimmer hat abgenommen. Die Dunkelheit hat ihn verschluckt. Aber hör zu – du hast ihn nah genug hingebracht, hast du verstanden? Nicht ganz, aber nah genug. Was auch immer geschehen ist, was auch immer uns alle gerettet hat – es ist von *ihm* gekommen.«

»Crokus – du nennst dich jetzt Schlitzer, ja?«, fragte Mappo. »Schlitzer, von wem sprecht ihr? Ist sonst noch jemand ertrunken?«

»Nein, Mappo. Ich meine, eigentlich nicht. Ein Freund, er ist gestorben. Nun, ich habe versucht, seinen Leichnam zur Insel zu bringen. Dort hatte er hingewollt, verstehst du? Um etwas zurückzugeben.«

Etwas. »Dann glaube ich, dass dein Freund recht hat«, sagte der Trell. »Du hast ihn nahe genug herangebracht. Um etwas zu tun. Um das zu tun, woran noch nicht einmal der Tod ihn hindern konnte.«

»Er hieß Heboric Geisterhand.«

»Dann werde ich diesen Namen in Erinnerung behalten«, sagte Mappo. »Voller Dankbarkeit.«

»Du … du siehst anders aus.« Schlitzer runzelte die Stirn. »Diese Tätowierungen.« Und dann weiteten sich seine Augen, und er stellte die Frage, vor der Mappo sich die ganze Zeit gefürchtet hatte. »Wo? Wo ist er?«

Türen im Innern des Trell, die aufgebrochen waren, schlugen plötzlich erneut zu. Er sah weg. »Ich habe ihn verloren.«

»Du hast ihn verloren?«

»Er ist weg.« *Ja, ich habe ihn im Stich gelassen. Ich habe uns alle im Stich gelassen.* Er konnte den Daru nicht ansehen. Er konnte es nicht ertragen. *Meine Schande …*

»O Mappo. Das tut mir leid.«

Es tut … was?

Eine Hand legte sich auf seine Schulter, und das war zu viel. Er konnte die Tränen spüren, als der Kummer seine Augen überfließen ließ. Er zuckte zurück. »Mein Fehler … mein Fehler …«

Bosheit stand noch einen Augenblick länger da und betrachtete die Szene. *Mappo, der Trell. Der an der Seite Icariums durch die Welt gewandert ist. Oh, er gibt sich die Schuld. Ich verstehe. Meine Güte, das ist … bedauerlich. Aber das war schließlich unsere Absicht. Und es besteht die Möglichkeit – die eine Möglichkeit, die ich am meisten schätze –, dass Icarium meiner Schwester begegnet, ehe all dies vorbei ist. Ja, das wäre süß, köstlich – eine Vorstellung, in der ich lange, sehr lange schwelgen könnte. Bist du nahe genug, Missgunst, um meine Gedanken zu spüren? Meinen … Wunsch? Ich hoffe es.* Aber nein, es war nicht der geeignete Zeitpunkt für solche Ideen, so verführerisch sie auch sein mochten.

Mit immer noch schmerzenden Wunden drehte sie sich um und musterte die wilden, brodelnden Wolken über der Otataral-Insel. Farbiger Glanz, als ob Flammen das Land verwüsten würden, Feuerzungen, die an jenen ungeheuren Jadearmen entlangflackerten, von den Fingern davonwirbelten. Über der brodelnden Kuppel trübte die Nacht den Halbschatten aus Rauch und Staub, durch den gelegentlich immer noch Fetzen herabfallender Materie hindurchzuckten.

Dann blickte Bosheit nach Westen, zum Festland. *Wer immer du auch sein magst – danke.*

Keuchend öffnete Paran die Augen, stellte fest, dass er vornüberfiel – Sand und Kies kamen schnell näher –, und dann schlug er auch schon auf dem Boden auf. Der Aufprall ließ ihn ächzen. Seine Arme fühlten sich wie entrollte Seile an, als er sie langsam anzog, weit genug, um sich auf die Seite zu legen, so dass er sich auf den Rücken rollen konnte.

Über ihm ein Kreis aus Gesichtern, die alle auf ihn herunterschauten.

»Hohefaust«, fragte Rythe Bude, »habt Ihr gerade die Welt gerettet?«

»Und uns mit ihr?«, fügte Noto Beul hinzu und runzelte dann die Stirn. »Macht Euch darüber keine Gedanken, Hohefaust. Wenn Ihr die Frage der Faust beantwortet, wird die zweite im Grunde stillschweigend –«

»Sei still«, sagte Paran. »Wenn ich die Welt gerettet habe – und eine solche Behauptung würde ich auf keinen Fall machen –, bedauere ich es bereits wieder. Hat irgendjemand ein bisschen Wasser? Von dort, wo ich gerade herkomme, habe ich einen ziemlich üblen Geschmack im Mund.«

Wasserhäute gerieten in sein Blickfeld.

Aber Paran hob eine Hand. »Wie schlimm sieht es im Osten aus?«

»Es hätte viel, viel schlimmer sein müssen, Hohefaust«, sagte Rythe Bude. »Da drüben herrscht ein ziemliches Tohuwabohu, aber *nichts davon wirkt sich hier aus*, wenn Ihr versteht, was ich meine.«

»Gut.« *Gut.*

O Vermummter, hast du das tatsächlich ernst gemeint?

Bei den Göttern, ich und meine Versprechen …

Im Osten war die Nacht ein fahler, lautloser Sturm. Faust Keneb, der unweit der Mandata stand – genau wie Nil und Neder, die nur ein paar Schritte entfernt waren –, zitterte unter seinem schweren Umhang, obwohl der gleichmäßige Wind eine eigentümliche, trockene Schwüle herantrug. Er konnte nicht verstehen, was jenseits des östlichen Horizonts geschehen war, hatte es zuvor nicht verstanden, und verstand es auch jetzt nicht. Herabfallende, grün brennende Sonnen, ein tobender Mahlstrom. Eine gewisse Zeit lang waren sie alle von einem durchdringenden Unbehagen eingehüllt worden – das, was da kam, würde keine Gnadenfrist gewähren, kein Entkommen, keine Hoffnung auf Überleben zulassen. So hatte es zumindest ausgesehen.

Diese Vorstellung hatte Keneb beruhigt, was merkwürdig genug war. Wenn es keinen Sinn hatte zu kämpfen, löste sich jeglicher Druck einfach auf. Inzwischen war ihm klar geworden, dass es eine Bedeutung haben musste, sich an solche Gefühle zu klammern. Schließlich war der Tod an sich unausweichlich, oder? Und er war unabwendbar – was für einen Sinn hatte es also, in dem zum Scheitern veurteilten Versuch, ihm zu entkommen, zu scharren und zu kratzen?

Der Trost, den einem das gab, war leider nur von kurzer Dauer. Der Tod kümmerte sich um sich selbst; alle möglichen anderen Dinge spielten nur im Leben – so lange man lebte – eine Rolle. Taten, Wünsche, Beweggründe, Ängste, die Geschenke der Freude und der bittere Geschmack des Scheiterns – *ein Festmahl, an dem wir alle teilnehmen müssen.*

Zumindest, bis wir gehen.

Über ihnen flimmerten Sterne, und im Norden hingen Wolkenstreifen, die Keneb an Schnee denken ließen. *Und doch stehe ich hier und schwitze, der Schweiß kühlt ab, und dieses Frösteln kommt weder von der Nacht noch vom Wind, sondern von der Erschöpfung.* Neder hatte etwas über diesen Wind gesagt, sein Drängen, den *Willen* hinter ihm. Das hieß, er war nicht natürlich. *Dann lenkt also wieder einmal ein Gott unsere Schritte.*

Die Flotten der Nemil patrouillierten an einem großen Abschnitt dieser Küste entlang. Ihre Kriegsschiffe waren primitive Biremen, die schwerfällig aussahen und sich nie allzu weit vom felsigen Ufer entfernten. Dieses Ufer gehörte von Alters her den Trell, aber es hatte Kriege gegeben, generationenlange Kriege, und jetzt waren die Buchten und Meeresarme mit Siedlungen der Nemil gesprenkelt, und die Trell, die niemals Seeleute gewesen waren, waren weit ins Landesinnere zurückgedrängt worden, in die Hügel – eine immer kleiner werdende Enklave, die von Siedlern umgeben war. Keneb hatte mehr als ein Halbblut an Bord der Handelsschiffe gesehen, die mit den Vorräten losgesegelt waren.

So kriegerisch die Nemil auch gegenüber den Trell waren – angesichts einer großen malazanischen Flotte, die in ihre Hoheitsgewässer eindrang, zeigten sie sich von einer ganz anderen Seite. Ihre Weisen hatten die Ankunft der Malazaner vorhergesagt, und die Aussicht auf Gewinn hatte eine ganze Flotte von Handelsschiffen aus den Häfen gelockt, begleitet von einer unorganisierten Ansammlung von Geleitschiffen, manche von einfachen Bürgern, andere königlich. Die Neuverproviantierung hatte einige Zeit lang einer ekstatischen Fütterung geähnelt, bis der Himmel im Osten plötzlich in wildem Leuchten explodiert war.

Kein einziges nemilisches Schiff war noch übrig, und die Küstenlinie war längst hinter ihnen zurückgeblieben, als die Hand des Sandwächters den zweiten Glockenschlag nach Mitternacht ertönen ließ – das dumpfe Geräusch fand auf den in der Nähe befindlichen Schiffen seinen Widerhall und wanderte durch die Imperiale Flotte.

Früher am Tag hatte ein nemilischer Kapitän sich als Quell interessanter Neuigkeiten erwiesen, und über diese Neuigkeiten sprach die Mandata trotz der späten Stunde noch immer mit ihren beiden wickanischen Begleitern.

»Gibt es in den malazanischen Aufzeichnungen irgendwelche Einzelheiten über das Volk jenseits der Catal-See?«, fragte Neder Tavore.

»Nicht mehr als einen Namen«, antwortete die Mandata, wandte sich dann an Keneb. »Faust, erinnert Ihr Euch an ihn?«

»Die Verender.«

»Ja.«

»Und sonst weiß man nichts über sie?«, fragte Neder.

Die anderen antworteten nicht, und es schien, dass die Wickaner einfach warteten.

»Eine interessante Anspielung«, sagte die Mandata nach ein paar Herzschlägen. »Und in Anbetracht dieses Beinahesturms werden wir schon bald herausfinden, was für eine Art von Volk diese Verender sind.«

Der nemilische Kapitän hatte berichtet – allerdings hatte er sein Wissen nur aus zweiter Hand –, dass am Vortag eine zweite Flotte der Edur gesichtet worden war. Weit im Norden, keine zwei Dutzend Schiffe stark, hatte sie sich gegen diesen nie nachlassenden Wind nach Osten gekämpft. Die Schiffe waren in einem schlechten Zustand, hatte der Kapitän gesagt, beschädigt und langsam vorankommend. Entweder waren sie von einem Sturm übel erwischt worden, oder sie waren in eine Schlacht geraten. Vor allem aber war ihre Besatzung – warum auch immer – nicht wild darauf gewesen, die Schiffe der Nemil anzugreifen, was an sich schon höchst bemerkenswert war. Anscheinend hatten die umherstreifenden Schiffe der Edur zwei Jahre lang Jagd auf nemilische Handelsschiffe gemacht, und wenn der Geleitschutz der Nemil nah genug gewesen war, um in den Kampf zu ziehen, war der Ausgang dieser Kämpfe für die altmodischen Biremen vernichtend gewesen.

Seltsame Neuigkeiten. Die Mandata hatte versucht, von dem nemilischen Kapitän Auskünfte über die Verender zu erhalten, die

Einwohner der gewaltigen, von Gebirgen umgebenen Halbinsel am westlichen Rand der Catal-See, die eigentlich nichts anderes als ein großer, nach Süden weisender Meeresarm war, an dessen Ende sich das Herz des nemilischen Königreichs befand. Aber der Mann hatte einfach nur den Kopf geschüttelt und war plötzlich still geworden.

Neder hatte wenige Augenblicke zuvor die Überlegung ins Spiel gebracht, dass die Flotte der Edur vielleicht mit diesen Verendern zusammengestoßen war. Und dafür bezahlt hatte.

Die malazanische Flotte bewegte sich nun quer zur Mündung des Catal-Arms – wie er auf den malazanischen Karten genannt wurde –, eine Route, für die man den Worten des Kapitäns zufolge bei idealen Segelbedingungen vier Tage brauchte. Die vordersten Schiffe hatten bereits ein Viertel des Weges zurückgelegt.

Da war mehr als nur Wind, ob magisch oder nicht … *Die Horizonte wirken verschwommen, vor allem die Landspitzen …*

»Die Nemil haben sich nicht gescheut, über die Edur zu sprechen«, sagte Nil.

»Aber sie wollten überhaupt nichts über die Verender äußern«, fügte Neder hinzu.

»Das könnte an ihrer … Geschichte liegen«, versuchte sich Keneb an einer Erklärung.

Die anderen wandten sich ihm zu.

Keneb zuckte die Schultern. »Es war nur ein Gedanke. Die Nemil breiten sich ganz offensichtlich aus, und das bringt eine gewisse … Arroganz mit sich. Sie haben die Trell-Völker geschluckt und damit ein beruhigendes Zeichen nemilischer Tüchtigkeit und Rechtschaffenheit gesetzt. Es könnte sein, dass die Verender ihrerseits ein dem entgegenstehendes Zeichen gesetzt haben, eines, das die Nemil gleichermaßen erschüttert und gedemütigt hat – und keines der beiden Gefühle passt so recht zu ihren eigenen Vorstellungen davon, wie großartig sie sind. Und deshalb wollen sie auch nicht darüber sprechen.«

»Eure Theorie ergibt einen Sinn«, sagte die Mandata. »Ich danke Euch, Faust.« Sie drehte sich um und musterte den im Aufruhr befindlichen Himmel im Osten. »Gedemütigt, ja«, sagte sie leise. »In seinen Schriften spricht Duiker von den mannigfachen Stufen, die es im Krieg gibt – von dem Soldaten, der einem anderen Soldaten gegenübersteht, bis zu den Göttern selbst, die in einen tödlichen Kampf verstrickt sind. Auf den ersten Blick erscheint es wie eine Ungeheuerlichkeit, dass solche Extreme nebeneinander existieren können, doch Duiker behauptet, dass das Gesetz von Ursache und Wirkung in beide Richtungen gilt.«

»Es wäre tröstlich, so zu denken«, sagte Keneb. »Mir fallen auf Anhieb mehrere Götter ein, die ich am liebsten auf der Stelle zu Fall bringen würde.«

»Es könnte sein«, entgegnete die Mandata, »dass jemand Euch zuvorgekommen ist.«

Keneb runzelte die Stirn. »Wisst Ihr, wer, Mandata?«

Sie sah ihn an, sagte aber nichts.

Und so endet ihre vorübergehende Redseligkeit. Nun denn. Und was hat sie mir gesagt? Sie ist belesen, aber das habe ich bereits gewusst. Sonst noch etwas?

Nein.

Kalam schob sich vorwärts, ließ sich einmal mehr neben den Schnellen Ben plumpsen. »Es ist offiziell«, sagte er in der Düsternis des muffigen Frachtraums.

»Was?«

»Wir sind immer noch am Leben.«

»Oh, das ist gut, Kal. Ich habe hier unten auf Kohlen gesessen und auf genau diese Neuigkeit gewartet.«

»Mir gefällt dieses Bild besser als die Wirklichkeit, Ben.«

»Wie meinst du das?«

»Nun, die Vorstellung, dass du dich versteckt hast und dein Lendentuch plötzlich ausgebeult ist und sich unter dir eine Pfütze bildet.«

»Du weißt überhaupt nichts. Ich schon. Ich weiß mehr, als ich jemals wissen wollte.«

»Unmöglich. Du schüttest Geheimnisse in dich hinein wie Hellian Rum. Je mehr du weißt, desto berauschter und unangenehmer wirst du.«

»Oh, tatsächlich? Nun, ich weiß Dinge, die du gerne wissen würdest, und ich wollte sie dir eigentlich erzählen, aber ich glaube, ich werde es mir doch wieder anders überlegen.«

»Raus damit, Magier, bevor ich wieder nach oben gehe und der Mandata erzähle, wo sie dich finden kann.«

»Das darfst du nicht tun. Ich brauche Zeit zum Nachdenken, verdammt.«

»Dann sprich. Du kannst denken, während du erzählst, denn bei dir läuft das ganz offensichtlich deutlich voneinander getrennt und hat nichts miteinander zu tun.«

»Wer hat Schuld an deiner schlechten Laune?«

»Du.«

»Lügner.«

»Na schön, ich.«

»Das ist besser. Wie auch immer, ich weiß, wer uns gerettet hat.«

»Tatsächlich?«

»Nun, in gewisser Weise – er hat die Dinge zumindest in Bewegung gesetzt.«

»Wer?«

»Ganoes Paran.«

Kalam machte ein finsteres Gesicht. »Na schön, ich bin nicht so überrascht, wie ich es sein sollte.«

»Dann bist du ein Idiot. Er hat es getan, indem er eine Unterhaltung mit dem Vermummten hatte.«

»Woher weißt du das?«

»Ich war da und habe gelauscht. Am Tor des Vermummten.«

»Wieso hast du dich da überhaupt rumgetrieben?«

»Wir waren alle kurz davor zu sterben, oder?«

»Oh, dann wolltest du also dem großen Ansturm zuvorkommen?«

»Das ist lächerlich, Kalam. Nein, ich hatte vor, einen Handel abzuschließen, aber das ist jetzt unwichtig. Am Ende hat Paran den

Handel abgeschlossen. Der Vermummte hat etwas gesagt. Er will etwas – bei seinem eigenen verdammten Atem, es hat mich erschüttert, das kann ich dir sagen.«

»Dann tu's.«

»Nein. Ich muss nachdenken.«

Kalam schloss die Augen und lehnte sich gegen einen Ballen. Er roch nach Hafer. »Ganoes Paran.« Eine Pause, dann: »Glaubst du, dass sie Bescheid weiß?«

»Wer? Tavore?«

»Ja, natürlich. Wer sonst?«

»Ich habe keine Ahnung. Es würde mich nicht überraschen. Was sie betrifft, würde mich ehrlich gesagt überhaupt nichts überraschen. Es könnte sein, dass sie jetzt gerade mithört.«

»Würdest du das nicht spüren?«

»Kalam, *irgendetwas* wandert heute Nacht durch diese Flotte, und was auch immer es ist – es ist nicht angenehm. Ich spüre es andauernd … dicht vorbeistreichen – und dann, bevor ich es an der Kehle packen kann, huscht es wieder davon.«

»Dann versteckst du dich also *tatsächlich* hier unten.«

»Natürlich nicht. Nicht mehr, meine ich. Jetzt bleibe ich hier, um eine Falle zu stellen.«

»Eine Falle. Richtig. Sehr schlau, Hohemagier.«

»Das ist es. Für das nächste Mal, wenn es sich dicht heranschleicht.«

»Gehst du wirklich davon aus, dass ich das glaube?«

»Glaube, was du willst, Kalam. Warum sollte ich mir auch etwas daraus machen, wenn ausgerechnet mein ältester Freund mir nicht mehr traut?«

»Um des Vermummten willen, Schneller Ben, ich habe dir *noch nie* getraut!«

»Nun, das tut weh. Es ist zwar weise, aber es tut trotzdem weh.«

»Sag mir eines, Ben – wie hast du es eigentlich geschafft, dich am Tor des Vermummten zu verstecken, wo doch Paran und der Gott höchstpersönlich da auch rumgestanden haben?«

Ein Schniefen. »Sie waren natürlich abgelenkt. Manchmal ist der beste Ort, sich vor irgendwelchen Leuten zu verstecken, direkt vor ihrer Nase.«

»Und gemeinsam haben sie die Welt gerettet.«

»Sie haben dem Felsen einen Schubs gegeben, Kal. Den Rest hat jemand anders erledigt. Ich weiß nicht, wer oder was das war. Aber ich sage dir eines: Diese fallenden Sonnen, *sie waren voller Stimmen.*«

»Stimmen?«

»Gewaltige Steinbrocken. Aus Jade. Und sie sind von den Sternen herabgesegelt. Und in diesen zerbrochenen Gebirgen oder was auch immer sie sonst waren, hausten Seelen. Millionen Seelen, Kalam. *Ich habe sie gehört.*«

Bei den Göttern, kein Wunder, dass du dich hier unten versteckt hast, Ben. »Das ist ... unheimlich. Du sorgst dafür, dass mir ein Schauer nach dem anderen den Rücken runterläuft.«

»Ich weiß. Ich fühle mich genauso.«

»Also – wie *hast* du dich jetzt vor dem Vermummten versteckt?«

»Ich war natürlich ein Teil des Tors. Einfach nur ein weiterer Leichnam, ein weiteres Gesicht mit starrem Blick.«

»He – das war ja wirklich schlau.«

»Ja, nicht wahr?«

»Wie war es, so zwischen all den Knochen und Leichen und dem ganzen Kram?«

»Irgendwie ... tröstlich ...«

Das kann ich verstehen. Kalam machte erneut ein finsteres Gesicht. *Moment mal ... ich frage mich ... stimmt womöglich was nicht mit uns?* »Ben, du und ich.«

»Ja?«

»Ich glaube, wir sind wahnsinnig.«

»Du bist es nicht.«

»Wie meinst du das?«

»Du bist zu langsam. Du kannst nicht wahnsinnig sein, wenn du erst jetzt gemerkt hast, dass wir wahnsinnig sind. Verstehst du?«

»Nein.«

»Genau wie ich es gesagt habe.«

»Nun«, brummte der Assassine, »das ist eine Erleichterung.«

»Für dich, ja. Pscht!« Die Hand des Magiers schloss sich um Kalams Arm. *»Es ist zurück!«*, zischte er. »Ganz nah!«

»In Reichweite?«, fragte Kalam flüsternd.

»Bei den Göttern, ich hoffe nicht!«

In der Kajüte wohnte nur ein Mann, und die darum herum gelegenen Nischen und Kojen beherbergten einen Kordon aus Roten Klingen, die ihren gebrochenen, verbitterten Kommandanten mit grimmigem Eifer beschützten, auch wenn keiner von ihnen trotz der auf dem Schiff herrschenden Enge das Quartier mit der Faust teilen wollte. Dahinter befanden sich die Verbrannten Tränen der Kundryl, allesamt seekrank bis zum letzten Mann, und die Luft unter Deck roch schwer und säuerlich nach Gallenflüssigkeit.

Und so blieb er allein. Umgeben von seiner eigenen, stickigen, stinkenden Luft, ohne Laternenlicht, das die Dunkelheit zurückgedrängt hätte, und das war gut. Denn alles, was außen war, passte zu dem, was innen war, und Faust Tene Baralta sagte sich wieder und wieder, dass dies gut war.

Y'Ghatan. Die Mandata hatte sie in die Stadt geschickt, in Unterzahl, und sie hatte gewusst, dass es ein Blutbad geben würde. Sie wollte die verdammten Veteranen nicht, die immer an ihren Befehlen herumnörgelten. Sie wollte die Roten Klingen und die Seesoldaten los sein – Soldaten wie Krake und Fiedler. Sie hatte es wahrscheinlich geplant, hatte sich heimlich mit Leoman zusammengetan. Diese Feuersbrunst … Ihre Ausführung war zu perfekt gewesen, der Zeitpunkt hatte zu gut gepasst. Es hatte Signale gegeben – diese Narren mit den Laternen auf den Dächern entlang der Befestigungsanlagen.

Und dann die Jahreszeit. Eine Stadt voller Olivenöl, der Ernte eines ganzen Jahres – sie hatte die Armee nicht eilig hinter Leoman hergeführt, sie hatte überhaupt keine Eile gezeigt, während jeder wirklich loyale Kommandant den Dreckskerl zur Strecke gebracht hätte, lange bevor er Y'Ghatan erreichte.

Nein, die zeitliche Abstimmung war … bösartig und widerwärtig.

Und hier war er nun, hockte verstümmelt und umgeben von verdammten Verrätern in der Falle. Doch wieder und wieder hatten sich Dinge ereignet, die die verräterischen, mörderischen Pläne der Mandata nicht ganz hatten aufgehen lassen. Das Überleben der Seesoldaten – und auch das von Lostara. Dann die unerwartete Abwehr dieser Edur-Magier durch den Schnellen Ben. O ja, seine Soldaten berichteten ihm alles, jedes Fitzelchen an Neuigkeiten. Sie wussten Bescheid; zwar ließen sie sich ihr Misstrauen nicht anmerken, aber er konnte es in ihren Augen sehen: Sie wussten Bescheid. Dass geschehen würde, was notwendig war. Bald.

Und Faust Tene Baralta höchstpersönlich würde sie anführen. Tene Baralta, der Verkrüppelte, der Verratene. Oh ja, es würde Namen für ihn geben. Es würde Kulte geben, die ihn verehrten, genauso wie es Kulte gab, die andere große Helden des malazanischen Imperiums verehrten. Helden wie Coltaine. Bult. Baria Setral und sein Bruder Mesker von den Roten Klingen.

In solch eine Gesellschaft gehörte Tene Baralta. Solch eine Gesellschaft, sagte er sich immer wieder, war die einzig würdige Gesellschaft.

Ein Auge war ihm geblieben, mit dem er noch sehen konnte … beinahe … Bei Tageslicht schwebte ein verwaschener Schleier in seinem Blickfeld, und er hatte Schmerzen, so große Schmerzen, dass er noch nicht einmal mehr den Kopf drehen konnte. Oh ja, die Heiler hatten sich mit ihm beschäftigt – mit der Anweisung, wie er nun wusste, ihm niemals echte Hilfe zuteilwerden zu lassen, sondern dafür zu sorgen, dass kein Gefühl in das Narbengewebe zurückkehrte und er auch weiterhin unter Phantomschmerzen litt. Und sobald sie diesen Raum verlassen hatten, lachten sie über den eingebildeten Erfolg ihrer Scharade.

Nun, er würde sämtlichen Heilern ihre Geschenke wieder zurückgeben, oh ja, das würde er.

Umfangen von weicher, warmer Dunkelheit lag er auf seinem Bett und starrte nach oben. Ungesehene Dinge knarrten und ächzten. Eine Ratte huschte an der Seite des engen Zimmers entlang – und wieder zurück. Sein Wächter, sein Leibwächter, seine gefangene Seele.

Ein merkwürdiger Geruch drang ihm in die Nase – süß, widerlich, betäubend –, und er spürte, wie seine Schmerzen nachließen, die kreischenden Nervenenden verstummten.

»Wer ist da?«, krächzte er.

»Ein Freund«, flüsterte eine raue Stimme als Antwort, »ein Freund, Tene Baralta. Einer, dessen Gesicht zu deinem passt. Genau wie du wurde ich das Opfer von Verrat. Du und ich, wir sind zerfetzt und verzerrt, damit wir uns daran erinnern – wieder und wieder –, dass man jemandem, der keine Narben trägt, nicht vertrauen darf. Niemals. Es ist eine Tatsache, dass nur ein Sterblicher, der zerbrochen wurde, auf der anderen Seite herauskommen kann. Heil herauskommen kann. Vollständig und strahlend hell für alle seine vor ihm aufgereihten Opfer, ja? Im sengenden, weißglühenden Feuer seiner Rechtschaffenheit. Oh, ich verspreche dir, dieser Augenblick wird süß sein.«

»Eine Erscheinung«, keuchte Tene Baralta. »Wer hat dich geschickt? Die Mandata, ja? Ein dämonischer Attentäter, der das alles beenden –«

»Natürlich nicht – und schon während du diese Anschuldigungen von dir gibst, Tene Baralta, weißt du, dass sie falsch sind. Sie könnte dich jederzeit töten.«

»Meine Soldaten beschützen mich!«

»Sie wird dich nicht töten«, sagte die Stimme. »Sie hat keinen Grund dazu. Sie hat dich bereits beiseitegeworfen, ein nutzloses, armseliges Opfer von Y'Ghatan. Ihr ist nicht klar, Tene Baralta, dass dein Geist weiterlebt, so wachsam, wie er immer war, mit geschärftem Urteilsvermögen und begierig darauf, übles Blut zu vergießen. Sie ist selbstgefällig.«

»Wer bist du?«

»Ich heiße Gethol. Ich bin der Herold des Hohen Hauses der

Ketten. Und ich bin deinetwegen hier. Nur deinetwegen, denn wir haben gespürt, oh ja, wir haben gespürt, dass dir Größe beschieden ist.«

Oh, was für gewaltige Gefühle bei seinen Worten aufsteigen … Nein, halte sie zurück. Sei stark! Zeig diesem Gethol deine Stärke. »Größe«, sagte er. »Ja, dessen war ich mir immer bewusst, Herold.«

»Und die Zeit ist gekommen, Tene Baralta.«

»Ja?«

»Spürst du unser Geschenk in deinem Innern? Es vermindert deine Schmerzen, ja?«

»Ich spüre es.«

»Gut. Das Geschenk gehört dir, und es wird noch mehr geben.«

»Mehr?«

»Dein eines Auge, Tene Baralta, verdient mehr als eine trübe, unsichere Welt, meinst du nicht auch? Dein Blick muss so scharf sein, dass er der Schärfe deines Geistes entspricht. Das scheint vernünftig, ja, sogar gerecht.«

»Ja.«

»Das wird deine Belohnung sein, Tene Baralta.«

»Wenn ich was tue?«

»Später. Solche Einzelheiten sind heute Nacht unwichtig. Folge deinem Gewissen, Tene Baralta, bis wir uns erneut sprechen. Mach deine Pläne für das, was kommen wird. Ihr kehrt ins malazanische Imperium zurück, ja? Das ist gut. Du solltest wissen, dass die Imperatrix dich erwartet. Dich, Tene Baralta, mehr als sonst irgendjemanden in dieser Armee. Sei für sie bereit.«

»Oh, das werde ich, Gethol.«

»Ich muss dich jetzt verlassen, sonst wird dieser Besuch womöglich noch entdeckt – in dieser Armee verstecken sich viele Mächte. Sei vorsichtig. Vertraue niemandem!«

»Ich vertraue meinen Roten Klingen.«

»Wenn du kannst, ja, denn du wirst sie brauchen. Lebwohl, Tene Baralta.«

Und dann herrschte wieder Stille. Und die Düsternis, unverändert und unveränderlich, innerlich und äußerlich. *Mir ist Größe bestimmt, ja. Sie werden es sehen. Wenn ich mit der Imperatrix spreche. Sie werden es alle sehen.*

Lostara Yil lag auf dem Rücken, starrte die Unterseite der nächsten Koje an, die kaum eine Handbreit entfernt über ihr war – verknotete Seile und dunkle Knäuel Bettzeug –, und versuchte, langsam und gleichmäßig zu atmen. Sie konnte ihr eigenes Herz schlagen und das Blut in ihren Ohren rauschen hören.

Der Soldat in der Koje unter ihr grunzte und sagte dann leise: »Jetzt spricht er schon mit sich selbst. Das ist nicht gut.«

Die Stimme aus Tene Baraltas Kabine war in den letzten fünfzig Herzschlägen als Gemurmel durch die Wand gedrungen, war aber nun, wie es schien, verstummt.

Er hat mit sich selbst gesprochen? Wohl kaum. Das war eine verdammte Unterhaltung. Bei diesem Gedanken schloss sie die Augen und wünschte sich, sie hätte geschlafen und nicht an den immer schäbiger werdenden Albtraum gedacht, der die Welt ihres Kommandanten war: das boshafte Licht in seinem Auge, wenn sie ihn ansah, die Muskeln seines Körpers, die in Fett versanken, das verzerrte Gesicht, das zu erschlaffen begann und dort, wo es keine straffen Narben gab, schwammig wurde. Bleiche Haut, von altem Schweiß verklebte, strähnige Haare.

Was weggebrannt wurde, war das, was seine Seele zuvor gehärtet hat. Jetzt ist da nur noch Bosheit, eine fleckige Ansammlung von Makeln, miteinander verschmolzene Unreinheiten.

Und ich bin wieder sein Hauptmann, auf seinen eigenen Befehl hin. Was will er von mir? Was erwartet er?

Tene Baralta hatte aufgehört zu sprechen. Und nun hätte sie schlafen können – wenn bloß ihre Gedanken zu rasen aufgehört hätten.

Oh Cotillion, du hast es gewusst, stimmt's? Du hast gewusst, dass das geschehen würde. Doch du hast die Entscheidung mir überlassen. Und plötzlich fühlt sich Freiheit wie ein Fluch an.

Cotillion, du spielst niemals ehrlich.

Die westliche Küste der Catal-See war ein schroffes Durcheinander aus Fjorden, hohen schwarzen Klippen und umgestürzten Felsblöcken. Die Berge, die fast direkt hinter dem Ufer in die Höhe ragten, waren dicht mit Koniferen bestanden, deren grüne Nadeln so dunkel waren, dass sie fast schwarz wirkten. Große Raben mit roten Schwanzfedern wirbelten über ihnen durch die Luft, und sie stießen ein merkwürdiges raues Lachen aus, als sie einen neuen Kurs einschlugen und auf die Flotte drohender Schiffe zuhielten, die sich den Malazanern näherte, wobei sie sich tief herabsinken ließen, nur um sich mit schweren, geschmeidigen Flügelschlägen wieder höher zu schwingen.

Das Flaggschiff der Mandata befand sich nun neben Noks Schiff, und der Admiral hatte gerade übergesetzt, um gemeinsam mit Tavore die Ankunft der Verender zu erwarten.

Keneb starrte fasziniert die gewaltigen Kriegsschiffe an, die immer näher kamen. Jedes bestand eigentlich aus zwei Dromonen, die durch bogenförmige Spanten miteinander verbunden waren, so dass dadurch Katamarane von wahrhaft zyklopischer Größe entstanden. Die plötzlich einsetzende Windstille hatte den Einsatz von Rudern notwendig gemacht, und dies schloss auch eine Doppelreihe Ruder mit ein, die aufgrund der Spanten verkürzt waren und auf der Innenseite der Dromonen ins nun wieder ruhige Wasser tauchten.

Die Faust hatte einunddreißig dieser riesigen Kriegsschiffe gezählt, die wie ein breiter, abgeflachter Keil angeordnet waren. Er konnte die Ballisten sehen, die beiderseits des aus Wolfsköpfen bestehenden Bugs aufgestellt waren, und über die ganze Länge der Schiffe war eine Doppelreihe sich überlappender, rechteckiger Schilde an der äußeren Reling angebracht, deren bronzene Oberflächen poliert waren und im gedämpften Sonnenlicht glänzten.

Als das Führungsschiff heran war, wurden die Ruder aus dem Wasser gehoben und verschwanden im Rumpf.

»Schaut einmal genau zwischen die Rümpfe, Admiral«, sagte einer von Noks Offizieren, »man kann erkennen, dass es auch unter

Wasser Verbindungsspanten gibt – und die da unten haben Rammaufsätze.«

»Es wäre in der Tat nicht sonderlich klug«, sagte Nok, »diese Verender zu einer Schlacht herauszufordern.«

»Und doch hat irgendjemand genau das getan«, sagte die Mandata. »Da drüben, bei dem Schiff, das das Flaggschiff flankiert, kann man Schäden erkennen, die magisches Feuer angerichtet hat. Admiral, was schätzt Ihr, wie viele Soldaten befinden sich wohl an Bord dieser Katamarane?«

»Das könnten bis zu zweihundert Seesoldaten – oder eine Entsprechung – an Bord einer jeden Dromone sein. Vierhundert Mann pro Schiff – ich frage mich, ob einige davon vielleicht auf den Ruderbänken sitzen. Es sei denn, sie setzen Sklaven ein.«

Die Flagge, die unterhalb des Krähennests am Hauptmast des Führungsschiffs zu sehen war, zeigte einen Wolfskopf auf einem schwarzen, mit einer grauen Borte umgebenen Feld.

Sie sahen zu, wie ein langes Boot, das ein wenig einem Kriegskanu ähnelte, zwischen den beiden Rümpfen des Flaggschiffs zu Wasser gelassen wurde, dann stiegen gerüstete Soldaten nach unten und griffen nach den Paddeln. Drei weitere Gestalten gesellten sich zu ihnen. Alle außer einer trugen eiserne Helme mit einem Nackenschutz und weit nach vorn reichenden Wangenschützern. Dazu graue Umhänge und Lederhandschuhe. Die einzige Ausnahme bildete ein Mann, groß, hager und kahlköpfig, der ein Gewand aus schwerem dunkelgrauem Wollstoff trug. Sie hatten helle Haut, aber alle anderen charakteristischen Merkmale blieben unter den Rüstungen verborgen.

»Da hocken jetzt aber eine Menge Kettenhemden in dem Kanu«, murmelte der gleiche Offizier. »Wenn es kentert, rostet ein Dutzend von ihnen am Meeresboden …«

Das Boot glitt über den unter der Wasseroberfläche gelegenen Rammsporn; es wurde rasch von den Paddlern vorangetrieben, die sich perfekt aufeinander abgestimmt bewegten. Augenblicke später sorgte ein leiser Befehl dafür, dass die Paddel eingeholt wurden – alle bis auf eines, mit dem der Soldat ganz hinten am Heck das Kanu längsseits neben das malazanische Flaggschiff brachte.

Auf Noks Befehl hin eilten Soldaten an die Reling, um der Abordnung der Verender an Bord zu helfen.

Als Erstes betrat eine breitschultrige Gestalt in einem schwarzen Umhang das Deck der *Geiferwolf*. Unter der dicken Wolle trug sie einen Wappenrock aus schwarzem Kettengeflecht, das ölig glänzte. Das Langschwert an der Hüfte hatte einen silbernen Wolfskopf als Knauf. Der Verender blieb kurz stehen, schaute sich um und ging dann auf die Mandata zu, während weitere Verender an der Reling auftauchten. Unter ihnen auch der Mann in dem Gewand, der demjenigen etwas zurief, den Keneb für den Kommandanten hielt. Letzterer blieb stehen, drehte sich halb um, und die Stimme, die dann hinter dem Visier des Helms hervordrang, überraschte Keneb, denn es war die Stimme einer Frau.

Das ist eine verdammte Riesin – selbst die Mädels bei unseren Schweren würden zögern, der hier entgegenzutreten.

Ihre Frage war kurz.

Der kahle Mann antwortete mit einem einzigen Wort, woraufhin sich die gerüstete Frau verbeugte und zur Seite trat.

Keneb schaute zu, wie der Mann im dunklen Wollgewand auf die Mandata zuging und sie dabei unverwandt anblickte. »Mezla«, sagte er. »Willkommen.«

Er spricht Malazanisch. Nun, das sollte die Dinge ein bisschen einfacher machen.

Die Mandata nickte. »Auch wir heißen Euch unsererseits willkommen, Verender. Ich bin Mandata Tavore Paran, und das ist Admiral Nok.«

»Oh ja, dieser Name ist uns bekannt, Mandata.« Eine tiefe Verbeugung in Richtung von Nok, der einen Augenblick lang überrascht schien, ehe er die Verbeugung freundlich erwiderte.

»Ihr sprecht unsere Sprache gut«, sagte Tavore.

»Vergebt mir, Mandata. Ich bin Destriant Run'Thurvian.« Er deutete auf die große Frau neben ihm. »Dies ist das Todbringende Schwert Krughava.« Und dann trat er ein Stück zur Seite und deutete auf einen weiteren Soldaten, der zwei Schritte hinter dem

Todbringenden Schwert stand. »Schild-Amboss Tanakalian.« Der Destriant fügte etwas in seiner eigenen Sprache hinzu, woraufhin sowohl das Todbringende Schwert als auch der Schild-Amboss ihre Helme abnahmen.

Oh, das sind verdammt harte Soldaten. Krughava hatte eisengraue Haare und blaue Augen, und ihr von Wind und Wetter gezeichnetes Gesicht war von Narben übersät, doch die Knochen unter ihren strengen, rechteckigen Gesichtszügen waren kräftig und gleichmäßig. Der Schild-Amboss war dagegen ziemlich jung und fast noch breiter in den Schultern, wenn auch nicht so groß wie das Todbringende Schwert. Seine Haare waren so gelb wie Weizenhalme, seine Augen tiefgrau.

»Eure Schiffe waren in einen Kampf verwickelt«, sagte Admiral Nok zum Destriant.

»Ja, Admiral. Wir haben vier in der Schlacht verloren.«

»Und die Tiste Edur?«, fragte die Mandata. »Wie viele haben sie verloren?«

Der Destriant verbeugte sich plötzlich vor dem Todbringenden Schwert, und die Frau antwortete in fließendem Malazanisch: »Das ist ungewiss. Vielleicht zwanzig, nachdem ihre Zauberei abgewehrt worden war. Die Schiffe waren flink, aber nicht voll bemannt. Nichtsdestotrotz haben sie gut gekämpft, ohne Pardon.«

»Und verfolgt Ihr nun die fliehenden Schiffe?«

»Nein, Mandata«, antwortete Krughava und verstummte dann.

Stattdessen ergriff der Destriant wieder das Wort. »Edle Mandata, edle Herren, wir haben auf Euch gewartet. Auf die Mezla.«

Dann drehte er sich um und machte ein paar Schritte, stellte sich neben den Schild-Amboss.

Krughava trat der Mandata genau gegenüber. »Vergebt mir, Admiral Nok«, sagte sie, ohne den Blick von Tavore abzuwenden. Und dann zog das Todbringende Schwert ihre Klinge.

Genau wie alle anderen malazanischen Offiziere, die Zeuge dieser Szene wurden, spannte Keneb sich an und griff nach seiner Waffe.

Aber die Mandata zuckte nicht zurück. Obwohl sie vollkommen unbewaffnet war.

In die Klinge aus bläulichem Stahl, die aus der Scheide glitt, war ein Bild eingeätzt, das von der Spitze bis zur Parierstange reichte – zwei Wölfe, langgestreckt, in vollem Lauf, jeder Wirbel im Fell zu erkennen, ihre Fänge heller poliert als alles andere und schimmernd, die Augen geschwärzte Flecke. Die künstlerische Ausführung war vorzüglich, doch die Klinge, die in ihrer ganzen Länge ölig glänzte, wies zahlreiche Kerben und weitere Anzeichen häufigen Gebrauchs auf.

Das Todbringende Schwert hielt die Waffe waagrecht vor ihre Brust, und die Worte, die sie sprach, klangen förmlich und unnachgiebig: »Ich bin Krughava, das Todbringende Schwert der Grauen Helme der Verender, den Wölfen des Winters verschworen. In feierlicher Hinnahme all dessen, was schon bald geschehen wird, verpflichte ich meine Armee Euren Diensten, Mandata Tavore Paran. Unsere vollständige Streitmacht: einunddreißig Kriegsthrone, dreizehntausendneunundsiebzig Brüder und Schwestern des Ordens. Das Ende der Welt wartet auf uns, Mandata Tavore. Im Namen von Togg und Fanderay werden wir kämpfen bis zum Tod.«

Niemand sagte ein Wort.

Das Todbringende Schwert ließ sich auf ein Knie nieder und legte das Schwert Tavore zu Füßen.

Kalam stand neben dem Schnellen Ben auf dem Vorderkastell und beobachtete die Zeremonie auf dem Mitteldeck. Der Magier murmelte die ganze Zeit leise vor sich hin, und schließlich verärgerte das Gemurmel den Assassinen so sehr, dass er den Blick von der Szenerie abwandte, obwohl die Mandata mit einer Feierlichkeit, die der des Todbringenden Schwerts gleichkam, das Schwert aufhob und es Krughava zurückgab.

»Wirst du wohl still sein, Ben!«, zischte Kalam. »Was ist los mit dir?«

Der Magier starrte ihn an, und in seinen Augen war ein halbwilder Ausdruck. »Ich erkenne diese … diese Verender. Die Titel, die verdammte Förmlichkeit und die gehobene Ausdrucksweise – ich erkenne diese Leute!«

»Und?«

»Und … nichts. Aber eines kann ich dir sagen, Kal: Wenn wir jemals belagert werden sollten, dann wehe den Angreifern.«

Der Assassine schnaubte. »Graue Helme –«

»Graue Helme, Graue Schwerter … Bei den Göttern hienieden, Kalam – ich muss mit Tavore sprechen.«

»Endlich!«

»Ich muss wirklich mit ihr sprechen.«

»Geh runter und stell dich vor, Hohemagier.«

»Du musst verrückt sein …«

Der Satz, der irgendwie verklang, veranlasste Kalam, den Blick wieder auf die Menge auf dem Mitteldeck zu richten, und er sah, dass Destriant Run'Thurvian zu ihnen hochschaute – und sein Blick sich mit dem des Schnellen Ben kreuzte. Dann lächelte der Mann in der dunkelgrauen Robe und verbeugte sich tief.

Köpfe drehten sich.

»Scheiße«, sagte der Schnelle Ben neben ihm.

Kalam machte ein finsteres Gesicht. »Hohemagier Ben Adaephon Delat«, murmelte er leise vor sich hin, »der Herr der gehobenen Ausdrucksweise.«

Kapitel Zehn

Ein Buch der Prophezeiungen öffnet die Tür. Man braucht ein zweites Buch, um sie wieder zu schließen.

Tanno-Geistergänger Kimloc

Die Dienerin legte mit einer silbernen Zange eine weitere Scheibe gemahlenes Rostlaub auf die Wasserpfeife. Felisin die Jüngere zog am Mundstück, winkte die Dienerin weg und schaute amüsiert zu, wie die alte Frau – den Kopf so tief geneigt, dass ihre Stirn fast den Fußboden streifte – sich auf Händen und Knien rückwärts bewegte. Weitere Regeln von Kulat hinsichtlich dessen, was schicklich war, wenn man sich in Gesellschaft der Wiedergeborenen Sha'ik befand. Sie war es müde, darüber zu streiten – wenn die Narren sie unbedingt verehren mussten, sollten sie es tun. Immerhin wurden zum ersten Mal in ihrem Leben alle ihre Bedürfnisse erfüllt, kümmerten sich alle mit grimmigem Eifer nur um sie, und zu ihrer eigenen Überraschung wuchsen diese Bedürfnisse mit jedem Tag, der verstrich.

Als wäre ihre Seele ein gewaltiger Kessel, der gefüllt werden wollte, doch in Wirklichkeit bodenlos war. Sie fütterten sie unaufhörlich, und sie wurde schwer, unförmig, bekam Falten aus weichem Fett – unter ihren Brüsten und auf ihren Hüften und am Hintern, an der Unterseite ihrer Arme, am Bauch und an den Oberschenkeln. Zweifellos auch im Gesicht, allerdings hatte sie jegliche Spiegel aus ihrem Thronsaal und ihren privaten Gemächern verbannt.

Essen war nicht ihre einzige Ausschweifung. Da war noch der Wein und das Rostlaub, und nun war da auch noch das Liebemachen. Unter den Dienern, die sich um sie kümmerten, waren ein

Dutzend, deren Aufgabe es war, ihr Sinnesfreuden zu bereiten. Anfangs war Felisin schockiert, ja, aufgebracht gewesen, aber die Beharrlichkeit hatte sich durchgesetzt. Weitere verdrehte Regeln von Kulat – das verstand sie jetzt. Seine Begierden drehten sich ausschließlich ums Zusehen, und viele Male hatte sie das feuchte Klicken der Steine in seinem Mund hinter einem Vorhang oder einem Stück bemalter Wandtäfelung hervor vernommen, wenn er sie voller Geilheit bespitzelt hatte.

Sie verstand ihren neuen Gott jetzt. Endlich. Bidithal hatte ganz und gar unrecht gehabt – dies war kein Glaube der Enthaltsamkeit. Die Apokalypse wurde in der Ausschweifung verkündet. Die Welt endete in einer Schwemme, und so, wie ihre eigene Seele ein bodenloser Kessel war, waren es auch die Bedürfnisse der gesamten Menschheit, und sie war die vollkommene Repräsentantin, was das anging. Wie die Menschen alles verschlangen, was sie umgab, tat auch sie es.

Als Wiedergeborene Sha'ik war es ihre Aufgabe, hell und rasch zu brennen – und dann zu sterben. In den Tod zu gehen, in dem die wahre Erlösung lag, das Paradies, von dem Kulat wieder und wieder sprach. Merkwüdig war, dass sich Felisin zwar damit abmühte, sich dieses Paradies vorzustellen, sie aber nur Visionen heraufbeschwören konnte, die zu dem passten, was sie jetzt umschloss, da ihr jeder Wunsch ohne Zögern, ohne Bewertung erfüllt wurde. Vielleicht würde es so sein – für alle. Aber wenn alle so ein Dasein führen würden, wo waren dann die Diener?

Nein, sagte sie zu Kulat, es musste unterschiedliche Stufen der Erlösung geben. Makelloser Dienst in dieser Welt wurde mit absoluter Trägheit in der anderen belohnt. In Demut, Selbstaufopferung und äußerster Knechtschaft zu leben – das war es, was allenthalben als erstrebenswert galt. Das einzige Problem bei dieser Vorstellung, die Kulat bereitwillig übernommen und in Edikte verwandelt hatte, war Felisins eigene Stellung: Würde ihre gegenwärtige Trägheit – ihr Schwelgen in all den Exzessen, die den anderen erst für die Zeit nach ihrem Tod versprochen waren – womöglich ein jenseitiges Leben nach sich ziehen, das aus brutaler Versklavung bestand und in dem sie dann die Bedürfnisse aller anderen zu befriedigen hatte?

Kulat versicherte ihr, dass sie keinen Grund zur Besorgnis habe. Im Leben war sie die Verkörperung des Paradieses, das Symbol des Versprechens. Doch nach ihrem Tod würde die Erlösung folgen. Sie war schließlich die Wiedergeborene Sha'ik, und das war keine Rolle, die sie sich freiwillig ausgesucht hatte. Sie war ihr aufgedrängt worden, und das war die größte Art der Knechtschaft von allen.

Er war sehr überzeugend, auch wenn tief in ihrem Innern ein winziger Splitter des Zweifels blieb, ein paar Gedanken, die hintereinander her stolperten: *Ohne Ausschweifungen würde ich mich besser fühlen, was mich selbst betrifft. Ich wäre wieder so, wie ich einst war, als ich mit Schlitzer und Scillara, mit Graufrosch und Heboric Geisterhand durch die wilden Lande wandelte. Ohne alle diese Diener wäre ich in der Lage, für mich selbst zu sorgen und klar zu erkennen, dass ein Leben in Mäßigung besser ist als all das hier. Ich würde erkennen, dass dies ein vergängliches Paradies ist, das Fehler wie Blumen züchtet, das nur tödliche Wurzeln nährt, das jegliches Leben in mir erstickt, bis ich nur noch … das hier habe.*

Das hier. Diesen umherschweifenden Geist. Felisin die Jüngere versuchte mühsam, sich zu konzentrieren. Zwei Männer standen vor ihr. Ihr wurde klar, dass sie schon einige Zeit dort standen. Kulat hatte sie angekündigt, obwohl das eigentlich nicht notwendig gewesen wäre, denn sie hatte gewusst, dass sie kommen würden. Und tatsächlich erkannte sie sie beide. Diese harten, verwitterten Gesichter, die Spuren von Schweiß in all dem Staub, die abgetragenen Lederrüstungen, die runden Schilde und die Krummsäbel an ihren Hüften.

Derjenige, der näher bei ihr stand, war groß, grimmig. *Mathok, der in der Armee der Apokalypse die Wüstenstämme befehligte. Mathok, Leomans Freund.*

Und einen Schritt hinter dem Kommandanten Mathoks Leibwächter T'morol, der aussah wie ein aufrecht gehender, unbehaarter Wolf und die kalten, eindringlichen Augen eines Jägers hatte.

Sie hatten ihre Armee, ihre Krieger mitgebracht.

Das hatten sie mitgebracht … und noch mehr …

Felisin die Jüngere wandte den Blick von Mathoks Gesicht ab, senkte ihn auf das zerfledderte ledergebundene Buch in seinen Händen. Das Heilige Buch Dryjhnas, der Apokalyptischen. Während Leoman die Malazaner zu einer wilden Jagd verleitet und in die Falle namens Y'Ghatan gelockt hatte, waren Mathok und seine Wüstenkrieger still und heimlich gereist und hatten jeden Kontakt vermieden. Es war beabsichtigt gewesen, hatte Mathok erklärt, sich in Y'Ghatan wiederzutreffen, aber dann hatte die Pest zugeschlagen, und die Schamanen in seinen Truppen waren von Visionen heimgesucht worden.

Visionen von Hanar Ara, der Stadt der Gefallenen. Von Sha'ik, die erneut wiedergeboren worden war. Leoman und Y'Ghatan, so hatten sie Mathok erzählt, das war in jeglicher Hinsicht ein Fehler, ein Täuschungsmanöver. Und so hatte der Kommandant mitsamt seiner Armee kehrtgemacht und sich auf die lange Suche nach der Stadt der Gefallenen begeben. Um sie zu finden. Um das Heilige Buch in ihre Hände zu geben.

Eine schwierige Reise, eine, die zweifellos ein eigenes Epos verdient hätte.

Und nun stand Mathok vor ihr, und seine Armee lagerte in der Stadt, und Felisin saß mit all ihren Fettpolstern und von Rauch umwabert da und überlegte, wie sie ihm sagen konnte, was er hören wollte – was sie alle hören wollten, selbst Kulat.

Nun, sie würde … direkt sein. »Ich danke dir, Mathok, dass du mir das Buch Dryjhnas gebracht hast. Und ich danke dir auch, dass du mir deine Armee gebracht hast. Leider benötige ich beide Geschenke nicht.«

Mathok zog nervös die Brauen hoch. »Wiedergeborene Sha'ik, du kannst mit dem Buch machen, was du willst. Was meine Krieger angeht, brauchst du sie leider dringend. Eine malazanische Armee nähert sich –«

»Ich weiß. Aber ihr seid nicht genug. Außerdem brauche ich keine Krieger. Meine Armee marschiert nicht in Reihen. Meine Armee trägt weder Waffen noch Rüstungen. Und wenn sie erobert, tötet meine Armee keinen einzigen Gegner, versklavt sie niemanden, vergewaltigt sie nicht ein einziges Kind. Das, was meine Armee bringt, ist Erlösung, Mathok. Das Versprechen auf Erlösung. Die Einladung zur Erlösung.«

»Und was ist mit den Malazanern?«, fragte T'morol mit seiner rauen Stimme und fletschte die Zähne. »Ihre Armee *trägt* Waffen und Rüstungen. Ihre Armee marschiert in Reihen, Heilige, und im Augenblick marschiert sie *geradewegs auf unseren Arsch zu.«*

»Kulat«, sagte Felisin. »Such einen Platz für das Heilige Buch. Lass die Kunsthandwerker ein neues vorbereiten, mit leeren Seiten. Es wird ein zweites heiliges Buch geben. Mein Buch der Erlösung. Auf seiner ersten Seite schreibst du nieder, was hier an diesem Tag gesagt worden ist, Kulat, und gewährst dabei allen Anwesenden die Ehre, die sie verdient haben. Mathok und T'morol, ihr seid in der Stadt der Gefallenen höchst willkommen. Genau wie eure Krieger. Doch ihr müsst verstehen, dass die Tage des Gemetzels, des Krieges, vorüber sind. Legt eure Säbel und eure Schilde und eure Bogen nieder. Befreit eure Pferde von ihren Sätteln und lasst sie auf den hochgelegenen Weiden in den Hügeln an der Quelle Denet'inar frei umherlaufen. Sie sollen dort den Rest ihres Lebens verbringen, gesund und in Frieden. Mathok, T'morol, seid ihr damit einverstanden?«

Der Kommandant starrte auf das uralte Buch in seinen Händen, und Felisin sah, wie sich auf seinen Gesichtszügen ein höhnisches Lächeln ausbreitete. Er spreizte die Hände. Das Buch fiel zu Boden, landete auf dem Rücken. Bei dem Aufprall brach die Bindung. Uralte Seiten rutschten heraus. Ohne auf Felisin zu achten, wandte sich Mathok an T'morol. »Sammle die Krieger. Wir werden unsere Vorräte auffüllen, soweit es nötig ist. Danach brechen wir auf.«

T'morol sah zum Thron und spuckte vor dem Podest auf den Fußboden. Dann wirbelte er herum und schritt aus dem Zimmer.

Mathok zögerte, blickte Felisin schließlich aber doch noch einmal an. »Wiedergeborene Sha'ik, du wirst zweifellos meine Schamanen aufnehmen, ungeachtet der Schmach, die hier geschehen ist.

Ich lasse sie bei dir. Überlasse sie dir. Was deine Welt betrifft, deine aufgedunsene abscheuliche Welt und ihre giftige Erlösung, so überlasse ich sie dir ebenfalls. Für all das ist Leoman also gestorben. Für all das hat Y'Ghatan gebrannt.« Er musterte sie noch einen Augenblick lang, dann drehte er sich um und verließ den Thronsaal.

Kulat hastete herbei und sank neben dem Buch mit dem gebrochenen Rücken auf den Boden. »Es ist zerstört!«, sagte er, und seine Stimme verriet Entsetzen.

Felisin nickte. »Ganz und gar.« Sie lächelte über ihren eigenen Witz.

»Viertausend, schätze ich«, sagte Faust Rythe Bude.

Die Rebellenarmee hatte entlang eines Grats Position bezogen. Berittene Krieger, Lanzenreiter, Bogenschützen, doch keiner von ihnen hatte eine Waffe in der Hand. Die runden Schilde waren immer noch auf die Rücken geschnallt, die Köcher geschlossen, die Bogen ungespannt und an den Sätteln befestigt. Zwei Reiter hatten sich aus den Reihen gelöst und lenkten ihre Pferde den steilen Abhang hinunter, an dessen Fuß Paran und seine Offiziere sie erwarteten.

»Was glaubt Ihr, Hohefaust?«, fragte Hurlochel. »Das sieht doch sehr nach Kapitulation aus.«

Paran nickte.

Die zwei Männer waren unten angekommen und preschten rasch heran, machten vier Schritt vor der Vorhut des Heeres Halt.

»Ich bin Mathok«, sagte der Mann zur Linken. »Ich war einst in Sha'iks Armee der Apokalypse.«

»Und jetzt?«

Ein Schulterzucken. »Wir haben in der Heiligen Wüste Raraku gelebt, einer Wüste, die nun ein Meer ist. Wir haben als Rebellen gekämpft, aber die Rebellion ist vorbei. Wir haben geglaubt. Wir glauben nicht mehr.« Er zog seinen Krummsäbel aus der Scheide und warf ihn zu Boden. »Macht mit uns, was Ihr wollt.«

Paran lehnte sich im Sattel zurück. Er holte tief Luft und stieß sie mit einem langen Seufzen wieder aus. »Mathok«, sagte er, »du und deine Krieger, ihr seid frei und könnt hingehen, wo immer ihr hingehen wollt. Ich bin Hohefaust Ganoes Paran, und hiermit entlasse ich euch. Wie du gesagt hast – der Krieg ist vorbei, und ich für meinen Teil bin weder an einer Entschädigung noch an einer Bestrafung interessiert. Es ist nichts gewonnen, wenn man als Antwort auf vergangene Scheußlichkeiten einfach nur neue begeht.«

Der graubärtige Krieger neben Mathok schwang ein Bein über den Hals seines Pferdes und ließ sich aus dem Sattel gleiten. Als er auf dem Boden landete, zuckte er zusammen und krümmte den Rücken, verzog außerdem das Gesicht, dann humpelte er dorthin, wo der Krummsäbel seines Kommandanten lag. Er hob ihn auf, wischte den Staub von der Klinge und dem Heft und gab ihn Mathok zurück.

Paran meldete sich wieder zu Wort. »Ihr seid von dem Ort gekommen, der das Ziel des Pilgerzugs ist.«

»Der Stadt der Gefallenen, ja. Habt Ihr vor, sie zu zerstören, Hohefaust? Sie verfügen über keinerlei Verteidigung.«

»Ich will mit dem Anführer sprechen.«

»Dann vergeudet Ihr Eure Zeit. Sie behauptet, sie wäre die Wiedergeborene Sha'ik. Wenn das wahr ist, hat der Kult einen Niedergang erfahren, von dem er sich nie wieder erholen wird. Sie ist fett, vergiftet. Ich habe sie kaum wiedererkannt. Sie ist in der Tat *gefallen.* Ihre Anhänger sind Speichellecker und mehr an Orgien und Gefräßigkeit interessiert als an allem anderen. Sie sind von Krankheiten gezeichnet und halb verrückt. Ihr Hohepriester versteckt sich hinter Vorhängen, beobachtet ihre sexuellen Ausschweifungen und holt sich dabei einen runter, und sie beide kennen in dieser Hinsicht keine Grenzen und sind unersättlich.«

»Nichtsdestotrotz«, sagte Paran nach einem Moment der Stille, »spüre ich dort Macht.«

»Zweifellos«, antwortete Mathok, beugte sich zur Seite und spuckte aus. »Macht sie also alle nieder, Hohefaust, und Ihr werdet die Welt von einer neuen Art von Seuche befreien.«

»Wovon sprichst du?«

»Von einer Religion der Verkrüppelten und Gebrochenen. Einer Religion, die die Erlösung anbietet … man muss nur vorher sterben. Ich sage voraus, dass der Kult sich als hochgradig ansteckend erweisen wird.«

Er hat vermutlich recht. »Ich kann keine Unschuldigen töten, Mathok.«

»Dann werden die Gläubigsten und Eifrigsten von ihnen eines Tages Euch töten, Hohefaust.«

»Vielleicht. Ich werde mir Gedanken darüber machen, wenn dieser Zeitpunkt gekommen ist. In der Zwischenzeit liegen andere Aufgaben vor mir.«

»Ihr werdet mit der Wiedergeborenen Sha'ik sprechen?«

Paran dachte kurz nach und schüttelte dann den Kopf. »Nein. Wie du schon gesagt hast, hat das nicht viel Sinn. Auch wenn ich durchaus erkennen kann, dass es vermutlich klug wäre, diesen Kult auszulöschen, ehe er sich festsetzt, muss ich gestehen, dass ich solch einen Gedanken tadelnswert finde.«

»Und wohin werdet Ihr jetzt gehen, Hohefaust – wenn ich fragen darf?«

Paran zögerte. *Kann ich es wagen, ihm zu antworten? Nun, sie alle können es ebenso gut jetzt hören wie später.* »Wir kehren um, Mathok. Der Heerhaufen marschiert nach Aren.«

»Zieht Ihr in den Krieg?«, fragte der Kommandant.

Paran runzelte die Stirn. »Wir sind eine Armee, Mathok. Irgendwann wird es Kämpfe geben, ja.«

»Würdet Ihr uns dann in Eure Dienste aufnehmen, Hohefaust?«

»Was?«

»Wir sind ein wanderndes Volk«, erklärte Mathok. »Wir haben unsere Heimat verloren. Unsere Familien sind überall verstreut, und zweifellos sind viele an der Pest gestorben. Wir können nirgendwo hingehen, und es gibt niemanden, gegen den wir kämpfen können. Wenn Ihr uns jetzt zurückweist und uns freigebt, werden wir ins Nirgendwo reiten. Wir werden mit Stroh im Rücken und Sand in unseren Handschuhen sterben. Oder ein Krieger wird sich gegen den anderen wenden, und es wird auf sinnlose Weise Blut vergossen werden. Nehmt uns in Eure Armee auf, Hohefaust Ganoes Paran, und wir werden an Eurer Seite kämpfen und ehrenvoll sterben.«

»Du hast keine Ahnung, wo ich den Heerhaufen hinzuführen gedenke, Mathok.«

Der alte Krieger neben Mathok stieß ein bellendes Lachen aus. »Die Ödnis hinter dem Lager, oder die Ödnis, die nur wenige zuvor gesehen haben – wo ist der Unterschied?« Er wandte sich an seinen Kommandanten: »Mathok, mein Freund, die Schamanen sagen, dass der hier Poliel getötet hat. Allein schon dafür würde ich ihm in den Abgrund folgen, solange er uns Köpfe verspricht, die wir abschlagen können, und vielleicht ein oder zwei Frauen, die man unterwegs reiten kann. Ja, richtig, das ist alles, was wir erwarten, bevor wir im Schoß eines Gottes ein letztes Mal tanzen. Davon abgesehen bin ich es leid wegzulaufen.«

Zu alledem nickte Mathok einfach nur, den Blick unverwandt auf Paran gerichtet.

Dann haben sich gerade etwa viertausend Mann der besten Leichten Kavallerie dieses Kontinents – allesamt Veteranen – freiwillig verpflichtet. »Hurlochel«, sagte er, »du wirst dich als Verbindungsoffizier Kommandant Mathok anschließen. Kommandant – Ihr seid jetzt eine Faust, und Hurlochel wird von Euch eine Liste von Offizieren und möglichen Offizieren anfordern. Die malazanische Armee setzt berittene Truppen in Einheiten von fünfzig, hundert oder dreihundert Mann ein. Passt Eure Befehlsstruktur entsprechend an.«

»Das wird geschehen, Hohefaust.«

»Faust Rythe Bude, lasst den Heerhaufen kehrtmachen. Und … Noto Beul – such Ormulogun.«

»Schon wieder?«, fragte der Heiler.

»Na los!«

Ja, schon wieder. Ich glaube, ich brauche eine neue Karte. Und ich glaube, ich werde sie Erlösung nennen. Im Augenblick ist sie in der Einflusssphäre des Hauses der Ketten. Aber irgendetwas sagt mir, dass sie sich schließlich davon befreien wird. Solch ein Makel wird nicht von Dauer sein. Diese Karte ist neutral. In buchstäblich jedem Sinne des Wortes. Neutral – und wahrscheinlich dazu bestimmt, die schrecklichste Macht der Welt zu werden.

Verdammt, ich wollte, ich wäre skrupelloser. Diese Wiedergeborene Sha'ik und alle ihre verdrehten Anhänger – ich sollte in ihre Stadt reiten und sie alle niedermachen. Was genau das ist, was Mathok gerne von mir gewollt hätte.

Um das zu tun, was er selbst nicht tun konnte. *In der Hinsicht sind wir uns sehr ähnlich. In unserer ... Schwäche.*

Kein Wunder, dass ich den Burschen jetzt schon mag.

Auf dem Weg zurück zu den Wüstenkriegern auf dem Kamm lenkte Hurlochel sein Pferd neben das von Mathok und warf der neuen Faust einen Seitenblick zu. »Faust, als Ihr von der Wiedergeborenen Sha'ik gesprochen habt, habt Ihr gesagt ... dass Ihr sie kaum wiedererkannt hättet ...«

»Das stimmt. Sie war eine von Sha'iks adoptierten Töchtern in der Raraku. Natürlich war auch ... jene Sha'ik ... nicht das, was sie schien, wie Leoman und ich sehr wohl wussten. Oh, sie war natürlich von der Göttin des Wirbelwinds auserwählt worden, das schon, aber sie war kein Kind der Wüste.«

»Nicht?«

»Nein. Sie war eine Malazanerin.«

»Was?«

Mathoks Begleiter gab ein Knurren von sich und spuckte aus. »Eine Mezla, ja. Und die Mandata hat es nie erfahren – das haben wir zumindest gehört. Sie hat eine gerüstete, einen Helm tragende Frau getötet. Und ist dann weggegangen. Der Leichnam ist ... verschwunden. Eine Mezla, die eine Mezla tötet – was müssen die Götter gelacht haben ...«

»Oder geweint«, sagte Hurlochel leise. Er hatte eigentlich vor, noch mehr Fragen im Hinblick auf diese neue Wiedergeborene Sha'ik zu stellen, doch eine Abfolge tragischer Bilder – Varianten jenes schicksalhaften Duells in der Raraku, ehe die Wüste wieder zum Meer geworden war – raste durch seine Gedanken. Und daher ritt er schweigend neben den Kriegern den Abhang hinauf und war binnen kürzester Zeit vollauf mit den Notwendigkeiten beschäftigt, die die Neuorganisation von Mathoks Reiterkriegern mit sich brachte.

So beschäftigt, dass er der Hohefaust nichts von dieser Unterhaltung erzählte.

Drei Längen von der Stadt der Gefallenen entfernt, ließ Paran den Heerhaufen kehrtmachen und die Richtung zum weit entfernten Aren einschlagen. Auf der Straße, die sie aus dem Reich der Sieben Städte hinausführen würde.

Um nie wieder zurückzukehren.

Saur Bathrada und Kholb Harat waren von der Hafenstadt Sepik aus zu einem Hochlanddorf marschiert, das sich zwölf Meilen entfernt im Landesinnern befand. Die zwanzig Edur-Krieger und vierzig letheriischen Seesoldaten unter ihrem Befehl hatten die versklavten, degenerierten Mischlinge eingesammelt, die begriffsstutzigen Primitiven rituell von ihren symbolischen Ketten befreit und sie dann für den Marsch zurück zur Stadt und ihren Schiffen richtig in Ketten gelegt. Anschließend hatten Saur und Kholb die Menschen von Sepik in einen Schafspferch getrieben, in dem sodann ein Scheiterhaufen errichtet worden war. Nacheinander waren die Mütter gezwungen worden, ihre Säuglinge und Kinder in die lodernden Flammen zu werfen. Danach waren die Frauen vergewaltigt und schließlich enthauptet worden. Ihre Männer, Brüder und Väter hatten zusehen müssen. Als nur noch sie übrig waren, waren sie systematisch zerstückelt und ohne Arme und Beine liegengelassen worden, um inmitten der blökenden, blutbespritzten Schafe zu verbluten.

An jenem Tag war ein Schrei im Herzen von Ahlrada Ahn geboren worden, und bis heute war dieser schreckliche, entsetzliche Schrei nicht verstummt. Rhulads Schatten lag auf den Tiste Edur, ganz egal, wie weit der Thron und die wahnsinnige Kreatur, die auf ihm saß, entfernt waren. Und in diesem Schatten brodelte ein Albtraum, aus dem es kein Erwachen gab.

Der Schrei fand seinen Widerhall in den Erinnerungen an diesen Tag, den Schreien aus den Kehlen brennender Kinder, den sich windenden Gestalten in den prasselnden Flammen, dem Feuerschein, der sich auf den ungerührten Gesichtern der Edur-Krieger widergespiegelt hatte. Selbst die Letherii hatten sich, von Entsetzen überwältigt, schließlich abgewandt. Ahlrada Ahn wünschte sich, dass er das Gleiche hätte tun können, ohne das Gesicht zu verlieren. Stattdessen war er bei den anderen geblieben und hatte nichts von den Gefühlen verraten, die in ihm tobten. Die tobten und … alles zerbrachen. *In mir* sagte er zu sich selbst in jener Nacht, zurück in Sepik, wo die Geräusche von außerhalb des Zimmers, das er gefunden hatte, davon kündeten, dass das Blutbad immer noch andauerte, *in mir gibt es nichts Aufrechtes mehr.* In jener Nacht dachte er zum ersten Mal in seinem Leben daran, sich selbst zu töten.

Ein Zeichen von Schwäche. Die anderen hätten es nicht anders sehen können – sie konnten es sich nicht erlauben –, und daher wäre es kein Protest gewesen, sondern eine Kapitulation, und sie hätten sich in einer langen Reihe aufgestellt, um auf seinen Leichnam zu spucken. Und Krieger wie Saur Bathrada und Kholb Harat hätten ihre Messer gezogen und sich hingehockt und den gefühllosen Leichnam verunstaltet, und ihre Augen hätten vor Vergnügen geleuchtet. Denn diese beiden Edur hatten angefangen, Blut und Schmerzen zu lieben, und sie waren nicht die Einzigen.

Der König von Sepik war als Letzter gestorben. Er war gezwungen worden, die Auslöschung seines geschätzten Volkes mit anzusehen. Es hieß, dass er ein gütiger Herrscher gewesen war – *oh, wie die Edur diese Aussage verachteten, als ob sie eine Beleidigung wäre, eine schwere, bösartige Beleidigung.* Dieser unglückliche Mann, der zwischen zwei Kriegern zusammengebrochen war, die angestrengt versucht hatten, ihn aufrecht zu halten, und ihn an seinen grauen Haaren gepackt hatten, um seinen Kopf hochzuhalten, damit er *sehen konnte.* Oh, wie er geschrien und gewimmert hatte. Bis Tomad Sengar des Geschreis überdrüssig geworden war und angeordnet hatte, den König vom Turm zu werfen. Und als er hinuntergefallen war, war sein Gewimmer zu einem Geräusch geworden, in dem Erleichterung mitschwang. *Er hat jene Pflastersteine, die ihm so rasch entgegenkamen, als Erlösung betrachtet. Und das ist unser Geschenk. Unser einziges Geschenk.*

Ahlrada Ahn zog erneut seine von den Merude hergestellten Krummsäbel, betrachtete ihre tödlich scharfen Schneiden. Die Griffe fühlten sich gut an, fühlten sich richtig an, wie sie sich in seine großen Hände schmiegten. Er hörte Unruhe unter den Kriegern, die an Deck versammelt waren, und als er aufblickte, sah er, wie sich der Mann namens Taralack Veed durch die Menge schob, mit Atri-Preda Yan Tovis an seiner Seite – und in ihrem Kielwasser der Jhag, der als Icarium bekannt war.

Der schweigsame Krieger mit dem traurigen Gesicht, der größer war als die meisten Edur, trug nichts weiter als sein altes, einseitig geschliffenes Schwert. Keinen Bogen, keine Scheide für die Waffe in seiner Rechten, keinerlei Rüstung. Dennoch spürte Ahlrada Ahn, wie ihn ein Frösteln durchlief. *Ist er tatsächlich ein Meisterkämpfer? Was werden wir an diesem Tage sehen, jenseits des Tores?*

Zweihundert Edur-Krieger, der Hexer Sathbaro Rangar vom Stamm der Arapay – der jetzt seinen missgestalteten Körper vorwärtsschleppte, um sich Icarium in den Weg zu stellen – und sechzig letheriische Bogenschützen. Alle bereit, alle darauf erpicht, mit dem Töten zu beginnen.

Der Hexer starrte den Jhag blinzelnd an, der vor ihm stehen blieb – weder aus Nachgiebigkeit oder aus so etwas wie Höflichkeit, sondern eher, weil der verformte alte Mann ihm den Weg verstellte. »Ich sehe nichts in dir«, krächzte Sathbaro Rangar. »Nur eine große Leere, als ob du noch nicht einmal hier wärst. Und dein Begleiter behauptet, du wärst ein großer Krieger? Ich glaube, wir werden betrogen.«

Icarium sagte nichts.

Der Mensch namens Taralack Veed trat vor, blieb kurz stehen, um sich in die Hände zu spucken und die Haare zurückzustreichen. »Hexer«, sagte er in der Handelssprache, die er einigermaßen beherrschte, »wenn der Kampf beginnt, wirst du die Geburt von all dem erleben, was in ihm wartet. Das verspreche ich. Icarium existiert, um zu zerstören, um zu kämpfen, wollte ich sagen, und das ist alles.«

»Und warum weint er dann bei deinen Worten?«, fragte Tomad Sengar, der hinter Ahlrada Ahn stand.

Taralack Veed drehte sich um und verbeugte sich tief. »Preda, er trauert um das, was in ihm verloren ist, um all das, was Euer Hexer wahrnimmt – die Abwesenheit, die leere Hülle. Es spielt keine Rolle.«

»Es spielt keine Rolle.« Das glaubte Ahlrada Ahn nicht. Er konnte es nicht glauben. *Ihr Narren! Seht ihn euch an! Was du siehst, Sathbaro Rangar, ist nichts weiter als* Verlust. *Kann denn keiner von euch die Bedeutung dieser Tatsache erkennen? Was laden wir da zu uns ein?* Und dieser Taralack Veed, dieser übel riechende Wilde … *Seht doch nur, wie nervös er aussieht, als ob er sich selbst vor dem fürchten würde, was kommen wird. Nein, ich bin nicht blind und sehe das gierige Funkeln in seinen Augen, aber ich erkenne darin auch Furcht. Sie schreit aus jeder seiner Gesten.*

Was bringen wir hier in Gang?

»Hexer, bereite den Pfad vor«, sagte Tomad Sengar.

Bei diesen Worten machten alle ihre Waffen bereit. Saur Bathrada und Kholb Harat würden die Spitze übernehmen, gefolgt von Sathbaro Rangar selbst und dann von Taralack und seinem Schützling, mit der Masse der Edur hinter ihnen und den Letherii ganz am Schluss, mit angelegten Pfeilen.

Dies würde Ahlrada Ahns erster Kampf gegen die Wächter des Throns werden. Aber er hatte genug Geschichten gehört. Kämpfe ohne Gnade. Kämpfe, die nicht weniger grimmig waren als die schlimmsten, die die Edur bisher erlebt hatten. Er packte seine Krummsäbel fester und begab sich in Position, in der ersten Reihe der Hauptstreitmacht. Leise Grüße drangen an seine Ohren – alle Edur-Krieger fühlten sich durch Ahlrada Ahns Anwesenheit in ihren Reihen ermutigt. *Der Speerbrecher. Furchtlos, als wäre er begierig auf den Tod.*

Oh ja, das bin ich tatsächlich. Begierig auf den Tod. Meinen eigenen.

Doch andererseits – träume ich nicht immer noch davon, nach Hause zu gehen?

Er sah zu, wie das ausgefranste Tor in der Luft erglühte, dann weit aufklaffte, von grauen Flammen eingefasst, sein Rachen nichts weiter als verschwommene Dunkelheit.

Der Hexer trat zur Seite, und Saur und Kholb stürzten sich in das Tor, verschwanden in der Düsternis. Sathbaro Rangar folgte ihnen, danach kamen Taralack und Icarium. Und dann war Ahlrada Ahn an der Reihe. Er schob sich vorwärts, in die Leere –

– und stolperte auf einem rissigen Lehmboden weiter. Die Luft roch süß nach den Düften des Waldes. Genau wie in der Welt, die sie gerade verlassen hatten, war es später Nachmittag. Während sich Ahlrada Ahn weiter vorwärtsbewegte, schaute er sich um. Sie waren allein; niemand stellte sich ihnen entgegen.

»Wo sind wir?«, hörte er Icarium fragen.

Der Hexer der Arapay drehte sich um. »Auf Drift Avalii, Krieger. Wo sich der Thron des Schattens befindet.«

»Und wer bewacht ihn?«, wollte Taralack Veed wissen. »Wo ist nun euer grimmiger Feind?«

Sathbaro Rangar hob den Kopf, als würde er prüfend die Luft einsaugen, dann brummte er überrascht: »Die Dämonen sind geflohen. Sie sind geflohen! Warum? Warum haben sie uns den Thron überlassen? Nach all diesen Kämpfen? Das verstehe ich nicht.«

Ahlrada Ahn warf einen Blick auf Icarium. *Dämonen … die fliehen …*

»Das verstehe ich nicht«, sagte der Hexer noch einmal.

Aber ich verstehe es vielleicht. Oh, bei den Schwestern, wer schreitet da nun in unserer Mitte?

Und dann zuckte er zusammen, als er ein leises, flüsterndes Geräusch hörte, und wirbelte mit erhobenen Waffen herum.

Aber es war nichts weiter als eine Eule, die auf dem breiten Pfad vor ihnen davonglitt.

Er sah den Hauch einer Bewegung im Humus, und die Krallen des Raubvogels zuckten nach unten. Dann schwang sich die Eule mit langen Flügelschlägen wieder in die Höhe, eine winzige gebrochene Gestalt in ihrem niederträchtigen Griff.

»Es hat nichts zu bedeuten«, sagte der Arapay-Hexer. »Gehen wir und nehmen wir unseren Thron in Besitz.« Und mit diesen Worten machte er sich daran, sein verkrümmtes Bein nachziehend den Pfad entlangzuhumpeln.

Taralack Veed sah Icarium verwirrt an. »Was spürst du hier? An diesem Ort?«

Der Blick, der ihm zugeworfen wurde, war ausdruckslos. »Die Schattendämonen sind gegangen, als wir kamen. Da war ... jemand. Ein Mann, aber auch er ist fort. Schon vor einiger Zeit. Er ist derjenige, dem ich hätte entgegentreten sollen.«

»Ist er gut genug, um dich zu entfesseln, Icarium?«

»Er ist vielleicht gut genug, um mich zu töten, Taralack Veed.«

»Unmöglich.«

»Nichts ist unmöglich«, sagte Icarium.

Sie gingen hinter dem halben Dutzend Edur her, die vorausgeeilt waren, um sich zu Sathbaro Rangar zu gesellen.

Fünfzehn Schritte weiter den Pfad entlang stießen sie auf die ersten Anzeichen vergangener Kämpfe. Die aufgeblähten Leichen von Dämonen – Aptorian und Azalan. Sie waren bestimmt nicht kampflos gefallen, das wusste Taralack Veed. Er hatte von ungeheuerlichen Verlusten gehört, die die Edur, vor allem aber die Letherii erlitten hatten. Ihre Leichen waren mitgenommen worden.

Ein kurzes Stück voraus erhoben sich die Mauern eines überwucherten Innenhofs. Das Tor war zerschmettert. Mit Icarium einen Schritt hinter ihm, folgte Taralack Veed den anderen in den Hof, doch dann hielt der Jhag den Gral-Krieger plötzlich fest. »Nicht weiter.«

»Was?«

Auf Icariums Gesicht lag ein merkwürdiger Ausdruck. »Das ist nicht nötig.«

Zusammen mit Saur und Kholb begleitete Ahlrada Ahn den Arapay-Hexer in das schattige, von Abfällen übersäte Zimmer, das als Thronraum diente. Der Sitz des Schattens, die Seele von Kurald Emurlahn, der Thron, der in Besitz genommen werden musste, damit die zerbrochene Sphäre wieder in das verwandelt werden konnte, was sie einst gewesen war – ein heiles Gewirr, vor Macht brodelnd.

Vielleicht könnte Rhulad mit ihm den Fluch brechen –

Sathbaro Rangar schrie auf – es war ein gellender, schrecklicher Aufschrei – und geriet ins Stolpern.

Ahlrada Ahns Gedanken lösten sich auf. Er starrte auf das, was sich vor ihm befand.

Der Thron des Schattens, der dort auf dem erhöhten Podest an der Rückwand des Raums stand …

Er ist zerstört!

In Stücke geschlagen, das schwarze Holz zersplittert, so dass das blutrote Herzholz zu sehen war. *Die Dämonen haben uns … nichts überlassen. Der Thron von Kurald Emurlahn ist für uns verloren.*

Der Hexer hockte auf den Knien, stieß noch immer schrille Schreie aus, das Gesicht der fleckigen Decke zugewandt. Saur und Kholb standen mit den Waffen in den Händen da, doch sie schienen erstarrt zu sein.

Ahlrada Ahn ging zu Sathbaro Rangar und packte den Hexer am Kragen, zog ihn auf die Beine. »Das reicht«, sagte er. »Reiß dich zusammen. Wir mögen hier fertig sein, aber wir sind noch nicht am Ende – das weißt du. Die Krieger werden jetzt ein Blutbad anrichten wollen. Du musst zum Tor zurückkehren – es gibt einen anderen Thron zu gewinnen, und diejenigen, die ihn verteidigen, werden nicht fliehen, wie die hier es getan haben. Nimm dich zusammen, Sathbaro Rangar!«

»Ja«, keuchte der Hexer und riss sich von Ahlrada Ahn los. »Ja, du sprichst die Wahrheit, Krieger. Ein Gemetzel, ja, das ist jetzt notwendig. Kommt, lasst uns gehen – oh, im Namen von Vater Blutauge, lasst uns *diesen Ort verlassen*!«

»Sie kommen zurück«, sagte Taralack Veed, als die Tiste Edur am Eingang des Tempels auftauchten. »Der Hexer, er sieht ... bedrückt aus. Was ist passiert?«

Icarium sagte nichts, aber in seinen Augen stand plötzlich ein Funkeln.

»Jhag«, knurrte Sathbaro Rangar, als er an ihnen vorbeihumpelte, »sammle dich. Auf uns wartet eine echte Schlacht.«

Verwirrung in den Reihen der Edur, es wurden ein paar Worte gewechselt, gefolgt von einem Aufschrei, Flüchen, wütendem Gebrüll. Die Wut breitete sich aus, wurde schlagartig zu einem Flächenbrand, der wild darauf war, alles zu verschlingen, das es wagen würde, sich ihm in den Weg zu stellen. Sie wirbelten herum, eilten auf das flackernde Tor zu.

Sie kehrten nicht zu den Schiffen zurück.

Taralack Veed hatte von Zwielicht gehört, dass ein anderer Kommandant der Edur namens Hanradi Khalag seine Krieger gegen einen anderen Feind geschickt hatte – ebenfalls durch ein Tor, das binnen weniger Tagesreisen zu einem anderen heimlichen Krieg führte. Und diese Feinde waren es, die nun den Zorn dieser Edur hier zu spüren bekommen würden. *Und den von Icarium.*

Dann werden sie es also schließlich doch sehen. Das ist gut.

Von dem Jhag an seiner Seite kam ein Laut, der Taralack Veed überrascht herumfahren ließ. Ein leises Lachen.

»Du bist erheitert?«, fragte er Icarium. Seine Stimme war nur ein heiseres Flüstern.

»Vom Schatten sind sie beide«, sagte der Jhag rätselhaft, »doch der Weber täuscht den Verehrer. Aber ich werde nichts sagen. Ich bin ja schließlich *leer*.«

»Ich verstehe nicht.«

»Das spielt keine Rolle, Taralack Veed. Das spielt keine Rolle.«

Der Thronraum war wieder verlassen. Der Staub senkte sich, die Schatten stahlen sich davon, kehrten zurück in ihre voraussagbaren Schlupfwinkel. Von dem zerschmetterten Thron ging plötzlich ein schwaches Schimmern aus, seine Ecken und Kanten verschwammen, und dann waberte er auf eine Weise, dass jeder, der es mit angesehen hätte, beunruhigt gewesen wäre – aber es gab hier kein solches empfindungsfähiges Wesen.

Die zerschmetterten, zermalmten hölzernen Bruchstücke schmolzen dahin.

Und dann stand der Thron des Schattens wieder auf dem Podest. Und von ihm löste sich eine schattenhafte Gestalt, die mehr Substanz besaß als alle anderen. Klein, gebückt, in unzählige Lagen mitternachtsdunkler Schleier gehüllt. In dem undeutlichen Schmutzfleck, der an der Stelle war, wo ein Gesicht hingehört hätte, waren nur die Augen kurz sichtbar, blitzten einen Atemzug lang auf.

Die Gestalt bewegte sich weiter vom Thron weg, begab sich in Richtung des Eingangs – ein ebenholzschwarzer, silbern verzierter Krückstock klickte auf den steinernen Bodenfliesen.

Kurze Zeit später erreichte die Gestalt den Tempeleingang und sah nach draußen. Dort vorn, am Tor, waren die letzten von ihnen. Ein Gralkrieger und die kalte, furchterregende Erscheinung, die Icarium war.

Als der Jhag kurz stehen blieb, um noch einmal zurückzublicken, hielt der sich duckende Schatten im Türrahmen den Atem an.

Und Schattenthron entdeckte in Icariums Gesichtsausdruck so etwas wie ein Lächeln, sah die winzige Andeutung eines Nickens, ehe der Jhag sich wieder abwandte.

Der Gott neigte den Kopf und lauschte, wie die Gruppe den Pfad entlangeilte.

Kurze Zeit später waren sie endgültig verschwunden, waren wieder durch ihr Tor gegangen.

Eine peinlich genaue Illusion, mit genialer Schöpferkraft geschaffen, war durch die Ankunft der Fremden ausgelöst worden – genauer: durch die Ankunft eines jeden Wesens, das nicht Schattenthron war –, um ihnen ein zerschmettertes, machtloses Trümmerstück zu zeigen. Meanas, an Mockra gebunden, war über das ganze Zimmer geworfen und der Haupteingang von einem Netz unsichtbarer Stränge überzogen. Mockra, Fasern der Beeinflussung, der Aufforderung, der Aufgabe der natürlichen Skepsis, hatte sie den zerbrochenen Thron sehen lassen.

Unbedeutendere Gewirre, doch durch die Hand eines Gottes manipuliert – aber nicht irgendeines Gottes. Nein ... *durch meine!*

Die Edur waren fort.

»Idioten.«

»Shal-Morzinn«, sagte Destriant Run'Thurvian, »wird von drei Zaubererkönigen beherrscht. Sie werden uns die Durchfahrt verweigern, Mandata Tavore Paran, doch das dürfen wir nicht dulden.«

»Wir werden versuchen zu verhandeln«, sagte die Mandata. »Sogar Vorräte von ihnen zu kaufen. Warum sollten sie sich uns entgegenstellen?«

»Weil es ihnen gefällt, so etwas zu tun.«

»Und – sind sie ernstzunehmende Gegner?«

»Ernstzunehmende Gegner? Es könnte sich sehr wohl erweisen«, sagte der Destriant, »dass wir selbst mit der Unterstützung Eurer Zauberer einschließlich des Hohemagiers hier erhebliche, vielleicht verheerende Verluste erleiden werden, sollten wir mit ihnen zusammenprallen. Verluste, die schwer genug sind, um uns zurückzutreiben, ja, dass wir sogar vollständig vernichtet werden.«

Die Mandata blickte erst Admiral Nok und dann den Schnellen Ben stirnrunzelnd an.

Letzterer zuckte die Schultern. »Ich weiß noch nicht einmal, wer sie sind, und ich hasse sie bereits.«

Keneb grunzte. *Was für ein toller Hohemagier.*

»Was schlagt Ihr also vor, Destriant Run'Thurvian?«

»Wir haben uns auf diese Situation vorbereitet, Mandata, und wir glauben, dass wir mit Unterstützung Eurer Zauberer unser Vorhaben erfolgreich in die Tat umsetzen können.«

»Ein Tor«, sagte der Schnelle Ben.

»Ja. In der Sphäre von Fanderay und Togg gibt es Meere. Raue, grimmige Meere, aber welche, auf denen man nichtsdestotrotz navigieren kann. Es wäre nicht weise, unsere Reise in jene Sphäre allzulang auszudehnen – die Risiken sind zu groß –, aber ich glaube, dass wir sie lange genug überleben können, um erst vor der Küste von Quon Tali wieder hier aufzutauchen, direkt vor dem Horn von Dal Hon.«

»Wie lange wird das dauern?«, fragte Admiral Nok.

»Eher Tage als Monate, Admiral«, erwiderte der Destriant.

»Ihr habt von Risiken gesprochen«, erlaubte sich Keneb einzuwerfen. »Welche Arten von Risiken?«

»Naturgewalten, Faust. Stürme, untergetauchte Eisberge. In jener Sphäre ist der Meeresspiegel gesunken, denn viele Länder sind im Griff des Eises. Es ist eine Welt, die mitten in katastrophalen Veränderungen begriffen ist. Immerhin ist die Jahreszeit, die jetzt dort herrscht, die am wenigsten schlimme – was das angeht, haben wir wirklich Glück.«

Der Schnelle Ben schnaubte. »Vergebt mir, Destriant, aber ich spüre nichts Zufälliges in alledem. Da ist zum einen irgendein Savannengeist, der uns mit diesen Winden vorantreibt, als ob jeder Augenblick, den wir gewinnen, irgendwie bedeutsam wäre. Ein *Savannengeist*, um des Vermummten willen. Und jetzt habt Ihr ein Ritual vorbereitet, um ein gewaltiges Tor auf den Meeren zu öffnen. Dieses Ritual muss vor Monaten begonnen haben –«

»Vor zwei Jahren, Hohemagier.«

»Vor zwei Jahren! Ihr habt gesagt, Ihr hättet auf uns gewartet … Ihr habt gewusst, dass wir kommen würden – *vor zwei Jahren?* Wie viele Geister und Götter stoßen uns eigentlich hier herum?«

Der Destriant sagte nichts, faltete die Hände vor sich auf dem Kartentisch.

»Vor zwei Jahren«, murmelte der Schnelle Ben.

»Von Euch, Hohemagier, brauchen wir rohe Macht – das wird anstrengend, ja, aber nicht so mühsam, dass Ihr Schaden erleiden werdet.«

»Oh, das ist schön.«

»Hohemagier«, sagte die Mandata, »Ihr werdet Euch für die Grauen Helme verfügbar halten.«

Er seufzte und nickte dann.

»Wie bald, Destriant?«, fragte Admiral Nok. »Und wie sollen wir die Flotte anordnen?«

»Höchstens drei Schiffe nebeneinander, jeweils zwei Kabellängen voneinander entfernt, nicht mehr – die Schussweite eines Kurzbogens. Ich schlage vor, Ihr fangt unverzüglich damit an, Eure Flotte bereitzumachen, Admiral. Das Tor wird morgen in der Morgendämmerung geöffnet werden.«

Nok erhob sich. »Dann muss ich mich verabschieden. Mandata.«

Keneb musterte den Schnellen Ben auf der anderen Seite des Tischs. Der Hohemagier sah elend aus.

Kalam wartete, bis der Schnelle Ben auf dem Mitteldeck auftauchte, und ging dann zu ihm. »Was hat dich denn schier aus den Stiefeln gehauen?«, fragte er.

»Ist nicht wichtig. Wenn du hier bist, um mich mit irgendetwas zu piesacken – egal, mit was –, sollte ich dir sagen, dass ich dazu nicht in der Stimmung bin.«

»Ich habe nur eine Frage«, sagte der Assassine, »aber die muss ich dir unter vier Augen stellen.«

»In unserem Kabuff unter Deck.«

»Gute Idee.«

Kurze Zeit später hockten sie wieder einmal in der schmalen, unbeleuchteten Nische zwischen Kisten und Ballen. »Es geht …«, sagte Kalam und verzichtete auf jegliches Vorgeplänkel, »um die Mandata.«

»Was ist mit ihr?«

»Ich bin nervös.«

»Oh, wie schlimm für dich. Glaub mir, das schlägt sogar noch das Gefühl, vor Angst schier verrückt zu werden, Kalam.«

»Die Mandata –«

»Was ist das? Eine Frage?«

»Ich muss es wissen, Ben. Bist du an ihrer Seite?«

»An ihrer Seite? Wo? Im Bett? Nein. T'amber würde mich umbringen. Nun, wenn sie sich vielleicht entschließen würde, mitzumachen, das wäre dann etwas anderes.«

»Was im Namen des Vermummten quatschst du da, Ben?«

»Tut mir leid. Ob ich an ihrer Seite bin, hast du gefragt.« Er machte eine Pause, rieb sich das Gesicht. »Die Dinge werden ziemlich hässlich werden.«

»Das weiß ich! Darum frage ich dich ja, du Idiot!«

»Beruhige dich. Kein Grund zur Panik.«

»Wirklich nicht?«

Der Schnelle Ben hörte auf, sich das Gesicht zu reiben, sondern kratzte sich stattdessen; dann nahm er die Hände weg und blinzelte den Assassinen aus tränenden Augen an. »Sieh nur, was mir passiert, und das ist alles nur deine verdammte Schuld.«

»Meine?«

»Nun, irgendjemand hat Schuld, sage ich. Du bist hier, also kannst es genauso gut auch du sein, Kal.«

»Schön, lassen wir es dabei. Du hast mir noch nicht geantwortet.«

»Bist du es denn?«, konterte der Magier.

»An ihrer Seite? Ich weiß es nicht. Das ist das Problem.«

»Mir geht's genauso. Ich weiß es nicht. Es ist nicht leicht, sie zu mögen, und es ist kaum leichter, sie zu hassen, denn wenn man zurückschaut, so hat es da in beiden Richtungen eigentlich nicht viel gegeben, stimmt's?«

»Du fängst allmählich an, ziemlich unsinniges Zeug zu reden, Ben.«

»Und was jetzt?«

»Tja, du weißt es nicht, und ich weiß es nicht. Ich weiß nicht, was du tust«, sagte Kalam, »aber ich hasse es, etwas nicht zu wissen. Ich hasse sogar dich, weil du es nicht weißt.«

»Das liegt nur daran, dass Laseen dich damals auf ihre Seite gezogen, dass sie dich überredet hat. Du wolltest hingehen und sie töten, erinnerst du dich? Und sie hat dich umgedreht. Aber jetzt bist du hier, bei der Mandata, und wir sind auf dem Weg zurück – zu *ihr*. Und du weißt nicht, ob sich etwas geändert hat – oder ob sich *alles* geändert hat. Es war eine Sache, sich an Elsters Seite zu stellen. Sogar an die von Dujek. Wir haben sie gekannt. Aber die Mandata ... nun, die Dinge sind nicht so einfach.«

»Ich danke dir, Ben, dass du noch mal alles wiederholt hast, was ich dir gerade erzählt habe.«

»Keine Ursache. Nun, sind wir jetzt hier fertig?«

»Tut mir leid, musst du schon wieder dein Lendentuch wechseln, ja?«

»Du hast ja keine Ahnung, was wir vorhaben, Kal. Ich würde vorschlagen, dass du morgen früh wieder hier runterkommst, die Augen zumachst und wartest. Wartest ... und wartest. Rühr dich nicht. Oder versuche zumindest, es nicht zu tun. Es könnte sein, dass du ein bisschen hin und her geworfen wirst, und vielleicht fallen auch diese Ballen auf dich drauf. Tatsächlich könnte es sein, dass du wie eine Mücke zerquetscht wirst, deshalb solltest du versuchen, obenauf zu bleiben. Mit geschlossenen Augen allerdings. Und die sollten zubleiben, bis ich was anderes sage.«

»Ich glaube dir nicht.«

Der Hohemagier machte ein finsteres Gesicht. »Na schön. Ich habe versucht, dir einen Schreck einzujagen. Es wird allerdings wirklich ein bisschen rau werden, das ist gewiss. Und drüben auf der *Silanda* wird Fiedler sich die Seele aus dem Leib kotzen.«

Kalam dachte kurz nach und lächelte dann plötzlich. »Das heitert mich ein bisschen auf.«

»Mich auch.«

Wie ein Gezeitenstrom, der an der Mündung eines tobenden Flusses mit ebendiesem zusammenprallt, erhoben sich Wasserwände in weißen, brodelnden Explosionen rund um die *Silanda*, als sie sich in den Mahlstrom, der das gewaltige Tor darstellte, hineinbewegte – nein, in ihn hineinstürzte. Der Himmel dahinter war anders, erinnerte an silbergrauen Stahl, und wirbelnde atmosphärische Entladungen schienen von ihm herunterzupoltern, als stünde er kurz davor, die knapp zwei Dutzend Schiffe zu zermalmen, die bereits durch das Tor hindurch waren. In Buddls Augen stimmte der Maßstab absolut nicht. Wenige Augenblicke zuvor war ihr Kriegsschiff kaum eine Kabellänge hinter der *Geiferwolf* gewesen, und auf einmal war das Flaggschiff der Mandata bereits eine Drittellänge weit weg, verblasste vor dem Hintergrund aus sich auftürmenden Wolken und wogendem Meer.

Direkt neben Buddl kauerte Fiedler, klammerte sich an die Reling und spuckte die letzten Reste seines Frühstücks aus; er war zu krank, um zu fluchen, fühlte sich zu elend, um auch nur den Kopf zu heben.

Was wahrscheinlich eine gute Sache war, dachte Buddl, während er auf die anderen Seesoldaten um ihn herum lauschte, die ebenfalls alle seekrank waren, und auf die Schreie – die fast schon panisch klangen – der wild hin und her rennenden Seeleute auf dem Transportschiff, das sich in ihrem Kielwasser dahinwälzte.

Gesler begann auf der verdammten Flöte zu blasen, während das Schiff sich über eine gewaltige Woge schob – und Buddl hätte beinahe aufgeschrien, als er das Heck der *Geiferwolf* fast direkt vor ihnen sah. Er wirbelte herum und blickte nach hinten, sah, dass das magische Tor schon weit weg war, das tobende Maul mit Schiffen gefüllt – die sich daraus befreiten, um dann, plötzlich, dicht hinter der *Silanda* aufzutauchen.

Beim Abgrund! Wir fliegen hier ja beinahe!

An Steuerbord konnte er etliche Eisberge sehen, die von einem weiß gesäumten Horizont kamen – einer Mauer aus Eis, wie ihm klar wurde. Während sich auf der Backbordseite eine von Wind und Wetter gezeichnete Küste erhob, mit wild schwankenden Laubbäumen – Eichen, Erdbeerbäumen und hier und da ein paar Seidenkiefern, deren mächtige Stämme bei jeder Böe vor- und zurückschwankten. Zwischen der Flotte und der Küste tummelten sich Robben; ihre Köpfe bildeten kleine Punkte auf der Wasseroberfläche, während das felsige Ufer von ihnen übersät war.

»Buddl«, krächzte Fiedler ohne aufzublicken. »Erzähl mir ein paar gute Neuigkeiten!«

»Wir sind durch das Tor hindurch, Sergeant. Es ist rau, und es sieht so aus, als würden an Steuerbord unglaublich viele Eisberge herantreiben – na ja, so nah sind sie noch nicht. Ich glaube, wir werden ihnen davonsegeln können. Ich würde wetten, dass jetzt schon die ganze Flotte durch ist. Bei den Göttern, diese Katamarane der Verender sehen so aus, als ob sie für genau so etwas gebaut worden wären. Diese Glückspilze. Wie auch immer, es geht das Gerücht, dass wir in dieser Sphäre nicht lange bleiben werden – Sergeant?«

Fiedler kroch davon, auf die Luke zu, die unter Deck führte.

»Ich hatte von guten Neuigkeiten gesprochen, Buddl. So was wie ›Wir sind kurz davor, vom Rand der Welt zu fallen‹ … Irgendwas in der Art …«

»Oh. Na gut«, rief er, während Fiedler weiter über das Deck rutschte. »Dort drüben sind Robben!«

In der Nacht, in der weit im Norden der grüne Sturm wütete, glitten vier malazanische Dromonen in den Hafen von Malaz. Die Flaggen an ihren Masten verrieten, dass sie zur Jakataka-Flotte gehörten, deren Aufgabe es war, in dem Seegebiet westlich der Insel bis hin zur Insel Geni und weiter bis zum Horn des Festlands zu patrouillieren. Vor einigen Monaten hatte es mehrere Zusammenstöße mit irgendeiner unbekannten Flotte gegeben, aber die Eindringlinge waren – wenn auch unter einigen Verlusten – wieder vertrieben worden. In Sollstärke bestand die Jakataka-Flotte aus siebenundzwanzig Dromonen und sechzehn Versorgungsschiffen. Es ging das Gerücht, das in den Gefechten mit den fremden Barbaren elf Dromonen vernichtet worden waren, allerdings glaubte Banaschar, als er das hörte, dass die Zahlen entweder eine Übertreibung waren, oder aber dass gemäß der Taktik, die Verluste des Imperiums herunterzuspielen, das Gegenteil der Fall war. Tatsache war, dass er kaum noch irgendetwas glaubte, ganz egal, aus welcher Quelle die Information stammte.

Schaffs Schenke war gerammelt voll, und es gab eine Menge Hinundhergelaufe, da die Gäste wiederholt nach draußen gingen, um den Nordhimmel zu betrachten – wo es keine Nacht gab –, um dann mit noch mehr Vorhaltungen zurückzukehren, was wiederum dazu führte, dass weitere Gäste hinausliefen. Und so ging es immer weiter.

Banaschar interessierte sich nicht für das geschäftige Hin und Her, das an Hunde erinnerte, die vom Herrchen nach Hause und zurück rannten. Wirklich unaufhörlich und geistlos.

Was auch immer dort vorging, befand sich weit hinter dem Horizont. Obwohl – wenn man davon ausging, musste es tatsächlich *groß* sein, wie Banaschar sich widerstrebend eingestand.

Aber weit weg. So weit weg, dass er schnell das Interesse verlor, zumindest nachdem er den ersten Bierkrug geleert hatte. Jedenfalls hatten die vier Dromonen, die gerade angekommen waren, knapp zwei Dutzend Schiffbrüchige mitgebracht. Sie waren auf einem abgelegenen Eiland – einem Felsenriff – südwestlich des Horns gefunden (ganz kurz hatte Banaschar sich gewundert, was die Dromonen dort draußen eigentlich gemacht hatten) und dann nach Malaz gebracht worden, von vier Schiffen, die eine Schlacht mit ein paar Sturzwellen verloren hatten, und in ebendieser Nacht waren die Schiffbrüchigen in der prächtigen Stadt Malaz an Land gegangen.

Nun war es nicht vollkommen ungewöhnlich, Schiffbrüchige zu finden, aber was diese hier interessant machte, war die Tatsache, dass nur zwei von ihnen Malazaner waren. Was die anderen anging … Banaschar hob den Blick von seinem Becher, starrte seinen inzwischen regelmäßigen Trinkgenossen Hauptsergeant Tapferer Zahn stirnrunzelnd an und sah dann hinüber zu den Neuankömmlingen, die um den langen Tisch an der Rückwand herumsaßen. Der ehemalige Priester war nicht der Einzige, der immer mal wieder einen Blick in diese Richtung warf, aber die Schiffbrüchigen hatten offenbar kein Interesse daran, sich mit irgendjemand anderem als miteinander zu unterhalten – und nicht einmal was das anging, waren sie sonderlich eifrig, wie Banaschar bemerkte.

Die Malazaner waren beide betrunken, aber sie waren dabei sehr still, fast jämmerlich. Die anderen tranken nicht viel – sie teilten sich zu siebt eine Karaffe Wein.

Verdammt unnatürlich, soweit Banaschar das beurteilen konnte. Aber das war an sich kaum überraschend, oder? Denn die sieben waren Tiste Andii.

»Ich kenne einen von den beiden, weißt du«, sagte Tapferer Zahn.

»Was?«

»Von den Malazanern. Sie haben mich gesehen. Vorhin, als sie reingekommen sind. Einer von ihnen ist blass geworden. Deshalb weiß ich es.«

Banaschar stöhnte leise. »Die meisten Veteranen, die hier reinkommen, werden blass, wenn sie dich zum ersten Mal sehen, Tapferer Zahn. Manche von ihnen auch *jedes* Mal. Was ist das – nebenbei gefragt – eigentlich für ein Gefühl? Jedem schreckliche Angst einzujagen, den man mal ausgebildet hat?«

»Ein gutes. Außerdem ist es nicht bei allen so, die ich ausgebildet habe. Nur bei den meisten. Ich bin's gewohnt.«

»Und warum holst du die beiden dann nicht hier rüber? Dann kriegen wir ihre Geschichte zu hören. Was machen sie eigentlich überhaupt da drüben, bei den verdammten Tiste Andii, im Namen des Vermummten? Aber klar, bei dem, was heute da draußen in der Luft liegt, haben diese Idioten gute Aussichten, dass sie die Nacht nicht überstehen. Wickaner, Leute aus dem Reich der Sieben Städte, Korelri, Tiste Andii – allesamt Fremde. Und der Mob sammelt sich und sträubt wütend die Nackenhaare. Die Stadt ist kurz davor zu explodieren.«

»Hab so was noch nie zuvor erlebt«, murmelte Tapferer Zahn. »So einen … Hass. Das alte Imperium war nie so. Verdammt, es war das absolute Gegenteil. Schau dich um, Banaschar, wenn du noch ein bisschen über den Becher in deiner Hand hinausdenken kannst, und du wirst es sehen. Angst, Paranoia und gefletschte Zähne. Wenn du dich in diesen Tagen laut beschwerst, kann es gut sein, dass du in Stücke gehauen in irgendeiner Seitengasse endest. So war's früher nicht, Banaschar. Nie.«

»Hol einen hier rüber.«

»Ich hab die Geschichte schon gehört.«

»Tatsächlich? Hast du nicht die ganze Nacht mit mir hier rumgesessen?«

»Nein, ich war fast einen Glockenschlag lang da drüben. Du hast es nicht mitbekommen; ich glaube, du hast noch nicht mal hochgeschaut. Du bist ein großer Meeresschwamm, Banaschar, und je mehr du in dich reinschüttest, desto mehr Durst bekommst du.«

»Ich werde verfolgt.«

»Das sagst du andauernd.«

»Sie werden mich umbringen.«

»Warum? Sie können sich auch einfach zurücklehnen und warten, bis du dich selbst umgebracht hast.«

»Sie sind ungeduldig.«

»Dann frage ich dich noch einmal, Banaschar – warum?«

»Sie wollen nicht, dass ich zu ihm durchkomme. Zu Tayschrenn, verstehst du? Es hat alles mit Tayschrenn zu tun, der hinter dicken Mauern da oben in Mocks Feste hockt. Sie haben die Backsteine gebracht, aber er hat den Mörtel angerührt. Ich muss mit ihm sprechen, und sie lassen mich nicht. Sie werden mich umbringen, wenn ich es versuche.« Er wedelte wild in Richtung der Tür. »Wenn ich da jetzt einfach rausgehe und den Weg zur Treppe einschlage, bin ich tot.«

»Das verdammte Geheimnis, das du mit dir rumträgst, Banaschar – *das* wird dich umbringen. Es bringt dich so schon um.«

»Sie hat mich verflucht.«

»Wer?«

»D'rek natürlich. Der Wurm in meinem Bauch, in meinem Hirn, der Wurm, der mich von innen her auffrisst. Also, wie ist die Geschichte?«

Tapferer Zahn kratzte sich an den struppigen Haaren unter seiner Kehle und lehnte sich zurück. »Schandmaul, ein Rekrut bei den Seesoldaten ... Hab vergessen, wie er eigentlich geheißen hat; Schandmaul ist der Name, den ich ihm gegeben habe. Passt natürlich. Sie passen immer. Immerhin war er ein harter Bursche, einer, der überlebt, und heute Nacht haben wir den Beweis dafür. Der andere heißt Gentur. Ein Kanese, glaube ich – keiner von meinen.

Wie auch immer, sie haben nach einer Schlacht mit diesen grauhäutigen Barbaren Schiffbruch erlitten. Sind dann nach Drift Avalii gekommen, wo es richtig übel wurde. Scheint so, als hätten diese Barbaren die ganze Zeit nach Drift Avalii gesucht. Nun, dort haben Tiste Andii gelebt, und bevor auch nur jemand ausspucken konnte, haben sie und die Barbaren gegeneinander gekämpft. Es war ein ziemlich übler Kampf. Es hat nicht lange gedauert, und Schandmaul und die anderen, die bei ihm waren, haben Seite an Seite mit den Tiste Andii gekämpft, zusammen mit einem Mann namens Reisender. Die Kurzform ist, Reisender hat ihnen allen gesagt, sie sollten gehen, hat gesagt, er würde sich selbst um die Barbaren kümmern, und alle anderen wären dabei nur im Weg. Deshalb haben sie es getan. Sind gegangen, meine ich. Nur sind sie dann in einen verdammten Sturm geraten, und die, die noch übrig waren, sind auf einem Atoll gelandet, wo sie sich monatelang von Kokosmilch und Muscheln ernährt haben.« Tapferer Zahn griff nach seinem Bierkrug. »Das war also Schandmauls Geschichte, als er noch nüchtern war, was er nun nicht mehr ist. Der Bursche namens Reisender … der interessiert mich … der hat irgendwas Vertrautes … Die Art, wie Schandmaul ihn beschrieben hat … oder die Art, wie er gekämpft hat: Hat alle schnell getötet, ohne ins Schwitzen zu geraten. Zu dumm, dass er nicht mit denen da mitgekommen ist.«

Banaschar starrte den riesigen Mann an, der ihm gegenübersaß. Wovon redete er eigentlich? Was auch immer es war, es ging weiter und weiter und weiter. Schnell reisen? Mäuler und Kämpfe mit Barbaren. Der Mann war betrunken. Betrunken und unbegreiflich. »So – wie war noch mal Schandmauls Geschichte?«

»Die habe ich dir gerade erzählt.«

»Und was ist mit diesen Tiste Andii, Tapferer Zahn? Man wird sie umbringen!«

»Nein, das wird man nicht. Siehst du den größten von ihnen, denjenigen mit den langen weißen Haaren? Sein Name ist Nimander Golit. Und die hübsche Frau neben ihm, das ist Phaed, seine älteste Tochter. Alle sieben sind Vettern und Kusinen, Schwestern und Brüder, aber Nimander ist der Anführer, weil er der Älteste ist. Nimander sagt, er ist der erste Sohn des *Sohnes.*«

»Des was?«

»Des Sohnes der Dunkelheit, Banaschar. Weißt du, wer das ist? Das ist Anomander Rake. Schau sie dir an, das ist Rakes Brut – größtenteils Enkel, außer Nimander, der von vielen von ihnen der Vater ist, aber nicht von allen. Nun mal angenommen, irgendjemand hat einen Hass auf Fremde – glaubst du wirklich, dass jemand so dumm wäre, auf die Welpen von Anomander Rake loszugehen?«

Banaschar drehte sich langsam um, starrte zu den Gestalten hinüber. Er blinzelte langsam und schüttelte dann den Kopf. »Nein. Außer, er hat vor, Selbstmord zu begehen.«

»Richtig, und das ist was, worüber du gut Bescheid weißt, oder?«

»Also – wenn Anomander Rake Nimanders Vater ist, wer war dann die Mutter?«

»Oh, dann bist du also doch noch nicht vollkommen blind. Du kannst es sehen, oder? Einige von denen haben verschiedene Mütter. Und eine dieser Mütter war keine Tiste Andii, stimmt's? Schau dir Phaed an –«

»Ich kann nur ihren Hinterkopf sehen.«

»Was auch immer. Ich habe sie angesehen, und ich habe ihr die gleiche Frage gestellt, die du mir gerade eben gestellt hast.«

»Was?«

»›Wer war deine Mutter?‹«

»Meine?«

»Und sie hat gelächelt – und ich bin beinahe gestorben, Banaschar, und ich meine, was ich sage. Beinahe gestorben. In meinem Hirn sind Blutgefäße geplatzt, ich bin ins Wanken geraten und fast gestorben. Sei's drum, sie hat es mir erzählt, und es war kein bei den Tiste Andii gebräuchlicher Name, und so, wie sie aussieht, würde ich sagen, dass die andere Hälfte ein Mensch war. Andererseits – kann man sowas wirklich sagen? Nein, eigentlich nicht.«

»Nein, wirklich nicht. Wie war der Name.«

»Lady Missgunst, die früher mal mit Anomander Rake vertraut war und sich dadurch gerächt hat, dass sie sich seinen Sohn zum Liebhaber genommen hat. Ganz schön dreckig, was? Aber wenn sie auch nur ein kleines bisschen wie diese Phaed da drüben war, mit so einem Lächeln, nun, dann ist Missgunst das einzig passende Wort – für das Gefühl aller anderen Frauen auf der Welt. Bei den Göttern hienieden – he, Banaschar, was ist los? Du siehst auf einmal richtig krank aus. So schlimm ist das Bier jetzt auch wieder nicht – zumindest im Vergleich zu dem, das wir letzte Nacht hatten. Hör zu, wenn du daran denkst, einen Teller auf dem Tisch zu füllen … Also, da ist kein Teller, klar? Und die Bretter sind verzogen, was bedeutet, dass es auf meine Beine tropfen wird, und da würde ich dann ziemlich schlecht draufkommen. Um des Vermummten willen, Mann, hol endlich Luft!«

Fünfzehn Schritt entfernt lehnte sich der Mann, den Banaschar Fremdländer nannte, auf den zerkratzten, fleckigen Tresen und trank bedächtig einen Krug malazanisches Dunkles, ein Gebräu, an dessen Geschmack er sich trotz seines hohen Preises gewöhnt hatte. Er hörte den Wortwechsel zwischen dem ehemaligen Priester und dem Hauptsergeanten an einem Tisch hinter ihm – die unterhielten sich in letzter Zeit oft miteinander. In einer anderen Nacht, dachte Fremdländer, hätte er sich zu ihnen gesetzt, hätte sich zurückgelehnt, um ihre amüsante, wenn auch gelegentlich traurige Unterhaltung zu genießen.

Aber nicht an diesem Abend.

Nicht, wenn *sie* dort hinten saßen.

Er musste jetzt nachdenken, musste gründlich nachdenken. Er musste eine Entscheidung fällen, und er spürte – und dieses Gefühl ließ ihn sachte furchtsam erzittern –, dass sein Schicksal von dieser Entscheidung abhing.

»Schaff, bring mir noch ein Dunkles, ja?«

Die Karacke *Ertrunkene Ratte* machte ganz den Eindruck, als wäre sie wild darauf, vom steinernen Pier südlich der Flussmündung freizukommen, als die Gezeitenströme auf ihrem Weg nach draußen launenhaft an ihr zerrten. Ihr geschrubbter Rumpf, die frische Farbe und eine absonderliche Lateiner-Takelung sowie das mittschiffs am Heck angebrachte Steuerruder hatten ihr allerhand Aufmerksamkeit und neugierige Blicke von den gar nicht so wenigen Seeleuten und Fischern eingebracht, die in den letzten paar Tagen an ihr vorbeigekommen waren. Das war zwar lästig, sinnierte der Kapitän, aber Oponn lächelte immer noch ein freundliches Zwillingslächeln, und es würde nicht mehr lange dauern, dann würden sie – endlich! – wieder unterwegs sein. Nur raus aus dieser verdammten Stadt, je früher, desto besser.

Palet, der Erste Maat, lag zusammengerollt auf dem Mitteldeck und kurierte immer noch die Prellungen und Beulen aus, die ihm in der Nacht zuvor ein betrunkener Mob verpasst hatte. Der träge Blick des Kapitäns blieb kurz an ihm hängen, ehe er weiterschweifte. Sie lagen vor Anker, waren gut vertäut, und Maus hockte oben in seinem übergroßen Krähennest – der Kerl war so verrückt wie ein Eichhörnchen mit einem gebrochenen Schwanz –, und alles schien in Ordnung, so sehr in Ordnung, dass die Nerven des Kapitäns ein angespanntes Durcheinander waren.

Es war nicht einfach nur das Fieber der Arglist, das fast alle erfasst hatte – angesichts all der beißenden Gerüchte von Verrat und Mord im Reich der Sieben Städte, und nun auch noch dem inoffiziellen Pogrom gegen die Wickaner –, da war außerdem noch *das ganze andere Zeug.*

Cartheron Crust kratzte sich die Stoppeln auf seinem Kopf, drehte sich um und blickte zu Mocks Feste hinauf. Sie war größtenteils dunkel. Natürlich. Ein schwacher Schimmer aus dem Torhaus am oberen Ende der Treppe – das musste Lubben sein, der alte, bucklige Torwächter, der vermutlich jetzt schon umgekippt war, wie es seine Angewohnheit war, wann immer sich ungebetene Gäste in der Feste aufhielten. Natürlich waren eigentlich alle Gäste ungebeten. Zwar war vor einem Monat eine neue Faust angekommen, aber der Mann namens Aragan war schon früher einmal hier gewesen und wusste daher, wie die Dinge am besten liefen – nämlich, wenn er sich so unauffällig wie möglich verhielt und am besten den Kopf kein einziges Mal über die Brustwehr streckte. *Wer weiß? Vermutlich teilt Aragan sich gerade mit Lubben die Flasche.*

Ungebetene Gäste … wie Hohemagier Tayschrenn. Es war nun schon lange her, da hatte Crust sich selbst allzu oft in der Gesellschaft dieser Schlange befunden, und er hatte hart dagegen ankämpfen müssen, nicht etwas zu tun, was womöglich jemand bedauern würde. *Ich natürlich nicht. Der Imperator vielleicht. Tayschrenn selbst ganz bestimmt, aber ich nicht.* Er hatte von einem Augenblick geträumt, an dem sie beide allein waren. Nur einen Augenblick, das war alles, was er brauchte. Beide Hände um den dürren Hals gelegt, und dann drücken und drehen. Erledigt. Ganz einfach. Problem gelöst.

Was für ein Problem? Das hätte Kellanved wahrscheinlich gefragt, und er hätte dabei ausgesehen, als würde er kurz vor einem Schlaganfall stehen. Und Crust hatte eine Antwort parat. *Keine Ahnung, Imperator. Aber ich bin mir sicher, da war eins, vielleicht auch zwei, vielleicht auch viele.* Eine ziemlich gute Erwiderung seiner Meinung nach, auch wenn Kellanved vielleicht nicht zugestimmt hätte. *Tanzer hätte es allerdings getan.* Hah!

»Vier Dromonen!«, rief Maus plötzlich von oben herunter.

Crust starrte zu dem Idioten hoch. »Wir sind in einem Hafen! Was hast du erwartet? Das war's, Maus – du kriegst nichts mehr zu Essen da raufgeschickt. Schwing deinen Arsch hier runter, aber schnell!«

»Sie kommen von Norden, Kapitän. Oben auf den Masten – etwas Silbriges …«

Crusts finsteres Gesicht wurde noch ein bisschen finsterer. Es war verdammt dunkel dort draußen. Aber Maus irrte sich nie. *Silbern … das ist nicht gut. Nein, das ist schlicht furchtbar.* Er ging zu Palet und stupste den Mann an. »Schick alle, die von der Mannschaft noch da sind, zurück zu den Lagerhäusern – es ist mir egal, wer sie bewacht, bestecht die Scheißkerle. Ich will, dass wir tief im Wasser liegen und von hier wegflitzen wie eine dreibeinige Krabbe.«

Palet blickte ihn aus eulenhaften Augen an. »Kapitän?«

»Haben sie dir das Hirn zermatscht, Palet? Wir kriegen Ärger.«

Der Erste Maat setzte sich auf und schaute sich um. »Wachen?«

»Nein, richtig großen Ärger.«

»Wie groß?«

»So groß wie die Imperatrix, du Trottel.«

Palet war plötzlich auf den Beinen. »Vorräte, klar, Kapitän. Wir sind schon unterwegs!«

Crust schaute zu, wie der Maat davonhastete. Die Mannschaft war betrunken. Was für ein Pech aber auch. Außerdem waren sie ziemlich heftig unterbemannt. Es war keine gute Idee gewesen, ins Wasser zu springen, als die gute alte *Lumpenpfropf* untergegangen war – bei all den Haien, die es in der Bucht gab. In jener Nacht hatte er vier gute Seeleute verloren. *Gute Seeleute, schlechte Schwimmer. Schon lustig, wie das zusammenpasst.*

Er blickte sich einmal mehr um. *Verdammt! Schon wieder was vergessen, oder?* Keine Beiboote. *Nun, es ist immer irgendwas.*

Vier Dromonen gerieten in sein Blickfeld, als sie in die Bucht einliefen, von hinten von einem der schlimmsten Stürme beleuchtet, die er jemals gesehen hatte. Nun, das war nicht ganz richtig – er hatte sowas schon früher gesehen, oder? Und was war dabei herausgekommen? *Nicht gerade viel … das heißt, abgesehen von einem Berg Otataral …*

Die vorderste Dromone war Laseens Flaggschiff, die *Hadra*. Drei weitere in ihrem Kielwasser. Drei – das war eine ganze Menge. *Wen, im Namen des Vermummten, hat sie denn da mitgebracht? Eine verdammte Armee?*

Ungebetene Gäste.

Armer Aragan.

Kapitel Elf

Wer sind also diese Fremden mit den vertrauten Gesichtern?
Die sich mit gleichgültigen Blicken aus der Menge erheben,
während Blut von ihren Händen strömt?
Was bisher verborgen war, verschleiert vom Alltäglichen
und Harmlosen, enthüllt sich jetzt in verzerrten Gesichtern
und einer Feuersbrunst aus Hass, und Opfer sinken zu Boden.
Wer führte und wer folgte und warum gedeihen Flammen
in der Dunkelheit, und alle starren gefühllos und verständnislos
im Licht des Morgens auf das Erbe aus entfesselter
Bosheit? Wimmerndes Entsetzen kann mich nicht täuschen.
Der Verweis auf den Kummer mich nicht bewegen. Denn ich
erinnere mich an die grässliche Nacht, als ein Gesicht in den
vom Feuer erhellten Blutlachen aufblitzte, das mein eigenes
war.
Wer war also dieser Fremde mit dem vertrauten Gesicht?
Aufgehend in der Menge, im schlimmen, chaotischen Wüten,
Und das Blut, das durch meinen Schädel rauscht, kocht wild
während ich hinunterstürze und all diese unschuldigen Leben vernichte,
mein Hass auf ihre Schwäche ein umgestürzter Kessel, während er in meinem eigenen ertrinkt, dieser Fremde, dieser
Fremde …

Im Morgengrauen nehme ich mir das Leben
Das Wickaner-Pogrom
Kayessan

Sobald das Langboot vom Flaggschiff der Jakataka-Flotte längsseits gegangen war, kletterten der Kommandant und vier Seesoldaten rasch an Bord der *Geiferwolf*.

Sie kamen alle aus Unta, trugen kunstvolle, teure Rüstungen, und der Kommandant war groß, hatte ein schwach ausgeprägtes Kinn, und in seinen wässrigen, hellen Augen stand ein unbehaglicher Ausdruck. Er begrüßte erst Admiral Nok, dann die Mandata.

»Wir haben Euch erst in einigen Monaten erwartet, Mandata Tavore.«

Faust Keneb, der mit verschränkten Armen ein paar Schritte entfernt an den Hauptmast gelehnt stand, richtete nach den Worten des Kommandanten sein Augenmerk auf die Seesoldaten. *Sind das Paradeuniformen, die ihr da tragt?* Und dann bemerkte er den Ausdruck von Verachtung und Hass auf ihren Gesichtern, als die Soldaten zu Nil und Neder hinüberstarrten. Keneb schaute sich um, zögerte dann.

»Wie heißt Ihr, Kommandant?«, fragte die Mandata.

Eine leichte Verbeugung. »Ich bitte um Entschuldigung, Mandata. Ich bin Exent Hadar, aus dem Hause Hadar in Unta, der Erstgeborene –«

»Ich kenne die Familie«, unterbrach Tavore ihn ziemlich schroff. »Kommandant Hadar, sagt Euren Seesoldaten, dass sie unverzüglich eine entspanntere Haltung einnehmen sollen – wenn ich noch eine einzige Hand sehe, die beiläufig den Schwertgriff berührt, können sie zu Eurem Schiff zurückschwimmen.«

Die hellen Augen des Kommandanten richteten sich kurz auf Admiral Nok, der jedoch nichts sagte.

Keneb entspannte sich – er war kurz davor gewesen, zu den Narren hinzugehen und ihnen die Haut abzuziehen. *Mandata Tavore, du übersiehst auch gar nichts, nicht wahr? Niemals. Warum überraschst du mich auch weiterhin andauernd? Nein, andersherum ist es richtig – warum bin ich nur immer wieder überrascht?*

»Ich bitte erneut um Entschuldigung«, sagte Hadar; seine Unaufrichtigkeit war offensichtlich, als er seinen Wachen winkte. »Es hat eine Reihe von … äh, Enthüllungen gegeben.«

»In welcher Hinsicht?«

»Über die Mittäterschaft der Wickaner an dem Gemetzel an Pormquals loyaler Armee vor Aren, Mandata.«

Keneb starrte den Mann sprachlos an. »Mittäterschaft?« Seine Stimme war heiser, und er brachte das Wort kaum heraus.

Das Gesicht der Mandata war so grimmig, wie Keneb es kaum jemals zuvor bei ihr gesehen hatte, aber Admiral Nok ergriff als Erster das Wort. »Was ist das für ein Wahnsinn, Kommandant Hadar? Die Loyalität und der Dienst der Wickaner waren und bleiben ohne jeden Tadel.«

Ein Schulterzucken. »Wie ich gesagt habe, Admiral: Enthüllungen.«

»Lasst es gut sein«, schnappte die Mandata. »Kommandant, was macht Ihr hier – warum patrouilliert Ihr in diesen Gewässern?«

»Die Imperatrix hat befohlen, dass wir unsere Patrouillen ausdehnen«, antwortete Hadar, »und zwar aus zwei Gründen. Zuallererst einmal hat es Einfälle durch einen unbekannten Feind in schwarzen Kriegsschiffen gegeben. Wir hatten bisher sechs Gefechte. Anfangs waren unsere Bordmagier nicht in der Lage, sich gegen die Zauberei, die von den schwarzen Schiffen eingesetzt wurde, zu behaupten, und demgemäß haben wir entsprechende Verluste erlitten. Seither haben wir allerdings die Anzahl und das Kaliber unserer Kader gesteigert. Die Zauberei in den Gefechten unwirksam zu machen, hat die Sache spürbar ausgeglichen.«

»Wann war die letzte Begegnung?«

»Vor zwei Monaten, Mandata.«

»Und der andere Grund?«

Eine weitere leichte Verbeugung. »Euch abzufangen, Mandata. Wie ich schon sagte, haben wir Euch allerdings nicht so früh erwartet. Seltsamerweise haben wir unsere derzeitige Position auf direkten Befehl der Imperatrix persönlich eingenommen, den wir vor vier Tagen erhalten haben. Unnötig zu sagen, dass wir angesichts der für diese Jahreszeit untypischen Stürme größte Schwierigkeiten hatten, rechtzeitig hier zu sein.«

»Rechtzeitig wofür?«

Ein weiteres Schulterzucken. »Nun, wie es sich herausstellt, um Euch zu treffen. Es erscheint offensichtlich«, fügte er herablassend hinzu, »dass die Imperatrix Eure frühe Ankunft bemerkt hat. Was solche Dinge angeht, ist sie allwissend, was man natürlich auch nur von ihr erwarten kann.«

Keneb sah, dass die Mandata über die neue Entwicklung nachdachte, ehe sie sagte: »Und Ihr seid hier, um uns nach Unta zu eskortieren?«

»Nein, Mandata. Ich bin hier, um Euch Anweisung zu geben, den Kurs der Imperialen Flotte zu ändern.«

»Wohin?«

»Nach Malaz.«

»Warum?«

Kommandant Hadar schüttelte den Kopf.

»Dann sagt mir doch, sofern Ihr es wisst«, sagte Tavore, »wo sich die Imperatrix im Augenblick aufhält.«

»Nun, ich nehme an, in Malaz, Mandata.«

»Siehst du den Seesoldaten ganz links?«, fragte Kalam flüsternd.

»Was ist mit ihm?«, fragte der Schnelle Ben schulterzuckend.

»Er ist eine Klaue.«

Sie standen auf dem Vorderdeck und beobachteten die Geschehnisse unter ihnen. Die Luft war frisch und warm, das Meer trotz des starken, gleichmäßigen Winds überraschend ruhig. Nach den drei wilden Tagen im rauen, stürmischen Gewirr von Togg und Fanderay kam dies hier dem Paradies verdammt nahe, wie der Assassine fand. Die Schiffe der Flotte – abgesehen von denen der Verender – waren schwer mitgenommen, vor allem die Truppentransporter. Zum Glück war keines untergegangen, und es war auch kein einziger Seemann oder Soldat verloren gegangen. Allerdings hatten sich bedauerlicherweise ein paar Pferde während der Stürme die Beine gebrochen, aber das war zu erwarten gewesen, und niemand hatte etwas gegen frisches Fleisch im Eintopf. Vorausgesetzt, der Wind änderte nicht die Richtung, war die Insel Malaz mitsamt der gleichnamigen Stadt nur noch zwei Tage entfernt, vielleicht ein bisschen mehr.

Nachdem Kommandant Hadar seine Nachricht übermittelt hatte, wurde auf erbärmliche Weise deutlich, wie schnell er das Schiff wieder verlassen wollte, und es schien, dass weder die Mandata noch der Admiral den Wunsch hatten, seine Anwesenheit an Bord mehr als unbedingt nötig zu verlängern.

Als die Besucher zu ihrem Langboot zurückkehrten, sagte eine leise Stimme hinter Kalam und dem Schnellen Ben: »Habe ich das richtig gehört? Wir segeln jetzt nach Malaz?«

Kalam unterdrückte ein Schaudern – er hatte nichts gehört. *Schon wieder.* »Stimmt, Apsalar.«

Aber der Schnelle Ben hatte sich bestürzt umgedreht – und auf einmal war er wütend. »Die verdammten Stufen, die hier hochführen, sind genau vor uns! Wie, im Namen des Vermummten, bist du hier raufgekommen, Apsalar? Bläst uns deinen Atem in den verdammten Nacken!«

»Offensichtlich«, erwiderte die Kanesin und blinzelte gelangweilt mit den mandelförmigen Augen, »wart ihr beide abgelenkt. Sag mir, Kalam Mekhar, hast du irgendeine Theorie, warum ein Agent der Klaue den Kommandanten der Jakataka-Flotte begleitet hat?«

»Viele, aber ich werde dir keine davon mitteilen.«

Sie musterte ihn einen Augenblick. »Du bist immer noch unentschlossen, stimmt's?«

Oh, wie gern ich ihr eine verpassen würde. Gleich hier, auf der Stelle. »Du weißt nicht, wovon du sprichst, Apsalar. Und ich auch nicht.«

»Nun, das ergibt nicht gerade viel Sinn.«

»Du hast recht«, schnappte der Schnelle Ben, »das tut es auch nicht. Und jetzt verschwinde aus unseren Schatten, verdammt.«

»Hohemagier, mir kommt gerade der Gedanke, dass du einem gewissen Irrtum unterliegst. Die Schattenhunde in G'danisban waren hinter *dir* her.«

»Sie haben einfach nur die Gelegenheit genutzt!«

»Aber natürlich, wenn du das glauben möchtest. Jedenfalls sollte daraufhin der Gedanke folgen – selbst für jemanden, der so unempfänglich für Logik ist wie du –, dass ich etwas getan habe. Ich allein. Es war meine Entscheidung, Hohemagier – ganz allein meine.«

»Wovon redet sie da, Ben?«, wollte Kalam wissen.

Doch sein Freund schwieg, musterte die junge Frau, die vor ihm stand. Schließlich fragte er: »Warum?«

Sie lächelte. »Ich habe meine Gründe, aber im Augenblick sehe ich keine Veranlassung, dir einen davon mitzuteilen.«

Und mit diesen Worten drehte Apsalar sich um und ging in Richtung Bug davon.

»Genau das ist es, nicht wahr?«, murmelte der Schnelle Ben leise vor sich hin.

»Was meinst du?«

»Unentschlossenheit, Kal. Wir sind alle unentschlossen. Oder?« Dann drehte er sich um und blickte wieder zur Mandata hinunter.

Der Assassine tat es ihm nach.

Tavore und Nok sprachen miteinander, aber leise, und ihre Worte raubte der Wind.

»Nun«, fuhr der Schnelle Ben fort, »ist sie es auch?«

Unentschlossen? In Bezug auf überhaupt nichts, wie es aussieht. Kalam verzog das Gesicht. »Malaz. Ich hatte nicht gerade viel Spaß, als ich die Stadt zuletzt besucht habe. Prickelt deine Haut, Ben? Meine schon. Und ziemlich schlimm.«

»Ist dir eigentlich was aufgefallen?«, fragte der Magier. »Dieser Kommandant – er hat noch nicht einmal eine verdammte Frage zu den Schiffen der Verender gestellt, die bei uns sind. Nun, diese Klaue hat bestimmt schon Bericht erstattet, hat ein Gewirr benutzt, um schnell zu Topper oder zur Imperatrix persönlich zu kommen. Also ...«

»Also weiß sie, dass wir Gäste haben. Vielleicht will sie uns deswegen nicht nach Unta segeln lassen.«

»Richtig. Laseen ist verunsichert.«

Kalam brummte. »Mir ist gerade eben noch etwas klar geworden«, sagte er leise.

»Was?«

»Die Mandata – sie hat den Destriant in ihre Kajüte geschickt. Und sie hat den Kommandanten nicht förmlich eingeladen, wie sie es eigentlich hätte tun müssen – nein, sie hat dafür gesorgt, dass die ganze Unterhaltung hier draußen stattgefunden hat. Wie auch immer, vielleicht wollte die Mandata nicht, dass der Kommandant oder diese Klaue Run'Thurvian zu Gesicht bekommen oder mit ihm über irgendetwas reden.«

»Sie ist nicht dumm.«

»Die haben ein verdammtes Trogspiel gegeneinander laufen, was? Ben, was geht hier vor?«

»Wir werden es herausfinden, Kal.«

»Und wann?«

Der Hohemagier machte eine finstere Miene. Und dann sagte er: »In dem Augenblick, mein Freund, in dem wir nicht mehr unentschlossen sind.«

An Bord der *Silanda* war Fiedler wie eine verkrüppelte Ratte aus dem Frachtraum gekrochen, zerzaust, bleich und ungewaschen. Er entdeckte Buddl und kam qualvoll langsam zu ihm. Buddl ließ eine Angelschnur ins Wasser. In dieser Gegend gab es Fischschwärme, und er hatte Fische hochspringen sehen, auf der Flucht vor dem, was immer sie unter der Wasseroberfläche jagte. Eine der jakatakanischen Dromonen schlich sich eine Steinwurfweite entfernt an Backbord an ihnen vorbei, und der Rest des Trupps hatte sich aufgestellt, um denen da drüben ein Schauspiel zu bieten.

Buddl schüttelte den Kopf, sah dann seinen Sergeanten an, als der bei ihm ankam. »Und, geht es dir besser?«

»Ich glaube schon. Bei den Göttern, ich glaube, diese albtraumhafte Sphäre hat mich geheilt.«

»Du siehst aber kein bisschen besser aus.«

»Danke, Buddl.« Fiedler setzte sich vorsichtig hin und warf einen Blick auf den Rest seines Trupps. »Beim Atem des Vermummten!«, platzte es aus ihm heraus. »Was treibt ihr da?«

Koryk, Lächeln, Krake und Starr hatten sich neben Totstink, Gurgelschlitzer und Widersinn an der Reling aufgestellt; sie alle blickten hinüber zu der vorbeigleitenden Dromone – und jeder von ihnen hatte den Kopf eines Tiste Andii unter dem linken Arm.

Fiedlers Ausbruch ließ Gesler und Stürmisch an Deck kommen.

Buddl sah, wie sie alles in sich aufnahmen, dann rief Gesler: »Winkt ihnen zu!«

Die Soldaten befolgten seine Anweisung, begannen freundlich zu der Dromone hinüber zu winken, auf deren Decks sich eine Unmenge herüberstarrender Matrosen und Seesoldaten und – Buddl kniff die Augen zusammen, um besser sehen zu können – Offiziere zu befinden schienen.

»Das ist schon in Ordnung, Sergeant«, sagte Lächeln. »Wir haben nur gedacht, sie würden dankbar sein, mal was anderes zu sehen.«

»Wer?«

»Na, diese Köpfe natürlich.«

Plötzlich rannte Stürmisch an ihnen vorbei, zum Heck, wo er sich die Hosen runterzog und seinen bloßen Hintern über die Reling hängte. Mit einem wilden Grunzen trennte er sich sodann von allerlei Unverdaulichem.

Und während sich seine Kameraden an der Reling alle umdrehten, um den verrückten Korporal anzustarren, stand Buddl wie versteinert da und konnte den Blick nicht von den abgetrennten Köpfen abwenden, auf deren Gesichtern sich eine grässliche Freude zeigte. *Dieses Grinsen …* Die Angelschnur glitt immer weiter durch Buddls Hände und verschwand schließlich unbemerkt, als eine plötzliche Übelkeit ihm den Magen zusammenkrampfte.

Und er rannte zur gegenüberliegenden Reling.

Hauptmann Gütig gab ein würgendes Geräusch von sich. »Das ist widerlich.«

Leutnant Poren nickte. »Das würde ich auch sagen. Bei den Göttern, was hat dieser Mann gegessen, um *so was* von sich zu geben?«

An Deck hatten sich inzwischen eine Menge Seesoldaten und

Matrosen versammelt, die sich lachend die Mätzchen anschauten, die eine halbe Kabellänge voraus auf der *Silanda* stattfanden. Die jakatakanische Dromone war nun an Backbord, und auch ihre Decks waren von unzähligen Menschen bevölkert, die stumm zusahen.

»Das ist höchst ungewöhnlich«, kommentierte Poren. »Sie schlucken den Köder nicht.«

»Sie sehen zu Tode erschreckt aus«, sagte Gütig.

»Diese Seesoldaten haben dann also ein paar Köpfe gesammelt«, sagte Poren schulterzuckend.

»Idiot! Diese Köpfe sind noch am Leben.«

»Sie sind was?«

»Noch am Leben, Leutnant. Ich weiß das aus zuverlässiger Quelle.«

»Und wenn schon, Hauptmann, seit wann sind Malazaner so weich?«

Gütig bedachte ihn mit einem Blick, als würde er eine aufgespießte Made betrachten. »Eure Beobachtungsgabe ist wahrlich erbärmlich. Das Schiff dort drüben ist voller Untaner. Verhätschelten adligen Jüngelchen. Seht Euch doch nur die verdammten Uniformen an, ja? Die einzigen Flecken auf ihnen sind Möwenscheiße, und das auch nur deswegen, weil die Möwen sie immer wieder mit toten, aufgedunsenen Seehunden verwechseln.«

»Der war gut, Hauptmann.«

»Noch so ein Kommentar«, sagte Gütig, »und ich werde dafür sorgen, dass der Zusammenflicker Euch den Mund zunäht, Leutnant. Ha, wir ändern den Kurs.«

»Hauptmann?«

»Um des Vermummten willen, was machen diese Idioten denn da?«

Poren blickte in die gleiche Richtung wie der Hauptmann – zum Heck ihres eigenen Schiffs –, wo zwei Soldaten der Schweren Infanterie nebeneinander saßen, die Hosen um die Knöchel. »Ich würde es wagen, die Vermutung zu äußern, dass Hanfeno und Senny einen eigenen Beitrag zu dem Ganzen leisten, Hauptmann.«

»Geht nach hinten und sorgt dafür, dass sie aufhören, Leutnant. Sofort!«

»Hauptmann?«

»Ihr habt gehört, was ich gesagt habe! Und ich will, dass über die beiden Meldung gemacht wird!«

»Dafür sorgen, dass sie aufhören – wie soll ich das machen, Hauptmann?«

»Ich würde Korken vorschlagen. Und jetzt bewegt Euch!«

Poren hastete davon.

Oh bitte, bitte, seid fertig, wenn ich bei euch ankomme. Bitte …

Der Abschiedsgruß an die Jakataka-Flotte umfasste sämtliche malazanischen Schiffe, eine Kavalkade von Stuhlgängen, die aus meilenweitem Umkreis Seemöwen anzog, die sich mit irren Schreien in die Tiefe stürzten. Die Mandata war nicht lange an Deck geblieben, hatte aber auch keine Befehle ausgegeben, den Geschehnissen Einhalt zu gebieten. Bei Admiral Nok war es nicht anders, allerdings bemerkte Keneb, dass die Seeleute an Bord der Dromonen und Transportschiffe nicht mitmachten. Diese Geste blieb ausschließlich der Vierzehnten Armee vorbehalten.

Und vielleicht hatte sie ja auch einen Wert. Das war bei solchen Sachen immer schwer zu sagen, wie Keneb wusste.

Der Wind trieb sie weiter, mittlerweile in ost-südöstlicher Richtung, und ehe ein Viertel Glockenschlag verstrichen war, hatten sie die Jakatakaner weit hinter sich gelassen.

Destriant Run'Thurvian war schon früher wieder an Deck erschienen und hatte die Eskapaden der Seesoldaten auf den Schiffen ringsum beobachtet. Nachdem er einige Zeit stirnrunzelnd zugesehen hatte, entdeckte er schließlich Keneb und trat zu ihm. »Faust«, sagte er, »ich bin ein wenig verwirrt. Bringen die einzelnen militärischen Elemente der Mezla einander gar keine Ehrerbietung entgegen?«

»Ehrerbietung? Nein, eigentlich nicht, Destriant. Rivalitäten liefern das Lebensblut, obwohl sich die Sache in diesem Fall als einigermaßen einseitig erwiesen hat; um den Grund dafür zu erkennen, müsst Ihr Euch die *Silanda* genauer ansehen.«

Ein verständnisvolles Nicken. »Natürlich, das Schiff, das in Zaubereien eingewoben ist, wo die Zeit selbst geleugnet wird.«

»Wisst Ihr denn, was das für Arten von Magie sind, Destriant?«

»Kurald Emurlahn, Tellann, Telas und ein Rückstand von Toblakai, obwohl im Falle von Letzterem die Art der Macht ... vage ist. Natürlich«, fuhr er fort, »ist das nicht ungewöhnlich. Wie unsere eigenen Aufzeichnungen belegen, war es bei den alten Toblakai möglich, dass sich einzelne von ihnen erhoben – Krieger –, die dann selbst zu einer Art Gewirr wurden. Diese Macht schwankt in ihrer Wirksamkeit, und es hatte den Anschein, als wäre diese Art von angeborener Begabung in den letzten Generationen bei den Toblakai immer schwächer geworden. Jedenfalls«, fügte der Destriant schulterzuckend hinzu, »befindet sich – wie ich gesagt habe – ein Rückstand auf dieser *Silanda.* Toblakai. Was ziemlich interessant ist, da allgemein die Überzeugung geherrscht hat, dass diese Riesenrasse ausgestorben wäre.«

»Es heißt, es gibt Überreste«, sagte Keneb, »im Norden von Quon Tali, im Fenngebirge. Primitiv und abgeschieden ...«

»O ja«, sagte Run'Thurvian, »es gibt eine Reihe von Mischlingen, in denen das alte Blut natürlich deutlich abgeschwächt ist. Die Trell zum Beispiel. Und ein Stamm, der als Barghast bekannt ist. Sie haben keine Ahnung von ihrer ruhmreichen Vergangenheit, wie Ihr bereits angedeutet habt. Faust, darf ich Euch eine Frage stellen?«

»Natürlich.«

»Es geht um Mandata Tavore. Mir scheint, als ob das Verhältnis zwischen ihr und ihrer Imperatrix mittlerweile ein wenig angespannt wäre. Sind meine Mutmaßungen richtig? In Anbetracht dessen, was uns erwartet, wären das beunruhigende Neuigkeiten.«

Keneb blickte zur Seite, räusperte sich. »Destriant, ich habe keine Ahnung, was uns erwartet, offenbar ganz im Gegensatz zu

Euch. Was die Imperatrix angeht, kann ich mir nichts vorstellen, was ein gegenseitiges Misstrauen hätte entstehen lassen können. Die Mandata ist die Hand der Imperatrix. Eine Ausweitung von Laseens Willen.«

»Weshalb die Imperatrix nicht dazu neigen würde«, sagte Run'Thurvian, »diese Hand abzuschlagen, ja? Ich bin erleichtert, das zu hören.«

»Gut. Warum?«

»Weil«, sagte der Destriant und wandte sich ab, »Eure Vierzehnte Armee allein nicht ausreichen wird.«

Wenn Holz durch unablässige Beanspruchung erschöpft werden kann, waren die Schiffe der Imperialen Flotte ganz und gar an ihre Grenzen gekommen, als zwei Glockenschläge von der Insel Malaz entfernt in der Nacht des zweiten Tages der Wind plötzlich erstarb und die Luft von einer Kühle durchdrungen wurde. Es schien, als würden sämtliche Schiffe in sich zusammensacken, plötzlich tiefer im Wasser liegen, und dann ersetzte eine sanftere Brise den trockenen, heißen Sturm.

Kalam Mekhar ging an Deck hin und her; er war ruhelos, hatte keinerlei Appetit und spürte einen Knoten im Bauch. Als er sich zum dreißigsten Mal seit Anbruch der Abenddämmerung auf den Weg nach achtern machte, tauchte der Schnelle Ben neben ihm auf.

»Laseen wartet auf uns«, sagte der Hohemagier. »Und Tayschrenn ist auch dort drüben, hockt dort wie ein Skorpion unter einem Felsen. Kal, alles, was ich spüre …«

»Ich weiß, mein Freund.«

»Genauso wie damals, vor Fahl.«

Sie drehten sich um und gingen langsam Richtung Bug. Kalam kratzte sich am Bart. »Damals hatten wir Elster. Oder auch Dujek. Aber jetzt …« Er brummte leise vor sich und rollte die Schultern.

»Das habe ich schon lange nicht mehr bei dir gesehen, Kal, dieses besondere Schulterzucken.«

»Tja.«

»Genau das dachte ich auch.« Der Hohemagier seufzte – und streckte eine Hand aus und packte den Assassinen am Arm, als eine Gestalt sich vor ihnen aus der Düsternis schälte.

Die Mandata. »Hohemagier«, sagte sie leise, »ich möchte, dass Ihr zur *Silanda* hinübergeht, mittels eines Gewirrs.«

»Jetzt?«

»Ja. Ist das ein Problem?«

Kalam spürte das Unbehagen seines Freundes, und er räuperte sich. »Mandata, Tayschrenn, der Imperiale Hohemagier ist … äh, ganz in der Nähe.«

»Er sucht nicht«, erwiderte sie. »Oder tut er es doch, Schneller Ben?«

»Nein. Woher habt Ihr das gewusst?«

Sie schenkte der Frage keinerlei Beachtung. »Mittels eines Gewirrs, und zwar sofort, Hohemagier. Ihr werdet dort drüben Fiedler und den Soldaten namens Buddl einsammeln. Teilt dem Sergeanten mit, dass jetzt der richtige Zeitpunkt gekommen ist.«

»Mandata?«

»Für ein Spiel. Er wird es verstehen. Dann werdet Ihr drei hierher zurückkehren, wo Ihr Euch mit mir, Kalam, Faust Keneb, T'amber und Apsalar in meiner Kajüte treffen werdet. Ihr habt einen viertel Glockenschlag, Hohemagier. Kalam, komm bitte mit.«

Eines von Fiedlers Spielen.

Bei den Göttern hienieden, ein Spiel!

Ein Fuß, der in einem Mokassin steckte, stupste Buddl in die Seite. Ächzend setzte er sich auf, noch immer alles andere als wach. »Bist du das, Lächeln? Jetzt nicht …« Aber nein, es war nicht Lächeln. Sein Herz begann plötzlich zu pochen, und er war schlagartig hellwach. »Oh, Hohemagier. Äh. Hm. Was ist los?«

»Hoch mit dir«, zischte der Schnelle Ben. »Und leise, verdammt.«

»Zu spät«, murmelte Koryk aus seiner Decke ganz in der Nähe.

»Es wäre besser, wenn dem nicht so wäre, Soldat«, sagte der Magier. »Noch ein Mucks von dir, und ich werde deinen Kopf dem nächsten Soldaten in den Hintern schieben.«

Ein Kopf hob sich von den Decken. »Das würde den Anblick übertreffen, der sich mir jetzt bietet ... Hohemagier.« Dann sank er wieder nach unten.

Buddl stand auf; er fröstelte und schwitzte gleichermaßen.

Und stellte fest, dass er in Fiedlers unglückliches Gesicht schaute, das da hinter dem Hohemagier zu sehen war. »Sergeant?«

»Komm einfach mit uns nach achtern, Buddl.«

Die drei bahnten sich ihren Weg zwischen den schlafenden Gestalten auf dem Mitteldeck hindurch.

Buddl merkte plötzlich, dass ein seltsamer Geruch in der Luft lag. Vetraut, aber ... »Sergeant, du hast doch deine neuen Drachenkarten dabei ...«

»Du und deine verdammte Ratte«, murmelte Fiedler. »Ich hab's gewusst, du verlogener Dreckskerl.«

»Ich war's nicht«, fing Buddl an, verstummte dann aber. *Bei den Göttern hienieden, das war sogar für mich lahm. Ich sollte was Besseres versuchen.* »Ich hab' doch nur auf dich aufgepasst, Sergeant. Immerhin bin ich dein rasierter Knöchel im Loch.«

»Ha! Habe ich das nicht früher schon mal gehört, na, Ben?«

»Seid still, ihr zwei. Wir gehen jetzt rüber. Haltet euch fest ...«

Buddl blinzelte und fand sich sodann auf einem anderen Deck wieder; direkt vor ihm führten Stufen nach unten. *Hol mich der Abgrund – das war schnell. Schnell und ... beängstigend.* Der Schnelle Ben winkte ihnen zu, ihm zu folgen, während er die Stufen hinunterstieg; dann duckte er sich unter dem Türrahmen und blieb schließlich nach drei Schritten in dem schmalen Gang stehen. Er klopfte an eine Tür zur Linken, die sich unverzüglich öffnete.

T'amber musterte die drei Männer, die dicht gedrängt in dem schmalen Gang standen, dann trat sie einen Schritt zurück.

Die Mandata stand hinter ihrem Stuhl am Kartentisch. Die anderen saßen, und Buddl starrte verstört von einem zum anderen. Faust Keneb. Apsalar. Kalam Mekhar.

Ein leises Ächzen von Fiedler.

»Sergeant«, sagte die Mandata, »hier hast du deine Spieler.«

Spieler?

Oh.

Oh nein.

»Ich glaube wirklich nicht, dass das eine gute Idee ist«, sagte der Sergeant.

»Vielleicht«, erwiderte die Mandata.

»Ich bin auch dieser Meinung«, sagte T'amber. »Das heißt, was meine Teilnahme an dem Spiel betrifft. Tavore, wie ich vorhin schon gesagt habe …«

»Trotzdem«, unterbrach sie die Mandata, zog den leeren Stuhl zurück, der dem gegenüberstand, den sie für Fiedler reserviert hatte, und setzte sich links neben Keneb hin. Sie zog ihre Handschuhe aus. »Erklär uns bitte die Regeln.«

Keneb sah, wie Fiedler Kalam und dem Schnellen Ben hilflose, verzweifelte Blicke zuwarf, aber keiner wollte ihn ansehen, und beide fühlten sich offensichtlich elend. Schließlich ging der Sergeant langsam zu dem letzten Stuhl. Er setzte sich hin. »Das ist es ja, Mandata, es gibt keine Regeln, außer denen, die ich mir ausdenke, während wir spielen.«

»Also schön. Fang an.«

Fiedler kratzte sich den ergrauenden Bart, den Blick starr auf T'amber gerichtet, die links von der Mandata und Keneb gegenüber saß. »Diese Karten habt Ihr gemacht«, sagte er, hob sie hoch und legte sie dann auf den Tisch. »Da sind neue Karten drin.«

»Worauf willst du hinaus?«, fragte die junge Frau.

»Nur darauf: Wer, im Namen des Vermummten, seid Ihr?«

Ein Schulterzucken. »Spielt das eine Rolle?«

Ein Grunzen von Kalam Mekhar, der rechts von Keneb saß. Hinter dem Assassinen, auf derselben Seite und direkt zur Linken Fiedlers saß Apsalar. Buddl saß rechts vom Sergeanten und neben ihm der Hohemagier. *Der Einzige, der hier wirklich nicht hingehört, bin ich. Wo ist Blistig? Oder Nok? Wo sind Temul, Nil und Neder?*

»Die letzte Gelegenheit«, sagte Fiedler, »noch aufzuhören.«

»Fang an, Sergeant.«

»Buddl, besorg uns ein bisschen Wein.«

»Sergeant?«

»Die erste Regel. Wein. Jeder bekommt einen Becher. Außer dem Geber, der bekommt Rum. Kümmer dich darum, Buddl.«

Während der junge Soldat aufstand, schob Fiedler die Karten zusammen. »Der Spieler zur Rechten des Gebers muss während der ersten Runde die Getränke einschenken.« Er spielte eine Karte aus, mit der Vorderseite nach unten, und sie schlitterte schräg über den Tisch, bis sie vor dem Schnellen Ben liegenblieb. »Der Hohemagier hat die letzte Karte. Die letzte Karte wird als erste ausgeteilt, aber erst ganz zum Schluss gezeigt.«

Buddl kam mit Bechern zurück. Er stellte den ersten vor die Mandata, dann jeweils einen vor T'amber, Keneb, den Schnellen Ben, Kalam, Apsalar, Fiedler und schließlich einen auf den Platz vor seinem leeren Stuhl. Als er anschließend mit zwei Krügen wiederkam – einem mit Wein, einem zweiten mit falarischem Rum –, hob Fiedler eine Hand und hielt ihn auf.

In schneller Folge spielte der Sergeant Karten aus, in der gleichen Reihenfolge, in der Buddl die Becher hingestellt hatte.

Plötzlich lagen acht Karten offen auf dem Tisch, und nachdem Fiedler Buddl mit dem Rum zu sich gewinkt hatte, begann er zu sprechen. »Der Geber kriegt den Soldaten des Hohen Hauses Leben, aber diese Karte ist bittersüß, was bedeutet, dass sie für ihn ist und nur für ihn allein in Anbetracht dieser späten Stunde. Der leere Stuhl kriegt die Weberin des Lebens, und sie braucht ein Bad, aber das wundert niemanden. Also haben wir zwei Leben für den Anfang.« Fiedler schaute zu, wie Buddl Rum in seinen Becher schüttete. »Und deshalb schaut Kalam auf eine Neutrale Karte. Obelisk, die Schlafende Göttin – du kriegst ein umgekehrtes Feld, Kal, tut mir leid, aber da kann man nichts machen.« Er trank seinen Rum und hielt Buddl, der gerade die anderen mit Wein versorgen wollte, den Becher wieder hin. »Apsalar hat den Assassinen des Hohen Hauses Schatten bekommen, oh, was für eine Überraschung. Es ist die einzige Karte, die sie kriegt –«

»Du meinst, ich gewinne?«, fragte sie und zog sardonisch eine Braue hoch.

»Und verlierst auch. Nette Idee, mich so zu unterbrechen, du kapierst es allmählich. Nun, niemand sagt ein verdammtes Wort, außer ihr wollt bezahlen.« Er trank den Becher erneut leer. »Armer Schneller Ben, er hat einen Lebensschlächter bekommen, mit dem er sich rumschlagen muss, und das bringt ihn in die Klemme, aber nicht die, von der er glaubt, dass er drin wäre – nein, eine andere Klemme. Und jetzt T'amber, sie hat das Spiel mit der Karte da eröffnet. Der Thron. Und er verlagert sich in alle möglichen Richtungen. Das ist also die Angelpunktkarte –«

»Was ist eine Angelpunktkarte?«, fragte Buddl, der sich schließlich hinsetzte.

»Blödmann – ich hab gewusst, dass ich dir nicht trauen kann. Die ist natürlich das Scharnier. Kipp den Wein runter – du wirst ab jetzt Rum trinken. Du bist ein ganz Schlauer, was? Nun, Faust Keneb, also das ist eine seltsame Karte. Der Lord der Wölfe, die Thronkarte des Hohen Hauses des Krieges, und wie bösartig sie aussehen! Faust, wo versteckt Wühler sich in diesen Tagen?«

»Auf Noks Schiff«, antwortete Keneb, der zugleich bestürzt war und sich auf seltsame Weise fürchtete.

»Nun, das wirft Euch aus dem Spiel, obwohl Ihr noch vier weitere Karten bekommt, weil wir eine Kurskorrektur gemacht haben und sich die nordöstliche Landzunge zwei Strich Steuerbord erhebt. In siebzig Herzschlägen werden wir ziemlich nah an dieser felsigen Küste vorbeikommen, und Noks Schiff wird sogar noch ein bisschen näher dran sein, und Wühler wird über Bord springen. Er hat drei Freunde, die in den Höhlen der Klippe leben, und hier sind ihre Karten.« Drei weitere Karten schlitterten ein bisschen weiter als in die Mitte des Tischs. »Krone, Zepter, Auge. Hm. Die beachten wir im Augenblick nicht weiter.«

Keneb erhob sich halb. *»Er wird über Bord springen?«*

»Entspannt Euch, er wird wieder zurückkehren. So, wir kommen jetzt zur Karte der Mandata. Das Haus des Krieges, die Wächter der Straße oder die Toten – die Bezeichnung ist unklar, also entscheidet Euch.« Er ließ noch eine Karte über den Tisch schlittern, die neben der ersten liegen blieb. »Oponn. Wie ich's mir gedacht habe. Entscheidungen müssen getroffen werden. Wird es der Zug oder der Stoß sein? Und was hat das mit der hier zu tun?« Die nächste Karte, die in der Mitte liegenblieb, gegenüber von Kalam und dem Schnellen Ben – »der Herold des Hohen Hauses Tod. Eine ausgesprochen unwirksame und veraltete Karte in diesem Feld, aber ich sehe einen Rostigen Handschuh.«

»Einen was?«, wollte Kalam Mekhar wissen.

»Genau hier vor mir. Ein neues Getränk, das Buddl in seinem berauschten Zustand gerade erfunden hat. Rum und Wein – halb und halb, Soldat, füll die Becher. Deinen auch – das bekommst du dafür, dass du so ein Gesicht ziehst.«

Keneb rieb sich über das Gesicht. Er hatte gerade mal einen Schluck Wein getrungen, aber er fühlte sich betrunken. *Heiß hier drin.* Er zuckte zusammen, als vier Karten in einer Reihe vor der einen erschienen, die sowieso schon vor ihm lag.

»Der Spinner des Todes, die Königin des Dunkels, die Königin des Lebens und – ho – der König in Ketten. Das ist, als würde man von Stein zu Stein durch einen Fluss hüpfen, was? Habt Ihr erwartet, in absehbarer Zeit Eure Frau zu sehen, Faust? Vergesst es. Sie hat Euch zugunsten eines untanischen Adligen abserviert, und – meine Güte, wenn das nicht Exent Hadar ist! – ich wette, er hat Euch nicht angesehen, damals, hat Euch wahrscheinlich überhaupt nicht beachtet. Das ist gleichermaßen Schuldgefühl wie Selbstgefälligkeit, versteht Ihr? Muss wohl das weiche Kinn gewesen sein, das ihr Herz gestohlen hat. Aber schaut Euch an, Faust, Ihr seht verdammt erleichtert aus, und das ist ein Blatt, das übertrifft uns alle, und auch wenn Ihr draußen wart, wenn's ums Gewinnen geht – wenn's ums Verlieren geht, seid Ihr wieder dabei. Aber in diesem Fall gewinnt Ihr, wenn Ihr verliert, also entspannt Euch.«

»Nun«, murmelte Buddl, »hoffentlich gewinn ich nie.«

»Nein«, sagte Fiedler, »du hast's leicht. Sie spielt und sie nimmt und so –« Eine Karte fiel vor den eulenäugigen Soldaten. »Todesschlächter. Du kannst jetzt schlafen, Buddl. Du bist so fertig wie man nur sein kann für diese Nacht.«

Die Augen des Mannes schlossen sich unverzüglich, und er rutschte vom Stuhl, schob ihn dabei zurück. Keneb hörte, wie der Kopf des Soldaten auf dem Boden aufkam.

Ja, das wäre nett. Exent Hadar. Bei den Göttern, Frau, also wirklich!

»Also, wie kommt Kalam vom Todes-Herold zum Obelisken? Lasst mal sehen. Oh, der König des Hohen Hauses der Schatten! Dieser gerissene Schleimklumpen, oh, was sieht er selbstgefällig aus! Mal abgesehen von dem Schweiß auf seiner Oberlippe – wem ist hier drin eigentlich kalt? Bitte die Hände heben.«

Zögernd hoben Kalam, T'amber und schließlich Apsalar die Hand.

»Nun, das ist hässlich, wie's nur hässlich werden kann. Du hast jetzt die Flaschen, Apsalar, wo Buddl verkorkt ist. Die hier ist für Euch, T'amber. Die Jungfrau des Todes, bis zu einem bestimmten Grad. Ihr seid draußen, also entspannt Euch. Kalam ist es kalt, aber er kriegt keine andere Karte, weil er keine braucht, und jetzt weiß ich, wer gestoßen wird und wer gezogen wird, und ich füge den Namen dem Klagelied hinzu, das kommen wird. Jetzt zu den Heißblütigen. Der Schnelle Ben kriegt die Gemahlin in Ketten, aber er ist aus dem Reich der Sieben Städte, und er hat gerade erst seiner Schwester das Leben gerettet, darum ist es nicht so schlimm, wie es hätte sein können. Wie auch immer, das war's für dich. Und wer bleibt somit übrig?«

Einen Moment lang herrschte Stille. Keneb schaffte es irgendwie, seinen bleiernen Kopf zu heben und stirnrunzelnd die Karten anzustarren, die überall auf dem Tisch verstreut waren.

»Das wären dann du und ich, Sergeant«, sagte die Mandata leise.

»Ist Euch kalt?«, fragte Fiedler sie und trank noch einen weiteren Becher Rostiger Handschuh.

»Nein.«

»Heiß?«

»Nein.«

Fiedler nickte und knallte seinen leeren Becher auf den Tisch, damit Apsalar ihn von Neuem mit Wein und Rum füllen konnte. »Tja.« Er ließ eine Karte der Länge nach über den Tisch segeln. Sie landete auf der ersten Karte. »Der Herr der Drachenkarten. Ganoes Paran, Mandata. Euer Bruder. Selbst kaltes Eisen, Tavore Paran, muss gehärtet werden.« Er nahm eine andere Karte und legte sie vor sich ab. »Der Priester des Lebens. Ha, nun, das ist eine gute. Das Spiel ist beendet.«

»Wer gewinnt?«, fragte die Mandata flüsternd. Ihr Gesicht war so weiß wie Kerzenwachs.

»Niemand«, antwortete Fiedler. »Das hier ist Euer Leben.« Er stand plötzlich auf, taumelte und stolperte dann zur Tür.

»Moment mal!«, rief der Schnelle Ben hinter ihm her. »Da liegt noch diese umgedrehte Karte vor mir! Du hast gesagt, sie würde das Spiel beenden!«

»Das hat sie gerade getan«, murmelte der Sergeant, während er am Riegel herumhantierte.

»Soll ich sie dann umdrehen?«

»Nein.«

Fiedler stolperte auf den Gang hinaus, und Keneb lauschte den ungleichmäßigen Schritten, die sich in Richtung der Treppe, die zum Deck hochführte, entfernten. Die Faust schüttelte den Kopf, stand dann auf. Er blickte die anderen an.

Niemand sonst hatte sich bewegt.

Dann erhob sich Apsalar schnaubend und ging hinaus. Wenn sie so betrunken war, wie Keneb sich fühlte, merkte man es ihr zumindest nicht an. Einen Augenblick später folgten ihr der Schnelle Ben und Kalam.

Unter dem Tisch schnarchte Buddl.

Es dauerte einige Zeit, bis Keneb klar wurde, dass die Mandata und T'amber beide die nicht umgedrehte Karte ansahen. Schließlich streckte Tavore mit einem frustrierten Zischen die Hand aus und drehte sie um. Nach einem kurzen Augenblick stand sie halb auf und beugte sich über den Tisch, um die Bezeichnung zu lesen.

»Der Ritter des Schattens. Von so einer Karte habe ich noch nie gehört. T'amber, was hast du –?«

»Das war ich nicht«, unterbrach T'amber sie.

»Was warst du nicht?«

Sie blickte die Mandata an. »Tavore, ich habe diese Karte noch nie zuvor gesehen, und ich habe sie ganz bestimmt nicht gemalt.«

Beide Frauen schwiegen wieder, beide starrten die seltsame Karte an. Keneb bemühte sich, das verschwommene Bild besser zu erkennen. »Das ist einer von diesen Grauhäutigen«, sagte er.

»Tiste Edur«, murmelte T'amber.

»Mit einem Speer«, fuhr die Faust fort. »Ein Grauhäutiger, wie diejenigen, die wir auf diesen schwarzen Schiffen gesehen haben ...« Keneb lehnte sich zurück. In seinem Kopf drehte sich alles. »Ich fühle mich nicht sehr gut.«

»Bitte bleibt noch einen Augenblick, Faust. T'amber, was ist hier gerade geschehen?«

Die andere Frau schüttelte den Kopf. »Ich habe noch nie gesehen, wie ein Feld auf diese Weise ausgelegt wurde. Es war ... chaotisch. Tut mir leid, ich habe das nicht im elementaren Sinn gemeint. Wie ein Felsen, der eine Schlucht hinunterpoltert und hier und da abprallt, und doch – überall, wo er getroffen hat, hat er die Wahrheit getroffen.«

»Kannst du einen Sinn in dem Ganzen erkennen?«

»Nicht sehr viel. Noch nicht.« Sie zögerte, musterte die überall auf dem Kartentisch verstreuten Karten. »Oponns Gegenwart kam ... unerwartet.«

»Der Zug oder der Stoß«, sagte Keneb. »Irgendjemand ist über irgendetwas unentschlossen, das hat Fiedler gesagt. Wer war es noch mal?«

»Kalam Mekhar«, antwortete die Mandata. »Aber der Herold des Todes mischt sich ein.«

»Nicht der Herold«, unterbrach T'amber sie, »sondern eine untätige Version, eine Einzelheit, die ich für wichtig halte.«

Gedämpfte Rufe von draußen verkündeten, dass der Hafen von Malaz in Sicht gekommen war. Die Mandata wandte sich Keneb zu. »Faust, dies sind Eure Befehle für diese Nacht: Ihr übernehmt das Kommando über die Vierzehnte. Niemand darf von Bord gehen, abgesehen von denen, die ich selbst losschicke. Mit Ausnahme der *Geiferwolf* werden alle anderen Schiffe im eigentlichen Hafenbecken bleiben – alle Befehle, wonach die Flotte an einem Pier oder einer Mole festmachen soll, bleiben so lange unbeachtet, bis ich Euch etwas anderes mitteile.«

»Wenn mich solche Befehle tatsächlich erreichen sollten, Mandata, werden sie von der Imperatrix persönlich kommen. Soll ich sie wirklich nicht beachten?«

»Ihr sollt sie missverstehen, Faust. Wie ein solches Missverständnis im Einzelnen aussehen kann, überlasse ich Eurer Fantasie.«

»Und wo werdet Ihr sein, Mandata?«

Die Frau musterte ihn einen Augenblick lang, dann schien sie zu einem Entschluss zu kommen. »Faust Keneb, die Imperatrix erwartet mich in Mocks Feste. Ich gehe davon aus, dass sie nicht bis zum Morgen warten wird, ihre Vorladung zu übermitteln.« Ein Hauch eines Gefühls flackerte über ihr Gesicht. »Die Soldaten der Vierzehnten Armee kehren nicht als Helden zurück, so scheint es. Ich werde ihr Leben nicht unnötigen Risiken aussetzen. Insbesondere spreche ich von den Wickanern und den Verbrannten Tränen der Khundryl. Was die Verender betrifft, so hängt die Art ihres Bündnisses von meiner Unterredung mit der Imperatrix ab. Solange die Umstände keine Änderungen erforderlich machen, gehe ich davon aus, dass über ihre weitere Verfügung Laseen entscheiden wird, aber diesbezüglich muss ich ihre Benachrichtigung abwarten. Letzten Endes, Faust, liegt es beim Todbringenden Schwert Krughava. Werden die Verender an Land gehen und sich vorstellen, wie sie es bei uns getan haben, oder gehen sie weg, wenn die Ereignisse eine unglückliche Wendung nehmen? Mir geht es darum, Keneb, dass sie die Möglichkeit haben müssen, frei zu wählen.«

»Und wie sieht Admiral Nok diese Sache?«

»Wir sind einer Meinung.«

»Mandata«, sagte Keneb, »wenn sich die Imperatrix entschließen sollte, die Verender aufzuhalten, könnte es am Ende eine Schlacht im Hafen von Malaz geben, bei der Malazaner gegen Malazaner kämpfen. Das könnte der Anfang eines verdammten Bürgerkriegs sein.«

Tavore runzelte die Stirn. »Mit etwas so Drastischem rechne ich eigentlich nicht, Faust.«

Aber Keneb ließ nicht locker. »Vergebt mir, aber ich glaube, Ihr seid es, die einem Missverständnis unterliegt. Die Verender haben *Euch* und nicht der Imperatrix den Dienst geschworen.«

»Sie wird darauf nicht hören«, sagte T'amber. In ihrer Stimme schwang ein gleichermaßen wütender wie enttäuschter Unterton mit, den Keneb nicht erwartet hätte. Sie ging zu dem immer noch schlafenden Buddl. Auf einen Tritt folgte ein Ächzen, dann ein Husten. »Auf, Soldat«, sagte T'amber, und es hatte den Anschein, als würde sie den düsteren Blick nicht bemerken, den die Mandata ihr zuwarf.

Oh, nein, Keneb, du Narr – und wie sie den bemerkt hat …

»Ihr habt Eure Befehle, Faust«, sagte Tavore.

»In Ordnung, Mandata. Soll ich den Seesoldaten da drüben mit rausschleppen?«

»Nein. Ich muss unter vier Augen mit Buddl sprechen. Geht jetzt, Keneb. Und danke, dass Ihr heute Nacht hier wart.«

Ich bin mir ziemlich sicher, dass ich gar keine andere Wahl hatte. Unter dem Türrahmen warf er noch einmal einen Blick zurück auf die Karten. Der Lord der Wölfe, der Spinner des Todes, die Königinnen des Dunkels und des Lebens, und der König in Ketten. *Der Lord der Wölfe … das müssen die Verender sein.*

Bei den Göttern hienieden, ich glaube, es hat schon angefangen.

Auf der dem Hafen zugewandten Mauer von Mocks Feste stand Perl auf der Brustwehr und betrachtete die dunklen Umrisse der Imperialen Flotte, die langsam in das ruhige Wasser der Bucht glitt: riesige Transportschiffe, die wie übergroße Bhederin wirkten, und an den Flanken eine Eskorte aus Dromonen, so schlank wie Wölfe. Bei dem Versuch, die fremden Schiffe inmitten der anderen auszumachen, kniff die Klaue die Augen zusammen. Gewaltig, mit doppelten Rümpfen … furchterregend. Es schienen eine ganze Menge zu sein.

Wie waren sie so schnell hierher gekommen? Und woher hatte die Imperatrix gewusst, dass dies geschehen würde? Die einzige mögliche Antwort auf die erste Frage lautete: *mittels eines Gewirrs.* Doch wer im Gefolge der Mandata konnte ein Tor von solcher Macht und Breite erschaffen? Der Schnelle Ben? Das hielt Perl für unwahrscheinlich. Der Scheißkerl hütete seine Geheimnisse, und es machte ihm Spaß, sowohl den Schwächling als auch etwas deutlich Tödlicheres zu spielen, aber keiner dieser Täuschungsversuche beeindruckte Perl sonderlich. Nein, Tavores Hohemagier hatte nicht, was notwendig war, um solch einen gewaltigen Riss zu öffnen.

Das heißt, es waren diese verdammten Fremden. Und das war nun in der Tat höchst beunruhigend. Vielleicht wäre es ja das Beste, auf irgendeine Art heimlich und als Erste zuzuschlagen. Was nun, da die Imperatrix angekommen war, endlich möglich sein würde. Und angeraten – *denn wir haben keine Ahnung, wer da in unsere Mitte gekommen ist, genau ins Herz des Imperiums. Eine fremde Flotte, die praktisch unbehindert hier ankommt … und in ihrer Reichweite befindet sich die Imperatrix persönlich.*

Es würde eine sehr geschäftige Nacht werden.

»Perl.«

Die Stimme war leise, aber er brauchte sich nicht umzudrehen, um zu wissen, wer gesprochen hatte. Er wusste außerdem, dass Imperatrix Laseen missbilligend die Stirn runzeln würde, sollte er sich umdrehen, um sie anzusehen. In dieser Hinsicht hatte sie merkwürdige Angewohnheiten. *Nein, einfach nur Paranoia.* »Guten Abend, Imperatrix.«

»Gefällt dir die Aussicht?«

Perl verzog das Gesicht. »Sie ist angekommen. Alles in allem zum richtigen Zeitpunkt für alle Betroffenen.«

»Freust du dich darauf, sie wiederzusehen?«

»Ich bin einige Zeit in ihrer Gesellschaft gereist, Imperatrix.«

»Und?«

»Und, um Eure Frage zu beantworten: Es ist mir gleichgültig.«

»Meine Mandata erweckt bei dir kein Gefühl von Loyalität?«

»Nein, Imperatrix. Und auch bei den Soldaten der Vierzehnten Armee nicht, wie ich glaube.«

»Aber, Perl – hat sie sie im Stich gelassen? Auch nur ein einziges Mal?«

»Y'Ghatan –«

Die körperlos wirkende Stimme unterbrach ihn. »Sei kein Narr. Wir sind hier unter uns, Perl. Nur wir beide. Vollkommen ungestört. Was in Y'Ghatan geschehen ist, konnte niemand vorhersehen – wirklich niemand. In Anbetracht dieser Tatsache war das, was Mandata Tavore getan hat, angemessen und … ja, sogar lobenswert.«

»Also gut«, sagte Perl, während Erinnerungen an die Nacht der Flammen in ihm aufstiegen – an die von fern zu ihm dringenden Schreie, die er in seinem Zelt hatte hören können … *Als ich mich – wütend und verletzt, wie ich war – versteckt habe wie ein Kind.* »Lässt man die Tatsachen einmal beiseite, hängt es davon ab, wie man wahrgenommen wird, Imperatrix.«

»Ganz gewiss.«

»Was auch geschieht – und unabhängig davon, ob es sich als günstig erweist oder zufällig geschehen ist –, Mandata Tavore kommt so gut wie nie davon, ohne Schaden zu nehmen. Und nein, ich verstehe auch nicht so recht, warum das so ist.«

»Coltaines Vermächtnis.«

Perl nickte in der Dunkelheit. Doch dann runzelte er die Stirn. *Oh Imperatrix, jetzt verstehe ich …* »Und so wird der tote Held … entmannt. Sein Name wird zu einem Fluch. Seine Taten zu einer Lüge.« *Nein, verdammt, ich war nahe genug dran, um es besser zu wissen. Nein.* »Imperatrix, es wird nicht klappen.«

»Wird es das nicht?«

»Nein. Stattdessen wird es uns alle beflecken. Treue und Loyalität werden verschwinden. Alles, was uns mit Stolz erfüllt, wird beschmutzt werden. Das malazanische Imperium wird keine Helden mehr haben, und ohne Helden werden wir uns selbst vernichten, Imperatrix.«

»Du glaubst nicht mehr, Perl.«

»Woran genau?«

»An die Spannkraft einer Kultur.«

»Der Glaube, auf den Ihr anspielt, Imperatrix, scheint mir eher ein absichtliches Leugnen zu sein. Eine Weigerung, die Zeichen anzuerkennen, weil es auf diese Weise einfacher ist. Selbstgefälligkeit führt jedoch zu nichts weiter als Vernichtung.«

»Ich mag vieles sein«, sagte Laseen, »aber selbstgefällig bin ich ganz bestimmt nicht.«

»Vergebt mir, Imperatrix, das wollte ich auch keineswegs andeuten.«

»Diese Flotte aus Katamaranen«, sagte sie nach ein paar Herzschlägen, »sieht ziemlich unheilvoll aus. Kannst du die Macht spüren, die von ihnen ausgeht?«

»Ein wenig.«

»Und muss man in Anbetracht ihres Auftretens nicht zu dem Schluss kommen, dass sich diese Fremden mit Mandata Tavore verbündet haben, weil sie etwas in ihr *wahrgenommen* haben, das wir nicht sehen? Ich frage mich, was das wohl sein könnte?«

»Ich kann mir ihre Beweggründe nicht vorstellen, Imperatrix, denn ich bin ihnen noch nicht begegnet.«

»Wünschst du es dir denn, Perl?«

Wie ich es vorausgeahnt habe. »Um ehrlich zu sein, interessieren mich ihre Beweggründe nicht sonderlich.«

»Es scheint mir, als ob dich in diesen Tagen kaum etwas interessiert, Perl.«

Und wer hat diesen ganz besonderen Bericht erstattet, Imperatrix? Er zuckte die Schultern, sagte aber nichts.

»Die Flotte geht in der Bucht vor Anker«, sagte die Imperatrix plötzlich, trat vor, stellte sich neben Perl und legte die Hände in den schweren Handschuhen auf die von Wind und Wetter gezeichneten Steine der Brustwehr. »Da – es gleiten nur zwei Schiffe zur

Anlegestelle. Was glaubt sie denn wohl, dass sie solche Befehle ausgegeben hat? Und – was vielleicht noch bedeutsamer ist – warum hat Admiral Nok ihre Befehle nicht widerrufen? Die Signalflaggen sind schließlich erleuchtet. Man kann meine Befehle nicht missverstehen.«

»Imperatrix«, sagte Perl, »es gibt im ganzen Hafen nicht genügend Liegeplätze für diese Flotte. Es könnte sein, dass die Schiffe in einer bestimmten Reihenfolge anlegen werden.«

»Nein.«

Er verstummte, aber er konnte spüren, wie unter seiner Kleidung der Schweiß prickelte.

»Ihr erster Zug«, flüsterte die Imperatrix, und in ihrem Tonfall schwang so etwas wie Aufregung mit – oder eine düstere Befriedigung.

Ein Quietschen von der Wetterfahne auf der Turmspitze hinter ihnen ließ Perl erschauern. *Klar, in einer Nacht, in der kein Wind weht …* Er blickte hinunter auf die Stadt und sah Fackeln auf den Straßen. *Funken, die auf Zunder überspringen. Die Nachricht von der Ankunft der Flotte geht von Mund zu Mund, eilends und lüstern. Die Wickaner sind zurückgekehrt, und jetzt sammelt sich der Mob … und die Wut erwacht.*

Das ist es also, Imperatrix – du willst, dass diese Schiffe dicht ans Ufer kommen, du willst, dass die Fronten schnell geklärt sind.

Du willst, dass die Opfer von Bord gehen, dass sie die Flammen auflodern lassen.

Sie drehte sich um. »Folge mir.«

Zurück. Den Wachberg entlang und über den Damm zur eigentlichen Feste. Ihre Schritte waren sicher, fast eifrig. Sie gingen unter dem Torbogen des Eingangs hindurch und zwischen zwei Klauen in Kapuzenumhängen vorbei; er spürte, dass sie ihre Gewirre geöffnet hatten, denn ihren verborgenen Händen entströmte brodelnde unsichtbare Macht.

Ein langer, spärlich erleuchteter Korridor; holprige Pflastersteine kennzeichneten die Stelle, wo sich das Fundament gesenkt hatte, weil sich dort ein gewaltiger Spalt durch die gesamte Feste zog.

Eines Tages wird dieser ganze verdammte Bau in die Bucht dort unten fallen, und alle werden froh sein, dass es ihn nicht mehr gibt. Natürlich hatten die Ingenieure und Magier allen versichert, dass es mindestens noch ein halbes Jahrhundert – eher länger – dauern würde, bis so etwas geschehen könnte. *So ein Pech aber auch.*

Eine Kreuzung, an der die Imperatrix ihn nach links führte – oh ja, sie war mit diesem Ort vertraut. An dem sie vor Jahren den Imperator und Tanzer ermordet hatte. *Ermordet. Wenn man es denn so nennen kann. Eigentlich hat sie ihnen eher unabsichtlich geholfen und ihre Pläne begünstigt.* Einen anderen leicht schrägen Korridor entlang, und schließlich zu den Türen eines Besprechungszimmers, vor dem zwei weitere Klauen standen. Die linke wandte sich zur Seite, als sie die Imperatrix sah, und öffnete die linke Tür gerade rechtzeitig, dass die Imperatrix hindurchgehen konnte, ohne ihr Tempo verringern zu müssen.

Perl folgte ihr, doch seine Schritte wurden plötzlich langsamer, als er den Raum betrat.

Vor ihm stand ein T-förmiger Tisch. Eine Anordnung wie bei einem Tribunal. Er fand sich selbst am Schnittpunkt wieder. Ein erhöhter Stuhl in der Verlängerung der Längsachse kennzeichnete den Platz der Person, die den Vorsitz haben würde; ein bescheidener Thron, der von zwei bereits sitzenden Gestalten flankiert wurde, die sich bei Laseens Ankunft erhoben.

Mallick Rel.

Korbolo Dom.

Perl bemühte sich, den Abscheu nicht in seiner Miene sichtbar werden zu lassen. Direkt vor ihm entlang der Längsachse standen drei Stühle. Er zögerte. »Wo soll ich mich hinsetzen, Imperatrix?«, fragte er.

Während sie sich auf dem Thron niederließ, betrachtete sie ihn einen Moment lang, zog dann eine schmale Augenbraue hoch. »Ich erwarte nicht von dir, dass du dabei sein wirst, Perl. Schließlich hast du deutlich genug zu verstehen gegeben, dass du kein besonderes Interesse daran hast, die Mandata wiederzusehen, und daher werde ich dich von dieser Bürde befreien.«

»Ich verstehe. Und was soll ich stattdessen tun?«

Der Jhistal-Priester rechts von ihr räusperte sich, ehe er sagte: »Euch fällt eine lästige, aber lebenswichtige Aufgabe zu, Perl. Ein bisschen Planung wird notwendig sein. Der Einsatz einer Hand, die Ihr am Tor versammelt finden werdet. Ein einzelnes Opfer. Ein Trinker, der häufig Schaffs Schenke zum Gehängten aufsucht. Sein Name: Banaschar. Danach könnt Ihr in Euer Quartier zurückkehren, um auf weitere Anweisungen zu warten.«

Perls Augen blieben unverwandt auf die Imperatrix gerichtet, sein Blick kreuzte sich mit ihrem, aber sie verriet nichts, als wollte sie ihn dazu herausfordern, zu fragen, was er so gern gewusst hätte: *Erhält eine Klaue jetzt ihre Befehle von einem Jhistal-Priester Maels? Von einem Mann, der vor noch nicht allzu langer Zeit in Ketten hierhergebracht wurde?* Aber er wusste, dass ihr Schweigen seine Antwort war. Er wandte den Blick von ihr ab und musterte Korbolo Dom. Der napanesische Scheißkerl trug die Insignien einer Hohefaust. Als er den selbstgefälligen, verächtlichen Gesichtsausdruck des Mannes sah, fingen Perls Handflächen an zu jucken. *Zwei Messer – meine Lieblingsmesser –, die Stück für Stück dieses Gesicht wegschneiden, ganz und gar! – Bei den Göttern, kümmere dich nicht darum! – Ich könnte ihm auf der Stelle eine Klinge in seine verdammte Kehle stoßen – vielleicht wäre ich schnell genug, vielleicht auch nicht. Das ist das Problem. Die verborgenen Klauen in diesem Raum werden mich natürlich fertigmachen, aber vielleicht erwarten sie es nicht ... Nein, sei kein Narr, Perl.* Er sah noch einmal die Imperatrix an, und etwas in ihrem Blick verriet ihm, dass sie die sehnsüchtigen Wünsche, gegen die er ankämpfte, voll und ganz verstanden hatte ... und erheitert war.

Doch er zögerte immer noch. Er begriff plötzlich, dass dies der geeignete Augenblick war, sich gegen all das auszusprechen. Zu versuchen, ihr klarzumachen, dass sie zwei Geier eingeladen hatte, die auf ihren Schultern hockten, aber nicht nach denjenigen hungerten, die in kurzer Zeit vor ihnen sitzen würden – nein, sie wollten den Thron, den sie flankierten. *Und sie werden dich töten, Laseen. Sie werden dich töten.*

»Ihr könnt jetzt gehen«, sagte Mallick Rel zischelnd.

»Imperatrix«, Perl zwang sich, die Worte auszusprechen, »denkt heute Nacht bitte gründlich über Tavores Worte nach. Sie ist Eure Mandata, und daran hat sich nichts geändert. Niemand kann das ändern.«

»Ich danke dir für deinen Rat, Perl«, sagte Laseen.

Er öffnete den Mund, um noch etwas hinzuzufügen – und schloss ihn wieder. Er verbeugte sich vor seiner Imperatrix, drehte sich um und verließ den Raum. *Und so wirfst du alles Tavore vor die Füße, Perl. Alles. Du verdammter Feigling.*

Andererseits – wer hat Lostara Yil getötet? Nun, Mandata, diese Art von Gleichgültigkeit fällt immer auf den Urheber zurück.

So sei es denn. Diese Nacht gehörte ihnen. Um Korbolo Dom konnte er sich in einer anderen Nacht kümmern, wenn es ihm passte, und, ja, genau das würde er tun. Und vielleicht auch um diese grinsende Eidechse von Priester. Warum auch nicht. Topper war verschwunden, war vermutlich tot. Also würde er – Perl – im Namen des Imperiums handeln. Nicht in Laseens Namen, sondern in dem des Imperiums, und dies war einer der Fälle – einer, bei dem es offensichtlicher war als bei jedem anderen, den er sich vorstellen konnte –, in denen zwei Arten von Loyalität miteinander in Konflikt gerieten. *Aber wie es immer bei der Klaue der Fall war – wie es bei dir selbst, Imperatrix, vor langer Zeit der Fall war –, ist die einzig richtige Entscheidung offensichtlich. Und notwendig.*

Doch während er nach unten zum Innenhof ging, machte sich inmitten all seiner kühnen Gedanken eine andere Stimme bemerkbar, flüsterte ihm wieder und wieder ein Wort zu. Ein Wort, das wie Säure in seinem Innern brannte, ein einziges Wort.

Feigling.

Mit finsterer Miene schritt Perl die Stufen nach unten. Eine Hand wartete darauf, mit der Ermordung eines betrunkenen ehemaligen Priesters beauftragt zu werden. Und auch in diesem Fall hatte er zu lange gewartet. Er hätte die Dinge in die Öffenlichkeit zerren können, hätte Tayschrenn erreichen können – dieser Dreckskerl hatte sich im wahrsten Sinne des Wortes selbst eingemauert, mal ganz abgesehen von seinem Nest verborgener Handlanger. Oh, der Imperiale Magier wollte ganz nah dran an den Geschehnissen sein. *Er will nur nicht einbezogen sein.*

Armer Banaschar. Ein gehetzter, benebelter Gelehrter, der einfach nur mit einem alten Freund sprechen wollte. Aber Mallik Rel wollte nicht, dass Tayschrenn gestört wurde. *Weil der Jhistal-Priester Pläne hat.*

War Laseen tatsächlich eine Närrin? Es war eigentlich unmöglich, dass sie den beiden vertraute. Aber was sollten die beiden Männer dann in diesem Raum? Tavore aus der Fassung bringen? *Auf diese Weise? Nein, das ist eher ein Schlag ins Gesicht. Ist das wirklich notwendig, Imperatrix? Es geht jetzt nicht um Tavore, aber man kann Männer wie Mallick Rel und Korbolo Dom nicht einfach so benutzen. Sie werden sich gegen dich wenden – wie die Schlangen, die sie sind.*

Wenn man falsche Gerüchte in Umlauf brachte, lag das Risiko vor allem darin, dass sie sich als zu erfolgreich erwiesen, den Lügner im Netz seiner eigenen Lügen gefangen setzten. Und plötzlich wurde Perl etwas klar ... eine mögliche Erklärung. Um Coltaines Namen zu ruinieren, musste der seines Feindes aufgewertet werden. Korbolo Dom, vom Verräter zum Helden gemacht. Irgendwie ... *Nein, die Einzelheiten will ich gar nicht wissen.* Aber einen Helden konnte Laseen dann nicht mehr so einfach hinrichten, noch nicht einmal ins Gefängnis werfen lassen, oder? Nein, stattdessen würde sie ihn befördern müssen. *Imperatrix, du hast dich in deiner eigenen Falle verfangen. Allerdings kann ich nicht glauben, dass dir das alles nicht bewusst ist ...*

Seine Schritte wurden langsamer. Er hatte das Hauptstockwerk erreicht, war noch zehn Schritte von der Seitentür entfernt, durch die er am Fuß der Mauer ins Freie treten würde, auf einen Pfad aus Schatten, der zum Tor führte.

Aber was willst du deiner Mandata sagen? In welch großer Gefahr du dich befindest? Willst du Tavore ... um Hilfe bitten? Doch wird sie, wenn sie das Zimmer betritt, in der Verfassung sein, deine

Bitte zu erkennen und zu verstehen? Um des Vermummten willen, Laseen, das alles könnte sehr, sehr schiefgehen.

Perl blieb stehen. Er könnte tun, was nötig war, jetzt, auf der Stelle. Zum Ostturm hinübergehen und Tayschrenns Tür eintreten. Und dem Narren erzählen, was er wissen musste. Er könnte –

Zwei in Kapuzenumhänge gekleidete Gestalten tauchten vor ihm auf. Klauen. Beide verbeugten sich, dann sprach die linke. »Klaue, wir wurden informiert, dass sich unser Zielobjekt in der Schenke zum Gehängten aufhält. In der Gasse dahinter ist eine Pissrinne, die er im Laufe der Nacht mehrmals aufsuchen wird.«

»Ja«, sagte Perl, der sich plötzlich erschöpft fühlte. »Das wäre ideal.«

Die beiden vermummten Gestalten vor ihm warteten.

»Gibt es noch etwas?«, fragte Perl.

»Solche Angelegenheiten müsst Ihr befehlen.«

»Was für Angelegenheiten?«

»Unerwünschte zu töten.«

»Ja. Mach weiter.«

»Nur das, Zweiter. Dieses Ziel wurde uns von … woanders übermittelt. Von jemandem, der die unhinterfragte Erfüllung des Auftrags erwartet hat.«

Perls Augen verengten sich. »Dieser Mord heute Abend … ohne meinen direkten Befehl würdet Ihr ihn nicht begehen?«

»Wir erbitten … Bestätigung.«

»Hat denn die Imperatrix die Worte des Jhistal nicht bestätigt?«

»Nein, das hat sie nicht, Zweiter. Sie hat … nichts gesagt.«

»Aber sie war dabei.«

»Ja, das war sie.«

Und was soll ich jetzt davon halten? Ließ sie einfach nur alles an der langen Leine laufen? Oder hatte sie selbst auch Angst vor Tayschrenn und genoss es daher, Mallick Rel auf Banaschar loszulassen? *Verdammt! Ich weiß zu wenig über all diese Dinge.* Aber er hatte wohl keine Wahl. »Also gut. Der Befehl ist erteilt.«

Die Klaue gehört dir nicht, Mallick Rel. Und die Imperatrix hat … sich enthalten. Nein, es scheint, als ob die Klaue mir gehört, bis Topper zurückkehrt – wenn er denn zurückkehrt. Und da ist es natürlich günstig, Laseen, dass du sechshundert Klauen mitgebracht hast …

Die beiden Assassinen verbeugten sich und verschwanden dann durch die Seitentür.

Aber … warum fühlte es sich so an, als wäre er derjenige, der benutzt wurde? Und was noch schlimmer war – warum hatte es den Anschein, als ob ihn das nicht mehr kümmern würde? Nein, es war gut. An diesem Abend würde er nicht denken, sondern einfach nur gehorchen. Hingegen am folgenden Tag – nun, das war eine andere Sache, oder? *Dann werde ich also morgen in dem rumstöbern, was noch übrig ist. Und entscheiden, was entschieden werden muss. Da hast du es, Imperatrix. Morgen hält der neue Meister der Klaue einmal mehr Hausputz. Und vielleicht … vielleicht ist das genau das, was du von mir erbittest. Oder vielleicht hast du mich schon darum gebeten, denn du hast dieses Tribunal nicht nur für die Mandata anberaumt, oder? Du hast mir gerade den Befehl über sechshundert Magier-Assassinen erteilt, stimmt's? Wofür sollten die sonst sein?*

Tatsache war, dass er die Gedanken von Imperatrix Laseen unmöglich erahnen konnte. Was das betraf, war er allerdings mit großer Sicherheit nicht der Einzige.

Plötzlich zuckten Nerven in seinem Bauch, schlagartig von einem unvermuteten Gefühl der Angst, das er nicht verstand, zum Leben erweckt. *Sechshundert …*

Sieh den Tatsachen ins Auge, Perl. Die Mandata hat Lostara nicht getötet. Du warst es. Du hast sie weggeschickt, und sie ist gestorben. Und das war's.

Aber das ändert nichts. Es ist mir gleichgültig, was ich jetzt tue. Sollen sie doch alle sterben.

Perl drehte sich um und machte sich auf den Weg zu seinen Gemächern. Um auf weitere Anweisungen zu warten. *Sechshundert Mörder, die jederzeit losgelassen werden können … Aber auf wen?*

Hellian kam zu dem Schluss, dass sie Rum hasste. Sie wollte etwas anderes, etwas, das nicht so süß war. Etwas, das besser zu ihr passte. Es war dunkel, und der Wind war warm und feucht, flaute aber ab. Das Hafengebiet von Malaz schien ihr eine Einladung zuzuflüstern, war wie der Atem eines Liebhabers in ihrem Nacken.

Sie stand und schaute zu, wie sich die *Geiferwolf* vor die anderen Schiffe schob, die *Silanda* im Kielwasser. Von überall um sie herum erklang nun das leise Rasseln von Ankerketten, die sich abrollten, und das Schiff unter ihr kam ruckend zum Stillstand. Hellian starrte wild um sich und fluchte. »Korporal«, sagte sie.

»Ich?«, fragte Heikel hinter ihr.

»Ich?«, fragte Atemlos.

»Ja, du. Was geht hier vor? Schaut, dort drüben sind Soldaten auf den Landungsbrücken und eine jubelnde Menge. Warum fahren wir nicht in den Hafen rein? Sie winken.« Hellian winkte zurück, aber es war unwahrscheinlich, dass die Menschen dort drüben das sehen konnten – schließlich gab es kaum Licht auf den Schiffen der Flotte. »Düsternis und Düsternis«, murmelte sie. »Als wenn wir ein gepügelter Hund wären, der nach Hause kriecht.«

»Oder als wenn es wirklich spät wäre«, sagte Atemlos, »und du hättest eigentlich gar nicht bei der Freundin deiner Mutter sein sollen, vor allem, wenn Ma Bescheid weiß und sie mit der zerbeulten Bratpfanne wartet. Aber manchmal – weißt du? – können ältere Frauen über dich kommen wie ein Dämon, und was kannst du dann tun?«

»Nein, ganz und gar nicht wie ein Dämon, du Idiot«, zischte Heikel. »Es ist mehr wie bei der Tochter von diesem Priester, und, bei den Göttern hienieden, du rennst, aber es gibt keine Möglichkeit, solchen Flüchen zu entkommen, nicht denen von einem Priester jedenfalls, was bedeutet, dass dein Leben für immer und ewig verdammt ist. Als ob Brand sich auch nur einen Deut um all das kümmern würde – sie schläft doch sowieso, oder?«

Hellian drehte sich um und starrte eine Stelle genau zwischen den beiden Männern an. »Hör zu, Korporal, komm zu irgendeinem Entschluss. Aber andererseits ist es auch egal. Ich wollte es gar nicht wissen. Ich habe dir eine Frage gestellt, und wenn du sie nicht beantworten kannst, dann sag auch nichts.«

Die beiden Männer tauschten Blicke aus, dann zuckte Atemlos die Schultern. »Wir werden nicht von Bord gehen, Sergeant«, sagte er. »Das haben wir gerade gehört.«

»Sind die verrückt? Natürlich gehen wir von Bord. Wir sind mal eben eine Million Längen weit gesegelt. Sogar fünf Millionen. Wir haben Feuer und Stürme und grüne Lichter am Himmel und Nächte mit Schüttelfrost und gebrochene Kiefer und diese verdammte Rhizanpisse, die sie Wein nennen, überstanden. Das da drüben ist Malaz, genau vor uns, und da gehe ich hin, Korporal Heikel Atemlos, und es ist mir ganz egal, wie viele Arme ihr habt, ich gehe, und das war's dann.« Sie drehte sich um, ging vorwärts, erreichte die Reling, beugte sich drüber und war plötzlich verschwunden.

Als ein lautes Platschen erklang, starrten Heikel und Atemlos einander noch einmal an.

»Und was jetzt?«, wollte Heikel wissen.

»Sie hat sich ertränkt, oder?«

»Wir sollten lieber jemandem Meldung machen.«

»Wenn wir das tun, stecken wir richtig im Schlamassel. Schließlich haben wir genau hier gestanden. Sie werden sagen, wir haben sie gestoßen.«

»Aber das haben wir nicht!«

»Das spielt keine Rolle. Wir versuchen sie ja nicht einmal zu retten, oder?«

»Ich kann nicht schwimmen!«

»Ich auch nicht.«

»Dann sollten wir Alarm schlagen oder so was.«

»Mach du es.«

»Nein, du.«

»Vielleicht sollten wir einfach nach unten gehen und sagen, dass wir nach ihr gesucht, sie aber nicht gefunden haben.«

Nach diesen Worten schwiegen sie beide und schauten sich um. Ein paar Gestalten bewegten sich in der Düsternis – Seeleute, die irgendwelchen seemännischen Kram erledigten.

»Niemand hat irgendwas gesehen oder gehört.«

»Sieht so aus. Nun, das ist gut.«

»Ja, nicht wahr. Also, gehen wir jetzt runter, oder was? Zucken die Schultern und sagen nichts.«

»Nein, nicht nichts. Wir sagen, wir konnten sie nirgendwo finden.«

»Richtig, das meine ich. Nichts ist, was ich meine, ich meine darüber, wie sie über die Reling gegangen ist, diese Art von Nichts habe ich gemeint.«

Eine neue Stimme ertönte hinter ihnen: »Ihr beide – was macht ihr hier an Deck?«

Die beiden Korporale drehten sich um. »Nichts«, sagten sie gleichzeitig.

»Geht runter und bleibt dort.«

Die beiden eilten davon.

»Drei am Ufer«, sagte der geckenhaft ausstaffierte junge Mann, den Blick auf die Knochenwürfel gerichtet, die auf dem verwitterten Stein zur Ruhe kamen.

Seine Zwillingsschwester hatte sich dem bedrohlichen Koloss namens Mocks Feste zugewandt; der Nachtwind strich zärtlich über die auffallend bunten Seidenstoffe, in die sie ihre schlanke Gestalt gehüllt hatte.

»Siehst du, wie es ausgeht?«, fragte ihr Bruder, während er die Würfel mit einer schwungvollen Geste wieder aufhob. »Sag mir ganz ehrlich, hast du irgendeine Ahnung – überhaupt eine Ahnung –, wie wild ich gekämpft habe, um unsere Karte bei dem schrecklichen Spiel zurückzuhalten? Ich bin immer noch ganz schwach und benommen. Er hat versucht, uns zu ziehen, wieder und wieder und wieder. Es war entsetzlich.«

»Wirklich heldenhaft von dir«, murmelte sie, ohne sich umzudrehen.

»Drei am Ufer«, wiederholte er. »Wie … unerwartet. Glaubst du, dass dieser grässliche Niederschlag auf die Otataral-Insel dafür verantwortlich ist? Ich meine für das, was im Augenblick unterwegs ist?« Er richtete sich auf und trat an die Seite seiner Schwester.

Sie standen auf einem günstig gelegenen Turm in Malaz, in einem Stadtviertel südlich des Flusses. Für die meisten Einwohner der Stadt sah es so aus, als wäre der Turm nur noch eine Ruine, aber das war eine Illusion, die von dem Zauberer aufrechterhalten wurde, der die unteren Stockwerke mit Beschlag belegt hatte, einem Zauberer, der zu schlafen schien. Der Gott und die Göttin – die Zwillinge, die als Oponn bekannt waren – hatten die Plattform und die Aussicht ganz allein für sich.

»Das ist gewiss möglich«, räumte sie ein, »aber besteht darin nicht der Charme deiner Spiele, Geliebter?« Sie deutete auf die Bucht zu ihrer Rechten. »Sie sind angekommen, und genau in diesem Augenblick geschieht etwas Aufwühlendes bei diesen niederen Sterblichen auf diesen Schiffen, vor allem auf der *Silanda*. Während in der tödlichen Feste gegenüber das Schlangennest erwacht. In dieser Nacht wird es Arbeit für uns geben.«

»Oh ja. Sowohl für dich als auch für mich. Ziehen, stoßen, ziehen, stoßen.« Er rieb sich die Hände. »Ich kann es kaum erwarten.«

Sie blickte ihn plötzlich an. »Können wir so sicher sein, Bruder, dass wir alle Spieler verstehen? Wirklich alle? Was ist, wenn sich einer vor uns versteckt? Nur ein Einziger … wild, unerwartet, schrecklich entsetzlich. Wir könnten mächtig Ärger bekommen. Wir könnten … getötet werden.«

»Es war dieser verdammte Soldat«, schnaubte ihr Bruder. »Der hat uns unsere Macht gestohlen! Diese Arroganz, sich in unserem eigenen Spiel unserer zu bemächtigen. Ich will sein Blut!«

Sie lächelte in die Dunkelheit. »Oh, was ist da für ein Feuer in deiner Stimme. So sei es. Wirf die Würfel über sein Schicksal. Mach schon. *Wirf sie!*«

Er starrte sie an und grinste dann. Wirbelte herum, bewegte eine Hand – die Würfel flogen durch die Luft, prallten auf den Boden, sprangen ab, trafen wieder auf den Boden, wirbelten und rollten und blieben schließlich still liegen.

Die Zwillinge, die im Gleichklang schwer atmeten, eilten hinüber und kauerten sich hin, um den Wurf zu betrachten.

Wenn irgendjemand dagewesen wäre und sie gesehen hätte, er oder sie hätte den nachdenklichen Ausdruck auf ihren perfekten Gesichtern sicherlich bemerkt. Und dann ein Stirnrunzeln, das sich ganz allmählich vertiefte, Verwirrung, die sich in den Blick aus den unsterblichen Augen stahl, und bevor diese Nacht zu Ende war, schieres Entsetzen.

Der nichtexistente Zeuge hätte vielleicht den Kopf geschüttelt. *Tut es niemals, teure Götter. Legt euch niemals mit Sterblichen an.*

»Wühler und drei Freunde spielen in einer Höhle. Ein Wechselgänger mit einem gestohlenen Schwert. Togg und Fanderay und ein paar verdammte Schiffbrüchige …«

Buddl, der in einer winzigen, schrankgroßen Kabine an Bord der *Geiferwolf* eingeschlossen war, seit Fiedler die Karten gelegt hatte, arbeitete die letzten Änderungen in die Puppe auf seinem Schoß ein. Die Befehle der Mandata ergaben keinen Sinn. *Aber nein,* korrigierte er sich mit mürrischem Gesicht, *es sind gar nicht die Befehle der Mandata. Das – das alles – kommt von dieser bernsteinäugigen Schönheit namens T'amber. Wer ist sie, im Namen des Vermummten? Oh, ist auch egal. Ist ja erst das tausendste Mal, dass ich mir diese Frage stelle. Aber es ist dieser Blick, verstehst du? Dieser wissende Blick, als ob sie direkt bis zu meinem Herzen vorgestoßen wäre. Und dabei mag sie Männer noch nicht einmal, oder?*

Er musterte die Puppe, und sein Gesicht verfinsterte sich noch mehr. »Du«, murmelte er, »ich habe dich noch nie zuvor gesehen, weißt du das? Aber hier bist du, mit einem Eisensplitter in deinem Bauch – aber bei den Göttern, das muss weh tun, immer was wegzuschneiden, immer irgendwas im Innern wegzuschneiden. Du, mein Freund, bist irgendwo in Malaz, und sie will, dass ich dich finde, und das war's dann. Eine ganze Stadt, stell dir vor, und ich habe Zeit bis zur Morgendämmerung, um dich zu finden.« Natürlich würde diese Puppe irgendwie helfen, sobald der arme Kerl einmal nah genug war und Buddl ihm in die Augen schauen und dort den gleichen Schmerz sehen konnte wie in den ungleichmäßigen Stücken Austernschalen. Das – und alte Narben auf den Unterarmen. Aber so was hatten jede Menge Leute, oder?

»Ich brauche Hilfe«, sagte er leise.

Von oben hörte er die Stimmen der Seeleute, als das Schiff Kurs auf die Mole nahm, und dazu ein tieferes, aus größerer Entfernung herandringendes Geräusch, das vom Hafen selbst kam. Und das fühlte sich … unangenehm an.

Wir sind verraten worden. Alle.

Hinter ihm ging quietschend die Tür auf.

Buddl schloss die Augen.

Die Stimme der Mandata ertönte. »Wir sind nah dran. Der Hohemagier ist bereit, dich rüberzuschicken – du wirst ihn in meiner Kajüte finden. Ich gehe davon aus, dass du bereit bist, Soldat.«

»Ja, klar, Mandata.« Er drehte sich um, musterte ihr Gesicht im düsteren Lichtschein des Korridors, in dem sie stand. Das Übermaß an Gefühlen in ihrem Innern zeigte sich nur in der angespannten Haut um die Augen herum. *Sie ist verzweifelt.*

»Du darfst nicht versagen, Buddl.«

»Mandata, meine Chancen stehen schlecht!«

»T'amber sagt, du musst Hilfe erbitten. Sie sagt, du weißt, von wem.«

T'amber, die Frau mit diesen verdammten Augen. Wie eine Löwin. Was ist verdammt noch mal bloß mit diesen Augen? »Wer ist sie, Mandata?«

In Tavores Blick flackerte einen kurzen Moment lang so etwas wie Sympathie auf. »Jemand … die sehr viel mehr ist, als sie früher einmal war.«

»Und Ihr vertraut ihr?«

»Vertrauen.« Sie lächelte leicht. »So jung du auch bist, Buddl, so solltest du doch wissen, dass Berührung immer die Wahrheit offenbart. Immer.«

Nein, er wusste es nicht. Und er verstand es auch nicht. Er verstand nichts davon. Seufzend stand er auf, stopfte sich die schlaffe

Puppe unter das Wams, unweit des in einer Scheide steckenden Messers unter seinem linken Arm. Keine Uniform, keine wie auch immer geartete Zeichen, die darauf hindeuten könnten, dass er ein Soldat der Vierzehnten Armee war. Die Tatsache, dass er keinerlei Fetische mehr an sich hängen hatte, sorgte dafür, dass er sich nackt und verletzlich fühlte. »In Ordnung«, sagte er.

Sie führte ihn zu ihrer Kajüte, blieb dann vor der Tür stehen. »Geh weiter. Ich muss jetzt an Deck.«

Buddl zögerte und sagte dann: »Seid vorsichtig, Mandata.«

Ihre Augen weiteten sich leicht, dann drehte sie sich um und schritt davon.

Kalam stand am Heck und starrte aus zusammengekniffenen Augen in die Dunkelheit hinter dem Schiff – dorthin, wo die Transportschiffe ankerten. Er hatte gedacht, er hätte gehört, wie irgendwo ein paar Kabellängen vom Ufer entfernt ein Langboot zu Wasser gelassen wurde. Gegen sämtliche verdammte Befehle, die die Mandata in dieser Nacht erteilt hat.

Nun, selbst er war alles andere als glücklich mit den Befehlen. Der Schnelle Ben sollte ein Tor einen Spaltbreit öffnen, aber selbst dieser Spalt mochte entdeckt werden, und das wären dann schlechte Neuigkeiten für den armen Buddl gewesen. Er würde in ein Nest voller Klauen geraten – und dann hätte er keine Chance. Und wer könnte den Spalt nutzen, um *hierher*zukommen?

Das war alles viel zu riskant. Viel zu ... übertrieben.

Er rollte die Schultern, schüttelte die Anspannung ab. Aber sie kehrte bereits wenige Augenblicke später wieder zurück. Seine Handflächen kribbelten unter dem abgewetzten Leder seiner Handschuhe. *Entscheide dich, verdammt. Entscheide dich einfach.*

Etwas schlitterte rechts von ihm über die Planken, und als er sich umdrehte, sah er ein schienbeingroßes Reptilienskelett. Der Kopf mit der langen Schnauze legte sich zur Seite, als die leeren Augenhöhlen ihn betrachteten. Der segmentierte Schwanz zuckte.

»Na, *du* riechst aber gut, was?«, zischte die Kreatur, während ihre Krallen unregelmäßig auf die Planken tappten. »Er riecht doch wirklich gut, oder, Rinnsel?«

»Oh ja«, sagte eine andere dünne Stimme, dieses Mal zur Linken von Kalam, und als er sich umdrehte, sah er ein zweites Skelett fast in Reichweite auf der Heckreling hocken. »Blut und Kraft und Wille und Achtsamkeit, der passt fast zu unserem Schatz. Stell dir einen Kampf zwischen den beiden vor, Telorast. Wäre das nicht etwas, das zu sehen sich lohnen würde?«

»Und wo ist sie?«, knurrte Kalam. »Wo versteckt sich Apsalar?«

»Sie ist fort«, sagte Rinnsel, bewegte dabei den Kopf ruckartig auf und ab.

»Was?«

»Fort«, stimmte Telorast zu und unterstrich das Wort mit einem weiteren Zucken des Schwanzes. »Jetzt verstecken nur wir beide – ich und Rinnsel – uns noch. Natürlich müssten wir das nicht tun.«

»Reine Zweckmäßigkeit«, erklärte Rinnsel. »Es ist unheimlich da draußen heute Nacht. Du hast ja keine Ahnung. Keine Ahnung.«

»Wir wissen, wer hier ist, verstehst du? Wir kennen sie *alle.*«

Jetzt konnte Kalam von irgendwo vom dunklen Wasser her das Knarren von Rudern hören. Irgendjemand hatte tatsächlich ein Langboot zu Wasser gelassen und steuerte dem Ufer entgegen. *Verdammte Narren – der Mob dort drüben wird sie in Stücke reißen.* Er drehte sich um und ging Richtung Mitteldeck.

Das Schiff schien sich herumzurollen, und dann glitt seine Flanke immer näher an die große Mole heran, die an Steuerbord aufgetaucht war. Der Assassine sah die Mandata das Deck betreten und ging zu ihr.

»Wir haben ein Problem«, sagte er ohne Vorgeplänkel. »Jemand ist zum Ufer unterwegs, mit einem Langboot.«

Tavore nickte. »Darüber bin ich unterrichtet worden.«

»Oh. Und wer ist es?«

T'amber, die sich ebenfalls zu ihnen gesellt hatte, übernahm die

Antwort. »In der Sache liegt eine gewisse ... Symmetrie. Leider eine ziemlich bittere. Kalam Mekhar, in dem Langboot sind Faust Tene Baralta und seine Roten Klingen.«

Der Assassine runzelte die Stirn.

»Sie halten es vielleicht für möglich«, fuhr T'amber fort, »dass unsere Eskorte, die man von Mocks Feste herunterschicken wird, gegen den Mob nicht ausreichen wird.« Aber sie klang nicht sonderlich überzeugt von dem, was sie da sagte, als ob sie sich einer tieferen Wahrheit bewusst wäre und Kalam einlud, sie selbst herauszufinden.

»Die Roten Klingen«, sagte die Mandata, »haben immer ein großes Bedürfnis, ihre Loyalität zu beweisen.«

... ihre Loyalität ...

»Kalam Mekhar«, fuhr Tavore fort und trat ein bisschen näher, wobei sie ihm in die Augen blickte. »Ich gehe davon aus, dass man mir nur eine kleine, von mir selbst zusammengestellte Eskorte zugestehen wird. T'amber wird natürlich dabei sein – und du, wenn du zustimmst.«

»Das ist kein Befehl, Mandata?«

»Nein«, antwortete sie leise, fast zittrig. Und dann wartete sie.

Kalam blickte zur Seite. *Der Drache hat den Vermummten an den Nasenhaaren gepackt ...* Das war eine von Fiedlers Bemerkungen in einem seiner Spiele gewesen. Viele Jahre war das mittlerweile her. Im Schwarzhundwald, oder? Wahrscheinlich. Warum fiel ihm das ausgerechnet in diesem Moment ein? *Weil ich weiß, wie sich der Vermummte gefühlt haben muss, darum.*

Aber Moment mal, ich kann diese Entscheidung treffen, ohne irgendetwas anderes zu entscheiden. Kann ich das nicht? Doch, natürlich kann ich das. »Also gut, Mandata. Ich werde ein Teil Eurer Eskorte sein. Wir werden Euch zu Mocks Feste bringen.«

»Zur Feste, ja, das war das, worum ich dich gebeten habe.«

Als sie sich abwandte, runzelte Kalam die Stirn, warf dann T'amber einen Blick zu, die ihn ausdrucklos ansah, als wäre sie enttäuscht. »Stimmt etwas nicht?«, fragte er die junge Frau.

»Es gibt Zeiten«, antwortete sie, »da übertrifft die Geduld der

Mandata sogar meine. Und das besagt – auch, wenn Ihr das vielleicht nicht wisst – eine ganze Menge.«

Die *Geiferwolf* schob sich noch näher an die Mole.

Auf der anderen Seite des gleichen steinernen Piers streifte das Langboot die glitschigen Felsbrocken, die das Fundament des Bauwerks bildeten. Leinen wurden an den Ringen vertäut, die in den Mörtel eingelassen worden waren, und Lostara Yil schaute zu, wie eine der behenderen Roten Klingen an eben diesen Ringen nach oben kletterte und dabei eine Strickleiter hinter sich her zog. Augenblicke später hatte der Mann die Oberfläche der Mole erreicht, wo er die Haken der Leiter in die dort vorhandenen Ringe einhängte.

Tene Baralta kletterte als Erster hinauf, langsam und unbeholfen mit seinem einen Arm, und er ächzte jedes Mal, wenn er sich einen Schritt höherzog.

Lostara folgte ihm mit einem flauen Gefühl im Magen, die ganze Zeit darauf vorbereitet, Baralta aufzufangen, sollte er einen Schwächeanfall haben oder abrutschen.

Das ist eine Lüge. Das alles hier ist eine Lüge.

Sie erreichte die obere Kante, kletterte auf den Pier und verharrte dort einen Moment, rückte ihren Waffengurt und ihren Umhang zurecht.

»Hauptmann«, sagte Tene Baralta, »bildet eine Formation, um die Mandata zu erwarten.«

Sie blickte nach rechts und sah, wie sich ein Kontingent der Imperialen Garde mit einem Offizier in ihrer Mitte durch den Mob drängte.

Auch Tene Baralta hatte sie bemerkt. »Nicht genug, wie ich vermutet hatte. Wenn dieser Mob Blut riecht …«

Lostara machte ein ausdruckloses Gesicht, als sie sich der Kompanie Roter Klingen zuwandte, obwohl ein höhnischer Gedanke in ihrem Geist aufblitzte: *Was auch immer Ihr sagt, Faust – erwartet nicht, dass ich irgendetwas davon glaube.*

In diesem Augenblick erfüllte ein tiefes, brausendes Geräusch die Luft, und der Himmel über der Bucht strahlte plötzlich hell.

Banaschar blinzelte durch den Schleier aus Rauch und musterte die Menge, gab dann ein Brummen von sich. »Er ist nicht da«, sagte er. »Um ehrlich zu sein, habe ich ihn seit Tagen nicht mehr gesehen … glaube ich. Wie sieht's mit dir aus, Hauptsergeant?«

Tapferer Zahn zuckte einfach nur die Schultern, seine einzige Antwort auf Schandmauls Frage.

Der Soldat warf einen raschen Blick auf Gentur, seinen schweigsamen Kameraden, und sagte dann: »Es ist nur so, Hauptsergeant: Erst verlieren wir sie, und dann hören wir etwas über ihn, und wir zählen eins und eins zusammen, verstehst du?«

Der haarige alte Mann bleckte die Zähne. »Oh ja, Schandmaul. Und jetzt verschwinde, bevor ich dir ein volles Fass auf den Rücken binde und dich zweimal im Laufschritt ums Hafenviertel rennen lasse.«

»Das kann er doch nicht tun – oder?«, fragte Gentur seinen Kameraden.

Aber Schandmaul war blass geworden. »Du vergisst es wohl nie, was, Hauptsergeant?«

»Erkläre es deinem Freund. Aber nicht hier. Versuch's in der Seitengasse.«

Die beiden Soldaten verzogen sich. Sie unterhielten sich flüsternd, als sie zu ihrem Tisch zurückgingen.

»Ich neige eigentlich zu der Annahme«, sagte Banaschar, »dass ein übler Ruf normalerweise eher unverdient ist. Im Zweifel für den Angeklagten, sozusagen, und vielleicht habe ich auch noch einen schwachen Hoffnungsschimmer, dass Menschlichkeit sich hin und wieder doch mal durchsetzt. Aber was dich angeht, Tapferer Zahn, wird diese Art von Optimismus als das entlarvt, was er tatsächlich ist: reine Selbsttäuschung.«

»Das hast du richtig verstanden. Und was spricht dagegen?«

»Nichts.«

Sie hörten Geschrei draußen auf der Straße, ein Tumult von Stimmen, der dann wieder erstarb. Das ging schon den ganzen Abend so. Umherstreifende Banden von Idioten, die nach irgendjemandem suchten, den sie einschüchtern konnten. Die Stimmung in der Stadt war düster und hässlich, wurde mit jedem Glockenschlag schlimmer, obwohl es keinen Grund dafür zu geben schien. Was sich allerdings geändert hatte, wie Banaschar sich ins Gedächtnis zurückrief.

Nun, vielleicht gab es immer noch keinen wirklichen Grund. Aber es hatte sich ein … Ziel ergeben.

»Irgendjemand stochert mit 'nem Messer rum«, sagte Tapferer Zahn.

»Die Imperiale Flotte ist schuld«, sagte Banaschar. »Ein schlechter Zeitpunkt für die Rückkehr, wie ich vermute, in Anbetracht all der Wickaner, die sich an Bord dieser Schiffe befinden, und angesichts der anderen Fremden, die sie dabeihaben.«

»Du trinkst ja kaum was, Banaschar. Bist du krank oder so?«

»Schlimmer«, antwortete er. »Ich bin zu einem Entschluss gekommen. Der Herbst ist da. Man kann es im Wind spüren. Die Würmer schwärmen zum Ufer. Es ist D'reks Jahreszeit. Heute Nacht rede ich mit dem Imperialen Hohemagier.«

Der Hauptsergeant starrte ihn düster an. »Ich dachte, du hast gesagt, dass man dich ganz schnell umbringen wird, wenn du das versuchst. Es sei denn, natürlich, das ist genau das, was du eigentlich willst.«

»Ich habe vor, meinen Verfolger in der Menge abzuschütteln«, sagte Banaschar leise, während er sich über den Tisch beugte. »Ich werde durchs Hafenviertel gehen, zumindest bis zur Brücke. Ich hab gehört, dass sich dort die Stadtwache rumtreibt und die hirnlosen Dummköpfe wieder von der Mole verjagt. Bei den Göttern, wie dumm können Menschen eigentlich sein? Dort draußen auf den Schiffen ist eine *Armee!*«

»Wie ich gesagt habe, jemand stochert rum. Wäre nett, diesem Jemand mal zu begegnen. Sodass ich ihm meine Faust ins Gesicht setzen und zusehen kann, wie sie am Hinterkopf wieder rauskommt. Ist 'ne ziemliche Sauerei, aber dafür ist es auch schnell vorbei – viel schneller, als dieser Dreckskerl es verdient.«

»Wovon sprichst du?«, fragte Banaschar.

»Ist nicht wichtig.«

»Nun«, sagte der ehemalige Priester, und seine Stimme klang wesentlich tapferer als er sich fühlte, »es heißt jetzt oder nie. Morgen Abend werde ich dir einen Krug Malazanisches Dunkles ausgeben.«

»Da fällt mir ein: Du scheinst immer genug Münzen aufzutreiben – wie kommt das?«

»Sie stammen aus der Schatzkammer des Tempels, Tapferer Zahn.«

»Du hast sie dem hiesigen D'rek-Tempel gestohlen?«

»Dem hier in Malaz? Das ist gut. Ja, dem hier und auch allen anderen, die ich besucht habe. Hab' alle weggeschafft, an einen Ort, wo niemand außer mir sie finden kann. Das Problem ist, dass ich mich jedes Mal schuldig fühle, wenn ich mir etwas davon abzweige. Ich hole nie viel – es hat schließlich keinen Sinn, einen Raubüberfall herauszufordern. Aber das ist nur meine Entschuldigung. Wie ich schon gesagt habe, es ist das Schuldgefühl.«

»Das heißt, wenn du heute Nacht getötet wirst …«

Banaschar grinste und hob die Arme. »Puff! Alles weg. Für immer.«

»Netter Trick.«

»Willst du, dass ich sie dir überlasse?«

»Beim Vermummten, nein! Was sollte ich mit ein paar Truhen voller Münzen machen?«

»Truhen? Teurer Hauptsergeant, eher Kammern. Jedenfalls sehe ich dich morgen … oder auch nicht. Und wenn nicht, dann … Schön, dass wir uns begegnet sind, Tapferer Zahn.«

»Erzähl keinen Blödsinn. Morgen, wie du gesagt hast.«

Nickend stand Banaschar auf und schlängelte sich durch die Menge auf die Vordertür zu.

Tapferer Zahn, der nun allein am Tisch saß, hob langsam seinen Bierkrug, um einen Schluck zu trinken, die Augen fast geschlossen – und für jeden, der mehr als einen oder zwei Schritt entfernt war, sahen sie tatsächlich so aus, als wären sie geschlossen. Daher bemerkte die Gestalt, die sich hastig erhob und wie eine Schlange hinter Banaschar her eilte, nichts von der Aufmerksamkeit, die der Hauptsergeant ihr schenkte; der Blick der kleinen Augen verfolgte die Gestalt einen Moment, ehe Tapferer Zahn mit drei schnellen Schlucken den Krug leerte. Dann stand der große haarige Mann ungestüm auf, wobei er leicht schwankte und mit einer Hand nach dem Tisch griff, um sich abzustützen.

Er stolperte zu Schandmaul und Gentur hinüber, die beide schuldbewusst und furchtsam aufblickten – als ob sie über üble Dinge gesprochen hätten. Tapferer Zahn beugte sich zu den beiden hinunter. »Hört zu, ihr Idioten«, sagte er leise.

»Wir warten einfach nur auf Fremdländer«, sagte Schandmaul, die Augen weit aufgerissen. »Das ist alles. Wir haben nie –«

»Sei still. Seht euch die Schlange dort vorn auf der Treppe an – schnell!«

»Ist gerade … verschwunden«, bemerkte Gentur blinzelnd. »Schlange, hast du gesagt. Ich würde sagen, das ist eher eine –«

»Und du hättest recht. Und das Ziel ist niemand anders als Banaschar. Nun, habt ihr zwei Lust, heute Abend einer Klaue eine kleine Überraschung zu bereiten? Wenn ihr das tut, werde ich nur noch nett von euch denken.«

Die beiden Männer waren bereits auf den Beinen.

Gentur spuckte sich in die Hände und rieb sie aneinander. »Ich habe schon immer von so einer Nacht geträumt«, sagte er. »Komm schon, Schandmaul. Bevor wir ihn noch verlieren.«

»Er geht Richtung Hafenviertel«, sagte Tapferer Zahn. »Und dann nach Norden, zur Treppe, klar?«

Er schaute den beiden Soldaten hinterher, die zur Hintertür eilten. Und schon waren sie draußen, wirkten viel zu eifrig.

Schandmaul war härter, als er aussah, das wusste Tapferer Zahn. Außerdem glaubte er nicht, dass die Klaue davon ausgehen würde, sie könnte selbst verfolgt werden. Und was die Menge dort draußen anging … Nun, die sollte ihnen nicht allzu viel Ärger bereiten. *Soldaten lieben es, Assassinen zu töten …*

Irgendjemand warf eine Handvoll Knochenwürfel gegen die Rückwand des niedrigen Raums.

Und Tapferer Zahn erschauerte plötzlich.

Sieht aus, als würde ich weich werden.

Es befanden sich ziemlich viele gut bewaffnete Gestalten in der Menge, die sich entlang des Hafens versammelt hatte, auch wenn die Waffen zunächst unter schweren Umhängen verborgen blieben, als sich die einzeln ausgesuchten Handlanger an die angewiesenen Positionen begaben. Ein schwaches Nicken von einem zum anderen, ein paar geflüsterte Worte hier und dort.

Die Stadtwache bildete eine ungleichmäßige Linie, und die Piken schwankten nervös, als sich die mutigeren Schläger unter spöttischen Bemerkungen und Drohungen ein Stück weiter vor wagten.

Auf den Schiffen dort draußen waren Wickaner.

Und wir wollen sie.

Allesamt Verräter – und sich um die Bestrafung von Verrätern zu kümmen, war eine Sache für das Volk. War nicht die Imperatrix selbst oben in Mocks Feste? Sie war hier, um Zeugin des Imperialen Zorns zu werden. *Sie hat es schon einmal getan – richtig, damals, als sie noch die Klaue befehligt hatte.*

Es hat nichts zu sagen, dass ihr auf einen Offizier wartet, ihr Narren. Die Signalflaggen sind erleuchtet, und wir sind nicht blöd – sie sagen den Scheißkerlen dort draußen, dass sie reinkommen sollen. Anlegen. Von Bord gehen. Schaut sie euch an, diese Feiglinge! Sie wissen, dass die Zeit gekommen ist, da sie für ihren Verrat bezahlen müssen.

Glaubt uns, wir werden diese Bucht mit wickanischen Köpfen füllen – wäre das nicht ein hübscher Anblick, wenn der Morgen heraufdämmert?

Bei den Göttern hienieden! Was ist das?

Ein Chor von Stimmen schrie diese Worte – oder etwas Ähnliches, und Hände hoben sich, Finger deuteten, Blicke folgten einem lodernden Feuerball, der einen halben Himmel entfernt im Westen herunterkam und dabei einen blaugrauen Schweif aus Rauch hinter sich her zog, wie die Spur eines Aals im schwarzen Sand. Und der alarmierend schnell größer wurde.

Und dann ... war er ... weg, und einen Augenblick später wogte von jenseits der Bucht, wo eine taumelnde Dampfwolke aufstieg, ein heftiger Donnerschlag heran.

Das war nah. Was meint ihr – eine Drittellänge?

Weniger.

Das Ding muss ziemlich klein gewesen sein. Kleiner als es ausgesehen hat.

Es ist direkt über uns weggeflogen.

Es ist ein Omen! Ein Omen!

Der Kopf eines Wickaners! Habt ihr gesehen? Es war der Kopf eines Wickaners – von den Göttern herabgeschickt.

Kurzfristig abgelenkt von dem herabstürzenden Feuerball, der gleich außerhalb der Bucht herunterzukommen schien, schob sich die Klaue Saygen Maral wieder vorwärts. Der Assassine war erfreut über die wogende Menge, durch die er sich bewegte, ein Gedränge, das sich wieder etwas beruhigte, auch wenn die Erwartung nun noch größer war.

Ein Stück voraus hatte die Menge den ehemaligen Priester langsamer werden lassen, was gut war, da sowieso kaum etwas so lief wie geplant. Das Zielobjekt hätte sich die ganze Nacht bei Schaff häuslich einrichten sollen, und die Hand rückte wahrscheinlich in der Gasse hinter der Schenke vor, um dort darauf zu warten, dass er mit ihnen Kontakt aufnahm und ihnen die wichtigen Einzelheiten mitteilte.

Auf den Schädel zeigen, nannten sie es. Das Zielobjekt an Ort und Stelle in genau diesem Augenblick persönlich identifizieren. Und dann die eigentliche Tat miterleben – eine angemessene Belohnung dafür, dass er dem Narren mitunter mehrere Wochen lang gefolgt war. Doch das mochte sein, wie es wollte – so, wie sich die Dinge entwickelten, würde er sich bei dieser Sache in dieser Nacht selbst die Hände schmutzig machen, nun, da die Entscheidung, den Säufer zu töten, gefallen war.

Was Saygen Marals gespaltene Loyalitäten auf angenehme Weise vereinigen würde. Von Kindheit an in der Imperialen Klaue ausgebildet – seit er im Alter von vierzehn Jahren von der Seite seiner toten Mutter genommen worden war, bei jener Säuberungsaktion, die vor vielen Jahren im Mausviertel stattgefunden und den Wachs-Hexen gegolten hatte –, hatte es lange gedauert, bis seine Unzufriedenheit mit der Imperatrix an die Oberfläche gekommen war, und selbst dann hätte sie niemals einen Brennpunkt oder gar ein Ziel gefunden, wenn der Jhistal-Meister nicht gewesen wäre. Natürlich hatte es erheblich geholfen, herauszufinden, wie seine Mutter genau gestorben war.

Das Imperium war durch und durch verrottet, und er wusste, dass er nicht die einzige Klaue war, der das bewusst geworden war; genauso wie er nicht der Einzige war, der nun den Befehlen des Jhistal-Meisters Folge leistete – der größte Teil der Hand, die auf dem Weg von Mocks Feste hinunter in die Stadt war, gehörte zum gespenstischen Schwarzen Handschuh, wie der Name von Mallick Rels geisterhafter Organisation lautete. Tatsächlich konnte man unmöglich sagen, wie viele Mitglieder der Imperialen Klaue umgedreht worden waren; jeder Agent wusste nur von drei anderen, die gemeinsam eine geheime Zelle bildeten – was der für die Klaue klassischen Struktur entsprach.

Jedenfalls hatte Perl, der Meister der Klaue, den Befehl bestätigt, Banaschar zu töten. Was tröstlich war.

Er blieb zehn Schritte hinter dem ehemaligen Priester, war sich der brodelnden Gewalttätigkeit des Mobs deutlich bewusst – die von idiotischem Geschrei wie *»Ein Omen!«* oder *»Der Kopf eines Wickaners!«* noch weiter angeheizt wurde. Er trug gewisse Dinge bei sich, die magisch aufgeladen waren und dafür sorgten, dass die Menschen, an denen er sich vorbeischob, ihm nur geringe Beachtung schenkten und ihren Zorn augenblicklich dämpften, ganz egal wie grob oder schmerzhaft seine Ellbogenstöße auch waren.

Sie waren bereits schon nah bei den Docks, und Agenten des Jhistal-Meisters waren in der wogenden Menge, machten sie mit wohlberechneten Rufen und Ermahnungen immer gehässiger und streitlustiger. Kaum mehr als fünfzig Soldaten der Stadtwache standen nun einem Mob gegenüber, der mehrere hundert Köpfe zählte, und befanden sich damit deutlich in der Unterzahl – ein Umstand, der mit Hilfe der ausgewählten Unfähigkeit der Offiziere aus den nahegelegenen Truppenunterkünften sorgfältig herbeigeführt worden war.

Er bemerkte ein Gefolge von schwerer bewaffneten und gerüsteten Soldaten, die einen hochrangigen Offizier zur mittleren Mole eskortierten, an der das Flaggschiff der Mandata aufragte. Der Hauptmann überbrachte, wie Saygen Maral wusste, einige höchst verheißungsvolle imperiale Befehle. Die wiederum unausweichlich zu einer Nacht des Gemetzels führen würden, wie sie die Stadt noch nie zuvor gesehen hatte. Noch nicht einmal die Säuberung im Mausviertel würde sich damit vergleichen lassen.

Der Assassine lächelte.

Willkommen zu Hause, Mandata.

Ihm stockte kurz der Atem, als er plötzlich an der linken Schulter unter seinen Kleidern ein Prickeln spürte. Ein kleiner, unter der Haut eingenähter Metallsplitter war zum Leben erwacht und teilte ihm mit, dass er von jemandem verfolgt wurde, der mörderische Absichten hegte. *Wie ungeschickt. Ein Mörder sollte solche Gedanken immer tarnen. Schließlich ist Mockra das am weitesten verbreitete natürliche Talent, für das man noch nicht einmal eine formelle Ausbildung braucht. Dieses leise Unbehagen, wenn sich die Haare im Nacken aufstellen – viel zu viele Menschen verfügten über solche Fähigkeiten.*

Nichtsdestotrotz konnte auch ein ungeschickter Mörder gelegentlich den Zug der Lady erleben, genauso wie Saygen Maral trotz all seiner Fähigkeiten und seiner Vorbereitung auf tödliche Weise stolpern konnte, wenn der Lord ihm einen Stoß versetzte.

Voraus und mittlerweile fünfzehn Schritt von ihm entfernt drängte sich Banaschar aus der Menge, und Saygen konnte sein Gewirr spüren. *Mockra, ja, damit erzielt er die gleiche Wirkung wie ich mit meinen magisch aufgeladenen Gegenständen. Desinteresse, eine unerwartete Fuge, Verwirrung – schließlich erweist sich der Geist als umso anfälliger für derartige passive Angriffe, je schärfer er ist.* Um ein Mörder zu sein, musste man diese Art von Zauberei natürlich abwehren. Es reichte bereits, wenn man sich der Falle bewusst wurde, und daher war Saygen nicht besorgt. Schließlich verfolgte er sein Vorhaben mit einzigartiger Willensstärke.

Natürlich würde er zuerst diejenigen auslöschen müssen, die *ihn* jagten.

Banaschar bewegte sich auf die Treppe zu. Es war nicht sonderlich gefährlich für Saygen, den Vorsprung ein wenig größer werden zu lassen. Er sah die Mündung einer Gasse zu seiner Linken, wo die Menge nicht so dicht stand. Der Assassine bewegte sich darauf zu, und nachdem er an der letzten Gestalt vorbeigegangen war, wandte er sich schnell nach links und schlüpfte in die Gasse.

Düsternis, Abfall unter seinen Füßen, vor ihm ein dreckiges, gewundenes Gässchen. Er ging noch fünf Schritte weiter, fand eine Nische und schob sich hinein.

»Er macht sich bereit, den Säufer fertigzumachen«, zischte Gentur. »Er wird ihn umgehen –«

»Dann sollten wir uns an ihn dranhängen«, flüsterte Schandmaul und schob seinen Freund weiter.

Sie betraten die Gasse, trotteten vorwärts.

Die Schatten, die die Nische verschluckten, waren zu tief, zu undurchsichtig, um natürlich zu sein, und beide Soldaten gingen direkt an ihr vorbei, ohne noch einen weiteren Gedanken an sie zu verschwenden.

Ein schwaches Geräusch, das flüsternd an Schandmauls linker Schulter vorbeistrich, und Gentur ächzte, hob die Hände, während er vorwärtsstolperte und zusammenbrach. Schandmaul wirbelte herum, duckte sich dabei tief, aber nicht tief genug, denn ein zweiter kleiner Bolzen traf ihn in die Brust, genau über dem Herzen, und da sein eigener Schwung ihn immer noch weitertrug, rutschten seine Beine unter ihm weg. Er fiel hart zu Boden, und sein Hinterkopf knallte auf die schmierigen Pflastersteine.

Saygen Maral betrachtete die beiden reglos daliegenden Männer noch einen Augenblick länger, dann lud er die Korkenzieher-Armbrüste nach, die an seinen Handgelenken befestigt waren. *Der ers-*

te Schuss in die Schädelbasis, der zweite ins Herz – das war ein Glückstreffer, denn ich hatte auf den Bauch gezielt. Ich vermute mal, er wollte sich den Schmerz ersparen. Dumm gelaufen. Wie auch immer … Was hatten die wohl vor? Mich zu überfallen? Aber das spielt keine Rolle mehr, die Sache ist erledigt. Er rückte seine Ärmel zurecht, um die Waffen wieder zu verbergen, und machte sich wieder an die Verfolgung von Banaschar.

Den sechsten Teil eines Glockenschlags später wurde Saygen klar, dass er die Spur des ehemaligen Priesters verloren hatte. Während sich allmählich Panik in ihm ausbreitete, ging er den gleichen Weg zurück, eilte durch Gassen und Straßen. Eine kühle Brise wirbelte verwelktes Laub auf, das in zufälligen Mustern über das Pflaster tanzte.

Und dabei klickende Geräusche machte. Wie Würfel …

Zwei große Taurollen, die an der Seite der steinernen Mole hingen, wurden zusammengedrückt, als sich der Rumpf der *Geiferwolf* gegen sie schob, dann glitt das Schiff wieder kurzfristig ein Stück zurück, bis die Taue, die um die großen Poller auf dem Pier geschlungen waren, sich spannten. Das Fallreep rasselte nach unten und gelangte in dem Augenblick an seinen Platz, als der Hauptmann der örtlichen Garnison und seine Wachen am Ende der Mole auftauchten. Wobei sie bewusst die Roten Klingen nicht beachteten, die mit ihrem einarmigen, einäugigen Kommandanten gegenüber der Planke standen.

Irgendetwas hatte jenseits der vor Anker liegenden Flotte das Meer getroffen, und das donnernde Geräusch des Aufpralls hallte noch immer nach, obwohl der helle, leuchtende Feuerball verschwunden und die Dunkelheit bereits zurückgekehrt war. Der Geruch von Dampf lag schwer in der Luft.

Es war Keneb so vorgekommen, als hätten die Mandata und T'amber auf sehr eigentümliche Weise auf das Ereignis reagiert – nämlich so gut wie gar nicht. Bei den Seeleuten hingegen hatte es eine Menge Rufe und abwehrende Gesten gegeben, gefolgt von lebhaften Unterhaltungen, aber das war zu erwarten gewesen.

Mach dir nichts vor, gestand Keneb sich ein, *der Zeitpunkt war alles andere als verheißungsvoll.* Es war kein Wunder, dass der tausendköpfige Mob, der sie erwartete, irgendetwas von Vorzeichen brüllte.

Die Aufmerksamkeit der Faust wurde einmal mehr auf das sich nähernde Truppenkontingent gelenkt.

»Sie haben vor, an Bord zu kommen, Mandata«, sagte Keneb, als sie sich darauf vorbereitete, an Land zu gehen.

Tavore runzelte die Stirn, nickte dann und trat zurück. T'amber stellte sich links neben die Mandata.

Stiefel trampelten über die Planke, und der Hauptmann blieb einen Schritt vor dem Deck stehen. Er blickte sich um, als müsste er sich entscheiden, was er als Nächstes tun würde.

Keneb ging dem Mann ein Stück entgegen. »Guten Abend, Hauptmann«, sagte er. »Ich bin Faust Keneb von der Achten Legion der Vierzehnten Armee.«

Ein kurzes Zögern, dann salutierte der Hauptmann. »Faust Keneb, ich habe Anweisungen für Mandata Tavore. Darf ich an Deck kommen?«

»Natürlich«, sagte Keneb.

Rufe und Flüche – die meisten davon unverständlich – drangen von der Menge zu ihnen, die sich hinter einer Reihe von Soldaten im Hafengebiet versammelt hatte. Vieles davon war Spott, der sich gegen die Roten Klingen richtete. Der Hauptmann zuckte bei diesen Geräuschen leicht zusammen, dann trat er vor, bis er der Mandata gegenüberstand. »Die Imperatrix erwartet Euch in Mocks Feste«, sagte er. »Der Befehl über die Vierzehnte Armee geht während Eurer Abwesenheit vorübergehend auf mich über, was das Ausschiffen und Wegtretenlassen angeht.«

»Ich verstehe«, sagte Tavore.

Der Hauptmann trat unruhig von einem Bein aufs andere, als hätte er irgendeine Art von Protest erwartet. Als wäre die Tatsache, dass sie überhaupt nicht auf seine Worte reagierte, so ziemlich das Letzte, womit er gerechnet hatte. »Es scheint, als würden die Transportschiffe in der Bucht ankern, Mandata.«

»Ja, es scheint so, Hauptmann.«

»Dieser Befehl wird unverzüglich widerrufen werden müssen.«

»Wie heißt Ihr, Hauptmann?«

»Mandata? Ich bitte um Entschuldigung. Ich heiße Rynag. Hauptmann Rynag von der Imperialen Garde aus Unta.«

»Oh, dann habt Ihr die Imperatrix also hierherbegleitet. Eigentlich seid Ihr ein Offizier der Palastgarde.«

Rynag räusperte sich. »Das stimmt, Mandata, allerdings haben meine Verantwortlichkeiten sich natürlich erweitert –«

»T'amber –« Die Mandata ließ ihn nicht ausreden. »Hol bitte Kalam Mekhar. Er hält sich, wie ich glaube, wieder einmal hinten am Heck auf.« Sie musterte den Hauptmann noch einen Augenblick länger, dann fragte sie ihn: »Die Imperatrix hat befohlen, dass ich mich allein mit ihr treffen soll?«

»Oh, äh ... sie war nicht sehr präzise –«

»Also schön –«

»Entschuldigt, Mandata. Sie war nicht sehr präzise, wie ich gesagt habe – mit einer Ausnahme.«

»Ach?«

»Ja. Hohemagier Adaephon Delat soll bis zu dem Augenblick an Bord bleiben, da er anderweitige Befehle erhält.«

Tavore runzelte kurz die Stirn, ehe sie sagte: »Also gut.«

»Ich glaube, ich hatte gerade darüber gesprochen, den Befehl, in der Bucht zu ankern, zu widerrufen –«

»Das überlasse ich Euch, Hauptmann Rynag«, sagte die Mandata, als T'amber wieder auftauchte, gefolgt von Kalam, der einen Schritt hinter ihr war. »Wir werden uns Eurer Eskorte und der Roten Klingen von Faust Baralta bedienen, um dafür zu sorgen, dass wir ungehindert durch den Mob kommen.« Und dann, nach diesen Worten und einer an T'amber und den Assassinen gerichteten Geste, ihr zu folgen, ging sie von Bord.

Verwirrt schaute der Hauptmann zu, wie sie das Fallreep hinuntergingen und die Mole betraten. Ein paar kurze Befehle zu den dort wartenden Soldaten der Imperialen Garde und eine achtlose

Geste gegenüber Tene Baralta und seinen Leuten als Aufforderung, sich hinzuzugesellen, brachten die beiden Gruppen dazu, sich mit deutlichem Unbehagen an die Seite von Tavore und ihren beiden Begleitern zu begeben. Dann setzten sich alle zusammen in Bewegung.

Rynag drehte sich zu Keneb um. »Faust?«

»Ja?«

»Nun …«

»Läuft es nicht so, wie geplant, Hauptmann?« Keneb trat näher an den Mann heran und klopfte ihm auf die Schulter. »Aber bedenkt, es könnte auch schlimmer sein. Nein, ich korrigiere mich: Es *ist* viel schlimmer.«

»Nicht mehr«, fauchte der Mann, der endlich doch wütend wurde. »Ich habe jetzt den Befehl über die Vierzehnte Armee, Faust, und hier sind meine Anweisungen. Signalisiert Admiral Nok. Die Schiffe des Geleitschutzes sollen sich zurückziehen und ohne jede Verzögerung mit Kurs auf Unta die Segel setzen. Signalisiert der fremden Flotte, dass sie außerhalb der Bucht ankern soll, auf dieser Seite der Korallenriffe vor der Küste nördlich von Mocks Feste. Ein Lotse wird sie führen. Und signalisiert schließlich noch den Tranportschiffen: Wir werden ein Nummernsystem aufstellen, nachdem sie in Fünfzehner-Gruppen die Anker lichten und zu den ihnen zugewiesenen Anlegestellen fahren. Das Ausschiffen wird so bald wie möglich beginnen, Faust. Darüber hinaus sollen die Soldaten unbewaffnet sein, ihre Ausrüstung für den Transport gesichert.«

Keneb kratzte sich das stoppelige Kinn.

»Warum steht Ihr hier noch herum, Faust Keneb?«

»Ich versuche zu entscheiden, wo ich anfangen soll, Hauptmann.«

»Wie meint Ihr das?«

»Schon gut, ist nicht wichtig. Als Erstes: Ob Ihr nun den Befehl über die Vierzehnte Armee habt oder nicht, Ihr seid doch nicht ranghöher als Admiral Nok. Ihr könnt ihm signalisieren, was Ihr wollt. Er wird dennoch tun, was ihm beliebt.«

»Ich habe meine Anweisungen von der Imperatrix –«

»Er wird diese Anweisungen sehen wollen, Hauptmann. Persönlich. Der Admiral ist jemand, der sehr genau ist, was solche protokollarischen Feinheiten betrifft. Ich gehe davon aus, dass Ihr die besagten Befehle dabeihabt?«

»Natürlich habe ich sie dabei! Also schön, signalisiert ihm, dass er an Bord kommen soll.«

»Leider wird er nicht einwilligen.«

»Was?«

»Nun, was die Verender angeht – die fremde Flotte, Hauptmann Rynag –, so ist die einzige Befehlsgewalt, die sie unter den gegebenen Umständen anerkennen, ihre eigene. Übermittelt ihnen auf alle Fälle Euren Wunsch, aber sorgt dafür, dass es tatsächlich auch als ein *Wunsch* bei ihnen ankommt. Sonst könnten sie gekränkt sein. Und, Hauptmann, Ihr werdet ganz bestimmt nicht wollen, dass sie gekränkt sind.«

»Ihr lasst mir keine andere Wahl, als Euch Eures Kommandos zu entheben, Faust.«

»Bitte?«

»Ich habe Euch meine Befehle erteilt, aber Ihr steht immer noch hier –«

»Nun, das ist genau das Problem, Hauptmann. Kein einziger Eurer Befehle kann ausgeführt werden, denn der Befehl, der sie aufhebt, kann nicht in Frage gestellt werden – weder von Euch noch von der Imperatrix persönlich.«

»Wovon redet Ihr?«

»Bitte folgt mir, Hauptmann.«

Sie gingen zum Heck. Unweit von ihnen in der Bucht dräuten die großen Transportschiffe wie riesige, schlafende Tiere.

»Zugegeben«, sagte Keneb, »die Dunkelheit verschluckt vieles, und aus diesem Grund ist es auch verständlich, dass Ihr es immer noch nicht begreift. Aber erlaubt mir, Euren Blick auf die oberste Signalflagge auf den nahe gelegenen Schiffen zu lenken, eine Flagge, die mit denen auf Admiral Noks Schiffen identisch ist. In wenigen Augenblicken, wenn diese Wolke dort am Mond vorbeigezogen ist, wird es hier mit Oponns Segen hell genug sein, um etwas zu sehen. Es gibt einen Erlass, Hauptmann, der das Überleben selbst betrifft. Ihr scheint zu vergessen, dass sowohl die Vierzehnte Armee wie auch die Imperiale Flotte aus dem Reich der Sieben Städte kommt.«

Die Wolke glitt am verschwommenen, dunstigen Mond vorbei, und genug Licht ergoss sich über Wogen, Schiffe und Flaggen, dass Rynag sehen konnte. Dem Hauptmann stockte der Atem. *»Bei den Göttern hienieden!«*, flüsterte er.

»Und das Reich der Sieben Städte«, fuhr Keneb mit ruhiger Stimme fort, »wurde von einer höchst ansteckenden Pest ergriffen. Die wir, wie Ihr nun sehen könnt, unabsichtlich mitgebracht haben. So, Hauptmann, könnt Ihr jetzt verstehen, warum wir Eure Befehle nicht ausführen können?«

Der Mann wirbelte herum und starrte ihn an, in seinen Augen standen Entsetzen und Panik. »Und dieses verdammte Schiff hier?«, fragte er mit heiserer Stimme. »Und das andere, das gerade angelegt hat? Faust Keneb –«

»Sind beide pestfrei, Hauptmann, genau wie das Schiff, von dem die Roten Klingen gekommen sind. Wir hätten hier nicht angelegt, wenn es anders wäre. Wie auch immer, außer über Signalflaggen gibt es keinen Kontakt unter den Schiffen. Aus offensichtlichen Gründen. Ich nehme an, wenn Ihr glaubt, die Imperatrix würde trotz allem darauf bestehen, dass wir allesamt an Land gehen, uneingedenk der unzähligen Toten, die unsere Anwesenheit dieser Insel bescheren würde – und unausweichlich auch dem Festland –, könnt Ihr darauf bestehen, unsere auf Mitleid und Erbarmen gegründete vereinte Geste zu widerrufen. Der Name Hauptmann Rynag wird daraufhin fraglos einen legendären Status erlangen, zumindest bei den Anhängern Poliels – aber es ist ja nicht falsch, die positiven Seiten zu sehen, meint Ihr nicht auch?«

Die Gruppe kam der Mauer aus Streitlust, die die Straßen blockierte, immer näher. Kalam lockerte seine Langmesser in den Scheiden. Als er sich umblickte, stellte er fest, dass er neben Hauptmann Lostara Yil ging – und sie sah zutiefst unglücklich aus.

»Ich würde vorschlagen, dass Ihr jetzt alle Eure Waffen zieht«, sagte der Assassine zu ihr. »Das sollte reichen, um sie zurückweichen zu lassen.«

Sie schnaubte. »Bis sie anfangen, mit Pflastersteinen zu werfen.«

»Das bezweifle ich. Wir sind für die Imperatrix bestimmt, nicht für diese Leute hier. Diejenigen, die sie gern in die Finger kriegen würden, befinden sich draußen auf den Transportschiffen. Die Wickaner. Die Verbrannten Tränen der Khundryl.«

»Ein schlauer Trick«, sagte Lostara leise, »diese Flaggen.«

»Faust Keneb.«

»Tatsächlich?«

»Ja.« Auf einmal lächelte Kalam. »Der Weber des Todes. Eine bessere Lüge werdet Ihr nicht finden. Fid grinst vermutlich von einem Ohr zum anderen, wenn er nicht ertrunken ist.«

»Ertrunken?«

»Er war über Bord, bevor die *Silanda* die Ruder eingezogen hat, vermute ich – wahrscheinlich sind Gesler und Stürmisch mit ihm gegangen.«

In diesem Augenblick erreichten sie die erste Reihe der Stadtwache, die auseinanderstrebte, um sie durchzulassen.

Waffen glitten zischend aus Scheiden, und die Roten Klingen hoben ihre Schilde.

Wie Kalam es vorhergesagt hatte, verstummte die Menge lauernd und wich auf beiden Seiten zurück, so dass sie durch die Gasse gehen konnten, die sich gebildet hatte.

»So«, sagte der Assassine leise, »jetzt haben wir einen langen, langweiligen Fußweg vor uns. Nebenbei bemerkt war es eine gute Idee, Hauptmann, dass Eure Faust beschlossen hat, ohne Befehl zu handeln.«

»War es das, Kalam Mekhar?«, fragte sie und warf ihm einen Blick zu, bei dem Kalam am ganzen Körper der Schweiß ausbrach.

»Nun –«

Sie blickte wieder nach vorn. »Die Faust«, flüsterte sie, »hat noch nicht einmal angefangen.«

Nun … oh, das ist ganz und gar nicht gut.

Hinter ihnen schloss sich der Gang in der Menge wieder, und dann stiegen neue Schreie in die Luft. Dieses Mal waren es Entsetzensschreie.

»Pestflaggen! Auf den Transportschiffen in der Bucht! Pestflaggen!«

Binnen weniger Augenblicke rann die Streitlust wie Pisse unter dem gehobenen Bein eines Hundes dahin, und die Menschen zerstreuten sich in alle Richtungen, kaum einen Herzschlag von reiner wilder Panik entfernt. Kalam lächelte in sich hinein.

Auch wenn es nur ganz schwach war, hatte das Klappern von hüpfenden, schlitternden Knöchelchen Banaschar aufmerksam werden lassen. In dieser Nacht war der Wurm wach, und dadurch waren auch die alten Empfindlichkeiten für jeden Hauch von Magie bei dem ehemaligen Priester zurückgekehrt. Als er daraufhin die Richtung änderte und sich in einer Sackgasse auf den Boden kauerte, spürte er in schneller Abfolge mehrmals das Pulsieren von Zauberei: ein Tor, das einen winzigen Spalt geöffnet wurde, das plötzliche, gewaltsame Entwirren eines unsichtbaren Wandteppichs und dann schließlich ein Zittern unter ihm, als wäre gerade etwas Riesiges und Schreckliches auf das trockene Land dieser Insel getreten.

Noch ganz benommen von den aufeinanderfolgenden Wogen bösartiger Macht, richtete Banaschar sich wieder auf, stütze sich an einer schmutzigen Mauer ab und eilte davon – zurück, zurück zum Hafen.

Ich habe keine Wahl, keine Wahl. Ich muss es sehen … muss verstehen …

Als er näher kam, konnte er die Panik in der Luft riechen, beißend und bitter, und mit einem Mal rannten Gestalten an ihm vorbei – der Anfang einer Massenflucht. Er konnte ihre Gesichter nur verschwommen wahrnehmen, angstverzerrt die einen, andere wutentbrannt – als wären ihre Pläne schlagartig durchkreuzt worden, und es wäre nicht genug Zeit, um Mittel und Wege zu finden, sich neu zu formieren, ja, als gäbe es noch nicht einmal die Möglichkeit, die Dinge zu durchdenken.

Es ist etwas geschehen.

Vielleicht hat es ja mit diesem herabstürzenden Felsen – oder was auch immer das war – zu tun.

In den alten Tagen hätte solch ein Vorfall am Vorabend des Herbstes, am Vorabend von D'reks Ankunft auf der sterblichen Erde ... *Nun, wir wären auf die Straßen geströmt. Hätten die Tempel verlassen und unsere Stimmen zum Himmel erhoben. Und die Schatztruhen wären übergequollen, denn es wäre kein Irrtum möglich gewesen ...*

Seine Gedanken verloren sich, verschwanden, ließen nichts als den Geschmack von Asche in seinem Mund zurück. *Wir waren solche Narren. Der Himmel senkt sich, die Welt erhebt sich, die Gewässer spülen alles weg. Nichts von alledem – nichts von alledem! – hat* irgendetwas *mit unseren kostbaren Göttern zu tun!*

Er erreichte die breite Straße vor den Docks. Hier und dort bewegten sich Menschen. Falls noch Wut übrig war, verströmte sie sich ziellos irgendwohin. Irgendein großer Wunsch war ... abgeschwächt worden.

Als Banaschar an einer alten Frau vorbeikam, packte er sie am Arm. »Heh«, sagte er. »Was ist passiert?«

Sie starrte düster zu ihm auf, riss sich los, als ob seine Berührung ansteckend wäre. »Pestschiffe!«, zischte sie. »Geh weg!«

Er ließ sie los, blieb stehen, starrte zu den Schiffen draußen in der Bucht hinüber.

Oh, die Flaggen ...

Banaschar sog schnüffelnd die Luft ein.

Poliel? Ich kann dich nicht riechen ... nicht dort draußen. Oder sonstwo, wenn ich es mir recht überlege. Seine Augen verengten sich. Und dann breitete sich langsam ein Lächeln auf seinem Gesicht aus.

In diesem Augenblick legte sich eine schwere Hand auf seine linke Schulter, zog ihn herum –

Und irgendjemand schrie.

Raus aus dem wirbelden, schwarzen, schmutzigen Wasser. Sich aufrichten und den Schlamm und Schmutz an sich herunterfließen lassen; blutsaugende Aale fallen zu Boden und winden sich auf den dreckigen Felsen, den Tonscherben und den Ziegelstücken unter dem hölzernen Dock. Ein Schritt vorwärts, dann noch einer. Schwere, mühsame Schritte …

Eine grobe Mauer direkt voraus enthüllte Schichten von Straßenzügen sowie Hafendämme und alte Abwasserrohre, die aus der Zeit stammten, als die Stadt noch jung gewesen war – noch bevor die Menschen erstmals Eisen geschmiedet hatten – und das Kanalsystem ein vorzügliches, effektives Netzwerk unter ebenen Straßen gebildet hatte. Alles in allem jede Menge Möglichkeiten, sich festzuhalten oder Halt für die Füße zu finden, vorausgesetzt, man verfügte über genügend Zielstrebigkeit, Kraft und Willensstärke.

Von diesen drei Dingen war demjenigen, der nun vor der Mauer stand, reichlich gegeben.

Weitere Schritte.

Und dann klettern. Ein Fremder war nach Malaz gekommen.

Keuchend lehnte sie sich gegen eine Mauer. Was für ein Fehler, zu versuchen, in der Rüstung zu schwimmen. Und dann noch die ganzen verdammten Aale! Als sie aus dem Wasser gestiegen war, war sie von den Dingern förmlich bedeckt gewesen. An Händen, Armen, Beinen, am Hals, am Kopf, am Gesicht hatten sie gehangen und sich gewunden und waren wahrscheinlich allesamt betrunken geworden, und es war überhaupt kein Spaß gewesen, sie alle wegzuziehen. Wenn man zu fest drückte, spritzte Blut aus ihnen heraus und schwarzes Zeug, übel riechendes Zeug. Aber man musste drücken, um sie richtig zu fassen zu kriegen, denn diese Münder, sie hielten fest, ließen große runde Schwielen auf ihrer Haut zurück, kräuselig und nässend.

Sie war ans Ufer gestolpert wie eine Art Wurmhexe oder ein Dämon. Ha, der Köter, der an ihr rumgeschnüffelt hatte, der war vielleicht gerannt, was? Dumme Hunde.

Die Abwasserrampe war ziemlich steil, aber an den Seiten befanden sich Sprossen, und sie hatte es geschafft, sich an ihnen hochzuarbeiten, und dann die Kletterei, die sie beinahe umgebracht hätte, verdammt. Aber das war nicht drin. Durst war ein fordernder Herr. Der am meisten fordernde Herr. Doch sie hatte ihre Rüstung abgeworfen, dort unten, knietief im Schlick auf dem Hafengrund stehend, und der Kiel von dem verdammten Schiff hätte sie beinahe geköpft – er hatte den Helm mitgenommen, richtig? Und wenn der Riemen nicht praktischerweise gerissen wäre … Wie auch immer, sie hatte sogar ihren Waffengürtel abgelegt. Sie hatte nichts mehr, was sie hätte versetzen können, und das war schlecht. Da war nur noch dieses Messer, aber es war das einzige Messer, das ihr noch geblieben war.

Aber sie war immer noch durstig. Sie musste den Geschmack von dieser Hafenbrühe aus dem Mund bekommen, vor allem angesichts des ersten, keuchenden Atemzugs, nachdem sie sich wieder an die Oberfläche gekämpft und den aufgeblähten Kadaver einer abscheulichen Ratte mit dem Kopf voran eingesaugt hatte. Das war so nahe dran gewesen, sie umzubringen, wie kaum etwas zuvor. Was, wenn sie noch lebendig gewesen wäre, wild darauf, ihre Kehle runterzuklettern? Früher einmal hatte sie solche Albträume gehabt. Während eines Trockenspruchs war's gewesen, aber das war das, was Trockensprüche normalerweise taten – sie erinnerten einen daran, dass die Welt schrecklich und hässlich und elend war und dass es dort draußen Dinge gab, die einen beißen wollten: Spinnen, Ratten, Aale, Raupen …

War dort oben eine Menschenmenge gewesen? Es waren nicht mehr viele da, und die, die in ihre Nähe kamen, schrien auf und rannten von irgendeiner verrückten blinden Panik gepackt davon. Sie wischte sich über die brennenden Striemen in ihrem Gesicht, blinzelte noch ein bisschen mehr Dreck aus den Augen, hob den Kopf und schaute sich um.

Und jetzt? Wer ist das da?

Schlagartig war sie wieder nüchtern, schlagartig war da eine Entschlossenheit, eine weißglühende Woge, die ihr Gehirn – und wer weiß was sonst noch – klärte.

Und jetzt, jetzt, jetzt – ja wer, oh, wer ist denn das da, genau vor mir? Nein, dreh dich nicht um, es ist zu spät. Ha! Ha! Zu spät, zu spät, es ist zu spät, zu spät, zu spät!

Hellian kroch vorwärts, so leise sie konnte, richtete sich direkt hinter ihm auf. Zog mit der rechten Hand ihr Messer, während sie die linke nach ihm ausstreckte. Noch fünf Schritte …

Saygen Maral trat aus der Seitengasse. Das Zielobjekt war umgekehrt, dieser elende Dreckskerl. Aber da war er, keine zehn Schritte weit weg, und um ihn herum nur wenige Leute. Die Gelegenheit war günstig. Er würde sich nicht mehr weiterhin feinsinnig geben. Manchmal zahlte es sich aus, die Bürger daran zu erinnern, dass die Klaue immer gegenwärtig war – und immer bereit, das zu tun, was notwendig war.

Der Assassine zog einen Dolch unter seinem Umhang hervor, der mit Paralt beschmiert war, legte sich die Waffe behutsam in die Hand und bewegte sich vorwärts.

Irgendeine Frau starrte Banaschar an – ein ergrautes, durchnässtes Ding. Ein Aal baumelte unter ihrem rechten Ohr, und das, was von ihrer Haut sichtbar war, war mit roten Schwären übersät. Alle Leute, die sie sahen, rannten davon. *Klar, sie sieht aus, als ob die Pest sie erwischt hätte, aber dem ist nicht so. Sie muss ins Wasser gefallen sein oder so was. Ist auch nicht wichtig.*

Er richtete seine Aufmerksamkeit wieder auf den Rücken seines Zielobjekts, bewegte sich geschmeidig und lautlos vorwärts. Er würde den Narren herumreißen, um die Erkenntnis des bevorstehenden Todes in den Augen des Mannes zu sehen. Das war immer höchst befriedigend, dieses Gefühl von Macht, das durch den Mörder hindurchraste, wenn sich die Blicke trafen und dann die Erkenntnis heraufdämmerte, gefolgt von dem Schmerz und dem plötzlichen Wissen, dass der Tod unmittelbar bevorstand.

Er war davon abhängig, das wusste er. Aber da war er wohl kaum der Einzige, oder?

Mit einem dünnen Lächeln richtete Saygen Maral sich hinter dem Säufer auf, streckte den Arm aus und packte den Mann an der Schulter, riss ihn herum, während das Messer in seiner anderen Hand unter dem Umhang hervorkam, vorwärtszuckte –

Ein Schrei ertönte auf der Straße.

Als Banaschar herumgezogen wurde, sah er auf dem Gesicht des Mannes, der ihm gegenüberstand, einen zunächst erschreckten, dann bestürzten Ausdruck.

Eine Frau hatte den Unterarm des Mannes gepackt – einen Arm, an dessen Ende sich ein glänzendes, fleckiges Messer befand – und noch während Banaschar es anstarrte und immer noch nicht so recht begriff, sah er, wie sie mit der Handkante kräftig gegen das Ellbogengelenk besagten Armes schlug und es sauber brach. Das Messer fiel dem Mann aus der Hand und schlitterte über die Pflastersteine, noch während die Frau, die irgendetwas knurrte, den gebrochenen Arm nach unten zog und dem Mann das Knie ins Gesicht rammte.

Ein brutales, knackendes Geräusch, Blut spritzte, als der Kopf nach hinten ruckte – mit weit aufgerissenen Augen –, und die Frau verdrehte den Arm, zwang den Mann mit dem Gesicht voran auf das Pflaster. Sie hockte sich auf ihn, packte ihn mit beiden Händen an den Haaren und begann damit, systematisch seinen Kopf auf die Straße zu schlagen.

Und zwischen den einzelnen, von einem Knirschen begleiteten Schlägen, stieß sie knurrend Worte hervor.

»Nein –«

Knirsch

»– du –«

Knirsch

»– tust es –«

Knirsch

»– nicht!«

Knirsch

»Der hier –«

KNIRSCH

»– gehört mir!«

Angewidert griff Banaschar nach unten, packte die schreckliche Erscheinung an ihrem durchnässten Wams und zog sie zurück. »Um des Vermummten willen, Frau! Du hast ihm den Schädel zerschmettert! Der ist ja nur noch Brei! Hör auf! *Hör auf!«*

Sie riss sich los, wandte sich ihm zu und setzte ihm mit einer fließenden Bewegung die Spitze eines Messers knapp unter sein rechtes Auge. Ihr von Schwären übersätes, blutverschmiertes und dreckiges Gesicht verzog sich zu einem höhnischen Lachen, als sie sagte: »Du! Endlich! *Du bist verhaftet!«*

Und irgendjemand schrie auf der Straße. Schon wieder.

Dreißig Schritt entfernt starrten Fiedler, Gesler und Stürmisch auf den Tumult, der unweit der Mündung einer Seitengasse entstanden war. Ein versuchter Mord, der – mit tödlicher Grausamkeit – von irgendeiner Frau vereitelt worden war –

Gesler packte plötzlich Fiedler am Arm. »He – das da drüben ist doch Hellian!«

Hellian? Sergeant Hellian?

Dann hörten sie, wie sie dem Mann erklärte, dass er verhaftet sei.

Während von weiter unten Schreie durch die Nacht hallten und Gestalten vom Hafen wegrannten. *Und was ist da jetzt los? Ist auch egal.* Den Blick immer noch auf Hellian gerichtet, die nun mit dem armen Mann kämpfte, der so betrunken aussah wie sie – *ihr Ehemann?* –, zögerte Fiedler, schüttelte aber dann den Kopf. »Keine Chance.«

»Da hast du recht«, sagte Gesler. »Also, Fid, wir treffen uns in einem Glockenschlag, ja?«

»Ja. Bis dann.«

Die drei Soldaten setzten sich in Bewegung, trennten sich aber fast unverzüglich; Gesler und Stürmisch wandten sich nach links, um die erste Brücke über den Fluss zu nehmen, während Fiedler in westliche Richtung lief, auf das Stadtzentrum zu.

Er ließ die verzweifelten, entsetzten Schreie vom Nordende des Hauptdocks hinter sich, die immer näher zu kommen schienen, obwohl er rasch ausschritt. *Die Pest. Du bist ein kluger Bursche, Keneb. Ich frage mich, wie lange die List funktionieren wird.*

Und dann, als er die sehr vertrauten Straßen auf der zur Bucht hin gelegenen Seite des Rabenhügelparks erreichte, wallte eine gewisse Freude in ihm auf.

Ha. Ich bin zu Hause. Stell dir vor: Ich bin zu Hause!

Und dort, zehn Schritt voraus, ein kleiner Laden, kaum mehr als eine schmale Tür unter einem abbröckelnden Dachüberstand, von dem eine polierte Zinnscheibe hing, auf deren Oberfläche mit Säure ein Symbol eingeätzt war. Eine brennende Maus. Fiedler blieb kurz davor stehen, klopfte dann an die Tür. Sie war viel stabiler, als sie aussah. Er klopfte noch einmal, bis er das scharrende Geräusch von Riegeln hörte, die auf der anderen Seite zurückgeschoben wurden. Die Tür öffnete sich einen Spalt. Ein kleines, wässriges Auge betrachtete ihn kurz und verschwand dann wieder.

Ein Stoß, und die Tür schwang auf.

Fiedler trat ins Innere. Ein Absatz, von dem aus eine Treppe nach oben führte. Der Eigentümer war die Treppe bereits halb hinaufgegangen; er zog ein steifes Bein unter schlecht verheilten Hüften nach, und sein mitternachtsblaues Gewand schleifte hinter ihm her wie ein Imperialer Tross. In einer Hand hielt er eine Laterne, die hin und her schaukelte und wilde Schatten an die Wände warf. Der Sergeant folgte ihm.

Der Laden im nächsten Stockwerk war vollgestopft mit der Beute eines Plünderers aus hundert Schlachten, hundert eroberten Städten: Waffen, Rüstungen, Schmuck, Wandteppiche, Ballen aus kostbarer Seide, die Standarten gefallener Armeen, die Statuen unbekannter Helden, Könige und Königinnen, von Göttern und Göttinnen und dämonischen Geistern. Während der alte Mann zwei weitere Laternen anzündete, schaute Fiedler sich um. Schließlich sagte er: »Dir ist es gut ergangen, Tak.«

»Du hast sie verloren, stimmt's?«

Der Sergeant zuckte zusammen. »Tut mir leid.«

Tak begab sich hinter einen breiten Tisch mit lackierter Oberfläche und setzte sich behutsam in einen Plüschsessel, der vielleicht früher einmal der Thron eines unbedeutenderen Königs von Quon gewesen sein mochte. »Du bist ein unachtsamer Ochse, Fiedler. Du weißt, dass ich immer nur eine mache. Es gibt keinen Markt dafür, verstehst du? Ja, ich halte meine Versprechen, was das angeht. Unentgeltlich geleistete Arbeit, jedes Mal. Diese Art Zuneigung füllt den Bauch nicht, und sie ernährt auch die Frauen und all die Blagen nicht, von denen nicht eines so aussieht wie ich.« Die kleinen Augen waren wie Grabmünzen. »Und wo ist sie?«

Fiedler machte ein finsteres Gesicht. »Unter Y'Ghatan.«

»Y'Ghatan. Besser sie als du.«

»Das habe ich allerdings auch gedacht.«

»Und – hat sich deine Meinung seither geändert?«

»Hör zu, Tak, ich bin kein dummer kleiner Rekrut mehr. Du kannst aufhören, mich zu behandeln, als wäre ich ein verfluchter Lehrling und du der Meister.«

Struppige Brauen schoben sich in die Höhe. »Was denn, Fiedler, das habe ich doch gar nicht getan. Du hast nur das Gefühl, dass es so ist, und das liegt an dem, was in deinem knorrigen Schädel aufgewacht ist. Alte Gewohnheiten und all so was. Ich habe gemeint, was ich gesagt habe. Besser sie als du. Trotzdem – wie viele sollen es dieses Mal sein?«

»Ist nicht wichtig«, knurrte der Sergeant, fand einen Stuhl und zog ihn zu sich heran. »Wie schon gesagt, dir ist es offenbar gut ergangen, Tak. Deshalb frage ich mich, wieso du die Hüfte nicht hast in Ordnung bringen lassen.«

»Ich sehe es so«, sagte der alte Mann. »Das Hinken bringt mir Mitgefühl, so um die fünf Prozent. Und was noch besser ist: Da ich überhaupt nichts darüber verlauten lasse, glauben alle, dass ich irgendein Veteran bin. Bei denen von meinen Kunden, die Soldaten sind, bedeutet das noch einmal fünf Prozent. Und dann ist da der häusliche Bereich. Die Frauen sind glücklicher, da sie alle wissen, dass ich sie nicht fangen kann –«

»Die Frauen. Warum hast du der Sache überhaupt zugestimmt?«

»Nun, vier Frauen tun sich zusammen und beschließen, dass sie dich heiraten wollen – wer kann da schon so einfach Nein sagen? Klar, es war nicht mein männliches Äußeres, es war noch nicht mal der krumme Kindermacher zwischen meinen Beinen. Es war dieser neue Laden und das geheimnisvolle Geld, das mir geholfen hat, wieder von vorn anzufangen. Es war das Haus hier, mitten in der Stadt. Glaubst du etwa, ich war der einzige im Mausviertel, der damals alles verloren hat?«

»Na schön, wenn es dich glücklich macht. Also, du hast dein Hinken beibehalten. Und du hast dein Versprechen gehalten. Und?«

Tak lächelte, griff dann unter den Tisch, öffnete zwei Riegel, und Fiedler hörte das leise Geräusch einer verborgenen Schublade, wie sie über ihre Schienen glitt. Der alte Mann stieß den Thron zurück und zog die große Schublade ganz auf, holte dann vorsichtig einen Gegenstand heraus, der mit einem Stück Tuch umwickelt war. Er legte ihn auf den Tisch und zog die Umhüllung weg. »Ein paar Verbesserungen«, säuselte er. »Wie etwa eine größere Reichweite.«

Ohne den Blick von der außergewöhnlichen Armbrust abzuwenden, die zwischen ihnen lag, fragte Fiedler: »Um wie viel größer?«

»Etwa fünfzig Schritt, schätze ich. Ich habe es allerdings nie ausprobiert. Aber schau dir den Bogen an. Er besteht aus zehn zusammengefalteten Eisenstreifen. Der innere hat am meisten Schnellkraft, und dann wird es weniger und weniger, je weiter man nach außen kommt. Die Sehne besteht aus vierhundert Fasern, zu zwanzig Strängen geflochten, mit Bhederin-Darm umwickelt und in Dhenrabi-Öl getaucht. Bei deiner alten waren es zweihundert Fasern zu zehn Strängen. Und jetzt schau dir den Korb an – ich hatte nur Tonattrappen von Knallern und Fetzern und Brennern, die vom Gewicht her so dicht dran waren, wie ich es hinbekommen konnte –«

»Fetzer und Brenner?«

Ein eifriges Nicken. »Ich habe mich gefragt, warum immer nur Knaller? Nun, weil es das war, was gewollt war, und deshalb haben wir den Korb so gemacht, richtig? Aber die Attrappen haben mich auf eine Idee gebracht.« Er griff noch einmal in die Schublade und holte eine aus Ton gefertigte Granate von der Größe eines Knallers heraus. »Also habe ich in das hier Klammern gemacht, passend für fünf Fetzer oder drei Brenner. Das Gewicht ist bei allen drei Anordnungen nebenbei bemerkt ziemlich gleich – die Moranth haben es mit diesen Dingen immer ziemlich genau genommen, weißt du.« Während er sprach, nahm er die Ton-Granate, wobei er sie mit einer Hand am oberen, mit der anderen am unteren Ende anfasste, und drehte langsam in entgegengesetzte Richtungen, bis ein knirschendes Klicken zu hören war – und dann hielt er zwei leere Hälften der Attrappe in den Händen. »Wie gesagt – Verbesserungen. Du kannst laden, was du willst, ohne den Korb der Armbrust auszutauschen. Ich habe zehn von diesen Dingern gemacht. Leer sind sie nett und leicht, und du wirst nicht durchs Tor des Vermummten fliegen, wenn eine davon aus Versehen in deinem Ranzen kaputtgeht.«

»Du bist ein Genie, Tak.«

»Erzähl mir etwas, das ich noch nicht weiß.«

»Wie viel willst du für all das?«

Ein Stirnrunzeln. »Sei kein Idiot, Fiedler. Du hast mir das Leben gerettet. Du und Dujek, ihr habt mich aus dem Mausviertel rausgeholt, und alles, was ich hatte, war eine zerschmetterte Hüfte. Ihr habt mir Geld gegeben –«

»Tak, wir wollten, dass du Armbrüste baust, wie es vor dir der alte Juwelier getan hat. Aber der war tot und du warst am Leben.«

»Das spielt keine Rolle. Nenn es eine lebenslängliche Ersatzteilgarantie.«

Fiedler schüttelte den Kopf, dann griff er in seinen Packen und zog einen echten Knaller heraus. »Dann lass uns mal sehen, wie's passt. Wollen wir?«

Taks Augen glitzerten. »Oh ja, mach das! Und dann heb die Waffe hoch und überprüf mal, wie ausbalanciert sie ist. Der Kolben hat eine zusätzliche Klammer, die über die Schulter verläuft. Das ist eine zusätzliche Stütze, um das Zielen zu erleichtern und das Gewicht auszugleichen; dann werden deine Arme nicht so schnell müde, wenn du die Armbrust längere Zeit hältst, um zu zielen.« Er stand auf. »Ich bin gleich wieder da.«

Fiedler nickte verwirrt. Er setzte den Knaller in den Korb in der Mitte der Sehne und fixierte diese mit der Nuss. Diese Bewegung sorgte dafür, dass sich an der vorderen Basis des Abschusskorbs ein gekerbter Stab aufrichtete, der verhindern sollte, dass der Knaller herausrutschte, wenn die Waffe nach unten gehalten wurde. Der Stab war wiederum mit dem Abzug verbunden, so dass er rechtzeitig, ehe die Ladung abgeschossen wurde, wieder in der Abschussrinne versank. »Oh«, murmelte der Sappeur, »wirklich schlau, Tak.« Diese Waffe brauchte keinen Schaft; durch den Abschusskorb an der Sehne funktionierte sie wie ein Katapult.

Der alte Mann fuhrwerkte in einer Kiste im hinteren Teil des Ladens herum.

»Und nun sag mir«, wandte Fiedler sich an ihn, »wie viele von denen hast du gemacht?«

»Nur die. Das ist die einzige.«

»Klar. Also, wo sind die anderen?«

»In einer Kiste über deinem Kopf.«

Fiedler schaute nach oben und sah eine lange Kiste, die auf zwei schwarzen Balken lag. »Und wie viele sind da drin?«

»Vier.«

»Die Gleichen wie diese hier?«

»Mehr oder weniger.«

»Und gibt es noch mehr?«

»Jede Menge. Falls du die hier verlierst.«

»Ich will die vier dort oben, Tak, und ich werde sie bezahlen –«

»Nimm sie. Ich will dein Geld nicht. Nimm sie, und geh los, und jage Leute in die Luft, die du nicht leiden kannst.« Der alte Mann richtete sich auf und kam zum Tisch zurück.

Er hielt etwas in der Hand, und Fiedler riss die Augen weit auf. »Bei den Göttern hienieden, Tak …«

»Hab sie vor einem Jahr gefunden. Hab mir gedacht: Oh ja, es besteht immer die Möglichkeit. Hat mich vier Kupferhalbmonde gekostet.«

Tak streckte die Arme aus und legte dem Sergeanten die Fiedel in die Hände.

»Du bist übers Ohr gehauen worden«, sagte Fiedler. »Das hier ist das hässlichste Stück Trödel, das ich jemals gesehen habe.«

»Na und? Du spielst doch sowieso nie auf dem verdammten Ding!«

»Da sagst du was. Ich nehme sie.«

»Zweitausend Goldstücke.«

»Ich habe zwölf Diamanten dabei.«

»Was sind die wert?«

»Vielleicht viertausend.«

»Na schön, dann sechs für die Fiedel. Willst du den Bogen auch kaufen?«

»Warum nicht?«

»Das sind dann noch mal zweitausend. Siehst du das Pferdehaar? Es ist weiß. Ich habe dieses Pferd gekannt. Hat immer den Karren mit dem Abfall vom Tempel des Vermummten im Alten Oberviertel gezogen. Und dann ist dem Kutscher eines Tages das Herz geplatzt, und er ist unter die Hufe des Tiers geraten. Es hat die Panik gekriegt und ist durchgegangen, direkt durch das Sprossenfenster auf dieser Seite der vierten Brücke –«

»Moment mal! Das große Bleifenster? Bei der vierten Brücke?«

»Gegenüber von dem Laden mit dem Ausrüstungskram für die Rekruten, ja –«

»Das ist es! Dieser alte Tempel –«

»Und du wirst nicht glauben, wer da mit einem halben Dutzend x-beiniger Rekruten gestanden hat, als das verrückte Pferd in den Raum geplatzt ist –«

»Tapferer Zahn!«

Tak nickte. »Und er hat sich umgedreht, einmal hingeschaut und dem Biest dann die Faust genau zwischen die Augen gehämmert. Es ist auf der Stelle tot umgefallen. Nur ist das Tier halb auf dem Bein von einem von den jungen Burschen gelandet, und es ist glatt gebrochen, und er hat angefangen zu schreien. Aber ohne auf all das zu achten, hat der Hauptsergeant sich wieder umgedreht und zu dem Versorgungs-Schreiber gesagt, der all das mit weit aufgerissenen Augen angesehen hat – ich schwöre, ich habe das alles von einem von den Rekruten erfahren –, also, er hat gesagt: ›Diese armseligen Meerratten gehen zurück nach Ashok, um sich wieder ihrem Regiment anzuschließen. Sorg dafür, dass sie keine undichten Wasserhäute kriegen.‹ Und dann hat er zu dem schreienden Rekruten mit dem gebrochenen Bein runtergeschaut und gesagt: ›Du heißt jetzt Humpel. Ist nicht sehr einfallsreich, schon klar, aber so ist es halt. Und wenn du den Vermummten nicht lachen hören kannst – ich kann es.‹ Und daher kommt dieses Pferdehaar.«

»Zweitausend Goldstücke für den Bogen?«

»Klar – mit so einer Geschichte, da ist es glatt ein Schnäppchen.«

»In Ordnung. Und jetzt lass uns die Kiste da oben runterholen. Ich will sie nicht mitnehmen. Ich werde sie mir alle auf den Rücken schnallen.«

»Sie sind nicht gespannt, genauso wenig wie die hier.«

»Dann werden wir sie spannen. Du hast zusätzliche Sehnen?«

»Drei für jede. Willst du auch die Attrappen?«

»Aber natürlich. Ich habe Fetzer und Brenner in diesem Packen, also können wir sie füllen und das Gewicht überprüfen und all das. Aber wir sollten uns beeilen.«

»Fiedler, es ist nicht mehr nett dort draußen, weißt du. Vor allem heute Abend. Es riecht wie damals im Mausviertel.«

»Ich weiß, und deswegen will ich da auch nicht wieder rausgehen, ohne dass dieser Knaller bereit ist.«

»Sei bloß froh, dass du kein Wickaner bist.«

»Der erste Wickanerhasser, der mir begegnet, kriegt dieses Ei in seinen dunklen Speisesaal geschoben. Sag mir, lebt Tapferer Zahn immer noch in dem gleichen Haus in der Unterstadt? In der Nähe von Obos Turm?«

»Ja, das tut er.«

Hellian zerrte Banaschar die gewundene Gasse entlang – zumindest schien sie gewunden zu sein, da sie immer wieder gegen dreckige Wände stießen. Und sie redete. »Klar, du hast gedacht, du kommst so einfach davon. Keine Chance. Nein, du hast es hier mit Sergeant Hellian zu tun. Hast wohl gedacht, ich würde dich nicht über die halbe verdammte Welt jagen, was? Verdammter Blödmann –«

»Du Idiotin. Über die halbe verdammte Welt? Ich bin direkt wieder runter zu den Docks gegangen und zurück nach Malaz gesegelt.«

»Und du hast gedacht, das würde mich täuschen? Vergiss es. Klar, die Spur war kalt, aber nicht kalt genug. Und jetzt habe ich dich, einen Verdächtigen, der zur Befragung gesucht wird.«

Die Gasse mündete in eine breitere Straße. Links von ihnen war eine Brücke. Mit finsterer Miene zog Hellian ihren Gefangenen darauf zu.

»Ich habe es dir schon beim ersten Mal gesagt, Sergeant!«, schnappte Banaschar. »Ich hatte mit dem Blutbad nichts zu tun – die gleiche Sache ist in jedem verdammten Tempel von D'rek passiert, zum genau gleichen Zeitpunkt. Du verstehst es nicht – ich muss zu Mocks Feste. Ich muss den Imperialen Hohemagier treffen –«

»Diese Schlange! Eine Verschwörung, ich hab's gewusst! Nun, um den werde ich mich später kümmern. Ein Massenmörder nach dem anderen, wie ich immer sage.«

»Das ist Wahnsinn, Sergeant! Lass mich los – ich kann es erklären –«

»Spar dir deine Erklärungen. Vorher habe ich ein paar Fragen an dich, und es wäre besser, wenn du sie beantworten würdest.«

»Womit?«, schnaubte er. »Mit Erklärungen?«

»Nein. Mit Antworten. Da gibt es einen Unterschied –«

»Tatsächlich? Wie das? Was für einen Unterschied?«

»Erklärungen sind das, was Leute benutzen, wenn sie lügen müssen. Man kann das immer erkennen, denn diese Erklärungen erklären nichts. Und dann schauen sie dich an, als wenn sie die Dinge gerade geklärt hätten, wo sie doch das Gegenteil getan haben. Und sie wissen es, und du weißt es, und sie wissen, dass du es weißt, und du weißt, dass sie wissen, dass du es weißt. Und sie kennen dich, und du kennst sie, und vielleicht geht ihr später zusammen einen heben, aber wer zahlt die Rechnung? Das will ich wissen.«

»Gut – und Antworten?«

»Antworten sind das, was ich bekomme, wenn ich Fragen stelle. Antworten sind, wenn du keine Wahl hast. Ich frage, du sagst was. Ich frage noch mal, du sagst ein bisschen mehr. Und dann breche ich dir die Finger, weil mir nicht gefällt, was du mir erzählst, weil diese Antworten nichts erklären!«

»Aha! Dann willst du also wirklich Erklärungen!«

»Nicht, solange du mir keine Antworten gegeben hast!«

»Also, wie sind deine Fragen?«

»Wer hat gesagt, dass ich Fragen habe? Ich weiß sowieso schon, wie deine Antworten lauten. Da hat es keinen Sinn, noch Fragen zu stellen. Wirklich nicht.«

»Und es besteht kein Grund, mir die Finger zu brechen, Sergeant. Ich gebe auf.«

»Netter Versuch. Aber ich glaube dir nicht.«

»Bei den Göttern hienieden –«

Hellian zog ihn zurück. Blieb stehen, blickte sich um. Sie machte ein finsteres Gesicht. »Wo sind wir?«

»Das kommt darauf an. Wo hast du mich hinbringen wollen?«

»Zurück zu den Schiffen.«

»Du Närrin – wir sind in die falsche Richtung gegangen – du hättest umkehren müssen, dahinten, wo du mich erwischt hast –«

»Nun, ich bin nicht umgekehrt, oder? Was ist das?« Sie deutete zur Seite.

Banaschar starrte stirnrunzelnd das düster dräuende, unbeleuchtete Gebäude an, das sich hinter der niedrigen Mauer erhob, an der sie entlanggegangen waren. Dann fluchte er leise. »Das ist das Totenhaus.«

»Was ist das – eine Art Schenke?«

»Nein. Und denk nicht einmal daran, mich da reinzuzerren.«

»Ich habe Durst.«

»Dann habe ich eine Idee, Sergeant. Wir können zu Schaff gehen –«

»Wie weit ist das?«

»Geradeaus und –«

»Vergiss es. Das ist eine Falle.« Sie zog ihn nach rechts, und sie gingen vor dem Totenhaus entlang, dann durch eine kurze Gasse mit ungleichmäßigen Mauern, wo Hellian ihren Gefangenen einmal mehr nach links führte. Dann blieb sie stehen und deutete über die Straße. »Was ist das für ein Ort?«

»Das ist Lächlers Schenke. Da willst du sicher nicht reingehen. Das ist ein Ort, wo die Ratten hingehen, um zu sterben –«

»Perfekt. Du gibst mir einen aus. Und dann gehen wir zurück zu den Schiffen.«

Banaschar strich sich über die Haare. »Wie du willst. Sie sagen, dass das Wasser, mit dem das Bier da drin gebraut wird, vom Totenhaus kommt. Und dann ist da der Besitzer –«

»Was ist mit ihm?«

»Es geht das Gerücht, dass er irgendwie mit dem alten, toten Imperator persönlich verwandt ist – dieses Ding hat mal Kellanved gehört, weißt du.«

»Der Imperator hat eine Taverne besessen?«

»Das hat er. Und Tanzer war sein Teilhaber. Und dann war da noch eine Schankdirne namens Hadra –«

Sie schüttelte ihn. »Nur weil ich Fragen gestellt habe, heißt das nicht, dass ich Antworten wollte, und schon gar nicht diese Art von Antworten. Also sei still!«

»Tut mir leid.«

»Ein Glas, dann gehen wir zurück zu den Schiffen und schwimmen –«

»Wir machen *was*?«

»Ganz ruhig. In dieser Bucht gibt es keine ertrunkenen Spinnen.«

»Nein, nur blutsaugende Aale! Wie der, der da hinter deinem Ohr runterhängt. Er hat dir bereits das Blut aus dem halben Gesicht gesaugt. Sag mir, wird deine Kopfhaut allmählich taub auf einer Seite?«

Sie starrte ihn düster an. »Ich habe dir nie die Erlaubnis gegeben, Fragen zu stellen. Das ist meine Aufgabe. Vergiss das nicht.« Dann schüttelte sie den Kopf. Etwas Langes, Aufgedunsenes stieß gegen ihren Hals. Hellian griff nach oben und packte den Aal, riss ihn ab. »Au!« Sie starrte die sich windende Kreatur in ihrer Hand an, ließ sie dann fallen und zermalmte sie unter einem Absatz. Schwarzes Zeug spritzte seitlich heraus. »Hast du das gesehen, Banaschar? Mach mir Ärger, und dir geht es genauso.«

»Wenn ich von deinem Ohr hänge? Also wirklich, Sergeant, das ist lächerlich –«

Sie drehten sich um, als sie murmelnde Geräusche auf der Straße hinter ihnen hörten. Dreißig oder vierzig Einwohner kamen in Sicht, die in Richtung Hafen unterwegs waren. Ein paar von ihnen trugen Bogen und Kanister mit brennendem Pech, die an Lederriemen schaukelten. »Was haben die vor?«, fragte Hellian.

»Sie glauben, dass an Bord der Flotte die Pest ausgebrochen ist«, sagte der ehemalige Priester. »Ich gehe davon aus, dass sie vorhaben, ein paar Transportschiffe in Brand zu setzen.«

»Die Pest? Es gibt keine Pest –«

»Ich weiß das, und du weißt das. Allerdings haben wir noch ein anderes Problem«, fügte er hinzu, als der Mob sie entdeckte und sich ein halbes Dutzend Schläger von den anderen absonderten und langsam, drohend näher kamen. »Diese Schwielen, die du überall hast, Sergeant – die könnte man leicht für Zeichen der Pest halten.«

»Was? Bei den Göttern hienieden, lass uns in die Schenke gehen!«

Sie eilten hinüber, schoben sich durch die Tür.

Drinnen herrschte tintige Düsternis, nur von ein paar Talgkerzen auf geschwärzten Tischen unterbrochen. Es gab einen einzigen anderen Gast, der in der Nähe der hinteren Wand saß. Die Decke war niedrig, der Boden mit Abfall übersät. Die dicke Luft erinnerte Hellian an eine Käsesocke.

Von rechts tauchte der Besitzer auf, ein pikendünner Dal Honese von unbestimmbarem Alter, der mit jedem Auge in eine andere Richtung schielte – keines von beiden war auf Hellian oder Banaschar gerichtet, als er salbungsvoll grinsend die Hände wrang.

»Oh, ein höchst süßes Stelldichein, ja? Kommt! Ich habe einen Tisch – ja, klar! Für solche wie euch reserviert!«

»Halt deinen hässliche Mund, oder ich werde ihn dir persönlich zunähen!«, sagte Hellian. »Zeig uns einfach nur den verdammten Tisch, und dann bring uns einen Krug von irgendwas, das uns nicht wieder durch die Nase hochkommt.«

Der Mann humpelte zu einem Tisch, wobei er pausenlos den Kopf auf- und abbewegte, und nachdem er es mehrere Male versucht hatte, bekam er endlich die Stühle zu fassen und machte ein großes Gewese darum, sie durch den Dreck zurückzuziehen.

Banaschar wollte sich hinsetzen, schauderte dann zurück. »Bei den Göttern hienieden, diese Kerze –«

»Oh ja!«, sagte der Dal Honese fröhlich, »die paar Wachshexen, die es noch gibt, sind sehr großzügig zu Lächlers Schenke. Hat was mit dem zu tun, was früher mal gewesen ist, ja?«

Plötzlich waren vor dem Eingang laute Stimmen zu hören, und der Besitzer zuckte zusammen. »Uneingeladene Gäste. Einen Moment, ich schicke sie weg.« Er ging davon.

Hellian ließ den ehemaligen Priester endlich los und plumpste auf den Stuhl gegenüber. »Versuch es gar nicht erst«, sagte sie brummig. »Ich bin in schlechter Stimmung.«

Hinter ihr wurde die Tür vom Besitzer aufgezogen. Ein paar leise Worte, dann lautere Drohungen.

Hellian sah, dass Banaschar an ihr vorbeischaute – er hatte einen guten Blick auf das, was vor der Tür passierte – und dann mit geweiteten Augen auf seinen Stuhl zurücksackte – während draußen Schreie vom Mob aufstiegen, gefolgt von den Lauten einer panischen Flucht.

Mit finsterem Gesicht drehte Hellian sich auf ihrem Stuhl um.

Der Besitzer war weg, und dort, wo der Mann zuvor gestanden hatte, stand nun ein Dämon, mit dem Rücken zu ihnen. Er war so groß, dass er den Türrahmen vollständig ausfüllte. Ein zappelndes Opfer war in seinen großen Händen, und noch während Hellian zusah, riss der Dämon dem schreienden Mann den Kopf ab, beugte sich vor und warf ihn den fliehenden Einwohnern hinterher. Danach schleuderte er den kopflosen Leichnam in die gleiche Richtung.

Plötzlich war alles merkwürdig verschwommen, und ein süßer, würziger Geruch trieb in die Schenke. Dann war der Dämon weg, und an seiner Stelle stand der alte Dal Honese, wischte sich die Hände und dann das Vorderteil seines schmutzigen Gewands ab. Er drehte sich um und kam zurück zum Tisch.

Ein weiteres Lächeln unter schielenden Augen. »Bestes Bier, ein Krug, kommt sofort!«

Hellian drehte sich wieder auf ihrem Stuhl um. Ihr Blick flackerte zu dem anderen Gast an der hinteren Wand hinüber. Eine Frau. Eine Hure. Der Sergeant grunzte und rief ihr dann zu: »Du da! Wie laufen die Geschäfte?«

Die erste Antwort war ein Schnauben. Dann fragte sie: »Wen kümmert's?«

»Nun, da sagst du was, ja, das tust du.«

»Seid still, alle beide!«, rief Banaschar. Seine Stimme klang halb erstickt. »Das war ein Kenryll'ah-Dämon!«

»Er ist ganz in Ordnung«, sagte die Hure, »wenn man ihn erst mal ein bisschen kennt.«

Hinter der Theke erklangen das Geräusch von zersplitterndem Geschirr und dann ein Fluch.

In Gruppen, Grüppchen und Banden strömte die Menschenmenge zurück zum Hauptdock. Sie hatten nun mehr Waffen dabei, und hier und dort waren auch Bogen zu sehen. Fackeln flammten in der Dunkelheit auf, und Stimmen wurden hörbar, erteilten Befehle.

Koryk, der sich an die Bugreling der *Silanda* lehnte – die gleich hinter dem Langboot vertäut war, das die Roten Klingen benutzt hatten – beobachtete die Geschehnisse auf der Straße einige Zeit, dann drehte er sich um und begab sich hinunter zum Mitteldeck.

»Sergeant Balsam.«

»Was ist?«

»Es könnte demnächst Ärger geben.«

»Das ist typisch«, sagte Balsam, stand auf und ging hin und her. »Fid verschwindet. Gesler verschwindet. Somit bleib nur ich, und ich hab keine Flöte, oder? Totstink, hoch mit dir. Geh rüber zu Faust Keneb und sprich mit ihm. Frag, was wir tun sollen.«

Der Korporal zuckte die Schultern und machte sich zur Strickleiter auf.

Starr legte seine Rüstung an. »Sergeant«, sagte er, »wir haben Fiedlers Munitionskiste unten –«

»Bei den Eiern des Vermummten, du hast recht! Krake, geh runter. Fetzer und Brenner, alles, was du in die Finger kriegst. Gurgelschlitzer – was machst du da?«

»Hab gedacht, ich schleich mich in die Menge«, sagte der Mann, der schon mit einem Bein über der Reling und kurz davor war, ins schlammige Wasser zu steigen. »Es klingt irgendwie nicht richtig, stimmt's? Da sind irgendwelche Rädelsführer – vielleicht Klauen, und du weißt, wie gerne ich die umbringe. Ich könnte die Dinge noch ein bisschen wirrer machen, was sie auch sein sollten –«

»Du wirst in Stücke gerissen werden, du Idiot. Nein, du bleibst hier. Wir sind sowieso schon unterbemannt.«

Koryk kauerte sich unweit von Starr und Lächeln hin. »Fid macht andauernd solche Sachen, was?«

»Entspann dich«, sagte Starr. »Wenn es nötig wird, werden ich und Geslers Schwere die Mole halten.«

»Du freust dich darauf!«, sagte Lächeln anklagend.

»Warum nicht? Seit wann haben die Wickaner solch einen Hass verdient? Der Mob lechzt nach der Vierzehnten – na schön, warum ihn enttäuschen?«

»Weil wir den Befehl haben, hier an Bord zu bleiben«, sagte Lächeln.

»Es ist leichter, die Mole zu halten, als diese Scheißkerle hier auf das Deck hopsen zu lassen.«

»Sie würden gleich wieder runterspringen«, sagte Koryk voraus, »wenn sie erstmal die Köpfe da sehen.«

»Mich juckt's zu kämpfen, Koryk.«

»Schön. Du gehst hoch und machst dich bereit, Starr. Ich, Lächeln und Krake werden gleich hinter dir sein, mit ein paar Dutzend Fetzern.«

Corabb Bhilan Thenu'alas gesellte sich zu ihnen. Der Mann befestigte einen Rundschild an seinem Arm. »Ich werde dich flankieren, Korporal Starr«, sagte er. »Ich habe einen Krummsäbel gefunden, und ich habe gewisse Fähigkeiten im Umgang mit dieser Waffe.«

»Ich weiß deine Gesellschaft zu schätzen«, sagte Starr, blickte dann hinüber, wo Kurznase, Blitzgescheit, Uru Hela und Maifliege ihre Rüstungen anlegten. »Sechs insgesamt, in vorderster Front. Sollen sie doch versuchen, an uns vorbeizukommen.«

Krake tauchte wieder auf. Er zog eine Kiste hinter sich her.

»Verteil die Dinger, Sappeur«, befahl Balsam. »Und dann gehen wir alle hoch und braten dem Mob eins über.«

Koryk lud seine Armbrust, klopfte dann Starr auf die Schulter. »Komm, lass uns mal nachsehen. Ich bin auch in der Stimmung, jemandem umzubringen.«

Der Korporal richtete sich auf, spuckte über die Reling. »Sind wir das nicht alle?«

Kapitel Zwölf

Die Zwillinge standen auf ihrem Turm,
als das Gemetzel unter ihnen begann,
und die Würfel tanzten wild
zu ihrer Freude, was sich jedoch jäh änderte,
jäh und mürrisch, denn sie sahen, wie dieses Spiel
das sie spielten – mit Sterblichen, die in der Dunkelheit
bluteten und schrien –,
sich drehte, wie das Spiel, das sie spielten,
einem neuen Wind zugeworfen wurde, einem Sturm,
der nicht von ihnen kam – und so wurde mit den Zwillingen
gespielt, oho, und wie mit ihnen gespielt
wurde.

Im Mond des Schlächters
Vatan Urot

In Sichtweite des Wallwegs – jener Treppenflucht, die zu Mocks Feste hinaufführte – warf Kalam Mekhar einmal mehr einen Blick nach hinten. Verstohlene Menschenmengen arbeiteten sich voran; wie es schien, bewegten sie sich alle Richtung Hafen. Wer steckte hinter alldem? Welchen Grund konnte es für all das geben?

Die Vierzehnte würde nicht in einem Gemetzel untergehen. Tatsächlich war genau das Gegenteil das einzig realistische Ergebnis. Es war gut möglich, dass in dieser Nacht Hunderte von Bürgern starben, bevor der Rest aufgab und floh. Natürlich waren nur eine Handvoll Seesoldaten an der Mole, aber sie hatten Moranth-Munition, wie Kalam sehr wohl wusste. Und außerdem war da schließlich noch der Schnelle Ben.

Verausgabe dich nur nicht zu sehr, mein Freund. Ich glaube …

Der Assassine griff unter die Falten seinen Umhangs, vergewisserte sich einmal mehr, dass er noch immer die Eichel hatte, die der Magier für ihn vorbereitet hatte. *Mein rasierter Knöchel im Loch.* Wenn es notwendig werden sollte, konnte er Ben herbeirufen. *Und ich glaube …*

Die Mandata zögerte keinen Augenblick, sondern stieg unverzüglich den Wallweg empor. Die anderen folgten ihr.

Ein langer Aufstieg lag vor ihnen, Reihen um Reihen von Stufen, die mehr als genug Blutvergießen gesehen hatten. Kalam hatte wenig angenehme Erinnerungen an den Wallweg. *Sie ist dort oben, und so fließt es herunter, immer herunter.* Sie befanden sich mittlerweile oberhalb des Niveaus der Alten Oberstadt, gingen durch einen brodelnden Aufwind aus Nebelschwaden, die bitter von Holzrauch waren. An der steinernen Mauer zu ihrer Linken kondensierte die Luftfeuchtigkeit, so dass es aussah, als ob das Vorgebirge selbst zu schwitzen begonnen hätte.

In den Straßen unter ihnen waren an mehreren Stellen Fackeln zu sehen. Die Alarmglocken der Stadtwache waren hier und dort zu hören, und plötzlich ging ein Haus in Flammen auf; schwarzer Rauch stieg auf, von unten unheimlich angeleuchtet. Schwache Schreie drangen zu ihnen herauf.

Und sie stiegen weiter aufwärts, ohne Pause, ohne auch nur ein Wort miteinander zu sprechen. Es herrschte Stille – abgesehen vom gedämpften Klirren und Rascheln der Rüstungen, dem Scharren der Stiefel, den Atemzügen, die mit jeder Stufe schwerer wurden. Der verwaschene Mond kam zum Vorschein, um ein fahles Licht auf die Stadt und die Bucht unter ihnen zu werfen, und er erleuchtete die Insel namens Alter Ausguck am äußersten Rand des Hafens, das silbrige Schilf der Schlamminsel und – weiter im Süden, gegenüber der Mündung des Rothöhlenflusses – die Wurminsel, auf der die Ruinen eines längst verlassenen D'rek-Tempels standen. Das klare Wasser auf dieser Seite der Schlamminsel wimmelte von Transportschiffen, während Noks Geleitschiffe zwischen den Transportschiffen und vier Dromonen aus Quon platziert waren, die wohl zu Laseens Tross gehörten; letztere waren immer noch an den Imperialen Docks direkt unterhalb von Mocks Feste vertäut.

Die Welt wirkte in Kalams Augen plötzlich wie eine kunstvolle Anordnung von Kinderspielzeug. Wären nicht die unzähligen Fackeln gewesen, die sich den Hauptdocks näherten, die schwach erkennbaren rennenden Gestalten in verschiedenen Straßen und Gassen und die fernen Schreie einer Stadt, die sich selbst in Aufruhr versetzte, hätte das Panorama beinahe malerisch gewirkt.

Sah er den Todeskampf des malazanischen Imperiums? Dann begann auf der Insel, auf der alles seinen Anfang genommen hatte, vielleicht auch sein Untergang – hier, in dieser Nacht, in einem chaotischen, sinnlosen Mahlstrom der Gewalt. *Die Mandata hat die Rebellion im Reich der Sieben Städte zerschlagen. Dies sollte eine triumphale Heimkehr sein. Laseen, was hast du getan? Hat sich dieses verrückte Biest nun deiner Kontrolle entzogen?*

Der Schleier der Zivilisation war schrecklich dünn, wie er sehr wohl wusste. Ihn beiseite zu werfen erforderte wenig Anstrengung und sogar noch weniger Anstiftung. Es gab genug Pöbel auf der Welt – und dieser Pöbel konnte sehr wohl die Kleidung eines Adligen oder einer Faust tragen oder auch die Gewänder eines Priesters oder Gelehrten – fraglos genug, um ein wildes Chaos anzurichten und die Möglichkeiten zu nutzen, die es bot: sinnlose Grausamkeit, entfesselter Hass, Mord und Vergewaltigung. Jede Entschuldigung war in so einem Chaos ausreichend, oder es würde gar keine nötig sein.

Vor ihm ging die Mandata ohne zu zögern immer weiter nach oben, als würde sie ein Schafott besteigen, im Frieden mit dem, was das Schicksal über sie gebracht hatte. Aber hatte er recht mit seiner Einschätzung? Kalam wusste es nicht.

Doch die Zeit würde kommen – schon bald –, da er sich würde entscheiden müssen.

Und er hoffte. Er betete. Dass der Augenblick, wenn er denn kam, seine Entscheidung naheliegend machen würde, ja, tatsächlich unausweichlich. Doch irgendwo im Hinterkopf hielt sich hartnäckig der Verdacht, dass die Entscheidung weit schwieriger werden könnte, als er es in diesem Moment zuzugeben wagte.

Entscheide ich mich zu leben, oder entscheide ich mich zu sterben?

Er blickte nach rechts und nach unten, zu jenen vier Schiffen direkt unter ihnen.

Sie hat aber wirklich eine Menge Leute mitgebracht, was?

Auf halbem Weg zum Rabenhügelpark drückte sich Buddl gegen eine Tür; sein Herz hämmerte, und Schweiß tropfte ihm aus dem Gesicht. Zauberei wogte durch sämtliche Straßen. Mockra. Sie verdrehte die Gedanken der Einfältigen und Leichtgläubigen, füllte die Köpfe mit dem Hunger nach Gewalttätigkeit. Und einzelne Gestalten, die gegen die Flut marschierten, waren Opfer in Wartestellung. Er war gezwungen gewesen, auf Umwegen zu dieser Tür zu gelangen, durch schmale, verstopfte Gässchen, hatte runter unter den Nordweg am Flussufer gemusst und bis zu den Knöcheln in dem dreckigen Schlamm des Flusses gesteckt, der ebenso heiß wie die Stadt und die ganze Insel war und von dem Insekten in gierigen Schwärmen aufstiegen. Aber zu guter Letzt war er angekommen.

Er zog ein Messer und kratzte vorsichtig an der Tür, aus Furcht, ein zu lautes Geräusch zu verursachen. Im Augenblick war die Straße hinter ihm leer, aber er konnte hören, wie Tumulte ausbrachen: das Splittern von Holz, das schrille Wiehern eines sterbenden Pferdes, und überall in der Stadt bellten Hunde, als ob eine alte Wolfserinnerung erwacht wäre. Er kratzte noch einmal.

Die Tür ging plötzlich auf. Eine große grauhaarige Frau starrte ausdrucklos auf ihn herunter.

»Agayla«, sagte Buddl. »Mein Onkel hat die Schwester des Mannes deiner Tante geheiratet. Wir sind verwandt!«

Sie trat zurück. »Komm rein, außer du hast vor, in Stücke gerissen zu werden!«

»Ich bin Buddl«, sagte er und folgte ihr in eine Apotheke, in der es betäubend nach Kräutern roch. »Das ist nicht mein richtiger Name, aber –«

»Oh, das spielt keine Rolle. Deine Stiefel sind dreckig. Wo kommst du her, und warum hast du dir ausgerechnet diese Nacht ausgesucht, um Malaz einen Besuch abzustatten? Tee?«

Blinzelnd nickte Buddl. »Ich komme von der Vierzehnten Armee, Agayla –«

»Nun, das war ziemlich dumm von dir, oder?«

»Wie bitte?«

»Du solltest dich wie alle anderen auf den Schiffen verstecken, mein lieber Junge.«

»Ich kann nicht. Ich meine, die Mandata hat mich geschickt –«

Sie drehte sich um. »Zu mir? Und warum?«

»Nein, so ist es nicht. Es war meine Idee hierherzukommen. Ich suche jemanden. Es ist wichtig – ich brauche deine Hilfe.«

Sie drehte ihm wieder den Rücken zu und goss Kräutertee in zwei Becher. »Komm, nimm dir deinen Tee, Buddl.«

Als er vortrat, wandte sich Agayla ihm rasch wieder zu, griff in die Falten seines Umhangs und holte die Puppe hervor. Sie musterte sie einen Augenblick und schüttelte sie dann vor Buddls Gesicht. Dabei sah sie ihn finster an. »Und was ist das? Hast du eine Ahnung, womit du da herumspielst, Kind?«

»Kind? Moment mal –«

»Ist dies der Mann, den du finden musst?«

»Nun ja –«

»Dann lässt du mir keine Wahl, oder?«

»Bitte?«

Sie stopfte die Puppe zurück in die Falten seines Umhangs und wandte sich erneut ab. »Trink deinen Tee. Und dann werden wir uns unterhalten.«

»Kannst du mir helfen?«

»Die Welt zu retten? Nun ja, natürlich.«

Die Welt retten? Nun, Mandata, den Teil habt Ihr nie erwähnt.

Koryk rollte die Schultern, um das Gewicht des schweren Kettenhemds auszugleichen. Das Langschwert und der Schild lagen auf den feuchten Steinen hinter ihm. In seinen behandschuhten Händen hielt er seine Armbrust. Drei Schritte links von ihm stand Lächeln, einen Fetzer in der rechten Hand; ihre gebleckten Zähne schimmerten hell im matten Mondlicht. Rechts von ihm war Krake, kauerte über einer Sammlung von Moranth-Munition, die auf einem ausgebreiteten Regenumhang lag. Auch ein Knaller war dabei.

»Moment mal, Krake«, sagte Koryk, als er die übergroße Granate sah. »Schaff den Knaller wieder runter, ja? Es sei denn, du hast vor, hier alle in die Luft zu jagen, ganz zu schweigen von der *Silanda* und der *Geiferwolf*.«

Der Sappeur schaute blinzelnd zu ihm hoch. »Wenn wir hundert von ihnen mitnehmen, bin ich glücklich, Koryk. Mach dir keine Gedanken um das Ding. Die ist für ganz am Schluss. Bis dahin wird von euch sowieso keiner mehr stehen.«

»Aber vielleicht immer noch am Leben sein –«

»Versuche, das zu vermeiden, Soldat. Es sei denn, es gefällt dir, wenn sich der Mob einen Spaß mit dem macht, was von dir noch übrig ist.«

Koryk machte ein finsteres Gesicht und richtete seine Aufmerksamkeit wieder auf die immer größer werdende Menge, die sich ihm gegenüber versammelte. Die Leute waren zwanzig Schritte entfernt, wogten hin und her und stießen Drohungen und hässliche Versprechen aus. Viele hatten gefährliche Waffen dabei. Die Stadtwache war verschwunden, und alles, was die Narren im Moment noch zurückzuhalten schien, war die feste Linie aus Soldaten mit einander überlappenden Schilden, die ihnen gegenüberstand. Starr, Corabb Bhilan Thenu'alas, Uru Hela, Maifliege, Kurznase und Blitzgescheit. Ein paar Steine und Backsteinbrocken waren über den Todesstreifen geworfen worden, und jene, die nahe genug kamen, trafen auf Schilde, die beinahe lustlos gehoben wurden, um sie abzuwehren.

An den Flanken des Mobs wurden Brandpfeile bereitgemacht.

Sie werden als Erstes versuchen, die Schiffe hier in Brand zu setzen, und das ist nicht gut. Er glaubte nicht, dass die *Silanda* brennen würde, nicht nach dem, was Gesler ihnen erzählt hatte. Doch die *Geiferwolf* war eine andere Sache. Er warf einen Blick hinüber und sah Korporal Totstink die Planke zur Mole herunterkommen. Hinter ihm war Faust Keneb, der auch das Wort ergriff:

»Sergeant Balsam.«

»Ja, Faust?«

Keneb blickte sich um. »Wo sind Gesler und Fiedler?«

»Kundschaften, Faust.«

»Kundschaften. Ich verstehe. Dann bist du es, ja?«

»Diese Pfeile, Faust –«

»Destriant Run'Thurvian hat mir versichert, dass unsere vertäuten Schiffe sicher sind. Anders sieht es leider bei den Transportschiffen aus. Wir haben den nächsten signalisiert und den Befehl gegeben, sich außer Reichweite zurückzuziehen. Was bedeutet, dass du und deine Soldaten, Sergeant, dass ihr auf euch allein gestellt seid. Die Balliste am Bug der *Geiferwolf* wird euch allerdings unterstützen.«

»Ich weiß das zu schätzen, Faust«, sagte Balsam; in seinen Augen stand ein merkwürdig verwirrter Ausdruck. »Wo ist die Belagerung?«

»Wie bitte?«

Totstink räusperte sich. »Kümmert Euch nicht um ihn, Faust«, sagte er. »Wenn erst das Kämpfen losgeht, wird er in Ordnung sein. Faust, Ihr sagt, diese Pfeile werden die Schiffe nicht in Brand setzen – wenn sie das merken, werden sie mit ihnen auf uns schießen.«

Keneb nickte, warf Krake einen Blick zu. »Sappeur, ich will, dass du die Bogenschützen an den Flanken triffst. Warte nicht, bis sie anfangen. Und nimm Fetzer – vorausgesetzt, sie sind in Reichweite.«

Krake richtete sich auf und schaute sich die Sache an. »Kein Problem, Faust. Galt, Läppchen, kommt her und nehmt euch ein paar Fetzer. Nicht den Knaller, Galt, du Idiot – die kleinen runden, klar? Zwei, verdammt, nicht mehr. Komm zurück, wenn du noch mehr brauchst –«

»Vielleicht drei –«

»Nein! Denk doch mal nach, Läppchen. Wie viele Hände hast du? Womit willst du den dritten halten – willst du ihn dir zwischen die Arschbacken klemmen? Zwei – und lasst sie nicht fallen, oder diese ganze Mole wird verschwinden und wir mit ihr.« Er drehte sich um. »Faust, sollen wir sie jetzt gleich angreifen?«

»Jetzt ist genauso gut wie später«, antwortete Keneb. »Mit ein bisschen Glück wird der Rest davonlaufen.«

Brandpfeile zischten durch die Luft. Sie sollten offensichtlich die Takelage der *Geiferwolf* treffen. Die zischenden Flugbahnen verschwanden plötzlich.

Koryk grunzte. »Schlau. Mach mal lieber hin, Krake. Die nächste Salve kriegen wir ab, da halte ich jede Wette.«

Krake zur Rechten, Galt und Läppchen zur Linken. Sie wogen Fetzer in den Händen und warfen die Tongranaten auf Krakes Kommando.

Detonationen, hell wie ein Krachen in sprödem Stein, und Menschen lagen am Boden, sich windend, schreiend –

Die Mitte des Mobs griff mit einem kehligen Brüllen an.

»*Scheiße*«, sagte jemand von den Schweren, die die vordere Linie bildeten.

Lächeln warf ihren Fetzer in die heranrasende Mitte.

Noch eine Explosion, dieses Mal zehn Schritt vor dem Schildwall, der instinktiv zurückwich, die Köpfe unter die erhobenen Schilde geduckt. Schreie, taumelnde Gestalten, Blut und Fleischfetzen, Leichen, die auf dem Boden lagen und die Angreifer zum Stolpern brachten – die Frontlinie des Angriffs war zu einem chaotischen Durcheinander geworden, aber die Hintenstehenden drängten weiter.

Koryk ging ein Stück nach rechts – er konnte jemanden Befehle rufen hören, eine laute Stimme, autoritätsgewohnt, der Tonfall eines malazanischen Offiziers, und Koryk wollte den Dreckskerl erwischen.

Die Balliste am Bug der *Geiferwolf* ruckte, das übergroße Geschoss raste davon, fetzte durch die Menge und ließ eine Spur aus spritzendem Blut zurück. Ein Bolzen, der dafür geschaffen worden war, Löcher in Schiffsrümpfe zu schlagen, bahnte sich mühelos seinen Weg durch Fleisch und Knochen, durchschlug einen Körper nach dem anderen.

Ein paar Pfeile rasten auf die Soldaten auf der Mole zu, und dann erreichte der Mob die vordere Linie.

Undiszipliniert und davon überzeugt, dass die Wucht ihres Aufpralls ausreichen würde, den Schildwall zu zerschmettern, waren die Angreifer nicht auf die zeitlich perfekt abgestimmte Gegenbewegung der Schweren vorbereitet; die Schilde hämmerten auf sie ein, die Klingen stießen zu.

Der einzige Soldat, der nicht darin ausgebildet war, in einem Schildwall zu stehen, war Corabb Bhilan Thenu'alas, und Koryk sah, wie Lächeln hinter den Krieger aus dem Reich der Sieben Städte eilte, der mit seinem Krummsäbel auf einen Gegner eindrosch. Der Mann vor ihm war riesig, und er schwang zwei Kurzschwerter – mit dem einen stieß er, mit dem anderen schlug er zu –, und Corabb verteidigte sich mit seinem runden Schild und seiner Waffe, beschäftigte den Schwertschwinger – während Lächeln, die eine Lücke in der Deckung des Angreifers erspähte, ein Messer warf und den Mann in der Kehle traf. Als er zusammenbrach, schlug Corabb zu, und der Krummsäbel grub sich tief in den ungeschützten Kopf.

»Zurück in die Lücke!«, schrie Lächeln und schob Corabb vorwärts.

Koryk erhaschte einen Blick auf eine Gestalt, die an der Seite stand. Es war nicht der Anführer, sondern – *Bei den Göttern, das ist ein Magier, und er will gerade auf sein Gewirr zurückgreifen!* Er hob die Armbrust, zog den Abzug.

Der Bolzen ließ den Mann herumwirbeln und zusammenbrechen.

Drei weitere Fetzer explodierten weiter hinten in dem herandrängenden Mob. Schlagartig brach der Angriff in sich zusammen, und der Schildwall rückte einen Schritt vor, dann noch einen; die Waffen stießen nach unten, um den Verwundeten den Rest zu geben. Gestalten rannten davon, und Koryk hörte in einiger Entfernung jemanden etwas rufen, einen Sammelpunkt durchgeben – doch im Augenblick hörten nur wenige zu, wie er sah.

Einer erledigt.

Auf der breiten Ladeplattform und zu beiden Seiten davon lagen Dutzende von Körpern auf den Pflastersteinen; schwache Stimmen schrien vor Angst und Schmerzen.

Bei den Göttern hienieden, wir töten hier unsere eigenen Leute.

Auf dem Vorderdeck der *Geiferwolf* drehte sich Keneb zu Hauptmann Rynag um. Er kämpfte gegen die in ihm brodelnde Wut an, als er sagte: »Hauptmann, in dem Mob befanden sich Soldaten. Ohne Uniform.«

Der Mann war blass. »Davon weiß ich nichts, Faust.«

»Was soll das alles? Sie werden nicht an die Vierzehnte rankommen.«

»Ich – ich weiß es nicht. Es sind die Wickaner – sie wollen die Wickaner. Ein Pogrom, und es gibt keine Möglichkeit, es aufzuhalten. Ein Kreuzzug ist in Bewegung gesetzt worden – eine Armee marschiert in die wickanische Steppe –«

»Eine Armee? Was für eine Armee?«

»Nun, ein Mob, aber es heißt, dass er zehntausend Köpfe zählt, und es sind Veteranen dabei.«

»Und die Imperatrix heißt das gut? Ach, ist nicht wichtig.« Keneb drehte sich erneut um und besah sich die Stadt. Die Scheißkerle formierten sich neu. »Na schön«, sagte er, »wenn das hier lange genug so weitergeht, könnte es sein, dass ich mich über die Befehle hinwegsetze, die ich von der Mandata erhalten habe. Und die ganze verdammte Armee an Land gehen lasse –«

»Faust, das könnt Ihr nicht tun –«

Keneb wirbelte herum. »Es ist noch nicht lange her, da habt Ihr genau darauf bestanden!«

»*Die Pest*, Faust! Ihr würdet den völligen Untergang der Stadt –«

»Ja, und? Ich teile lieber aus, als dass ich einstecke, unter den gegebenen Umständen. Nun, wenn die Imperatrix nicht gerade eine ganze Armee in der Stadt versteckt hat, kann die Vierzehnte diesem Aufstand ein Ende setzen – die Götter wissen, wir haben mehr als genug Erfahrung mit so etwas. Und ich muss zugeben, dass ich geneigt bin, genau das zu tun.«

»Faust –«

»Verschwindet von diesem Schiff, Hauptmann – sofort!«

Der Mann starrte ihn an. »Ihr droht mir?«

»Ob ich Euch drohe? Coltaine wurde vor den Toren von Aren an ein Kreuz geschlagen. Während Pormquals Armee sich hinter den Wällen der Stadt versteckte. Ich bin schwer versucht, Hauptmann, Euch an etwas Ähnliches zu nageln, gleich hier auf der Stelle. Ein Geschenk für die Ungläubigen dort draußen, nur um sie daran zu erinnern, dass ein paar von uns noch wissen, wie es wirklich war. Ich werde jetzt dreimal Luft holen, und wenn Ihr dann immer noch hier seid –«

Der Hauptmann hastete davon.

Koryk sah zu, wie der Offizier das Fallreep heruntereilte und dann um die Schweren herumging. Er schien sich zur nächsten Menge begeben zu wollen, die sich an der Mündung einer breiten Straße sammelte.

Hätte Koryk nachgedacht, hätte er die Ansammlung dunkler Gedanken in seinem Kopf bemerkt – jeder von ihnen bereit, sich Gehör zu verschaffen –, die ihm die Entschuldigungen gegeben hätten, die er brauchte. Aber er dachte nicht nach, und was die Entschuldigungen anging, so bestand für ihn kein Bedarf an ihnen, ganz und gar nicht.

Er hob die Armbrust.

Und schoss.

Er sah zu, wie das Geschoss den Hauptmann zwischen den Schulterblättern traf, sah, wie der Mann nach vorn stürzte, die Arme weit ausgebreitet.

Starr und die anderen in der Frontlinie drehten sich um und musterten Koryk schweigend. Die Gesichter unter den Helmen waren ausdruckslos.

Lächeln stieß ein ungläubiges Lachen aus.

Schwere Schritte auf dem Fallreep, dann Kenebs barsche Frage: »Wer war dafür verantwortlich?«

Koryk sah die Faust an. »Ich war das, Faust.«

»Du hast gerade einen Hauptmann der Palastgarde von Unta umgebracht, Soldat.«

»Ja, Faust.«

»Sie kommen zurück – wollen es wohl nochmal versuchen! Sieht so aus, als hättest du sie endgültig verrückt gemacht, Koryk.« Das war Starr.

»Das reicht mir als Beweis«, knurrte der Seti-Mischling, während er sich daran machte, seine Armbrust wieder zu laden. Während er darauf wartete, dass Keneb etwas sagte. Auf den Befehl an Balsam wartete, ihn festzunehmen.

Doch die Faust sagte nichts, drehte sich stattdessen um und ging zurück zur *Geiferwolf*.

Ein Zischen von Lächeln. »Pass auf, Koryk. Warte nur, bis Fid davon hört.«

»Fid?«, schnappte Sergeant Balsam. »Was ist mit der Mandata? Du wirst gehängt werden, Koryk.«

»Wenn es so ist, dann ist es eben so. Aber ich würde es noch einmal tun. Der Dreckskerl wollte, dass wir ihnen die Wickaner übergeben.«

Benommen trat Keneb wieder aufs Mitteldeck. *»... wollte, dass wir ihnen die Wickaner übergeben ...«* Seesoldaten und Matrosen starrten ihn an, und Destriant Run'Thurian war von unten heraufgekommen und näherte sich ihm nun.

»Faust Keneb, diese Nacht verläuft nicht gut, nicht wahr?«

Keneb blinzelte. »Destriant?«

»Ein höchst schwerer Bruch mit der Disziplin –«

»Es tut mir leid«, unterbrach ihn Keneb, »aber es ist offensichtlich, dass Ihr hier etwas missversteht. Vor einiger Zeit hat die Mandata die Geburt der Knochenjäger verkündet. Was hat sie damals gesehen? Ich hatte nur ein Gefühl davon – gerade mal ein Gefühl.

Eher einen Verdacht. Aber jetzt …« Er schüttelte den Kopf. »Drei Trupps auf der Mole halten stand, und warum?«

»Faust, die Bedrohung ist wahrgenommen worden, und es muss auf sie reagiert werden.«

»Wir könnten die Leinen lösen und davonsegeln. Stattdessen sind wir hier. Sie sind hier, bereit, all denen eine blutige Nase zu verpassen, die es wagen, zu nahe zu kommen. Bereit, Blutvergießen mit Blutvergießen zu beantworten. Verrat geht in dieser Nacht in Malaz um – wie ein Gott, Destriant.« Er ging an den anderen vorbei und zum Vorderkastell. »Ist die Balliste wieder geladen?«, wollte er wissen.

Ein Mannschaftsmitglied nickte. »Ja, Faust.«

»Gut. Sie kommen schnell näher.«

Der Destriant trat neben Keneb. »Faust, ich verstehe nicht …«

Keneb riss seine Aufmerksamkeit von den Hunderten los, die sich immer näher heranschoben. »Aber ich. Ich habe es gesehen. Wir halten die Mole, und kein einziger von den verdammten Soldaten dort unten kümmert sich einen verdammten Dreck um irgendetwas anderes! Warum?« Er schlug auf die Reling. »Weil *wir warten.* Wir warten auf die Mandata. Destriant, wir gehören jetzt *ihr*. Es ist geschehen, und das verdammte Imperium kann verfaulen!«

Die Augen des anderen Mannes weiteten sich bei diesem Ausbruch langsam – und dann verbeugte er sich mit einem schwachen Lächeln. »Wie Ihr sagt, Faust. Wie Ihr sagt.«

Die letzte Tür am Ende des Ganges im obersten Stockwerk. Typisch. Die Messerklinge glitt leicht zwischen Tür und Rahmen, hob den Riegel. Ein langsamer, ruhiger Stoß ließ die Tür mit einem kaum hörbaren Ächzen der ledernen Angeln ein Stück weit aufschwingen.

Fiedler schlüpfte durch den Spalt, schaute sich in dem dunklen Raum um.

Lautes, tierisches Grunzen und Schnarchen von dem Bettgestell; der Geruch nach abgestandenem Bier hing in der schweren Luft.

Fiedler bewegte sich ganz langsam und vorsichtig, legte seine

Sammlung von Armbrüsten auf den Fußboden, eine Prozedur, die beinahe dreißig Herzschläge dauerte, doch die überlauten Schnarchgeräusche der Gestalt auf dem Bett änderten sich nicht.

Ohne zusätzliche Lasten kroch Fiedler näher heran. Er atmete langsam und gleichmäßig, bis er direkt über dem zottigen Kopf seines ahnungslosen Opfers war.

Dann begann er einen geflüsterten Singsang: »*Deine Geister – wir sind wieder da, um dich nie mehr in Ruhe zu lassen, um dir keinen Augenblick Ruhe zu gönnen. O ja, Tapferer Zahn, ich bin es, Fiedler – tot, aber nicht dahin. Ein Geist, der zurückgekehrt ist, um dich bis zu deinem letzten –*«

Die Faust kam aus dem Nichts, und sie traf Fiedler genau in die Magengrube. Jegliche Luft entwich seiner Lunge, und der Sergeant brach rücklings zusammen, sackte zu Boden, wo er sich um den pochenden Schmerz in seinem Bauch zusammenkrümmte –

Während sich Tapferer Zahn aufrichtete. »Das war nicht lustig, Fiedler«, sagte er und blickte auf den Sergeanten hinunter. »Aber dich da auf dem Fußboden liegen und sich winden zu sehen – nun, das ist lustig.«

»Halt den Mund«, keuchte Fiedler, »und besorg mir einen Stuhl.«

Der Hauptsergeant half ihm auf die Beine. Sich schwer auf Tapferer Zahn stützend, richtete Fiedler sich vorsichtig auf, ein Vorgang, der von Stöhnen und zwischen den Zähnen durchpfeifenden Atemzügen begleitet wurde.

»Wirst du es überleben?«

Ein Nicken, und dann schaffte Fiedler es, einen Schritt zurückzutreten. »Na schön, das habe ich wohl verdient –«

»Allerdings«, antwortete Tapferer Zahn.

Sie blickten einander in der Dunkelheit einen Moment lang an – und dann umarmten sie sich. Und sagten nichts.

Einen Augenblick später schwang die Tür hinter ihnen auf. Sie ließen einander los und sahen Gesler und Stürmisch hereinkommen. Ersterer trug zwei Flaschen Wein, Letzterer drei Laibe Brot.

»Beim Atem des Vermummten!« Tapferer Zahn lachte. »Die ganzen alten Dreckskerle kommen nach Hause!«

Während Gesler und Stürmisch ihre Mitbringsel auf einen kleinen Tisch legten, untersuchte Fiedler die Fiedel, die auf seinem Rücken befestigt war. Erfreut stellte er fest, dass sie keinen weiteren Schaden erlitten hatte. Er zog den Bogen heraus, blickte sich um, als Tapferer Zahn eine Laterne anzündete, ging dann zu einem Stuhl und setzte sich hin.

Es dauerte einen kurzen Augenblick, dann starrten die drei anderen Männer ihn an.

»Ich weiß«, sagte Fiedler. »Tapferer Zahn, du erinnerst dich, als ich das letzte Mal gespielt habe –«

»Das war das *letzte* Mal?«

»Das war es, und seither sind eine Menge Leute gefallen. Freunde. Menschen, die wir gern gehabt haben und die wir nun vermissen, wie Löcher im Herzen.« Er holte tief Luft, ehe er fortfuhr: »Es hat in mir gewartet, hat lange Zeit in mir gewartet. Also, meine alten Freunde, lasst uns ein paar Namen hören.«

Tapferer Zahn setzte sich auf sein Bett und kratzte sich den Bart. »Hab 'nen neuen für dich. Ein Soldat, den ich in dieser Nacht losgeschickt habe und der getötet wurde. Er hieß Gentur. Sein Freund Schandmaul ist auch beinahe gestorben, aber es sieht so aus, als ob die Lady gezogen hätte. Und wir haben ihn rechtzeitig gefunden, um noch etwas tun zu können.«

Fiedler nickte. »Gentur. In Ordnung. Gesler?«

»Kulp. Baudin. Und … ich glaube, auch Felisin Paran – sie hatte überhaupt kein Glück, und wenn sie etwas Gutes erlebt hat, was selten genug der Fall war, nun, dann wusste sie nicht, was sie tun oder sagen sollte.« Er zuckte die Schultern. »Wenn jemand im Innern zu sehr verletzt ist, bleibt ihm oder ihr nur noch, selbst andere zu verletzen. Also, auch sie.« Er machte eine Pause. »Pella, Wahr«, fügte er schließlich hinzu.

»Und Coltaine«, sagte Stürmisch. »Und Duiker. Und die Siebte.«

Fiedler begann das Instrument zu stimmen. »Gute Namen, allesamt. Ich werde noch ein paar hinzufügen. Elster. Igel. Trotter. Und noch einen – noch ohne Namen, aber das macht nichts. Noch einen …« Er verzog das Gesicht. »Könnte sein, dass es ein bisschen rau klingt, ganz egal, wieviel Harz ich benutze. Ist egal. Habe ein trauriges Klagelied im Kopf, das raus muss –«

»Nur traurig, Fiedler?«

»Nein, nicht nur. Ich überlasse die schönen Erinnerungen euch – aber ich werde euch dann und wann etwas zuflüstern, um euch zu sagen, dass ich weiß, was ihr fühlt. Und jetzt setzt euch hin – füll die Becher, Gesler – ich nehme an, dies wird jetzt ein Weilchen dauern.«

Und dann begann er zu spielen.

Die schwere Tür am oberen Ende des Wallwegs öffnete sich quietschend, und unter dem Türstock erschienen die Umrisse einer kräftigen, buckligen Gestalt, die zur Seite trat, als die Mandata die Schwelle erreichte. Tavore schritt ins Torhaus, gefolgt von T'amber, dann Faust Tene Baralta. Kalam betrat den muffigen Raum. Die Luft roch auf widerliche Weise süßlich nach Rum.

Der Assassine blieb vor dem Torwächter stehen. »Lubben.«

Die Antwort kam schwer und polternd. »Kalam Mekhar.«

»Viel los heute?«

»Nicht alle benutzen die Tür«, erwiderte Lubben.

Kalam nickte, sagte aber nichts mehr. Er ging weiter, in den Innenhof der Feste. Unter seinen Füßen schiefe Pflastersteine, links von ihm der alte Turm, die eigentliche Feste etwas nach rechts versetzt. Die Mandata hatte den Platz bereits zur Hälfte überquert. Hinter Kalam trennten sich die Männer der Garde aus Unta von der Gruppe und machten sich zu ihren Unterkünften in der Nähe der Nordmauer auf.

Kalam blinzelte zum düsteren Mond hoch. Ein schwacher Wind strich ihm übers Gesicht, warm und trocken, zupfte an den Schweißtropfen auf seiner Stirn. Irgendwo über seinem Kopf quietschte eine Wetterfahne. Der Assassine folgte den anderen.

Zwei Klauen flankierten den Eingang zur Feste – nicht die übliche Wache. Kalam fragte sich, wo die hier residierende Faust und ihre Garnison in dieser Nacht sein mochten. *Wahrscheinlich im Keller unter den Lagerhäusern, sinnlos betrunken. Beim Vermummten, da wäre ich zumindest, würde ich in ihrer Haut stecken.* Natürlich nicht der alte Lubben. Der bucklige Alte war so alt wie das Tor am oberen Ende des Wallwegs – er war immer da gewesen, schon zu Zeiten des Imperators und sogar, wenn die Gerüchte stimmten, selbst damals, als Mock noch über die Insel geherrscht hatte.

Als Kalam zwischen den beiden Assassinen hindurchging, neigten beide die unter Kapuzen verborgenen Köpfe leicht in seine Richtung. Eine spöttische Anerkennung, schloss er, oder etwas Schlimmeres. Er erwiderte den Gruß nicht, ging weiter in den breiten Korridor.

Eine weitere Klaue hatte sie erwartet, und die Gestalt im Kapuzenumhang führte sie nun zur Treppe.

Zwei Stockwerke hinauf, dann einen Korridor entlang in ein Vorzimmer, wo Tene Baralta seinen Roten Klingen zu warten befahl. Nur Hauptmann Lostara Yil war von diesem Befehl ausgenommen. Es folgten ein paar geflüsterte Anweisungen an zwei weitere Soldaten, die die Faust dann wegschickte. All das beobachtete Tavore mit ausdruckslosem Gesicht, obwohl Kalam versucht war, Baralta wegen dieses Vorgangs, der offensichtlich ein Akt bewusst zur Schau gestellter Unabhängigkeit war, herauszufordern – als ob Tene Baralta sich und seine Roten Klingen von jeder Verbindung mit der Mandata und der Vierzehnten Armee freimachen wollte.

Kurz darauf führte die Klaue sie weiter, durch eine andere Tür, in einen anderen Korridor und diesen dann entlang bis zu einer zweiflügeligen Tür. Das war nicht der Raum, der normalerweise für offizielle Treffen genutzt wurde, wie Kalam wusste. Der hier war kleiner – sofern der Zugang irgendeinen Hinweis gab – und lag in einem Teil der Feste, der nur selten benutzt wurde. Zwei weitere Klauen hielten an dem Eingang Wache, und beide wandten sich um, um die Türen zu öffnen.

Kalam sah, wie die Mandata in den Raum schritt und dann stehen blieb. Genau wie T'amber und Tene Baralta. Neben dem Assassinen stockte Lostara Yil der Atem.

Ein Tribunal erwartete sie, und ihnen gegenüber saßen Imperatrix Laseen, Korbolo Dom – mit den Insignien einer Hohefaust – und ein weiterer Mann, den Kalam nicht erkannte. Mit runden, vollen Gesichtszügen, korpulent und in blaue Seidengewänder gekleidet. Seine Haare waren farblos, kurz geschnitten und eingeölt. Schläfrige Augen betrachteten die Mandata mit der Gier eines Henkers.

Die Tische waren zu einem umgekehrten T zusammengestellt, und drei Stühle erwarteten sie, die hohen Rückenlehnen den Neuankömmlingen zugewandt.

Nach einer Weile trat die Mandata vor, zog den mittleren Stuhl zurück und setzte sich, den Rücken gerade aufgerichtet. T'amber nahm den Stuhl zur Linken Tavores. Tene Baralta winkte Lostara Yil, ihn zu begleiten, und ging ganz nach rechts, wo er mit Blick auf die Imperatrix Habachtstellung einnahm.

Kalam seufzte langsam und ging zu dem noch freien Stuhl. Er setzte sich hin, legte dann die behandschuhten Hände auf die zerkratzte Oberfläche des Tischs vor ihm.

Der ölige, fette Mann richtete den Blick auf den Assassinen und beugte sich leicht nach vorn. »Kalam Mekhar, ja? Welch großes Vergnügen, dich schließlich zu treffen.«

»Ist es das? Das freut mich für Euch ... Wer auch immer Ihr seid.«

»Mallick Rel.«

»Und als was seid Ihr hier?«, fragte Kalam. »Als oberste Schlange?«

»Das reicht!«, sagte die Imperatrix. »Setz dich hin, wenn es sein muss, Kalam, aber sei still. Und wisse, dass ich nicht um deine Anwesenheit hier heute Nacht gebeten habe.«

Kalam spürte eine verborgene Frage in dieser Feststellung, die ihn nur die Schultern zucken ließ. *Nein, Laseen, ich bin noch nicht bereit, dir irgendetwas zu geben.*

Laseen richtete ihre Aufmerksamkeit auf den Kommandanten der Roten Klingen. »Tene Baralta, ich verstehe, dass Ihr Euren Beitrag dazu geleistet habt, die Mandata und ihr Gefolge durch die Stadt zu eskortieren. Das war edel von Euch. Ich nehme an, die Mandata hat Euch weder eingeladen noch Euch auf irgendeine Weise gezwungen. Folglich scheint mir klar, dass Ihr im Namen der Roten Klingen mit mir zu sprechen wünscht.«

Der Mann mit dem zerstörten Gesicht verbeugte sich. »Ja, Imperatrix.«

»Macht weiter.«

»Die Roten Klingen wurden in Aren von der Mandata verpflichtet, Imperatrix, woraufhin ich zu einer Faust in der Vierzehnten Armee wurde. Ich bitte respektvoll darum, dass Ihr diese Anweisung widerruft. Die Roten Klingen haben dem malazanischen Imperium immer als unabhängige Macht gedient, wie es unserem Status als erste und vornehmste Imperiale Wächter im Reich der Sieben Städte entspricht.«

Die Imperatrix nickte. »Ich sehe keinen Grund, Eurem Ersuchen nicht nachzukommen, Kommandant. Wünscht die Mandata einen Kommentar abzugeben?«

»Nein.«

»Also schön. Kommandant Tene Baralta, die Roten Klingen können für die nächste Zeit hier in Mocks Feste Quartier beziehen. Ihr könnt gehen.«

Der Mann verbeugte sich erneut, drehte sich um und stiefelte aus dem Raum. Sein Hauptmann folgte ihm.

Die Türen schlossen sich hinter ihnen.

Laseen richtete ihre Aufmerksamkeit auf die Mandata. »Willkommen daheim, Tavore.«

»Ich danke Euch, Imperatrix.«

»Die Transportschiffe im Hafen führen die Pestflagge – Ihr und ich, wir wissen beide, dass die Soldaten Eurer Armee nicht an der Pest erkrankt sind.« Sie neigte den Kopf. »Was soll ich diesem Täuschungsversuch entnehmen?«

»Imperatrix, Faust Keneb ist offensichtlich zu dem Schluss gekommen, dass sich – ungeachtet der Ansichten von Hauptmann Rynag – die Stadt Malaz in einem Zustand ziviler Unruhen befindet, so dass Keneb um das Wohlergehen der Vierzehnten fürchtet, sollte die Armee an Land gehen. Schließlich habe ich Wickaner bei mir – deren Loyalität zum Imperium, wie ich hinzufügen möchte, über jeden Tadel erhaben ist. Außerdem haben wir eine nicht unerhebliche Streitmacht der Verbrannten Tränen der Khundryl an Bord, die dem Imperium ebenfalls immer treu gedient haben. Diese Truppen an Land gehen zu lassen, könnte zu einem Blutbad führen.«

»Zu einem Blutbad, Mandata?« Laseen zog die Brauen hoch. »Hauptmann Rynag hatte spezielle Befehle erhalten, dafür zu sorgen, dass die Soldaten der Vierzehnten entwaffnet werden, ehe sie an Land gehen.«

»Was sie der Gnade und Barmherzigkeit eines wütenden Mobs ausgeliefert hätte, Imperatrix.«

Laseen winkte ab.

»Imperatrix«, fuhr die Mandata fort, »ich glaube, dass hier im Herzen des Imperiums fälschlicherweise die Auffassung herrscht, die Ereignisse, die gemeinhin als Kette der Hunde bekannt sind – und jene, die dann vor Aren folgten – wären irgendwie verdächtig.« Sie machte eine kurze Pause und sagte dann: »Ich sehe, dass Korbolo Dom, der die abtrünnigen Hundeschlächter befehligte und der in der Raraku gefangen genommen wurde, wieder ein freier Mann ist und außerdem noch Hohefaust. Darüber hinaus sitzt der Jhistal-Priester Mallick Rel, der wahrscheinlich das Massaker an der Aren-Armee zu verantworten hat, als Euer Berater in dieser Verhandlung. Es ist wohl unnötig zu sagen, dass mich diese Dinge verwirren. Es sei denn, die Rebellion im Reich der Sieben Städte hätte weit über ihre wildesten Träume hinaus Erfolg gehabt, ungeachtet meiner eigenen Erfolge in jenem Land.«

»Meine liebe Tavore«, sagte Laseen, »ich will eine gewisse Verstörung zu Euren Gunsten gelten lassen. Ihr scheint an der kindischen Vorstellung festzuhalten, dass manche Wahrheiten unnachgiebig und unbestreitbar sind. Leider ist die Welt der Erwachsenen nicht so einfach. Alle Wahrheiten sind verformbar. Sind aufgrund von Notwendigkeiten korrekturbedürftig. Habt Ihr noch nicht beobachtet, Tavore, dass in den Köpfen der Menschen in diesem Imperium die Wahrheit ohne Bedeutung ist? Sie hat ihre Macht verloren. Sie bewirkt keine Veränderung mehr, und in der Tat kann der schiere Wille der Menschen – zugegebenermaßen aus Furcht und Unwissenheit geboren –, also dieser Wille kann, wie ich gesagt habe, umgekehrt diese Wahrheiten verändern. Er kann, wenn Ihr so wollt, die aus Bequemlichkeit entstandenen Lügen in Wahrheit verwandeln, und diese Wahrheit wiederum duldet keinen Widerspruch.«

»Und wenn man ihr widerspricht«, sagte die Mandata nach einem Moment, »begeht man Verrat.«

Die Imperatrix lächelte. »Ich sehe, Ihr werdet mit jedem Herzschlag älter, Tavore. Vielleicht werden wir den Verlust der Unschuld betrauern, aber nicht lange, wie ich fürchte. Das malazanische Imperium ist in einer höchst besorgniserregenden Situation, und alles ist ungewiss, steht auf Messers Schneide. Wir haben Dujek Einarm an die Pest verloren – und seine Armee scheint vollständig verschwunden zu sein, ist wahrscheinlich ebenfalls der Pest zum Opfer gefallen. In Korel haben sich die Dinge zum Schlechteren entwickelt. Die Dezimierung im Reich der Sieben Städte hat uns in wirtschaftlicher Hinsicht einen beinahe tödlichen Schlag versetzt – vor allem im Hinblick auf die Ernten. Es könnte sein, dass wir uns einer Hungersnot gegenübersehen, ehe der Subkontinent sich erholen kann. Es ist unbedingt erforderlich, unser Imperium neu zu gestalten.«

»Und was wird diese Neugestaltung mit sich bringen?«

Mallick Rel meldete sich zu Wort. »Opfer – leider. Blutvergießen, um den Durst, um die Not zu lindern. Das ist unglücklich, aber es gibt keinen anderen Weg. Wir alle hier sind traurig darüber.«

Tavore blinzelte. »Ihr wollt, dass ich Euch die Wickaner übergebe.«

»Und«, sagte Mallick Rel, »die Khundryl.«

Korbolo Dom beugte sich plötzlich vor. »Da ist noch etwas, Tavore Paran. Wer, im Namen des Vermummten, befindet sich auf diesen Katamaranen?«

»Soldaten eines Volkes, das als die Verender bekannt ist.«

»Warum sind sie hier?«, wollte der Napanese wissen und bleckte die Zähne.

»Sie haben Treue gelobt, Hohefaust.«

»Dem malazanischen Imperium?«

Die Mandata zögerte, sah noch einmal Laseen an. »Imperatrix, ich muss mit Euch sprechen. Unter vier Augen. Es gibt Dinge, die gehen nur die Imperatrix und ihre Mandata etwas an.«

Mallick Rel zischte: »Dinge, die mit einem Otataral-Schwert entfesselt werden, meint Ihr! Es ist, wie ich befürchtet habe, Imperatrix! Sie dient jetzt jemand anderem und würde kalten Stahl über die Kehle des malazanischen Imperiums ziehen!«

Tavores Gesicht verzerrte sich, zeigte Abscheu, als sie den Jhistal-Priester ansah. »Das Imperium hat einen unsterblichen Schutzpatron immer abgelehnt, Mallick Rel. Vor allem deshalb haben wir überlebt und sind in der Tat immer stärker geworden. *Was macht Ihr hier, Priester?*«

»Wem dient Ihr nun, Frau?«, wollte Mallick Rel wissen.

»Ich bin die Mandata der Imperatrix.«

»Dann müsst Ihr tun, was sie befiehlt! Gebt uns die Wickaner!«

»Uns? Oh, nun verstehe ich. Man hat Euch vor Aren um einen Teil Eures Ruhms betrogen. Sagt mir, wie lange wird es dauern, bis ein Haftbefehl für Faust Blistig ausgestellt wird, den ehemaligen Kommandanten der Aren-Garde, der sich geweigert hat, die Stadt zu verlassen? Denn nur und ausschließlich seinetwegen ist Aren nicht gefallen.«

»Wurden die Roten Klingen in Aren nicht von Blistig verhaftet, Tavore?«, fragte Laseen.

»Auf Pormquals Befehl. Bitte, Imperatrix, wir müssen uns unterhalten, Ihr und ich – allein.«

Und dann sah Kalam in Laseens Augen etwas aufflackern, von

dem er gedacht hatte, dass er es niemals sehen würde – einen Hauch von Furcht.

Aber es war Korbolo Dom, der das Wort ergriff. »Mandata Tavore, ich bin jetzt Hohefaust, nach Dujeks Tod noch dazu die rangälteste. Darüber hinaus habe ich den Titel und die Verantwortlichkeiten des Ersten Schwerts des Imperiums übernommen, ein Posten, der seit Dassem Ultors vorzeitigem Tod unglücklicherweise unbesetzt war. Dementsprechend übernehme ich nun den Befehl über die Vierzehnte Armee.«

»Tavore«, sagte Laseen ruhig, »es war niemals die Aufgabe einer Mandata, Armeen zu befehligen. Die Notwendigkeit hat mich angesichts der Rebellion im Reich der Sieben Städte zum Handeln gezwungen, aber das ist nun vorbei. Ihr habt alles vollbracht, worum ich Euch gebeten habe, und ich bin nicht blind hinsichtlich Eurer Loyalität. Es bekümmert mich, dass dieses Treffen so offen feindselig geworden ist – Ihr seid die Verlängerung meines Willens, Tavore, und ich bedauere meine Wahl nicht. Nein, nicht einmal jetzt. Es scheint, als müsste ich Euch im Einzelnen deutlich machen, was ich will. Ich möchte Euch wieder an meiner Seite haben, in Unta. Mallick Rel mag sehr wohl Begabungen in vielen Bereichen der Verwaltung haben, aber dafür fehlen ihm andere. Ich brauche Euch für genau diese, Tavore, ich brauche Euch an meiner Seite, um den Jhistal-Priester zu ergänzen. Vor Euch befindet sich das umgeformte Imperiale Oberkommando. Ein neues Erstes Schwert übernimmt den Oberbefehl über sämtliche malazanische Armeen. Die Zeit ist gekommen, Euer eigenes Schwert beiseitezulegen, Tavore.«

Stille. Von Tavore kam nichts – keinerlei Rührung, nicht das kleinste Zucken irgendeiner Gemütsregung. »Wie Ihr befehlt, Imperatrix.«

Kalam spürte, wie seine Haut unter seinen Kleidern heiß wurde, als ob er nahe bei glühenden Flammen wäre. Schweiß rann ihm über dem Körper; er konnte die Schweißtropfen auf seinem Gesicht und in seinem Nacken spüren. Er starrte auf seine in Lederhandschuhen steckenden Hände hinunter, die reglos auf der mitgenommenen Tischplatte lagen.

»Ich bin erfreut«, sagte Laseen.

»Es wird allerdings notwendig sein«, sagte Tavore, »dass ich kurz zu den Docks zurückkehre. Ich glaube, Faust Keneb wird die Wahrhaftigkeit der Änderung des Oberbefehls anzweifeln, wenn er diese Mitteilung von irgendjemand anderem als von mir bekommt.«

»Ein höchst loyaler Mann«, murmelte Mallick Rel.

»Ja, das ist er.«

»Und diese Verender?«, wollte Korbolo Dom wissen. »Sind sie den Ärger wert? Werden sie sich meiner Autorität beugen?«

»Was das angeht, kann ich nicht für sie sprechen«, sagte Tavore tonlos. »Aber sie werden irgendwelche Angebote nicht kurzerhand ablehnen. Was ihre Tüchtigkeit angeht, glaube ich, dass sie ausreichen wird, zumindest wenn sie als Hilfstruppen unserer regulären Streitkräfte eingesetzt werden.«

»Und mehr gibt es nicht, was sie betrifft?«

Die Mandata zuckte achtlos die Schultern. »Es sind Fremde, Erstes Schwert. Barbaren.«

Barbaren, die die besten Kriegsschiffe des ganzen verdammten Ozeans segeln, klar.

Aber Korbolo Dom, wie immer uneingeschränkt seinem Wahrnehmungsvermögen und seinem rasiermesserscharfen Urteil vertrauend, nickte nur.

Ein weiterer Augenblick der Stille kehrte ein, in dem so viele Dinge hätten gesagt werden können, in dem der Kurs des malazanischen Imperiums hätte fester verankert werden können. Es herrschte Stille, aber dennoch schien es Kalam, als könnte er Türen zuknallen hören, das Klappern und Knirschen von sich herabsenkenden Fallgattern, und er sah Korridore, Straßen, auf denen das flackernde Licht schwächer wurde und schließlich verschwand.

Wenn die Imperatrix in diesem Augenblick gesprochen hätte, wenn sie Worte gesagt hätte, die nur an die Mandata gerichtet gewesen wären – irgendetwas, jedes Angebot, das nicht falsch klang –

»Mandata, dann ist da noch eine Sache – es geht um zwei Wickaner, einen Hexer und eine Hexe«, sagte Mallick Rel.

Tavores Blick war immer noch auf Laseen gerichtet. »Natürlich. Glücklicherweise sind sie kraftlos, eine Folge des Traumas, das sie durch Coltaines Tod erlitten haben.«

»Nichtsdestotrotz wird die Klaue ihre Verhaftung durchführen.«

»Es lässt sich nicht verhindern, Tavore«, sagte die Imperatrix. »Selbst mit einem kleinen Überrest ihrer alten Macht könnten sie unter den Einwohnern von Malaz ein Gemetzel veranstalten, und das können wir nicht zulassen.«

»Das Blut dieser Nacht kommt von den Wickanern und den Khundryl.« Eine Feststellung der Mandata, die von keinerlei Gefühlsregung begleitet wurde.

»Es muss sein«, murmelte der Jhistal-Priester, als würde ihn neuer Kummer übermannen.

»Tavore«, sagte Laseen, »werden die Khundryl sich als widerspenstig erweisen, wenn es darum geht, Waffen und Rüstungen abzulegen? Sind es nicht zweitausend Mann – oder sogar noch mehr?«

»Ein Wort von mir wird genügen«, sagte die Mandata.

»Ich bin außerordentlich erleichtert«, sagte die Imperatrix mit einem dünnen Lächeln, »dass Ihr jetzt die Notwendigkeit dessen versteht, was in dieser Nacht geschehen wird. Ein bescheidenes Opfer im größeren Plan, Tavore. Es ist außerdem ganz klar, dass die Wickaner ihre Nützlichkeit überlebt haben – auf die alten Verträge mit den Stämmen kann man verzichten, nun, da das Reich der Sieben Städte so durch und durch zerrüttet ist und die dortigen Ernten ausgefallen sind. Mit anderen Worten: Wir brauchen die wickanische Ebene. Die Herden müssen geschlachtet, der Boden muss umgebrochen und Getreide angebaut werden. Das, was im Reich der Sieben Städte geschehen ist, hat uns eine harte Lektion darüber erteilt, was es bedeutet, im Hinblick auf die Ressourcen, die das Imperium verbraucht, von einem weit entfernten Land abhängig zu sein.«

»In dieser Hinsicht«, sagte Mallick Rel und breitete die Arme aus, »ist die Notwendigkeit eine wirtschaftliche Sache, richtig? Dass dafür ein ungebildetes, rückständiges Volk ausgelöscht werden muss, ist traurig, aber leider unausweichlich.«

»Wer sollte das besser wissen als Ihr«, sagte Tavore. »Schließlich wurde der Jhistal-Kult der gedorianischen Falari auf ganz ähnliche Weise von Imperator Kellanved ausgelöscht. Vermutlich seid Ihr einer der ganz wenigen Überlebenden aus jenen Tagen.«

Mallick Rels rundes, öliges Gesicht verlor allmählich sogar das bisschen Farbe, das ihm geblieben war.

Die Mandata fuhr fort: »Eine unbedeutende Anmerkung in der Geschichte des Imperiums, schwierig zu finden. Ich glaube allerdings, Ihr werdet auf angemessene Hinweise stoßen, solltet Ihr Euch dazu entschließen, die Werke von Duiker zu lesen. ›Unbedeutend‹ ist natürlich ein relativer Begriff, aber es ist der, mit dem man – wie ich annehme – später einmal in der Geschichtsschreibung dieses Wickaner-Pogrom bezeichnen wird. Für die Wickaner selbst wird es natürlich alles andere als unbedeutend sein.«

»Worauf wollt Ihr hinaus, Frau?«, fragte Mallick Rel.

»Es ist gelegentlich sinnvoll, auf dem Weg innezuhalten, sich umzudrehen und ein Stück zurückzugehen.«

»Um was zu erreichen?«

»Ein Verständnis für Beweggründe, Jhistal. Es scheint, als wäre dies eine Nacht, in der sich viele Dinge entwirren. Abkommen, Verträge und Erinnerungen –«

»Diese Debatte«, unterbrach die Imperatrix sie, »kann zu einem anderen Zeitpunkt weitergeführt werden. Der Mob in der Stadt dort unten wird sich schon bald selbst zerfleischen, wenn er nicht die geeigneten Opfer bekommt. Seid Ihr bereit, Mandata?«

Kalam stellte fest, dass er den Atem anhielt. Er konnte Tavores Augen nicht sehen, aber etwas in denen von Laseen verriet ihm, dass die Blicke der beiden sich kreuzten. In diesem Augenblick geschah etwas zwischen ihnen, und die Augen Laseens wurden langsam, fast unmerklich ausdruckslos und merkwürdig farblos.

Die Mandata erhob sich. »Ich bin bereit, Imperatrix.«

T'amber stand ebenfalls auf, und ehe irgendjemand seine Aufmerksamkeit auf Kalam lenken konnte, war der Assassine ebenfalls auf den Beinen.

»Mandata«, sagte er müde und grollend, »ich werde Euch nach draußen begleiten.«

»Wenn du diese Gefälligkeit erledigt hast«, sagte die Imperatrix, »komm bitte hierher zurück. Ich habe deinen Austritt aus der Klaue niemals angenommen, Kalam Mekhar, und eigentlich bin ich der Ansicht, dass eine angemessene Beförderung lange überfällig ist. Durch den augenscheinlichen Verlust von Topper im Imperialen Gewirr ist die Position des Kommandanten der Klaue momentan unbesetzt. Ich kann mir niemand anderen vorstellen, der sie mehr verdient hätte.«

Kalam zog die Brauen hoch. »Und Ihr geht davon aus, Imperatrix, dass ich mir diesen Mantel umlegen und mich dann einfach in Untas Westturm zurückziehen und mit Huren und Speichelleckern umgeben würde? Erwartet Ihr einen zweiten Topper?«

Daraufhin war Laseen an der Reihe, ohne jegliche Modulation zu sprechen. »Ganz gewiss nicht, Kalam Mekhar.«

Die gesamte Klaue, unter meiner Kontrolle. Bei den Göttern, wer würde als Erster fallen? Mallick Rel? Korbolo Dom …

Und sie weiß das. Sie bietet es mir an. Ich kann die Krebsgeschwüre aus dem Fleisch schneiden … Aber zuerst müssen ein paar Wickaner sterben. Und … nicht nur Wickaner.

Er traute sich selbst nicht genug, um etwas zu äußern, und er wusste nicht, was er gesagt hätte, hätte er dennoch das Wort ergriffen. Daher verbeugte sich Kalam einfach nur vor der Imperatrix und folgte dann Tavore und T'amber, als sie aus dem Zimmer schritten.

Hinaus in den Korridor.

Dreiundzwanzig Schritte zu dem Vorzimmer – in dem sich keine Roten Klingen mehr aufhielten –, wo Tavore stehen blieb und T'amber winkte, die an ihr vorbeiging und sich an die weiter entfernte Tür stellte. Dann schloss die Mandata die Tür hinter ihnen.

Und blickte Kalam an.

Aber es war T'amber, die sich zu Wort meldete. »Kalam Mekhar, wie viele Hände erwarten uns?«

Er schaute weg. »Jede Hand ist dafür ausgebildet, als Einheit zu arbeiten. Das ist gleichermaßen ihre Schwäche wie ihre Stärke.«

»Wie viele?«

»Da unten haben vier Schiffe angelegt. Es könnten bis zu achtzig sein.«

»Achtzig?«

Der Assassine nickte. *Du bist tot, Mandata. Genauso wie du, T'amber.* »Sie wird Euch nicht zu den Schiffen zurückkehren lassen«, sagte er, wobei er es noch immer vermied, eine der beiden Frauen anzusehen. »Das zu tun, würde einen Bürgerkrieg heraufbeschwören –«

»Nein«, sagte Tavore.

Kalam runzelte die Stirn, blickte sie an.

»Wir verlassen das malazanische Imperium. Und aller Wahrscheinlichkeit nach werden wir niemals zurückkehren.«

Er ging zu einer Wand, lehnte sich dagegen und schloss die Augen. Schweiß rann ihm übers Gesicht. »Versteht Ihr nicht, was sie mir gerade eben angeboten hat? Ich kann auf der Stelle zurück in das Zimmer gehen und genau das tun, was ich tun soll – was ich für sie tun soll. Sie und ich, wir werden dann davongehen und zwei Leichen zurücklassen, deren abgetrennte Köpfe auf dem verdammten Tisch liegen. Verdammt, Tavore – achtzig Hände!«

»Ich verstehe«, sagte die Mandata. »Dann geh. Ich werde nicht geringer von dir denken, Kalam Mekhar. Du gehörst dem malazanischen Imperium. Dann diene ihm jetzt.«

Er bewegte sich nicht, öffnete auch die Augen nicht. »Dann bedeutet es Euch also jetzt nichts, Tavore?«

»Ich habe andere Sorgen.«

»Erzählt mir davon.«

»Nein.«

»Warum nicht?«

»In dieser Nacht gibt es eine Konvergenz, Kalam«, mischte sich T'amber ein. »Hier in dieser Stadt – in Malaz. Das Spiel befindet sich in einer rasenden Abfolge von Zügen und Gegenzügen, und, ja, Mallick Rel nimmt an diesem Spiel teil, auch wenn die Hand, die ihn lenkt, noch verborgen bleibt. Ihn zu entfernen, wie du es vorhast, wird sich als tödlicher Schlag erweisen und könnte sehr gut das gesamte Gleichgewicht verändern. Es könnte sein, dass eine solche Tat nicht nur das malazanische Imperium, sondern die ganze Welt rettet. Wie können wir uns da deinem Wunsch widersetzen?«

»Und dennoch …«

»Ja«, sagte T'amber. »Wir fragen dich. Ohne dich haben wir nicht die geringste Chance, Kalam …«

»Sechshundert Assassinen, verdammt!« Er drückte den Kopf gegen die Wand, nicht willens, nein, unfähig, die beiden Frauen anzusehen, die Not in ihren Augen zu sehen. »Ich reiche nicht aus. Ihr müsst das verstehen. Wir werden alle untergehen, während Mallick Rel am Leben bleibt.«

»Wie du sagst«, erwiderte Tavore.

Er wartete darauf, dass sie noch etwas hinzufügte, eine letzte Bitte äußerte. Er wartete auf einen neuen Versuch von T'amber. Doch es blieb alles still.

»Ist es das wert, Mandata?«

»Gewinne diese Schlacht, Kalam, oder gewinne den Krieg.«

»Ich bin nur ein einzelner Mann.«

»Ja.«

Mit einem rasierten Knöchel im Loch.

Seine Handflächen juckten unter dem feuchten Leder seiner Handschuhe. »Dieser Jhistal-Priester hegt einen Groll.«

»Schon längere Zeit, ja«, sagte T'amber. »Und er giert nach Macht.«

»Laseen ist verzweifelt.«

»Ja, Kalam, das ist sie.«

»Und warum bleibt Ihr nicht einfach hier, Ihr beide? Wartet, bis ich sie getötet habe. Wartet, und ich werde die Imperatrix davon überzeugen, dass dieses Pogrom beendet werden muss. Auf der Stelle. Kein Blutvergießen mehr. In der Stadt dort unten sind sechshundert Assassinen – wir können diesen Wahnsinn zermalmen, dieses Fieber vertreiben –«

»Kein Blutvergießen mehr, Kalam Mekhar?«

T'ambers Frage traf ihn, dann schüttelte er den Kopf. »Nur die Rädelsführer, mehr wird nicht erforderlich sein.«

»Es ist offensichtlich, dass dir ein Gedanke noch nicht gekommen ist«, sagte T'amber.

»Und der wäre?«

»Die Klaue. Sie ist infiltriert. Umfassend. Der Jhistal-Priester war nicht müßig.«

»Woher wisst Ihr das?«

Einmal mehr anwortete ihm nur Schweigen.

Kalam rieb sich mit beiden Händen übers Gesicht. »Bei den Göttern hienieden …«

»Darf ich dir eine Frage stellen?«

Er schnaubte. »Nur zu, T'amber.«

»Du hast einst über die Säuberung der Alten Garde gewettert. Ja, du bist sogar vor nicht allzu langer Zeit in genau diese Stadt hier gekommen und hattest vor, die Imperatrix zu töten.«

Woher weiß sie das? Wie kann sie von alledem überhaupt etwas wissen? Wer ist sie? »Macht weiter.«

»Du wurdest von Empörung angetrieben, von Entrüstung. Deine eigenen Erinnerungen waren zu Lügen erklärt worden, und du wolltest diesen Revisionisten die Stirn bieten, die alles, was du wertgeschätzt hast, so besudelt haben. Du wolltest derjenigen in die Augen schauen, die beschlossen hatte, dass die Brückenverbrenner sterben sollten – du wolltest die Wahrheit dort sehen, und wenn du sie gefunden hattest, wolltest du handeln. Aber sie hat es dir ausgeredet –«

»Sie war noch nicht einmal da.«

»Oh, dann hast du das also gewusst. Nun gut, das ist nicht wichtig. Hätte dich das allein davon abgehalten, nach Unta überzusetzen und sie zur Strecke zu bringen?«

Er schüttelte den Kopf.

»Nun, wie auch immer. Aber wo ist jetzt deine Entrüstung, Kalam Mekhar? Coltaine vom Krähen-Clan. Duiker, der Imperiale Historiker. Die Siebte Armee. Und jetzt die Wickaner und die Vierzehnte. Faust Temul. Nil, Neder. Gall von den Verbrannten Tränen der Khundryl, der Korbolo Dom am Sanimon zurückgeworfen hat – der Korbolo lange vor Aren um seinen Sieg betrogen hat. Die Verräter sitzen im Thronraum –«

»Ich kann dafür sorgen, dass sie dort nicht mehr für lange sind.«

»Das kannst du. Und wenn du es tust, werden die Mandata und ich zumindest mit diesem befriedigenden Wissen sterben. Aber wenn wir sterben, werden auch viele, viele andere sterben. Mehr als irgendjemand von uns ermessen kann.«

»Ihr fragt, wo meine Entrüstung ist, aber Ihr habt die Antwort vor Euren Augen. Sie lebt. In mir. Und ist bereit, auf der Stelle zu töten.«

»Mallick Rel und Korbolo Dom heute Nacht zu töten«, sagte T'amber, »wird weder die Wickaner noch die Khundryl retten. Und es wird nicht verhindern, dass es zum Krieg mit den Verendern kommt. Oder zur Zerstörung der wickanischen Ebene. Die Imperatrix ist in der Tat verzweifelt – so verzweifelt, dass sie ihre Mandata im Austausch für die Ermordung der Verräter an ihrer Seite opfern würde. Aber sag mir – glaubst du nicht, dass Mallick Rel das Wesentliche von Laseens Angebot an dich verstanden hat?«

»Ist das Eure Frage?«

»Ja.«

»Korbolo Dom ist ein Narr. Er begreift wahrscheinlich überhaupt nichts. Der Jhistal-Priester hingegen ist bedauerlicherweise kein Narr. Also ist er vorbereitet.« Kalam verstummte, auch wenn seine Gedanken weiterrasten, unzählige Wege abschätzten. Potentiale. Möglichkeiten. »Es könnte sein, dass er nicht weiß, dass ich eine Otataral-Waffe besitze –«

»Die Macht, auf die er zurückgreifen kann, ist eine Ältere Macht«, sagte T'amber.

»Dann könnte ich also – in Anbetracht all dessen, was wir hier gesagt haben – scheitern.«

»Das könntest du.«

»Und wenn ich scheitere, verlieren wir alle.«

»Ja.«

Kalam öffnete die Augen und stellte fest, dass die Mandata sich abgewandt hatte. Nur T'amber blickte ihn an, entließ ihn nicht aus dem unheimlichen Blick ihrer golden schimmernden Augen.

Sechshundert. »Sagt mir eines, T'amber: Ihr oder die Mandata – welches Leben ist wichtiger?«

Die Antwort kam unverzüglich. »Das der Mandata.«

Es schien, als wäre Tavore zusammengezuckt, aber sie blickte ihn immer noch nicht an.

»Und«, fuhr Kalam fort, »wenn es um Euch oder mich geht?«

»Deines.«

Oh. »Mandata, dann wählt bitte zwischen Euch und der Vierzehnten.«

»Was soll das alles?«, wollte Tavore wissen. Ihre Stimme klang rau.

»Wählt.«

»Faust Keneb hat seine Befehle«, sagte sie.

Kalam schloss erneut die Augen. Irgendwo ganz weit in seinem Hinterkopf hörte er schwache, kaum wahrnehmbare Laute. Musik. Traurige Musik. »In der Stadt sind Gewirre«, sagte er mit sanfter Stimme. »Viele Gewirre, und sie brodeln vor Macht. Selbst wenn ich zum Schnellen Ben durchkomme, wird er ziemlich unter Druck geraten – und es gibt keine Möglichkeit, irgendwelche Tore zu benutzen. Mandata, Ihr werdet Euer Schwert brauchen. Otataral an der Spitze ... und in der Nachhut.«

Merkwürdige Musik. Die Melodie war unvertraut ... aber er kannte sie trotzdem.

Kalam öffnete die Augen im gleichen Moment, da die Mandata sich langsam umdrehte.

Der Schmerz in ihrem Blick war wie ein Schlag gegen sein Herz.

»Danke«, sagte sie.

Der Assassine holte tief Luft, rollte dann seine Schultern. »Also dann. Es hat keinen Sinn, sie warten zu lassen.«

Perl trat in das Zimmer. Mallick Rel ging auf und ab, während Korbolo Dom eine Weinflasche entkorkt hatte und sich gerade einen Kelch vollgoss. Die Imperatrix saß noch immer auf ihrem Stuhl.

Sie verschwendete keine Zeit mit Belanglosigkeiten. »Die drei nähern sich dem Tor.«

»Ich verstehe. Dann hat Kalam Mekhar also seine Wahl getroffen.«

Ein Hauch von so etwas wie Enttäuschung. »Ja. Er ist dir jetzt nicht mehr im Weg, Perl.«

Du Hündin. Hast ihm die Klaue angeboten, was? Und wo wäre ich dabei geblieben? »Er und ich, wir beide haben noch eine Rechnung offen, Imperatrix.«

»Lass nicht zu, dass sich das störend auf das auswirkt, was getan werden muss. Kalam ist das am wenigsten wichtige Ziel, hast du verstanden? Du sollst ihn natürlich aus dem Weg schaffen – aber dann bringe zu Ende, was dir befohlen wurde.«

»Natürlich, Imperatrix.«

»Wenn du zurückkommst«, sagte Laseen, und ein leichtes Lächeln huschte über ihre unscheinbaren Gesichtszüge, »habe ich eine Überraschung für dich. Eine erfreuliche Überraschung.«

»Ich glaube nicht, dass ich sehr lange weg sein werde –«

»Dieses übersteigerte Selbstbewusstsein ist etwas, das ich höchst lästig an dir finde, Perl.«

»Imperatrix – er ist nur *ein* Mann!«

»Glaubst du etwa, dass die Mandata hilflos ist? Sie besitzt ein Otataral-Schwert, Perl – die Zauberei, mit der die Klaue ihre Hinterhalte legt, wird nicht wirken. Das hier wird ziemlich scheußlich werden. Außerdem ist da noch T'amber, und sie ist für uns alle immer noch ein Rätsel. Ich will nicht, dass du bei Anbruch der Morgendämmerung zu mir zurückkommst und berichtest, dass du zwar Erfolg hattest – dass dieser Erfolg aber mit zweihundert toten Klauen in den Straßen und Gassen da unten erkauft wurde.«

Perl verbeugte sich.

»Dann geh jetzt.«

In diesem Augenblick drehte sich Mallick Rel um. »Meister der

Klaue«, sagte er, »wenn Ihr Eure Aufgabe erledigt habt, sorgt dafür, dass zwei Hände zu diesem Schiff – der *Geiferwolf* – geschickt werden, um Nil und Neder zu töten. Falls sich die Gelegenheit ergibt, sollen sie auch Faust Keneb töten.«

Perl runzelte die Stirn. »Der Schnelle Ben ist auf dem Schiff.«

»Lass ihn in Ruhe«, sagte die Imperatrix.

»Dann wird er also nichts tun, um die Zielobjekte zu verteidigen?«

»Seine Macht ist eine Illusion«, sagte Mallick Rel wegwerfend. »Er hat den Titel eines Hohemagiers nicht verdient, aber ich vermute, ihm gefällt der Status, und daher wird er nichts tun, das zeigen könnte, wie armselig seine Begabung ist.«

Perl neigte langsam den Kopf. *Ach, tatsächlich, Mallick Rel?*

»Gib deine Befehle«, sagte Laseen.

Der Meister der Klaue verbeugte sich erneut und verließ dann das Zimmer.

Kalam Mekhar. Endlich können wir die Sache zu Ende bringen. Dafür danke ich dir, Imperatrix.

Sie betraten das Torhaus am oberen Ende des Wallwegs. Lubben war kaum mehr als ein Schatten, der an einem kleinen Tisch an der Seite kauerte. Der Torwächter schaute kurz auf und senkte dann wieder den Blick. In seinen riesigen, abgearbeiteten Händen ruhte ein großer bronzener Bierkrug.

Kalam blieb kurz stehen. »Kipp den einen für uns runter, ja?«

Ein Nicken. »Darauf könnt ihr euch verlassen.«

Sie begaben sich zum gegenüberliegenden Tor.

Hinter ihnen sagte Lubben: »Achtet auf die unterste Stufe.«

»Das tun wir.«

Und danke für die Warnung, Lubben.

Sie traten hinaus auf den Absatz.

Unten in der Stadt brannte da oder dort ein Gebäude. Fackeln hasteten hin und her, wie Glühwürmchen in faulendem Fleisch. Schwache Rufe und Schreie. Auf dem Hauptdock wimmelte es von Menschen.

»Auf der Mole sind Seesoldaten«, sagte die Mandata.

»Sie halten stand«, bemerkte T'amber, als wollte sie Tavore stärken.

Bei den Göttern hienieden, der Mob da unten – das müssen tausend oder noch mehr sein. »Es sind kaum drei Trupps da, Mandata.«

Sie sagte nichts, machte sich stattdessen an den Abstieg. T'amber folgte ihr, und schließlich schloss sich Kalam ihnen nach einem letzten Blick auf den wütenden Kampf auf dem Hauptdock an.

Tene Baralta schritt in den gut möblierten Raum, blieb einen Moment stehen, um sich umzusehen, und begab sich dann zu einem gepolsterten Stuhl mit hoher Lehne. »Bei den Sieben«, sagte er mit einem lauten Seufzer, »endlich sind wir mit der kaltäugigen Hündin fertig.« Er setzte sich hin, streckte die Beine aus. »Schenkt uns Wein ein, Hauptmann.«

Lostara Yil trat zu ihrem Befehlshaber. »Das kann warten. Erlaubt mir, Euch aus Eurer Rüstung zu helfen, Faust.«

»Gute Idee. Mein nicht mehr vorhandener Arm schmerzt, und meine Nackenmuskeln fühlen sich an wie verdrehte Eisenstränge.«

Sie zog ihm den langen Handschuh von der einen Hand, die er noch hatte, und legte ihn auf den Tisch. Dann begab sie sich hinter seinen Stuhl, griff nach vorn und öffnete die Schließe seines Umhangs. Er erhob sich halb, um ihr zu ermöglichen, den Umhang wegzuziehen. Sie faltete ihn sorgfältig zusammen und legte ihn auf eine hölzerne Kiste, die unweit des großen, mit einem Kissenstapel ausgestatteten Bettes stand. Als sie wieder zu Tene Baralta zurückging, sagte sie: »Steht bitte kurz auf, Faust. Wir werden das Kettenhemd ausziehen.«

Nickend richtete er sich auf. Es war schwierig, aber schließlich schafften sie es, die schwere Rüstung abzunehmen. Sie legte sie auf einen Haufen am Fuß des Bettes. Baraltas gepolsterte Unterkleidung war nassgeschwitzt, unter den Armen fleckig und roch streng. Sie zog sie ihm aus, so dass er oberhalb der Hüften nackt war. Sein Oberkörper war von aschgrauen Striemen übersät – die Narben alter Verbrennungen. Seine Muskeln waren durch den mangelnden Gebrauch weich geworden, lagen nun unter einer Fettschicht.

»Hoch-Denul«, sagte Lostara. »Die Imperatrix wird nicht zögern, dafür zu sorgen, dass Ihr ganz und gar geheilt werdet.«

»Das wird sie«, sagte er und ließ sich wieder auf den Stuhl sinken. »Und dann werdet Ihr nicht mehr zusammenzucken, wenn Ihr mich anseht, Lostara Yil. Ich habe mir viele Gedanken gemacht – Gedanken, die mich und Euch betreffen.«

»In der Tat.« Sie trat erneut hinter ihn und begann die völlig verspannten Muskeln links und rechts seines Nackens durchzukneten.

»Ja. Ich glaube jetzt, dass es so sein soll.«

»Erinnert Ihr Euch an einen Besuch, Faust«, fragte sie, »den ich vor langer Zeit gemacht habe, als ich Kalam Mekhar auf der Spur war. Ein Besuch in einer befestigten Garnison. Ich habe am gleichen Tisch gesessen wie der Assassine. Drachenkarten wurden ausgelegt, ziemlich unerwartet. Tod und Schatten haben das Feld beherrscht, wenn meine Erinnerung mir keine Streiche spielt – denn das kann ich nicht garantieren, wie ich zugeben muss. Jedenfalls habe ich etwas später Eure Anweisungen genau befolgt und alle Leute, die dort waren, getötet – ich habe ein Blutbad angerichtet. Natürlich erst, nachdem Kalam gegangen war.«

»Du hast Anweisungen immer mit beeindruckender Genauigkeit befolgt, Lostara Yil.«

Sie legte ihre linke Hand an sein Kinn, strich sanft darüber. »Die Morde, die ich an jenem Morgen begangen habe – ich bedauere sie immer noch, mehr als alles andere, Kommandant. Die Menschen dort waren allesamt unschuldig.«

»Lass dich von solchen Irrtümern nicht niederdrücken, meine Liebe.«

»Das ist eine schwierige Sache, Kommandant. Die notwendige Kaltherzigkeit zu erlangen.«

»Was das angeht, verfügst du über eine einzigartige Begabung.«

»Ich nehme an, das stimmt«, sagte sie, während ihre Hand über seine verunstalteten Lippen strich, dann dort liegen blieb, genau auf seinem Mund. Das Messer in ihrer anderen Hand glitt ihm seitlich in den Hals, hinter die Luftröhre, und dann führte sie die Bewegung nach vorn und unten zu Ende.

Blut strömte in ihre Hand, begleitet von gurgelnden Lauten und ein paar Luftbläschen. Der Körper auf dem Stuhl zuckte ein paar Mal und sackte dann in sich zusammen.

Lostara Yil trat zurück. Sie wischte das Messer und ihre Hände am seidenen Bettzeug ab. Nachdem sie die Waffe wieder eingesteckt hatte, nahm sie ihre Handschuhe und ging zur Tür.

Sie öffnete sie nur so weit, dass sie hindurchschlüpfen konnte, und dann sagte sie zu den beiden Roten Klingen, die draußen Wache standen: »Der Kommandant schläft jetzt. Stört ihn nicht.«

Die Soldaten salutierten.

Lostara zog die Tür hinter sich zu und schritt den Korridor entlang.

Also gut, Cotillion, du hattest schließlich doch recht, was ihn anbelangt.

Und einmal mehr wurde die notwendige Kälte aufgebracht.

Uru Hela war am Boden; sie schrie und krümmte sich um den Speer, der sich in ihren Oberkörper gebohrt hatte. Fluchend drückte Koryk die Angreifer hart mit seinem Schild zurück, bis er über Hela hinwegtreten konnte. Lächeln schob sich hinter ihn, packte die zu Boden gefallene Soldatin am Gürtel und zog sie aus der Frontlinie.

Ein weiterer Fetzer explodierte, Körper wirbelten von Blutfahnen umgeben davon; die Gischt spritzte Koryk ins Gesicht. Er blinzelte sich den Schweiß aus den Augen, ein Streitkolben donnerte gegen seinen Schild, und er stieß von unten nach oben, bohrte die Schwertspitze in die Lenden des Angreifers. Der Schrei des Mannes ließ ihn beinahe taub werden. Er zerrte sein Schwert wieder frei.

Hinter ihm erklangen Rufe, aber er verstand nicht so recht,

worum es ging. Nun, da Uru Hela ausgeschaltet, und nachdem Kurznase bei der letzten Angriffswelle von einer Schwertwunde im Oberschenkel verkrüppelt worden war, war die vorderste Linie schrecklich dünn. Galt und Läppchen hatten in ihr einen Platz eingenommen. Totstink kümmerte sich um Kurznases Blutung, während Widersinn verzweifelt damit beschäftigt war, Mockra-Attacken abzuwehren; die zauberischen Angriffe drohten Verwirrung und Panik hervorzurufen, und der Truppmagier wurde rasch schwächer.

Was trieb eigentlich der Schnelle Ben, im Namen des Vermummten? Wo war er? Warum war er noch nicht auf dem Deck der *Geiferwolf* aufgetaucht?

Koryk stellte fest, dass er in allen Sprachen fluchte, die er kannte. Es war unmöglich standzuhalten.

Und wer spielte eigentlich die verdammte Musik?

Er kämpfte weiter.

Und sah nichts von dem, was hinter ihm passierte – wie der gewaltige, von einem Wolfskopf geschmückte Katamaran aus der Dunkelheit herangeglitten kam und am Ende der Mole anlegte. Breite Plattformen schoben sich nach außen, fielen dröhnend auf festen Stein. Einheiten schwer gerüsteter Soldaten marschierten über die Plattformen, unter ihnen auch Bogenschützen, die bereits Pfeile an die Sehnen gelegt hatten.

Koryk schlug mit seinem Schwert zu, sah, wie das Gesicht eines armen malazanischen Bürgers halbiert wurde, wie der Unterkiefer davonflog, eine Blutfontäne hervorschoss – die Knochen unterhalb der Ohren schimmerten weiß –, und dann taumelte der Mann davon, Unglauben und Entsetzen im Blick –

Wir töten unsere eigenen Leute! Bei den Göttern hienieden, unsere eigenen Leute –

Plötzlich ertönte ein scharfer Befehl von Sergeant Balsam, der irgendwo hinter ihm war. *»Löst euch aus dem Kampf! Seesoldaten, setzt euch ab!«*

Die Disziplin gewann die Oberhand. Der Befehl erinnerte an die Anweisungen, die vor Jahren ein stark behaarter Hauptsergeant auf einem Übungsfeld gebrüllt hatte. Koryk taumelte schnaubend rückwärts, hob den Schild, um einen weiteren Speerstoß abzuwehren –

Plötzlich schoben sich auf beiden Seiten Soldaten an ihm vorbei, ein neuer Schildwall schloss sich direkt vor ihm.

Vielstimmige Schreie, als Pfeile sich flüsternd ihren Weg in den wogenden Mob suchten, sich in Körper bohrten.

Koryk drehte sich um; seine Schwertspitze streifte, nein, hüpfte über die unebenen Pflastersteine, als er taumelnd noch weiter zurückwich.

Die Verender.

Sie sind hier.

Das war's dann also.

Galt lachte. »Unser erster echter Kampf, Sergeant. Und es geht gegen Malazaner!«

»Nun«, sagte Balsam. »Lachen ist besser als Weinen. Aber halt trotzdem den Mund.«

Während der Kampf am Fuß der Mole heftiger wurde, sanken die Seesoldaten auf die Pflastersteine oder stolperten auf der Suche nach Wasser davon. Koryk wischte sich die Blutspritzer aus den Augen und schaute sich um. Verwirrt. Benommen. Er sah zwei in Umhänge gehüllte Gestalten unweit der Planke, die auf die *Geiferwolf* führte. Die wickanische Hexe und ihr Bruder, der Hexer.

»Koryk von den Seti«, sagte Neder zu ihm. »Wo ist Buddl?«

»Keine Ahnung«, erwiderte er und sah die junge Frau blinzelnd an. »Irgendwo dort drüben …« Er nickte in Richtung der Stadt.

»Er kann nicht zurückkommen«, sagte Nil. »Nicht durch diese Horde.«

Koryk spuckte auf die Pflastersteine. »Er wird einen Weg finden.«

»Macht euch darum keine Sorgen«, fügte Lächeln hinzu, die mit einem Wasserschlauch zu dem Seti-Halbblut trat.

»Ihr seid alle sehr zuversichtlich«, meinte Neder.

Lächeln, die Koryk den Wasserschlauch reichte, übernahm es zu antworten: »Ich will damit sagen, dass es demjenigen, den dein

Herz begehrt, gut geht, Neder. Schließlich hat er seine Ratte mitgenommen, oder?«

»Seine was?«

»Meistens hat er sie unter sein Hemd gestopft, das stimmt, aber ich habe sie mehr als einmal draußen rumlaufen sehen –«

»Das reicht«, knurrte Koryk.

Lächeln schnitt eine Grimasse. »Spielverderber.«

»Ihr beide solltet wieder auf das Schiff zurückgehen«, sagte Koryk zu Nil und Neder. »Dort seid ihr sicherer. Hier könnte ein verirrter Pfeil –«

»Soldat«, unterbrach ihn Nil. »Ihr kämpft in dieser Nacht für die Wickaner und die Verbrannten Tränen der Khundryl. Wir ziehen es vor, es mit anzusehen.«

»Na schön, aber macht es vom Deck aus. Was für einen Sinn hat das alles, wenn ihr mit einem Pfeil in der Kehle zu Boden geht?«

Nach einem kurzen Augenblick verbeugte sich das Geschwisterpaar – vor Koryk und den anderen Seesoldaten –, und dann drehten sie sich um und gingen über die Planke wieder an Deck.

Bei den Göttern hienieden – ich habe noch nie gesehen, dass die sich verbeugt hätten. Vor nichts und niemandem …

»Achtet auf die unterste Stufe …«

Kalam schob sich dicht hinter die Mandata. Es blieben noch zwanzig Stufen. »Wenn es nur noch sechs sind«, murmelte der Assassine, »werdet Ihr langsamer und weicht ein bisschen nach links aus.«

Sie nickte.

Die vier Dromonen, die unten am Kai vertäut lagen, befanden sich ein bisschen abseits. Auf der entsprechenden Mole waren keine Wachen zu sehen. Direkt voraus, am Fuß des Wallwegs, erstreckte sich ein freier Platz. Auf der gegenüberliegenden Seite der freien Fläche erhoben sich drei Imperiale Gebäude, eines davon ein Blockhaus, das auch als Gefängnis diente, eines ein Bau, in dem sich die Behörde für die Zölle und Zehnten befand, und das dritte war ein massives, schwer befestigtes Zeughaus der Stadtwache. Keine der sich hier normalerweise aufhaltenden Wachen war zugegen, und das Blockhaus war nicht beleuchtet.

Sieben Stufen vor dem unteren Ende des Wallwegs. Kalam zog unter seinem Regenumhang die Langmesser aus ihren Scheiden.

Die Mandata wich ein Stück nach links zur Seite und zögerte.

Kalam raste förmlich an ihr vorbei, die Otataral-Waffe vorgestreckt, und setzte mit einem gewaltigen Satz über die verbliebenen sechs Stufen hinweg.

Fünf Gestalten tauchten wie aus dem Nichts am Fuß des Wallwegs auf. Eine davon hockte genau in Kalams Weg, wand sich jedoch zur Seite, um einen Zusammenprall zu vermeiden. Kalam schlug mit dem Otataral-Langmesser zu, und die Klinge grub sich tief in den Hals der Klaue, verletzte eine Schlagader, und als er sie zurückzog, spritzte Blut aus der Wunde.

Er landete in der Hocke und parierte zweimal einen Angriff, der von links kam, wo sich eine Klaue an ihn heranschob, die in beiden Händen einen Dolch hatte. Geschwärzter Stahl zuckte zwischen ihnen auf, und mit einem Klirren prallte Klinge auf Klinge, als Kalam, der sich auf seinem inneren Bein drehte und gleichzeitig duckte, der Klaue mit dem anderen Fuß einen Tritt versetzte und den Mann von den Beinen holte. Der Angreifer landete hart auf seiner linken Hüfte. Kalam blockte die beiden Dolche mit den Parierstangen seiner Langmesser, drückte sie zu beiden Seiten weg und rammte der Klaue dann sein Knie gegen das Brustbein. Es wurde mit einem widerlichen Knirschen nach innen gedrückt, und die Rippen bogen sich beiderseits nach außen. Noch während er landete, warf Kalam sich vorwärts, über den am Boden liegenden Mann hinweg, und dabei versenkte er die Spitze eines Langmessers tief im rechten Auge der Klaue.

Er spürte, wie eine Dolchklinge den Regenumhang an seinem Rücken zerfetzte, dann über das darunterliegende Kettenhemd glitt, und dann war er außer Reichweite, rollte sich über die Schulter ab, kam in die Hocke und wirbelte herum.

Der Angreifer folgte ihm beinahe genauso schnell, und Kalam ächzte, als die Klaue gegen ihn prallte. Eine Dolchspitze bohrte sich oberhalb seiner linken Hüfte durch Kettenglieder, und noch während er sich hart herumwarf, spürte er, wie sie seine Haut ritzte, ehe sie zwischen weiteren Kettengliedern stecken blieb. Mitten in dieser Bewegung und noch während der Angreifer vom Aufprall zurückgeworfen wurde – Kalam war deutlich schwerer als er oder sie –, kam ein Dolch von oben. Eine aufwärtsgerichtete Abwehrbewegung spießte den Arm auf. Der Dolch entfiel einer zuckenden Hand. Kalam ließ das eine Langmesser, wo es war, und schlug mit dem anderen nach unten, gegen den anderen Arm, durchtrennte Sehnen unterhalb des Ellbogens. Er ließ auch diese Waffe fallen, drehte die linke Hand, während sie nach vorn zuckte, um die Klaue am Wams zu packen; seine andere Hand schloss sich um etwas im Schritt des Angreifers – *ein Mann* –, dann hob Kalam ihn hoch, wuchtete ihn über seine linke Schulter, wirbelte herum und hämmerte die Klaue mit dem Kopf voran auf die Pflastersteine.

Der gesamte Schädel schien in den Falten von Kapuze und Umhang zu verschwinden. Weißliches Zeug spritzte.

Kalam ließ den zuckenden Leichnam los, sammelte seine beiden Langmesser wieder ein und drehte sich nach den beiden letzten Mitgliedern der Hand um.

Aber sie lagen bereits am Boden. Die Mandata stand über dem einen, das blutverschmierte Schwert in der Hand. T'amber schien mit der anderen Klaue in den Nahkampf gegangen zu sein und es irgendwie geschafft zu haben, dem Mann das Genick zu brechen, während er ihr seine beiden Dolche in den Körper gerammt hatte. Kalam starrte sie an, als sie die Waffen herauszog – unterhalb der rechten Schulter, knapp unter dem Schlüsselbein, und an der rechten Hüfte –, und sie wegwarf, als wären sie nichts weiter als Splitter.

Er blickte der jungen Frau in die Augen und hatte den Eindruck, dass sie ganz kurz golden aufflammten, ehe sie sich beiläufig abwandte. »Stopft die Löcher zu«, sagte Kalam, »oder Ihr werdet verbluten.«

»Kümmere dich nicht um mich«, entgegnete sie. »Und wohin jetzt?«

Das Gesicht der Mandata verzog sich voller Qual, als sie ihre Geliebte ansah, und es hatte den Anschein, als müsste sie sich zusammenreißen, um nicht die Arme nach ihr auszustrecken.

»Wohin jetzt, T'amber?«, wiederholte er ihre Frage. »Auf jedem Weg zu den Hauptdocks erwarten uns sicherlich eine Menge Hinterhalte. Sorgen wir dafür, dass die Gegner ihre Deckungen verlassen und sich bewegen müssen, wenn sie uns abfangen wollen. Nach Westen, Mandata, tiefer in die Stadt. Und dann wenden wir uns nach Süden und marschieren weiter, mitten durchs alte Stadtzentrum, überqueren eine der zum Landesinnern hin gelegenen Brücken und gehen rüber ins Mausviertel – die Gegend kenne ich gut –, und wenn wir es tatsächlich so weit schaffen, begeben wir uns ans Ufer und wenden uns dann wieder nach Norden. Falls es notwendig ist, können wir ein Fischerboot stehlen und zur *Geiferwolf* hinüberrudern.«

»Vermutlich werden wir in ebendiesem Augenblick bereits beobachtet«, sagte die Mandata.

Kalam nickte.

»Und sie wissen, dass ihre Zauberei sie im Stich lassen wird.«

»Ja.«

»Was sie dazu zwingt ... direkter vorzugehen.«

»Es wird nicht allzu lange dauern«, sagte Kalam, »dann wird uns mehr als eine Hand auf einmal angreifen. Und dann werden wir echte Probleme haben.«

Ein schwaches Lächeln.

Kalam wandte sich erneut T'amber zu. »Wir werden uns rasch bewegen müssen –«

»Ich kann mithalten.«

»Warum habt Ihr nicht Euer Schwert benutzt, um mit dem Narren fertig zu werden?«

»Er war zu dicht bei der Mandata. Ich habe ihn von hinten überrascht, aber er war so gut, dass er trotzdem zustoßen konnte.«

Verdammt. Wie war das noch mal mit dem schlechten Anfang? »Nun gut. Keine der beiden Wunden sieht so aus, als würdet Ihr an ihr verbluten. Wir sollten jetzt los.«

Als sie sich in Bewegung setzten – in Richtung Westen, so dass die Felswand der Klippe zu ihrer Rechten war –, sagte die Mandata: »Ist es eigentlich immer so, dass die meisten Erwachsenen von dir abprallen, wenn sie in dich hineinlaufen, Kalam Mekhar?«

»Der Schnelle Ben sagt immer, ich wäre der schwerfälligste Mann, den er kennt.«

»Eine Hand hat die Deckung verlassen«, sagte T'amber. »Sie bewegen sich parallel zu uns.«

Kalam blickte nach links. Und sah nichts und niemanden. *Woher weiß sie das? Zweifle ich an dem, was sie sagt? Keinen Augenblick.* »Nähern sie sich unserem Weg?«

»Noch nicht.«

Mehr offizielle Gebäude, und dann die ersten großen Güter des Laternenviertels. *Hier oben gibt es keinen plündernden Mob. Natürlich nicht.* »Zumindest haben wir die Straßen für uns«, murmelte er. *Mehr oder weniger.*

»Es gibt nur drei Tore, die zur Alten Oberstadt führen«, sagte die Mandata nach einer kurzen Pause, »und wir nähern uns dem letzten ziemlich schnell.«

»Ja. Noch ein Stück weiter nach Westen gibt es dann nur noch die Mauer, und der Höhenunterschied wird immer größer, je weiter wir gehen. Aber es gibt dort außerdem auch ein altes Anwesen, das schon seit vielen Jahren verlassen ist und hoffentlich immer noch leer steht. Von dort führt ein Weg nach unten, und wenn wir Glück haben, weiß die Klaue nichts davon.«

»Eine weitere Hand ist gerade durch das letzte Tor gekommen«, sagte T'amber. »Sie vereinigen sich jetzt mit der ersten.«

»Sind nur diese beiden hier oben im Laternenviertel?«

»Bis jetzt ja.«

»Seid Ihr Euch sicher?«

Sie blickte ihn an. »Ich bin ziemlich gut darin, Gerüche wahrzunehmen, Kalam Mekhar.«

Gerüche? »Ich habe nicht gewusst, dass die Assassinen der Klaue aufgehört haben, sich zu waschen.«

»Diese Art von Geruch habe ich nicht gemeint. Sondern Angriffslust … und Angst.«

»Angst? Um des Vermummten willen – wir sind doch nur zu dritt!«

»Und einer von diesen dreien bist du, Kalam. Andererseits wollen sie alle der Hand angehören, die dich zur Strecke bringt. Um diese Ehre werden sie wetteifern.«

»Idioten.« Er deutete nach vorn. »Das da vorne, mit den hohen Mauern. Ich sehe kein Licht –«

»Das Tor steht weit offen«, sagte die Mandata, als sie näher kamen.

»Das ist jetzt nicht wichtig«, sagte T'amber. »Sie kommen.«

Alle drei wirbelten herum.

Die Mandata zog ihr Otataral-Schwert; der magiedämpfende Effekt ihrer Waffe war weit größer als der von Kalams Langmesser, und er reichte auch viel weiter, was sich daran zeigte, dass dreißig Schritt entfernt plötzlich zehn in dunkle Umhänge gehüllte Gestalten auf der Straße sichtbar wurden. »Sucht Deckung!«, zischte Kalam und duckte sich.

Silberne Bolzen blitzten auf, und für einen Augenblick waren die mit Widerhaken besetzten Spitzen im schwachen Mondlicht sichtbar, als die Geschosse auf spiraligen Flugbahnen heranjagten, um mit dumpfen Geräuschen gegen die moosbewachsene Mauer hinter ihnen zu prallen. Kalam richtete sich auf – und fluchte, als er T'amber auf die Angreifer zurennen sah.

Die sind zu zehnt, du verdammte Närrin!

Er jagte vorwärts.

Als T'amber bis auf fünf Schritte an die sich rasch nähernden Klauen herangekommen war, zog sie ihr Schwert.

Es gab einen alten Ausspruch, demzufolge der ganze Schrecken, der in den von Handschuhen verhüllten Händen eines Assassinen lauerte, nichts war verglichen mit einem gut ausgebildeten Soldaten. T'amber wurde kein bisschen langsamer, schwang ihr Schwert so schnell nach beiden Seiten, dass es kaum zu erkennen war. Hinter ihr blieben Leichen zurück. Blut spritzte. Messer fielen klirrend auf die Pflastersteine. Ein Dolch zischte durch die Luft, traf die Frau rechts in die Brust, bohrte sich tief in ihren Oberkörper. Sie achtete nicht darauf – Kalams Augen weiteten sich, als er einen Kopf davonfliegen sah, offenbar durch einen Hieb von T'ambers Schwert abgetrennt. Und dann griff er selbst in den Kampf ein.

Zwei Klauen waren vor T'amber zurückgewichen, so dass sie sie nicht erreichen konnte, und bewegten sich auf die Mandata zu. Kalam wechselte die Richtung, um sie von links angreifen zu können. Derjenige, der ihm näher war, stellte sich ihm in den Weg, versuchte, ihn lange genug aufzuhalten, damit der andere Mörder Tavore angreifen konnte.

Die Klaue hatte mit einem tanzenden Wirbel von Paraden begonnen, noch ehe Kalam auch nur angefangen hatte, seine Waffen zum Einsatz zu bringen, und er erkannte die Abfolge von Bewegungen – das *Netz* ... »Bei den Göttern hienieden, du Narr«, knurrte er, als er mit beiden Langmessern in das Geflecht der Paraden fuhr, mit winzigen Stößen fintierte und den Mann so aus dem Rhythmus brachte, den Messerklingen auswich, als sie zustießen – und seinem Gegner beide Hände durchbohrte.

Der Mann schrie auf, als Kalam dicht an ihn herantrat, die beiden an die Messergriffe gehefteten Hände auseinander schob und dem Gegner einen Kopfstoß versetzte. Der Kopf unter der Kapuze zuckte nach hinten – und wurde dort von der Spitze des Langmessers aufgehalten, das Kalam mit der Rechten führte und das er zwischenzeitlich wieder aus der Hand des Angreifers gezogen und hinter ihn gebracht hatte. Es gab ein knirschendes Geräusch, als die Klinge sich tief am Hinterkopf in den Schädel bohrte. Der Mann war noch nicht einmal ganz zusammengebrochen, da trat Kalam bereits über ihn hinweg und machte sich an die Verfolgung des letzten Mörders.

Die Mandata blickte die Klaue, von der sie angegriffen wurde, ruhig an. Ihr zur Abwehr vorgerecktes Schwert traf den Assassinen direkt über dem Brustbein in die Kehle, die schwere Klinge fuhr durch Luftröhre und Rückgrat und trat am Rücken wieder aus, so dass sich der Umhang des Angreifers ausbeulte.

Einen Herzschlag, bevor er sich selbst auf dem Schwert aufgespießt hatte, hatte der Mann seine beiden Dolche geworfen, und die Mandata war beiden geschmeidig ausgewichen, indem sie sich seitwärts gedreht hatte, um ihrem Schwertstoß mehr Wucht zu verleihen.

Kalam wurde langsamer und drehte sich um. T'amber kam bereits wieder auf sie zugeschritten.

Acht tote Klauen. Verdammt beeindruckend. Auch wenn es mit einem Messerstich in die Lunge erkauft werden musste.

Blutiger Schaum tropfte von T'ambers Kinn. Sie hatte das Messer herausgezogen, und auf ihrer Tunika bildete sich ein rasch größer werdender Blutfleck. Doch ihre Schritte waren fest.

»Und jetzt durch das Tor«, sagte Kalam.

Sie betraten den Hof. Er war von Pflanzen überwuchert und voller Abfälle. In seiner Mitte befand sich ein Springbrunnen, dessen Teich vollständig von schimmernden Algen ausgefüllt war. Eine Wolke von Insekten stieg von dem feuchten Untergrund auf und wogte auf sie zu. Kalam deutete mit einer Waffe zur hinteren Mauer. »Der alte Brunnen. Hier drunter hat es früher einmal eine natürliche Zisterne im Kalkstein gegeben. Ein wagemutiger Dieb ist von unten in sie eingedrungen. Hat der Familie, die hier gelebt hat, das ganze Vermögen gestohlen, sie mittellos zurückgelassen. Das ist lange her – das Geld hat Kellanveds frühe Unternehmungen als Pirat auf den Schifffahrtsrouten von hier zu den napanesischen Inseln finanziert.«

Die Mandata blickte ihn an. »Dann war Kellanved der wagemutige Dieb?«

»Wohl eher Tanzer. Dieses Anwesen hat Mocks Familie gehört, und ihr Familienvermögen bestand aus dem, was sie zwanzig Jahre lang durch Piraterie erbeutet hatten. Nicht lange nach dem Diebstahl hat Kellanved Mock entmachtet und sich die ganze Insel angeeignet. Das war die Geburt des malazanischen Imperiums. Von den Wenigen, die davon wissen, wird dieser Ort der Quell des Überflusses genannt.«

T'amber hustete und spuckte einen Mund voll Blut aus.

Kalam musterte sie im Zwielicht. Das so vollkommen geformte Gesicht war sehr blass geworden. Er schaute erneut zum Brunnen hinüber. »Ich werde als Erster gehen. Es geht ungefähr zweieinhalb Mannslängen nach unten – wenn Ihr könnt, stemmt Euch gegen die Seitenwände und versucht, so weit wie möglich nach unten zu kommen. Mandata – hört Ihr Musik?«

»Ja. Ganz schwach.«

Kalam nickte. Er setzte sich auf die Einfassung des Brunnens und machte sich daran, nach unten zu steigen. *Dann bin also nicht nur ich es. Fiedler, du brichst mir das Herz.*

Vier Hände, die Waffen blank, die von Kapuzen beschatteten Augen in alle Richtungen spähend. Perl stand über einem Leichnam. Der arme Mann war mit dem Kopf voran auf die Straße geschmettert worden, so heftig, dass der Schädel zu Brei zermatscht und der Unterkiefer zwischen die Schultern getrieben worden war, was die Wirbelsäule zusammengedrückt und gebrochen hatte.

Es gab etwas, das man, wenn man mit Kalam Mekhar zu tun hatte, nur allzu leicht vergessen konnte oder irrtümlicherweise nicht weiter beachtete. Und das war die tierische Kraft dieses Dreckskerls.

»Nach Westen«, flüsterte einer von Perls Leutnants. »Am Laternenviertel entlang, wahrscheinlich bis zum letzten Tor. Sie werden versuchen, einen großen Bogen zu schlagen und unsere Leute, die im Hinterhalt liegen, herauszulocken –«

»Nicht alle«, murmelte Perl. »Ich habe keinen Atemzug lang daran geglaubt, dass er es auf dem direkten Weg versuchen würde. Und tatsächlich wird er demnächst dem Hauptteil meiner kleinen Armee genau in die Arme laufen.«

Der Leutnant lachte tatsächlich glucksend in sich hinein – Perl drehte sich zu ihm um, starrte ihn mehrere Herzschläge lang an und sagte dann: »Nimm zwei Hände und folge ihm. Greift sie nicht an, lasst euch einfach nur dann und wann sehen. Treibt sie weiter.«

»Sie werden umkehren und *uns* auflauern, Meister der Klaue –«

»Vermutlich. Ich wünsche euch viel Spaß heute Abend. Und jetzt geht.«

Ein böses Kichern wäre vielleicht noch schlimmer gewesen, aber das Glucksen hatte auch ausgereicht.

Perl zog den linken Ärmel seines weit geschnittenen Seidenhemds zurück. Die Spitze des Bolzens in der Mini-Armbrust, die an seinem Handgelenk befestigt war, war mit einer dicken Wachsschicht überzogen. Die rasch entfernt werden konnte, wenn der Zeitpunkt günstig war. Bis dahin würde er es jedoch nicht riskieren, mit dem Paralt in Berührung zu kommen, mit dem die Spitze des Bolzens beschmiert war. *Nein, dies ist für dich, Kalam.*

Schließlich hast du dafür gesorgt, dass ich keine Zauberei einsetzen kann. Somit habe ich eigentlich keine Wahl. Und nein, der Kodex kümmert mich nicht.

Er zog den Ärmel wieder nach unten, blickte zu den beiden sorgsam ausgesuchten Händen hinüber, die noch bei ihm waren – seine auserwählten Elite-Assassinen. Keiner von ihnen war ein Magier. Stattdessen verfügten sie über eine höchst ursprüngliche Eigenschaft. Sie waren groß und muskulös – und imstande, es mit Kalams roher Kraft aufzunehmen. »Wir beziehen südlich der Admiralsbrücke Position, am Rande des Mausviertels.«

»Glaubt Ihr, dass sie tatsächlich so weit kommen werden, Meister der Klaue?«, fragte einer der Männer.

Perl drehte sich einfach nur um. »Gehen wir.«

Kalam bewegte sich durch den niedrigen, schmalen Tunnel. Ein Stück voraus konnte er das Gestrüpp des Gartens sehen, das die Tunnelmündung verbarg. Zweige waren frisch abgebrochen, und es stank nach Galle und Blut. *Was ist da los?* Die Waffen in der Hand schob er sich näher, erreichte das Ende des Tunnels.

Eine Hand hatte um die Tunnelmündung herum Position bezogen. Fünf Leichen, die mit weit ausgebreiteten Gliedmaßen dalagen. Kalam schob sich durch das Gestrüpp.

Sie waren in Stücke gehauen worden. Die Arme gebrochen, die Beine verdreht. Überall war Blut, tropfte noch immer von ein paar tief hängenden Zweigen des Baums, der den verlassenen Garten beherrschte. Zwei waren säuberlich ausgeweidet worden, und ihre Gedärme kringelten sich wie aufgeblähte Würmer über den laubbedeckten Boden.

Er spürte eine Bewegung hinter sich und drehte sich um. Die Mandata und T'amber drängten sich durch das Gestrüpp auf die Lichtung.

»Das ging schnell«, flüsterte Tavore.

»Das war ich nicht, Mandata.«

»Es tut mir leid. Mir ist das auch klar geworden. Wir haben Freunde, wie es scheint.«

»Verlasst Euch nicht darauf«, sagte Kalam. »Das hier sieht wie Blutrache aus; irgendjemand – oder vielleicht waren es auch mehrere – hat an diesen armen Schweinen eine Menge Wut ausgelassen. Ich glaube nicht, dass es irgendetwas mit uns zu tun hat. Wie Ihr selbst gesagt habt, ist die Klaue eine beeinträchtigte Organisation.«

»Sind sie gegenseitig aufeinander losgegangen?«

»So sieht es fraglos aus.«

»Das bringt uns immer noch einen Vorteil, Kalam.«

»Nun«, murmelte er nach einem kurzen Moment, »das ist nicht so bedeutsam wie die Erkenntnis, dass man vorhergesehen hat, dass wir einen großen Umweg machen würden. Auf uns wartet mächtig viel Ärger, Mandata.«

»Ich höre Geräusche«, sagte T'amber. »Ich glaube, sie kommen von oben, vom Brunnen. Hände. Zwei Hände.«

»Sie sind schnell«, sagte Kalam und bleckte die Zähne. »Sie wollen, dass wir weiterrennen. Zum Vermummten damit! Bleibt hier, alle beide.« Er ging zurück in den Tunnel. *Oben am Brunnen. Das bedeutet, dass ihr runterkommen müsst … und zwar einer nach dem anderen. Ihr seid zu ungeduldig, ihr Narren. Und jetzt werdet ihr dafür bezahlen.*

Als er die Zisterne erreichte, sah er das erste Paar Mokassins aus der Öffnung in der Decke baumeln. Kalam schob sich näher.

Die Klaue ließ sich fallen, landete leichtfüßig – und starb an einer Messerklinge, die sich in ihr Auge bohrte. Kalam zog die Waffe aus der Wunde und zerrte den erschlaffenden Körper beiseite. Er blickte auf und wartete auf den nächsten.

Und dann hörte er von oben eine Stimme.

Die beiden Hände standen um den Brunnen herum. Die Assassinen zögerten, spähten nach unten in die Dunkelheit. »Der Leutnant hat gesagt, er würde rufen«, zischte einer von ihnen. »Ich kann von da unten nichts hören.«

Und dann kam ein schwacher Ruf, drei schnelle Schnalzer. Ein bekanntes Zeichen. Die Assassinen entspannten sich. »Ich vermute, er hat die Tunnelmündung überprüft – Kalam muss mit dem Hinterhalt im Obstgarten fertig geworden sein.«

»Sie sagen, er ist die schlimmste Klaue, die es jemals gegeben hat. Noch nicht einmal Tanzer wollte sich mit ihm anlegen.«

»Genug davon. Los, Sturtho – mach, dass du runterkommst und dem Leutnant Gesellschaft leistest! Und wisch die Pfütze um seine Füße auf, wenn du schon mal unten bist – wir wollen doch nicht, dass einer von uns ausrutscht.«

Der Mann namens Sturtho kletterte in den Brunnen.

Kurze Zeit später tauchte Kalam aus der Tunnelmündung wieder auf. T'amber, die mit dem Rücken an einen Baumstamm gelehnt auf dem Boden saß, blickte auf, nickte und stand auf. Blut hatte sich in ihrem Schoß gesammelt und rann ihre Schenkel hinunter.

»Wohin jetzt?«, fragte die Mandata an Kalam gerichtet.

»Wir folgen der alten Obstgartenmauer nach Westen, bis wir auf die Rabenhügelstraße stoßen, dann wenden wir uns nach Süden, direkt auf den Hügel selbst zu – es ist ein breiter Weg mit vielen abgesperrten oder verbarrikadierten Seitengässchen. Wir umgehen den Hügel auf der Ostseite, entlang der Alten Stadtmauer, und überqueren dann die Admiralsbrücke.« Kalam zögerte kurz, ehe er fortfuhr: »Wir müssen uns schnell bewegen, im Laufschritt, nicht stur geradeaus, aber ohne stehen zu bleiben. Außerdem treibt sich dort vorn ein Mob herum, Schläger aller Art, die auf Ärger aus sind

– wir müssen verhindern, dass die uns irgendwie aufhalten. Das heißt, wenn ich sage, wir bewegen uns schnell und bleiben immer in Bewegung, dann meine ich das auch. T'amber –«

»Ich kann mithalten.«

»Hört zu –«

»Ich habe gesagt, ich kann mithalten.«

»Ihr müsstet eigentlich längst die Besinnung verloren haben, verdammt!«

Sie hob ihr Schwert. »Lasst uns den nächsten Hinterhalt aufspüren, ja?«

Tränen glänzten unter Stürmischs Augen, als Fiedlers traurige Musik den kleinen Raum erfüllte, und in den Köpfen der vier Soldaten lösten sich langsam, nacheinander Namen und Gesichter auf, während die Kerzen sprotzelnd abbrannten. Pausenlos und an- und abschwellend drangen die Geräusche von Kämpfenden, von Sterbenden gedämpft zu ihnen herein – als wären sie ein Chor der gesammelten Stimmen der Geschichte, der menschlichen Fehlschläge und als würden ihre Echos sie von jedem Ort der Welt aus erreichen. Fiedlers Versuch, die grimmige Monotonie eines Klagelieds zu vermeiden, verlieh der Musik etwas Zögerliches, ein Suchen nach Hoffnung und Glaube und die feste Absicht, ein Band der Freundschaft zu knüpfen – nicht nur zu denjenigen, die gefallen waren, sondern auch zu den drei anderen Männern im Raum –, aber es war ein Kampf, von dem er wusste, dass er ihn verlieren würde.

Für so viele Menschen schien es so leicht zu sein, Krieg und Frieden auseinanderzuhalten, ihre Definitionen auf das Unzweideutige zu beschränken. Marschierende Soldaten, offene Feldschlachten und Gemetzel. Verschlossene Waffenkammern, Verhandlungen, Festlichkeiten und weit geöffnete Stadttore. Aber Fiedler wusste, dass das Leiden in beiden Sphären des Daseins gedieh – er hatte zu viele Arme gesehen, alte Weiber und Kinder in den Armen ihrer Mütter, Gestalten, die reglos am Wegesrand oder in den Rinnsteinen der Straßen lagen – in denen unaufhörlich das Abwasser dahinströmte, wie Flüsse, die ihre verbrauchten Seelen einsammelten. Und er war zu einer Überzeugung gelangt, die wie ein eiserner Nagel in seinem Herzen steckte, und angesichts dieser brennenden, versengenden Erkenntnis konnte er die Dinge nicht mehr so betrachten, wie er es gewohnt war, konnte er nicht mehr umhergehen und das, was er sah, mit einem säuberlich abgeteilten Verstand sehen, der zum Bersten mit einem Haufen von Urteilen gefüllt war – jenem kritischen Akt moralischer Relativität: *Das ist weniger, das ist mehr*. Die Wahrheit, die in seinem Herzen brannte, war schlicht: Er glaubte nicht mehr an Frieden.

Frieden existierte nicht – außer als Ideal, dem mittels unzähliger hochtrabender Worte Tribut gezollt wurde, eine Litanei, die vortäuschte, dass die Abwesenheit offener Gewalt an sich bereits ausreichte und ein Beweis dafür war, dass das eine besser als das andere war. Es *gab* keine Trennung zwischen Krieg und Frieden – keinen echten Gegensatz außer dem, wie sie jeweils eine allumfassende Ungleichheit zum Ausdruck brachten. Das Leiden durchdrang alles. Kinder starben zu Füßen wohlhabender Lords, ganz egal, wie gefestigt und unbedroht ihre Herrschaft auch sein mochte.

In ihm war zu viel Mitleid – er wusste das, denn er konnte die Schmerzen spüren, die Hilflosigkeit, die Aufforderung zur Verzweiflung, und aus dieser Verzweiflung erwuchs der Wunsch – das Bedürfnis –, sich von all dem freizumachen, die Schultern zu zucken und einfach wegzugehen, all dem, was er sah, all dem, was er wusste, einfach den Rücken zu kehren. Wenn er nichts tun konnte, dann wollte er *verdammt noch mal* auch nichts *sehen*. Was für andere Möglichkeiten gab es denn noch?

Und so weinen wir um die Gefallenen. Wir weinen um diejenigen, die erst noch fallen werden, und im Krieg sind die Schreie laut und grell, und im Frieden ist das Wehklagen so sehr in die Länge gezogen, dass wir uns einreden, wir hören nichts.

Und so ist diese Musik ein Klagelied, und ich bin dazu verdammt, mein ganzes Leben lang diesen bittersüßen Klang zu hören.

Zeigt mir einen Gott, der nicht verlangt, dass die Sterblichen leiden.

Zeigt mir einen Gott, der die Mannigfaltigkeit preist, auf eine Weise, die sogar die Nichtgläubigen einschließt und sich nicht von ihnen bedroht fühlt.

Zeigt mir einen Gott, der die Bedeutung von Frieden versteht. Im Leben, nicht im Tod.

Zeigt –

»Halt«, sagte Gesler krächzend.

Blinzelnd ließ Fiedler sein Instrument sinken. »Was ist?«

»Du kannst es nicht mit solch einer Wut beenden, Fid. Bitte.«

Wut? Es tut mir leid. Er hätte die Worte laut ausgesprochen, aber er konnte es irgendwie nicht. Er senkte den Blick – und dann stellte er plötzlich fest, dass er den schmutzigen Fußboden zu seinen Füßen musterte. Irgendjemand – vielleicht sogar er selbst – hatte im Vorbeigehen unabsichtlich eine Schabe zertreten. Halb zermalmt und in die verzogenen Bodenbretter gestampft zuckten ihre Beine wild. Er starrte das Tier fasziniert an.

Na, du kleine Kreatur, verfluchst du nun einen gleichgültigen Gott?

»Du hast recht«, sagte er. »Ich kann es nicht so enden lassen.« Er hob die Fiedel wieder. »Hier ist ein anderes Lied für euch, eins von den wenigen, die ich tatsächlich gelernt habe. Es stammt von Kartool. Und es heißt ›Der Tanz der Paralt‹.« Er legte den Bogen an die Saiten und fing an zu spielen.

Wild, hektisch, aufmunternd. Die letzten Noten erzählten von dem triumphierenden Weibchen, das seinen Liebhaber fraß. Und auch ohne Worte waren die Einzelheiten dieser Endpassage unmissverständlich.

Die vier Männer lachten.

Dann senkte sich erneut Stille auf das Zimmer herab.

Es hätte schlimmer kommen können, dachte Buddl, während er die dunkle Gasse entlanghuschte. Agayla hätte ihm auch auf der linken Seite unter das Hemd greifen können statt auf der rechten. Und dann hätte sie keine Puppe, sondern eine lebende Ratte herausgezogen – die sie vermutlich gebissen hätte, denn das schien das zu sein, was Y'Ghatan am liebsten tat. Er fragte sich, ob ihre nachfolgende Unterhaltung dann wohl eine andere Wendung genommen hätte. *Wahrscheinlich.*

Die Gässchen des Mausviertels wanden und krümmten sich, eng und voll gestopft und unbeleuchtet, und im düsteren Zwielicht über einen menschlichen Körper zu stolpern war nicht einmal annähernd so unwahrscheinlich, wie es einem recht gewesen wäre … Aber das galt nicht für *fünf* Körper. Mit pochendem Herzen blieb Buddl auf der Stelle stehen. Der Gestank des Todes hüllte ihn ein. Galle und Blut.

Fünf Leichname, alle schwarz gekleidet, mit hochgeschlagenen Kapuzen. Es sah so aus, als wären sie in Stücke gehauen worden. Möglicherweise erst vor wenigen Augenblicken.

Er hörte Schreie aus einer nahe gelegenen Straße, Schreie, in denen auch Entsetzen mitschwang. *Bei den Göttern, was ist da draußen los?* Er dachte kurz darüber nach, Y'Ghatan auszuschicken, entschied sich dann aber doch dagegen – er würde die Augen der Ratte nachher noch brauchen, dessen war er sich sicher, und die Kreatur jetzt einer unbekannten Gefahr auszusetzen, würde ein mögliches Desaster förmlich einladen. *Außerdem bin ich nicht mehr allzu weit von meinem Ziel weg. Glaube ich. Hoffe ich …*

Er suchte sich behutsam einen Weg zwischen den Leichnamen hindurch und näherte sich der Mündung der Gasse.

Was auch immer die Schreie ausgelöst hatte, war einen anderen Weg gegangen, auch wenn Buddl ein paar Gestalten vorbeihuschen sah, die in Richtung der Docks rannten. Als er die Straße erreichte, wandte er sich nach rechts und machte sich in die gleiche Richtung auf.

Bis er zum Eingang einer Schenke kam. Ausgetretene Stufen führten nach unten. Plötzlich prickelte Schweiß an seinem ganzen Körper. *Da drin. Danke, Agayla.*

Buddl ging die Stufen hinunter, schob sich durch den Eingang und betrat Schaffs Schenke.

Der enge Raum mit der niedrigen Decke war voller Leute, aber es war dennoch merkwürdig still. Blasse Gesichter wandten sich ihm zu, kühle Blicke musterten ihn, als er gleich diesseits der Schwelle stehen blieb und sich umschaute.

Verdammte Veteranen. Nun, zumindest seid ihr nicht alle draußen und versucht, Seesoldaten umzubringen.

Buddl begab sich an die Theke. Er spürte, wie sich die Puppe unter seinem Umhang schwach bewegte, wie ein Arm – der rechte – zuckte, und dann sah er vor sich eine Gestalt, die in die andere Richtung schaute. Mit breitem Kreuz und breiten Schultern lehnte sie am Tresen und hob gerade mit der Rechten einen Bierkrug. Der zerlumpte Ärmel rutschte ein Stück zurück, und unzählige, kreuz und quer verlaufende Narben wurden sichtbar.

Buddl trat dich an den Mann heran. Tippte ihm auf die Schulter.

Langsam wandte sich der Mann zu ihm um, musterte ihn mit Augen, die erloschenen Schmiedefeuern glichen.

»Bist du derjenige, der Fremdländer genannt wird?«

Der Mann runzelte die Stirn. »Es gibt nicht viele Menschen, die mich so nennen – und du bist keiner von ihnen.«

»Ich soll dir eine Botschaft überbringen«, sagte Buddl.

»Von wem?«

»Das darf ich nicht sagen. Zumindest nicht hier.«

»Und wie lautet die Botschaft?«

»Dein langes Warten hat ein Ende.«

Ganz schwach glomm es in den Augen auf, als ob ein Funken Glut neu entfacht worden wäre. »Das ist alles?«

Buddl nickte. »Wenn du noch irgendwelche Sachen zusammenpacken musst, kann ich hier auf dich warten. Aber nicht lange. Wir müssen schleunigst aufbrechen.«

Fremdländer wandte den Kopf. »Temper!« Der Ruf galt einem großen Mann hinter der Theke, der gerade ein Fass angestochen hatte.

Der Angesprochene drehte sich um.

»Behalt den Burschen hier im Auge, bis ich wieder da bin«, sagte Fremdländer.

»Soll ich ihn fesseln? Oder bewusstlos schlagen?«

»Nein. Sorg einfach dafür, dass er noch atmet, wenn ich wiederkomme.«

»Hier drin ist er sicher«, erwiderte Temper. Er kam einen Schritt näher, blickte Buddl an. »Wir wissen, dass die Vierzehnte sich gut geschlagen hat, Soldat. Deswegen sind wir auch alle hier drin und nicht dort draußen.«

In Fremdländers Blick schien sich irgendetwas leicht zu verändern, als er Buddl noch einmal ansah. »Oh«, sagte er leise, »jetzt ergibt das alles mehr Sinn. Warte, es wird nicht lange dauern.«

Buddl schaute dem Mann hinterher, wie er sich durch die Menge der Gäste im überfüllten Schankraum schob, und blickte dann wieder Temper an. »Hat er auch einen richtigen Namen?«

»Da bin ich mir sicher«, antwortete Temper und wandte sich wieder dem Fass zu.

Drei Schatten kauerten um einen Tisch in der hintersten Ecke. Einen Augenblick zuvor waren sie noch nicht dagewesen, dessen war sich Sergeant Hellian sicher. Vielleicht. Es sah nicht so aus, als ob sie irgendetwas trinken würden, was an sich schon höchst verdächtig war, und die Art, wie sie die schwarzen, düsteren Köpfe zusammensteckten, roch nach Verschwörung, ruchlosen Plänen und heimtückischen Absichten. Aber wenn sie miteinander sprachen, konnte Hellian nichts davon hören, und in der Düsternis konnte sie noch nicht einmal erkennen, ob sich ihre Lippen bewegten. Vorausgesetzt, sie hatten welche.

Die Hure am anderen Tisch spielte Trog. Allein.

Hellian beugte sich näher zu ihrem Gefangenen. »Wenn du mich fragst, dieser Ort ist merkwürdig.«

Ein Paar Augenbrauen wanderte ein winziges Stück nach oben. »Tatsächlich? Gespenster und Geister, eine verhärmte Hure und ein Dämon hinter der Theke –«

»Sieh dich vor, wen du verhärmt nennst«, knurrte die Frau, während schwarze, runde Steine aus eigenem Antrieb in den Trog hüpften. Sie starrte das Ergebnis finster an und murmelte: »Du bescheißt, was? Ich habe es geschworen, und ich habe gemeint, was ich gesagt habe: Wenn ich dich dabei erwische, Hormul, kaufe ich dir eine Kerze mit deinem Namen drauf.«

Hellian blickte zur Theke hinüber. Der dämonische Besitzer der Schenke, der wieder seine dürre, kümmerliche Gestalt angenommen hatte, bewegte sich hinter dem Tresen hin und her. Nur sein Kopf war zu sehen. Er schien kleine Stücke von irgendeiner gelben Frucht zu essen; sein Gesicht verzog sich, während er einem Stück den Saft aussaugte und dann die Schale über die Schulter warf. Vor und zurück, Stück um Stück. »Und wer hat ihn losgelassen?«, wollte sie wissen. »Müsste nicht eigentlich sein Meister igendwo in der Nähe sein? Werden sie nicht herbeibeschworen und dann gebunden? Du bist ein Priester, du müsstest über sowas doch eigentlich Bescheid wissen.«

»Zufälligerweise ist das auch der Fall«, antwortete Banaschar. »Und ja, normalerweise ist es so, wie du es beschrieben hast.« Er rieb sich das Gesicht, ehe er fortfuhr: »Ich vermute, es ist folgendermaßen, Sergeant: Kellanved persönlich hat diesen Dämon beschworen, vermutlich als Leibwächter oder vielleicht sogar als Rausschmeißer. Dann ist er weggegangen, und der Dämon hat den Laden übernommen.«

»Lächerlich. Was wissen Dämonen davon, wie man so 'nen Laden führt? Du lügst. Und jetzt trink aus, Verdächtiger, und dann werden wir noch einen trinken und dann aus diesem Irrenhaus verschwinden.«

»Wie kann ich dich nur überzeugen, Sergeant? Ich muss zu Mocks Feste. Das Schicksal der ganzen Welt steht auf dem Spiel –«

»Ha, der war gut! Ich will dir mal was über das Schicksal der ganzen Welt erzählen. He, Wirt! Du da, du Kopf – mehr Bier, verdammt! Schau dir die Schatten da drüben an, Verdächtiger, die sind es, worum es geht. Sie verstecken sich hinter allem, hinter jedem Thron, hinter jeder Badewanne. Sie schmieden Pläne und nichts als Pläne und noch mehr Pläne, während der Rest – während *wir* vor die Hunde gehen. Wir werden im Rinnstein weggespült, runter in die Abwässerkanäle und dann raus ins Meer, wo wir ertrinken. Sie zählen Geld, ja, das tun sie. Zählen Münzen, die wir noch nicht mal zu sehen kriegen. Und so beurteilen sie uns. Waagschalen, verstehst du? Ein Splitter in die eine Schale, eine Seele in die andere. Und schon ist alles ausgeglichen, verstehst du? Was ist schon das Schicksal der Welt, Verdächtiger?« Sie machte eine Geste, bewegte den Zeigefinger wie einen Korkenzieher, erst im Kreis herum und dann abwärts. »Solange sie das Sagen haben, geht alles zugrunde. Und der Witz an der ganzen Sache ist ... dass sie mit zugrunde gehen.«

»Hör zu, Frau. Das dort drüben sind Gespenster, Kreaturen des Schattens. Die machen keine Pläne. Die zählen auch kein Geld. Die hängen einfach nur hier rum –«

Wie auf ein Stichwort standen in diesem Augenblick die drei Schatten auf, schoben ihre Stühle mit hörbarem Scharren zurück, zogen die Umhänge enger um sich und verschwanden, die Gesichter im Dunkel der Kapuzen verborgen, durch die Tür.

Hellian schnaubte.

Der Wirt kam mit einem weiteren Krug voller Bier.

»Na schön«, seufzte Banaschar und schloss die Augen. »Verhafte mich. Wirf mich in irgendein Verlies. Lass mich dort mit den Würmern und Ratten verfaulen. Du hast vollkommen recht, Sergeant. Kopfüber runter in den Abfluss – komm, lass mich deinen Krug auffüllen.«

»Endlich fängst du an zu reden, Verdächtiger.«

Kalam hämmerte der Klaue seinen Unterarm ins verhüllte Gesicht; die Wucht des Hiebs zerschmetterte die Nase des Mannes und ließ seinen Kopf gegen die Wand krachen. Knochen brachen knirschend, und der Angreifer wurde schlaff. Kalam wirbelte herum und bewegte sich rasch an der Mauer des Gebäudes entlang, verfolgt von einem halben Dutzend Armbrustbolzen, die wie Hagel gegen die Backsteine prasselten. Aus der Gasse, die ein Stück voraus und rechts von ihm lag – und in die sich die Mandata und Tamber angesichts einer Salve von Geschossen von der anderen Straßenseite zurückgezogen hatten –, konnte er das Klirren von Waffen hören. Sie waren in einen Hinterhalt geraten.

Drei Hände kamen rasch näher, um die Falle zu schließen. Fluchend erreichte Kalam die Mündung der Gasse. Ein kurzer Blick zeigte ihm die beiden Frauen, die in ein wildes Handgemenge mit vier Assassinen verstrickt waren – und er wurde Zeuge, wie einer der vier Angreifer von Tavores Schwert gefällt wurde. Kalam drehte dem Kampf den Rücken zu und bereitete sich auf die Auseinandersetzung mit den Händen vor, die auf der Straße näher kamen.

Dolche blitzten auf, als sie auf ihn zuflogen. Er warf sich nach rechts zur Seite und war schnell genug wieder auf den Beinen, um sich der vordersten vier Klauen zu erwehren. Ein Wirbel von Paraden, während Kalam sich noch weiter nach rechts bewegte und sich damit außer Reichweite von zwei Angreifern brachte. Ein Langmesser zuckte vor, schlitzte einem Mann das Gesicht auf, und als der Getroffene zurücktaumelte, trat Kalam dicht an ihn heran, spießte ihm den linken Oberschenkel auf, während er einen wilden Angriff der anderen Klaue abblockte. Er wirbelte auf dem angenagelten Oberschenkel herum, drehte sich hinter den Mann und stieß die freie Waffe über die rechte Schulter seines Opfers nach vorn, traf den zweiten Angreifer mit der Spitze am Hals.

Kalam zog die Klinge aus dem Schenkel seines Gegners und legte dem Mann in derselben Bewegung den Arm um den Hals, spannte die Muskeln an – und brach der Klaue mit einer kurzen, ruckartigen Bewegung das Genick.

Derjenige, den er in den Hals getroffen hatte, war rückwärtsgetorkelt. Der Stich hatte die Halsschlagader durchtrennt, und der Mann versuchte vergeblich, die Wunde zuzuhalten. Blut spritzte zwischen seinen Fingern hindurch. Die letzten beiden Assassinen näherten sich schnell. Die Hände hinter ihnen rannten in Richtung der Mandata und T'ambers, wie Kalam sah.

Wutschnaubend stürzte sich Kalam an den beiden Klauen vorbei; er fing ihre Angriffe mit seinen Langmessern ab, trat der Vorderen kräftig gegen den rechten Unterschenkel – so kräftig, dass Knochen brachen. Während die Assassine ihren Schmerz herausschrie, versuchte sich der zweite Angreifer an seiner Gefährtin vorbeizuschieben, doch da sie hinfiel, stieß er mit ihr zusammen und verlor endgültig das Gleichgewicht, als er in der Blutlache ausrutschte.

Kalams wilde Rennerei brachte ihn an die erste Gruppe von Klauen heran, die T'amber und die Mandata angriffen. Da er von links hinten kam, zwang er ein halbes Dutzend Angreifer, sich umzudrehen, um sich ihm entgegenzustellen. Er parierte einen Gegenangriff und rammte der nächsten Klaue die Schulter gegen den Brustkorb. Das Geräusch brechender Rippen war ebenso zu hören wie der Laut, mit dem die Luft aus der Lunge getrieben wurde, und der Assassine verlor den Boden unter den Füßen, riss dabei zwei Klauen mit, die direkt hinter ihm waren. Eine von ihnen stolperte einen Schritt zu weit nach vorn, so dass sie in Reichweite des vorbeirasenden Kalam geriet und einen Hieb von seinem linken Langmesser hinnehmen musste, der ihr fast den Kopf von den Schultern trennte.

Nur zwei von den noch übrigen vier waren nahe genug, um auf ihn loszugehen. Der eine Angriff kam von links unten, der andere von rechts oben. Kalam führte einen Hieb quer zur Laufrichtung des ersten Angreifers, spürte, wie seine Klinge an den Messern in den Händen der Klaue entlangschrammte. Er setzte mit einem Kniestoß nach, der den Mann zwischen den Augen traf. Den zweiten Angreifer hielt er sich zunächst mittels einer Finte vom Leib, und als sich die Klaue verzweifelt nach hinten beugte, um dem Langmesser am Ende des gestreckten Arms auszuweichen, führte Kalam einen Hieb senkrecht nach unten, der dem Angreifer den Bauch bis zum Schritt aufschlitzte.

Die Klaue kreischte auf, als ihre Eingeweide auf ihre Knie hinunterbaumelten. Kalam machte seine Klinge frei und setzte seinen Angriff fort – und hörte, wie sich ihm jemand von hinten näherte. In einer einzigen Bewegung ging Kalam in die Hocke und kam schlitternd zum Halt, warf sich dann nach hinten. Ein Dolch bohrte sich in seine linke Seite, knapp unterhalb der Rippen; die Spitze war aufwärts gerichtet, suchte den Weg zu seinem Herzen – und dann prallten die beiden Assassinen zusammen. Kalam warf den Kopf zurück, der gegen die Stirn der Klaue prallte. Ein zweiter

Dolch glitt unterhalb seines rechten Arms an seinem Kettenhemd entlang. Kalam drehte sich von dem Messer weg, das ihn aufspießte, wirbelte herum und rammte der Klaue den Ellbogen seitlich gegen den Kopf, zermalmte den Wangenknochen. Der Angreifer brach zusammen, ließ dabei das Messer los, das immer noch in Kalams Seite steckte.

Keuchend zwang sich Kalam wieder vorwärts. Jede Bewegung schickte eine Woge aus brennendem Schmerz durch seine Brust, aber er hatte keine Zeit, das Messer herauszuziehen, da sich die letzten beiden Klauen nun zu ihm umgewandt hatten und auf ihn losstürmten.

Aber sie waren zu nahe beieinander, fast Seite an Seite – Kalam machte einen Satz nach rechts, um sich außer Reichweite des einen zu bringen. Er duckte sich unter einem waagrechten Hieb, der auf seine Kehle gezielt gewesen war, parierte das zweite Messer mit einem Schlag gegen den Unterarm der Klaue und stieß dem Angreifer dann die Klinge in die Kehle. Noch während sein Opfer sich nach vorne zu neigen begann, lehnte sich Kalam mit der Schulter gegen den Brustkorb des Mannes – und drückte kräftig, folgte dem Leichnam, als er in den anderen Assassinen hineinprallte. Alle drei gingen zu Boden, mit Kalam obenauf. Eines seiner Langmesser steckte in dem Leichnam zwischen ihm und der noch lebenden Klaue – Kalam ließ den Griff los und rammte dem Assassinen Daumen und Zeigefinger in die Augen, krümmte den Daumen und stieß den Finger immer tiefer, bis der Körper ganz unten am Boden zu zucken aufhörte.

Kalam richtete sich wieder auf, da er noch mehr Kampfgeräusche aus der Gasse hörte, nahm sich aber die Zeit, den Dolch herauszuziehen, der noch immer in seiner Seite steckte. Er fluchte angesichts des Blutschwalls, der der Klinge folgte. Er griff nach seinem im oberen Leichnam steckenden Langmesser und stolperte in die Gasse.

Nur drei Klauen waren noch übrig, und um zwei von ihnen kümmerte sich T'amber, trieb sie alle beide Schritt um Schritt Kalam entgegen.

Er bewegte sich vorwärts, stieß einmal zu, dann noch einmal, und zwei Körper wanden sich zuckend zu seinen Füßen. T'amber hatte sich bereits umgedreht und war zurückgeeilt, zerschmetterte dem letzten Assassinen von hinten mit einem Schwerthieb den Schädel.

Eine der Klauen rollte sich zu seinen Füßen auf eine Seite, hob die Waffe – und Kalam trat dem Assassinen hart mit der Ferse auf den Hals.

Schlagartig war nichts mehr zu hören außer keuchenden Atemzügen.

Er starrte die beiden Frauen an. T'amber war von Wunden übersät – blutiger Schaum strömte aus Nase und Mund, und er sah, wie sich ihre Brust unter ungleichmäßigen, ruckartigen Atemzügen hob und senkte. Kalam verzog angesichts seiner eigenen Schmerzen das Gesicht, während er sich umdrehte und zur Straße zurücksah, die er gerade verlassen hatte.

Hier und dort bewegten sich Gestalten, aber niemand schien gewillt, den Kampf wieder aufzunehmen.

Die Mandata trat an seine Seite. Ihr Gesicht war von Blutspritzern bedeckt, die sich mit Schweiß vermischt hatten. »Kalam Mekhar. Ich habe dich beobachtet. Es scheint, als ob …« Sie schüttelte den Kopf. »Es scheint, als würdest du dich schneller bewegen als sie. Trotz ihrer Ausbildung und ihrer Fähigkeiten können sie nicht mit dir mithalten.«

Kalam wischte sich brennenden Schweiß aus den Augen. Er umklammerte noch immer die Griffe seiner Langmesser, konnte sie nicht loslassen. »Es wird alles langsamer, Mandata«, sagte er mit grollender Stimme. »In meinem Kopf werden sie geradezu lahm.« Er schüttelte sich, lockerte mit einer bewussten Anstrengung die Muskeln seines Rückens und seiner Schultern. Er hatte es geschafft, die Blutung zu stillen, doch er konnte unter dem schweren Stoff das warme Blut an seinem Bein spüren – eine klebrige Schicht zwischen seiner Haut und seiner Kleidung. Er war erschöpft und hatte einen sauren Geschmack im Mund. »Wir dürfen nicht stehen bleiben«, sagte er. »Es gibt noch viel mehr. Wir sind ziemlich nah an der Admiralsbrücke, sind fast da.«

»Da?«

»Im Mausviertel.«

»Ich höre lautes Geschrei – und da sind Feuer … und Rauch, Kalam.«

Er nickte. »Ja. Ein Durcheinander. Das ist gut.« Er warf einen Blick nach hinten, zu T'amber. Sie lehnte mit dem Rücken an einer Mauer, förmlich in Blut gebadet, und hatte die Augen geschlossen. Kalam senkte die Stimme. »Mandata, sie muss zu einem Heiler, ehe es zu spät ist.«

Aber T'amber hatte seine Worte gehört. Sie öffnete die Augen, die wie die eines Tigers schimmerten, und streckte sich. »Ich bin bereit.«

Die Mandata machte einen halben Schritt auf ihre Geliebte zu und musste sich dann umdrehen, als T'amber an ihr vorbei und weiter zur Mündung der Gasse ging.

Kalam sah den Schmerz in Tavores Blick, und er schaute weg.

Und sah dreißig oder mehr Klauen keine vierzig Schritt weiter die Straße hinauf aus dem Nichts auftauchen. *»Scheiße! Lauft!«*

Sie verließen die Gasse und fingen an zu rennen. Kalam wurde ein bisschen langsamer, um der Mandata die Möglichkeit zu geben, an ihm vorbeizuziehen. Irgendwie schaffte es T'amber, vorneweg zu rennen, die Spitze zu übernehmen. *Es wird einen weiteren Hinterhalt geben, der auf uns wartet. Sie wird regelrecht in ihn hineinstolpern –*

Hinter ihnen kamen die Verfolger herangejagt. Die schnellsten von ihnen kamen rasch näher. Neben dem Geräusch leiser Schritte, dem schweren Trampeln von Stiefeln und wildem Keuchen schien alles um sie herum – die Pflastersteine unter ihren Füßen, die Gebäude auf beiden Seiten der Straße, ja, sogar der düstere Himmel über ihnen – hereinbrechen zu wollen, über diese verzweifelte Szene. Die Luft wurde gedämpfter, wurde dicker. Wenn es Augen gab, die sie sahen, wandten sich die Gesicher schnell ab. Wenn es Gestalten in den Gässchen gab, an denen sie vorbeikamen, verschmolzen sie wieder mit der Dunkelheit.

Die Straße bog nach Westen ab; sie befanden sich inzwischen

gegenüber dem Rabenhügelpark. Ein Stück voraus vereinigte sich die Straße mit einer anderen, die entlang der Westgrenze des Parks verlief, bevor sie sich südwärts, in Richtung der Brücke wandte. Als sie sich der Kreuzung näherten, sah Kalam, dass T'amber plötzlich die Richtung änderte und sie in ein Gässchen zur Linken führte – und dann sah er den Grund für den unerwarteten Abstecher: mehr Hände, die sich an der Kreuzung sammelten und nun vorwärtsstürmten.

Sie treiben uns ... zur Brücke. Was erwartet uns auf der anderen Seite?

Die Gasse wurde nach den ersten angrenzenden Gebäuden rasch breiter und fast so etwas wie eine Straße, und genau vor ihnen war die niedrige Mauer, die den Park umgab.

T'amber wurde langsamer, als wüsste sie nicht so recht, ob sie die Mauer nach links oder nach rechts umgehen sollte – und dann geriet sie ins Schwanken und hob ihr Schwert, als von beiden Seiten Angreifer auf sie einstürmten.

Die Mandata schrie auf.

Klingen prallten aufeinander, eine Gestalt taumelte zur Seite, die anderen schwärmten um T'amber herum – Kalam sah, wie sich zwei Messer in den Oberkörper der Frau bohrten, doch noch immer hielt sie sich auf den Beinen, schlug und stieß mit ihrem Schwert zu. Und dann war Tavore bei ihnen – ihre Otataral-Klinge grub sich von der Seite her tief in den Schädel eines der Assassinen, wurde mit einem wilden Ruck wieder herausgerissen, die rostfarbene Klinge pfiff auf einen Arm nieder, glitt durch Fleisch und Knochen, so dass der Arm davonflog –

Und in dem Augenblick, bevor Kalam sich selbst in den Kampf einmischte, sah er, wie T'amber mit ihrer freien Hand eine Klaue an der Kehle packte, den Assassinen hochriss, herumwirbelte und gegen die steinerne Mauer schleuderte – und das, obwohl die Klaue der Frau immer wieder in die Brust, die Schultern und die Oberarme stach.

Bei den Göttern hienieden!

Kalam warf sich wie ein wütender Bhederin-Bulle in den Kampf, seine Langmesser zuckten vor, während er erst eine, dann eine zweite Klaue förmlich umrannte, so dass sie zu Boden stürzten.

Und in der Düsternis vor der Mauer zum Rabenhügelpark entspann sich ein wilder, rasender Nahkampf, als sich eine zweite Hand zu den Überresten der ersten gesellte. Ein Dutzend rasche Herzschläge – und alles war vorüber.

Doch es war keine Zeit zum Innehalten, keine Zeit, wieder zu Atem zu kommen, denn schon bohrten sich Armbrustbolzen in die Mauer.

Kalam wedelte stumm mit der Hand, bedeutete den beiden Frauen, in westlicher Richtung an der Mauer entlangzurennen, und irgendwie – obwohl es eigentlich vollkommen unmöglich war – übernahm T'amber erneut die Führung.

Hinter ihnen waren Schreie zu hören, doch es war keine Zeit, sich umzudrehen und zurückzublicken. Die Mauer machte eine Biegung nach Süden, bildete nun eine Seite der Straße, die zur Admiralsbrücke führte – und vorne spannte sich der steinerne Bogen, unbeleuchtet, derart in Schatten begraben, dass er sich auch am Grund einer Grube hätte befinden können. Als sie näher kamen, löste sich die magische Dunkelheit auf. Und gab den Blick preis – auf nichts. Niemand war zu sehen.

»T'amber!«, zischte Kalam. »Langsam!«

Was auch immer hinter ihnen zugeschlagen hatte, hatte die Aufmerksamkeit der ihnen folgenden Klauen auf sich gezogen – zumindest für den Augenblick. »Mandata, hört mir zu: Ihr und T'amber, Ihr geht runter, in den Fluss. Folgt ihm bis zum Hafen.«

»Und was ist mit dir?«, wollte Tavore wissen.

»Wir haben es bis jetzt noch nicht einmal mit einem Drittel der Hände zu tun gehabt, die sich in der Stadt befinden, Mandata.« Er nickte in Richtung des Mausviertels. »Sie sind dort. Ich habe vor, ihnen eine lustige Jagd zu bieten.« Er machte eine Pause, spuckte blutigen Schleim auf die Pflastersteine. »Möglicherweise kann ich sie abhängen. Ich kenne das Mausviertel, Tavore. Ich werde die Dächer nehmen.«

»Es ist nicht gut, wenn wir uns aufteilen –«

»Doch, Mandata, das ist es.« Kalam musterte T'amber ein, zwei Herzschläge lang. *Ja, trotz allem wirst du es nicht mehr lange machen.* »T'amber stimmt mir zu. Sie wird Euch zum Hafen bringen.«

In den Gassen und Straßen hinter ihnen war es mittlerweile bedrohlich still. *Sie kommen näher.* »Geht.«

Die Mandata blickte ihm in die Augen. »Kalam –«

»Geht einfach, Tavore.«

Er schaute ihnen hinterher, wie sie zum Flussufer gingen und die alte, halb abgesackte Stützmauer betraten. T'amber kletterte als Erste hinunter. Der Fluss floss träge dahin, und er war völlig verdreckt, aber flach. Sie würden nur langsam vorankommen, aber die Dunkelheit würde sie verbergen. *Und wenn sie den Hafen erreichen ... nun, dann werden sie sich was einfallen lassen müssen.*

Kalam packte seine Langmesser fester. Ein letzter Blick zurück in die Richtung, aus der sie gerade gekommen waren. Noch immer war niemand zu sehen. Merkwürdig. Er richtete den Blick auf die Brücke. *Na schön. Bringen wir es hinter uns.*

Lostara Yil bewegte sich quer über den freien Platz, ließ den Wallweg und die Leichen an seinem Fuß hinter sich zurück. Aus der Ferne – aus Richtung des Hafens und noch dahinter – drangen die Geräusche von Kämpfen und Aufruhr an ihr Ohr, während die nahe gelegenen Gebäude und Grundstücke unbeleuchtet und still dalagen. Es war, als würde sie sich in einer Totenstadt befinden ... Ein passendes Denkmal zum Ruhm des Imperiums.

Aus diesem Grund war die kleine Gestalt, die ihr plötzlich in den Weg trat, umso erschreckender, und ihre Besorgnis nahm sogar noch zu, als sie sie erkannte. »Wühler«, sagte sie, während sie zu dem Jungen trat, »was machst du hier?«

»Ich habe auf dich gewartet«, antwortete er und wischte sich die laufende Nase.

»Wie meinst du das?«

»Ich werde dich dort hinbringen, wo du hinmusst. Es ist eine traurige Nacht, aber es ist in Ordnung. Eines Tages wirst du das verstehen.« Mit diesen Worten drehte er sich um und stapfte die Straße entlang, in Richtung Süden. »Wir müssen nicht auf dem Weg bleiben – noch nicht. Wir können die erste Brücke nehmen. Lostara Yil«, er warf einen Blick zurück zu ihr, »du bist sehr hübsch.«

Obwohl die Nacht schwül war, fröstelte sie plötzlich, während sie sich in Bewegung setzte, um ihm zu folgen. »Was für ein Weg?«

»Das ist nicht wichtig.«

Geräusche aus den Schatten links von ihr – dort rannte jemand. Sie legte eine Hand an den Schwertgriff. »Da ist etwas –«

»Das ist schon in Ordnung«, sagte Wühler. »Das sind meine Freunde. Es wird keine Probleme geben. Aber wir sollten uns beeilen.«

Es dauerte nicht lange, und sie erreichten die Brücke, die ins Stadtzentrum führte, wo Wühler sie kurze Zeit nach Westen führte, ehe er sich wieder gen Süden wandte.

Bald darauf stießen sie auf die ersten Leichen. Klauen, die anfangs in kleinen Gruppen verstreut herumlagen – wo Ratten und wilde Hunde sich schon wieder herausgetraut hatten, um sich über die Mahlzeit herzumachen –, doch dann, als sie sich dem Rabenhügelpark näherten, war die Straße buchstäblich von Toten übersät. Lostara wurde langsamer, als sie sich dem ausgedehnten Schauplatz des Gemetzels näherte – das sich in südlicher Richtung erstreckte, als wäre ein klingenbewehrter Wirbelwind durch hundert oder mehr imperiale Assassinen hindurchgejagt – und ganz allmählich fiel Lostara Yil etwas auf, als sie sich eine aufgeschlitzte Gestalt nach der anderen ansah … ein Muster, in dem die Wunden angeordnet waren, die Präzision, mit der jeder tödliche Hieb ausgeführt worden war.

Ihr Frösteln verstärkte sich, stahl sich in ihre Knochen.

Wühler, der drei Schritte vor ihr war, summte ein wickanisches Viehtreiberlied.

Als Kalam die Admiralsbrücke zur Hälfte überquert hatte, klemmte er sich eins seiner Langmesser unter den Arm und suchte in den

Falten seiner Schärpe nach der Eichel. Sie fühlte sich selbst durch das Leder seines zerfetzten Handschuhs glatt und warm an, als ob sie ihn willkommen heißen würde. Und – als ob sie ungeduldig wäre.

Kalam ging vor einer der beiden niedrigen Stützmauern der Brücke in die Hocke und warf die Eichel auf die Pflastersteine. Sie platzte auf, drehte sich einen Augenblick auf der Stelle und blieb dann still liegen.

»Na schön, Ben«, murmelte er, »von jetzt an jederzeit.«

In einer Kajüte an Bord der *Geiferwolf* zuckte Adaephon Delat, der mit übereinandergeschlagenen Beinen auf dem Fußboden saß, bei der aus der Ferne zu ihm dringenden Beschwörung zusammen. Deutlich näher konnte er Kampfgeräusche von den Hafenanlagen hören, und er wusste, dass die Verender Schritt um Schritt zurückgedrängt wurden, da Zauberei und eine immer größer werdende Zahl rasender Angreifer auf sie einstürmten. Währenddessen hielt oben an Deck Destriant Run'Thurvian eine Barriere aufrecht, die das Schiff selbst vor jedem Angriff mittels Magie schützte. Der Schnelle Ben spürte, dass der Mann zwar noch nicht richtig hart bedrängt wurde, ihn aber ganz offensichtlich etwas beunruhigte, und dass er daher zögerte, als würde er auf eine deutlich größere Herausforderung warten – auf einen Augenblick, der rasch näher kam.

Nun, wir haben überall Probleme, oder?

Es würde nicht leicht sein, durch das Labyrinth aus Gewirren zu schlüpfen, die in dieser Nacht auf den Straßen der Stadt entfesselt worden waren. Nester aus bösartiger Zauberei wanderten hier und dort herum, bewegliche Fallen, die einen schrecklichen Tod verhießen, und der Schnelle Ben erkannte sie. *Ruse, der Pfad der Meere. Diese Fallen bestehen aus Wasser, das aus den Tiefen der Ozeane gestohlen wurde und dem noch immer ein mörderischer Druck innewohnte – sie werden alles zermalmen, was sie umhüllen. Das ist Hoch-Ruse – und verdammt eklig.*

Irgendjemand wartete dort draußen auf ihn. Darauf, dass er seinen Zug machte. Und wer auch immer es war, sie wollten, dass der Schnelle Ben genau dort blieb, wo er war, in einer Kajüte an Bord der *Geiferwolf*. Dass er dort blieb, nichts tat, *sich aus dem Kampf heraushielt.*

Nun gut. Er hatte vier Gewirre enthüllt, hatte glatte zwölf Bannsprüche gewoben, die alle nur darauf warteten, losgelassen zu werden – seine Hände juckten, brannten dann sogar, als würde er sie immer aufs Neue in Säure tauchen.

Kalam ist dort draußen – und er braucht meine Hilfe.

Der Hohemagier gestattete sich die Andeutung eines Nickens, und vor ihm öffnete sich ein Gewirr, bildete einen Riss in der Luft. Seine Gelenke protestierten, als er langsam aufstand – *bei den Göttern, ich glaube, ich werde alt. Wer hätte das gedacht?* Er holte tief Luft, blinzelte, um seinen Blick zu klären, und warf sich vorwärts – in den Riss –

– und noch während er verschwand, hörte er ein leises Kichern, und dann eine zischende Stimme: *»Du hast gesagt, du bist mir etwas schuldig, erinnerst du dich? Nun, meine teure Schlange, jetzt ist es so weit.«*

Zwanzig Herzschläge. Fünfundzwanzig. Dreißig. *Beim Atem des Vermummten!* Kalam starrte auf die aufgeplatzte Eichel hinunter. *Scheiße. Scheiße, Scheiße, Scheiße.* Vierzig. Leise vor sich hin fluchend, setzte er sich in Bewegung.

Das ist das Problem mit dem rasierten Knöchel im Loch. Manchmal klappt es nicht. Das heißt, ich bin auf mich allein gestellt. Tja, so sei es denn. Ich bin dieses Leben sowieso allmählich leid ... Mord wurde überschätzt, befand er. Durch Mord ließ sich nichts erreichen – nichts, was einen echten Wert gehabt hätte. Es gab dort draußen nicht einen einzigen Assassinen, der es nicht verdient hätte, dass man ihm – oder ihr – den Kopf abschlug und auf einer Stange aufpflanzte. Ob Fähigkeit, Begabung oder Gelegenheit – nichts davon war eine Rechtfertigung, einem anderen Menschen das Leben zu nehmen.

Wie viele von uns – ja, das betrifft auch euch – wie viele von euch hassen das, was sie sind? Es ist nicht der Mühe wert, versteht ihr? Zum Vermummten mit all diesen aufgeblasenen Egos – lassen wir unser armseliges Licht noch ein letztes Mal aufflammen, ehe wir uns der Dunkelheit ergeben. Ich bin fertig mit alledem. Ich bin fertig damit.

Er erreichte das Ende der Brücke und machte erneut Halt. Warf noch einmal einen Blick zurück. *Nun, es brennt nicht – außer hier, in meinem Kopf. Der Kreis schließt sich, richtig? Igel, Trotter, Elster …*

Das dunkle, narbige und zerschlagene Antlitz des Mausviertels lockte. Ein kraftloses Grinsen, Armut und Erniedrigung, das Elend, von dem so viele Leben heimgesucht wurden. Kalam kam zu dem Schluss, dass es der passende Ort war. Der Assassine explodierte förmlich, rannte so schnell und tief geduckt wie er konnte quer über den Platz auf eine schiefe Mauer zu – die Überreste eines Hauses –, raste hinauf, wobei er einen Fuß in eine vollgestopfte Schießscharte rammte und dabei ein Vogelnest beiseitestieß –, immer weiter hinauf – und dann darüber, ein Fuß fand Halt, er warf sich vorwärts durch die Luft auf ein winkliges Dach, von dem eine Wolke aus Vogeldreck aufstieg, als er darauf landete, und weiter, den Schwung ausnutzend die Schräge hinauf zum First, dann ging es auf der anderen Seite wieder hinunter –

Und in das wilde Labyrinth, die zersprungene, wirre Rückseite des Mausviertels –

Klauen, die geduckt gewartet hatten, stürzten sich von allen Seiten auf ihn. Sie waren groß – die größten Assassinen, die Kalam bisher gesehen hatte –, und alle hielten Langmesser in den Händen. Schnell wie Schlangen stießen sie zu.

Kalam wurde nicht langsamer. Er musste mitten zwischen ihnen hindurch, musste in Bewegung bleiben. Er fing die Waffen der Angreifer mit seinen eigenen ab, spürte, wie Schneiden Furchen in sein Kettenhemd gruben, wie sich Kettenglieder lösten – und ein kraftvoll geführter Messerstich bohrte sich tief in seinen linken Oberschenkel. Die Klinge wurde gedreht, nach oben gezogen, so dass ein Schnitt entstand. Schnaubend krümmte er sich inmitten der blitzenden Klingen, schlang dem Mann einen Arm um den Kopf, und dann, während er sich mit aller Kraft weiter vorwärtsbewegte, zog er mit einem drehenden Ruck an dem Kopf und hörte das Knacken der Wirbelsäule. Kalam zog den zuckenden Körper ein Stück am Kopf hinter sich her und ließ ihn dann fallen.

Von rechts kam ein Langmesser, das ihn seitlich am Kopf traf und nach unten glitt, um ihm das Ohr abzutrennen. Er stieß seinerseits zu und spürte, wie seine Waffe über ein Kettenhemd rutschte.

Zum Vermummten mit ihnen! Irgendjemand hat mich benutzt, um mehr von meiner Sorte zu erschaffen –

Kalam bewegte sich immer weiter nach unten, bis zum Rand des Daches, wo er mit einem gewaltigen Satz über die Gasse setzte. Er landete auf dem flachen Dach eines abgesackten Mietshauses, das schon Jahrhunderte alt sein musste, stürzte und rollte sich über die Schulter ab. Eine Reihe von Erschütterungen folgte, die sich zitternd durch das ganze von Schichten zerbrochener Töpferwaren übersäte Dach fortpflanzten. Seine Jäger setzten ihm nach. Zwei, fünf, sieben –

Kalam kam wieder auf die Beine und drehte sich um, in die Enge getrieben, als neun Assassinen, die sich in einen Halbkreis aufgefächert hatten, auf ihn zustürmten.

Neun Kalams gegen einen.

Wohl kaum.

Er raste kerzengerade vorwärts, genau auf den Mittelpunkt des Halbkreises zu. Der Mann vor ihm riss besorgt die Waffen hoch; er wurde von Kalams Angriff offensichtlich überrascht. Er schaffte es, zweimal mit dem einen und einmal mit dem anderen Langmesser zu parieren, während er kleine, verzweifelte Schritte rückwärts machte, bis einer von Kalams pausenlosen Angriffen durchkam. Eine Klinge grub sich in die Brust des Mannes, durchbohrte sein Herz, während der zweite Stich von unterhalb des Unterkiefers schräg nach oben ins Hirn ging.

Kalam benutzte die beiden feststeckenden Waffen, um den Mann herumzureißen und ihn zwei weiteren Klauen in den Weg zu werfen, dann machte er seine Langmesser frei und ging mit unglaublicher Geschwindigkeit von der Seite her auf zwei weitere Angreifer los. Einer seiner Verfolger schlitzte ihm mit dem Messer die Wade auf – nicht tief genug, um ihn langsamer werden zu lassen –, während er die Klaue, die ihm am nächsten war, mit einer tief angesetzten Finte verwirrte und gleichzeitig mit seiner anderen Waffe hoch zustieß, in die Augenhöhle des Mannes, der einen Schritt hinter dem ersten Assassinen war. Das Langmesser blieb stecken. Kalam ließ die Waffe los, senkte die Schulter und warf sich gegen den Bauch des nächsten Angreifers. Der Aufprall erschütterte ihn bis ins Mark – *Dieser verdammte Scheißkerl ist groß, beim Vermummten!* –, doch er ging noch tiefer, schob seinen freien Arm zwischen den Beinen des Mannes hindurch und dann wieder nach oben. Messerklingen fetzten über seinen Rücken, Kettenglieder platzten wie Zecken auf heißen Steinen, und er spürte, wie die Klaue versuchte, den Winkel der Waffen zu verändern, sie in ihn hineinzustoßen – während Kalam sich mit der ganzen Kraft seiner Beine wieder hochstemmte, dann den Jäger hochwuchtete, von den Füßen hob – immer höher – und dabei einen Schrei ausstieß, der ihm schier die Kehle zerriss, und mit seiner Waffenhand das Hemd des Mannes packte – noch höher – *und ihn über sich hinwegschleuderte.*

Die strampelnde Klaue wurde mit dem Kopf voran vorwärtsgeschleudert, prallte gegen die Brust eines heranjagenden Assassinen. Beide gingen zu Boden. Kalam setzte ihnen nach, hämmerte der zweiten Klaue den Ellbogen gegen die Stirn – was den Schädel wie eine Melone platzen ließ –, während er sein Langmesser in den Nacken der ersten Klaue rammte.

Eine Klinge bohrte sich in seinen rechten Oberschenkel, so tief, dass die Messerspitze an der gegenüberliegenden Seite wieder austrat. Kalam wirbelte blitzschnell herum, um dem Angreifer die Waffe aus der Hand zu reißen, zog beide Beine an, während er sich auf den Rücken rollte, trat der Klaue dann hart in den Bauch, so dass sie davongeschleudert wurde. Ein weiteres Langmesser bewegte sich auf sein Gesicht zu – er riss den Unterarm hoch und blockte den Stoß ab, drehte den Arm und packte die Klaue am Handgelenk, zog den Angreifer näher zu sich heran und schlitzte ihm mit seinem eigenen Langmesser den Bauch auf; die Eingeweide quollen heraus und landeten in Kalams Schoß.

Während er sich wieder auf die Beine mühte, zog er die Waffe aus seinem Oberschenkel – gerade noch rechtzeitig, um mit ihr einen Hieb zu parieren. Dann ging er, während er zurückwich – wobei seine durchbohrten, von Schnittwunden übersäten Beine beinahe unter ihm nachgaben – in eine Verteidigungsposition. Drei Jäger standen ihm gegenüber, zusammen mit dem, den er in den Bauch getreten hatte und der nun langsam wieder auf die Beine kam und mühsam nach Luft rang.

Zu viel Blutverlust; Kalam spürte, dass er schwächer wurde. Wenn noch mehr Hände auftauchten …

Er machte einen Satz rückwärts, fast bis zum Rand des Dachs, und warf beide Langmesser – eine unerwartete Tat, vor allem in Anbetracht der Tatsache, dass die Waffen schlecht ausbalanciert und sehr kopflastig waren. Aber Kalam hatte jahrelang Würfe auf kurze Distanz geübt. Eines grub sich tief in die Brust der Klaue zu seiner Rechten, das zweite traf mit einem deutlich hörbaren Geräusch das Brustbein der Klaue zur Linken und blieb zitternd stecken. Und aus derselben Bewegung heraus, mit der er die Messer geschleudert hatte, warf sich Kalam unbewaffnet auf den Mann in der Mitte.

Er packte einen Unterarm mit beiden Händen, zog ihn zurück und dann zur Seite – der Jäger versuchte einen tief angesetzten, nach oben gerichteten Stoß mit seinem anderen Langmesser, aber Kalam stieß es mit dem Knie zur Seite. Eine Drehung und ein heftiger Ruck ließen den Arm in seinen Händen aus dem Gelenk springen, und dann stieß er ihn zurück, trieb die ausgerenkten Knochen in das zerfetzte Gelenk – der Mann schrie auf. Kalam ließ den Arm los, legte beide Hände an den Hinterkopf der Klaue, sprang auf und drückte ihn mit seinem ganzen Gewicht nach unten, so dass der Jäger mit dem Gesicht voran auf das Dach knallte.

Ein Knirschen, ein lautes Krachen, und das ganze Dach sackte in sich zusammen – verrottete alte Holzbalken, Mörtel und Gips barsten laut.

Fluchend rollte sich Kalam über den Mann, dessen Gesicht – das bereits von einer Blutlache umgeben war – er förmlich in das Dach gerammt hatte – und sah durch einen Spalt, der immer breiter wurde, einen darunterliegenden dunklen Raum. Er schob sich vorwärts –

Zeit zu verschwinden.

Zehn Schritte entfernt stand Perl und sah zu. Erschüttert. Ungläubig. Überall um ihn herum lagen Leichen auf dem schrägen Dach. Die besten Assassinen des malazanischen Imperiums. *Er hat alle niedergemäht, die ihm im Weg standen. Hat sie einfach .... niedergemäht.* Und tief in seinem Innern spürte er etwas, das er noch nie zuvor empfunden hatte: ein Entsetzen, das ihn vor Schwäche zittern ließ.

Er schaute zu, wie sich Kalam Mekhar blutend und waffenlos auf das Loch im Dach zuschob. Perl zog den linken Ärmel hoch, streckte den Arm aus, zielte und schoss den Bolzen ab.

Ein Ächzen beim Aufprall, als sich der Bolzen unter Kalams ausgestrecktem linken Arm tief in seinen Körper bohrte, während er vorwärtsglitt, nach unten, und verschwand.

Es tut mir leid, Kalam Mekhar. Aber du ... ich kann ... deine Existenz ... nicht hinnehmen. Ich kann es nicht ...

Begleitet vom einzigen Überlebenden der beiden Hände trat er vor und sammelte Kalams Waffen ein.

Meine ... Trophäen.

Er drehte sich zu der Klaue um. »Such die anderen –«

»Aber was ist mit Kalam –?«

»Der ist erledigt. Hol die Hände zusammen, die sich hier im Mausviertel befinden. Jetzt werden wir den Docks einen Besuch abstatten. Wenn die Mandata es so weit schafft – nun, dann werden wir sie dort erledigen müssen.«

»Verstanden, Meister der Klaue.«

Meister der Klaue. Ja. Imperatrix Laseen, es ist erledigt. Ja, er ist tot. Ich habe ihn eigenhändig getötet. Es gibt niemanden im malazanischen Imperium, der es mit mir aufnehmen kann.

Mit wem würde er anfangen?

Mallick Rel.

Korbolo Dom.

Keiner von euch beiden wird den Sonnenaufgang erleben. Das schwöre ich.

Die andere Klaue stand am Rand des Lochs. »Ich kann ihn nicht sehen, Meister der Klaue.«

»Er hat sich verkrochen, um zu sterben«, sagte Perl. »Kartoolisches Paralt.«

Der Kopf des Mannes ruckte herum. »Nicht das Schlangengift? Das Spinnengift? Bei den Göttern hienieden!«

Oh ja, eine höchst schmerzhafte, langwierige Art zu sterben. Und es gibt auf dieser Insel keinen Priester mehr, der dieses Gift unschädlich machen kann.

Zwei Waffen landeten klirrend auf dem Dach. Perl blickte auf. »Was machst du da?«, wollte er wissen.

Der Mann starrte ihn an. »Das reicht. Wie viel Schande willst du der Klaue noch bescheren? Ich bin fertig mit dir.« Er wandte sich ab. »Such die Mandata selbst, Perl, und verpasse ihr einen von deinen verdammten Spinnenbissen –«

Perl hob den rechten Arm und schickte einen zweiten Bolzen auf die Reise. Er traf den Mann mitten zwischen die Schulterblätter. Mit ausgestreckten Armen brach die Klaue zusammen.

»Das war bedauerlicherweise weißes Paralt. Das wirkt viel schneller.«

Nun gab es, wie er es ohnehin vorgehabt hatte, keine Zeugen mehr. Und es wurde Zeit, die restlichen Hände zusammenzurufen.

Er wünschte sich, dass es anders hätte sein können. Dass alles anders hätte sein können. Aber dies war jetzt ein neues Malazanisches Imperium – mit neuen Regeln. *Regeln, mit denen ich sehr gut umgehen kann. Schließlich habe ich nichts mehr übrig gelassen. Niemanden mehr übrig gelassen …*

Fiedler schloss die Augen und nahm die Fiedel herunter. Er sagte nichts, denn es gab nichts zu sagen. Die Reprise, die ihn ergriffen hatte, war vollendet. Die Musik hatte seine Hände verlassen, seinen Geist, sein Herz. Er fühlte sich innerlich leer, seine Seele zerrissen, leblos. Er hatte gewusst, dass das geschehen würde, eine Tatsache, die den Schmerz des Verlusts weder verringerte noch verstärkte – es war einfach nur eine Last. Einfach nur eine weitere Bürde.

Schreie von unten, von der Straße, dann das Geräusch einer Tür, die zu Kleinholz gemacht wurde.

Tapferer Zahn blickte auf, wischte sich die Augen.

Schwere Schritte auf der Treppe.

Gesler griff nach dem Weinkrug auf dem Tisch und füllte langsam die Gläser auf. Niemand hatte das Brot angerührt.

Dröhnende Schritte näherten sich entlang des Korridors. Kratzend, schleifend.

Sie machten vor der Tür zum Zimmer des Hauptsergeanten Halt.

Dann ein schweres Klopfen, dass das Holz schier zersplittern ließ – als würden sich Klauen hineinbohren.

Gesler stand auf und ging zur Tür.

Fiedler schaute zu, wie der Sergeant die Tür öffnete, einen langen Augenblick reglos stehen blieb und denjenigen anstarrte, der da im Korridor stand, wer auch immer es sein mochte. »Stürmisch, es ist für dich«, sagte Gesler schließlich.

Der Angesprochene stand langsam auf, während Gesler sich umdrehte und zurück zu seinem Stuhl ging.

Eine Gestalt füllte die Türoffnung aus. Breitschultrig, in zerfetzte, triefende Felle gekleidet. Ein flächiges Gesicht, dessen nussbraune Haut sich straff über kräftige Knochen spannte. Tiefe Höhlen, wo die Augen hätten sein sollen. Lange Arme, die an den Seiten herunterhingen. Fiedler zog die Brauen hoch. Ein T'lan Imass.

Stürmisch räusperte sich. »Legana Breed«, sagte er. Seine Stimme war unnatürlich hoch.

Die Antwort der Erscheinung klang, als würden Grabsteine

sich knirschend aneinander reiben. »Ich bin gekommen, um mein Schwert zu holen, Sterblicher.«

Gesler ließ sich auf seinen Stuhl plumpsen und griff nach seinem Becher. »Das war wohl ein ziemlich langer, nasser Marsch, was, Breed?«

Der T'lan Imass wandte knarrend den Kopf, sagte aber nichts.

Stürmisch hob das Feuersteinschwert auf und trat zu Legana Breed. »Du hast da unten einer Menge Leute einen Schreck eingejagt«, sagte er.

»Ihr seid empfindliche Seelen, ihr Sterblichen.«

Der Seesoldat hielt das Schwert waagrecht in den Händen und streckte es dem T'lan Imass entgegen. »Du hast dir ziemlich viel Zeit gelassen, wieder aus dem Portal zu kommen.«

Legana Breed griff nach der Waffe. »Nichts ist jemals so einfach, wie es scheint, Schild-Amboss. Trage den Schmerz in deinem Herzen und wisse: du bist noch längst nicht fertig mit dieser Welt.«

Fiedler warf Tapferer Zahn einen Blick zu. *Schild-Amboss?*

Der Hauptsergeant schüttelte nur stumm den Kopf.

Legana Breed musterte die Waffe, die er in seinen Knochenhänden hielt. »Es ist verkratzt.«

»Was? Oh, aber ich – oh, nun –«

»Humor ist ausgestorben«, sagte der T'lan Imass und drehte sich wieder zum Eingang um.

Gesler setzte sich plötzlich gerade auf. »Einen Augenblick, Legana Breed!«

Die Kreatur blieb stehen.

»Stürmisch hat all das getan, was du von ihm wolltest. Jetzt wollen wir eine *Rückzahlung*.«

Fiedler brach der Schweiß aus. *Gesler!*

Der T'lan Imass wandte sich ihnen wieder zu. »Eine Rückzahlung. Hat dir meine Waffe nicht gut gedient, Schild-Amboss?«

»Doch, das hat sie.«

»Dann gibt es keine Schuld –«

»Das stimmt nicht!«, knurrte Gesler. »Wir haben gesehen, wie du den Kopf eines Tiste Andii mitgenommen hast! Aber wir haben deinen Kameraden nichts davon gesagt – wir haben dein Geheimnis bewahrt, Legana Breed! Obwohl wir es hätten benutzen können, um uns aus dem verdammten Schlamassel rauszubringen, in dem wir damals gesteckt haben! Es gibt sehr wohl eine Schuld!«

Der uralte untote Krieger schwieg einige Zeit und fragte dann: »Was verlangt ihr von mir?«

»Wir – also ich, Stürmisch und Fiedler –, wir brauchen eine Eskorte. Zurück zu unserem Schiff. Es könnte bedeuten, dass wir in einen Kampf verwickelt werden.«

»Zwischen uns und den Docks befinden sich viertausend Sterbliche«, sagte Legana Breed. »Die allesamt von chaotischer Zauberei in den Wahnsinn getrieben wurden.«

»Und?« Gesler schnaubte. »Hast du Angst, T'lan Imass?«

»Angst.« Legana Breed neigte den Kopf. »Ist das Humor?«

»Also, wo ist das Problem?«

»Die Docks.« Der T'lan Imass zögerte kurz. »Ich bin gerade erst von dort gekommen.«

Fiedler machte sich daran, seine Ausrüstung zusammenzupacken. »Bei solchen Antworten, Legana Breed«, sagte er, »müsstest du eigentlich ein Seesoldat sein.« Er blickte Tapferer Zahn an. »War schön, dich mal wieder zu treffen, alter Freund.«

Der Hauptsergeant nickte. »Und dich. Euch drei. Tut mir leid, dass ich dich in den Bauch geboxt habe, Fid.«

»Das glaubst du doch selbst nicht, beim Vermummten.«

»Ich habe nicht gewusst, dass du es bist –«

»Aber natürlich hast du das, beim Vermummten.«

»Na schön, ich habe dich reinkommen gehört. Habe gehört, wie die Saiten einer Fiedel über Stoff streichen. Und Moranth-Munition gerochen. Da war es dann nicht mehr schwierig.«

»Und du hast mich trotzdem geboxt?«

Tapferer Zahn lächelte. Jenes besondere Lächeln, dem der Dreckskerl seinen Namen verdankte.

»Ihr seid alles Seesoldaten?«, fragte Legana Breed.

»Ja«, antwortete Fiedler.

»Dann bin ich heute Nacht auch ein Seesoldat. Lasst uns gehen und Leute umbringen.«

Gurgelschlitzer kam das Fallreep hochgeklettert und stolperte an Deck. »Faust«, keuchte er, »wir müssen Verstärkung herbeirufen – keiner von uns kann noch lange durchhalten –«

»Nein, Soldat«, erwiderte Keneb, den Blick starr auf den scheußlichen Kampf auf dem Platz vor ihnen gerichtet – auf die sich immer weiter zusammenziehenden Reihen der Verender und die immer noch anschwellende Flut rasender Angreifer, die aus den Mündungen sämtlicher Straßen und Gassen strömten. *Kannst du es nicht sehen? Wenn wir noch mehr Soldaten hier binden, werden wir noch tiefer in diese Sauerei hineingezogen – immer tiefer, bis wir uns nicht mehr lösen können. Dort draußen ist zu viel Zauberei im Einsatz – bei den Göttern, mein Schädel fühlt sich an, als würde er gleich platzen.* Nur zu gern hätte er dem verzweifelten Seesoldaten das alles erklärt, aber das war nicht das, was ein Kommandant normalerweise tat.

Es ist genau wie bei der Mandata. Man will ihnen etwas sagen – bei den Göttern, man will ihnen schrecklich gerne etwas sagen, und sei es nur, um das Verständnis in ihren Augen zu sehen. Aber man kann es nicht. Na schön, allmählich fange ich an, es zu begreifen …

»Gebt acht, Faust Keneb!« Die warnenden Worte kamen von dem Destriant. »Assassinen, die versuchen, unsere Verteidigungslinien zu durchbrechen –«

Von Gurgelschlitzer kam ein Zischen, und dann drehte er sich um, rief den Seesoldaten unten auf der Mole zu: »Sergeant! Bring die Trupps hier rauf! Es sind Klauen unterwegs!«

Keneb blickte Run'Thurvian an. »Könnt Ihr sie abwehren?«

Der Destriant, plötzlich blass geworden, nickte. »Dieses Mal ja – im letzten Augenblick – aber sie sind hartnäckig … und schlau. Wenn sie durchbrechen, werden sie schlagartig hier auftauchen – überall um uns herum.«

»Auf wen haben sie es abgesehen? Wisst Ihr es?«

»Ich glaube auf uns alle. Aber vielleicht«, der Destriant blickte zu Neder und Nil hinüber, die auf dem Vorderdeck standen und schweigend den Verteidigungsbemühungen unten auf der Mole zusahen, »am meisten auf die beiden da drüben. Ihre Macht schläft. Im Augenblick kann sie nicht erweckt werden – es ist nicht an uns, versteht Ihr? Nicht an uns.«

Beim Atem des Vermummten. Keneb drehte sich um und sah, dass die ersten Seesoldaten an Deck kamen. Koryk, Starr, Lächeln – *Verdammt, Fiedler, wo bist du?* –, dann Krake und Corabb Bhilan Thenu'alas. Einen Augenblick später tauchte Sergeant Balsam auf, gefolgt von Galt und Läppchen. »Sergeant, wo ist dein Heiler – und dein Magier?«

»Sie sind erschöpft«, erwiderte der Dal Honese. »Und erholen sich auf der *Silanda*, Faust.«

»Gut. Ich will, dass ihr euch um Nil und Neder herum aufstellt – die Klauen werden zuallererst auf die beiden losgehen.« Als die Soldaten davontrotteten, wandte Keneb sich wieder Run'Thurvian zu. »Ich gehe davon aus, dass Ihr selbst in der Lage seid, Euch zu schützen, Destriant«, sagte er leise.

»Ja, ich habe mich bisher zurückgehalten, da ich so eine Entwicklung vorausgeahnt habe. Aber was ist mit Euch, Faust Keneb?«

»Ich bezweifle, dass ich so wichtig bin.« Dann fiel ihm plötzlich etwas ein, und er rief den Seesoldaten hinterher: »Lächeln! Geh runter zur Kajüte des Ersten Maats. Warn den Schnellen Ben und versuch ihn irgendwie dazu zu bringen, dass er hier raufkommt.« Er ging hinüber zur Steuerbordreling und beugte sich über sie, betrachtete das Kampfgeschehen am Anfang der Mole.

Inmitten des Mobs waren nun auch malazanische Soldaten in Uniform zu sehen, die jede Tarnung fallen gelassen hatten. Sie trugen Rüstungen, und viele hatten Schilde, während sich andere mehr im Hintergrund hielten und mit ihren Armbrüsten einen Bolzen nach dem anderen auf die Reihen der Verender abschossen. Die fremden Verbündeten waren fast vollkommen auf die Mole zurückgedrängt worden.

Krake war auf dem Vorderdeck und brüllte der Mannschaft an der Balliste etwas zu – der Sappeur hielt ein Stück Netz in der einen Hand und in der anderen ein großes rundes Objekt, einen Knaller. Nach kurzem Zögern trat die Bedienungsmannschaft zurück, und Krake machte sich daran, die Moranth-Munition gleich hinter der Spitze des übergroßen Pfeils zu befestigen.

Nette Idee. Eine ziemlich eklige Art, Platz zu schaffen, aber wir haben eigentlich kaum eine Wahl.

Lächeln tauchte aus dem Kajütengang auf und kam zu Keneb geeilt. »Faust, er ist nicht da.«

»Was?«

»Er ist weg!«

»Nun gut. Was soll's? Geh zu deinem Trupp, Soldat.«

Irgendwo in Malaz begann eine Glocke zu läuten, vier Mal laut und durchdringend. *Bei den Göttern hienieden, ist das alles?*

Leutnant Poren stand neben seinem Hauptmann und starrte über die dunkle Wasseroberfläche hinüber zu dem Gemetzel auf den Hauptdocks. »Wir verlieren, Hauptmann«, sagte er.

»Aus genau diesem Grund habe ich Euch zu einem Offizier gemacht«, erwiderte Gütig. »Wegen Eurer außerordentlichen Auffassungsgabe. Und nein, Leutnant, wir werden unsere Befehle nicht missachten. Wir bleiben hier.«

»Das ist nicht anständig, Hauptmann«, beharrte Poren. »Dort drüben sterben unsere Verbündeten – und dabei ist es noch nicht einmal ihr Kampf.«

»Wozu sie sich entscheiden, ist ihre Sache.«

»Dadurch wird es aber immer noch nicht anständig, Hauptmann.«

»Leutnant, seid Ihr tatsächlich so wild darauf, *Malazaner,* wie Ihr selbst einer seid, zu töten? Wenn dem so ist, dann legt Eure Rüstung ab und schwimmt an Land. Wenn Oponn Euch gewogen sind, werden die Haie Euch trotz meiner gegenteiligen inbrünstigen Gebete nicht entdecken. Und Ihr werdet gerade rechtzeitig ankommen, dass man Euch einen Kopf kürzer machen kann, wodurch Ihr mich dazu zwingen werdet, mir einen neuen Leutnant zu suchen, was – wie ich Euch in Anbetracht aller Umstände versichern kann – nicht allzu schwierig sein wird. Vielleicht Hanfeno, der ist aus dem Holz, aus dem Offiziere geschnitzt sein sollten – natürlich nur Offiziere bis zum Rang eines Leutnants. Der ist fast genauso dumm und dickköpfig wie Ihr. Also macht schon, legt Eure Rüstung ab, damit Senny anfangen kann, Wetten abzuschließen.«

»Danke, Hauptmann, aber das werde ich dann doch lieber nicht tun.«

»Na schön. Aber wenn Ihr Euch auch nur noch ein einziges Mal beklagt, werde ich Euch eigenhändig über die Reling schmeißen, Leutnant.«

»Jawohl, Hauptmann.«

»Mitsamt Eurer Rüstung.«

»Jawohl, Hauptmann.«

»Und nach dem Anlegen werdet Ihr für den Verlust Eurer Ausrüstung bezahlen.«

»Natürlich, Hauptmann.«

»Und solltet Ihr weiterhin versuchen, hier und jetzt das letzte Wort zu behalten, werde ich mich dem Wunsch, Euch auf der Stelle zu töten, nicht mehr lange widersetzen.«

»Jawohl, Hauptmann.«

»Leutnant ...«

Poren machte den Mund zu – und hielt ihn. Zumindest im Augenblick.

Die Gestalt landete mit einem kaum hörbaren Geräusch auf dem kaputten schiefen Dach. Hielt kurz inne, um die überall herumliegenden Leichen zu betrachten. Und näherte sich dann dem großen Loch am einen Ende.

Als sie näher kam, schien eine zweite Gestalt sich gleichsam aus dem Nichts zu materialisieren, auf einem Knie über einem unweit des Lochs auf dem Bauch liegenden Leichnam kauernd. Im Rücken des Leichnams steckte ein Armbrustbolzen, dessen Befiederung aus Fischgräten bestand – die Backenknochen irgendeiner großen, in den Meeren beheimateten Art, fahlweiß und halb durchsichtig. Der Neuankömmling drehte sich um und wandte der näher kommenden Gestalt ein geisterhaftes Gesicht zu.

»Der Meister der Klaue hat mich getötet«, sagte die Erscheinung mit rauer Stimme und deutete dabei auf ihren eigenen Leichnam zu ihren Füßen. »Noch während ich mit meinem letzten Atemzug seinen Namen verfluchte. Ich glaube … ja, ich glaube, das ist der Grund, warum ich noch immer hier bin, warum ich noch nicht bereit bin, durchs Tor des Vermummten zu schreiten. Es ist ein Geschenk … ein Geschenk an dich. Er hat Kalam Mekhar getötet. Mit kartoolianischem Paralt.« Der Geist drehte sich ein Stück zur Seite und deutete auf den Rand des Lochs. »Kalam – er hat den Bolzen herausgezogen … das ist natürlich sinnlos und ändert nichts, denn das Paralt ist schon in seinem Blut. Aber ich habe es Perl nicht gesagt – der Bolzen liegt da drüben, direkt am Rand. Nimm ihn. Es ist immer noch genug Gift daran. Nimm ihn. Für den Meister der Klaue.«

Im nächsten Augenblick war der Geist verschwunden.

Die vermummte Gestalt kauerte sich hin und hob den blutverschmierten Bolzen mit einer behandschuhten Hand auf. Steckte ihn in eine Falte der Schärpe, die sie als Gürtel benutzte, richtete sich wieder auf und verließ das Dach.

Mit unglaublicher Geschwindigkeit bewegte sich die einsame Gestalt durch Stränge aus bösartiger Zauberei die Straße entlang, wich dabei geschickt sämtlichen Fallstricken aus – den funkelnden Nestern aus Hoch-Ruse, den flüsternden Verlockungen Mockras –, um dann in die lichtschluckenden Pfade Rashans einzutauchen, in denen nur wenige Augenblicke zuvor Assassinen der Klaue entlanggerast waren – und ihnen hinterherzujagen, jeweils einen Dolch in den von Lederhandschuhen umhüllten Händen.

In der Nähe des Hafens tauchten die Klauen aus ihren Gewirren auf, sammelten sich zu Dutzenden, kurz davor, mit einem Großangriff auf die fremden Soldaten zu beginnen – auf alle Menschen, die sich an Bord der beiden vertäut an der Mole liegenden Schiffe befanden.

Die Gestalt näherte sich ihnen rasch von hinten, und dabei erlangten ihre Bewegungen eine unmenschliche Geschmeidigkeit, wobei sie gleichzeitig einen Strom von Schatten wob, und ihre Annäherung, die bisher schnell gewesen war, verwandelte sich in etwas anderes – etwas, das schneller war als ein menschliches Auge es in dieser Nacht voller Düsternis und Rauch erfassen konnte –, und dann ging der einsame Angreifer auf die erste Hand los.

Blut spritzte in hohem Bogen, Leichen sackten beiderseits seines Weges zusammen, als er sich wie ein tödlicher Wirbelsturm durch ihre Reihen fraß. Klauen wirbelten herum, riefen, schrien ... und starben.

Perl, der Meister der Klaue, vernahm die Geräusche und drehte sich um. Mehr als zwanzig Hände befanden sich zwischen ihm und der Nachhut – einer Nachhut, die nun sich windend oder reglos auf den Pflastersteinen lag, während etwas – jemand – durch sie hindurchfetzte. Bei den Göttern hienieden. Ein Schattentänzer. Wer – Cotillion? Kaltes Entsetzen packte ihn, schlug eisige Krallen in seine Brust. Der Gott. Der Schutzpatron der Assassinen – er kommt, um mich zu holen.

Beim Namen Kalam Mekhars, er kommt, um mich zu holen!

Er wirbelte herum und schaute sich hektisch um, suchte fieberhaft nach einem Schlupfloch. *Zum Vermummten mit den verdammten Händen!* Perl schob ein paar im Wege stehende Gestalten beiseite und rannte.

Eine enge Gasse zwischen zwei Lagerhäusern, in der Dunkelheit nistete. Nur noch wenige Augenblicke, dann würde er sein Gewirr öffnen, einen Riss erschaffen und sich hindurchstürzen – sich hindurchstürzen und *weg* sein.

Er hatte jetzt die Waffen in der Hand. *Wenn ich zugrunde gehe, werde ich es kämpfend tun, Gott oder nicht –*

In die Gasse, in die schützenden Arme der Dunkelheit. Hinter ihm noch mehr Schreie – sie kamen näher. Wie ein Ertrinkender streckte sich Perls Geist nach seinem Gewirr aus. Mockra. *Benutze es. Verdrehe die Wirklichkeit, öffne einen Riss in ein anderes Gewirr – Rashan, und dann das Imperiale Gewirr, und dann –*

Nichts geschah. Ein keuchender Atemzug entrang sich seiner Kehle, als er weiterrannte, die Gasse entlang –

Irgendetwas war hinter ihm – direkt hinter ihm –

Brennende Schmerzen, als etwas ihm beide Achillessehnen zerschnitt – Perl schrie auf, als die zertrennten Bänder unter seiner Haut zusammensurrten, während er weiterstolperte – seine Füße fühlten sich wie Schlammklumpen an, die sich aus eigenem Antrieb unter ihm zu bewegen schienen. Er stürzte mit weit ausgebreiteten Armen zu Boden, weigerte sich noch immer, seine Waffen loszulassen, tastete noch immer nach seinem Gewirr –

Scharfe Schneiden, die wie giftige Zungen an ihm leckten, ihm die Knie- und Ellbogensehnen durchtrennten. Dann wurde er mit einer Hand von den geschwärzten Pflastersteinen hochgehoben und gegen eine Mauer geschleudert. Der Aufprall zerschmetterte ihm das halbe Gesicht, und als er rücklings wieder zu Boden fiel, war die Hand plötzlich wieder da, gruben sich ihre Finger in sein Fleisch, zwangen seinen Kopf zurück. Eine kalte, scharfe Klinge glitt in seinen Mund, schnitt ihm die Zunge ab. Perl verschluckte sich an dem Blutschwall und drehte den Kopf zur Seite – während er wieder gepackt und gegen die gegenüberliegende Mauer geworfen wurde. Der Aufprall brach ihm den linken Arm. Er landete auf der Seite – ein Fuß kam krachend auf seine Hüfte herunter, zermalmte den Hüftknochen zu einem Haufen Trümmer … *Bei den Göttern, diese Schmerzen!* Sie jagten durch seinen Geist, überwältigten ihn. Sein Gewirr – *Wo ist es?*

Sein Angreifer stand über ihm. Kauerte sich dann hin.

Perl konnte nichts sehen – seine Augen waren voller Blut –, ein wildes Klingeln erfüllte seinen Kopf, Übelkeit stieg in ihm auf, und er erbrach sich in keuchenden Stößen und spuckte Blut, das aus dem Zungenstumpf in seinem Mund sprudelte. *Lostara, meine Geliebte, komm nah ans Tor – und du wirst mich sehen. Wirst mich gehen sehen.*

Eine leise, sanfte Stimme durchdrang plötzlich alle Bilder und Gefühle, und sie war schrecklich deutlich und schrecklich nah. »Du warst mein letztes Ziel, Perl. Ich hatte eigentlich vor, es schnell zu erledigen.« Eine lange Pause, in der er tiefe, gleichmäßige Atemzüge hörte. »Wäre da nicht die Sache mit Kalam Mekhar.«

Irgendetwas bohrte sich in seinen Magen, wurde tief hineingestoßen.

»Ich gebe dir den Bolzen zurück, der ihn getötet hat, Perl.« Und die Gestalt richtete sich wieder auf, ging ein paar Schritte weg und kam dann noch einmal zurück, während bereits die ersten heiß brennenden Wogen aus Agonie durch seine Adern pulsierten und sich hinter seinen Augen sammelten – ein Gift, das dafür sorgen würde, dass er so lange wie möglich am Leben blieb, das sein Herz mit allem versorgte, was nötig war, selbst wenn überall in seinem Körper nacheinander die Blutgefäße zerplatzten –

»Kalams Langmesser, Perl. Du hast nicht nachgedacht. Du kannst kein Gewirr öffnen, wenn du Otataral in der Hand hast. Und so haben wir beide … haben er und ich dich gemeinsam getötet. Wie passend.«

Wie das brennt! Bei den Göttern! Wie das brennt!

Währenddessen schritt Apsalar davon. Ging weiter die Gasse entlang, weg vom Hafen. Weg. Weg von allem.

Dort, wo die Gasse endete – oder genauer gesagt: in eine Seitenstraße mündete, die sich direkt vor der Brücke befand, die über den Fluss und ins Mausviertel führte –, tauchte eine dürre, schattenhafte Erscheinung vor ihr auf. Apsalar blieb vor ihr stehen.

»Sagt Cotillion, dass ich getan habe, was er verlangt hat.«

Schattenthron gab einen flüsternden Laut von sich, der vielleicht ein Seufzen war. Eine beinahe formlose Hand tauchte aus den Falten seines geisterhaften Umhangs auf, umklammerte den silbernen Knauf eines Gehstocks, dessen Spitze einmal auf die Pflastersteine klopfte. »Ich habe zugesehen, meine Liebe. Deinem Schattentanz. Seit du dich vom Fuß des Wallwegs quer durch die Stadt bewegt hast, habe ich zugesehen.«

Sie sagte nichts.
»Noch nicht einmal Cotillion«, fuhr Schattenthron fort, »noch nicht einmal Cotillion …«
Apsalar sagte noch immer nichts.
Plötzlich begann der Gott zu kichern. »Die arme Frau. Sie trifft zu viele falsche Entscheidungen, genau wie wir es befürchtet haben.« Er verstummte kurz, kicherte dann erneut. »Heute Nacht … der Meister der Klaue und dreihundertsieben Klauen – alle durch deine Hand, meine Liebe. Ich … kann es immer noch nicht glauben. Was soll's? Sie ist jetzt auf sich gestellt. So ein Pech aber auch.« Der unter einer Kapuze verborgene Kopf, der kaum Substanz zu haben schien, neigte sich leicht zur Seite. »Oh. Ja, Apsalar, wir halten unsere Versprechen. Du bist frei. Geh.«
Sie hielt ihm zwei Langmesser mit den Griffen voran entgegen.
Mit einem Kopfnicken nahm der Gott Kalam Mekhars Waffen an sich.
Dann schritt Apsalar an Schattenthron vorbei und ging davon.
Er schaute ihr hinterher, wie sie die Brücke überquerte.
Ein weiterer Seufzer. Plötzlich hob er den Kopf und schnüffelte. »Oh, gute Neuigkeiten. Aber noch nicht für mich. Erst noch ein kleiner Umweg. Gute Güte, was für eine Nacht!«
Der Gott verblasste, waberte ein paarmal und formte sich erneut. Schattenthron blickte auf die beiden Langmesser in seiner rechten Hand hinunter. »Das ist absurd! Ich muss zu Fuß gehen! Und notgedrungen auch noch schnell!«
Sein Gehstock klackte auf den Pflastersteinen, als er davonhastete.

Kurze Zeit später erreichte Schattenthron den Fuß eines Turms, der zwar wie eine Ruine aussah, aber keine war. Er hob den Stock und klopfte an die Tür. Nachdem er ein Dutzend Herzschläge lang gewartet hatte, klopfte er erneut.
Die Tür wurde aufgerissen.
Dunkle Augen starrten auf ihn herunter, und ihr Blick wurde immer wütender.

»Na, na, Obo«, sagte Schattenthron. »Dies ist eine Gefälligkeit, das versichere ich dir. Ein Zwillingspärchen, das sich gern und häufig einmischt, hat sich die Spitze deines Turms angeeignet. Ich mache dir den bescheidenen Vorschlag, sie auf die dir eigene, freundliche Weise hinauszuwerfen.« Der Gott deutete einen Gruß mit seinem Stock an, drehte sich um und ging davon.

Er war noch keine zwei Schritte weit weg, da wurde die Tür heftig zugeschlagen.

Schattenthron wurde wieder schneller. Eine letzte Begegnung stand ihm in dieser Nacht noch bevor. Eine höchst wertvolle Begegnung. Der Stock klackte so rasch wie die Marschtrommel einer Soldatenkolonne.

Als er etwa die Hälfte des Weges zu seinem Ziel zurückgelegt hatte, ertönte ein Donnern, und das obere Ende von Obos Turm zerbarst in einer Feuerkugel. Ziegelstücke und Mörtelbrocken flogen durch die Luft. Und es war ein empörter, zweistimmiger Schrei zu hören.

Schattenthron, der sich instinktiv geduckt hatte, richtete sich wieder auf. »Sehr freundlich, Obo«, murmelte er. »Das war wirklich sehr freundlich.«

Und erneut schritt der Gott in vollkommen untypischer Hast durch die Straßen von Malaz.

Sie bewegten sich rasch die Straßen entlang, hielten sich dabei in den Schatten und blieben immer zehn Schritte hinter Legana Breed, der mitten auf der Straße dahinstapfte. Seine Schwertspitze scharrte über die Pflastersteine. Die wenigen Menschen, die ihren Weg gekreuzt hatten, waren beim Anblick des in zerfetzte Felle gekleideten T'lan Imass in höchster Eile geflohen.

Fiedler hatte Gesler und Stürmisch Armbrüste gegeben, die mit Fetzerbolzen geladen waren, während in seiner eigenen ein Knaller bereitlag. Sie näherten sich einer breiteren Straße, die parallel zum Hafen verlief, waren aber immer noch südlich der Brücke, die zu den Hauptdocks führte. Die Gebäude rings um sie herum waren Fiedler vertraut, aber der Anblick hatte etwas Unwirkliches, als ob die Hand eines verrückten Künstlers jede Einzelheit mit mehr Bedeutung versehen hätte, als sie eigentlich haben sollte.

Von den Docks war Kampflärm zu hören, darunter auch immer wieder das Krachen von Moranth-Munition. Meistens klang es nach Fetzern. *Krake! Der Kerl verbraucht meine Vorräte!*

Sie erreichten die Kreuzung. Legana Breed blieb mitten darauf stehen und drehte sich langsam, so dass er die abgesackte Fassade der gegenüberliegenden Schenke sehen konnte. Wo sich plötzlich die Tür öffnete, durch die zwei Gestalten nach draußen gestolpert kamen. Sie torkelten und traten so vorsichtig auf die Pflastersteine, als wären es Trittsteine in einem reißenden Fluss; die eine hielt die andere am Arm fest, zerrte und zog und lehnte sich dann wieder an, so dass sie beide ins Stolpern gerieten.

Leise vor sich hin fluchend ging Fiedler zu ihnen hinüber. »Sergeant Hellian – im Namen des Vermummten, was machst du, verdammt noch mal, hier an Land?«

Als sie die Stimme hörten, blieben die beiden Gestalten ruckartig stehen und drehten sich um.

Hellians Blick fiel auf den T'lan Imass. »Fiedler«, sagte sie, »du siehst schrecklich aus.«

»Ich bin hier drüben, du besoffene Idiotin!« Während er näher an die beiden herantrat, gab er Gesler und Stürmisch ein Zeichen, weiterzugehen. »Wen hast du da bei dir?«

Hellian drehte sich zur Seite und betrachtete den Mann, den sie am Arm festhielt. Lange. Sehr lange.

»Dein' Gefangenen«, sagte der Mann ermutigend.

»Schtimmt.« Hellian richtete sich gerade auf, als sie sich wieder zu Fiedler umdrehte. »Er muss befragt werden.«

»Von wem?«

»Von mir, wieso? Aber egal ... Wo ist das Boot?«

Gesler und Stürmisch gingen auf die Brücke zu. »Folge ihnen«, sagte Fiedler zu Legana Breed, und der T'lan Imass setzte sich in Bewegung. Seine Füße schabten über das Pflaster. Der Sappeur wandte sich wieder Hellian zu. »Bleibt dicht bei mir, wir kehren jetzt zu den Schiffen zurück.«

»Gut. Bin froh, dass du's geschafft hast, Fiedler, nur für den Fall, dass der hier abhauen will, klar? Ich geb dir die Erlaubnis, auf ihn zu schießen. Aber nur ins Bein. Ich will ein paar Antworten von ihm, und die werd ich auch kriegen!«

»Hellian«, sagte Fielder, »es ist gut möglich, dass wir rennen müssen.«

»Das schaffen wir. Stimmt's, Banash?«

»Idiotin«, murmelte Fiedler. »Ihr wart beim Lächler. Der Dämon serviert kein normales Bier. An jedem anderen Ort …« Er verstummte und schüttelte den Kopf. »Kommt schon, ihr zwei.«

Gesler und Stürmisch hatten mittlerweile die Brücke erreicht, bewegten sich geduckt auf ihr vorwärts.

Fiedler hörte Gesler rufen. Es war ein Schrei, der überrascht und besorgt klang, und im gleichen Moment fingen er und Stürmisch an zu rennen – genau auf einen tobenden Mob zu, der plötzlich vor ihnen auftauchte.

»Scheiße!« Fiedler rannte los.

Ein gewundener Graben, der von der Düsternis verschluckt wurde, eine Ader, die unterhalb jener Ebene zu verlaufen schien, auf der in sämtlichen Straßen und Gassen ringsum nichts als Raserei und Blutvergießen herrschten. Dicht gefolgt von T'amber, die hustete und Blut spuckte, während sie voranplantschte, watete Mandata Tavore Paran durch einen trägen Strom aus Abwasser.

Näherte sich immer mehr den Kampfgeräuschen, die von den Hauptdocks herüberdrangen.

Es kam ihr vollkommen unmöglich vor, doch die Klauen hatten sie nicht gefunden, waren nicht über die verfallenen Backsteinmauern gesprungen, um in der fauligen Brühe dieses Flusses, der den gleichen Namen wie die Stadt trug, Tod und Verderben zu bringen. Oh, Tavore und T'amber waren unterwegs an mehr als genug Leichen vorbeigekommen, aber die einzigen Geräusche in ihrer nächsten Umgebung waren das Rauschen des Wassers und das Rascheln der Ratten, die an beiden Ufern entlanghuschten, sowie das Surren stechender Insekten gewesen.

All das veränderte sich, als sie den Rand des freien Platzes erreichten. Ein Fetzer explodierte dort oben, erschreckend nah – und einen Augenblick später stürzten ein halbes Dutzend Gestalten herab, als direkt vor ihnen ein Abschnitt der noch vorhandenen Mauer in sich zusammensackte. Weitere Gestalten kamen schreiend heruntergerutscht, fuchtelten mit ihren Waffen –

– und ein Soldat drehte sich um und entdeckte sie!

Als er seine Kameraden alarmierte, schob sich T'amber an der Mandata vorbei. Ihr Langschwert beschrieb einen weiten, diagonalen Bogen und schlug dem Mann das obere Drittel seines Kopfes samt Helm ab. Weißliche Hirnmasse spritzte.

T'amber streckte eine blutige Hand nach der Mandata aus, packte sie am Umhang und zog sie vorwärts, auf das abgesackte Ufer aus Backsteinen, Sand und Geröll.

Tavore war erstaunt, wie kräftig T'amber zupackte, während sie den Hang in Angriff nahm und die Mandata dabei so wild hinter sich her zog, dass sie den Boden unter den Füßen verlor, immer weiter nach oben, hinauf auf den Platz. Sie sank auf die Knie, als die Hand sie losließ und plötzlich Kampfgeräusche um sie herum waren –

Soldaten der Stadtwache, mindestens drei Trupps – Explosionen hatten sie auf diese Seite des Platzes getrieben, und sie gingen wie tollwütige Wölfe auf die beiden Frauen los –

Tavore mühte sich auf die Beine und parierte mit einer verzweifelten Bewegung einen Schwertstoß, der auf ihren Bauch gerichtet war. Waffen klirrten. Instinktiv ging sie zum Gegenangriff über und spürte, wie die Spitze ihres Schwerts Kettengewebe durchdrang und sich in einen Schultermuskel grub. Ihr Gegner gab einen undefinierbaren Laut von sich und zuckte zurück. Tavore führte einen Schwerthieb gegen sein vorgestelltes Bein, spaltete ihm die Kniescheibe. Er schrie auf und fiel zu Boden.

Zu ihrer Linken stieß und schlug T'amber mit ihrer Klinge zu, parierte und griff wieder an, und um sie herum sanken Leichname zu Boden. Während sich gleichzeitig Schwerter in die Frau bohrten – und dann stolperte sie.

Tavore schrie auf, wirbelte herum, um T'amber zu Hife zu eilen –

Und sah keine zwanzig Schritt entfernt etwa zwei Dutzend Klauen heranhetzen, die sich ins Gemetzel stürzen wollten.

Ein Schwert drang zwischen den Schulterblättern aus T'ambers Rücken, und der Soldat, der die Waffe umklammert hielt, schob sich dicht an die Frau heran und hob sie von den Beinen, schleuderte sie nach hinten, so dass sie von der stählernen Klinge glitt und hart auf den Pflastersteinen landete. Ihr eigenes Schwert rutschte ihr aus der Hand, fiel klirrend zu Boden.

Sechs Schritte trennten die Mandata von einem Dutzend Wachen – und hinter ihr kamen die Klauen immer näher. Tavore wich einen Schritt zurück – Gesichter wandten sich ihr zu, Gesichter, die von blinder Wut verzerrt waren, Gesichter, die sie mit kalten, unmenschlichen Augen anstarrten. Die Mandata packte ihr Schwert mit beiden Händen und hob es langsam, machte einen Schritt rückwärts –

Die Wachen stürmten vorwärts –

Und dann ein blendend heller Blitz, direkt hinter ihnen, und die heranstürmenden Männer verwandelten sich in eine Masse aus zerfetzten Körpern, abgetrennten Gliedmaßen, Blutfontänen. Die donnernde Detonation schien mitten in Tavores Schädel stattzufinden. Die Welt neigte sich plötzlich, sie sah den Nachthimmel, der sich drehte, und die Sterne schienen in alle Richtungen davonzurasen. Ihr Kopf prallte auf die Pflastersteine, so heftig, dass sie den Helm verlor, und dann lag sie auf dem Rücken und starrte nach oben. Die tanzenden Rauchsäulen, roter Nebel sowie ihre schmerzenden, protestierenden Muskeln und Knochen trugen nicht dazu bei, ihre Verwirrung zu mildern.

Eine zweite Explosion hob sie von den Pflastersteinen, hämmerte sie dann wieder nach unten, auf einen Platz, der plötzlich schräg war. Und noch immer regnete es Blut –

Irgendjemand schlitterte gegen sie, eine Hand legte sich leicht auf ihr Brustbein, ein Gesicht, nur verschwommen zu erkennen, befand sich dicht über ihr. Sie sah, dass sich die Lippen bewegten, aber sie hörte nichts.

Ein Aufblitzen von Erinnerung. *Sergeant Fiedler.*

Was? Was tust du?

Und dann wurde sie mitgezerrt; ihre Stiefel, die gefühllose Füße umhüllten, scharrten über das Pflaster. Der rechte blieb irgendwo hängen und rutschte von ihrem Fuß. Sie starrte ihren Fuß an; der Stoff, der ihn umgab, war mit Flussschlamm und Blut vollgesogen.

Sie sah das Szenario hinter ihr, während der Sergeant sie weiter in Richtung der Mole zerrte. Zwei weitere Seesoldaten, die ihren Rückzug mit merkwürdigen, übergroßen Armbrüsten deckten. Aber niemand verfolgte sie – denn die Klauen waren damit beschäftigt, unter den Hieben eines Steinschwerts zu sterben, das von den vertrockneten Händen eines T'lan Imass geschwungen wurde. Bösartige Zauberei schlug auf die Kreatur ein, doch sie kämpfte sich immer weiter vorwärts und tötete, *tötete.*

Was geschah hier? Wo waren die Seesoldaten hergekommen? Sie sah eine weitere Soldatin, die sich mit einem Gefangenen abmühte – der allerdings gar nicht versuchte zu entkommen, sondern nur, auf den Beinen zu bleiben. *Die sind betrunken, alle beide. Nun gut, ich glaube, heute Nacht werde ich das durchgehen lassen.*

Oh, T'amber.

Plötzlich waren noch mehr Gestalten um sie herum. Blutüberströmte Soldaten. Die Verender. Leute riefen – sie konnte es sehen, aber in ihrem Kopf dröhnte und rauschte es noch immer, wurden alle anderen Geräusche ausgelöscht. Sie hob den einen Arm ein Stück, starrte ihre Hand im schweren gepanzerten Handschuh an. *Mein Schwert. Wo ist mein Schwert?*

Ach, was soll's? Jetzt will ich nur noch schlafen. Einfach nur schlafen.

Wühler führte sie in eine Gasse, in der jemand zusammengekrümmt auf dem Boden lag, von Krämpfen geschüttelt und schrecklich stöhnend. Als Lostara näher trat, erkannte sie ihn. Ein schreckliches Gefühl stieg in ihr auf, und sie machte einen Satz an Wühler vorbei, fiel auf die Knie.

Perls Körper war von Wunden übersät, als ob er systematisch gefoltert worden wäre. Und er hatte Schmerzen, die ihn förmlich verzehrten. »Oh mein Geliebter …«

»Das Gift hat ihn in der Gewalt, Lostara«, sagte Wühler, der hinter ihr stand. »Du musst ihm das Leben nehmen.«

Was?

»Er hat geglaubt, dass du tot bist«, fuhr der Junge fort. »Er hat aufgegeben. Hat alles aufgegeben. Außer dem Wunsch, sich zu rächen. An der Mandata.«

»Wer hat das hier getan?«

»Das werde ich dir nicht sagen«, erwiderte Wühler. »Perl wollte Rache – und er hat Rache bekommen. Das ist alles.«

Das ist alles.

»Und jetzt töte ihn, Lostara. Er kann dich nicht hören, kann dich nicht sehen. Für ihn gibt es nur noch den Schmerz. Es sind die Spinnen, verstehst du? Sie atmen das Blut ihrer Opfer, und sie brauchen es frisch und rot. Deshalb lässt das Gift nicht zu, dass er stirbt. Und dann ist da die Säure in seinem Bauch, die sich ausbreitet, alles zerfrisst.«

Benommen zog sie ihr Messer.

»Sorge dafür, dass das Herz stehen bleibt.«

Ja, da, unterhalb des Schulterblatts, und dahinter. Stoß tief zu. Zieh es wieder heraus, und sieh zu, wie der Körper reglos wird, wie die Muskeln erschlaffen. Jetzt ist alles ruhig. Er ist fort.

»Komm mit, es gibt noch mehr zu tun. Schnell!«

Er setzte sich in Bewegung, und sie stand auf und folgte ihm. *Du hast mich verlassen. Du warst da oben, in Mocks Feste, aber ich habe es nicht gewusst. Du hast es nicht gewusst.*

Sie kam an einem Haufen wirr herumliegender Leichen vorbei. Klauen. Die Gasse war voll von ihnen.

Ein Stück voraus waren die Hafenanlagen, der freie Platz –

Plötzlich dröhnten Detonationen, ließen die Gebäude erbeben. Und dann Schreie.

An der Mündung der Gasse kauerte sich Wühler in den Schatten eines Lagerhauses und winkte sie zu sich.

Menschen flohen – zumindest diejenigen, die noch auf den Beinen waren, und das waren ziemlich wenig. Mindestens zwei Knaller waren mitten im Mob explodiert. Knaller und Fetzer, und dort drüben war ein verdammter T'lan Imass, beim Vermummten, und schlug die letzten Flüchtlinge in seiner Reichweite nieder.

»Bei den Göttern«, murmelte Lostara, »da draußen müssen tausend Tote liegen.«

»Ja. Aber schau dort rüber, das musst du sehen.« Er deutete nach rechts, zum Fluss.

»Was?«

»Oh.« Wühler streckte eine Hand aus und legte sie ihr leicht auf den Unterarm.

Die Szene schien sich irgendwie zu verändern, wurde plötzlich anders beleuchtet. Der Lichtschein umgab einen einzigen Körper, der zu weit weg war, um irgendwelche Einzelheiten erkennen zu können –

»T'amber«, sagte Wühler. »Nur du und ich, nur wir beide können es sehen. Also schau zu, Lostara. Schau zu.«

Der goldene Lichtschein zog sich zusammen, stieg von dem Leichnam auf. Eine schwache Windböe strich über Lostara und Wühler hinweg, brachte den mittlerweile vertrauten Geruch von Savannengräsern, ein Gefühl von Wärme und Trockenheit mit.

»Sie ist lange bei uns geblieben«, flüsterte Wühler. »Sie hat T'amber benutzt. Oft. Sie hatte keine andere Wahl. Die Vierzehnte zieht in den Krieg, und wir gehen mit. Wir müssen es tun.«

Eine Gestalt stand nun vornübergebeugt über dem Leichnam. Bepelzt, groß und weiblich. Sie trug keine Kleidung, keinen Schmuck.

Lostara sah, wie sich der T'lan Imass, der etwa dreißig oder vierzig Schritt weit weg war, langsam umdrehte und die Erscheinung anblickte. Und dann neigte der untote Krieger den Kopf und sank langsam auf ein Knie. »Hast du nicht gesagt, wir wären die Einzigen, die sie sehen können, Wühler?«

»Ich habe mich geirrt. Sie hat diese Wirkung.«

»Wer – was ist sie?«

»Die Eres'al. Lostara, du darfst es der Mandata niemals erzählen. Niemals.«

Die Frau im Range eines Hauptmanns der Roten Klingen machte eine finstere Miene. »Noch ein verdammtes Geheimnis, das ich vor ihr bewahren muss.«

»Nur diese beiden«, sagte Wühler. »Du schaffst das.«

Lostara warf dem Jungen einen Blick zu. »Du hast zwei gesagt.«

Wühler nickte. »Ihre Schwester, ja. Eines – und noch eines. Zwei Geheimnisse. Die du niemals verraten darfst.«

»Das wird nicht allzu schwierig sein«, sagte sie, während sie aufstand. »Schließlich werde ich die Vierzehnte nicht begleiten.«

»Doch, das wirst du. Schau! Schau dir die Eres'al an!«

Das merkwürdige weibliche Wesen senkte den Kopf zu dem Leichnam hinunter. »Was tut sie da?«

»Sie gibt ihr einen Kuss. Auf die Stirn. Ein Dankeschön.«

Die Erscheinung richtete sich wieder auf, schien prüfend die Luft einzusaugen – und verschwand von einem Augenblick auf den anderen.

»Oh!«, sagte Wühler. Mehr nicht. Stattdessen ergriff er ihre Hand. »Lostara. Die Mandata, sie hat T'amber verloren. Du musst jetzt ihren Platz einnehmen –«

»Ich habe die Nase voll von irgendwelchen Geliebten, egal, ob Mann oder Frau –«

»Nein, so nicht. Du sollst nur … bei ihr sein. An ihrer Seite. Du musst es tun. Sie schafft das nicht alleine.«

»Was schafft sie nicht?«

»Wir müssen gehen – nein, nicht in diese Richtung. Zu dem Teil des Hafens, der ans Mausviertel grenzt –«

»Wühler – sie werden gleich ablegen!«

»Mach dir darüber keine Gedanken! Komm!«

Totstink stieß Fiedler beiseite und kniete sich neben die Mandata. Er legte ihr eine Hand auf die dreckige Stirn – und riss sie hastig wieder zurück. »Beim Atem des Vermummten! Sie braucht mich nicht.« Er ging rückwärts, schüttelte dabei den Kopf. »Verdammtes Otataral – ich habe nie kapiert, was es bewirkt …«

Tavore öffnete die Augen. Nach einem kurzen Moment setzte sie sich mühsam auf, griff dann dankbar nach Fiedlers Hand und stand auf.

Die *Geiferwolf* entfernte sich langsam von der Mole. Die *Silanda* war schon ein Stück weiter weg, ihre Ruder glitten durchs Wasser.

Die Mandata schaute sich blinzelnd um, ehe sie den Blick auf Fiedler richtete. »Sergeant, wo ist Buddl?«

»Ich weiß es nicht. Er ist nicht zurückgekommen. Sieht so aus, als hätten wir auch den Schnellen Ben verloren. Und Kalam.«

Beim letzten Namen zuckte sie zusammen.

Aber Fiedler hatte es bereits gewusst. *Das Spiel …* »Mandata –«

»Ich habe noch niemals jemanden so kämpfen gesehen«, sagte sie. »Er und T'amber … die beiden haben sich durch eine ganze Stadt gekämpft –«

»Mandata. Die anderen Schiffe haben uns Zeichen gegeben. Wohin gehen wir?«

Aber sie wandte sich ab. »Buddl … wir haben versagt, Sergeant. Er sollte jemanden holen.«

»Jemanden? Wen?«

»Das spielt jetzt keine Rolle mehr. Wir haben versagt.«

Das alles … all diejenigen, die heute Nacht gestorben sind – all das wegen eines einzigen Menschen? »Mandata, wir können bis zum Tagesanbruch in der Bucht warten, können einen Trupp in die Stadt schicken, der –«

»Nein. Admiral Noks Begleitschiffe werden den Befehl erhalten, die Transportschiffe zu versenken – die Verender werden eingreifen, und es wird noch mehr Tote geben. Wir müssen aufbrechen.«

»Sie werden uns verfolgen und einholen –«

»Nein. Admiral Nok hat mir versichert, dass er in Bälde von einem Anfall von Unfähigkeit heimgesucht werden wird.«

»Dann werden wir also den anderen Zeichen geben, dass sie Anker lichten und Segel setzen sollen?«

»Ja.«

»Schiff nähert sich an Steuerbord!« Der Ruf war von einem der Seeleute gekommen.

Fiedler folgte der Mandata an die Reling. Wo Faust Keneb bereits wartete.

Ein kleines Boot näherte sich ihnen in einem Winkel, dass es ihren Kurs kreuzen würde. Am Bug des Bootes blitzte eine Laterne auf.

»Sie haben Passagiere, die übersetzen wollen«, rief der Ausguck.

Das Boot kam längsseits, rieb sich knirschend am Rumpf der *Geiferwolf.* Taue wurden nach unten geworfen, gefolgt von Strickleitern.

Fiedler nickte. »Buddl.« Seine Miene verfinsterte sich. »Ich habe gedacht, Ihr hättet von einer Person gesprochen – der Idiot hat fast zwei Dutzend mitgebracht.«

Doch der Erste, der über die Reling schaute, war Wühler.

Ein breites Grinsen. »Hallo, Vater«, sagte er, als Keneb die Arme ausstreckte, den Jungen über die Reling hob und auf dem Deck absetzte. »Ich habe Hauptmann Lostara Yil mitgebracht. Und Buddl hat eine ganze Menge Leute mitgebracht –«

Dann kletterte ein Fremder an Bord, landete leichtfüßig auf Deck und blieb stehen; die Hände in die Hüften gestemmt, blickte er sich um. »Eine verdammte Sauerei«, sagte er.

Kaum hatte der Mann den Mund zum Sprechen aufgemacht, trat Fiedler einen Schritt nach vorn. »Cartheron Crust. Ich dachte, Ihr seid –«

»Hier ist niemand, der so heißt«, knurrte der Mann und legte dabei eine Hand an das Heft des Messers, das aus seinem Gürtel ragte.

Fiedler trat wieder zurück.

Weitere Gestalten tauchten auf, allesamt Fremde: Der Erste war ein großer Mann mit ausdruckslosem Gesicht und einem wachsamen Blick, dessen Unterarme von Narben und alten Striemen übersät waren, die Fiedler erkannte. Er wollte gerade etwas sagen, als Crust – der nicht Crust war – sich zu Wort meldete.

»Mandata Tavore, stimmt's? Nun, ich bekomme von Euch sechzehn Goldmünzen dafür, dass ich diesen Haufen von Idioten an Bord Eures Schiffes gebracht habe.«

»In Ordnung.«

»Dann bringt sie her, denn wir haben nicht vor, länger als unbedingt nötig in diesem verdammten Hafen rumzuhängen.«

Tavore wandte sich an Keneb. »Faust, geht zur Soldtruhe der Legion und holt zweihundert Goldmünzen.«

»Ich habe sechzehn gesagt –«

»Zweihundert«, erwiderte die Mandata.

Keneb machte sich auf den Weg zum Niedergang.

»Kapitän«, setzte die Mandata an – und verstummte.

Die Gestalten, die jetzt an Bord kletterten, waren alle groß und schwarzhäutig. Eine von ihnen – eine Frau – stand ziemlich dicht bei dem narbigen Mann, und diese Frau blickte jetzt die Mandata an.

In etwas holprigem Malazanisch sagte sie: »Mein Mann hat lange auf Euch gewartet. Aber glaubt nicht, dass ich so einfach zulassen werde, dass Ihr ihn mitnehmt. Was geschehen wird, geht uns – die Tiste Andii – genau so viel und vielleicht noch mehr an als Euch.«

Nach kurzem Zögern nickte die Mandata und verbeugte sich leicht. »Dann willkommen an Bord, Tiste Andii.«

Drei kleine, schwarze Gestalten turnten über die Reling und kletterten sofort in die Takelage.

»Bei den Göttern hienieden«, murmelte Fiedler. »Naechts. Ich hasse diese Dinger –«

»Das sind meine«, sagte der narbige Fremde.

»Wie heißt Ihr?«, fragte ihn Tavore.

»Withal. Und das hier ist meine Frau, Sandalath Drukorlat. Ja, richtig, eine gute Handvoll Name, und mehr als eine Handvoll –«

»Sei still, Mann.«

Fiedler sah, dass Buddl versuchte, sich seitlich davonzustehlen, und er setzte dem Soldaten nach. »Du.«

Buddl zuckte zusammen, drehte sich um. »Sergeant.«

»Im Namen des Vermummten – wie hast du bloß Cartheron Crust gefunden?«

»*Den* Crust? Nun, ich bin einfach meiner Ratte gefolgt. Wir konnten nicht hoffen, irgendwie heil durch das Gemetzel auf dem Platz zu kommen, also haben wir ein Schiff gesucht –«

»Aber ... Cartheron Crust?«

Buddl zuckte die Schultern.

Mittlerweile war Keneb wieder aufgetaucht, und Fiedler sah, dass die Mandata und Crust miteinander stritten, aber er konnte nichts verstehen. Nach ein paar Herzschlägen nickte Crust und nahm den kleinen Kasten voller Münzen an sich. Und die Mandata ging in Richtung Bug.

Wo Nil und Neder standen.

»Sergeant?«

»Ruh dich aus, Buddl.«

»Jawohl. Danke, Sergeant.«

Fiedler stapfte hinter der Mandata her, um etwas von dem Gespräch mit den beiden Wickanern mitzubekommen.

Tavore sprach gerade. »... Pogrom. Die Wickaner in eurer Heimat brauchen euch beide. Und Temul. Leider werdet ihr eure Pferde nicht mitnehmen können – dafür ist das Schiff des Kapitäns nicht groß genug –, aber wir können alle Wickaner irgendwie unterbringen. Bitte macht euch fertig. Ich danke euch beiden für alles, was ihr für mich getan habt.«

Nil stieg als Erster zum Hauptdeck hinunter. Neder setzte sich einen Moment später in Bewegung, doch sie trat zu Buddl, der mit gesenktem Kopf und geschlossenen Augen an die Reling gelehnt dahockte. Sie starrte düster auf ihn hinunter, bis ihn irgendein Instinkt warnte, so dass er die Augen aufmachte und zu ihr hochschaute.

»Wenn du fertig bist«, sagte Neder, »komm zurück.«

Dann ging sie davon. Buddl starrte mit verblüffter Miene hinter ihr her.

Fiedler drehte sich um. *Glücklicher Bursche.*

Oder auch nicht.

Er stieg zum Vorderkastell hinauf. Starrte zur Stadt hinüber. Hier und dort flackerten Brände, und es roch nach Rauch und Tod.

Kalam Mekhar … mein Freund.

Leb wohl.

Ironischerweise hatte ausgerechnet der Blutverlust ihn bislang am Leben gehalten. Blut und Gift strömten aus seinen Wunden, während er vorwärtsstolperte, fast blind angesichts der Schmerzen, die jeden Muskel erfasst hatten. Sein Herzschlag dröhnte so laut durch seinen Schädel, dass er taub zu werden drohte.

Er kämpfte sich weiter, immer weiter. Ein Schritt, dann noch einer … Plötzlich verkrampfte sich sein Körper vor Schmerz, und er sank vornüber … Doch dann ließ der brennende, quälende Schmerz ein winziges bisschen nach – genug, um ihn Luft holen zu lassen, um einen Fuß ein Stück nach vorn zu zwingen. Und dann den anderen.

Er erreichte eine Ecke, hob mit Mühe den Kopf. Doch brennendes Feuer verzehrte seine Augen, so dass er nichts von der Welt da draußen ausmachen konnte. So weit … war er gekommen … rein instinktiv, indem er einer Karte gefolgt war, die er in seinem Kopf hatte – eine Karte, die der Schmerz längst zerfetzt hatte.

Er war nahe. Er konnte es spüren.

Kalam Mekhar streckte einen Arm aus, um sich an einer Wand abzustützen – doch da war keine Wand, und er stürzte, schlug hart auf die Pflastersteine, wo er sich – ohne dass er etwas dagegen hätte tun können – um die rasende Agonie in seinem Innern zusammenkrümmte.

Verirrt. Da hätte eine Mauer sein müssen, eine Ecke, genau da. Seine Karte hatte ihn im Stich gelassen. Und jetzt war es zu spät. Er konnte spüren, wie seine Beine abstarben. Seine Arme. Sein Rückgrat war ein Speer aus flüssigem Feuer.

Er spürte den harten, feuchten Pflasterstein unter den Fingerknöcheln einer Hand.

Nun, sterben war sterben. Die Kunst des Assassinen richtete sich irgendwann immer gegen denjenigen, der sie ausübte. Nichts auf der Welt konnte gerechter sein … passender …

Zehn Schritt entfernt fletschte Schattenthron die Zähne. »Steh auf, du Narr. Du bist fast da. Steh auf!«

Aber der Körper auf dem Boden bewegte sich nicht.

Der Gott zischte wütend und glitt vorwärts. Auf sein Zeichen hin huschten die drei Schattengespenster in seinem Schlepptau an ihm vorbei und versammelten sich um den reglos daliegenden Kalam Mekhar.

»Er ist tot«, krächzte eines der Gespenster.

Schattenthron knurrte ärgerlich, stieß seine Diener beiseite und kauerte sich hin. »Noch nicht ganz«, sagte er nach einem kurzen Augenblick. »Aber er ist verdammt nah dran.« Er trat einen Schritt zurück. »Hebt ihn auf, ihr verdammten Idioten! Wir werden ihn schleppen!«

»Wir?«, fragte eines der Gespenster.

»Vorsichtig«, murmelte der Gott. Dann schaute er zu, wie die Gespenster den Assassinen an Armen und Beinen packten und ihn hochhoben. »Gut. Und jetzt folgt mir. Beeilt euch.«

Zum Tor, das sich quietschend öffnete, als Schattenthron dagegendrückte.

Auf den unebenen Pfad mit seinen schiefen Pflastersteinen und den Büscheln aus verdorrtem Gras.

Links und rechts des Pfades ragten Hügel aus Erde auf, die zu dampfen begannen. War die Morgendämmerung schon nah? Kaum. Nein, diejenigen, die sich in den Erdhügeln befanden … *spürten* ihn. Der Gott gestattete sich ein kleines, trockenes Lachen. Und duckte sich, als es lauter durch die Luft hallte, als er es beabsichtigt hatte.

Sie näherten sich der Vordertür.

Schattenthron blieb stehen, trat dann so weit er konnte an den Rand des Pfades und winkte die Gespenster vorwärts. »Schnell! Legt ihn da hin – auf die Schwelle! Oh, und hier … Du da, nimm seine Langmesser. Steck sie wieder in die Scheiden, ja. Und jetzt verschwindet von hier – alle! Und bleibt auf dem Pfad, ihr hirnlosen Würmer! Wen wollt ihr aufwecken?«

Er machte einen Schritt auf die dunkle, von Tautropfen übersäte Tür zu. Hob den Gehstock. Klopfte ein einziges Mal mit dem silbernen Knauf.

Dann drehte der Gott sich um und eilte den Pfad entlang.

Gerade, als er das Tor erreichte, öffnete sich knarrend die Tür, und er wirbelte herum.

Eine große Gestalt, die eine Rüstung trug, füllte den ganzen Türrahmen aus. Sie schaute nach unten.

»Nimm ihn hoch, du Ochse! Nimm ihn hoch!«, flüsterte Schattenthron.

Aufreizend langsam streckte der gewaltige Wächter des Totenhauses die Arme aus, packte den Assassinen im Genick und zog ihn über die Schwelle.

Der Gott, der noch immer am Tor kauerte, sah zu, wie Kalams Füße im Zwielicht verschwanden.

Dann wurde die Tür wieder zugeschlagen.

War das noch rechtzeitig? »Das kann man unmöglich sagen. Zumindest jetzt noch nicht ... Gute Güte, Schattenthrons Sammlung ist *wirklich* beeindruckend, was?« Er drehte sich um und sah gerade noch, wie die Schattengespenster die Straße entlangflohen, als sich die Tür einer nahe gelegenen Schenke dröhnend öffnete.

Der Gott zuckte zusammen, duckte sich noch mehr. »Äh ... oh ... Ich glaube, es ist an der Zeit zu verschwinden.«

Schatten wirbelten.

Und dann war Schattenthron verschwunden.

Hauptsergeant Tapferer Zahn näherte sich dem Eingang von Schaffs Schenke. Die Morgendämmerung war noch nicht angebrochen. Und die verdammte Nacht war jetzt so still wie ein Grab. Er erschauerte, als hätte er gerade den Weg eines alten Geistes gekreuzt, der unsichtbar vorbeigezogen und dabei stehen geblieben war, um ihm einen hungrigen Blick zuzuwerfen.

Die Tür zu Schaffs Schenke öffnete und schloss sich wieder – ziemlich laut, und Tapferer Zahn verlangsamte seine Schritte.

Eine in eine Rüstung gehüllte Monstrosität geriet in sein Blickfeld.

Tapferer Zahn blinzelte, dann knurrte er leise vor sich hin und trat näher.

»'n Abend, Temper.«

Der behelmte Kopf wandte sich ihm zu, als würde das Auftauchen des Hauptsergeanten ihn irgendwie ablenken.

»Tapferer Zahn.«

»Was machst du hier draußen?«

Temper schien prüfend die Luft einzusaugen, dann warf er einen Blick hinüber zum alten Totenhaus. Es rasselte, als er die Schultern zuckte. »Hab gedacht, ich geh ein bisschen spazieren.«

Tapferer Zahn nickte. »Wie ich sehe, bist du passend angezogen.«

Beide Männer traten einen Schritt zurück, als eine Frau aus einer nahe gelegenen Gasse auftauchte und dicht an ihnen vorbeiging, die Stufen hinunterstieg und in Schaffs Schenke verschwand.

»Na, das war ja vielleicht ein sich wiegender Gang«, sagte der Hauptsergeant anerkennend. Aber Tempers Aufmerksamkeit war auf die Pflastersteine gerichtet, und Tapferer Zahn blickte nun ebenfalls nach unten.

Sie hatte Spuren hinterlassen. Dunkelrote Spuren.

»Tja, Temper. Ich nehme an, wir können nicht hoffen, dass das Schlamm ist, oder?«

»Ich glaube nicht, Zahn.«

»Nun, ich denke, ich werde mich ein bisschen bei Schaff niederlassen. Bist du fertig mit deinem Spaziergang?«

Ein letzter Blick hinüber zum Totenhaus, und Temper nickte. »Sieht ganz so aus.«

Und die beiden gingen hinunter in die düsteren Räumlichkeiten der Schenke zum Gehängten.

Ein verheißungsvoller Gast hatte sich in dieser Nacht bei Schaff verkrochen: Faust Aragan, der sich in die schmale Nische verzogen hatte, die in der dunkelsten Ecke lag und am weitesten von der Tür entfernt war. Dort saß er Glockenschlag um Glockenschlag ganz allein und trank bedächtig einen Krug Bier, während draußen die Nacht verstrich und die Geräusche von Kämpfen und Aufruhr von fern – und gelegentlich auch von nicht ganz so fern – heranklangen.

Er war nicht der Einzige, der aufblickte und dann seinen bewundernden Blick nicht von der unbekannten schwarzhaarigen Kanesin abwenden konnte, die kurz vor Anbruch der Morgendämmerung den Schankraum betrat. Aus dem Schatten seiner Kapuze heraus sah er zu, wie sie an den Tresen trat und kanesischen Reiswein bestellte, was Schaff zu einem ziemlich verzeifelten Rumkramen und Suchen zwang, bis er mit einer staubigen, bernsteinfarbenen Glasflasche wieder auftauchte – die an sich schon ein kleines Vermögen wert war.

Wenige Augenblicke später betrat Temper die Schenke – von einer mächtigen, altmodischen Rüstung niedergedrückt –, gefolgt von Hauptsergeant Tapferer Zahn. Aragan kauerte sich tief in seine Nische, wandte den Blick ab.

Die beiden waren für ihn in dieser Nacht keine Gesellschaft.

Seit der Abenddämmerung hatte er sich mit Kopfschmerzen rumgeschlagen, und er hatte schon geglaubt, sie wären vorbei – aber plötzlich war das Pochen in seinem Schädel wieder da, doppelt so stark wie zuvor, und er stöhnte leise auf.

Tapferer Zahn versuchte, ein Gespräch mit der Frau anzufangen, doch das brachte ihm nur eine Messerspitze ein, die ihm knapp unter dem Auge ins Gesicht gehalten wurde, und dann bezahlte die Frau die ganze Flasche, verlangte ein Zimmer im Obergeschoss und ging nach oben. Ganz allein. Und niemand folgte ihr.

Der Hauptsergeant wischte sich fluchend den Schweiß aus dem Gesicht und rief dann lautstark nach Bier.

Merkwürdige Geschehnisse bei Schaff, aber wie immer glätteten Bier und Wein rasch die Wogen, und was die Sache betraf, dass draußen allmählich die Morgendämmerung verstohlen in die Stadt kroch – nun, das gehörte schließlich zu einer anderen Welt, oder?

Kapitel Dreizehn

Holt Luft,
holt tief Luft
und haltet sie an, meine Freunde,
haltet sie lange an,
denn die Welt –
die Welt ertrinkt.

Wu

Das Chaos – die Sphäre zwischen den Sphären – hatte viele Gesichter, dachte Taralack Veed, und der Pfad, den sie dieses Mal genommen hatten, war wirklich entsetzlich. Hier und dort standen kahle Bäume, deren dürre, abgebrochene Zweigspitzen sich im kalten, unruhigen Wind drehten. Rauchfahnen trieben über die verwüstete Landschaft aus Schlamm, die förmlich von Leichen übersät war. Lehmüberzogene Gliedmaßen ragten in die Höhe, deren zusammengekrümmte Körper halb im Boden versunken waren.

In der Ferne blitzte es auf – Ausbrüche von Zauberei, Zeichen eines Kampfes, der noch immer wütete, aber die Gegend, durch die sie zogen, war leblos, Stille lag wie ein Mantel über der Landschaft, und die einzigen Geräusche kamen zittrig ganz aus der Nähe – das schmatzende Geräusch, mit dem sich Stiefel aus dem grauen Matsch lösten, das Rascheln und Klirren von Rüstungen und Waffen und gelegentlich ein leiser Fluch.

Tagelang nichts als dieser Wahnsinn, diese brutale Erinnerung daran, was möglich war, wie die Dinge abrutschen konnten, immer weiter abrutschen, bis Krieger sinnlose Kämpfe fochten und Leben erloschen, die schlammige Tümpel füllten – kaltes Fleisch, das unter ihren Schritten nachgab.

Und wir marschieren in unsere eigene Schlacht und tun dabei so, als wäre uns alles um uns herum vollkommen gleichgültig. Er war kein Narr. Er war in einen Stamm hineingeboren worden, den die meisten primitiv nannten. Rückständig. Kriegerkasten, Blutkulte und unaufhörliche Blutrache. Die Gral besaßen keinerlei Kultiviertheit, wurden von niederen Beweggründen und unbegründeten Überzeugungen angetrieben. Sie verehrten die Gewalttätigkeit. Doch lag nicht Weisheit darin, Regeln aufzustellen, um den Wahnsinn im Zaum zu halten, um das Blutvergießen niemals zu weit gehen zu lassen?

Taralack Veed wurde plötzlich klar, dass er bestimmte zivilisierte Denkweisen angenommen hatte. Als hätte er schlechtes Wasser getrunken und davon Fieber bekommen, waren seine Gedanken durch Träume von Vernichtung verzerrt worden – er hatte gewollt, dass ein ganzer Clan getötet würde, hätte alle seine Mitglieder am liebsten eigenhändig getötet. Männer. Frauen. Kinder. Säuglinge. Und dann, in etwas maßvollerer, milderer Stimmung, hatte er sich ein nicht ganz so großes Gemetzel vorgestellt, eines, das ihm genügend Verwandte übrig lassen würde, über die er würde herrschen können; unbehindert und frei mit ihnen zu tun, was ihm beliebte. Er würde der Leitwolf in der Blüte seiner Jahre sein, der mit einem Blick herrschte, mit einer einfachen Geste seine absolute Herrschaft beweisen konnte.

Nichts von alledem ergab für ihn noch irgendeinen Sinn.

Ein Stück voraus verkündete der Edur-Krieger Ahlrada Ahn eine Ruhepause, und Taralack Veed ließ sich gegen die schräge, nasse Böschung eines Grabens sinken und starrte auf seine Beine hinunter, die direkt unterhalb der Knie zu enden schienen, denn der Rest verschwand in der trüben Brühe, die so grau war wie der Himmel über ihnen.

Der dunkelhäutige Tiste Edur ging an der Reihe seiner Leute entlang, blieb schließlich vor dem Gral und dem Jhag-Krieger stehen. »Sathbaro Rangar sagt, wir sind dicht dran«, sagte er. »Er wird das Tor bald öffnen – wir sind so oder so schon viel zu lange in dieser Sphäre.«

»Wie meint Ihr das?«, fragte Taralack.

»Es wäre besser, wenn wir hier nicht gesehen würden – wenn uns die Bewohner dieser Sphäre nicht sehen würden. Natürlich wären wir nur geisterhafte Erscheinungen für sie, einfach nur eine weitere Kolonne von Soldaten, die sich hier entlangschleppt. Trotzdem, wenn sie uns sehen, könnte das … Wellen erzeugen.«

»Wellen?«

Ahlrada Ahn schüttelte den Kopf. »Ich weiß es selbst nicht genau, aber unser Hexer ist beharrlich. Diese Sphäre ist wie das Entstehende – den Weg zu öffnen heißt, sich der Verwüstung auszusetzen.« Er machte eine kurze Pause, ehe er fortfuhr: »Ich habe das Entstehende gesehen.«

Taralack Veed schaute dem Edur hinterher, als der Krieger weiterging und dann und wann Halt machte, um mit einem anderen Edur oder einem Letherii zu sprechen.

»Er führt ehrenvoll«, sagte Icarium.

»Er ist ein Narr«, murmelte der Gral leise vor sich hin.

»Du urteilst hart, Taralack Veed.«

»Er benutzt Täuschungen, Schlächter, und sie sind alle darauf hereingefallen, aber ich nicht. Kannst du es nicht sehen? Er ist anders als die anderen.«

»Es tut mir leid«, sagte Icarium, »aber ich sehe nicht so wie du. Er ist anders – wie anders?«

Taralack Veed zuckte die Schultern. »Er bleicht seine Haut. Ich kann das Zeug riechen, das er benutzt – es erinnert mich an die Gotharblüten, die mein Volk benutzt, um Tierfelle weiß zu machen.«

»Er bleicht …« Icarium richtete sich langsam auf und sah an der Reihe der Krieger entlang. Dann seufzte er. »Ja, jetzt kann ich es sehen. Ich war unachtsam –«

»Du hattest dich in dir selbst verloren, mein Freund.«

»Ja.«

»Das ist nicht gut. Du musst dich bereitmachen, du musst aufmerksam bleiben, Schlächter –«

»Nenn mich nicht so.«

»Auch das ist in deinem Innern – dieser Widerstand gegen die

Wahrheit. Ja, es ist eine grausame Wahrheit, aber nur ein Feigling würde ihr nicht ins Auge sehen, sondern sich abwenden und hinter einer Lüge verstecken, die mehr Trost verspricht. Diese Art von Feigheit ist unter deiner Würde.«

»Vielleicht auch nicht, Taralack Veed. Ich glaube, dass ich tatsächlich ein Feigling bin. Und doch wäre das nur das geringste meiner Verbrechen. Denn wenn alles wahr ist, was du über mich erzählst –«

»Zweifelst du an meinen Worten?«

»In mir ist kein Hunger«, sagte der Jhag. »Keine Lust zu töten. Und alles, was du mir zur Last legst, alles, was ich deinen Worten zufolge getan haben soll – ich erinnere mich an nichts davon.«

»Das liegt in der Natur deines Fluchs, mein Freund. Ich wollte, ich könnte hier und jetzt bekennen, dass ich dich getäuscht habe. Es hat Veränderungen in meiner Seele gegeben, und jetzt fühle ich mich, als ob wir gefangen wären – als ob wir zu unserem Schicksal verdammt wären. Ich habe dich inzwischen näher kennengelernt, Icarium, kenne dich jetzt besser als je zuvor, und ich trauere um dich.«

Die blassgrauen Augen richteten sich auf ihn. »Du hast mir erzählt, dass wir sehr lange zusammen gereist sind, dass wir diese Reisen des Geistes schon zuvor gemacht haben. Und du warst voll grimmiger Inbrunst hinsichtlich deines Wunsches, mich … entfesselt zu sehen. Taralack Veed, wenn wir tatsächlich viele Jahre lang zusammen waren … dann ergibt das, was du jetzt sagst, keinen Sinn.«

Der Gral spürte, wie ihm am ganzen Körper der Schweiß ausbrach, und er wandte sich ab.

»Du behauptest, Ahlrada Ahn wäre derjenige unter uns, der sich der Täuschung bedient. Vielleicht muss man ein Betrüger sein, um seine Verwandten zu erkennen.«

»Das sind sehr unfreundliche Worte, mein Freund –«

»Ich glaube nicht mehr, dass wir Freunde sind. Ich habe inzwischen den Verdacht, dass du mein Hüter bist, und dass ich kaum mehr als deine Waffe bin. Und jetzt sprichst du Worte, mit denen du die Schärfe dieser Waffe anzweifelst, als könnte unsere jeweilige Unsicherheit dafür sorgen, dass wir aufeinander zugehen. Aber ich werde keinen Schritt auf dich zugehen, Taralack Veed. Ich werde nur einen Schritt zurücktreten – weg von dir.«

Dieser Scheißkerl. Er hat so getan, als wäre er blind für alles. Doch die ganze Zeit hat er zugehört, hat er alles beobachtet. Und jetzt nähert er sich der Wahrheit. Die Waffe ist schlau – ich war unachtsam, habe ihn dazu ermutigt, abweisend zu sein, und wenn meine Worte selbst Waffen waren, habe ich vergessen, dass dieser Jhag sich zu verteidigen weiß, dass er eine Rüstung aus der Erfahrung von Jahrhunderten trägt.

Er blickte auf, als Ahlrada Ahn auf seinem Weg zurück zur Spitze der Kolonne wieder an ihnen vorbeischritt. »Bald«, erinnerte der Krieger sie.

Die Reise ging weiter.

Hauptmann Varat Taun, der Stellvertreter von Atri-Preda Yan Tovis – die gemeinhin nur Zwielicht genannt wurde –, winkte seine letheriischen Bogenschützen vorwärts. Er spuckte aus, um den Geschmack von Schlamm in seinem Mund loszuwerden, aber es war hoffnungslos. Die Zauberei der Festen war an diesem Ort in blitzenden Wogen der Vernichtung entfesselt worden – die Luft stank danach, im Wind konnte er die Echos der Rufe von zehntausend sterbenden Soldaten hören, und der Schlamm auf seiner Zunge war aus pulverisiertem Fleisch und knirschenden Knochenstückchen.

Und doch war all dies vielleicht auch eine Art Geschenk – etwas, das die Verhältnisse zurechtrückte. Denn so grimmig das Imperium der Letherii auch unter der Herrschaft der Edur geworden war, so gab es dort doch immer noch grüne Hügel, Bauernhöfe und einen blauen Himmel. Kinder wurden Müttern geboren, und Freudentränen rannen leicht über warme, weiche Wangen, während Augen liebevoll leuchteten … *Oh geliebte Frau, diese Erinnerungen an dich sind das Einzige, was mich zusammenhält, das Einzige, was mich vor dem Wahnsinn bewahrt. Du und unsere kost-*

bare Tochter. Ich werde euch beide wiedersehen. Das verspreche ich. Vielleicht schon bald.

Ahlrada Ahn befand sich einmal mehr an der Spitze der Marschkolonne. Der arme Kerl. Der Schnitt seines Gesichts verriet ihn nur allzu rasch … wenn man – wie Varat Taun – ein Soldat aus Blaurose war. Ein Betrüger – doch welche Gründe hatte er für so eine Täuschung? *Vielleicht geht es einfach nur ums Überleben. Um nichts weiter.* Doch von einigen Letherii-Sklaven im Dienste der Tiste Edur hatte er gehört, dass zwischen den Edur und den Tiste Andii eine uralte Feindschaft bestand, und wenn die Edur von den verborgenen Enklaven in Blaurose, von ihren verhassten dunkelhäutigen Verwandten wüssten, dann …

Und deswegen war Ahlrada Ahn hier. Er war ein Spion. Varat Taun wünschte ihm Glück. Die Mitglieder des Onyx-Ordens waren letztlich gütige Herrscher gewesen – natürlich lud die Vergangenheit unter den gegenwärtigen Umständen dazu ein, sie romantisch zu verklären.

Doch selbst, wenn man das in Betracht zieht – schlimmer als jetzt kann es gar nicht gewesen sein.

Eine weitere sinnlose Schlacht lag vor ihnen. Mehr tote Letherii. Er wünschte sich nichts sehnlicher als Zwielichts Anerkennung, und dass er nun diese Bogenschützen befehligte, konnte sich diesbezüglich als wahre Nagelprobe erweisen. War Varat Taun gut darin, zu befehligen? Konnte er das Gleichgewicht zwischen Wildheit und Vorsicht halten? *Nun, ich bin schließlich beim besten Befehlshaber der letheriischen Streitkräfte seit Preda Unnutal Hebaz in die Lehre gegangen, oder etwa nicht?*

Dieser Gedanke allein schien den Druck zu verdoppeln.

Der Graben, den sie entlanggewatet waren, mündete in eine schlammige Ebene, deren Oberfläche von Pferdehufen und Wagenrädern aufgewühlt und von Detonationskratern zauberischer Energien übersät war. Der Gestank nach verwesendem Fleisch hing wie Nebel in der Luft. Hier und dort waren Grabsteine zu sehen – manche standen schief, andere waren zerbrochen –, und es gab zersplitterte Baumstämme, die von Fäulnis schwarz waren, und man sah dünne weiße Knochen inmitten der Leichen.

Etwa anderthalb Meilen entfernt verlief eine Anhöhe, möglicherweise eine erhöhte Straße, und dort waren Gestalten zu sehen, die mit geschulterten Piken in einer immer wieder ausfransenden Marschkolonne auf die ferne Schlacht zumarschierten.

»Schnell!«, zischte Sathbaro Rangar und humpelte weiter. »Bleibt in Deckung, rückt zusammen! Nein, dort drüben – duckt euch, ihr Idioten! Wir müssen hier weg!«

Steth und Aystar, Bruder und Schwester, die die gleichen Erinnerungen teilten – Erinnerungen an die Schmerzen, als ihre Hände und Füße an Holzkreuze genagelt gewesen waren und Raben nach ihren Augen gepickt hatten; schreckliche Albträume, die von einer einfallsreichen Vorstellungskraft heraufbeschworen wurden, wie ihre Mutter Minala sagte – krochen durch den düsteren Spalt. Der felsige Boden unter ihnen war glitschig, scharfkantig und trügerisch.

Sie hatten noch nicht gekämpft, obwohl sie ihren Eifer immer wieder verkündet hatten. Aber sie waren noch zu jung – zumindest war Mutter zu diesem Schluss gekommen. Doch Steth war zehn und Aystar, seine Schwester, neun, und sie trugen die Rüstung der Schattenkompanie und hatten Waffen im Gürtel stecken, und sie hatten zusammen mit den anderen geübt, genauso hart und gewissenhaft wie alle. Und ein Stück weiter vorn stand ihr Lieblingswachtposten und bewachte den Durchgang. Sie schlichen sich an ihn an, spielten ihr liebstes Spiel.

Tief geduckt bewegten sie sich immer weiter auf die Stelle zu, an der er normalerweise stand.

Und hörten plötzlich eine knirschende Stimme zu ihrer Linken. »Ihr beide atmet zu laut.«

Aystar kreischte vor Wut und Enttäuschung auf und sprang hoch. »Das ist Steth! Ich atme überhaupt nicht! Ich bin genau wie du!« Sie rückte zu dem ungeschlachten T'lan Imass vor, der mit dem Rücken zu einer Seitenwand der Spalte stand. Dann stürzte sie sich auf ihn, schlang ihm die Arme um den Bauch.

Onrack richtete seinen dunklen, leeren Blick auf sie. Die vertrocknete Hand, jene, die nicht das Schwert hielt, tätschelte ihr sanft den Kopf. »Jetzt atmest du aber«, sagte der Krieger.

»Und du riechst nach Staub und Schlimmerem.«

Steth ging an Onrack vorbei und postierte sich zwei Schritte weiter auf einem Felsblock, spähte in die Düsternis. »Ich habe heute eine Ratte gesehen«, sagte er. »Habe zwei Pfeile auf sie abgeschossen. Einer hat sie nur knapp verfehlt. Ganz knapp.«

»Klettere da runter«, sagte der T'lan Imass und schob Aystars Arme weg, die ihn noch immer umschlungen hielten. »Du gibst eine gute Zielscheibe ab.«

»Es kommt niemand mehr, Onrack«, sagte der Junge; er drehte sich um, als der untote Krieger zu ihm trat. »Sie haben aufgegeben – wir waren zu schlimm für sie. Mutter hat davon gesprochen, dass wir gehen –«

Der Pfeil traf ihn genau in die Schläfe, durchbohrte den Knochen, und der Aufprall riss den Jungen herum. Seine Beine rutschten seitlich den Felsblock hinunter, und dann fiel Steth schlaff zu Boden.

Aystar begann zu schreien, und ihr durchdringender, schriller Schrei hallte durch den Spalt, als Onrack sie hinter sich schob und sagte: »Lauf. Ins Lager. Bleib dicht bei der Wand. *Lauf.*«

Weitere Pfeile pfiffen durch den Spalt. Zwei davon bohrten sich in Onrack, wirbelten dabei kleine Staubwölkchen auf. Er zog sie heraus und warf sie zu Boden, packte sein Schwert mit beiden Händen und stapfte vorwärts.

Minalas Gesicht wirkte alt, war von Tagen und Nächten voller Angst und Sorgen gezeichnet, von dem unaufhörlichen Druck des Wartens, von den Blicken, die sie auf die Reihen ihrer angenommenen Kinder richtete und doch nichts anderes als Soldaten sah, die gelernt hatten, zu töten, die gelernt hatten, ihre Kameraden sterben zu sehen.

Und all das, um einen leeren Thron zu verteidigen.

Trull Sengar konnte die ironische Absurdität dieses Verteidigungskampfes erfassen. Ein Geist hatte Anspruch auf den Ersten Thron erhoben, ein Ding aus Schatten, die in dieser Welt so verblasst waren, dass selbst der untote T'lan Imass neben ihm wie aufgedunsen aussah. Ein Geist, ein Gott, ein gazedünnes Gespinst aus Begierden, Besitzgier und schändlichen Absichten – dieses Etwas hatte Anspruch auf den Thron erhoben, der Macht über alle T'lan Imass gewährte, und es würde dafür sorgen, dass dieser Thron gehalten, dass er gegen alle Eindringlinge verteidigt wurde.

Irgendwo dort draußen waren zerbrochene T'lan Imass, die sich den Ersten Thron widerrechtlich aneignen wollten, die seine Macht nehmen und sie dem Verkrüppelten Gott schenken wollten – jenem Wesen, das alle Tiste Edur in Ketten geschlagen hatte. Der Verkrüppelte Gott, der Rhulad ein Schwert gegeben hatte, das mit einem schrecklichen Fluch belegt war. Doch diese gefallene Kreatur gab sich nicht mit einer Armee aus Edur zufrieden. Sie gab sich auch mit einer Armee aus Letherii nicht zufrieden. Nein, sie wollte die T'lan Imass.

Und wir werden ihn aufhalten, diesen Verkrüppelten Gott. Wir – unsere armselige kleine Armee hier.

Onrack hatte davon gesprochen, dass Wut sie in die Schlacht führen würde – jene Schlacht, die unausweichlich kommen würde. Aber Trull wusste, dass Wut nicht ausreichen würde, genauso wenig wie das, was er selbst verspürte: Verzweiflung. Und auch nicht Minalas raues Entsetzen oder auch, wie er mittlerweile glaubte, die unerschütterliche Gleichgültigkeit von Monok Ochem und Ibra Gholan – das alles würde versagen. *Was für ein bunter Haufen wir doch sind.*

Er riss den Blick von Minala los und richtete ihn auf Monok Ochem, der reglos vor dem gewölbten Eingang stand, der in den Thronraum führte. Der Knochenwerfer hatte sich seit mindestens drei Schlaf- und Wachzyklen nicht mehr gerührt. Das Fell mit den silbernen Haarspitzen, das um seine Schultern lag, schimmerte schwach im Lampenlicht. Und dann, während Trull ihn noch musterte, sah er, dass sich der Kopf ganz leicht zur Seite neigte.

Nun –

Der Schrei eines Kindes, der aus dem Durchbruch zu ihnen drang, ließ Trull Sengar aufspringen. Er schnappte sich seinen Speer, der an einer Felswand lehnte, und rannte dorthin, wo die Schreie aufgeklungen waren.

Plötzlich tauchte Aystar auf, die Arme weit ausgestreckt, das Gesicht totenblass – *»Steth ist tot! Sie haben ihn umgebracht! Er ist tot!«*

Und dann stand Minala vor dem Kind, schloss es in eine enge Umarmung und wirbelte herum. »Panek! Ruf die Soldaten zusammen!«

Die zweite Verteidigungslinie, die sich auf halbem Weg zwischen Onracks Position und dem Lager befand, wurde von Ibra Gholan gehalten. Als Trull sich dem T'lan Imass näherte, drehte der untote Krieger sich um.

»Onrack kämpft«, sagte Ibra Gholan. »Um ihr Vorrücken zu verlangsamen. Es sind viele Tiste Edur dabei. Und Menschen. Ein Schamane ist bei ihnen, ein Edur, der die Macht des Chaos einsetzt. Dieses Mal haben sie wirklich vor, sich den Ersten Thron zu holen, Trull Sengar.«

Er konnte die Kampfgeräusche inzwischen hören. Onrack – allein gegen einen Haufen von seinen – Trulls – Verwandten. *Und gegen einen verdammten Hexer.* »Dann sorg dafür, dass Monok Ochem hierherkommt! Wenn der Hexer auf die Idee kommt, eine Woge der Zauberei zu entfesseln, sind wir erledigt.«

»Du vielleicht –«

»Du begreifst es anscheinend nicht, du verdammter Sack morscher Knochen! *Chaos*-Zauberei! Wir müssen den verdammten Dreckskerl erledigen!« Trull ging weiter, ließ Ibra Gholan einfach stehen.

Ahlrada Ahn sah drei seiner Krieger unter dem großen Steinschwert des T'lan Imass fallen – der untote Bastard in der Schmalstelle der Kluft hatte noch nicht einen Schritt nach hinten gemacht. Ahlrada Ahn drehte sich zu Sathbaro Rangar um. »Wir müssen dieses Ding zurücktreiben! Es wird nicht müde werden – es kann diese Stellung ewig halten!«

Taralack Veed drängte sich vor. »Schickt Icarium in den Kampf!«

»Der Jhag kann nichts ausrichten«, sagte der Hexer wegwerfend. »Zieh deine Krieger zurück, Ahlrada Ahn. Und sorge dafür, dass sich die letheriischen Bogenschützen zurückhalten – ich will keinen verirrten Pfeil in den Rücken kriegen.« Nach diesen Worten schritt Sathbaro Rangar vorwärts.

Und Ahlrada Ahn sah eine Gestalt hinter dem T'lan Imass auftauchen, eine Gestalt, die einen Speer trug – sie war groß und halb in den Schatten verborgen, aber dennoch wirkten ihre Umrisse, ihre geschmeidigen Bewegungen vertraut –, er sah einen Pfeil an der Schulter des untoten Kriegers vorbeizischen, beiseitegewischt von dem Speerschaft.

Nein. Das kann nicht sein. Ich muss mich irren. »Sathbaro!«

Der T'lan Imass gab plötzlich seine Position auf, trat zurück in die Dunkelheit, und dann zogen er und die andere Gestalt sich tiefer in den Durchgang zurück –

Sathbaro Rangar humpelte noch ein bisschen näher an die Engstelle heran. Macht ballte sich um ihn, und eine Woge mit silbernen Rändern stieg auf, flackerte silbrig. Der feuchte Stein, aus dem die Wände der Kluft bestanden, platzte; es knackte merkwürdig, als sich Wasser in Dampf verwandelte. Plötzlich blätterte unweit der engsten Stelle eine große Felsplatte von der Wand ab, stürzte zu Boden und zerbarst in unzählige Splitter.

Die zauberische Energie stieg höher, wurde dichter, breitete sich erst zu den Seiten aus, dann über Sathbaros Kopf, eine sich aufbäumende Woge aus Macht, die knisterte und zischte wie tausend Schlangen.

Ahlrada Ahn trat vor. »Sathbaro! Warte!«

Aber der Hexer achtete nicht auf ihn, und mit einem donnernden Tosen schoss die brodelnde Woge aus magischer Energie in die Kluft, brannte einen Pfad in den Durchgang – und zerschellte plötzlich.

Die Erschütterung stieß Ahlrada Ahn drei Schritte zurück, und eine Hitzewoge traf ihn wie ein Faustschlag.

Sathbaro Rangar schrie.

Während etwas Großes in der Engstelle auftauchte, mit buckligen Schultern, die sich durch den Spalt schoben. Untot und hager, mit einer Haut, die wie eine Landkarte aus Grau und Schwarz war, Fell mit silbernen Haarspitzen um den Hals und entlang der Schultern, wie Nackenfedern – so tauchte die Kreatur aus der Engstelle auf und raste auf Fingerknöcheln und wie Hände aussehenden Hinterbeinen geradewegs auf Sathbaro Rangar zu.

Ahlrada Ahn stieß einen Warnruf aus –

– doch es war zu spät, denn die Bestie hatte schon die Arme ausgestreckt und packte den Hexer mit riesigen Händen, hob ihn hoch, riss ihm erst den einen, dann den anderen Arm aus. Blut spritzte, als die Erscheinung den schreienden Sathbaro herumdrehte und ihn ins Genick biss, die langen Eckzähne tief ins Fleisch des Edur grub. Der untote Dämon schloss die Kiefer und warf den Kopf zurück – riss dabei einen Großteil von Sathbaros Genick mit –, und die blutige Wirbelsäule des Hexers wippte wie eine Ankerkette hin und her.

Dann schleuderte die Bestie den Leichnam beiseite und stürmte auf Ahlrada Ahn los.

Icarium stand über den Leichnam eines Kindes gebeugt, starrte hinunter auf die Flüssigkeiten, die aus dem geborstenen Schädel ausgetreten waren, sah auf die glasigen Augen und den halb geöffneten Mund. Der Jhag stand da wie angewurzelt. Er zitterte.

Taralack Veed stand vor ihm. »Jetzt, Schlächter. *Jetzt ist der Zeitpunkt!«*

»Ich will nicht«, murmelte Icarium. »Ich will so etwas nicht tun.«

»Hör zu –«

»Sei still. Ich werde keine Kinder töten. Ich werde nicht an –«

Ein donnernder Ausbruch von Zauberei weiter vorn; die Erschütterung lief zurück, schüttelte sie beide durch. Rufe, dann

Kreischen. Und ein tierisches Knurren. Kreischen und Entsetzensschreie von den Letherii und den Edur, gefolgt von ängstlichem Wimmern.

»Icarium! Ein Dämon geht auf uns los! *Ein Dämon!* Kein Kind, keine Kinder – *siehst du das? Du musst etwas tun – jetzt gleich! Zeig es ihnen! Zeig den Edur, was in dir steckt!«*

Taralack zog ihn am Arm. Stirnrunzelnd ließ sich Icarium nach vorn ziehen, vorbei an auf dem Boden kauernden Edur. *Nein, ich will das nicht!* Doch er konnte spüren, dass seine Herzen immer schneller pochten, wie Kriegstrommeln, die feurige Lieder sangen –

Um sie herum roch es durchdringend nach Blut und Ausscheidungen, und die beiden Krieger kamen gerade rechtzeitig, um das schreckliche Ende von Sathbaro Rangar mitzuerleben.

Der Wechselgänger ging zum Angriff über, und Ahlrada Ahn, der tapfere Krieger, der seine Soldaten schützen wollte – verstellte der Kreatur den Weg.

Icarium hatte plötzlich sein einseitig geschliffenes Schwert in der Hand – er konnte sich nicht daran erinnern, es aus der Scheide gezogen zu haben – und bewegte sich vorwärts; er streckte die Hand aus – jede Bewegung schien unwahrscheinlich langsam, zusammenhanglos –, packte den Edur und schleuderte ihn hinter sich, als würde er kaum mehr als ein Wandbehang wiegen. Und dann bewegte sich der Jhag vorwärts, auf den untoten Affen zu.

Den er unerwarteterweise zurückweichen sah.

Noch ein Schritt vorwärts ... Plötzlich erfüllte ein merkwürdiges Summen Icariums Schädel, und die Bestie wich noch weiter zurück, bis in die Engstelle, und noch weiter – und wirbelte dann herum und floh die Kluft entlang.

Icarium stolperte, keuchte, stützte sich mit einer Hand am Rand des engen Durchgangs ab – spürte den bröckeligen Fels unter seiner Handfläche. Das unheimliche Lied in seinem Kopf wurde leiser –

Und dann stürmten die Edur an ihm vorbei, rasten durch die

Bresche. Und erneut ertönten ein Stück weiter vorn Kampfgeräusche. Stahl, der auf Stahl prallte, während auch der letzte Hauch von Zauberei verschwand –

Jenseits der Engstelle sah Ahlrada Ahn, wie sich der Spalt vor ihm weitete, und dort vorn, in einer ungleichmäßigen, mindestens drei Mann tiefen Reihe, standen Soldaten; sie schwenkten die Waffen, und unter ihren Helmen starrten ihm blasse, fleckige Gesichter entgegen. *Da sollen mich doch die Schwestern holen, was sind die jung! Was soll das? Hier stellen sich uns Kinder entgegen!*

Und dann sah er die beiden T'lan Imass, und zwischen ihnen eine große, grauhäutige Gestalt. *Nein. Nein, das kann nicht sein – wir haben ihn zurückgelassen, wir –*

Kholb Harat stieß einen wilden Kriegsruf aus, der fast unverzüglich von Saur Bathrada aufgenommen wurde. *»Trull Sengar! Dort vor uns ist der Verräter!«*

»Du gehörst mir!«

Doch im Gegensatz zu Saurs großspuriger Ankündigung gingen er und Kholb gemeinsam auf Trull Sengar los, griffen ihn gleichzeitig an.

Dann schwärmten die übrigen Edur aus, eilten der Reihe gerüsteter Kinder entgegen, und die beiden Streitkräfte prallten in einer Kakophonie klirrender Waffen und scheppernder Schilde aufeinander. Wut- und Schmerzensschreie hallten von den mitgenommenen Felswänden wider.

Und Ahlrada Ahn stand wie erstarrt da, konnte nur zusehen. Ungläubig zusehen.

Trull Sengar verteidigte sich fieberhaft mit seinem Speer, während Saur und Kholb mit ihren Waffen nach ihm stießen und schlugen. Sie zwangen ihn zurückzuweichen – und Ahlrada Ahn konnte sehen, konnte erkennen, dass Trull Sengar versuchte, die Kinder zu schützen, die sich hinter ihm befanden.

Erneute Schreie, dieses Mal von den Edur – die beiden T'lan Imass waren zum Gegenangriff übergegangen, jeder auf einer Seite, und es schien, als könnte nichts sie aufhalten.

Und doch stand er immer noch da – und dann stieß er unvermittelt einen lauten, heiseren Schrei aus und machte einen Satz nach vorn.

Trull Sengar kannte die beiden Krieger. Er konnte den Hass in ihren Augen sehen, spürte ihre Wut in der Wucht der Hiebe, mit denen sie versuchten, seine Deckung zu überwinden – er würde sie nicht mehr lange aufhalten können. Und wenn er fiel, würden die bemitleidenswerten jungen Soldaten hinter ihm den beiden mörderischen Edur gegenüberstehen, das wusste er.

Wo war Apt? Warum hielt Minala den Dämon zurück – konnte denn noch etwas Schlimmeres auf sie einstürmen?

Irgendjemand rief seinen Namen – jemand, der sich inmitten der dicht gedrängt stehenden Edur befand. Und in der Stimme, die seinen Namen rief, schwang keine Wut mit, sondern Schmerz. Aber Trull hatte keine Zeit, genauer hinzusehen, ja, er hatte noch nicht einmal Zeit, sich zu wundern – Kholb hatte ihn mit seiner Klinge am linken Handgelenk getroffen, und Blut strömte nun an der Unterseite des Unterarms entlang, machte die Hand schlüpfrig, mit der er den Speerschaft umklammerte.

Ich kann nicht mehr lange durchhalten. Sie sind besser geworden, alle beide –

Und dann sah er hinter Kholb eine Machete aufblitzen, wie sie die Merude trugen. Der Hieb traf den Krieger in den Nacken, durchtrennte den Hals – und Kholb Harats Kopf rollte zur Seite, fiel zu Boden. Der enthauptete Leichnam wankte einen kurzen Augenblick und brach dann zusammen.

Saur Bathrada knurrte einen Fluch und wirbelte herum, führte einen nach unten gerichteten Stoß, und sein Schwert grub sich tief in den rechten Oberschenkel des Neuankömmlings –

Trull machte einen Satz, stieß Saur die Spitze seines Speers knapp unter dem Helmrand in die Stirn. Und sah voller Entsetzen, wie die Augen des Kriegers aus ihren Höhlen sprangen, als würden sie von Fäden gehalten, als der Kopf nach hinten kippte.

Trull war noch damit beschäftigt, die Waffe wieder aus Bathradas

Schädel zu zerren, als ein Edur in ihn hineinstolperte und keuchend reif: »Trull! Trull Sengar!«

»Ahlrada?«

Der Krieger wirbelte herum, hob beide Macheten. »Ich kämpfe an deiner Seite, Trull! Als Wiedergutmachung – bitte, ich flehe dich an!«

Wiedergutmachung? »Ich verstehe das alles nicht – aber ich habe keine Zweifel. Willkommen –«

Ein Laut entstand in Trulls Kopf, schien von allen Seiten auf ihn einzustürmen. Er sah, wie eines der Kinder zu seiner Linken sich die Ohren zuhielt, dann ein zweites –

»Trull Sengar! Das ist der Jhag! Da sollen uns doch die Schwestern holen – er *kommt!*«

Wer? Was?

Was ist das für ein Laut?

Onrack der Zerbrochene sah den Jhag, und er spürte, wie die Macht sich in der Gestalt aufbaute, die vorwärtsstolperte, als wäre sie betrunken, und der T'lan Imass trat ihm in den Weg. *Ist das ihr Anführer? Er hat Jaghut-Blut, ja. Oh, wie die alte Bitterkeit und Wut wieder in mir anschwillt –*

Der Jhag richtete sich plötzlich gerade auf, hob sein Schwert, und der schrille, klagende Ton verwandelte sich in eine geradezu spürbare Macht, die Onrack einen Schritt zurückschlug – und endlich sah der T'lan Imass die Augen des Jhag.

Leer und leblos waren sie, und doch schien gleichzeitig eine entsetzliche Wut in ihnen zu lodern.

Der große Krieger mit der olivfarbenen Haut drang auf ihn ein, bewegte seine Waffe so schnell, dass sie nur noch veschwommen zu sehen war.

Onrack fing den Hieb mit seinem eigenen Schwert ab, konterte mit einer hoch angesetzten Riposte, die den Jhag den Kopf kosten sollte – doch da war plötzlich das Schwert des Angreifers, auch wenn das vollkommen unmöglich schien, und die beiden Klingen prallten mit einer Wucht aufeinander, die den T'lan Imass erschütterte. Eine Hand schoss vor, packte den untoten Krieger an der Brust, hob ihn hoch –

Rippen zersplitterten, als Onrack heftig gegen die Felswand prallte. Er rutschte an der Wand nach unten, landete auf den Füßen, duckte sich, um sich einen Augenblick zu sammeln, und ging dann selbst wieder zum Angriff über –

Der Jhag bewegte sich an ihm vorbei, genau auf Minalas junge Soldaten zu. Der schrille Laut war nun ohrenbetäubend –

Onrack stieß mit dem Halbblut zusammen, eine Masse aus gefühllosen Knochen mit dem Gewicht eines Maultiers, die den Jhag in seiner Körpermitte traf.

Und der T'lan Imass wurde zurückgeschleudert, schlug hart auf dem Boden auf.

Auch sein Gegner war ins Stolpern geraten, und Onrack sah, wie er die Zähne fletschte, als er herumwirbelte und unglaublich schnell über dem untoten Krieger war, der noch nicht einmal aufstehen konnte. Eine Hand zuckte herab, Finger stießen durch dicke, vertrocknete Haut, legten sich um sein Brustbein, hoben ihn hoch und schleuderten ihn durch die Luft – so dass Onrack erneut gegen die Felswand prallte, doch dieses Mal so heftig, dass der Aufprall Knochen und die steinerne Flanke der Kluft zerschmetterte.

Onrack sackte umgeben von Felssplittern in sich zusammen und rührte sich nicht mehr.

Aber durch die Aktion hatte sich der Jhag umgedreht und stand nun einer Menge aus Edur und Letherii gegenüber.

Trull Sengar sah, wie sich der grünhäutige, monströse Angreifer – der Onrack gegen die Felswand geschleudert hatte, als wenn der T'lan Imass ein Sack Melonen gewesen wäre – plötzlich auf die Edur stürzte, die sich hinter ihm zusammendrängten, und ein schreckliches Gemetzel anrichtete.

Der klagende Laut wurde noch schriller, und es wurde von einem wirbelnden, herumtanzenden Wind aus purer Macht begleitet. Es schwoll immer mehr an – fetzte den Edur und Letherii, die ihm am nächsten standen, buchstäblich das Fleisch von den Knochen.

Ein Albtraum hatte Gestalt angenommen, und er brüllte das Versprechen heraus, alles auszulöschen. Trull starrte noch immer ungläubig auf die Szene, während ein blutiger Nebel durch die Luft wogte, während Krieger fielen – zwei, drei auf einmal, dann vier, fünf. Die Krieger schienen wegzuschmelzen, sie stürzten, wurden von wilden Treffern herumgerissen –

Eine blutbefleckte Hand packte ihn am linken Unterarm, zog ihn herum. Und trotz des schrillen Geheuls hörte er die Worte: »Trull – wir werden sterben, wir alle. Aber ich habe dich gefunden. Trull Sengar, es tut mir leid – das Scheren, alles … alles tut mir leid –«

Minala kam herangestolpert. »Wo ist Monok Ochem?«, fragte sie und spuckte Blut – ein Speer hatte sie knapp unter dem rechten Schlüsselbein in die Brust getroffen, und ihr Gesicht war totenblass. »Wo ist der Knochenwerfer?«

Trull deutete nach hinten, zum Eingang des Thronraums. »Er ist da reingegangen, wie ein geprügelter Hund –« Und dann verstummte er und starrte zum Eingang hinüber, denn dort hatte Ibra Gholan Stellung bezogen, als würde er auf etwas warten.

Urplötzlich war es unmöglich, weitere Worte zu wechseln, und sie wurden von einem wütenden Wind zurückgedrängt, einem wirbelnden, rüttelnden Wind, der so stark war, dass er tote Kinder hochriss und durch die Luft schleuderte. Der Jhag stand zwanzig Schritt weit weg, inmitten wahrer Leichenberge – und hinter ihm schimmerte ein Portal, wie Trull nun sehen konnte; es waberte, als hätte es sich losgerissen, als wäre es nicht auf dem felsigen Boden verankert, und es sah so aus, als würde es immer näher rücken, von dem Sturm aus reiner Macht vorwärtsgezogen. Hinter dem Portal war ein Tunnel, der sich zu drehen schien, dabei immer wieder kurze Ausblicke auf ein riesiges Schlachtfeld gewährte, und dann, genau in der Mitte und unendlich weit weg, etwas wie ein Schiff, das sich durch raue See kämpfte.

Minala war an ihnen vorbeigestolpert, um Ibra Gholan herumgegangen und im Thronraum verschwunden –

Der Jhag, dessen Augen silbrig glühten, drehte sich, um –

Und kam leicht vornübergebeugt mit überlangen, staksigen Schritten – die wirkten, als wäre sein eigener Körper nun ein Hindernis für den Zorn, der in ihm tobte – herangestapft.

Die Geister mögen mich segnen! Trull warf sich nach vorn, um sich der Erscheinung entgegenzustellen.

Das Schwert schien von allen Seiten gleichzeitig auf ihn zuzuzucken. Trull hatte keine Möglichkeit zu einem Gegenangriff; der Speerschaft in seinen Händen vibrierte und hüpfte bei jedem Hieb, den er verzweifelt zur Seite lenkte –

Und dann griff Ahlrada Ahn den Jhag von der rechten Seite her an – zweimal kreuzten sich blitzschnell die Klingen, als das eine, einseitig geschliffene Schwert die beiden Merude-Macheten beiseiteschlug, dann vorwärtszüngelte, und dann spritzte Blut aus Ahlrada Ahns Brust. Der Treffer war hart genug gewesen, um den Krieger sich überschlagend durch die Luft fliegen zu lassen, wobei er einen roten Sprühnebel hinter sich her zog.

Der Jhag griff Trull nun mit doppelter Wucht an, der wimmernde Laut, das aus seinem Mund drang, steigerte sich zu einem empörten Jammern. Sein Schwert, das nur noch verschwommen zu sehen war, teilte Hiebe aus, die zu parieren Trull bis auf die Knochen erschütterte – immer und immer wieder aufs Neue –, und doch kam der Jhag nicht an dem Edur vorbei.

Größtenteils unter blutüberströmten Leichen begraben, lag Varat Taun reglos da, ein Auge auf das Duell zwischen Icarium und einem Tiste Edur gerichtet – der Kampf würde nicht lange dauern, denn gegen den Jhag konnte sich niemand lange behaupten, aber der Speerkämpfer hielt trotzig stand und zeigte dabei so großartige, so vollkommene Fähigkeiten mit dem Speer, dass dem Letherii im wahrsten Sinne des Wortes die Luft wegblieb.

Hinter dem Tiste Edur zogen sich Kinder zu einem roh behauenen Eingang am Scheitelpunkt der tunnelähnlichen Felsspalte zurück.

Der Sturm war jetzt ein Wirbelsturm, der um die beiden kämpfenden Gestalten toste – bei den Göttern, sie bewegten sich so schnell, dass Varats Auge ihnen nicht folgen konnte, aber schließlich begann der Speerschaft, nachdem er einen Hagel aus Hieben pariert hatte, zu splittern –

Varat Taun hörte ein Schluchzen, das von irgendwo aus der Nähe kam. Er veränderte die Blickrichtung leicht und entdeckte Taralack Veed, der sich eng zusammengekrümmt an eine Felswand kauerte und vor Entsetzen weinte. Er hatte an den Steinen gekratzt, als ob er versucht hatte, sich den Weg nach draußen freizugraben, und die blutigen Spuren seiner Versuche glänzten auf dem Felsen. *Du hast es so gewollt, du Dreckskerl. Und jetzt sieh zu, wie du damit klarkommst.*

Ein neuerliches splitterndes Geräusch ließ ihn den Blick erneut in die andere Richtung wenden, und er sah, dass der Speerschaft zerbrochen war. Der Edur warf sich nach hinten und schaffte es irgendwie, einem waagrechten Schwerthieb zu entgehen, der ihn enthauptet hätte. Brüllend stürmte Icarium vorwärts, um seinen Gegner endgültig zu erledigen – und duckte sich plötzlich, drehte sich und warf sich zur Seite –

– als ein mitternachtsschwarzer Dämon aus den Schatten auftauchte. Der Kopf auf dem geschwungenen Hals schoss vorwärts, die Kiefer des riesigen Mauls schlossen sich um Icariums rechte Schulter, während die großen Krallen des einzelnen Vorderbeins an den Rippen entlang über Icariums Oberkörper scharrten, nach dem weicheren Bauch suchten. Der Dämon richtete sich auf, riss den Jhag vom Boden hoch –

Aber da war noch immer das einseitig geschliffene Schwert, das herabfuhr, den Hals des Dämons durchtrennte. Blut spritzte, als der große Körper mit krampfartig zuckenden Beinen zur Seite kippte. Icarium landete auf dem Boden, federte in die Hocke und versuchte dann, die Kiefer zu lösen, die sich um seine Schulter geschlossen hatten.

Ein Stück weiter hinten zog der Tiste Edur Ahlrada Ahn hinter sich her, wich zu dem gewölbten Eingang zurück.

Das ist sinnlos. Vollkommen sinnlos – sobald er sich befreit hat –

Der heulende Wind schmirgelte die Felswand ab, wirbelte Granitsplitter in die blutgetränkte Luft. Risse wanderten durch das Gestein, bildeten ein wirres Netz – das Tosen des Sturms wurde noch lauter, und auf einmal zuckte ein stechender Schmerz durch Varats Schädel, als sein linkes Trommelfell barst.

Stolpernd und mit Unterarmen, die eine einzige Wunde waren, zog Trull Ahlrada Ahn auf den Eingang zu. Ibra Gholan stand dort nicht länger Wache – tatsächlich sah der Edur niemanden, überhaupt niemanden.

Sind sie geflohen? Haben sie den Thron zurückgelassen? Bitte, Schwestern, bitte. Lasst zu, dass sie von hier fliehen können, dass sie aus diesem –

Er erreichte den Eingang und entdeckte gleich jenseits der Schwelle Ibra Gholan. Der Krieger kehrte ihm den Rücken zu, blickte den Ersten Thron an. Nein, er blickte das an, was noch von Monok Ochem übrig war, wie Trull nun erkannte. Der magische Sturm musste mit einer Kraft in den Raum gerast sein, der der Knochenwerfer nichts entgegenzusetzen gehabt hatte – der T'lan Imass war nach hinten geschleudert worden und gegen die rechte Seite des Throns geprallt, wo er, wie Trull mit zunehmendem Entsetzen klar wurde, *geschmolzen* war. Auf bizarre, schreckliche Weise mit dem Thron verschmolzen war. Vom Gesicht des Knochenwerfers war noch knapp die Hälfte zu sehen, ein Auge inmitten einer aufgeplatzten Höhle.

Beiderseits des Throns und vor der Wand kauerten die bedauernswert wenigen Kinder, die noch am Leben waren. Panek kniete neben Minala, die mit dem Gesicht nach unten reglos in einer sich langsam ausbreitenden Blutlache lag.

Als Trull Ahlrada in den Raum zerrte, drehte sich Ibra Gholan um.

»Monok Ochem hat versagt«, leierte der untote Krieger herunter. »Tritt zur Seite, Trull Sengar. Ich werde dem Lebensstehler jetzt entgegentreten.«

Trull zog Ahlrada mit sich, kniete sich dann hin und legte ihm eine Hand auf die blutbespritzte Stirn. Zu seiner Überraschung öffnete sein Freund flackernd die Augen.

»Ahlrada …«

Der sterbende Krieger versuchte zu sprechen, öffnete den Mund. Blutiger Schaum spritzte Trull mit einem heftigen Husten ins Gesicht. Und dann kamen zwei Worte undeutlich über Ahlradas Lippen, einen Augenblick, bevor er starb.

Nur zwei Worte.

»Nach Hause.«

Ibra Gholan stapfte nach draußen, um sich demjenigen entgegenzustellen, den er den Lebensstehler nannte. Als der T'lan Imass noch vier Schritte von dem Jhag entfernt war, der es schließlich geschafft hatte, die tödlichen Kiefer des Aptorian von seiner Schulter zu lösen, stürmte er los.

Stein prallte auf Stahl, Funken im Herzen der tosenden Windböen, und in diesen Böen wirbelten Fleischfetzen, Knochensplitter, feuchte Haarbüschel und Stücke von Rüstungen.

Trull nahm sich einen Speer von den auf dem Boden herumliegenden Waffen und humpelte in den Eingang.

Ibra Gholans stürmischer Angriff hatte den Jhag einen Schritt zurückgetrieben und dann noch einen –

Ein lautes Krachen, und der T'lan Imass wich zurück – sein Feuersteinschwert war zersprungen. Die Waffe des Lebensstehlers fuhr nieder, tief in die linke Schulter des untoten Kriegers, hackte erneut zu, und Rippen barsten, Knochenstücke wurden vom Wind mitgerissen. Ibra Gholan stolperte rückwärts –

Und das Schwert traf den Krieger seitlich am Kopf.

Der Schädel barst, verwandelte sich in einen Hagel aus Knochensplittern –

Ein weiterer Hieb ging quer durch den Körper, knapp oberhalb der Hüfte, durchtrennte die Wirbelsäule, zerteilte den T'lan Imass in zwei Teile. Vier weitere Hiebe, ehe auch nur das, was noch von dem untoten Krieger übrig war, zu Boden fallen konnte. Knochenstücke flogen in alle Richtungen davon.

Lebensstehler legte den Kopf in den Nacken und stieß ein dröhnendes Gebrüll aus, das Geräusch hämmerte Trull zu Boden, trieb ihm jegliche Luft aus der Lunge – und hilflos starrte er dem Monster entgegen, das einen Schritt auf ihn zumachte – und noch einen …

Ein Blitz, ein Riss, der sich mitten in der Luft bildete, und aus dem Nichts stolperte plötzlich eine Gestalt dem Jhag in den Weg. Eine Gestalt, die zischte: *»Verdammt sollst du sein, Schattenthron!«* Trull sah, wie der Neuankömmling aufblickte, die sich nähernde Erscheinung wahrnahm, einen Schritt nach hinten machte. Und dann, als der Jhag sein Schwert hob, entfesselte die Gestalt eine Woge magischer Energie – ein blendender Ausbruch –, und als sie sich wieder auflöste, raste der Wind heulend wie eine Todesgöttin durch den zerklüfteten Felsspalt – und Lebensstehler war nirgends zu sehen.

Varat Taun schaute zu, wie Icarium den T'lan Imass auslöschte, und er sah einmal mehr den einsamen Tiste Edur, der einen Speer bereitmachte, Augenblicke, bevor das triumphierende Gebrüll ihn von den Beinen fegte.

Der Hauptmann sah, wie sich vor Icarium ein Portal öffnete, sah, wie Magie entfesselt wurde, und dann duckte sich Varat Taun, als wollte er unter noch mehr Leichen verschwinden, als die magische Energie den Jhag traf und diese Erschütterung alles erbeben ließ – den Felsboden, die Wände –, und einen Augenblick lang sah er Icarium durch die Luft wirbeln, auf ihn zu, dann über ihn hinweg – und der wütende Wind raste im Kielwasser des Jhag davon.

Nur, um mit erneuerter Kraft zurückzukehren, und Varat Taun konnte spüren, wie sich die Leichen um ihn herumbewegten, wie sie zusammengedrückt wurden, als Icarium über die Toten zurückstapfte, vornübergeneigt, und sein Schwert erneut hob.

Der schlanke, dunkelhäutige Ceda sah zu, wie der Jhag sich näherte, und entfesselte einen weiteren donnernden Stoß magischer Energie –

– und Icarium wurde zurückgeschleudert –

Die Sturmwinde schienen sich wie in berserkerhafter Wut zu winden, sie heulten, zerrten an den Felswänden, rissen große Stücke von ihnen ab. Die Leichen der Gefallenen wurden durch die Luft geschleudert, das Fleisch von den Knochen gefetzt, die Knochen abgeschmirgelt, bis sie zersplitterten – Waffen flogen hinterher, lösten sich auf.

Und Trull Sengar hockte auf den Knien und sah zu, wie der Fremde mit magischen Energien auf Lebensstehler einhämmerte. Wieder und wieder. Jede erderschütternde Detonation fegte den Jhag durch die Luft, ließ ihn mit fuchtelnden Armen davonwirbeln, bis er dröhnend gegen einen weiter entfernten Felsvorsprung krachte.

Und jedes Mal kam der schreckliche Schlächter wieder auf die Beine und marschierte wieder vorwärts.

Nur, um erneut getroffen zu werden.

In der kurzen Pause nach dem letzten Ausbruch drehte der Fremde sich um. Als er Trull Sengar entdeckte, rief er laut auf Malazanisch: »*Im Namen des Vermummten – wer ist dieser Mann?*«

Trull blinzelte, schüttelte den Kopf.

Das ist die falsche Frage. Wer, im Namen des Vermummten, bist du?

Brüllend kam Lebensstehler herangestapft, und dieses Mal widerstand er der magischen Woge, wurde nur ein paar Schritte zurückgetrieben, und als der wilde Ausbruch verebbte, schüttelte er den Kopf und hob sein Schwert. Und kam wieder heran.

Ein weiterer Ausbruch, doch der Jhag stemmte sich dagegen –

Und Trull sah, dass der Magier erschüttert wurde, als wäre ihm ein Schlag versetzt worden. Auf seinen Handrücken platzte die Haut auf, Blut spritzte aus den Rissen.

Lebensstehler machte einen Schritt zurück und stürmte dann wieder vorwärts.

Der Magier schien halb in einem blutigen Nebel zu verschwinden, wurde stolpernd zurückgeworfen, fing sich mit einem Knurren und erlangte wieder das Gleichgewicht –

Gerade rechtzeitig für den nächsten Angriff des Jhag.

Einen Augenblick später schlitterte der Magier heran und blieb direkt vor Trull liegen. Es war kein Fetzen Haut zu sehen, die nicht blutüberströmt gewesen wäre. Auf Armen und Beinen, im Gesicht, am Hals – überall war die Haut aufgeplatzt. Die Augen waren dunkelrot, und aus ihnen flossen blutige Tränen. Der Magier hob eine zitternde Hand, und irgendwie schienen seine zerschundenen Lippen zu lächeln, als er sagte: »Das war's für mich. Nun bist du dran, Edur – und sag Schattenthron und Cotillion, dass ich auf der anderen Seite vom Tor des Vermummten auf sie warten werde.«

Trull blickte auf, reckte sich und machte seinen Speer bereit.

Lebensstehlers Augen glühten, und Trull bildete sich ein, in der weißen Glut einen Schimmer der Erkenntnis sehen zu können. *Ja, schon wieder ich.*

Schlagartig begann der tosende Wind zu stottern, schien sich selbst zu zerreißen, schleuderte Steine und Geröll gegen die Felswände – und plötzlich war da ein Hitzeschwall, schwüle Wärme, die von irgendwo hinter dem Jhag heranwehte – der sein Schwert hob und näher getrottet kam –

Varat Taun, der sich halbwegs aus dem Leichenberg herausgewühlt hatte, spürte, wie der Sturm sich brach. Er hielt den Atem an, als sich ein goldener Schimmer zu erheben schien und alles durchflutete – und in dem Schimmer war Wärme … Leben.

Er riss den Kopf herum, als er eine verstohlene Bewegung zu seiner Linken ausmachte – eine Gestalt, mit Fell, als wäre sie in einen hautengen braunen Pelz gekleidet. Nein, sie war nackt, eine Frau. Nein, ein *Weibchen*, kein Mensch. Und doch …

Halb geduckt näherte sie sich Icarium von hinten, mit geschmeidigen Bewegungen und doch voller Angst, während der Jhag langsam auf den einsamen Tiste Edur zustapfte.

Und dann huschte sie plötzlich vorwärts. Icarium hatte etwas gehört und wirbelte herum. Sie streckte eine langfingrige Hand aus – sie hatte keine Waffe, streckte nur die Hand aus, und Varat Taun sah, dass ihre Fingerspitzen Icarium knapp oberhalb der rechten Hüfte streiften, eine kaum wahrnehmbare Berührung –

Und der Schlächter brach zusammen.

Hinter Varat ertönte ein Schrei, und der Letherii zuckte zusammen, als jemand an ihm vorbeikrabbelte: Taralack Veed –

Die nichtmenschliche Frau hatte sich neben dem zu Boden gestürzten Icarium hingekauert. Sie strich ihm sanft über die Stirn, während der bernsteinfarbene Schimmer zu verblassen begann, und je mehr er verblasste, desto undeutlicher wurde die Frau und löste sich schließlich in goldenem Licht auf, das noch einmal flackerte und dann verschwand.

Taralack Veed drehte sich um und blickte Varat an. »Hilf mir!«, zischte er.

»Wobei?«, wollte der Letherii wissen.

»Das Tor hinter dir – es löst sich auf! Wir müssen Icarium hindurchschaffen! Wir müssen ihn hier wegbringen!«

»Bist du verrückt?«

Der Gral verzog das Gesicht. »Verstehst du nicht? Icarium – *er ist für euren Herrscher!*«

Ein plötzliches Frösteln, das die letzten Überreste der heilsamen Wärme wegwischte, und dann, im Gefolge dieses Fröstelns, eine Woge von Gefühlen – die seinen Verstand versengte. Varat Taun mühte sich auf die Beine, kletterte über Leichen, um zu Taralack Veed zu treten.

Für Rhulad. Bei den Göttern. Ja, jetzt kann ich es erkennen. Ja. Für Rhulad – nicht einmal Rhulad – nicht einmal das Schwert – ja, ich kann es erkennen. Ich verstehe!

Der Eingang zum Thronraum war wieder leer, denn der Tiste Edur hatte den Ceda nach innen in den Raum gezogen. Das war ihre Chance – er und Taralack erreichten den lang ausgestreckt daliegenden Icarium.

Der Gral hob das Schwert auf und steckte es sich in den Gürtel, packte dann einen Arm des Jhag. »Nimm den anderen«, zischte er Varat zu. »Beeil dich! Bevor sie es merken – bevor sich das verdammte Portal schließt!«

Und Varat packte den anderen Arm, und sie machten sich daran, Icarium zurück zum Portal zu ziehen.

Die Glitschigkeit dessen, was unter dem Jhag war, machte es leichter als erwartet.

Trull kniete neben dem Magier und wischte ihm das Blut aus dem Gesicht, tupfte es auch um die geschlossenen Augen herum vorsichtig und sanft ab. Draußen vor dem Eingang herrschte eine unergründliche Stille. Hier im Raum war Weinen zu hören, gedämpftes, verzweifeltes Weinen.

»Wird er es überleben?«

Der Tiste Edur zuckte zusammen und blickte auf. »Cotillion. Ihr habt gesagt, Ihr würdet Hilfe schicken. War er das?«

Der Gott nickte.

»Er hat nicht genügt.«

»Das weiß ich.«

»Und wen hättet Ihr als Nächstes geschickt?«

»Ich wäre selbst gekommen, Trull Sengar.«

Oh. Er blickte wieder auf den bewusstlosen Magier hinunter. »Die Eres'al … sie hat getan, was niemand anders tun konnte.«

»So sieht es aus.«

»Ich nehme an, dass Ihr nicht mit ihr gerechnet habt.«

»Ganz und gar nicht, Trull. Nichtsdestotrotz ist es bedauerlich, dass ihre heilende Macht nicht bis in diesen Raum gelangt ist.«

Der Tiste Edur runzelte die Stirn, blickte dann erneut zu dem Gott auf. »Was meint Ihr damit?«

Cotillion konnte ihm nicht in die Augen sehen. »Onrack. In eben diesem Augenblick erhebt er sich. Mehr oder weniger geheilt. Ich glaube, sie hat Mitgefühl mit ihm …«

»Und wer hat Mitgefühl mit uns?«, wollte Trull wissen. Er drehte den Kopf zur Seite und spuckte blutig aus.

Der Gott antwortete nicht.

Der Tiste Edur ließ sich in eine schlaffe, sitzende Position zurücksinken. »Es tut mir leid, Cotillion. Ich weiß nicht, ob Ihr das verdient habt. Wahrscheinlich nicht.«

»Es war eine ereignisreiche Nacht«, sagte der Gott. Er seufzte.

»So ist es immer mit Konvergenzen. Ich habe dich vorhin schon gefragt: wird der Schnelle Ben überleben?«

Der Schnelle Ben. Trull nickte. »Ich glaube schon. Die Wunden haben aufgehört zu bluten.«

»Ich habe Schattenthron gerufen. Es wird Heilung geben.«

Trull Sengar blickte dorthin, wo Panek neben seiner Mutter – *neben einer seiner Mütter* – hockte. »Schattenthron sollte sich lieber beeilen, sonst werden diese Kinder wieder alle zu Waisen.«

Ein scharrendes Geräusch vom Eingang her, und dann kam Onrack herangeschlurft.

»Trull Sengar.«

Er nickte, brachte irgendwie ein schiefes Lächeln zustande. »Onrack. Es sieht so aus, als wären wir beide – du und ich – dazu verflucht, unser armseliges Dasein noch ein bisschen länger auszudehnen.«

»Ich bin erfreut.«

Ein paar Herzschläge lang sprach niemand ein Wort, dann sagte Onrack: »Lebensstehler ist fort. Sie haben ihn mitgenommen, zurück durch das Portal geschafft.«

Cotillion stieß ein wütendes Zischen aus. »Die verdammten Namenlosen! Sie werden es wohl nie lernen!«

Trull starrte Onrack an. »Mitgenommen? Er lebt? Warum – wie? *Mitgenommen?*«

Doch die Antwort, auf die er wartete, kam von Cotillion: »Icarium – Lebensstehler – ist ihre beste Waffe, Trull Sengar. Die Namenlosen haben vor, ihn deinem Bruder, dem Imperator von Lether, entgegenzustellen.«

Als die Erkenntnis endlich in Trulls vor Erschöpfung benommenen Geist sickerte, schloss er die Augen. *Oh nein, bitte nicht …* »Ich verstehe. Und was wird dann geschehen, Cotillion?«

»Ich weiß es nicht. Niemand weiß das. Noch nicht einmal die Namenlosen, obwohl sie das niemals zugeben würden, arrogant wie sie sind.«

Ein Aufschrei von Panek erweckte ihre Aufmerksamkeit – dort

drüben war auf einmal Schattenthron, beugte sich über Minala und legte ihr eine Hand auf die Stirn.

Trull spuckte noch einmal aus – seine Mundhöhle war wund –, dann gab er einen undefinierbaren Laut von sich und blinzelte zu Cotillion hoch. »Ich werde hier nicht mehr kämpfen«, sagte er. »Onrack auch nicht und ebenso wenig diese Kinder. Cotillion, bitte –«

Der Gott wandte sich ab. »Natürlich, Trull Sengar.«

Trull schaute Cotillion hinterher, wie er durch den Eingang schritt, und dabei fiel sein Blick einmal mehr auf den Leichnam von Ahlrada Ahn. Als Schattenthron zum Schnellen Ben kam, stand Trull auf und ging dorthin, wo sein Freund lag. *Ahlrada Ahn. Ich verstehe dich nicht – ich habe dich nie verstanden. Aber ich danke dir trotzdem. Ich danke dir …*

Er trat an den Eingang und schaute nach draußen, und er sah Cotillion, den Schutzpatron der Assassinen, den Gott, auf einem großen Stein sitzen, der sich von der Felswand gelöst hatte – er sah ihn dasitzen, ganz allein, den Kopf in die Hände gestützt.

Epilog

Auf einer Reise durch die Ödnis fand ich einen Gott,
er kniete und stieß seine Hände in den Sand,
wieder und wieder, und jedes Mal hob er sie,
um die leblosen Körner zu betrachten, die herabrieselten.

Ich stieg von meinem müden Pferd und ging hinüber,
stellte mich vor die Erscheinung und ihre staubigen Hände
und beobachtete einige Zeit den Kreislauf ihrer Bewegungen,
bis sie schließlich mit flehenden Augen aufblickte.

»Wo«, fragte dieser Gott, »sind meine Kinder?«

Die Verlorenen Gläubigen
Fisher

Erst die Schärfe, dann das gesegnete betäubende Gefühl in ihrer Lunge, das sich langsam ausbreitete, als Scillara aufstand und sich neben Schlitzer an die Reling lehnte. »Du schaust in die Ferne«, sagte sie, während sie den Blick über die endlose Wasseroberfläche gleiten ließ.

Er seufzte und nickte dann.

»Du denkst an sie, stimmt's? Wie hat sie noch mal geheißen?«

»Apsalar.«

Sie lächelte vor sich hin, zog erneut an ihrer Pfeife, sah zu, wie der Rauch aus ihren Nasenlöchern und zwischen den gespitzten Lippen hindurchquoll – drei Ströme, die sich zu einem verbanden. »Erzähl mir von ihr.«

Schlitzer warf einen Blick über die Schulter nach hinten, und Scillara, die sich gesellig zeigen wollte, tat es ihm nach. Barathol stand am Heck, Chaur hockte fast zu Füßen des Schmieds. Iskaral Pustl und Mogara waren nirgends zu sehen – wahrscheinlich waren sie unter Deck, in der Kajüte, und stritten über die geheimnisvollen Zutaten des Abendessens. Das schwarze Maultier war schon vor Tagen verschwunden. Vermutlich war es über Bord gegangen – allerdings beantwortete Iskaral alle ihre diesbezüglichen Fragen mit einem Lächeln.

Mappo hockte mit angezogenen Knien am Bug. Er wiegte sich vor und zurück und weinte. Das ging schon seit dem Morgen so, und niemand schien zu ihm durchdringen zu können, um zu erfahren, was ihn so quälte.

Schlitzer drehte sich wieder um und starrte erneut aufs Meer hinaus. Scillara machte glücklich das Gleiche, zog dabei heftig an ihrer Pfeife.

»Ich habe mich erinnert«, sagte der Daru plötzlich. »Nach dem großen Fest in Darujhistan hat es noch eines gegeben, ein kleineres – man feierte, dass die Malazaner sich zurückgezogen hatten, zumindest für eine gewisse Zeit. Wie auch immer, es war auf Colls Anwesen, kurz bevor wir die Stadt verlassen haben – bei den Göttern hienieden, es scheint schon so lange her zu sein …«

»Ihr hattet euch damals gerade erst kennengelernt.«

»Ja. Nun, es wurde Musik gespielt. Und Apsalar … sie hat getanzt.« Er blickte sie an. »Sie hat so wunderbar getanzt, dass alle Gespräche aufgehört haben … dass alle ihr zugesehen haben.« Schlitzer schüttelte den Kopf. »Ich konnte nicht einmal atmen, Scillara …«

Und so gehört deine Liebe zu jenen, die niemals sterben werden.

So sei es denn.

»Das ist eine schöne Erinnerung, Schlitzer. Bewahre sie dir. Was mich angeht – ich konnte nie gut tanzen, außer ich war betrunken oder habe mich sonstwie erweichen lassen.«

»Vermisst du diese Zeit, Scillara?«

»Nein. So, wie es jetzt ist, macht es mehr Spaß.«

»Und wie ist es jetzt?«

»Nun, ja ... ich vermisse nichts mehr, verstehst du? Überhaupt nichts. Das ist sehr ... befriedigend.«

»Weißt du was, Scillara? Ich beneide dich um dein Glück.«

Sie lächelte ihn erneut an, eine einfache Geste, für die sie all ihren Willen brauchte und die sie all ihre Kraft kostete. *So sei es denn.*

»Ich glaube ...«, sagte Schlitzer, »ich glaube, ich würde jetzt gern in deinen Armen liegen, Scillara.«

Aus den völlig falschen Gründen. Andererseits – in dieser vom Vermummten verdammten Welt sollte man wirklich nehmen, was man kriegen kann. Alles, was man kriegen kann.

Drei Ströme.

Die sich zu einem verbanden.

Karsa Orlong drehte sich um, als Samar Dev an seine Seite kam und sich hinsetzte – ein wütender Sturm war eifrig damit beschäftigt, das Meer um sie herum aufzuwühlen, und die Wogen hämmerten unablässig gegen den Schiffsrumpf, als ob eifrige Geister versuchen würden, das Schiff in Stücke zu reißen. »Nun, Frau – warum siehst du so aufgeregt aus?«

»Es ist etwas geschehen«, sagte sie. »Komm her, gib mir ein Stück von deinem Pelzumhang, ich bin bis auf die Knochen durchgefroren.«

Er reichte ihr das Bärenfell. »Nimm ihn.«

»Gesegnet sei dein Martyrium, Karsa Orlong.«

»Das ist reine Verschwendung«, knurrte er zur Antwort. »Ich werde mich für niemanden zum Märtyrer machen, noch nicht einmal für die Götter.«

»Das ist doch nur ein Sprichwort, du dickschädeliger Esel. Aber hör zu, es ist etwas passiert. Es hat einen Überfall gegeben. Hunderte von Edur-Kriegern und letheriischen Hilfstruppen waren daran beteiligt. Und *ein anderer Meisterkämpfer.*«

Karsa grunzte. »Von denen gibt es in dieser Flotte jede Menge.«

»Aber nur dieser Kämpfer und sein Diener sind zurückgekehrt. Und ein Letherii. Die anderen wurden niedergemacht.«

»Wo hat dieser Kampf stattgefunden? Wir haben keine anderen Schiffe gesehen.«

»Sie sind durch ein Gewirr gegangen, Karsa Orlong. Jedenfalls habe ich den Namen dieses Kämpfers gehört. Und deswegen musst du mir zuhören. Wir müssen von diesem verdammten Schiff runter – wenn wir irgendwo zwischen hier und diesem Imperium auch nur in Sichtweite von Land geraten, sollten wir über Bord springen. Du hast gesagt, ich wäre aufgeregt? Das stimmt nicht. Ich habe Angst.«

»Und wer ist dieser angsteinflößende Kämpfer?«

»Man nennt ihn Icarium. Den Schlächter –«

»Sein Diener ist ein Trell.«

Sie runzelte die Stirn. »Nein, ein Gral. Kennst du Icarium? Kennst du die schrecklichen Legenden, die sich um ihn ranken?«

»Ich kenne keine Legenden, Samar Dev. Aber wir haben einmal gegeneinander gekämpft, Icarium und ich. Der Kampf wurde unterbrochen, ehe ich ihn töten konnte.«

»Karsa –«

Aber der Toblakai lächelte. »Deine Worte erfreuen mich, Frau. Dann werde ich ihm also noch einmal gegenübertreten können.«

Sie starrte ihn in der Düsternis des Laderaums an, sagte aber nichts.

Auf einem anderen Schiff der Flotte hatte sich Taralack Veed im Laderaum zusammengerollt, lag mit dem Rücken zur ansteigenden, feuchten Bordwand, während er von Schauern überlaufen wurde.

Icarium stand vor ihm. »… schwer zu verstehen«, sagte er. »Die Letherii schienen mir früher so viel Verachtung entgegenzubringen – also, was hat sich geändert? Jetzt sehe ich Verehrung und Hoffnung in ihren Augen. Ihre Ehrerbietung zermürbt mich, Taralack Veed.«

»Geh weg«, murmelte der Gral. »Mir geht es nicht gut. Lass mich in Ruhe.«

»Ich befürchte, was dich schmerzt, ist nichts Körperliches,

mein Freund. Bitte komm mit nach oben, an Deck, atme tief die belebende Luft ein – sie wird dir gut tun, da bin ich mir ganz sicher.«

»Nein.«

Icarium hockte sich langsam hin, bis seine grauen Augen auf einer Höhe mit Taralacks streitlustigem Blick waren. »Ich bin heute Morgen erfrischter und mit mehr Hoffnung als jemals zuvor aufgewacht – ich spüre, dass diese Behauptung wahr ist. Ich spüre tief in meinem Innern eine Wärme, eine sanfte, angenehme Wärme. Und das Gefühl ist seither nicht schwächer geworden. Ich verstehe es nicht, Freund –«

»Dann«, sagte der Gral krächzend und voll bitterer Gehässigkeit, »muss ich es dir noch einmal sagen. Wer du bist – was du bist. Ich muss es dir sagen, muss dich auf das vorbereiten, was du tun musst. Du lässt mir keine andere Wahl.«

»Das ist nicht nötig«, sagte Icarium sanft, streckte eine Hand aus und legte sie Taralack Veed auf die Schulter.

»Du Narr!«, zischte der Gral und entwand sich der Berührung. »Denn im Gegensatz zu dir«, er spuckte die Worte förmlich aus, »kann ich mich erinnern!«

Icarium richtete sich auf, blickte auf seinen alten Freund hinunter. »Es ist nicht nötig«, sagte er noch einmal. Dann drehte er sich um und ging. *Du verstehst es nicht.*

Es ist nicht nötig.

Er stand auf dem höchsten Turm von Mocks Feste und blickte ausdruckslos auf das Chaos in der Stadt zu seinen Füßen. Die Schiffe der Mandata glitten aus dem Hafen, hinaus in die unbeleuchteten Wasser der Bucht.

Zu seiner Rechten, weniger als drei Schritte entfernt, befand sich der Riss, dem die andere Seite der Plattform ihre beunruhigende Neigung verdankte. Der Spalt war ziemlich frisch, nicht mehr als ein Jahr alt, und er verlief durch die ganze Festung, bis hinunter in die Gewölbe; die Reparaturversuche der Ingenieure wirkten planlos, fast schon unfähig. Das alte Herz des malazanischen Imperiums war verwundet, und er glaubte nicht, dass es noch lange überleben würde.

Nach einiger Zeit spürte er eine Präsenz hinter sich, aber er drehte sich nicht um. »Imperator«, sagte er mit seiner ruhigen Stimme, »es ist lange her, nicht wahr?«

Schattenthrons Flüstern drang wie eine kalte Liebkosung an sein Ohr. »Muss das dein Weg sein, Tayschrenn? Immer und immer wieder?« Ein leises Schnauben, und während die Stimme fortfuhr, näherte sie sich. »Du hast dich einsperren lassen. Wieder einmal. Du machst mich wahnsinnig.«

»Du warst heute Nacht ziemlich beschäftigt«, bemerkte der Imperiale Hohemagier.

»Oh, du hast meine ... Aktivitäten gespürt? Natürlich hast du das. Dann bist du also nicht so eingesperrt, wie es den Anschein hat.«

»Ich bemühe mich«, sagte Tayschrenn, »solche Dinge langfristig zu betrachten.« Er verstummte kurz und fuhr dann fort: »Genau wie du.« Er blickte den substanzlosen, verschwommenen Fleck aus Dunkelheit an seiner Seite an. »Ich vermute, dass deine neue Rolle dich in dieser Hinsicht nicht sehr verändert hat.«

»Du hast mit dem Schnellen Ben und Kalam Pläne geschmiedet«, sagte Schattenthron. »Du bist dazu bis ins Reich der Sieben Städte gereist. Doch was hat es gebracht? Die Imperatrix steht auf wackligem Boden, ein Jhistal-Priester watschelt unbehindert durch die Korridore der Macht, die Klaue ist unterwandert und dezimiert und meine loyalen Wickaner werden angegriffen – aber sag mir eins, Tayschrenn: Hättest du D'reks Antwort auf den Verrat ihrer Priester jemals vorhersagen können?«

»Verrat?«

»D'rek hat deine Leute abgeschlachtet! In allen Tempeln!«

Der Hohemagier schwieg ein Dutzend Herzschläge lang, während der Gott an seiner Seite immer aufgeregter wurde. Schließlich sagte Tayschrenn: »Vor einem Jahr ist ein alter Freund von mir in großer Eile von hier aufgebrochen – er ist zum Großen Tempel von D'rek in Kartool gesegelt.«

»Du hast das alles gewusst?«

Tayschrenn verzog die Lippen zu einem dünnen Lächeln. »Das Schiff, das er gemietet hat, war meins. Leider war ihm diese Tatsache nicht bewusst.«

»Ich habe es gewusst!«, zischte Schattenthron. »Du hast den Kult niemals verlassen!«

»Der Wurm des Herbstes ist der Vorbote des Todes, und der Tod kommt zu uns allen. Uns Sterblichen, heißt das. Wie kann man diese Tatsache leugnen? Was hätte es für einen Sinn?«

»Dieses Imperium hat mir gehört! Nicht D'rek! Nicht dir!«

»Imperator, deine Paranoia hat mich immer mehr beunruhigt als deine Gewinnsucht. Wie auch immer, jetzt herrscht Laseen ... zunächst einmal. Es sei denn«, er blickte den Gott argwöhnisch an, »du planst deine triumphale Rückkehr.«

»Um alle vor sich selbst zu retten? Ich glaube nicht. Hass ist das schädlichste Unkraut der Welt ... vor allem, wenn Leute wie du nichts tun.«

»Jeder Garten, um den ich mich gekümmert habe, ist entweder tot oder verwildert, Imperator.«

»Wieso hast du eingewilligt, der rasierte Knöchel im Loch für den Schnellen Ben zu sein, Tayschrenn?«

Der Hohemagier blinzelte überrascht.

»Und wieso hat er dich nicht zu Hilfe gerufen, als ich ihn in diesen Albtraum geschickt habe?«

»Ich wäre ziemlich enttäuscht gewesen«, sagte Tayschrenn langsam, »wenn er mich so schnell zu Hilfe gerufen hätte. Wie ich vorhin schon gesagt habe, Imperator – ich halte daran fest, die Dinge dieser Sphäre langfristig zu betrachten.«

»Warum hat D'rek dich nicht getötet?«

»Sie hat es versucht.«

»Was?«

»Ich habe es ihr ausgeredet.«

»Hol mich der Abgrund – wie ich dich hasse!«

»Selbst Götter müssen lernen, ihre Stimmungen zu beherrschen«, sagte Tayschrenn, »wenn sie nicht ein schlechtes Beispiel abgegeben wollen.«

»*Das* hast du zu D'rek gesagt?«
»Das sage ich zu dir, Schattenthron.«
»Ich bin bester Stimmung! Ich bin vollkommen ruhig – in mir brodeln Wut und Hass, wohlgemerkt, aber ich bin ruhig!«
Danach schwiegen beide einige Zeit, bis der Gott schließlich murmelte: »Meine armen Wickaner …«
»Sie sind nicht so verwundbar wie du befürchtest, Imperator. Sie werden Nil und Neder haben. Sie werden Temul haben. Und wenn Temul alt ist, in ein paar Jahrzehnten, wird er einen jungen Krieger haben, dem er alles beibringen kann und dessen Name Coltaine lauten wird.« Er verschränkte die Hände hinter dem Rücken und schaute stirnrunzelnd auf die von Rauchfahnen gezeichnete Stadt hinunter, während sich das erste fahle Grau der Dämmerung heranstahl. »Wenn du dich fürchten willst«, sagte er, »fürchte um dein eigenes Kind.«
»Ich fürchte nichts –«
»Lügner. Du hast gehört, wie Temper aus Schaffs Schenke gekommen ist – und bist geflohen.«
»Reine Zweckdienlichkeit!«
»Fraglos.«
»Du bist hier in einem Schlangennest – und ich bin froh, dich hier lassen zu können.«
Tayschrenn deutete eine bescheidene Verbeugung an. »Imperator, bitte überbringe Cotillion meine Grüße.«
»Sag sie ihm selbst, wenn du es wagst.«
»Ich habe ihm Kalam nicht gestohlen. Sag mir, lebt der Assassine noch?«
»Er ist im Totenhaus – ist das nicht Antwort genug?«
»Eigentlich nicht.«
»Ich weiß!« Schattenthron kicherte voller Schadenfreude – und löste sich auf wie eine Nebelschwade im Wind.

Der Morgen war heiter, die Sonne bereits warm, als der Oberste Untersuchungsbeamte vor dem Imperialen Domizil in Kartool stehenblieb. Er rückte seine Uniform zurecht, stellte sicher, dass keine Falte ungeglättet blieb. Dann leckte er sich die Handflächen und strich sorgsam und sachte seine widerspenstigen Haare zurück – zumindest waren sie seiner Meinung nach widerspenstig. Ein letzter Blick hinunter auf seine Stiefel, der ihm ihren makellosen Glanz bestätigte, dann stieg er fesch die Stufen hinauf und betrat das flache Gebäude.

Den gleich hinter dem Eingang postierten Soldaten antwortete er mit einem Nicken statt einem Gruß, dann ging es den Gang entlang zu der Tür, hinter der sich das Arbeitszimmer des Kommandanten verbarg. Ein scharfes, selbstsicheres Klopfen, und als er die gedämpfte Aufforderung hörte, dass er eintreten sollte, öffnete er die Tür und ging ins Zimmer, blieb vor dem Schreibtisch stehen, hinter dem der Kommandant saß.

Der daraufhin aufblickte und ihn finster anstarrte. »Na schön, du aufgeblasener Esel, bringen wir es hinter uns.«

Der Wind, der dem Obersten Untersuchungsbeamten unfreiwilligerweise entwich, war nicht eingeplant gewesen, aber er schaffte es, ihn so gut wie möglich zu verschleiern. »Kommandant! Was die Untersuchung betrifft, die ich hinsichtlich der unter geheimnisvollen Umständen zu Tode gekommenen Akolythen und Priester des Tempels von D'rek höchst sorgfältig in Angriff genommen habe –«

»Willst du wohl still sein! Du willst über die Ergebnisse deiner Untersuchung berichten, ja? Dann mach genau das!«

»Natürlich, Kommandant. In Anbetracht der Tatsache, dass kein Beweis für das Gegenteil vorliegt, ist nur eine einzige Schlussfolgerung möglich, Kommandant. Die Anhänger von D'rek haben alle miteinander im Verlauf einer einzigen Nacht eine umfassende Selbstmordorgie gefeiert.«

Echsenaugen starrten ihn so lange an, dass er sich unwohl zu fühlen begann. Dann sagte der Kommandant: »Sergeant Hellian, die ich ursprünglich mit der Untersuchung beauftragt hatte, hat genau das Gleiche gesagt.«

»Dann ist sie offensichtlich eine scharfsinnige Frau, Kommandant.«

»Sie ist eine Säuferin. Ich habe sie zur Vierzehnten verschiffen lassen.«

»Zur ... *Vierzehnten* ...?«

»Schreib deine Schlussfolgerungen auf«, sagte der Kommandant, »und schließe die Untersuchung. Und jetzt raus hier.«

Der Oberste Untersuchungsbeamte salutierte und floh mit so viel Würde, wie er aufzubringen imstande war, aus dem Zimmer. Wieder den Gang entlang, noch einmal den Wachen zugenickt, dann durch den Haupteingang nach draußen, auf den Treppenabsatz und weiter die Stufen hinunter.

Wo er stehen blieb und aufblickte. Die wunderbaren Netze der Paralt-Spinnen, die nun die Türme von Kartool bewohnten, glitzerten im Sonnenlicht. Ein wirres Durcheinander aus kristallklarer Schönheit, funkensprühend wie Diamantenstränge vor dem erstaunlich blauen Himmel.

Seine Zuversicht kehrte zurück; er seufzte und kam zu dem Schluss, dass er noch nie zuvor so etwas Wunderbares und Atemberaubendes gesehen hatte. Und so ging er beschwingteren Schrittes weiter, und seine Stiefelabsätze klackten fesch über die Pflastersteine.

Während knapp zwei Dutzend große Spinnen zusammengekauert in ihren kleinen Höhlen in den Wänden der Türme hockten und mit kalten, aus vielen Facetten bestehenden Augen nach unten starrten. Sie starrten auf all das hinab, was dort unten herumkroch – gelegentlich neugierig und immer geduldig, selbst wenn süßer Hunger flüsternd durch ihre feuchten Hirne huschte.

Die Netze waren bereit.

Und die Fallen in all ihrer kunstvollen Eleganz blieben nie lange leer.

Dramatis Personae

Die Malazaner

Imperatrix Laseen – Herrscherin des malazanischen Imperiums
Mandata Tavore – Kommandantin der Vierzehnten Armee
Faust Keneb – Divisionskommandeur
Faust Blistig – Divisionskommandeur
Faust Tene Baralta – Divisionskommandant
Faust Temul – Divisionskommandeur
Nil – ein wickanischer Waerloga (Hexer)
Neder – eine wickanische Waerloga (Hexe)
T'amber – Tavores Adjutantin
Lostara Yil – Perls Adjutantin
Perl – eine Klaue
Nok – Admiral der Imperialen Flotte
Der Schnelle Ben – Hohemagier der Vierzehnten Armee
Kalam Mekhar – ein Assassine
Wühler – ein Findelkind

Ausgewählte Soldaten der Vierzehnten Armee

Hauptmann Gütig, Ashok-Regiment
Leutnant Poren, Ashok-Regiment
Hauptmann Faradan Sort
Sergeant Fiedler/Saiten
Korporal Starr
Krake
Buddl
Koryk
Lächeln

Sergeant Gesler
Korporal Stürmisch
Vielleicht
Lauten
Ebron
Sünd
Krumm
Sergeant Balsam
Korporal Totstink
Gurgelschlitzer
Masan Gilani
Sergeant Hellian
Sergeant Urb
Korporal Atemlos
Korporal Heikel

Andere

Barathol Mekhar – ein Hufschmied
Kulat – ein ehemaliger Dorfbewohner
Nuliss – eine Dorfbewohnerin
Hayrith – eine Dorfbewohnerin
Chaur – ein Dorfbewohner
Noto Beul – Feldscher (Heiler) in Einarms Heer
Hurlochel – Vorreiter in Einarms Heer
Hauptmann Liebkriek – Offizier in Einarms Heer
Korporal Futhgar – Unteroffizier in Einarms Heer
Faust Rythe Bude – Offizier in Einarms Heer
Ormulogun – ein Künstler
Gambl – sein Kritiker
Apsalar – eine Assassine
Telorast – ein Geist
Rinnsel – ein Geist
Samar Dev – eine Hexe aus Ugarat
Karsa Orlong – ein Teblorkrieger

Ganath – eine Jaghut
Bosheit – eine Wechselgängerin, Schwester von Lady Missgunst
Corabb Bhilan Thenu'alas
Leoman von den Dreschflegeln – der letzte Anführer der Rebellion
Hauptmann Brunspatz – Mitglied der Stadtgarde von Y'Ghatan
Banaschar – ehemaliger Priester D'reks
Hauptsergeant Tapferer Zahn
Karpolan Demesand – Kaufmann der Trygalle-Handelsgilde
Torahaval Delat – eine Poliel-Priesterin
Schlitzer, einst Crokus aus Darujhistan
Heboric Geisterhand – Destriant von Treach
Scillara – ein Flüchtling aus der Raraku
Felisin die Jüngere – ein Flüchtling aus der Raraku
Graufrosch – ein Dämon
Mappo Runt – ein Trell
Icarium – ein Jhag
Iskaral Pustl – ein Priester des Schattens
Mogora – eine Vielwandlerin
Taralack Veed – ein Gral und Agent der Namenlosen
Dejim Nebrahl – ein T'rolbarahl, ein Vielwandler aus dem Ersten Imperium
Trull Sengar – ein Tiste Edur
Onrack der Zerbrochene – ein ungebundener T'lan Imass
Ibra Gholan – ein T'lan Imass
Monok Ochem – ein Knochenwerfer der T'lan Imass
Minala – Kommandantin der Kompanie des Schattens
Tomad Sengar – ein Tiste Edur
Federhexe – eine letheriische Sklavin
Atri-Preda Yan Tovis (Zwielicht) – Kommandantin der Letherii-Streitkräfte
Hauptmann Varat Taun – ein Offizier unter Zwielichts Befehl
Taxilier – ein Dolmetscher
Ahlrada Ahn – ein Spion der Tiste Andii unter den Tiste Edur
Sathbaro Rangar – ein Hexer vom Stamm der Arapay

Glossar

Aufgestiegene

Anomander Rake – Sohn der Dunkelheit
Apsalar – Herrin der Diebe
Beru – Herr der Stürme
Brand – die Schlafende Göttin

Cotillion – das Seil, Patron der Assassinen, Hohes Haus Schatten

Der Verkrüppelte Gott – der Angekettete, Herr des Hohen Hauses der Ketten
Der Vermummte – König des Hohen Hauses Tod
Dessembrae – Herr der Tränen
Die Azath – die Häuser
Die Brückenverbrenner
Die Deragoth – aus dem Ersten Imperium von Dessimbelackis, die Sieben Hunde der Dunkelheit
Die Königin der Träume – Königin des Hohen Hauses Leben
Die Schwester der Kalten Nächte – eine Ältere Göttin
Draconus – ein älterer Gott, Schmied des Schwerts Dragnipur
D'rek – Der Wurm des Herbstes, wird sowohl in männlicher wie in weiblicher Form verehrt

Eres/Eres'al – ein Geist/eine Göttin der Vorfahren

Fener – Der Beraubte, der Eber der fünf Hauer

Gedderone – Herrin des Frühlings und der Wiedergeburt
Grizzin Farl – ein Älterer Gott

Jhess – Königin des Webens

Kilmandaros – eine Ältere Göttin
K'rul – ein Älterer Gott der Gewirre

Mael – ein Älterer Gott der Meere
Mowri – Herrin der Bettler, Sklaven und Leibeigenen

Nerruse – Herrin der Ruhigen See und des Günstigen Windes

Oponn – Die Zwillingsnarren des Zufalls
Osserc/Osseric/Osric – Herr des Himmels

Poliel – Herrin der Pestilenz und der Leiden

Scalissara – eine verrufene Göttin des Olivenöls, die einst über Y'Ghatan geherrscht hat
Schattenthron – Ammanas, König des Hohen Hauses Schatten
Sha'ik – die Göttin des Wirbelwinds
Soliel – Herrin der Gesundheit

Togg und Fanderay – Die Wölfe des Winters
Treach/Trake – Der Tiger des Sommers und Herr des Krieges

Die Drachenkarten

Hohes Haus Leben
König
Königin (Königin der Träume)
Champion
Priester
Herold
Soldat
Weber

Hohes Haus Tod
König (Der Vermummte)
Königin
Ritter (einst Dassem Ultor, jetzt Baudin)
Magier
Herold
Soldat
Spinner
Steinmetz
Jungfrau

Hohes Haus Licht
König
Königin
Champion (Osseric)
Priester
Hauptmann
Soldat
Näherin
Baumeister
Mädchen

Hohes Haus Dunkel
König
Königin
Ritter (Anomander Rake)
Magier
Hauptmann
Soldat
Weber
Steinmetz
Gemahlin

Hohes Haus Schatten
König (Schattenthron/Ammanas)
Königin
Assassine (Das Seil/Cotillion)
Magier
Hund

Hohes Haus der Ketten
Der König in Ketten
Gemahlin (Poliel)
Plünderer (Kallor)
Ritter (Toblakai)
Die Sieben von den Toten Feuern (Die Ungebundenen)
Krüppel
Lepröser
Narr

Neutrale/Ungebundene Karten
Oponn
Obelisk (Brand)
Krone
Zepter
Auge
Thron
Kette
Der Herr der Drachenkarten (Ganoes Paran)

Ältere Völker

Tiste Andii – Kinder der Dunkelheit
Tiste Edur – Kinder des Schattens
Tiste Liosan – Kinder des Lichts
T'lan Imass
Eres/Eres'al
Trell

Jaghut
Forkrul Assail
K'Chain Che'Malle
Die Eleint
Die Barghast
Die Thelomen Toblakai
Die Teblor

Die Gewirre

Kurald Galain – Das Ältere Gewirr der Dunkelheit
Kurald Emurlahn – Das Ältere Gewirr des Schattens, das Zerschmetterte Gewirr
Kurald Thyrllan – Das Ältere Gewirr des Lichts
Omtose Phellack – Das Ältere Jaghut-Gewirr des Eises
Tellann – Das Ältere Imass-Gewirr des Feuers
Starvald Demelain – Das Gewirr der Eleint
Thyr – Der Pfad des Lichts
Denul – Der Pfad des Heilens
Der Pfad des Vermummten – Der Pfad des Todes
Serc – Der Pfad des Himmels
Meanas – Der Pfad der Schatten und Illusionen
D'riss – Der Pfad der Erde
Ruse – Der Pfad des Meeres
Rashan – Der Pfad der Dunkelheit
Mockra – Der Pfad des Verstandes
Telas – Der Pfad des Feuers

Völker und Orte

Anibar – ein in den Schildlanden nördlich der Jhag Odhan beheimateter Stamm am Rand des Reichs der Sieben Städte
Ehrlitan – eine Hafenstadt im Reich der Sieben Städte
G'danisban – eine Stadt im Reich der Sieben Städte
Gral – ein Stamm im Reich der Sieben Städte

Hanar Ara – eine alte Stadt, die Stadt der Gefallenen
Kanarbar Belid – alter Name für die Stadt Belid im Reich der Sieben Städte
Karashimesh – eine Stadt im Reich der Sieben Städte
Kartool – Stadt auf der gleichnamigen Insel, dem Kontinent Quon Tali vorgelagert
Malaz – Stadt auf der gleichnamigen Insel, Geburtsstätte des malazanischen Imperiums, dem Kontinent Quon Tali vorgelagert
Minikenar – untergegangene Stadt aus der Zeit des Ersten Imperiums im Reich der Sieben Städte
Mocks Feste – eine alte Festung oberhalb von Malaz
Monkan – kleinere Schwesterinsel von Sepik
Nemil – ein sich ausbreitendes Königreich nordwestlich der Jhag Odhan
Pan'potsun – eine Stadt im Reich der Sieben Städte
Pardu – ein Stamm im Reich der Sieben Städte
Rabenhügelpark – ein Park in Malaz
Sepik – ein Inselkönigreich, Reich der Sieben Städte
Septarchenviertel – das Tempelviertel von Kartool
Shal-Morzinn – ein Reich südwestlich von Nemil
Ugarat – eine Stadt im Reich der Sieben Städte
Verende – ein Königreich westlich von Nemil
Vithan Taur – untergegangene Stadt aus dem Ersten Imperium, Reich der Sieben Städte
Wallweg – Abstieg von Mocks Feste
Y'Ghatan – eine Stadt im Reich der Sieben Städte

Begriffe

Aptorian – eine Dämonenart aus der Schattensphäre
Ashok-Regiment – altes Regiment, in der Vierzehnten Armee aufgegangen
Atri-Preda – letheriisches Äquivalent eines Kommandeurs
Azalan – eine Dämonenart aus der Schattensphäre

Beobachter – ein Agent der Tiste Andii, der sich auf dem Kontinent Lether inmitten der Tiste Edur verbirgt
Bhederin – großes, halb domestiziertes oder wildes Huftier
Blutholz – eine seltene Holzart, wird von den Tiste Edur benutzt
Bokh'aral – ein kleiner, auf Felsen hausender Affe

Coraval – eine Fischart, der häufigste Fangfisch um die Insel Malaz herum
D'bayang – ein Opiat
Destriant – ein sterblicher Repräsentant eines bestimmten Glaubens
Dinal – Dämonenart in der Schattensphäre
Drako – ein Pilgerschiff der Tanno
Dromone – ein Kriegsschiff-Typ

Eleint – anderer Begriff für reinblütige Drachen
Enkar'al – großes Raubtier im Reich der Sieben Städte (mittlerweile ausgestorben)
Eraga – eine Rinderart, die im Reich der Sieben Städte als ausgestorben galt
Escura – Pflanze, die benutzt wird, um Sandflöhe zu töten

Flüstern (Das) – unterweisende/anleitende Stimmen im Kult der Wiedergeborenen Sha'ik

Gotharblume – wird als Bleichmittel benutzt
Graue Helme – ein militärischer religiöser Orden
Halbdrek – der Hohepriester oder die Hohepriesterin von D'rek

Jhistal – Hohepriester eines Älteren Gottes, der menschliches Blut in Ritualen einsetzt (Älteres Äquivalent eines Destriant)

Kapmotte – großes, räuberisches Insekt aus dem Reich der Sieben Städte
Kethramesser – ein großes Messer mit breiter Klinge, das im Reich der Sieben Städte benutzt wird
Knochenwerfer – Bezeichnung der T'lan Imass für ihre Schamanen
Kriegsthrone – Bezeichnung für die Kriegskatamarane der Verender
Kurzschwänze – anderer Name für die K'Chain Nah'ruk

Langschwänze – anderer Name für die K'Chain Che'Malle

Maethgara – in Y'Ghatan gebräuchlicher Name für die Vorratslager von Olivenöl
Mahybe – alter Begriff, der Gefäß bedeutet (bei den Rhivi jetzt als Mhybe bekannt)
Meerratte – ein reptilisches Nagetier

Namenlosen (Die) – ein alter Kult, der den Azath-Häusern geweiht ist

Obsidianthron – traditioneller Thron des Herrschers von Blaurose
Onyx-Magier/Onyx-Rat – traditionelle Herrscher von Blaurose

Paralt – Name einer Spinnen- und einer Schlangenart, beide giftig (auch der Name für das Gift selbst)
Preda – letheriisches Äquivalent einer Faust

Rhizan – kleines, geflügeltes Insekten fressendes Raubtier

Sandflöhe – mit dem Wind reisende Insekten im Reich der Sieben Städte
Schild-Amboss – sterbliches Gefäß für die Gefallenen (Toten), einem bestimmten Gott verschworen
Schwarze Handschuh (Der) – ein Geheimkult innerhalb der Klaue
Schwarzholz – eine seltene, seetüchtige Holzart
Sturmreiter – eine die Ozeane bewohnenden Spezies
Sturmwall – eine Barriere gegen die Raubzüge der Sturmreiter auf Korel

Telaba – traditionelle Oberbekleidung im Reich der Sieben Städte
Todbringendes Schwert – Meisterkrieger eines Gottes
Trell-Kriege (Die) – Völkermord nach sich ziehende Kriege der Nemil gegen die Trell
Trog – ein bei den Malazanern beliebtes Brettspiel
T'rolbarahl – eine alte Form von Vielwandler aus der Zeit des Ersten Imperiums

Überträger – Mensch, der die Pest überträgt

Vermesser – Kartenmacher der Trygalle-Handelsgilde
Vielwandler – Gestaltwandler, der sich in mehrere Tiere verwandeln kann

Wechselgänger – ein Gestaltwandler